Goldene Sonne, silberner Mond

Goldene Sonne, silberner Mond

Die schönsten Geschichten, Sagen und Märchen aus der Welt der Indianer

Herausgegeben von
Carolin Keiser

SCHERZ

1. Auflage der Sonderausgabe 1996

Schutzumschlag unter Verwendung einer Zeichnung
von Marion und Doris Arnemann

Inhalt

Der Schöpfungsmythos des Walum Olum

Am Anfang, an jenem Ort, zu allen Zeiten, über der Erde
Und auf der Erde lag ein Nebel, und der große Manitou war dort.
Am Anfang, auf ewig, im All verloren, überall war der große Manitou.
Er schuf das weite Land und den Himmel,
Er schuf die Sonne, den Mond, die Sterne,
Im Gleichmaß ließ er sie alle ziehen.

Dann blies heftig der Wind, und es klarte auf,
und das Wasser floß davon, weit und mit Macht.
Und Gruppen von Inseln wuchsen neu und blieben bestehen.
Und wieder sprach der große Manitou, ein Manitou der Manitous,
Zu den Lebewesen, den Sterblichen, den Seelen, zu einem jeden,
Und seit jener Zeit war er Manitou für die Menschen und ihr Großvater...

Er gab die Fische, er gab die Schildkröten,
Er gab die Tiere, er gab die Vögel...
Alle Lebewesen waren damals befreundet...
Doch ganz heimlich kam ein böses Wesen, ein mächtiger Zauberer, auf die Erde
Und brachte mit sich das Laster, den Streit, das Elend,
Brachte schlechtes Wetter, brachte Krankheit, brachte Tod.
All dies geschah vor Zeiten auf der Erde,
Jenseits des großen Flutwassers, ganz am Anfang...

Alle waren friedlich, vor langer Zeit, nach dem großen Wasser, dort in unserem Land.

Die Heilung der Erde

In alten Zeiten, als das Gleichgewicht auf dem Planeten verloren war, kam eine große Flut, all das zu zerstören, was auf der Erde war, damit die Welt neugeboren werden könnte. Ein ähnliches Ungleichgewicht scheint bei diesem Geschlecht aufzutreten: Wir haben unsere Lebensquelle vergessen, den Sonn, und die heilige See, das gesegnete Land, den Himmel und alle Dinge der Natur. Wenn wir uns nicht umgehend darauf besinnen, worum es in unserem Leben geht, wenn wir nicht feiern durch Zeremonie und Gebet, dann werden wir abermals der Vernichtung entgegensehen, aber diesmal durch Feuer.

Vierundsechzig Jahre betrug meine Lehrzeit. In diesen Jahren bin ich viele, viele Male allein in die Berge gegangen. Um jedoch sehen zu lernen, hören zu lernen, müßt ihr dies tun: Allein in die Wildnis gehen. Denn nicht ich kann euch die Wege der Götter lehren. Diese Dinge lernt man nur in der Einsamkeit.

Wenn es euch dazu drängt, den Pfad des Schamanen zu erlernen, so wird das Feuer euch lehren, das Feuer, Unser Großvater. Ihr müßt dem Feuer lauschen, denn das Feuer spricht, und das Feuer lehrt. Und am Tage lernt ihr vom Sonn. Der Sonn wird euch lehren, der Sonn, Unser Vater. Dies geschieht stets am besten mit Híkuri, mit Peyote. Aus dem Peyote kommt Káuyumari, der Helfergeist Kleiner Hirsch, und er wird euch sagen, was ihr zu lernen habt. Káuyumari taucht wie ein Spiegel auf und zeigt euch, was ihr zu tun habt. Der Kleine Hirsch weiß. Alle Götter sind mit Káuyumari verbunden, und er lehrt euch.

Das Feuer (Tatewarí), der Sonn (Tayaupá), Wirikúta (das Heilige Land des Peyote) können auch das Gesicht (Nieríka) eröffnen. Auch der Schamane kann es euch eröffnen, aber ihr dürft nicht die Götter vergessen. Sie sind es, die euer Herz der Schönheit der Nieríka auftun. Eure Liebe zu den Göttern – dem Sonn, dem Feuer, den Wassern – bringt die Nieríka hervor.

Ja, es gibt viele Wege, zum Gesicht zu gelangen, viele, viele Wege. Der beste für mich jedoch ist Híkuri. Wenn ich Híkuri esse, erstrahlt die Welt in leuchtenden Farben. Káuyumari, der Kleine Hirsch, kommt zu mir, um mir zu zeigen, wie alles ist. Wenn ihr mich hört, wie ich die heiligen Gesänge singe, so bin nicht ich es, der da singt, sondern Káuyumari, der mir ins Ohr singt. Und ich gebe diese Lieder an euch weiter. Er ist es, der uns lehrt, uns den heiligen Weg weist. So ist es.

Die heiligen Federn sprechen mit davon, warum an diesem Ort (Kalifornien) kein Regen gefallen ist. An manchen Orten verbrennt Tayaupá euer Land, an andern wendet Tayaupá sein Antlitz ab. Dieser Ort, an dem ihr lebt, und viele andere Orte in euerm Land leiden unter Trockenheit, zuviel Regen, Verknappungen, vielen Problemen. Es gibt einen Grund für dieses Mißgeschick, denn ihr habt keine Zeremonien abgehalten, euch nicht versammelt, um der Erde, den Göttern, dem Sonn, der See für euer Leben zu danken. Daran fehlt es hier. Ohne Feste sind die Götter unglücklich und bringen Not über uns. Die Zeremonien, gemeinsames Versammeln, gemeinsames Feiern – das ist die Liebe oder Energie, von der die Götter leben. In den Zeremonien kommen wir zusammen, um eins zu sein. Die dies nicht in ihren Herzen wollen, fallen ab.

Als ich das letztemal in euerm Land war, hielten wir eine Zeremonie ab. Ich sang mit meinem Herzen. Und nach der Zeremonie ging ein gewaltiger Regen nieder. Ja, wir hatten uns in der Frühe am Meer gereinigt, nachdem wir die Nacht durch gefeiert hatten. Dann begannen sich die Wolken zu sammeln, und binnen einiger Stunden regnete es in Strömen. Ihr hättet mir eher erzählen sollen, daß ihr solche Probleme habt. Ich wäre früher gekommen, um eine Zeremonie zur Änderung der Lage abzuhalten.

Ich sehe, wie viele Menschen hier derart in ihre eigenen kleinen Leben verstrickt sind, daß sie ihre Liebe nicht zum Sonn hinauftragen können, hinaus aufs Meer und in die Erde. Haltet ihr Zeremonien ab, so strömt Lebenskraft in euch ein, wenn ihr eure Liebe in die fünf Himmelsrichtungen aussendet: den Norden, den Süden, den Osten, den Westen und die Mitte. Diese Liebe bringt den Regen. Wie es war seit Anbeginn menschlicher Geschichte: Die Menschen sind in ihre kleinen Welten vernagelt, und sie vergessen die Elemente, vergessen die Quelle ihres Lebens.

In meinem Land sehen wir Katastrophen voraus, und wir halten Zeremonien ab, um den Problemen zu entgehen, arbeiten durch die

Zeremonien mit den Elementen. Wenn hier die Regen kommen, werde ich hundert Millionen Dollar von euch verlangen müssen! (Er lachte herzlich.) Ich lüge. Aber hier ist alles seit langem schon aus dem Gleichgewicht geraten. Es ist schwer, die Lage wieder zu bereinigen, wieder einen Zusammenklang zu schaffen. Wir werden uns versammeln und mit Hilfe der Zeremonien beginnen müssen, uns mit der Umwelt in Einklang zu bringen, um ihr das Gleichgewicht wiederzugeben. Das Meer sagt mir, daß es zu furchtbarer Zerstörung durch Feuer kommen wird, wenn es nicht bald wieder zu einem Gleichgewicht kommt. Es ist sehr schwerwiegend, was da in euerm Land vor sich geht. Ich muß fast weinen, wenn ich fühle, wie die Lage so ohne alle Harmonie ist.

Ich bitte euch also, ans Meer zu gehen und zu opfern. Nehmt eine Kerze, Schokolade und Geld. Bringt diese Dinge Tateí Haramara, Unserer Mutter der See, zum Opfer. Betet für sie. Bringt euch mit ihr in Einklang. Aber ihr glaubt nicht, ihr habt kein Vertrauen. Wie, wenn ich euch aufforderte, euer ganzes Geld zu nehmen und es Tateí Haramara zu opfern? Was würdet ihr dann tun? Wie, wenn dies wirklich der einzige Weg wäre? Doch es braucht nur ein klein wenig. So ist es.

Ihr müßt euch diese Dinge, die ich sage, reiflich überlegen, und mit dem Verstehen wird auch euer Leben stärker werden. Ihr habt eure eigene Weise, zu lernen. Vielleicht ist sie anders als unsere. Aber ihr habt die Blume der Vision auf meinem Gesicht gesehen, und ihr müßt wissen, daß es wichtig ist, jeden Tag und jede Nacht an diese Dinge zu denken. Dann, eines Tages, wird die See euch Herz schenken; das Feuer wird euch Herz schenken; der Sonn wird euch Herz schenken. Und wenn ihr in mein Dorf kommt, werde ich Bescheid wissen. Ich werde euch prüfen, indem ich die Nierika lichte wie einen Spiegel, und ich werde sehen, was ihr getan habt, wie ihr in die Welt gegangen seid.

Matsúwa, *Huichol*

Die Abenteuer des Wisakedjak

All unsere Geschichten handeln von einem Wesen, das ein Geist war in der Form eines menschlichen Wesens. Er war das erste Wesen, als die Welt geschaffen wurde. Also war er älter als all die Tiere und all die Pflanzen auf der Welt, alle Dinge waren seine jüngeren Brüder. Er konnte zu den Tieren, den Vögeln, den Fischen und Insekten, zu Wasser und Wind, Bäumen und Felsen reden. Zu allem und jedem. Und er verstand, was die Wesen und Dinge antworteten.

Wir nennen ihn Wisakedjak.

Eines Tages, als Wisakedjak an einem kleinen Fluß entlanglief, sah er Präriehühner, die noch sehr jung waren.

«Kleine Brüder», rief er sie an, «wie heißt ihr?»

«Präriehühner», antworteten sie.

«Aber alles hat zwei Namen», sagte Wisakedjak, «wie ist euer anderer Name?»

«Unser anderer Name lautet Wir-erschrecken-die-Leute-unerwartet», antworteten die Präriehühner.

«Ha. Wen könnt ihr schon erschrecken?» sagte er. «Dazu seid ihr doch viel zu klein.»

Nachdem er sie noch etwas weiter geneckt hatte, ging Wisakedjak weiter am Bach entlang. Als ihre Mutter heimkam, erzählten ihr die Kinder, daß sie Wisakedjak getroffen hatten und daß er zu ihnen gesagt habe, klein wie sie seien, könnten sie doch wohl kaum jemanden erschrecken.

«Das wollen wir sehen», sagte die Mutter der Vögel. Sie ging umher und versammelte um sich alle Präriehühner, die sie finden konnte. Die Kinder erzählten ihnen, was Wisakedjak ihnen gesagt hatte.

«Wisakedjak geht da am Bach entlang», sagte die Mutter zu der Gruppe, «irgendwo wird er versuchen, über den Bach zu springen. Viermal wird er Anlauf nehmen. Beim viertenmal wird er zu springen versuchen. Dann wird jeder von euch aus seinem Versteck hervorflattern.»

Die Präriehühner flogen rasch davon und verbargen sich an der Stelle, die ihnen die Mutter bezeichnet hatte. Bald kam Wisakedjak seines Weges.

«Wenn da drüben ein hübsches Mädchen stünde», hörten ihn die Vögel zu sich sagen, «würde ich über den Bach springen.»

Dreimal schaute er über den breiten Bach, dreimal schickte er sich an zu springen, und dreimal getraute er sich nicht. Beim viertenmal aber sprang er. Kaum hatten seine Füße den Boden verlassen, da flatterten die Präriehühner aus ihren Verstecken, schlugen mit den Flügeln und kreischten. Darüber erschrak Wisakedjak so sehr, daß er ins Wasser fiel.

«Können keinen erschrecken! Können keinen erschrecken! Können keinen erschrecken!» riefen die Präriehühner ihm zu, als sie fortflogen.

Wisakedjak trocknete sich ab und ging weiter, bis er an einen See kam. Dort sah er einen großen Schwarm Vögel; Vögel, die sowohl auf dem Land als auch auf dem Wasser leben. Es waren Enten.

«Ich möchte, daß ihr für mich tanzt», sagte er zu ihnen.

An einem Ende des Sees baute er aus Ästen und Binsen ein Tanzzelt, das hatte eine ganz kleine Tür. Er lud die Vögel ein hereinzukommen, und dann begann er zu trommeln und zu singen. Er stand in der Mitte des Zeltes, und sie tanzten im Kreis um ihn herum. Nach ein paar Runden sagte er: «Für den nächsten Tanz will ich, daß ihr alle eure Augen schließt.»

Also tanzten sie um ihn herum mit geschlossenen Augen.

Wann immer eine fette Ente herankam, packte Wisakedjak sie und drehte ihr den Hals um und legte sie hinter sich. Auf diese Weise bekam er einen ganzen Stapel hübscher fetter Enten. «Etwas später gibt das ein gutes Essen», sagte er zu sich selbst.

Aber ein Vogel machte das eine Auge auf und sah, was sich da abspielte. Er rief den anderen zu: «Unser älterer Bruder bringt uns um. Macht die Augen auf.»

Da öffneten alle die Augen und stürmten zur Tür. Wisakedjak machte ein großes Feuer, um die Vögel auf der glühenden Kohle zu rösten. Als er sie in die Glut legte, machte er das so, daß nur noch ihre Füße hervorschauten. Nichts als ihre Füße waren von ihnen zu sehen.

«Ich will ein Nickerchen machen, während sie gar werden», sagte er bei sich, «wenn ich aufwache, gibt's ein gutes Essen.»

Also legte er sich hin und schlief ein. Nach einer Weile wachte er auf, und als er die Augen aufschlug, sah er, daß nahe bei ihm ein Tier stand. Zu dieser Zeit hatten die Tiere noch keine Namen.

«Junger Bruder», sprach Wisakedjak, «ich brate hier Enten für ein gutes Essen. Das Fleisch ist bald gar. Wenn du mitessen willst, mußt du zuerst mit mir einen Wettlauf machen. Wir laufen um den See herum. Der eine läuft in die eine, der andere in die entgegengesetzte Richtung. Wenn du vor mir am Feuer bist, laß ich dich mitessen. Bin ich aber zuerst hier, dann darfst du mir zusehen.»

«Einverstanden», sagte das Tier.

Das Rennen begann, jeder lief in eine andere Richtung. Das Tier aber lief nur ein kurzes Stück. Dann versteckte es sich unter einigen Büschen, und nach einer Weile kehrte es um und setzte sich vor das Feuer. Es zog einen Vogel aus der Glut, um zu schauen, ob er schon gar sei. Und als er so recht knusprig ausschaute, konnte es nicht widerstehen und fraß ihn auf. Es zog noch eine Ente heraus und fraß sie. Es fraß, so schnell es konnte, bis alle Enten verspeist waren. Aber die Füße und Beine ließ es übrig und steckte sie wieder in die Asche. Dann ging es zu den Büschen und versteckte sich dort wieder.

Unterdessen rannte Wisakedjak, so schnell er konnte. Da er nicht in das Gebüsch hineinlief, sah er das Tier nicht.

Er lief schneller und schneller, denn er wollte als erster am Feuer zurück sein.

Als er das Feuer erreichte, sah er, daß die Füße der Vögel noch hervorragten. Alles schien so, wie er es verlassen hatte.

«Ich denke, mein jüngerer Bruder ist noch nicht hier», sagte er zufrieden, «ich will mit dem Essen schon einmal anfangen.»

Er griff nach einem Paar Füße und zog daran. Aber nur Füße und Beine kamen aus der Asche.

«Der Vogel muß verbrannt sein», sagte er sich, «wahrscheinlich habe ich zu lange geschlafen.»

Er zog noch ein Paar Füße aus dem Feuer. Und noch ein Paar. Er ging um das Feuer herum, und überall zog er nichts heraus als Füße und Beine. Nur an den letzten beiden war noch etwas Fleisch dran. Da wußte Wisakedjak, daß das Tier ihn betrogen hatte.

«Komm aus den Büschen hervor», rief er.

Dann sagte Wisakedjak zu dem Tier: «In Zukunft, wenn meine Brüder, die menschlichen Wesen, auf diese Erde kommen, werden sie dich den Fuchs nennen. Die Leute werden von dir sagen: ein schlauer Fuchs.»

Es war der Silberfuchs, der ihn hereingelegt hatte. Das war der Anfang in der Benennung der Dinge. Wisakedjak gab allen Tieren und Vögeln, allen Fischen und Insekten Namen. Und als er ihnen Namen gab, erklärte er ihnen auch, wie sie leben und sich gegen ihre Feinde schützen sollten. Er sagte den Fischen, sie sollten im Wasser leben und vor ihren Feinden davonschwimmen. Er sagte den Enten, sie sollten sowohl auf dem Land als auch im Wasser leben.

«Ihr könnt nicht schnell schwimmen oder rennen», sagte er ihnen, «aber ihr könnt rasch in die Luft aufsteigen. Der Fuchs wird euch nicht fangen können.» Er gab dem Reh seinen weißen Schwanz und sagte ihm, daß es immer schnell werde rennen können. Er sagte dem Bär, daß er auf Bäume klettern oder sich in einer Höhle verstecken kann. Er lehrte das Kaninchen so dazusitzen, als sei es erfroren und so, daß es fast unsichtbar ist. Der Bergziege gab er einen Mantel so weiß wie der Schnee in den Bergen. So verlieh Wisakedjak als erster den Geschöpfen Fähigkeiten, um sich gegen Angriffe zu schützen.

«Bald werden viele Geschöpfe, wie ich eines bin, da sein», sagte er den Tieren, «man wird sie Menschen nennen. Sie werden ihre Nahrung von euch, meinen jüngeren Brüdern, bekommen. Ich gebe euch jetzt Gelegenheit, darüber zu entscheiden, was ihr den Menschen sein werdet und wo ihr sie finden könnt.»

Die Geschöpfe dachten eine Weile nach und sprachen eine Weile miteinander, um sich zu entscheiden, wo sie leben wollten.

«Diese neuen Leute werden immer nahe den Orten sein, an denen ihr Schutz sucht», fuhr Wisakedjak fort, «sie werden nahe den Wäldern leben, in den Gebirgen, aber immer in Reichweite von Wasser. Das bedeutet: auch immer in Reichweite von euch, meine Brüder. Um Mittsommer wird sie ein Gefühl überkommen, und sie werden in die Prärien wandern wollen. Sie werden dort hingehen, um sich weiches Fleisch zu holen. Später werden die Vögel schwer zu fangen sein. Um diese Zeit werden die Beeren und Früchte reif sein, und die Menschen werden sie ernten und trocknen, um sie für den Winter aufzuheben. Und dann werden sie wieder in die Wälder zurückkehren.»

«Die Menschen werden kommen. Dagegen ist nichts zu machen», fuhr der ältere Bruder fort, «ihr werdet ihnen Brennmaterial, Fleisch oder auf andere Weise Nahrung sein. Ihr werdet ihnen Kleidung und Schutz geben. Und nun sagt mir, welcher Nutzen ihr für die neuen Leute sein werdet und wo sie euch finden können. Ich muß ihnen das nämlich sagen, wenn sie kommen.»

«Ich möchte immer in ihrer Nähe wohnen», sagte das Kaninchen, «ich will unter den Büschen leben. Ich will ihnen Fleisch geben, zartes Fleisch für ihre Kinder.»

«Ich will ihnen warme und bequeme Kleidung geben», versprach der Bär.

«Ich will ihnen Kleidung, Fleisch und ein Haus geben, um darin zu wohnen», sagte der Büffel, «sie können meine Haut für ein Haus benutzen. Sie können meine Knochen und meine Hörner benutzen, um viele Dinge daraus zu machen.»

Dann meldete sich das Pferd. «Mich können die Menschen benutzen, um ihre Sachen von Lager zu Lager zu transportieren. Und sie können auf mir reiten. Ich willige ein, ihr Sklave zu werden.» Als das Pferd geredet hatte, fragte Wisakedjak die Geschöpfe: «Meine jüngeren Brüder, was wollt ihr tun, um euch vor den neuen Leuten zu schützen?»

«Ich will nicht, daß sie mich auf meinen Leib schlagen», sagte das Kaninchen. «Wenn die neuen Leute mich schon töten, so sollen sie einen Stock nehmen und mir damit über den Schädel schlagen. Wenn sie mich aber so nicht töten, dann werde ich sie kratzen und sie mit meinen scharfen Knochen verletzen.»

So erklärten also alle Tiere ihrem älteren Bruder, wie die Menschen mit ihnen umgehen sollten.

Später kamen die Menschen.

Wisakedjak zeigte ihnen, wie man die ersten Wesen tötet und welchen Nutzen man von ihnen hat. «Nun nehmt sie und nutzt sie, wie die Natur das geplant hat», sagte er den neuen Leuten. «Aber ihr dürft mit ihnen nicht grausam sein, niemals. Ihr müßt eure Kinder lehren, wie man sie fängt, und die wiederum müssen es ihre Kinder lehren. Aber ihr sollt trotzdem mit Freundlichkeit mit ihnen umgehen.»

Unser älterer Bruder lehrte die Menschen auch, welche von den Wurzeln eßbar sind und welche Kräuter gegen Krankheiten etwas ausrichten. «Sie sind geschaffen worden, um zu helfen. Verschwendet sie nicht. Laßt immer einige Wurzeln übrig für die Ernte im nächsten Jahr. Grabt nie alle Wurzeln aus!»

Wisakedjak wollte, daß alles für immer so fortdauere, und dennoch sagte er das Kommen des Weißen Mannes voraus.

«Eine andere Art von Menschen wird kommen», sprach er, «sie werden alle Büffel töten. Sie werden die zwölf Pflanzen vernichten, die am Rande des Gebirges wachsen. Sie werden die Wälder abholzen.»

Und alles kam so, wie es unser älterer Bruder vorhergesagt hatte.

Wisakedjak ist jetzt sehr, sehr alt. Einige Leute sagen, als er das Land der Cree verließ, sei er zu einer Insel gegen die aufgehende Sonne hingegangen. Wenn man zum Ozean geht und nach Osten schaut, dann sieht man eine Insel. Wenn man dort hinfährt, sieht man eine zweite Insel, die noch weiter nach Osten liegt. Auf dieser zweiten Insel lebt Wisakedjak heute. Aber wenn man dort landen würde, würde er sich verstecken. Er ist so alt, daß er nicht mehr so stattlich aussieht, und deshalb will er nicht, daß ihn jemand zu Gesicht bekommt.

Cree

Wie der Tod in die Welt kam

Kumokums lebte allein in der Nähe des Sprague-Flusses. Nach einiger Zeit begann er, sich einsam zu fühlen. Deshalb rief er alle Tiere zusammen, um mit ihnen zu reden.

«Laßt uns hier ein Dorf bauen, in dem wir alle miteinander leben können», sagte er.

Die Tiere fanden die Idee sehr gut, nur einigen behagte der Ort nicht. «Es ist hier zu kalt und das Gras ist zu stoppelig», sagte der Hirsch. «Ich denke, wir sollten lieber nach Yainax gehen.»

«Ich mag das kalte Wetter aber», sagte der Bär. «Das ist die Zeit, wenn ich mich zusammenrollen und so lange schlafen kann, wie ich möchte. Ich bleibe lieber hier.»

Alle berieten nun die Angelegenheit, ohne sich ein einziges Mal zu streiten. Zum Schluß aber hatte Kumokums das Reden satt. Er sagte: «Hört mir einmal zu. Ich habe diese Versammlung einberufen, und ich bin ihr Chef. Wir werden zwei Dörfer bauen. Im Sommer werden wir in Yainax leben und im Winter hier am Sprague-Fluß. So werden alle zufrieden sein.»

«Aber wie lange dauert der Sommer und wie lange dauert der Winter?» fragte das Stachelschwein.

«Wir sollten das Jahr genau teilen, dann dauern beide sechs Monde lang», antwortete Kumokums.

«Aber es gibt 13 Monate im Jahr. Was tun wir mit dem, der übrig ist?» hakte das Stachelschwein nach. Kumokums entschied: «Der 13. wird auch geteilt. Die eine Hälfte gehört zum Sommer, die andere zum Winter. Wir benutzen sie für den Umzug.»

Damit waren alle einverstanden und fanden nun den Plan sehr gut.

Zu der Zeit war es gerade Sommer, genau der Monat, in dem der Eistaucher singt. Und so packten sie alle ihre Sachen zusammen und zogen nach Yainax.

Kumokums und die Tiere lebten auf diese Weise viele Jahre lang sehr glücklich; sie zogen immer hin und her zwischen ihren Sommer- und Winterdörfern. Aber sie waren so glücklich, so zufrieden und hatten so gute Nahrung, daß mit der Zeit zu viele Babys geboren wurden. Irgendwann nahm sich das Stachelschwein der Sache an und ging zu Kumokums.

«Kumokums», sagte es, «es gibt hier zu viele Menschen. Unsere alten Leute sterben zwar, aber trotzdem sind es noch zu viele. Wir alle wissen, daß die Toten in das jenseitige Land gehen und daß sie dort glücklich sind, wenn sie hier ein gutes Leben geführt haben. Nun sind doch alle Menschen unseres Dorfes gut genährt und zufrieden, also sind sie gut gewesen. Warum sollen wir sie nicht in das Land der Toten gehen lassen, wo sie glücklich sein können?»

Kumokums setzte sich wieder und dachte lange nach. Dann sagte er: «Ich glaube, du hast recht. Die Menschen sollten die Erde für immer verlassen, wenn sie sterben. Der Führer des Landes der Toten ist ein guter Mann, sie werden glücklich in seinem Dorf sein.»

«Ich bin sehr froh, daß du das auch so siehst wie ich», sagte das Stachelschwein und watschelte davon.

Als Kumokums fünf Tage später vom Fischen im Sprague-Fluß heimkehrte, hörte er Weinen aus seinem Haus. Er ließ seine Beute fallen, stürzte zur Tür im Dach des Hauses und kletterte durch den Rauchfang am Leiterpfosten hinunter. Seine Tochter lag auf dem Boden, und seine Frau stand händeringend um sie herum.

«Was ist passiert? Was ist los mit ihr?» schrie Kumokums. Er liebte seine Tochter sehr. Seine Frau sagte weinend: «Sie hat uns verlassen und ist in das Land der Toten gegangen.»

«Nein, das kann sie nicht machen», rief Kumokums laut. Er streichelte ihren Kopf und rief ihren Namen. «Komm zurück zu mir, bleib bei uns im Dorf», bat er.

Dann schickte Kumokums seine Frau ins Dorf, um den tüchtigsten Medizinmann zu holen. Sie sangen und beteten über dem Körper des Mädchens, aber nichts konnte sie wieder zurückbringen.

Schließlich kam das Stachelschwein rückwärts den Leiterpfosten durch den Rauchabzug heruntergewackelt. Es sagte: «Kumokums, es ist genau das geschehen, was du bestimmt hast. Du warst derjenige, der den Tod für jeden in der Welt gebracht hat. Nun mußt du auch darunter leiden, wie jeder andere.»

«Gibt es keinen Weg, sie zurückzuholen?» flehte Kumokums.

«Es gibt einen Weg», antwortete das Stachelschwein, und auch der Bär nickte mit dem Kopf, denn er ist genauso weise wie das Stachelschwein. «Es gibt einen Weg, aber er ist schwer und gefährlich. Du selbst mußt in das Land der Toten gehen und seinen Häuptling, deinen Freund, bitten, dir deine Tochter zurückzugeben.»

«Es ist egal, wie hart und gefährlich es ist, ich werde es tun», versicherte Kumokums.

Er legte sich an der gegenüberliegenden Seite des Hauses nieder und schickte seinen Geist aus seinem Körper heraus weit, weit weg in das Land der Toten.

«Was willst du, und wegen welcher Person bist du gekommen?» fragte der Häuptling. Er war ein Skelett wie auch alle anderen Menschen in seinem Dorf.

«Ich bin gekommen, um meine Tochter wieder mit nach Hause zu nehmen», antwortete Kumokums. «Ich liebe sie sehr und möchte sie bei mir haben. Aber ich kann sie nirgends sehen.»

«Sie ist hier», erwiderte der Häuptling des Landes der Toten. «Ich mag sie auch gern. Ich habe sie in mein eigenes Haus aufgenommen, damit sie meine eigene Tochter ist.» Er drehte sich um und rief: «Komm heraus, Tochter», und das schlanke Skelett eines jungen Mädchens kam durch das Loch im Dach herausgeklettert.

«Das ist sie», sagte der Häuptling des Landes der Toten. «Meinst du, du erkennst sie wieder und möchtest sie mit zurück in dein Dorf nehmen – so, wie sie ist?»

«Wie auch immer sie aussieht, sie ist meine Tochter und ich möchte sie mitnehmen», sagte Kumokums.

«Du bist ein tapferer Mann», bemerkte der Häuptling des Landes der Toten. «Noch niemand, der hierher kam, hat das gesagt. Wenn ich sie dir gebe und sie wieder in das Land der Lebenden zurückkehrt, wird es nicht einfach sein. Du mußt genau das tun, was ich dir jetzt sage.»

«Ich werde alles genauso tun, wie du es mir sagst», versprach Kumokums.

Kumokums streckte seine Hand nach hinten aus und spürte, wie die Knochen der Hand seiner Tochter seine Hand ergriffen. Gemeinsam machten sie sich auf den Weg. Kumokums ging voran. Einmal hielt er an und drückte die Hand seiner Tochter. Es war schon etwas Fleisch an den Knochen, und Kumokums' Herz war leichter als zu irgendeiner Zeit seit ihrem Tode.

Viermal hielt Kumokums an und drückte die Hand – und jedesmal war sie etwas wärmer und fester und lebendiger in seiner eigenen Hand. Ihr eigenes Dorf lag nun schon direkt vor ihnen. Sie kamen aus dem Land der Toten heraus und in das Land der Lebenden. Es war schon so nahe, daß Kumokums dachte, sie seien nun sicher. Er schaute sich um zu seiner Tochter – und sah nur für einen Moment einen Knochenhaufen auf der Erde liegen, dann war auch der weg.

Kumokums öffnete die Augen in seinem eigenen Haus.

«Ich habe dir vorher gesagt, daß es schwer und gefährlich sein würde», erinnerte ihn das Stachelschwein. «Nun wird es immer den Tod in der Welt für alle Menschen geben.»

Modoc

Vor langer Zeit

Vor langer Zeit lebten die Vorfahren der Menschen in einer Welt unterhalb der Erde. Es waren noch keine richtigen Menschen, sondern nur irgendeine Art von kreatürlichen Wesen. Sie lebten in Dunkelheit und verhielten sich wie Wanzen.

Nun gab es einen Großen Geist, der über alles wachte. Manche Menschen sagen, daß es Tawa, die Sonne, war. Er sah, wie es dort unter der Erde zuging. Es war ihm eigentlich egal, wie die Wesen dort lebten. Er schickte aber trotzdem eine Botin, eine Stellvertreterin, um mit ihnen zu reden, und das war Alte Spinnenfrau Gogyeng Sowuhti. Sie sagte: «Ihr Wesen, der Geist der Sonne, der über allen leuchtet, möchte nicht, daß ihr so weiterlebt. Er wird euch in etwas Besseres verwandeln, und ich werde euch in eine andere Welt führen.»

Und so kam es. Der Geist der Sonne verwandelte sie in bessere Wesen, und Gogyeng Sowuhti führte sie in eine andere Welt, die über derjenigen lag, aus der sie kamen. Dieses war die zweite Welt, die aber immer noch unterhalb des Erdbodens lag. Die kreatürlichen Wesen lebten dort eine Zeitlang, aber immer noch hatten sie keine menschliche, sondern eine Tiergestalt. Einige hatten Schwänze, andere nicht. Diejenigen, aus denen schließlich Menschen wurden, hatten keine.

Aber das Leben in der zweiten Welt war nicht gut. Die Wesen verhielten sich nicht gut, sie vertrugen sich nicht und fraßen einander auf. Es gab Chaos und Zwietracht. Deshalb schickte der Große Geist Gogyeng Sowuhti noch einmal zu ihnen hinunter, nachdem er aber den Wesen ohne Schwanz zuvor eine menschliche Gestalt gegeben hatte. Aber auch jetzt waren es noch keine richtigen Menschen, da sie immer noch undiszipliniert waren – wild und unzivilisiert.

Gogyeng Sowuhti führte sie wiederum hoch in eine andere, in die dritte Welt. Zuerst ging alles besser, aber schon nach kurzer Zeit herrschte noch mehr Chaos und Streit. Bösartige Wesen waren die

Ursache vieler Schwierigkeiten. Es gab Zauberer, die Menschen krank machten oder sie zum Streiten verleiteten. Diese bösen Wesen machten das Leben hart für alle anderen.

Als die Verhältnisse schließlich unerträglich wurden, sagten diejenigen, die ein gutes und ordentliches Leben führen wollten: «Dieses muß ein Ende haben. Als uns der Große Geist hier heraufbrachte, wollte er, daß wir besser als vorher seien. Wie können wir hier wegkommen und die schlechten hinter uns lassen?»

Gogyeng Sowuhti antwortete ihnen: «Über uns ist eine vierte Welt. Dort oben wird das Leben für euch besser sein. Aber um dorthin zu gelangen, müssen wir durch den Himmel der dritten Welt hindurch. Und es gibt noch mehr Probleme. Die vierte Welt gehört Masauwu, dem Geist des Todes. Ihr werdet seine Erlaubnis für das Bewohnen der vierten Welt benötigen.»

(Es gab also vier verschiedene Schichten der Welt. Vielleicht beschreibt diese Idee den Weg der menschlichen Existenz, die Umwandlung, die mit den Menschen geschieht, bevor sie wirklich menschlich werden. In der vierten Welt wurde erwartet, daß sie sich zivilisiert und ordentlich verhielten.)

Diejenigen Menschen, die der dritten Welt entfliehen wollten, beschlossen, erst einmal einen Kundschafter in die vierte Welt hochzuschicken. Dieser sollte sich dort umsehen und auch mit Masauwu Kontakt aufnehmen. Ihre Wahl fiel auf einen schnellen Vogel, die Schwalbe. Diese war zwar wirklich schnell, ermüdete aber, bevor sie den Himmel erreichte, und mußte deshalb umkehren. Daraufhin sandten sie eine Taube, dann einen Habicht. Der Habicht fand zwar eine kleine Öffnung, durch die er hindurchflog, aber er kam zurück, ohne Masauwu gesehen zu haben.

Letztendlich schickten sie eine Spottdrossel, und die fand dann auch tatsächlich Masauwu. Masauwu fragte sie: «Warum bist du hergekommen?» Die Spottdrossel antwortete: «Die Welt dort unten ist durchseucht vom Bösen. Die Menschen möchten hier heraufkommen und hier leben. Sie möchten hier ihre Häuser bauen und ihren Mais anpflanzen.»

Masauwu sagte: «Nun, du siehst ja, wie es in dieser Welt ist. Es gibt kein Licht, alles ist nur grau. Ich ziehe meine Getreide mit der Wärme und dem Licht meines Lagerfeuers hoch. Nun denn, ich habe Verwandte dort unten in der dritten Welt. Ich habe ihnen das Geheimnis des Feuers verraten. Laß sie eure Leute hier heraufführen, und ich werde ihnen Land geben und einen Platz, an dem sie sich niederlassen können. Laß sie kommen.»

Nachdem die Spottdrossel zurück in die dritte Welt geflogen war und dort erzählt hatte, was Masauwu ihr gesagt hatte, fragten die Menschen: «Aber wie können wir jemals nach dort oben gelangen?» Alte Spinnenfrau rief das gestreifte Eichhörnchen herbei und bat es, einen Sonnenblumensamen zu pflanzen. Dieser wuchs und wuchs und hatte auch fast den Himmel erreicht, als das Gewicht der Blüte zu schwer wurde und der Stamm abknickte. Dann bat Alte Spinnenfrau das Eichhörnchen, eine Fichte zu pflanzen. Doch als diese aufhörte zu wachsen, war sie nicht groß genug geworden. Das Eichhörnchen pflanzte eine Pinie, aber auch die war nicht groß genug. Das vierte, was das Eichhörnchen pflanzte, war Bambus, und er wuchs und wuchs – bis er den Himmel durchstieß.

Alte Spinnenfrau sagte: «Meine Kinder, nun haben wir einen Weg in die obere Welt. Wenn wir dort ankommen, wird euer Leben sich ändern. Dort oben werdet ihr fähig sein, das Böse vom Guten zu unterscheiden. Alles Schlechte muß hier unten zurückgelassen werden. Alle böse Medizin muß weggeworfen werden, bevor ihr hochsteigt. Zauberer können nicht mit uns kommen, denn sie würden die vierte Welt verseuchen. Also seid vorsichtig. Wenn ihr einen bösen Menschen hochklettern seht, schickt ihn zurück.»

Die Menschen begannen, im Bambusrohr hochzuklettern. Wie sie durch die Bambusknoten kamen, weiß ich nicht, denn die Geschichte sagt darüber nichts. Die Nachtigall wachte über sie während ihres Aufstiegs. Sie war wie eine Führerin, sie flog voraus, sie rief: «Pashumayani! Pashumayani! Pash! Pash! Pash! – Seid vorsichtig! Seid vorsichtig!» Die Menschen kletterten in Gruppen nach oben, und schließlich hatten alle die Spitze erreicht. Die Öffnung an dieser Stelle, an der sie von der dritten in die vierte Welt kamen, hieß Sipapuni.

Ganz in der Nähe schlugen die Menschen ihr Lager auf. Das Licht war grau und trüb, und sie wußten nicht, wohin sie sich nun wenden sollten.

Alte Spinnenfrau, also Gogyeng Sowuhti, sagte: «Nun sind wir alle hier; habt ihr auch alle Schlechten unten gelassen?»

Sie antworteten: «Ja, wir haben keine mit hochkommen sehen.»

Alte Spinnenfrau sagte: «Gut, dann verstopft jetzt das Bambusrohr mit dieser Baumwolle.»

Während der ganzen Zeit unterwies sie die Nachtigall in dem, was sie tun sollten. Manche wies sie hierhin, andere dorthin, jeweils in Gruppen, und sie gab jeder Gruppe einen anderen Namen. Das waren die Stammesnamen: Ute, Hopi, Navajo und viele andere. Eine Gruppe wurde Bahanas genannt, was soviel bedeutet wie «weiße Menschen».

Nachdem der Bambus mit Baumwolle verstopft worden war, stellte sich heraus, daß doch ein schlechter Mensch mit in die vierte Welt gekommen war, ohne entdeckt zu werden. Als er nun entdeckt wurde, lachte er nur. Die anderen sagten zu ihm: «Wir wollen dich nicht hier haben. Wegen solcher Menschen, wie du einer bist, haben wir die dritte Welt verlassen.»

Er aber antwortete ihnen: «Ihr könntet gar nicht leben ohne das Böse. Ich habe meine Rolle in dieser Welt zu spielen.»

Als die Hopi das Sipapuni verließen und ihre Wanderungen begannen, sagten sie zu dem bösen Zauberer, daß er nicht mit ihnen kommen dürfe, da es der ganze Zweck ihres Aufstiegs in diese Welt gewesen sei, vom Bösen fortzukommen. Deshalb ging er dann mit den Bahanas, den Weißen. Die Hopi-Führer sagten ihren Leuten, daß sich darum jeder vor den Bahanas in acht nehmen solle...

Aber immer wieder fanden in späteren Zeiten andere Zauberer ihren Weg zu den Hopi und brachten Zwietracht und Verderbtheit in die Dörfer.

Hopi

Nenem

Das Haus Pekwoi steht in dem Dorf Kotep, nahe dem Mittelpunkt der Welt. Und es ist Sitte unter den Leuten vom Fluß, wenn sie reich sind, ihren Häusern ihre Namen zu geben.

Nun muß man wissen, daß die Häuser mit Namen in dieser Schlucht alle hoch über dem Fluß liegen und in einer Reihe stehen, während die Häuser weiter unten am Abhang keine Namen haben und auf dem Boden der Schlucht die Hütten der Armen stehen.

Von der sonnigen Terrasse des Hauses Pekwoi kann man weit flußaufwärts und flußabwärts blicken. Die runden Türrahmen des Hauses sind schön geschnitzt, und die Bretter der Wände und des Daches sind aus Rotholz.

Vor langer, langer Zeit, denn das Haus Pekwoi ist alt, brannte drinnen Tag und Nacht Feuer in der Grube, und auf den Regalen an den vier Wänden standen Kästen mit Schätzen und große Körbe mit Früchten aus dem Meer, aus dem Fluß, von Busch und Baum, frische und getrocknete. Nahe dem Feuer lagen Decken aus Rehfellen, auf denen es sich bequem saß und unter denen man warm schlief. So sah es im Hause Pekwoi aus, als Nenem, ihre Eltern und Großeltern dort lebten. Nenem und ihre stolze und reiche Familie waren bei jedermann flußaufwärts und flußabwärts geachtet. Kein Tanz fand statt, bei dem die Stirnbänder aus Wolfsfell und die Schürzen aus Zibetkatzenfell aus dem Haus Pekwoi nicht dabeigewesen wären.

Nenem war ein schönes Mädchen. Ihr schweres Haar teilte sich in der Mitte des Kopfes, wurde von einem Fellband gehalten und fiel gerade und glänzend über ihre Schultern und Brüste. Ohrringe aus polierten Muschelschalen rahmten ihr Gesicht ein. Ihre Augen waren lang und schmal geschnitten, mit halbmondförmigen Brauen, und ihr Mund war sanft. Sie war klein und ging mit einem leichten, stolzen Schritt, und dabei klirrten die Muschelketten an ihrem Hals und die schweren polierten Anhänger aus Muscheln und Obsidian an den Fransen ihres Lederhemds.

Ihr Vater versprach sich einen hohen Brautpreis, wen Nenem heiraten würde, und es schien ihm selbstverständlich, daß sie ihre Wahl unter den Söhnen der reichen und mächtigen Familien treffen werde. Aber, wie es immer so geht, es kam ganz anders. Nenem verliebte sich in einen jungen Mann aus dem Dorf, den Sohn einer verwitweten und verarmten Mutter, arm und ohne Familie. Er und seine Mutter lebten in einem armseligen Schuppen unten am Flußufer. Sie waren so arm und so unwissend, daß der Name des jungen Mannes nicht überliefert ist.

Nenems Geliebter muß aber ein hübscher junger Mann gewesen sein, denn das Mädchen dachte nicht daran, sich ihn aus dem Kopf zu schlagen, im Gegenteil, sie liebte ihn, ohne auf die Stimme ihrer Vernunft zu hören. Und als sie spürte, daß sie von ihm schwanger war, gingen er und sie zu ihrer Familie und erklärten, sie wünschten Mann und Frau zu werden. Nenems Eltern erschraken zuerst, dann wurden sie zornig. Der junge Mann nannte einen Brautpreis, der einer Beleidigung gleichkam.

Er wußte das, und er sagte zu Nenems Vater: «Es ist mein Wunsch, deine Tochter zu heiraten, ich will für sie dienen und mich ihrer würdig erweisen. Ich will, wenn dir das recht ist, für sie arbeiten und alles tun, was du von mir verlangst, um dir ein guter Sohn zu sein. Wenn du sie mir aber nicht geben willst ... hier bin ich ... töte mich. Du hast das Recht dazu.»

Der Vater aber war zu stolz, jemanden zu töten, der so tief unter ihm stand.

«Dann nimm mich als deinen Sklaven, tu mit mir, was du willst», sagte der junge Mann.

Aber dem Vater war es unerträglich, den armen Jungen als den Liebhaber seiner Tochter zu sehen. Er wollte ihn nicht vor Augen haben als ständige Erinnerung an die Schande, weder im Pekwoi-Haus noch im Dorf Kotep. Nenem durfte das Pekwoi-Haus nicht verlassen. Ihr Geliebter, ohne Geld und ohne mächtige Freunde, war hilflos. In seiner Verzweiflung verließ er das Dorf und war verloren für Nenem und seine Mutter. Weder die beiden Frauen noch sonst irgend jemand hörte je wieder etwas von ihm. In Kotep lief das Gerücht um, er sei in den einsamen Hügeln jenseits des Flusses ermordet worden.

Als ihr Liebhaber verschwunden war, richtete sich der ganze Zorn der Eltern gegen Nenem. In ihrem verletzten Stolz jagten sie ihre Tochter aus dem Haus und stießen Nenem aus ihrer Familie aus.

Die Mutter ihres Geliebten, die alte Frau Hunè, nahm das Mädchen in ihrer schäbigen Hütte auf. Dort sorgte sie für Nenem. Sie tröstete und liebte sie, als sei sie die eigene Tochter, und nach einigen Monaten gebar Nenem einen Sohn, dem war Hunè Mutter und Hebamme zugleich.

Nenem nannte den Sohn Toàn. Er war ein kräftiges, glückliches Kind. Hunè sorgte für ihn und seine Mutter, und sie erlebte noch die Freude, mit anzusehen, wie der Junge seine ersten Schritte machte, und mit anzuhören, wie er die ersten Worte zu sprechen begann. Die Monde kamen und gingen. Toàns Beine streckten sich, und überall, wohin seine Großmutter ging, lief er mit.

Aus dem Fluß holten sie Lachse, im Wald sammelten sie eßbare Eicheln. Im späten Frühjahr und zeitigen Sommer pflückten Hunè und Nenem an den sonnigen Berghängen Gräser, aus denen sie Hüte flochten und Körbe. Sie gingen sauber gekleidet, in Hemden und Schürzen aus frischer Borke. Sie stellten Schlingen, und im Winter deckten sie sich mit Kaninchenfellen zu.

Da kein Mann zur Stelle war, wurde Hunès Behausung mehr und mehr ein Flickwerk aus alten Planken, die die Frauen erneuerten, wenn Nenem am Fluß ein angetriebenes Brett oder ein zerschelltes Kanu fand. Am Mittag brannte jetzt die Sonne durch die Ritzen im Dach.

Hunè erlebte noch die Zeremonie der Welterneuerung mit, dann, ehe der Frühling kam, starb sie. Trauer und Einsamkeit kam über Nenem, und ihr Leben lang behielt sie die alte Frau lieb.

Der Sommer, der auf Hunès Tod folgte, verlief ereignislos, und wieder wurde es Zeit zur Zeremonie der Welterneuerung. Der Tanz fand flußaufwärts von Kotep statt, und jeder aus dem Dorf kam zu diesem Fest, zu Fuß oder mit einem Boot. Nur Nenem und Toàn blieben daheim. Nenem suchte eßbare Eicheln am Fluß, und als einige Boote vorbeikamen, erkannten sie die Leute, und ihre Stimmen drangen über das Wasser: «Nenem, Nenem! Komm mit uns – wir haben noch viel Platz im Boot.»

«Danke ... ich kann nicht gehen ... ich habe nicht das rechte Kleid an, um zu einer Zeremonie zu gehen», antwortete Nenem.

Einer, der sie gut kannte, rief zurück: «Aber Nenem! Du wirst doch nicht vom Tanz fortbleiben.»

Nenem zögerte. Sie wollte nicht zugeben, daß sie vorgehabt hatte, daheim zu bleiben. Also antwortete sie: «Ich komme später nach. Ihr braucht nicht auf mich zu warten. Ich komme schon noch. Zum Schlußtanz werde ich dort sein!»

Ihre Freunde in den Booten fuhren weiter, denn offenbar wollte sie es nicht anders. Nenem aber, da sie nun versprochen hatte, zum Tanz zu kommen, ging heim, kleidete sich und Toàn so an, wie es sich für eine Zeremonie gehört, nahm etwas Proviant mit und machte sich dann flußaufwärts auf den Weg.

Wie sie versprochen hatte, kam sie rechtzeitig zum Schlußtanz. Alle waren da. Es war Abend; die Feuer brannten und beleuchteten die Gesichter der Tänzer und Zuschauer. Vier Gruppen tanzten.

Die Zuschauer hatten nach einer bestimmten Ordnung Platz genommen. Den Tänzern am nächsten, auf der rechten Seite, saßen die Männer aus den reichen Familien, auf der linken Seite deren Frauen. Die armen Leute standen hinten, auch sie nach Geschlechtern geschieden, rechts die Männer, links die Frauen. Nenem trat zu der Gruppe der armen Frauen. Vorn rückten die Frauen zusammen und machten Nenem ein Zeichen, sie solle sich mit ihrem Sohn zwischen sie setzen. Alle begrüßten sie, alle erwiesen ihr die Ehre, die einer Tochter aus einer sehr reichen Familie gebührt.

Nur Nenems Blutsverwandte nahmen von alledem keine Notiz.

Nenem wußte nicht, wie sie die Aufmerksamkeiten, die ihr zuteil wurden, abwehren sollte. Sie war sehr aufgeregt, und als sie dann an einer der Stangen, die die Tänzer trugen, das weiße Rehfell des Pekwoi-Hauses sah, hielt sie es nicht länger aus. Das schlafende Kind auf den Armen, stahl sie sich fort. Ihre Freunde bemerkten nicht gleich, daß sie gegangen war. Keiner sah sie den Pfad zum Dorf zurückschleichen, Toàn in den Armen und bitterlich weinend.

Nenem kannte alle Wege am Fluß bis hinauf zum Atsìpul Creek, wo der Pfad sich gabelt. Sie schlug den Weg ein, der durch die Hügel verläuft und oberhalb von Kotep wieder auf den Flußpfad stößt. Es ist ein beschwerlicher und steiler Weg. Nenem wählte ihn, weil man dort wenig Menschen trifft und die großen Dörfer am Fluß unten umgeht. Niemand sollte sie so traurig sehen.

Toàn erwachte. Er merkte, daß seine Mutter weinte. Es war eine klare Nacht, und der Mond schien hell. Nenem setzte Toàn zu Boden und ließ ihn laufen, und so wanderten Mutter und Kind durch das Gebirge zum Fischsee. Als sie dort ankamen, war Nenem sehr müde geworden. Sie bereitete für ihren Sohn und für sich selbst ein Lager, und beide schliefen in dieser Nacht am Ufer des Sees.

In einer Welt, die sich im Gleichgewicht befindet, hebt und senkt sich die flache Erde, weil sie auf dem unterirdischen Ozean ruht, aber meist ist diese Bewegung kaum wahrnehmbar und richtet keinen Schaden an. Die Medizinmänner wissen dieses Gleichgewicht zu erhalten, und die Menschen, die an dem Tanz der Erneuerung teilnehmen, müssen mit ihren Füßen hart und fest auf den Boden stampfen. Wenn sie dabei nachlässig sind, hebt sich die Erde mehr als nur ein wenig, und dann entstehen seltsame und schreckliche Veränderungen. Eine solche Katastrophe hatte sich in der Zeit von Nenems Großeltern ereignet, und ihr unglücklicher Vater führte all seinen Kummer auf dieses Ereignis zurück.

Das war die Zeit gewesen, als die Erde sich so weit hob, daß der unterirdische Ozean über die Ufer trat, alle Flüsse sich füllten, das Wasser bis über den Rand der Schlucht lief und viele Fische und anderes Meeresgetier bis zum Mittelpunkt der Welt gespült wurden – viel weiter als irgendwann je zuvor.

Mit Gebeten, Tänzen und Zauber war das Gleichgewicht mit der Zeit wiederhergestellt worden. Das Wasser war wieder abgeflossen, und auch die Tiere hatte es mit sich fortgenommen, außer einem jungen weiblichen Wal, den es in den Fischsee getragen hatte, wo er liegenblieb.

Ninawa, die Walin, hatte dort lange Zeit gelegen und sich kaum rühren können, denn ihr Körper reichte vom einen Ende des Sees bis zum anderen, und wenn sie mit ihrer Schwanzflosse schlug, wie das Wale zu tun pflegen, flog der Schlamm weithin auf die Wiesen am Ufer. Sie war ruhig in dieser Nacht, da Nenem und Toàn am See schliefen. Sie hörte Nenems Weinen. Und sie hörte auch, was Nenem sprach. Dann wußte Ninawa, warum Nenem weinte, und sie war froh, daß sie der Ozean hierher getragen hatte. Ninawa war kein gewöhnlicher Wal. Sie besaß große Macht, sie nahm Anteil an allen Leiden der Menschen, aber besonders rührte sie Nenems Klagen, denn Ninawa war ein Bastard wie Toàn.

Ninawa wagte nicht, sich zu bewegen, weil sie Nenem und Toàn nicht erschrecken wollte, und sie hatte beschlossen, ihnen zu helfen. Sie lag still da und versuchte alles, um möglichst wie ein Baumstamm auszusehen, der quer über den See gefallen ist, und dabei dachte und hoffte sie immer nur eines: Toàn möge kommen und auf ihren Rücken klettern, denn auch nur eine ganz kurze Berührung würde ihm große Kraft verleihen.

Nenem wäre wohl dem Kewet-Pfad um den See herum gefolgt, hätte Toàn sie nicht davon abgehalten. Der Junge hatte den ganzen Morgen am Ufer gespielt, und nun wagte er sich etwas weiter ins Wasser hinein und noch etwas weiter, bis es zu tief wurde, um noch zu waten. Und da war Ninawa bei ihm ... etwas Festes und Hartes, das dazu herausforderte, hinaufzuklettern. Toàn kletterte hinauf, und als Nenem nach ihm Ausschau hielt, stand er auf etwas, das durch die Tränen hindurch wie ein gewaltiger Baumstamm aussah, der dalag und den See überbrückte. Nenem hatte Angst. Wie leicht konnte Toàn ausrutschen oder stolpern! Aber sie war klug genug, nicht zu schreien, denn das hätte ihn erschreckt. Sie watete nur in den See hinaus, wie es der Junge auch getan hatte, und stieg auf Ninawas Rücken, und dort folgte sie dem Kind, so schnell sie konnte. Wenn Toàn ein Unglück zustieß, wollte sie sterben. Aber nichts geschah. Der Junge rannte vor ihr her, und als sie an das Ende dessen gelangten, was in ihren Augen ein langer Holzstamm war, sprangen sie herab, wateten ans Ufer und schlugen den Weg zum Kewet-Gebirge ein.

Ninawa hatte ganz still gelegen, als Toàn sie berührt hatte, und sie zitterte, als er von ihrem Rücken sprang. Nach vielen Monden würde Toàn daran erinnert werden, aber jetzt dachten er und seine Mutter nicht weiter darüber nach.

Nenem war niemals zuvor so weit ins Land hineingekommen. Es war ein langer Weg, und als sie um das Kewet-Gebirge herumgingen, mußte sie Toàn meist tragen. Erleichtert war sie, als sie endlich den Fluß erblickten und sie sicher war, daß sie sich nicht verlaufen hatten.

Es war schon dunkel, als Toàn und sie daheim ankamen. Sie aßen ein kaltes Essen und gingen zu Bett, ohne noch einmal Feuer anzuzünden.

Sobald die Nachbarn am Morgen Rauch aus dem Kamin aufsteigen sahen, kamen sie herbei, um nachzusehen, ob Nenem und Toàn gesund und munter seien. Immerhin hatte sie niemand mehr in Kotep oder in einem der anderen Dörfer am Fluß gesehen. Zwei Nächte lag das Tanzfest zurück. Da konnte man sich schon Sorgen machen. Aber sie drängten Nenem nicht zum Reden. Sie sahen, daß sie immer noch den Tränen nahe war. Aber ihr Kummer schwand. Sie wußte, sie war heimgekommen zu Freunden.

Nenem und Toàn hatten noch einen anderen Freund: Nenems Großvater, Toàns Urgroßvater. Es ist nicht die Art der Alten, wenn sie klug sind, ihre Stimme gegen Entscheidungen zu erheben, die in einer Familie einmal gefällt worden sind. Und dieser Großvater war klug. Er beobachtete Nenem und Toàn und wartete.

Der Tag kam, an dem der Urgroßvater seine Werkzeuge nahm, Holz zum Schnitzen und sich nahe von Hunès Haus dort hinsetzte, wo Toàn zu spielen pflegte. Neugierig und interessiert kam Toàn heran, setzte sich neben den alten Mann und sah ihm beim Schnitzen zu. Der Urgroßvater schien ein Boot zu machen. Er erklärte, das sei kein Boot, sondern eine Schachtel, eine Schachtel mit einem Hohlraum innen und einem Deckel. Toàn wollte auch so eine Schachtel schnitzen. Unter der Anleitung des Urgroßvaters gelang es. Spät am Nachmittag war Toàns Schachtel fertig. Der Urgroßvater schlug vor, der Junge solle bunte Federn sammeln und diese in der Schachtel aufheben. Bald hatte Toàn eine ganze Schachtel voller Federn, und er und der Urgroßvater mußten eine größere Schachtel schnitzen. Und dann machte der alte Mann dem Knaben einen Bogen und Pfeile und lehrte ihn schießen und jagen.

Als Toàn älter wurde und allein jagen ging, brachte er seinem Urgroßvater zuerst kleine Vögel und dann größere Vögel und schließlich auch immer öfter einen rotköpfigen Specht. Und zusammen nahmen sie den Vögeln die Federn und säuberten die Häute und schlossen sie in Kästen fort. Und wenn es nötig wurde, machten sie neue Kästen, immer größere und schönere, und füllten sie mit ihren Schätzen. Manchmal jagte Toàn im Kewet-Gebirge, und er kam dabei bis zum Fischsee. Immer, wenn er den See sah, fragte er sich, was wohl aus dem großen Baumstamm geworden sei, auf dem er mit seiner Mutter herumgeklettert war. Doch der Baumstamm war nicht mehr zu sehen. Er dachte daran, wie der Stamm gezittert hatte und daß er an diesem Tag zum erstenmal wahrgenommen hatte, daß Menschen weinen können.

Alles tat der Urgroßvater für Toàn, ohne jemals seine Stimme gegen seinen Sohn und seine Schwiegertochter im Pekwoi-Haus zu erheben.

Der Urgroßvater starb, als Toàn gerade erwachsen wurde. Er ließ einen Urenkel zurück, der sich um seine Zukunft keine Sorgen zu machen brauchte, denn in Hunès Haus standen jetzt viele Kästen und Kisten, gefüllt mit der Beute des erfahrenen jungen Jägers.

Der Urgroßvater war tot. Es gab ein Begräbnis, die Trauerzeit begann. Toàn ging allein zum Fischsee. Er legte sich am Ufer nieder und schlief ein. Und im Schlaf träumte er.

Ninawa kam zu ihm im Traum und erzählte ihm viele Dinge. Sie erzählte ihm, daß sie Ninawa, der Inland-Wal, sei, daß sie der Holzstamm gewesen sei, auf dem er und seine Mutter über den See gelaufen waren, und daß danach die Geister gekommen seien und sie in einen anderen See getragen hätten. Sie sagte ihm nicht, wo dieser See liegt, sie erzählte nur, er liege weit landeinwärts und sei so groß, daß sich ein Wal darin bequem bewegen könne.

«Toàn», sagte Ninawa weiter, «du sollst wissen, daß die Wintermonde uneheliche Kinder sind ... Bastarde wie du und ich. Ich habe zugehört, wie deine Mutter eine ganze Nacht weinte, als du noch zu jung warst, um zu verstehen, was ihr Kummer machte. Da beschloß ich, dir zu helfen. Ich erinnerte mich daran, daß es Wintermonde sind, die Regen und Kraft für die Erde bringen, und ich beschloß, daß du so stark werden solltest wie die Wintermonde. Du kamst zu mir, und als du mich berührtest, zitterte ich. Kannst du dich daran noch erinnern, Toàn? Das geschah, weil ich so sehr danach verlangte, du solltest kommen, und fürchtete, meine riesige Gestalt könne dich abschrecken. Aber du hattest keine Angst, und du stiegst auf meinen Rücken. Kannst du dich daran noch erinnern, Toàn? Hier im Fischsee geschah es. Du liefst von meinem Schwanz bis zu meinem Kopf, und während du liefst, gab ich dir Kraft und Stärke. Du wirst weiter Glück haben. Du wirst ein guter Mann werden, ein großer Jäger, mit vielen Schätzen und großem Reichtum, und man wird sich deiner erinnern als einer der größten Söhne aus dem Hause Pekwoi. Denk an all das, was dich dein Großvater lehrte. Ruf die Wintermonde an, wenn du betest. Und vergiß nie, daß du einst über Ninawas Rücken gelaufen bist.»

Dies sagte Ninawa zu Toàn.

Und als Toàn Stunden später erwachte, war Ninawa nicht mehr da. Er lag ruhig da und erinnerte sich an ihre Worte und behielt sie sein ganzes Leben im Gedächtnis.

Nenem lehrte Toàn die Worte, die man bei der Begrüßung und beim Abschied sagt, sie zeigte ihm, wie man den Elchhornlöffel hält, wenn man ißt, wie man die Hände hinlegt und seinen Körper aufrichtet, wie man spricht und die Stimme verändert – all die komplizierten Regeln, an die sich ein junger Mann aus vornehmer Familie halten muß. Er lernte von ihr auch die Höflichkeit, die Freundlichkeit und Aufgeschlossenheit der Vornehmen. Und noch eines brachte Nenem Toàn bei, ehe er alt genug war, um ins Schwitzhaus zu gehen: die strengen Verhaltensformen eines stolzen Hauses. Toàn lernte zeitiger als andere

Jungen zu fasten, sich zu reinigen und seinen Zorn, seine Gier und überschwengliche Gefühle aller Art zu beherrschen.

Später wurde er im Schwitzhaus erzogen. Er ging weit in die Wälder, um Holz für die Zeremonien zu sammeln, er betete lange in den Bergen, er hielt die Gebote des Fastens, der Keuschheit und der Reinigung ein, die für die Jäger gelten. Wenn er fastete und betete, rief er seinen Urgroßvater und die Wintermonde an, wie Ninawa es ihm aufgetragen hatte.

Toàn war kaum erwachsen geworden, da konnte er aus seinen überquellenden Schatztruhen schon einen Rehfelltanz stromaufwärts und einen Springtanz stromabwärts gleichzeitig ausrüsten.

Eine solche Anhäufung von Reichtümern hatte man bei einem jungen Mann seines Alters am Fluß noch nicht erlebt. Und dies war um so bemerkenswerter, weil er ja nicht die Macht und den Reichtum des Pekwoi-Hauses hinter sich hatte. Ninawa hatte ihm mehr als das gegeben, was ihm von Pekwoi vorenthalten worden war.

Ninawas Macht lenkte seine Pfeile weithin und sicher, aber Toàn war auch ein unermüdlicher Jäger. Kein Vogel, kein Tier des Waldes entging ihm. Immer war er unterwegs.

Es war Ninawas Macht, die den Ruf von dem großen Jäger, der viele Felle und Federn zu verkaufen hatte, überall hindringen ließ. Sie brachte Leute, die Geld hatten oder Obsidian und Feuerstein tauschen wollten, in sein Haus. Aber diese Käufer und Händler kamen auch immer wieder, und sie waren zufrieden mit der Ware, die Toàn ihnen überließ. So füllte der junge Mann eine große Kiste mit kostbaren langen Schnüren voller Muschelgeld. Schließlich konnte Toàn es sich leisten, einen geschickten alten Handwerker aus Kotep anzustellen, der all die Federn, Felle, Häute, das Elfenbein und die anderen Materialien verarbeitete, und Toàn selbst blieb nun noch mehr Zeit für seine Jagdexpeditionen, von denen er außer Vögeln und Wild auch kostbare Steine und Muscheln heimbrachte.

Unterdessen starb im Pekwoi-Haus Nenems Vater, der letzte Mann der alten Generation.

Die jungen Männer, Nenems Brüder und deren beide Söhne, kamen mit all ihren Dienern nach Kotep in Hunès Haus. Der älteste Onkel machte den Sprecher, im Namen der ganzen Verwandtschaft lud er Toàn ein, nach Pekwoi zu kommen und dort als Familienoberhaupt Wohnung zu beziehen. Toàn wandte sich an seine Mutter. «Was soll ich tun, Mutter?» fragte er. «Wie willst du, daß ich mich entscheide?»

«Du solltest gehen, Toàn. Ich will, daß du gehst», sagte Nenem.

So geschah es, daß Toàn in das Haus Pekwoi zog, und die Menschen in Kotep und in den anderen Dörfern fanden, daß es recht sei so. Sehr weit fort, in einem Teich, der die Form eines Bootes hatte und von Eichenbäumen umstanden war, schlug ein weiblicher Wal mit der Schwanzflosse. Und Nenem blickte den steilen Abhang der Schlucht empor, zu dem Platz, auf dem Pekwoi stand. Sie sah die runden geschnitzten Türen, die die Sonne einließen, und sie lächelte dankbar.

Die Kisten mit Schätzen und Geld nahm Toàn nach Pekwoi mit. Aber Nenem folgte dem Sohn nicht in das Haus ihrer Familie. Ihre Brüder luden sie ein, jeder im Dorf erwartete, daß sie nach Pekwoi ziehen werde, und auch Toàn drängte sie dazu. Aber sie blieb bei ihrem Entschluß. Sie sagte ihrem Sohn:

«Du mußt gehen. Wie solltest du hier leben? Das ist nicht ein Haus von der Art, wie es dem reichsten Mann des Dorfes zukommt, und bald wirst du eine eigene Familie haben. Aber dies ist mein Heim, und ich mag nicht anderswo hinziehen.»

Also blieb Nenem in der schäbigen Hütte wohnen, die ihr und dem Baby einst Zuflucht geboten hatte. Die rissigen Wände, die alten Körbe und Gegenstände, all dies bedeutete für sie Heimat, und die Nachbarn waren ihre Freunde. Toàn verstand sie, aber er war nie ganz damit einverstanden, und von Zeit zu Zeit fragte er sie immer wieder, ob sie nicht doch zu ihm nach Pekwoi ziehen wolle, und als er sich eine Frau gekauft hatte, die aus einem der reichsten Häuser in Olegel stammte, drängte sein Weib darauf, daß die Schwiegermutter bei ihnen wohnte. Nach einer Weile gab es Kinder in Pekwoi. Da fragten der Sohn und die Schwiegertochter noch einmal, ob Nenem nicht zu ihnen ziehen wolle.

Wie immer antwortete sie: «Eines Tages werde ich kommen.»

Sie protestierte, als Toàn die alte Hütte am Fluß neu decken lassen wollte. Ihr gefielen das Heidekraut und die Luftwurzeln, die von beiden Seiten her das Haus überwucherten und auch das Dach bedeckten. Sie und ihre Freunde nannten das Haus «Heidedach». «Siehst du», sagte sie zu ihrem Sohn, «ich wohne jetzt auch in einem Haus, das einen Namen hat.»

Toàn tat alles, um ihr Heim etwas wohnlicher herrichten zu lassen. Aber zu viele Wintermonde hatten auf das «Heidedach» herabgesehen, und endlich mußte er Nenem fast zwingen, dort auszuziehen, denn noch eine Jahreszeit mit Stürmen hätte die Hütte nicht überstanden. «Soll ich dir ein neues Haus bauen lassen?» fragte Toàn.

«Nein», antwortete Nenem, «jetzt ziehe ich in dein Haus. Jetzt komme ich zu dir und deiner Frau.»

So kam am Ende Nenem doch wieder in das Haus Pekwoi. Aber es blieb ihr nur noch kurze Zeit, um sich an ihren Enkelkindern zu erfreuen. Ehe der letzte Wintermond voll war, starb sie.

Allein erfüllte Toàn alle Begräbnisriten. Seine Frau und Nenems engste Freunde halfen ihm, die Tote anzukleiden. Sie nahmen Schnur aus Weinbast, mit der man den Körper ins Grab senkt, fuhren damit über den Körper der Toten und gaben sie dann Toàn. So schoben sie ihm alles Unreine, das von der Leiche ausging, zu.

Allein weinte und fastete Toàn fünf Tage. Er sprach mit niemandem, aß nur dünne Oblaten aus Eichelmehl. Jede Nacht entzündete er am Grab seiner Mutter ein Feuer, um sie zu wärmen, bis sie Zeit gefunden hatte, die Reise ins Land der Toten anzutreten.

Am Ende der fünf Tage ging er ins Schwitzhaus, wo ein alter Mann aus Kotep die Zeremonie der Reinigung vollzog. Er wusch Toàn mit einem Extrakt aus Wurzeln und aromatischen Kräutern und betete dabei zu jedem der Geister, die am Fluß leben. Und jedem der Geister blies er auch etwas Rauch aus der heiligen Tabakspfeife zu. Und als er schließlich auch den Geist, der an der Mündung des Flusses lebt, versöhnt hatte, war aller böser Zauber, der von einem Leichnam ausgehen kann, gebannt. Toàns Reinigung war vollendet. Er konnte zu seiner Frau nach Pekwoi zurückkehren und wieder auf die Jagd gehen. Nenem hatte Toàn einst gelehrt, daß es falsch ist, zu lange um einen Toten zu trauern, daß es gefährlich ist, zuviel an einen Gestorbenen zu denken; und Toàn dachte an diese Belehrung. Er ging an das Grab seiner Mutter, immer wenn er zum Fluß kam. Manchmal nahm er sich sein Schnitzmesser und ein Stück Holz mit und setzte sich dorthin, als habe er ein ganzes Leben dort gesessen. Manchmal weinte er auch, wenn er an sie dachte, aber meist erinnerte er sich an das leise Klirren des Schmucks, das ihre Schritte begleitete, und an ihr sanftes Lächeln.

Yurok

Yukioma

Die Wanderung des Hopi-Volkes

Vor langer, langer Zeit lebten sie tief unten in der Unterwelt. Zu jener Zeit war dort alles sehr gut. Diese Lebensweise dort unten war gut. Alles war gut, alles gedieh prächtig; es regnete immer, und alles blühte. So war das, aber allmählich wurde es anders. Die Häuptlinge fingen an, Böses zu tun. Da hörte es auf zu regnen, und sie hatten nur noch karge Ernten, und der Wind begann zu wehen. Die Menschen wurden krank. Langsam wurde es so, wie es heute ist, und da fingen auch die übrigen Menschen an, schlecht zu sprechen und schlecht zu handeln. Und dann wurden die, die nicht nur *ein* Herz haben (die Hopi benutzen den Ausdruck «zwei Herzen» für Menschen, die offenbar von bösen Geistern besessen sind), die Zauberer, die sehr böse sind, immer mehr. Die Menschen begannen so zu leben, wie wir jetzt leben, in ständiger Zwietracht. So lebten sie. Keiner hörte mehr zu.

Da wurden die Häuptlinge böse, und sie faßten den Plan, sich am Volk zu rächen. Sie machten sich Gedanken über ihre Flucht. Einmal trafen sich einige Häuptlinge und dachten gemeinsam über diese Sache nach. Sie hatten über sich Geräusche wie Schritte gehört, so als ginge jemand da oben, und darüber dachten sie jetzt nach. Dann sagte der, der die Geräusche gehört hatte, man solle mal nachsehen, und wenn die da oben sie haben wollten, könne man versuchen hinauszugelangen. Die anderen wollten auch, daß man herausfand, was es damit auf sich hatte, und wenn man es ihnen erlaubte, wollten sie auch da oben hingehen. Sie machten einen Pawaokaya (eine Vogelart), sangen über ihm und brachten ihn so zum Leben. «Wozu braucht ihr mich?» fragte der Vogel. «Nun», sagten die Häuptlinge, «uns geht es hier nicht gut, unsere Herzen sind nicht leicht, und sie stellen uns hier nach, und jetzt habe ich über meine Kinder hier nachgedacht, und wir wollen sehen, ob wir nicht eine andere Möglichkeit zu leben finden können. Da oben scheint jemand zu gehen, und jetzt haben wir uns gedacht, du könntest für uns vielleicht mal nachsehen, was da los ist, und deshalb brauchen wir dich.» – «In Ordnung», sagte der Pawaokaya, «in Ordnung, ich werde raufflie-gen und mal nachsehen.» Daraufhin pflanzte der Häuptling einen hohen Baum, aber er reichte nicht bis oben hin, denn seine Spitze bog sich nach unten. Da pflanzte er ein Riedgras neben den Baum, und das reichte ganz hinauf. Jetzt sagten sie dem Pawaokaya, er solle hinaufgehen und dem, der oben war, Bescheid sagen, und wenn er zustimmte, dann wollten sie hinaufkommen.

Der Pawaokaya stieg auf, indem er diese beiden Leitern in Kreisen umflog. Als er oben ankam, fand er eine Öffnung, durch die er hinaus-flog. Dann flog er überall herum, fand aber niemanden und kehrte schließlich zu der Öffnung zurück, um wieder hinunterzufliegen. Er war so erschöpft, daß er vor den Häuptlingen auf die Erde plumpste. Als er wieder zu Atem kam, fragten sie ihn: «Na, was hast du herausgefunden?» – «Ja», sagte er, «ich bin durch eine Öffnung geflogen und fand ein weites Land, habe aber niemanden getroffen. Ich wurde hungrig und durstig und sehr müde, und deshalb kam ich zurück.» – «Ishohi! (Oh!)» sagten sie. «Nun gut, aber wer wird jetzt gehen?» Und wieder dachten sie nach. «Irgendwer muß gehen», sagten sie und dachten lange nach.

Sie machten noch einen Vogel, aber diesmal einen ganz kleinen, und als sie wieder über ihm sangen, erwachte er zum Leben. Als er lebte, sahen sie, daß es ein Kolibri war, der sehr klein, aber auch schnell und stark ist. «Wozu braucht ihr mich?» fragte der Vogel. «Nun», sagten sie, «unsere Kinder hier haben keine guten Herzen. Wir leben hier nicht gut; wir sind hier in Bedrängnis. Deshalb möchten wir, daß du da hochfliegst und zusiehst, was du findest, und wenn du da oben jemanden findest, der freundlich und gut ist, dann würden wir vielleicht selbst ganz gern raufgehen, und deshalb brauchen wir dich.» Also flog der Vogel, die beiden Pflanzen umrundend, nach oben und durch die Öffnung hinaus. Er flog herum, fand aber auch niemanden, wurde müde und kam wieder zurück. Vor den Häuptlingen ließ er sich erschöpft auf einem Ast nieder. Als er wieder einigermaßen bei Kräften war, fragten sie ihn: «Nun, was hast du gehört, was hast du herausgefunden?» – «Ja», sagte er, «ich bin da so herumgeflogen, wurde müde und kam zurück.» – «Ishohi!» sagten sie wieder. «Nun gut, schicken wir also einen anderen.»

Diesmal schickten sie einen Falken, aber es passierte wieder das gleiche. Als der Falke erfolglos zurückkam, beschlossen sie einen vierten und letzten Versuch.

Also machten sie noch einen Vogel und sangen über ihm. Während sie über ihm sangen, wurde er lebendig, und er wurde ein Motsni. «Wozu braucht ihr mich?» fragte er. «Nun», sagten sie, «unsere Kinder hier hören nicht auf uns, sie haben harte Herzen, und wir leben hier in Bedrängnis. Deshalb wollen wir hier weg, aber diese anderen haben oben niemanden gefunden, deshalb sollst du gehen und noch einmal suchen. Und wenn du dort jemanden findest, der freundlich ist und ein gutes Herz hat, dann sagst du es uns, und wir gehen nach oben.» Er flog also nach oben, passierte die Öffnung, flog überallhin, um sich umzusehen, denn er war sehr stark. Schließlich fand er den Ort, wo jetzt Oraibi ist, aber damals war da noch kein Haus. Es saß aber einer da mit gebeugtem Kopf, und den bewegte er ein wenig zur Seite, als der Motsni kam. Dann sagte er: «Setz dich, du, der du hier herumsuchst, setz dich. Sicher bist du nicht ohne Grund hier. Niemand hat mich hier bis jetzt gesehen.» – «Ja», sagte der Motsni, «da unten geht es uns nicht gut, und die Häuptlinge haben mich heraufgeschickt, damit ich mich umsehe; jetzt habe ich dich gefunden, und wenn du freundlich bist, würden wir gern heraufkommen. Jetzt sag du, sag mir, ob du bereit bist, und dann werde ich berichten, und wir werden hier heraufkommen.» Der, den Motsni gefunden hatte, war Skelett *(Masauwuu).* «Ja», sagte Skelett, «so lebe ich hier. Ich lebe in Armut. Ich habe nichts, so lebe ich hier. Wenn ihr hier auch so leben möchtet und dieses Leben mit mir teilen wollt, nun, dann kommt ruhig, ihr seid willkommen.» – «Gut», sagte der Motsni, «kommt ganz darauf an, was die da unten sagen. Also, ich gehe jetzt.» – «In Ordnung», sagte Skelett, worauf der Motsni wegflog.

Er flog wieder hinunter, dahin, wo die Häuptlinge saßen, aber er plumpste nicht hin, denn er war sehr stark, und er flog zu ihnen hin. «Was hast du herausgefunden?» fragten sie den Vogel. «Ja», sagte er, «ich war da oben und habe ihn weit weg gefunden. Aber es liegt jetzt an euch; er lebt da sehr armselig, er hat nicht viel. Aber wenn ihr mit dieser Art von Leben zufrieden sein wollt, seid ihr ihm willkommen.» – «Gut», sagten sie und waren glücklich. «So hat er also gesprochen. Dann ist er freundlich, wir sind willkommen, und wir werden gehen.»

Zu jener Zeit lebten viele Völker da unten, der Weiße Mann, der Paiute, der Pueblo; eigentlich waren es alle außer den Zuni und den Kohonino, die von einem anderen Ort kommen. Von all diesen Menschen hatten einige, deren Herzen nicht ganz so schlecht waren, von der Sache gehört und versammelten sich jetzt um den Häuptling; aber die meisten Menschen, die mit den ganz schlechten Herzen, waren nicht da. Jetzt beschlossen sie, daß sie gehen würden. In den nächsten vier Tagen erzählten die, die davon wußten, ihren Freunden, die nicht gar so schlechte Herzen hatten, daß man in vier Tagen aufbrechen würde. Also versammelten sich am vierten Tag nach der Morgenmahlzeit die Häuptlinge der verschiedenen Völker mit ihrem kleinen Gefolge. Sie trafen sich an der verabredeten Stelle, und es war eine ordentliche Menge Leute. «Wir sind ganz schön viele», sagte der Häuptling. «Vielleicht sind einige unter uns, deren Herz nicht eines ist. Jetzt sollen aber keine mehr kommen, es reicht.» Sie begannen an dem Schilfrohr hochzuklettern, zuerst die verschiedenen Häuptlinge, der Dorfhäuptling, der Flötenhäuptling, der Hornhäuptling, der Agavehäuptling, der Sängerhäuptling, der Wuwuchimhäuptling, der Klapperschlangenhäuptling, der Antilopenhäuptling, der Marauhäuptling, der Lagonhäuptling und der Kriegshäuptling. Dann folgte das Volk, sehr viele machten sich auf. Inzwischen hatten die Menschen der Unterwelt davon erfahren und drängten sich von allen Seiten heran. Als der Dorfhäuptling oben sah, daß so viele kamen, rief er: «Halt! Einige von diesen *Popwaktu* wollen wohl auch herauf, aber es ist genug. Schluß jetzt!» Dann fing er an, das Schilfrohr heraufzuziehen, so daß viele Menschen, die schon darauf waren, hinunterpurzelten.

Jetzt gingen sie alle zum Rand der Öffnung und versammelten sich, und es waren sehr viele. Der Dorfhäuptling sprach zu ihnen und sagte: «Viele sind wir, die wir heraufgekommen sind. Jetzt wollen wir dorthin gehen, aber wir wollen mit einem einzigen Herz leben. Bis jetzt haben wir mit schlechten Herzen gelebt. Das muß aufhören. Wir werden auf das hören, was der da (er wies auf den Motsni) sagt, und wie er sagt, so wollen wir leben.» Diese Anweisung gab er ihnen.

Nach kurzer Zeit wurde das Kind des Häuptlings, ein kleiner Junge, krank und starb. «Ishohi!» sagte der Häuptling. «Ein *Powaka* (Hexe oder Zauberer) ist mit uns heraufgekommen.» Und sie machten sich Gedanken darüber. Dann formte er einen Ball aus feinem Mehl, warf ihn hoch, und er landete auf dem Kopf eines Mädchens. Er ging hin, ergriff sie und sagte: «Also du bist es. Wegen dir ist mein Kind gestorben. Ich werde dich wieder hinunterwerfen.» Er trug sie zu der Öffnung. «Ich werfe dich hinunter», sagte er. «Du bist mit uns heraufgekommen, und jetzt sollen wir hier wieder genauso leben.» Aber sie wollte nicht. «Nein», sagte sie, «du darfst mich nicht hinunterwerfen. Ich möchte bei euch bleiben, und wenn ihr mal kämpfen müßt, werde ich immer für euch sprechen. Schau nur hinunter, und du wirst unten dein Kind herumlaufen sehen.» Er blickte hinunter und sah tatsächlich unten sein Kind mit den anderen herumlaufen. «So wird es von jetzt an sein», sagte das Mädchen zum Häuptling. «Wenn jemand stirbt, wird er da hinuntergehen, und er wird nur vier Tage bleiben, und nach vier Tagen wird er zurückkehren und wieder bei seinem Volk leben.» Darauf war der Häuptling mit ihrem Bleiben einverstanden und warf sie nicht in das Loch, aber er sagte ihr, sie könne nicht gleich mit ihnen gehen; wenn sie alle geschlafen hätten und aufbrächen, dann dürfe sie ihnen erst nach einem Tag folgen. Also blieb sie bei der Öffnung zurück.

Darauf sah sich der Kriegshäuptling in der Gegend um und stellte fest, daß es nach einer Seite hin immer kalt war. In dieser Zeit war noch alles dunkel, deshalb nahm die Spinnenfrau ein Stück weißes Tuch und schnitt ein großes rundes Stück heraus, auf das sie etwas zeichnete. Der Flötenpriester half ihr dabei. Sie sangen einige Lieder darüber, und dann nahm die Spinnenfrau die Scheibe und trug sie nach Osten. Bald sahen sie dort etwas aufsteigen, aber es wurde immer noch nicht sehr hell, und es war der Mond. Deshalb sagten sie, sie müßten noch etwas anderes machen. Spinnenfrau und der Flötenpriester nahmen ein Stück Leder, schnitten ein kreisförmiges Stück heraus und zeichneten darauf das Sonnensymbol, wie es heute noch vom Flötenpriester benutzt wird. Sie sangen wieder darüber, und dann trug Spinnenfrau es weg, und bald darauf sahen sie wieder etwas aufgehen, und jetzt wurde es sehr hell und sehr warm. Sie hatten Eigelb über das Sonnensymbol gerieben, und deswegen ist die Sonne so hell, und deswegen wissen die Hühner immer, wann es hell wird morgens, und krähen die Hähne bei Sonnenaufgang und mittags und am Abend und wissen alles über die Zeit. Und jetzt waren der Häuptling und das ganze Volk sehr froh, denn es war hell und warm.

Die Häuptlinge machten jetzt alle möglichen Blüten und Pflanzen und alles andere. Und dann faßten sie den Gedanken, aufzubrechen und sich zu zerstreuen. Ihre Sprache war damals die Hopisprache. Diese Sprache war dem Hopihäuptling heilig und teuer, und er wollte sie allein für sich und die Hopi. Die Leute sollten nicht ausschwärmen und seine Sprache mitnehmen, deshalb bat er die Spottdrossel, die alle Sprachen spricht, den verschiedenen Völkern verschiedene Sprachen zu geben. Das tat die Spottdrossel, sie gab jeder Gruppe eine eigene Sprache, die sie fortan sprechen sollte.

Danach setzten sie sich zu einem gemeinsamen Mahl, und der

Häuptling breitete viele, viele Maiskolben verschiedener Länge aus, die sie aus der Unterwelt mitgebracht hatten. «So», sagte er, «sucht euch einen dieser Maiskolben aus, bevor ihr aufbrecht.» Es entstand ein Gerangel um diese Maiskolben, denn alle wollten die längsten, und Völker wie die Navajo, die Ute und die Apachen (die feindseligen Nachbarn späterer Jahre) erkämpften sich die längsten und ließen die kleinen den Hopi. Der Häuptling nahm sie und sagte: «Danke, daß ihr die für mich gelassen habt. Davon werden wir leben, aber es ist kein Mais, sondern Gräser, die Samen tragen.» Und deshalb müssen diese Völker jetzt die Ähren dieser Gräser ausreiben und davon leben; die Hopi haben jetzt den Mais, denn die kleinen Kolben waren der richtige Mais.

Sie waren bereit zum Aufbruch. Der Häuptling hatte einen älteren Bruder, und mit dem besprach er, daß der ältere mit einer Gruppe in Richtung Sonnenaufgang aufbrechen sollte, und wenn er ankam, so sollte er die Sonne mit der Stirn berühren und dann dort bleiben und leben, wo die Sonne aufgeht. Aber sie sollten einander nicht vergessen und immer in die Richtung schauen, wo sich die anderen niedergelassen hatten. Mit jeder Abteilung ging eine *Sowutih* (alte Frau, Großmutter). Und jede Abteilung nahm eine Steintafel mit, auf der etwas eingeritzt war, und die beiden Stücke paßten zusammen. Für den Fall, daß die Hopi wieder in Schwierigkeiten kämen und wieder so lebten wie in der Unterwelt, verabredeten sie, daß der ältere Bruder zurückkommen, die *Powakas* ausfindig machen und enthaupten sollte.

Der ältere Bruder und seine Abteilung brachen zuerst auf, und sie wurden bei ihrer Reise in den Osten die weißen Menschen. Der Häuptling machte sich dann mit seiner Gruppe nach Süden auf den Weg. Das Mädchen, das als Powaka entlarvt worden war, folgte dieser Gruppe in einigem Abstand.

Die Menschen bildeten jetzt verschiedene Abteilungen, alle von einem Häuptling geführt, und wanderten ostwärts. An manchen Orten blieben sie für kürzere oder längere Zeit, um dann wieder weiterzuziehen. Deshalb sieht man im ganzen Land so viele verlassene Ruinen. Die Puebloleute sind auch hier durchgekommen, wo die Hopi jetzt leben. Die Weißen waren geschickter als die übrigen und kamen besser zurecht. Spinnenfrau, die bei ihnen war, machte ihnen Pferde und Esel, auf denen sie ritten, wenn sie müde waren, und deshalb kamen sie viel schneller vorwärts. Die Abteilung, bei der Powak-mana (das böse Mädchen) war, ließ sich bei Palatkwapi nieder und lebte dort eine ganze Weile; diese Leute hatten noch keinen besonderen Klan-Namen.

Die anderen Abteilungen schlugen verschiedene Wege ein und verstreuten sich über das ganze Land. Manchmal blieben sie ein, zwei, drei oder vier Jahre an einer Stelle, wo sie gute Felder und Quellen fanden. Sie legten sich Vorräte für die weitere Reise an und zogen dann weiter. Manchmal fanden sie auch gute Felder und kein Wasser, und dann machten sie sich selber Quellen mit einem *Bauyupi.* Das ist ein kleines gelochtes Gefäß, in das sie bestimmte Kräuter, Steine, Schalen und andere Dinge hineinlegten und dann begruben. Nach einem Jahr entstand an dieser Stelle eine Quelle. Bis dahin benutzten sie Regenwasser, denn Regen konnten sie auch machen. Wenn sie dann wieder aufbrachen, gruben sie meist solch ein *Bauyupi* aus und nahmen es mit.

Bevor irgendeine der Abteilungen den Ort erreichte, wo die Hopi jetzt leben, waren sie wieder schlecht geworden. Streit brach unter ihnen aus, und sie führten Krieg gegeneinander. Besaß eine Abteilung etwas, so wurde sie deshalb von anderen angegriffen, und die Menschen wurden getötet. Deswegen bauten manche ihre Dörfer auf unzugängliche Felsklippen und Mesas, denn sie hatten Angst vor den anderen Abteilungen. Einige von ihnen erreichten schließlich den Muenkapi (heute Moencopi – ein kleiner Fluß, etwa fünfzig Meilen nordwestlich von Oraibi). Es waren der Bärenklan, der Spinnenklan, der Riemenklan, der Blauvogelklan und der Fettaugenhöhlenklan; sie alle leiteten ihren Namen von einem toten Bären ab, auf den sie während ihrer Wanderung gestoßen waren.

Während diese Abteilungen für eine Weile am Muenkapi lebten, war eine andere am Little Colorado River entlanggezogen, hatte die Gegend der Großen Seen durchquert und schließlich Shongopavi erreicht. Dort bauten sie ein Dorf, dessen Ruinen man östlich vom heutigen Shongopavi sehen kann. Auch diese Abteilung nannte sich Bärenklan, aber es war ein anderer Bärenklan. Shongopavi war das erste Dorf. Als diese Menschen Shongopavi erreichten, lebte Skelett da, wo heute Oraibi ist und wo er immer gelebt hatte. Der Klan, der am Muenkapi haltgemacht hatte, ging bald dahin, wo Muenkapi jetzt ist, blieb dort aber nicht lange. Der Bärenklan, der Riemenklan und der Blauvogelklan zogen bald nach Oraibi weiter. Als der Spinnenklan Muenkapi erreichte, schrieben die Leute etwas auf eine bestimmte Klippe östlich von Muenkapi: Dieser Ort sollte immer den Hopi gehören, und niemand sollte ihn den Hopi wegnehmen, denn es gab dort so viel Wasser. Hier sollten immer die Hopi ihre Felder anbauen.

Bald nachdem der Spinnenklan nach Oraibi weitergezogen war, kam der Schlangenklan an. Als die Leute sahen, was da geschrieben stand, sagten sie: «Jemand hat hier hingeschrieben, daß er das hier besitzen möchte. Laßt uns auch hinschreiben, daß wir es besitzen möchten.» Also schrieben sie das gleiche auf die Klippe. Aber sie hatten alle gehört, daß Skelett da lebt, wo Oraibi jetzt ist, und so wanderten sie weiter nach Oraibi. Als der Bärenklan Natuwanpika erreichte, einen Ort, der nur wenig westlich von Kuiwanva liegt (eine Meile nordwestlich von Oraibi), kam ihnen Skelett entgegen. «Wir sind angekommen», sagten die Hon-wungwa, «wir möchten gern hier leben, und du sollst unser Häuptling sein. Was hältst du davon? Gibst du uns ein wenig Land?» Aber Skelett sagte: «Nein, ich werde nicht ein Häuptling sein. Ihr werdet hier Häuptling sein, ihr habt euer altes Leben wieder aufgenommen. Ihr werdet hier so sein, wie ihr schon in der Unterwelt wart. Ein *powaka* ist mit euch heraufgekommen, und es wird hier genauso sein wie da unten, wenn er hierherkommt. Aber wenn der Weiße Mann, euer älterer Bruder, hierher zurückkommt und die Köpfe der Bösen abschlägt, dann werde ich selbst wieder Besitzer von diesem meinem Land sein. Bis dahin werdet ihr Häuptling sein. Ich werde euch ein Stück Land geben, und ihr werdet hier leben.»

Daraufhin schritt er ein großes Stück Land ab. Er ging zuerst nach Osten, stieg dann die Mesa von Koqochmowi hinunter, dann auf den heutigen Weg nach Oraibi zu, den Weg hinauf und am heutigen Dorf vorbei, stieg im Westen von der Mesa hinunter und ging den Weg entlang nach Momoshavai, schloß die Quelle mit ein und kam zurück auf die Mesa. Dieses Stück Land sprach er dem Bärenklan zu. Der Anführer des Bärenklans fragte ihn, wo er wohne. Er sagte, er lebe an der Felskante von Oraibi, und dort sollten sie auch wohnen. Deshalb baute der Bärenklan seine Hütten gleich westlich der Felskante von Oraibi, wo man jetzt die Ruinen sieht.

Bald kamen auch andere Klane an. Wenn das geschah, dann ging einer aus dem neu angekommenen Klan ins Dorf und bat den Häuptling um die Erlaubnis, sich im Dorf niederzulassen. Der Häuptling pflegte sie dann zu fragen, ob sie irgendwie Regen machen konnten, und wenn sie einen Kult zu diesem Zweck hatten, dann sagten sie: «Ja, wir haben etwas, und wenn wir uns zu dieser Zeremonie oder diesem Tanz versammeln, dann wird es regnen. Damit sind wir gewandert, und damit haben wir für unsere Kinder gesorgt.» Dann sagte der Häuptling: «Sehr gut, ihr könnt in unserem Dorf leben.» So kamen die verschiedenen Klane an. Zugleich erreichten andere Klane Walpi und Mishongnovi und bauten diese Dörfer auf. Kam ein neuer Klan an, dann sagte der Häuptling: «Gut, nehmt an unserem Kult teil und helft uns mit den Zeremonien.» Und dann gab er ihnen Felder. Und so wurden alle Felder verteilt.

Als einer der ersten kam so der Bogenklan an; er kam von Südwesten. Als der Dorfhäuptling den Anführer dieses Klans fragte, was er mitbringe, um Regen zu machen, sagte er: «Ja, wir haben hier die *Shaalako*-Kachinas, die *Tangik*-Kachinas, den *Tukwunang*-Kachina und den *Shawiki*-Kachina. Wenn die tanzen, dann regnet es für gewöhnlich.» – «Sehr gut», sagte der Dorfhäuptling, «versucht es.» Also rüsteten die Aoatwungwa zu einem Tanz. Am Tag vor dem Tanz regnete es ein wenig, aber an dem Tag, an dem sie tanzten, regnete es fürchterlich. Alle Senken standen voll Wasser. Der Dorfhäuptling lud sie ein, im Dorf zu bleiben, und gab ihnen ein großes Stück Land. Er sagte ihnen, sie sollten zuerst ihre Zeremonien abhalten. Das war die *Wuwuchim*-Zeremonie, deren Leiter der Häuptling des Bogenklans ist. Diese Zeremonie war die erste, die stattfand (die erste Zeremonie im Jahreskreis).

Danach folgte die *Soyal*-Zeremonie (Zeremonie der Wintersonnenwende), die der Dorfhäuptling leitet. Danach im *Baho*-Monat die Schlangen- und Flötenzeremonie, die etwa alle zwei Jahre wechseln. Der Schlangenkult wurde vom Schlangenklan gebracht, der Antilopenkult vom Blauvogelklan und der Flötenkult vom Spinnenklan. Später kamen noch weitere Klane. Kleine Gruppen, die im ganzen Land verstreut lebten, hörten manchmal von den Menschen in Oraibi, und manchmal kamen sie und baten, auch im Dorf leben zu dürfen. Auf diese Art wurden die Dörfer langsam aufgebaut.

Zu der Zeit war noch alles gut. Es lebten noch keine bösen Menschen da. Wenn die Kachinas tanzten, regnete es, und wenn es nicht während des Tanzes regnete, dann hinterher, und wenn die Menschen ihre Kiva-Zeremonien abhielten, regnete es auch. Aber zu jener Zeit hatten sie noch nicht so viele Kachinas (zu der Zeit, als diese Geschichte erzählt wurde, waren es um die 250). Es gab nur die Hopi-Kachinas, die die Hopi aus der Unterwelt mitgebracht hatten. Sie waren sehr einfach und sehr gut. Die Menschen lebten glücklich zu dieser Zeit, aber in Palatkwapi vermehrten sich die Bösen. Das Powakamädchen, das mit aus der Unterwelt heraufgekommen war, hatte die anderen ihre bösen Künste gelehrt. Die Bösen wurden so viele, daß Palatkwapi schließlich von einem großen Wasser verschlungen wurde.

Fast alle Menschen wurden vernichtet, aber einige erreichten trockenen Boden und wurden gerettet.

Sie wanderten nordostwärts und kamen nach Matovi und dann nach Walpi. Von da aus verteilten sie sich über die verschiedenen Dörfer und lehrten dort ihre bösen Künste. Sie verbreiteten Krankheiten unter den Menschen, so daß sie starben. Auch verwandelten sie die Ute und die Apachen, anfangs Freunde der Hopi, in Feinde, die gegen die Hopi Krieg führten. Und schließlich stifteten sie auch Streit unter den Hopi. Auch die Navajo waren einst Freunde der Hopi, aber die *Popwaktu* veranlaßten auch sie immer wieder, die Hopi zu überfallen, und dann kamen die weißen Männer und richteten Forderungen an die Hopi. Die Weißen sind auch von den *Popwaktu* hierhergerufen worden, und jetzt bedrängen auch die Weißen die Hopi.

Aber die Hopi warten immer noch auf ihren älteren Bruder, der zum Sonnenaufgang gewandert war, und er schaut von da aus hierher zu den Hopi und beobachtet, wie sie zurechtkommen. Unsere alten Männer und Vorfahren haben gesagt, daß weiße Männer kommen würden, aber sie seien nicht wie unser älterer Bruder und würden uns nur Kummer machen. Sie würden unsere Kinder fordern. Sie würden verlangen, daß wir uns den Kopf waschen (Taufe), und wenn wir das nicht täten, würden sie uns schlagen und quälen und vielleicht sogar töten. Aber wir sollten nicht auf sie hören, sondern wie Hopi weiterleben. Wir sollten weiter die Nahrung der Hopi essen und die Kleidung der Hopi tragen. Aber diese *Popwaktu* würden dem Weißen Mann helfen, denn sie wollten genau dasselbe wie die Weißen. Und jetzt ist das eingetroffen, was unsere Vorfahren geweissagt haben. Jetzt geht es uns schlecht. Unsere Kinder werden uns weggenommen, und wir werden verfolgt und mißhandelt.

Wie die Hopi die Grenzlinie zwischen ihrem Land und dem der Navajo bezeichneten

Bei all den Kämpfen und Auseinandersetzungen mit den Navajo dachten die Hopi immer darüber nach, wie man zu einer Grenzlinie kommen und diese bezeichnen könne. Ja, wie? Was für ein Zeichen würde denn von anderen Stämmen respektiert werden? Es mußte etwas sein, woran sich die Hopi und Navajo immer erinnern würden.

Nun lebten zu dieser Zeit in Walpi zwei Männer, die waren Rivalen in der Liebe zu einer Frau, die Wupo-wuti hieß. Beide Männer hielten nach einer Gelegenheit Ausschau, dieser Frau zu beweisen, wie stark und tapfer sie waren. Endlich dachten sie an die Grenzlinie und an die Überzeugung ihres Stammes, daß diese so bezeichnet werden solle, daß es die Menschen für ewig und alle Zeiten nicht vergessen würden. Die beiden Männer sahen darin eine Möglichkeit, sich hervorzutun und gleichzeitig ihrem Stamm einen Dienst zu erweisen. Sie verfielen darauf, nahe der Grenzlinie einen Kampf mit den Navajo vom Zaun zu brechen. In diesem Kampf würden sie ihr Leben opfern, und ihre Schädel würden die Grenzlinie markieren.

Dann verkündete Masale (der mit den gekreuzten Federn), sie würden nach Fort Defiance gehen. Die beiden Männer kamen überein, daß die Reise zeitig im Herbst stattfinden sollte. Tuwupu (Kaninchenfelldecke) ging zunächst davon aus, daß er allein mit Masale reisen werde. Später stellte er aber fest, daß eine ganze Gruppe von Leuten vorhatte, mitzukommen. Es kamen ihm danach Bedenken. Er sagte sich, auf diese Weise würden zu viele Menschenleben geopfert, aber da er dem anderen Mann sein Versprechen gegeben hatte, ließ sich daran nichts ändern, und seinen Rivalen verraten, das wollte er auch nicht. Der Ausrufer gab also bekannt, wer immer sich der Reisegesellschaft nach Fort Defiance anschließen wolle, sei willkommen, er solle sich bereit machen, bald gehe es los. Masale besaß einen Sohn namens Hani, den er sehr liebte und mitzunehmen gedachte. Er sagte sich, wenn ich falle, ist es schon das Beste, wenn auch der Junge stirbt. Nun war das eine Zeit voller kriegerischer Auseinandersetzungen, und also forderte man alle auf, Pfeil und Bogen mitzunehmen. Masale verständigte seinen Jungen auch darüber und hieß ihn, sich neue Pfeile zu besorgen. Der Junge, der von der Verabredung der beiden Männer natürlich nichts wußte, war froh, daß er mit durfte. Unterdessen hatte es sich unter den Leuten im Dorf herumgesprochen, daß die beiden Rivalen gemeinsam nach Fort Defiance reisten, und natürlich vermutete man, daß unterwegs etwas geschehen würde.

Am Morgen des Tages, an dem die Reisegesellschaft aufbrach, fragten Verwandte den Jungen, ob er seinen Vater begleite, und als dieser das bejahte, versuchten sie ihn davon abzuhalten. Aber Hani sagte, er sei fest entschlossen, was solle schon passieren, da doch auch sein Vater mit dabei sei. Nun sagte einer seiner Onkel, wenn ich dich schon nicht davon zurückhalten kann, so will ich dich doch wenigstens warnen. Wo immer ihr euer Lager aufschlagt, achte stets darauf, wohin du Pfeil und Bogen legst, denn unterwegs wird dein Leben immer in Gefahr sein. Er hieß den Jungen, die Waffe nie unter den Kopf zu legen, sondern vor seine Füße. Stell dir vor, sagte der Onkel, wenn du auf dem Rücken liegst im Schlaf, plötzlich geweckt wirst und aufspringst, kannst du so am raschesten Pfeil und Bogen an dich nehmen. Er sagte ihm auch noch, er solle nur nicht zu fest schlafen und immer daran denken, daß überall Gefahren lauerten. Nachdem Hani sich diese Warnungen angehört hatte, lief er los. Er war der letzte, der das Dorf verließ. Zu dieser Zeit führte der Pfad durch Keams Canyon. Als sie schon eine Weile unterwegs waren durch den Canyon, sah er ziemlich niedrig über sich einen Adler fliegen. Er dachte: Der setzt sich bestimmt gleich auf einen Felsen. Dann will ich ihn töten und seine Federn mitnehmen, für den Fall, daß ich unterwegs noch Pfeile machen muß. Und also verbarg er sich im Gesträuch. Tatsächlich setzte sich der Adler auf einen Felsen. Hani schlich sich an und schoß. Er traf ihn. Der Vogel stürzte zu Boden, aber als er dann zu der Stelle kam, an der er lag, fand er einen Bussard. Das kam ihm merkwürdig vor, denn er war ganz sicher, einen Adler gesehen zu haben. Er dachte sich: Vielleicht ist das eine Warnung oder Hexenwerk. Aber er war nun einmal unterwegs und konnte nicht gut umkehren. Am späten Nachmittag holte er die anderen ein.

In dieser Nacht schlugen sie ihr erstes Lager auf, die Warnungen gingen ihm nicht aus dem Sinn, und er konnte nicht schlafen. Irgendwann mußte er doch für eine Weile eingeschlafen sein. Als er die Augen aufschlug, war er sofort hellwach. Er hörte zwei Männer miteinander reden, blieb aber ruhig liegen und tat so, als ob er schliefe. Er erkannte die Stimme seines Vaters und hörte an der Stimme auch, daß der andere Mann Tawupu war. Der fragte seinen Vater, warum er denn den Jungen mitgebracht habe, und dieser antwortete, er habe ihn nicht gut ganz allein daheim zurücklassen können. Er sagte auch noch, wenn der Junge nicht mitgegangen wäre, hätte er auch daheim bleiben müssen, und daß es besser sei, wenn sie beide umkämen. Als sich der Junge auf die andere Seite drehte und dadurch ein Geräusch entstand, trennten sich die Männer und krochen wieder in ihre Betten. Verständlich, daß Hani, nach dem, was er da mit angehört hatte, nicht mehr einschlafen konnte.

Von da an war es dem Jungen jeden Abend recht unbehaglich, wenn sie ihr Lager aufschlugen. Er legte sich schlafen, das aber nur zum Schein. Er blieb wach, weil er ja nun wußte, was die beiden Männer vorhatten. Die anderen Leute in der Reisegesellschaft schienen von all dem nichts zu wissen.

Nachdem sie mehrere Tage unterwegs gewesen waren, erreichten sie Fort Defiance. Der Weiße Mann nahm sie dort gut auf, und man lud sie ein, mehrere Tage zu bleiben. Zwölf oder fünfzehn Menschen waren mit der Reisegesellschaft gekommen. Vier ist die heilige Zahl der Hopi. Also beschlossen sie, vier Tage zu bleiben Ehe sie aufbrachen, gab der Bahana ihnen noch Mehl, Zucker, Kaffee, verschiedene Stoffe und außerdem noch Garne.

Am nächsten Morgen war es dann soweit. Alle Maulesel waren beladen, man fragte sie noch, ob eine Wache mit ihnen gehen solle. Im Fall der Gefahr war dann jemand bei ihnen, der beweisen konnte, daß sie Freunde des Weißen Mannes waren und nichts Böses im Schilde führten, aber da sich keine Anzeichen von Gefahr gezeigt hatten, als sie auf dem Hinweg gewesen waren, lehnten sie solchen Schutz nun ab. Da der Weiße Mann all ihre Wünsche erfüllt hatte, die sie seit langem hegten, waren sie sehr glücklich, als sie davonritten. In der Nacht, ehe sie Ganado erreichten, belauschte Hani die beiden Männer dabei, wie sie mit einem dritten sprachen. Diesmal saßen sie an einem Lagerfeuer und rauchten ganz ruhig. Es fiel dem Jungen schwer, alles zu verstehen, was sie sagten, denn sie flüsterten. Er ging näher heran, um etwas mitzukriegen, aber sogleich stand einer der Männer auf, und die beiden anderen gingen schlafen. Der dritte Mann war ein Fremder gewesen, ein Navajo. Am nächsten Morgen war der Junge mißtrauischer denn je, aber er konnte immer noch nicht seinen Vater fragen, was bei diesem nächtlichen Treffen verabredet worden war.

An diesem Tag wurde abends zeitig schon das Lager aufgeschlagen. Alles war schon gerichtet, ehe die Sonne unterging hinter den roten Hügeln nordwestlich von Ganado. Sie hatten ein gutes Abendessen und verzehrten dabei fast alle Nahrungsmittel, die ihnen in Fort Defiance geschenkt worden waren – Schinkenspeck und Rindfleisch. Nach diesem Essen hieß es, man wolle sich zeitig schlafen legen und dafür am anderen Morgen früh aufstehen, denn sie hatten sich ausgerechnet, daß sie schon am Abend des kommenden Tages daheim sein würden. Dieser Mann, Masale, der Vater des Jungen, schien an diesem Abend bedrückt. Ehe er sich hinlegte, schnitt er einen Arm voll Zedernzweige ab und verteilte sie um das Lager, als Windschutz, wie er sagte. Dahinter legten sie ihre Sättel und alle Lasten, die sie bei sich hatten. Für diese Nacht nahm Hani sich vor, kein Auge zuzutun, aber das hielt er nicht durch. Es dauerte nicht lange, da war er eingeschlafen. Er meinte zu träumen, und in seinem Traum sah er einen schweren Hagelsturm kommen und meinte dann auch, das Geräusch des Hagels zu hören, erst leiser, dann immer lauter. Als er hellwach war, wußte er, was in Wirklichkeit vor sich ging. Sie waren angegriffen worden, aber die anderen waren schon alle auf den Beinen. Sein Vater schrie, so laut er konnte, zunächst etwas in Apache, dann in Navajo und dann in Zuni. Er fragte, wer da angreife. Der Junge hatte nicht vergessen, wohin er an jedem Abend Pfeil und Bogen legen sollte. Als er aufsprang, war also der Bogen gleich zur Hand, aber unterdessen flogen schon aus allen Richtungen Pfeile heran. Die Feinde brachen ins Lager ein, und im Dunkel der Nacht wußte man nicht, wer Freund und wer Feind war. Der Junge begann fortzurennen, und sie setzten ihm nach.

Nun verhielt es sich so, daß die Navajo ein Maisfeld in der Nähe hatten, in dem auch Kürbisse mit sehr langen Ranken wuchsen. Als Hani merkte, daß es von Feinden nur so wimmelte, verbarg er sich unter den Ranken und hielt den Atem an. Er hörte seinen Vater einen letzten Seufzer tun und wurde sehr zornig. Tot oder lebendig, so beschloß er, er wollte und mußte durchkommen. Aber dann merkte er, daß er von mehreren Pfeilen getroffen worden war. Er rannte zurück ins Lager. Dort lag sein Vater skalpiert, mit mehreren Pfeilen im Leib, tot. Es kam ihm ein, daß er vor allem zuerst seine Pfeile finden mußte, und er entdeckte sie eingerollt in seiner Decke.

Diese kleine Decke war nur halb so groß wie eine Satteldecke. Die

Feinde dachten, er gehöre zu ihnen, und deshalb schossen sie nicht auf ihn. Als er dann doch verfolgt wurde, rannte er los und hielt die kleine Decke vor sich, um mit ihr die Pfeile aufzufangen. Der Mond ging gerade unter, und es wurde dunkel.

Zuerst bemerkte er gar nicht, daß er getroffen worden war. Er war ein guter Läufer. Der Feind konnte ihn nicht einholen, aber als es dann bergauf ging und ihm das Atmen so schwer wurde, stellte er fest, daß ein Pfeil in seinem Magen, ein zweiter in seiner Hüfte und der dritte zwischen seinen Schultern steckte. Die beiden ersten Pfeile zog er sich selbst heraus, aber den auf seinem Rücken vermochte er nicht zu erreichen. Was soll's auch, dachte er bei sich, als er sich einen Abhang hinaufbemühte: jetzt muß ich sterben. Als er etwa auf der Hälfte war, jammerte er, betete zu den Göttern und flehte sie an, daß, wenn er schon sterben müsse, sein Schädel gefunden werden solle. Er hatte keine Ahnung, wer aus der Reisegesellschaft noch lebte. Als er seine Gebete gesagt hatte, weinte er, aber er konnte nicht sehr laut weinen, denn er wollte in Frieden sterben, die Feinde sollten ihn nicht finden. Als er wieder zu sich kam, war es kurz vor Morgengrauen. Er sah das Tageslicht über dem Horizont, und jetzt wünschte er, er werde nicht mehr sterben müssen. Wenn die Sonne rechtzeitig aufging, so meinte er, werde sie ihm Kraft verleihen. Er konnte aber nicht umhin zu jammern, während er weiter aufwärts kroch, und dann hörte er jemanden von der Spitze des Berges her etwas sagen. Er erschrak, denn er dachte, der Feind habe ihn aufgespürt, und deshalb gab er auch keine Antwort. Die Stimme kam wieder. Es war jemand, der Hopi sprach. Die Stimme sagte: Bist du schwer verwundet? Und er erwiderte: Ja. Der andere sagte: Schaffst du es noch bis hierherauf? Und er erwiderte: Nein.

Der Mann kam herunter und half ihm. Als sie oben waren, erkannte er diesen Mann, es war jemand, der Maiyaro hieß. Nun, dieser Mann sagte zu dem verwundeten Jungen, sie könnten ja zusammen weiterreisen, er sei unverletzt davongekommen.

Hani hieß ihn, nur auszuschreiten und ihn zurückzulassen, denn er meinte immer noch, er werde sterben. Aber der andere Mann redete ihm das aus. Also gingen sie langsam, und nach einer Weile stießen sie auf einen dritten Mann, der hieß Tochi (Mokassin). Der hatte sich auch versteckt. Noch einmal sagte Hani, sie sollten ihn nur liegenlassen und zulaufen, aber das taten sie nicht. Sie fragten ihn, welche seiner Wunden ihn am meisten schmerzte, und er erwiderte: der Pfeil im Rücken. Sie überlegten, ob sie den Pfeil herausziehen sollten, der aber steckte fest im Knochen. Sie versuchen, ihn herauszuziehen, aber nur der Schaft hinter der Spitze blieb in ihren Händen. Danach mußten sie noch fester ziehen. Sie versuchten es mit den Zähnen, und endlich schafften sie es, die Pfeilspitze zu beseitigen. Von nun an lief immer einer der beiden Männer eine Viertelmeile vor Hani her, und der andere ließ sich zurückhängen.

Sie kamen nur sehr langsam voran. Sie gelangten in ein anderes Tal, es war gegen Sonnenaufgang. Wie er da so ging, sah Hani ein Kaninchen neben der Spur. Er wollte es erschießen, weil er solchen Hunger hatte und etwas zu essen brauchte. Der andere Mann aber erinnerte ihn daran, daß er das Kaninchen nicht töten dürfe. Er sprach: Denk doch daran, daß du zum Kaninchenclan gehörst, wenn du es leben läßt, wird es dir vielleicht Glück bringen, vielleicht bringt es uns beiden Glück. Laß das Kaninchen leben. Sie dachten daran, daß es in dieser Gegend eine Quelle geben mußte, und sie waren erschöpft und durstig. Tochi, der dritte Mann, der vorausgegangen war, hatte unterdessen das Dorf erreicht. Als die beiden anderen zu der Quelle kamen, wollte Maiyaro den Jungen nicht trinken lassen. Er fürchtete, das werde seinem Magen nicht guttun.

Nachdem sie sich ein bißchen erfrischt hatten, beschloß Maiyaro, auf einen Hügel zu steigen und nach dem Feind Ausschau zu halten. Zuvor aber warnte er den Jungen noch einmal, mit seiner Wunde im Magen größere Mengen kaltes Wasser zu sich zu nehmen. Kaum war der andere fort, da trank Hani soviel er nur konnte, und danach fühlte er sich viel besser.

Maiyaro erstieg den Hügel, und als er hinab auf den Pfad sah, erkannte er, daß es dort von Navajo nur so wimmelte, und er sah dem Treiben des Feindes einige Zeit zu und wurde ganz mutlos dabei. Er wartete, und die Navajos zogen ab. Er ging zur Quelle zurück, und Hani erzählte ihm, daß er entgegen seinem Rat getrunken habe, sich aber nun viel besser fühle. Sie kehrten zu dem Pfad zurück. Maiyaro sagte, es sei besser, wenn er noch weiter zurücklaufen und nachschauen würde, was die Navajo täten. Als er zu der Stelle kam, an der sie zuvor das Kaninchen gesehen hatten, war dieses fort. Er sah sich ein wenig um und fand heraus, daß das Kaninchen dreimal über ihre Spuren gelaufen war. Damit hatte es die Navajo in die Irre geführt, denn die Spuren sahen jetzt so aus, als sei hier schon einmal jemand während der Nacht, lange vor Tagesanbruch, vorbeigekommen. Als Maiyaro Hani wieder traf, war es Mittag. Es war jetzt sehr heiß, und so stellten sie sich unter überhängende Felsen. Hani ging es ganz gut. Er meinte, er müsse sich etwas hinlegen, um sich abzukühlen. Also streckte er sich unter den Felsen aus, schlief ein, und der andere Mann hielt Wache. Dabei fielen ihm auch von Zeit zu Zeit die Augen zu, und plötzlich sah er den Schatten eines kleinen Vogels auf der Spitze eines Felsens. Es war ein Spatz, der sich da so aufregte. Der Mann hielt es für eine Warnung, er sprang auf und weckte Hani. Zusammen gingen sie weiter. Die ersten Anzeichen für Regen zeigten sich. Wolken zogen sich zusammen, und es wurde auch spürbar kühler. Dann fing es an zu regnen. Sie kamen überein, sich nicht unterzustellen, sondern weiterzugehen. Es regnete so stark, daß alles Blut von Hanis Wunden abgewaschen wurde. Er sagte, er fühle sich jetzt sehr viel besser; und Maiyaro forderte ihn auf, es einmal zu versuchen, ob er ein schnelles Laufen durchhalten könnte. Nachdem sie eine Weile gerannt waren, erkundigte sich Maiyaro wieder bei Hani, ob seine Wunden sehr schmerzten, und dieser sagte: nein. Da forderte er ihn auf, noch ein bißchen rascher zu laufen. Unterdessen hatte Tochi Walpi erreicht und den Leuten erzählt, was sich zugetragen hatte.

Als Hanis Mutter hörte, daß ihr Sohn schwer verwundet worden sei und vielleicht sterben werde, nahm sie einige Piki und etwas süßes Maismehl und machte sich auf den Weg, um ganz allein nach ihm zu suchen. Nun, das war wirklich eine tapfere Tat. Sie war darauf gefaßt, ihn irgendwo tot zu finden. In diesem Falle wollte sie seine Leiche unter eine Felsplatte schleifen oder sie mit schweren Steinen abdecken und die Piki und das süße Maismehl bei ihm zurücklassen. Am Eingang von Jeddito stieß sie auf die beiden Männer. Schon aus der Ferne erkannte sie Hani und sah, daß es Maiyaro war, der da neben ihm rannte. Sie konnte einfach nicht an sich halten und mußte einen Freudenschrei ausstoßen. Zu dritt liefen sie dem Dorf zu, und als sie an den Rand der Mesa im Süden von Walpi kamen, sahen sie aus dem Tal Staubwolken aufsteigen. Sie überlegten, was das sein könne, und verfielen schließlich auf einen Angriff der Navajo. Tapfer beschlossen sie, sich dem Feind in den Weg zu stellen. Tatsächlich aber waren es eigene Leute, die ihnen zu Hilfe kommen wollten. Es stellte sich nun heraus, daß von der Reisegesellschaft, die in Fort Defiance gewesen war, nur sechs Menschen überlebt hatten.

Hani wählte seinen Paten am Fuß der Mesa, und natürlich war das Maiyaro, der ihn gefunden hatte und bei ihm geblieben war, statt rasch nach Hause zu laufen. Der Junge fastete vier Tage, und dann nahm er jenen Namen an, unter dem er später bekannt wurde – Hani. Von da an war er immer darauf aus, sich an den Navajo zu rächen. Er führte oft Kriegszüge gegen sie an und brachte von diesen so manchen Skalp heim. Die Hopi betrachteten ihn als einen der größten und tapfersten Männer aus Walpi.

Wakan-Tanka spricht mit mir

Nicht durch die menschlichen Gedanken,
Festgehalten auf den Seiten eines Buchs.
Er schreibt nicht Worte, nicht Credo, nicht Dogma,
Um mich zu binden an einen Klan.
Im Flug der Vögel auf ihrem Zug
In Länder, unerreichbar meinem Auge,
In Bäumen, die wurzeln und gelassen
Aufwachsen zu ihrer ganzen Größe,
In Blumen, deren Blüten
Solch zarten Duft in sich bewahren,
Und durch ein jedes Tier,
Das seinen Sinn in sich begreift,
Im Aufsteigen der Sonne zur Morgendämmerung,
Kündend von einem neuen Beginn,
In der Mondin, die Flut und Ebbe
Der Gezeiten in Ihren Händen hält,
In Venus, Jupiter und Mars
Und den Sternen, die Sein Gefolge sind,
In allem, was da atmet
Und sich bewegt
Und kriecht
Und fliegt
Und steht,
Spricht Wakan-Tanka zu mir.

Die Geschichten um Saynday

Wer Saynday war und was er tat

Heute trifft man Saynday nicht mehr. Er lebte vor langer Zeit, und all diese Geschichten ereigneten sich auch vor langer, langer Zeit. Als er noch hier auf der Erde lebte, war er ein Mann mit einem komischen Gesicht. Er war groß und dünn. Er hatte einen kleinen, dünnen Schnurrbart, dessen Enden über die Mundwinkel herabhingen. Die Muskeln an seinen Armen und Beinen traten mächtig hervor. Es sah aus, als seien sie mit Schnüren abgebunden. Er hatte eine komische hohe, wiehernde Stimme, und er sprach seine eigene Sprache. Seine Sprache war der anderer Menschen ähnlich, aber er hatte eine ganz eigene Art, sich auszudrücken.

Er legte auch die Regeln dafür fest, wann und wie diese Geschichten erzählt werden sollten. Dies aber sind die Regeln, die Saynday aufstellte, und wenn man sie nicht beachtet, so kommt er und schneidet einem die Nase ab:

Erzählt meine Geschichten im Winter, wenn alle Arbeit im Freien getan ist. Erzählt meine Geschichten am Abend, wenn des Tages Arbeit getan ist. Erzählt meine Geschichten immer auf dieselbe Art und laßt sie immer beginnen: Saynday kam daher...

Wie Saynday zu einer Sonne kam

Saynday kam daher, und alle Welt war schwarz. Es gab keine Sonne auf dieser Seite der Erde, und die Menschen lebten in der Finsternis. Die Sonne gehörte den Menschen auf der anderen Seite der Welt, und die paßten scharf auf, daß sie ihnen niemand fortnahm.

Als Saynday so daherkam, traf er einige Tiere. Es waren der Fuchs, das Reh und die Elster. Sie saßen vor dem Erdloch eines Präriehundes beieinander und besprachen sich.

«Was gibt's?» fragte Saynday.

«Die Welt gefällt uns nicht», sagte der Fuchs.

«Was ist los mit dieser Welt?» fragte Saynday.

«Sie ist uns zu dunkel», sagte das Reh.

«Was habt ihr gegen die Dunkelheit?» fragte Saynday.

«Wo es dunkel ist, da ist kein Leben und kein Glück», sagte die Elster.

«Dann sollten wir etwas dagegen tun», sprach Saynday.

So saßen die vier vor dem Loch des Präriehundes und dachten nach. Sehr lange dachten sie nach. Sie waren mucksmäuschenstill, und plötzlich steckte der Präriehund seinen Kopf aus dem Bau, und als er sie da zusammensitzen sah, dachte er auch mit ihnen nach.

«Es gibt eine Sonne», meinte Saynday schließlich.

«Wo ist sie?» fragte der Fuchs.

«Auf der anderen Seite der Welt», sagte Saynday.

«Was tut sie dort?» fragte das Reh.

«Die Leute, die sie haben, lassen sie nicht gehen», erklärte Saynday.

«Was nützt uns dann die Sonne?» sprach die Elster.

«Gar nichts», sagte Saynday, «ich denke, wir sollten etwas dagegen unternehmen.»

Da saßen sie also und dachten nach, und keiner von ihnen rührte sich von der Stelle.

Dann sprach Saynday: «Können wir uns nicht die Sonne ausleihen?»

«Wir würden sie ja nicht stehlen», sagte der Fuchs.

«Wir würden sie nicht für immer behalten», sagte Saynday.

«Wir würden sie ihnen manchmal wiedergeben», sagte das Reh.

«Dann könnten die Pflanzen auf ihrer Seite der Welt wachsen», meinte die Elster.

«Aber hier würde auch alles wachsen und gedeihen», sagte Saynday.

Dann wurde Saynday lebendig, denn nun hatte er genug nachgedacht. Jetzt würde er handeln.

«Wie weit kannst du laufen?» fragte er den Fuchs.

«Sehr weit.»

«Wie weit kannst du laufen?» fragte er das Reh.

«Einen kurzen langen Weg.»

«Und wie weit läufst du?» fragte Saynday die Elster.

«Einen langen kurzen Weg.»

«Ich kann selbst nicht sehr weit laufen», sagte Saynday, «also mir dürft ihr nicht allzuviel zumuten.»

Dann stellte er sie auf und sagte ihnen, was sie tun sollten. Der Fuchs sollte in ein Dorf auf der anderen Seite der Erde gehen und sich mit den Menschen dort anfreunden. Das war die erste und schwerste Aufgabe. Der Fuchs machte sich sogleich auf den Weg.

Lange lief er dahin und ertastete seinen Weg in der Dunkelheit. Dann sah er vor sich einen ganz kleinen Fleck Sonne, etwa so, wie man heute die Sonne im Winter sieht. Er lief auf dieses Licht zu, und es wurde heller und heller, bis es schließlich den ganzen Himmel erfüllte. Da stand er auf einem Hügel und sah unter sich das Dorf der Menschen, denen die Sonne gehörte. Er setzte sich hin, beobachtete und überlegte, was nun zu tun sei. Die Menschen dort unten spielten ein Spiel mit der Sonne. Sie hatten sich in zwei Reihen aufgestellt, und jede Reihe hatte vier Speere. Sie rollten die Sonne über den Boden, und dann zielten sie mit ihren Speeren nach ihr. Die Partei, die am häufigsten traf, hatte gewonnen. Eine Partei hatte schon sehr viele Treffer, und die andere lag hoffnungslos zurück.

Der Fuchs sprang den Hügel hinunter, lief zum Dorf und legte sich auf den Boden, die Nase auf seinen Pfoten, und sah zu. Wieder rollten sie die Sonne, und die Partei, die schon vorn lag, gewann wieder zwei Punkte, während die andere Partei wieder verlor.

Ganz leise, so daß es der Anführer der Verlierenden gerade noch hören konnte, sagte der Fuchs: «Viel Glück den Verlierern.»

Niemand achtete darauf, außer dem Mannschaftsführer, der für einen Augenblick den Kopf wandte. Wieder rollten sie die Sonne, und diesmal gewann die Mannschaft, die im Rückstand war.

Der Mannschaftsführer kam herüber und sagte zum Fuchs: «Ich danke dir, daß du uns Glück gewünscht hast.»

«Weiterhin viel Glück», sagte der Fuchs, und wieder gewann die Mannschaft, die im Rückstand war.

Diesmal gab es einige Aufregung. Die Mannschaft, die bisher immer gewonnen hatte, bestand darauf, man solle den Fuchs fortschicken, aber die andere Mannschaft wünschte natürlich, er solle bleiben. Sie stritten sich, da aber die, welche für den Fuchs eintraten, stärker waren, durfte er am Ende bleiben.

Lange blieb der Fuchs im Dorf. Er blieb so lange, bis er es so gut kannte wie seinen eigenen Bau. Er blieb, bis er die Namen aller Leute kannte, bis er wußte, was sie taten und wo sie wohnten. Er blieb, bis er in Erfahrung gebracht hatte, wo sie die Sonne immer verwahrten und welche Männer sie bewachten. Er blieb, bis er alle Spielregeln jenes Spiels mit der Sonne kannte und man ihn selbst mitspielen ließ. Und während der ganzen Zeit dachte er über seinen Plan nach.

Eines Tages gab es ein großes Spiel. Der beste Spieler des Jahres sollte dabei bestimmt werden. Der Fuchs spielte bei der Mannschaft, der er zu Anfang Glück gewünscht hatte. Zuerst durften alle anderen Spieler die Sonne rollen, dann endlich kam der Fuchs an die Reihe. Er nahm die Sonne zwischen seine Pfoten, wie sie es ihn gelehrt hatten, beugte sich vor, als wolle er sie über den Boden rollen, aber statt sie fortzustoßen, begann er mit der Sonne zu rennen und machte sich davon.

Im ersten Augenblick waren die Leute so erstaunt, daß sie nicht wußten, was tun. Dann wurden sie zornig und rannten hinter dem Fuchs her. Aber der Fuchs war ein guter Läufer, und er konnte sehr weit laufen. Deswegen hatte ihn Saynday zur ersten Etappe geschickt. Er rannte und rannte, und endlich kam er zu der Stelle, wo das Reh schon wartete. Es schaute sich die Sonne gar nicht erst an, es riß sie dem Fuchs aus den Pfoten und begann davonzuspringen, so schnell es konnte. Es lief und lief, und als es nahezu erschöpft war, traf es endlich die Elster.

Die Leute aus dem Sonnendorf waren weit zurückgeblieben, aber die Elster wollte kein Risiko eingehen. Sie nahm die Sonne, flog mit ihr davon und trug sie so weit weg, wie sie konnte. Als ihr der Atem auszugehen drohte, traf sie auf Saynday und gab ihm die Sonne weiter.

Die Leute aus dem Sonnendorf waren nun schon so weit entfernt, daß Saynday nicht einmal mehr zu rennen brauchte. Er spazierte ganz gemütlich dahin, die Sonne auf der Schulter, so wie man einen Sack Fleisch trägt. Er ging so langsam, daß die anderen Tiere ihn einholten, und als sie ihr altes Präriehundloch erreicht hatten, setzten sie sich alle nieder, um sich auszuruhen.

«Ja», sagte Saynday, «jetzt gehört die Sonne uns.»

«Jetzt haben wir Licht», sagte der Fuchs.

«Jetzt können wir sehen, was wir tun und wohin wir gehen», sprach Saynday.

«Wir können umherreisen», sagte das Reh.

«Jetzt werden die Pflanzen aus dem Boden schießen und gedeihen», sagte Saynday.

«Jetzt werden Bäume wachsen, auf denen wir wohnen können», sagte die Elster.

«Ich glaube, wir haben das Licht in unsere Welt gebracht», sagte Saynday stolz.

Das Dumme war nur, daß jetzt zuviel Licht war. Früher war es immer dunkel gewesen, und jetzt war es immer hell. Die Menschen konnten umherreisen, aber sie wurden auch müde, weil es immer hell war. Die Pflanzen und Bäume wuchsen, aber sie hörten nicht mehr auf zu wachsen. Die Elster und seine Frau legten sich in den Ästen eines Baumes schlafen, der zehn Fuß hoch war, und als sie aufwachten, war der Baum zwanzig Fuß hoch. All das machte Verdruß.

Schließlich kamen die drei Freunde wieder zu Saynday, der vor seiner Hütte saß und die helle Sonne voller Bewunderung ansah.

«Was gibt's?» fragte er.

«Es ist zuviel Licht», sagte der Fuchs.

«Wir wollen nicht soviel Licht», sagte das Reh.

«Wir brauchen nicht soviel», sagte die Elster.

«Was sollen wir tun?» fragte Saynday.

«Wir müssen versuchen, die Sonne irgendwo anders hinzustellen», sagte der Fuchs.

«Das ist ein guter Vorschlag», sprach Saynday.

Er brachte die Sonne in seine Hütte, aber sie schien durch die Wände.

«Man muß sie von der Erde wegnehmen», sagte das Reh.

«Gut», sagte Saynday, und er stemmte sie hoch und setzte sie auf das Dach der Hütte.

Aber o weh ... die Sonne setzte die Hütte in Flammen.

«Man muß sie fortwerfen», sagte die Elster.

«Ganz recht», meinte Saynday, «ich mag das alte Ding auch nicht mehr. Es hat mir meine Hütte verbrannt.» Und er warf die Sonne in den Himmel, und dort blieb sie.

«Das ist ein guter Platz für die Sonne», sagte der Fuchs.

«Jetzt ist sie weit genug fort und kann nichts mehr verbrennen», meinte Saynday.

«Und sie hat genug Platz, um sich zu bewegen», sagte das Reh.

«Sie kann von einer Seite des Himmels auf die andere reisen», sprach Saynday.

«Jetzt können die Pflanzen langsam wachsen», sagte die Elster.

«Jetzt haben die Menschen auf beiden Seiten der Welt Licht», sagte Saynday.

Und so war es, und so ist es geblieben bis zu diesem heutigen Tag.

Saynday kam daher, und er sah die Tiere tanzen. Sie hatten sich eine Hütte aus Zweigen gebaut, und die jungen Männer tanzten und sagen.

«Hallo», sagte Saynday, «was ist denn das?»

«Das ist ein neuer Tanz», sagte die Libelle, «wir tanzen ihn zu Ehren der Sonne, die du uns geschenkt hast. Wir nennen ihn den Sonnentanz.»

«Ein hübscher Tanz», sagte Saynday, «ich hoffe, alle haben ihren Spaß daran.»

«O ja», sagte die Eule, «aber eines ist noch nicht gut.»

«Und das wäre?» fragte Saynday.

«Wir haben nichts zu essen», sagte der Coyote, «unsere jungen Männer sind hungrig.»

«Das ist schlimm», sprach Saynday.

«Wenn ich nicht bald etwas zu essen bekomme», sagte der Fuchs, «muß ich aufhören zu singen, weil ich einfach zu schwach dazu bin.»

«Das ist wirklich übel», sagte Saynday.

Sie standen alle beieinander und sahen dem Tanz eine Weile zu. Da war auch ein Vogelmann unter den Zuschauern. Ihn sah sich Saynday besonders genau an. Er sah aus wie die Krähen heute, nur daß diese Vögel damals noch weiße Federn hatten.

Diese Weiße Krähe trug einen großen Köcher bei sich mit einem guten starken Bogen und vielen bemalten Federn. Es war wirklich ein besonders hübscher Köcher, und der Krähenmann paßte gut darauf auf. Er hielt ihn im Arm, wie man ein Baby hält.

«Er schätzt gewiß seinen Köcher sehr», sagte Saynday.

«Er legt ihn niemals aus der Hand», sagte die Libelle.

«Es ist auch ein schönes Stück», sagte Saynday.

«Er nimmt ihn gut in acht», sagte die Eule.

«Er sieht aus, als ob er genug zu essen hätte», sagte Saynday.

«Er ist fett, gesund und munter», sagte der Coyote.

«Ich frage mich, wo er seine Nahrung findet», sagte Saynday.

«Das weiß niemand ganz genau», sagte der Fuchs.

«Das müßte sich doch herausfinden lassen», sagte Saynday.

«Wir sollten ihm diesen Köcher abnehmen», schlug die Libelle vor.

Sie standen alle da, schauten den Tänzern zu und dachten lange nach.

Dann sprach Saynday: «Wie gut sind eure Augen?»

«Sehr gut», sagte der Fuchs.

«Besser als das», sagte der Coyote.

«Recht gut», sagte die Eule.

«Besonders gut», sagte die Libelle.

«Nun gut», meinte Saynday, «ich weiß, was wir tun müssen. Zuerst müssen wir ihn dazu bringen, daß er diesen Köcher fallen läßt. Darauf müssen wir uns dicht um ihn herumstellen, damit ich hineinsehen kann. Dann, wenn er fortgeht, müssen wir schauen, was er tut. Jeder von euch muß ihn so lange im Auge behalten, wie er ihn sehen kann, und dann muß der nächste einspringen und beobachten, wohin er geht. So werden wir herausfinden, wo er lebt.»

«Gut», sagten die vier Freunde, und sie traten auf die Weiße Krähe zu.

«Guten Tag», sagte Saynday.

«Guten Tag», antwortete die Weiße Krähe.

«Du hast da einen schönen Köcher.»

«Das kann man wohl sagen.»

«Er sieht ziemlich schwer aus», sagte Saynday.

«Er *ist* ziemlich schwer.»

«Wirst du nicht müde, wenn du ihn so lange im Arm hältst?» fragte Saynday.

«O nein, ich bin daran gewöhnt», antwortete die Weiße Krähe.

Aber Saynday gab nicht auf. Er hatte sich in den Kopf gesetzt, diesen Köcher zu bekommen, und er würde ihn bekommen.

«Alle anderen sind müde», sagte er, «sie sind schon müde vom Singen und Trommeln. Ich denke mir, du wirst noch viel mehr ermüdet sein als die anderen, weil du dauernd diesen schweren Köcher im Arm hältst.»

Aber die Weiße Krähe lachte. «Ich werde nicht müde», sagte sie.

Saynday legte seinen Kopf auf die Seite und sah die Weiße Krähe von oben bis unten an.

«Wirklich», sagte er, «wenn man dich so betrachtet, weiß man, daß du nie müde wirst. Du siehst so aus, als könntest du den Köcher einen ganzen Tag im Arm halten und danach eine Nacht singen, ohne daß du im mindesten müde wirst dabei.»

«Ach», sagte die Weiße Krähe, «singen kann ich nicht. Ich habe keine Stimme.»

Das war Saynday schon klar, aber er brachte mit einer bestimmten Absicht die Sprache darauf.

«Nein», sagte er, «du hast eine gute Stimme. Sie klingt etwas anders als die Stimmen anderer Leute. Aber auf ihre Art ist sie gut.»

Die Weiße Krähe lachte geschmeichelt.

«Du willst mich nur trösten!»

«Keineswegs», sagte Saynday, «ich bin wirklich der Meinung, daß du eine schöne, angenehme Stimme hast. Und ich habe dich beobachtet, wie du da gestanden hast und mit dem Fuß den Takt zur Musik gestampft hast. Du warst immer im Takt. Wer das fertigbringt, ist ein guter Trommler. Was ich sagen will, ist dies: Ich wette, du könntest ohne weiteres trommeln und singen und die vier Mänenr ablösen, die jetzt damit beschäftigt sind. Für so gut halte ich dich.»

Dann drängten sich die vier Freunde um Saynday und die Weiße Krähe, und auch sie schmeichelten dem Vogel. Wieder und wieder versicherten sie ihm, wie begabt er sei und wie müde die Sänger wären, und sie drängten ihn, doch hinzugehen und sie abzulösen.

Endlich sagte die Weiße Krähe: «Nun gut. Aber nur für einen Augenblick.»

«Ich denke, jemand wird deinen Köcher halten müssen», sagte Saynday.

«Ja, ich denke, es wäre wohl besser», sagte die Weiße Krähe.

«Ach was», sprach Saynday, «stell ihn doch einfach auf den Boden. Es nimmt ihn schon niemand fort.»

«Ich weiß nicht», sagte die Weiße Krähe, «sei so gut und halte du ihn, bei dir ist er sicher.»

«Ach», sagte Saynday, «was soll ich mich mit dem schweren Ding abschleppen.»

Aber er nahm den Köcher doch, und die Weiße Krähe ergriff den Trommelstock. Saynday aber drängte sich durch die Zuschauer bis zu einer Stelle, wo ihn die Weiße Krähe nicht mehr sehen konnte, und dort öffnete er den Köcher. Zuerst nahm er den Bogen und die Pfeile heraus und legte beides auf die Erde. Dann griff er mit seiner Hand tief hinein, fand etwas, zog es heraus ... und es war eine besonders starke Bogenschnur, und auch sie legte er auf den Boden. Noch einmal griff er tief, tief in den Köcher, bis auf den Grund, und dort fand er, was er gesucht hatte. Es fühlte sich seltsam an in seiner Hand. Es war ein Stück Büffelfleisch und ein Klumpen Büffelfett.

«Ja», sagte Saynday, «ich glaube schon, daß das gut schmeckt.»

Und er steckte das Fleisch in den Mund und kaute es. Da wußte er, daß er dem Geheimnis der Weißen Krähe auf der Spur war. Er wußte freilich nicht genau, was er da aß, aber er schmeckte wohl, daß es die beste Nahrung war, die sich für einen Indianer finden läßt. Er verbarg den Rest des Fleisches in dem Köcher, steckte auch die extrastarke

Bogenschnur, den Bogen und die Pfeile wieder hinein und setzte sich mit dem Köcher im Arm hin, bis die Weiße Krähe vom Trommeln und Singen zurückkam und sich sein Eigentum wieder aushändigen ließ.

«Auf Wiedersehn», sagte Saynday zu der Weißen Krähe.

«Auf Wiedersehn», antwortete sie und flog davon.

Die vier Freunde lagen auf dem Rücken und sahen ihr nach. Der Fuchs beobachtete sie, so weit sein Blick reichte. Als er nichts mehr sah, verfolgte der Coyote den Flug der Weißen Krähe, doch weiter als der Blick des Coyoten sahen die Augen der Eule, und als auch sie nichts mehr erkennen konnte, beobachtete sie die Libelle. Erstaunt erzählte sie ihren Freunden, die Weiße Krähe komme zurückgeflogen. Sie kam auf sie zu, bis sie fast über ihren Köpfen in der Luft stand, und dann sahen sie die Freunde hinter einen kleinen Hügel hinabtauchen. Da wußten sie, daß die Weiße Krähe gleich nebenan wohnte.

Saynday setzte sich, um nachzudenken.

Als er sich darüber klar war, was nun geschehen sollte, sprach er zu seinen vier Freunden:

«Lauft und ruft die Leute zusammen. Sagt ihnen, sie sollen mit dem Tanz aufhören und sofort das Lager abbrechen. Ich will, daß sie hinter diesen Hügel ziehen und mich hier zurücklassen.»

Die Freunde taten, wie ihnen geheißen. Sie brachten den Leuten Sayndays Botschaft. Der Tanz hörte auf, und die Leute brachen das Lager ab und zogen hinter den Hügel. Saynday aber blieb zurück mit alldem, was gewöhnlich liegenbleibt, wenn ein Lager abgebrochen worden ist. Darauf verwandelte er sich in einen kleinen weißen Hund, verkroch sich unter den Unrat und wartete ab, was nun geschehen würde.

Zuerst kam die kleine Tochter der Weißen Krähe, um nachzusehen, ob etwas zurückgeblieben sei, womit sie spielen könne. Und als sie so über den aufgegebenen Lagerplatz strich, fand sie das kleine Hündchen. Sie rief es an und pfiff, aber es wollte nicht zu ihr kommen. Sie lief zu ihm hin und schnalzte mit den Fingern, aber der kleine Hund rannte davon. Da wurde sie traurig, setzte sich auf die Erde und weinte. Jetzt kam das Hündchen heran. Es schnupperte an ihren Beinen. Es sprang auf ihren Schoß und leckte ihr Gesicht. Da schloß sie es in ihre Arme und lief damit nach Hause. Vor der Wohnung begegnete sie ihrem Vater.

«Schau, Vater», rief sie, «die Leute sind fortgezogen, und das haben sie zurückgelassen.»

Die Weiße Krähe betrachtete das Hündchen, und je länger sie das Tier ansah, desto weniger gefiel es ihr.

«Ein komischer Hund», sagte die Weiße Krähe, «hast du jemals ein weißes Hündchen mit einem Schnurrbart gesehen?»

Es stand schlecht für Saynday. An seinen Schnurrbart hatte er in der Eile nicht mehr gedacht. Jetzt, da sie ihn gesehen hatten, war es zu spät. Er konnte sich nicht noch einmal verwandeln und dabei diesen Schnurrbart forthexen.

Aber die kleine Tochter der Weißen Krähe kümmerte sich nicht um dieses verdächtige Anzeichen. Sie war verwöhnt und gewohnt, immer ihren Willen durchzusetzen, und so begann sie zu weinen.

«Ich will mein Hündchen behalten», schrie sie, «ich will nicht, daß es fortgejagt wird.»

Ihr Vater versuchte, sie zur Vernunft zu bringen, aber er konnte sie nicht weinen sehen, und so gab er am Ende nach.

«Schön», sagte er, «du darfst das Hündchen behalten, aber du mußt gut darauf achtgeben. Und vor allem darfst du ihm keine Geheimnisse verraten und ihm nicht zeigen, woher wir unser Fleisch bekommen.»

An diesem Abend gaben sie Saynday Büffelgulasch zu fressen, und er aß so viel davon, daß er ganz faul und träge wurde und bald einschlief. Er verkroch sich unter das Lager des kleinen Mädchens und bemerkte gar nicht den schwarzen Felsen, der wie ein großes dunkles Tier aussah und am Westende der Hütte stand.

Am Morgen wachten sie alle zeitig auf. Die Krähenmutter machte Frühstück, und alle aßen sich satt.

Dann sprach die Weiße Krähe zu dem kleinen Mädchen:

«Deine Mutter und ich müssen jetzt für einige Zeit fortgehen. Wir lassen dich hier mit deinem Hündchen allein. Aber denke immer daran, was ich dir gesagt habe: Verrate ihm keine Geheimnisse und zeige ihm nicht, woher wir unser Fleisch holen.»

Dann flogen die Mutter und der Krähenmann fort.

Das kleine Mädchen streichelte sein Hündchen und spielte mit ihm, bis es müde wurde. Es ging in die Hütte, um sich dort schlafen zu legen, und es sah den großen schwarzen Felsen, der einem großen dunklen Tier glich. «Komm», sagte es zu dem Hündchen, «ich werde dir zeigen, wo wir unser Fleisch herbekommen.»

Aber Saynday spielte das brave Hündchen. Er gähnte und streckte seine Hinterpfoten aus. Dann gähnte er wieder und streckte seine Vorderpfoten aus. Dann legte er sich hin und tat so, als ob er schlafe.

«Nicht doch», sagte das kleine Mädchen, «komm hierher, und ich zeig' dir was.»

Saynday richtete sich auf, machte einen krummen Rücken und kratzte sich.

«Du dummes Vieh», sagte das kleine Mädchen, «ich werde es dir aber trotzdem zeigen.»

Es nahm ihn auf den Arm und trug ihn hinüber zu dem Felsen. Es setzte das Hündchen ab, rollte den Fels auf die Seite, und darunter war eine Höhlung, die in die Erde hineinführte. Sie beugten sich vor und sahen hinein, und dort unten waren all die Büffel – die großen Ochsen, die mittelgroßen Kühe und die kleinen Kälber. Da wurde Saynday klar, was für Fleisch er gegessen hatte, und er wußte, daß dies die Nahrung war, die den Indianern am besten schmecken würde.

Das kleine Hündchen sprang hinunter in das Loch und begann die Büffel zu jagen, und wie es so springend und bellend dort herumjagte, kamen viele der Büffel aus der Höhle hervor, und ihre Hufe machten ein Geräusch wie Donner.

Die Weiße Krähe war weit fort, aber sie hörte den Donner der Büffelhufe; so schnell es konnte, flog das Krähenpaar zurück, um den zu fangen, der die Büffel ins Freie gelassen hatte.

Saynday hörte sie kommen. Er verwandelte sich in ein Insekt und verbarg sich am Hinterbein des letzten Büffels. Alle Tiere sprangen aus der Höhle und preschten an der Krähenfamilie vorbei. Und draußen in der hellen Sonne nahm Saynday wieder seine wahre Gestalt an und sprach zur Herde: «Dieses Gras hier sollt ihr essen, und in diesem Land sollt ihr leben. Geht von hier nach Süden und Westen, Norden und Osten, wo immer das Büffelgras wächst, damit die Menschen, die in diesem Land leben, euch finden und Nahrung haben. Geht nicht in die Gebirge im Westen, auch nicht in die dichten Wälder des Ostens, sondern verteilt euch hier in der Mitte, wo flache Ebenen sind, und gebt Nahrung all den Menschen, die in den großen Ebenen wohnen.» Und die Büffel hörten auf ihn und gehorchten. So war es, so ist es, und so wird es sein.

Saynday kam daher, er kam und sah die Büffelherden, die sich über die Ebenen ausgebreitet hatten. Überall gab es kleine Familien und große Stämme von Büffeln. Saynday stieg auf einen Hügel im Westen und blickte über das Land.

Zuerst sah er alle Büffel grasen. Aber plötzlich warfen sie ihre Köpfe hoch und rannten fort. Er war zu weit weg, um zu erkennen, wer oder was sie in die Flucht getrieben hatte. Er fragte sich, was es wohl gewesen sein könnte, lief hinunter in die Ebenen und kam zu einem Dorf, wo seine Freunde lebten. Da traf er die Libelle, das Reh, die Elster und die alte Spinnenfrau.

«Guten Morgen, meine Freunde», sagte Saynday.

«Guten Morgen. Setz dich zu uns.»

Also setzte sich Saynday hin. Die alte Spinnenfrau ging, um etwas zu essen zu holen, aber sie brachte nur wilde Kartoffeln, und das erstaunte Saynday.

«Was ist geschehen?» fragte er. «Geht keiner von euch mehr auf die Jagd, um Büffel zu schießen?»

«Wir gehen alle auf die Jagd», sagte die Spinnenfrau.

«Wo ist dann das Fleisch?»

«Es gibt kein Fleisch mehr», antwortete die Elster.

«Wo sind meine Büffel?» fragte Saynday.

«Draußen auf den großen Ebenen», sagte das Reh.

«Aber warum schießen sie dann die Jäger nicht?»

«Jemand verjagt die Büffel», sagte die Libelle.

«Das ist schlecht», sprach Saynday.

«Wirklich, es ist übel», sagte die Spinnenfrau, «immer, wenn ein Jäger sich einer Büffelherde so weit genähert hat, daß er die Tiere erlegen könnte, kommt *er* aus der Luft herabgestoßen und jagt die Büffel fort.»

«Wer ist er?» wollte Saynday wissen.

«Die Weiße Krähe», sagte die Elster.

«Warum macht er das nur?» wunderte sich Saynday.

«Er sagt, die Büffel hätten, ehe du kamst, alle ihm gehört», erklärte das Reh.

«Sie gehören allen, nicht ihm allein», sagte Saynday.

«Nun, er behauptet, du hättest sie ihm gestohlen», sagte die Libelle.

Saynday saß da, dachte nach und schüttelte den Kopf. Es gab immer neue Probleme auf der Welt. Lange dachte er nach, dann hatte er sich einen Plan zurechtgelegt.

«Gut», sagte er, «ich werde es so einrichten, daß ihr wieder Büffelfleisch bekommt.»

«Du wirst uns also die Weiße Krähe vom Hals schaffen?» fragte die Spinnenfrau.

«Wollen sehen, was sich tun läßt», sagte Saynday, «hört meinen Plan. Ich werde mich in einen Büffel verwandeln, in die Knochen unter dem Fell des Büffels. Ich weide draußen auf den großen Ebenen, und ihr kommt und schießt auf mich. Trennt die Haut vom Fleisch und das Fleisch von den Knochen, aber schneidet nicht in die Knochen, denn wenn ihr das tut, dann verletzt ihr mich, und ich werde schreien.»

Gesagt, getan. Saynday verwandelte sich in einen Büffel, in die Knochen des Büffels. Er lief hinaus auf die großen Ebenen und graste dort. Bald sah er einen Punkt am Himmel, die Weiße Krähe stieß nieder und setzte sich vor ihm ins Gras.

«Paß auf», sagte die Weiße Krähe.

«Was gibt's?» fragte Saynday in der Gestalt eines Büffels.

«Die Jäger kommen», sagte die Weiße Krähe, «besser, du läufst fort. Alt und fett, wie du bist, werden sie dich erlegen und dich essen.»

«Ach», sagte der Büffel, «vor ein paar Jägern fürchte ich mich nicht.»

«Seltsam», sagte die Weiße Krähe, «du bist nicht wie die anderen Büffel, die ich gesehen habe. Vielleicht bist du gar kein Büffel.»

Aber Saynday in Büffelgestalt fraß weiter Gras, und hinter sich hörte er seine Freunde näher und näher heranschleichen.

Die Weiße Krähe wurde immer aufgeregter.

«Paß besser auf», sagte sie, «sie sind schon ganz nahe. Sie haben schon ihren Bogen aus dem Köcher genommen. Jetzt legen sie ihre Pfeile auf. Sie wollen dich erschießen. Paß auf! Ach, zu spät, jetzt mußt du sterben.»

Und Saynday in Büffelgestalt fiel ins Gras und war ein toter Büffel.

Die Weiße Krähe versteckte sich hinter einem Grasbüschel. Das Reh, die Elster und die Libelle traten heran und begannen das erlegte Tier auszuweiden. Sie nahmen die Haut und alles Fleisch, denn wenn es auch Zauberfleisch war, so waren ihre Leute doch so hungrig, daß sie auch das essen würden. Sie schnitten sogar mit ihren Messern die dünnen Scheiben Fleisch zwischen den Rippenknochen heraus. Sie arbeiteten langsam und vorsichtig, um nicht in die Knochen selbst zu schneiden. Dann packten sie alles Fleisch in die Büffelhaut und schleppten es fort, damit es die Spinnenfrau für sie koche.

Während sie so arbeiteten, wußten sie, daß die Weiße Krähe in der Nähe war. Sie sprachen nicht mit ihr, und der Vogel sprach nicht mit ihnen.

Als Sayndays Freunde gegangen waren, kam die Weiße Krähe hinter ihrem Grasbüschel hervor und umkreiste das Skelett des Büffels.

«Da hast du's!» sagte sie. «Was ich dir gesagt habe, ist eingetreten. Ich habe dir gesagt, daß die Jäger kommen würden, aber du hast dich nicht darum gekümmert. Benimmt sich so ein Büffel? Nein, nie und nimmer.»

Dann ließ sich die Weiße Krähe auf dem Schädelknochen nieder und pickte daran herum. Der Schädel bewegte sich etwas, denn das Picken kitzelte.

«Also doch», sagte die Weiße Krähe, «wie ich es mir gedacht habe. Hat man je von Knochen gehört, die sich bewegen?»

Die Weiße Krähe sprang auf die Erde, rannte zu dem großen Hüftknochen und flatterte dort hinauf.

«Ich wette», rief die Krähe dabei, «das ist dieser Bursche von Saynday. Wenn er sich verwandelt, haben die Gestalten, die er annimmt, immer Schnurrbärte. Ein Knochen, der sich bewegt! Das sieht Saynday ähnlich. Nichts macht er richtig. Er ist einfach zu faul, um eine Arbeit gut zu Ende zu bringen.»

Diese Worte machten Saynday so wütend, daß er es kaum fertigbrachte, weiter ruhig dazuliegen. Nur mit Mühe beherrschte er sich und wartete. Die Weiße Krähe sprang auf den Rücken des Büffelskeletts, lief dort entlang, und wieder kitzelte es Saynday, so, als ob ihm jemand mit dem Finger über die Wirbelsäule fahre. Jetzt konnte er es nicht verhindern, daß er sich wieder ein wenig bewegte. «Hab' ich es mir doch gedacht», rief die Krähe, «diese Knochen leben!»

Und jetzt kitzelte sie das Skelett zwischen den Rippen. Darauf hatte Saynday nur gewartet. Er bog die Rippen zusammen. Die Weiße Krähe saß wie in einer Falle gefangen. Jetzt verwandelte sich Saynday in seine wahre Gestalt und faßte die Weiße Krähe mit beiden Händen und hielt sie fest.

«Das hast du dir nicht träumen lassen», sagte er, «wenn du schon anfängst zu denken, dann mußt du auch entsprechend handeln. Denken allein hilft nichts.»

Und er trug die Weiße Krähe zwischen seinen Händen zum Lager. Dort warteten all seine Freunde auf ihn. Sie hatten sich satt gegessen und waren gerade dabei, alles Fleisch, das übriggeblieben war, über dem Feuer zu räuchern.

«Hier bringe ich den Übeltäter», sagte Saynday.

«Was soll nun mit ihm geschehen?» fragte die Elster.

«Wir müssen ihn bestrafen», sagte das Reh.

«Er muß derart bestraft werden, daß er sich immer daran erinnert», sagte die Libelle.

«Gib ihn mir», bat die Spinnenfrau.

«Das ist eine schwierige Aufgabe», sagte Saynday.

«Ich weiß schon, was ich tun werde», antwortete die Spinnenfrau, «gib ihn mir nur.»

Also gab Saynday die Weiße Krähe der Spinnenfrau, und diese hielt den Vogel fest zwischen ihren Händen. Dann aber zog sie ein Netz um die Weiße Krähe, einen Faden nach Süden, einen nach Norden, einen nach oben und einen nach unten. Die Fäden waren so fein, daß die anderen sie nicht sehen konnten, aber sie waren auch sehr fest. Plötzlich ließ die Spinnenfrau die Weiße Krähe los, und der Vogel flatterte davon.

«Da siehst du es», sagte die Elster.

«Das mußte ja so kommen», jammerte das Reh.

«Du hast ihn losgelassen», rief die Libelle aufgebracht.

«Hab' ich dir nicht gesagt, die Aufgabe sei zu schwierig für dich!» sagte Saynday.

Aber die Spinnenfrau hielt ihre Hand hoch.

«Psst, seid still», sagte sie, «ich weiß schon, was ich tue.»

Und sie begann mit der einen Hand zu ziehen, so, als ziehe sie etwas zu sich heran. Sie zog das Netz zusammen, das sie um den Leib der Weißen Krähe gesponnen hatte, und bald hielt sie den Vogel wieder in der Hand. Darauf ging sie zu dem Feuer, über dem das Fleisch geräuchert wurde, und band die Weiße Krähe über der Glut fest. Sie holte grünes Holz und warf es ins Feuer, so daß viel Rauch entstand. Nun hing die Weiße Krähe dort in dem Rauch und erstickte fast in dem Qualm. Die Spinnenfrau wartete, bis die Federn der Krähe ganz schwarz geworden waren, dann erst band sie den Vogel los.

«Jetzt mach, daß du fortkommst», sagte sie, «deine Federn werden niemals mehr weiß werden. Immer wirst du schwarz bleiben zum Zeichen dafür, daß du Menschen hast hungern lassen. Du wirst nie mehr allein auf die Jagd gehen können. Du wirst dich immer mit den alten Knochen zufriedengeben müssen, die im Gras liegen. Von jetzt an wirst du fressen, was andere Leute dir übriglassen. Das ist die Strafe für deine bösen Taten.»

Und so war es, so ist es, und so wird es immer bleiben.

Was mit der Ameise geschah

Saynday kam daher, und als er kam, sah er eine kleine Rote Ameise mit einem großen Sack auf der Schulter. Die kleine Rote Ameise sah zu diesen Zeiten ganz anders aus als heute. Ihr Kopf und ihr Körper waren aus einem Stück, und kein Hals saß dazwischen. Als sie mit dem großen runden Sack daherkam, sah es aus, als trage ein Ball einen anderen und als rollten beide durch das Gras.

«Hallo», sagte Saynday, «es sieht aus, als ob dir heiß wäre.»

«Mir ist heiß», sagte die kleine Rote Ameise, «es ist ein heißer Tag.»

«Setze dich zu mir und ruhe dich aus», sagte Saynday, «wir wollen etwas miteinander besprechen.»

«Gut», sagte die kleine Rote Ameise.

Sie setzten sich in den Schatten eines Baumes, und Saynday machte sich so klein, daß er bequem mit der kleinen Roten Ameise sprechen konnte.

«Ich habe viel nachgedacht», sagte Saynday.

«Worüber hast du nachgedacht?» fragte die kleine Rote Ameise.

«Ich habe über den Tod nachgedacht», sagte Saynday, «mein Volk lebt nun schon eine ganze Zeit in dieser Welt, und manche Dinge werden alt und sterben.»

«Was ist daran auszusetzen?» fragte die kleine Rote Ameise.

«Die Menschen sterben nicht gern», sagte Saynday.

«Gegen den Tod läßt sich nichts ausrichten», sagte die kleine Rote Ameise.

«Das stimmt», sagte Saynday, «aber vielleicht könnte man die Menschen, die sterben müssen, nach dem Tod wieder zurückbringen. Darüber habe ich lange nachgedacht, und ich glaube, ich weiß jetzt, wie ich es anstellen kann, daß man die Toten wieder lebendig macht, wenn sie vier Tage tot gewesen sind.»

«Nun», sagte die kleine Rote Ameise, «um ehrlich zu sein, mir scheint das ein recht törichter Einfall.»

«Was soll daran töricht sein?»

«Ja», sagte die kleine Rote Ameise, «überlege doch einmal. So wie es jetzt ist, sterben jene Menschen, die alt sind. Wenn sie sterben, müssen sie nicht länger leiden. Und dann gibt es Platz für einen neuen Menschen, der geboren wird und sich seines Lebens freut. Ich würde denken, daß die Neugeborenen auch eine Chance haben sollten.»

«So ist es bis heute», sagte Saynday, «aber vielleicht wird es nicht immer so sein. Vielleicht werden einmal junge Menschen bei einem Unfall getötet. Dann sollte es eine Möglichkeit geben, sie zurückzuholen, damit sie sich über ein volles Leben freuen können.»

«Ich denke anders», sagte die kleine Rote Ameise, «wenn sie so dumm sind und sich töten lassen, ist das schließlich ihre eigene Schuld.»

«Nun ja», sagte Saynday, «ich wollte wissen, wie du darüber denkst. Jetzt, da ich es weiß, will ich das Sterben für immer regeln. Wenn Dinge und Menschen sterben, sollen sie nie mehr in diese Welt zurückkehren. So, und nun muß ich weiter und mich in meiner Welt umsehen. Auf Wiedersehen.»

Und die kleine Rote Ameise und er gingen in verschiedene Richtungen von dannen.

Vier Tage später kam Saynday wieder an dem Baum vorbei, und da war Trauer und Klagen überall. Er sah zu Boden und entdeckte dort die kleine Rote Ameise. Sie saß im Schatten des Baumes und weinte. Saynday machte sich wieder klein und setzte sich neben sie.

«Was ist geschehen?» fragte er.

«Oh, es ist mein Sohn», sagte die kleine Rote Ameise.

«Was ist denn mit deinem Sohn geschehen?»

«Ein Büffel ist auf ihn getreten», klagte die kleine Rote Ameise, «und nun ist er tot.»

«Das ist schlimm», sagte Saynday.

«Es ist schrecklich», rief die kleine Rote Ameise.

Und noch ehe Saynday etwas antworten konnte, zog sie ihr Messer aus dem Gürtel und versuchte sich in zwei Teile zu schneiden. Saynday, der meinte, es habe an diesem Morgen schon genug Sterben gegeben, nahm ihr das Messer aus der Hand, ehe sie ihren Leib über den Schultern ganz durchgeschnitten hatte.

«Siehst du», sagte er, «so schmerzt es Menschen, wenn jemand stirbt, den sie lieben. Sie wollen dann auch sterben. Hättest du mich machen lassen, wie ich es im Sinn hatte, so wäre dein Sohn nach vier Tagen zurückgekommen. Aber du warst ja der Meinung, es würde zu viele Menschen auf dieser Erde geben, wenn ich es so eingerichtet hätte. Jetzt weißt du, warum ich die Toten nach vier Tagen zurückholen wollte. Aber für alle Zeiten werden nun die Toten für immer tot sein. Und für alle Zeiten sollst du so fast in zwei Teile geschnitten herumlaufen, damit du dich daran erinnerst, was du den anderen angetan hast.»

Und so war es, so ist es, und so wird es immer sein.

Wie Saynday versuchte, den Wirbelwind zu heiraten

Saynday kam daher, da sah er ein wunderschönes Mädchen. Es war so schön, daß er wie erstarrt stehenblieb.

«Wie hübsch du bist!» sagte Saynday. «Wie heißt du, und woher kommst du? Nie zuvor habe ich ein so schönes Mädchen gesehen!»

«Mein Name ist Wirbelwind», sagte das Mädchen, «ich komme aus dem Süden und aus dem Westen in der Mitte des Sommers, wenn es sehr heiß ist.»

«Wirbelwind, Wirbelwind», sagte Saynday, «das ist ein hübscher Name. Er ist so hübsch wie alles an dir. Sag, willst du mich nicht heiraten?»

«Ich dich heiraten?» sagte das Mädchen. «Nein, ich denke nicht daran. Du hast so komische Arme und komische Beine und eine komische Stimme und dann diesen verrückten Schnurrbart mitten in deinem Gesicht. Du gefällst mir nicht.»

«Ich bin aber sehr gutmütig», sagte Saynday, «mein Aussehen täuscht.»

«Hör mal», sagte das Mädchen, «ich will nicht heiraten. Ich bin noch viel zu jung dazu.»

«Nein», rief Saynday, «das stimmt nicht, du bist gerade im richtigen Alter. Und jemand, der so hübsch ist wie du, sollte heiraten, solange er jung ist und ehe er alt, fett und häßlich wird und niemand ihn haben will.»

«Ich weiß nicht», sagte das Mädchen. Je länger sie Saynday betrachtete, desto weniger Lust verspürte sie, ihn zum Mann zu nehmen. «Meine Leute sagen, es ist sehr schwer mit mir auszukommen. Vielleicht sollte ich besser überhaupt nicht heiraten.»

«Nun, mit mir ist auch nicht leicht auszukommen», sagte Saynday, «manche Leute finden, ich sei einfach gemein. Da müßten wir doch ein gutes Paar abgeben.»

«Ja», sagte das Mädchen, «wenn ich jemanden wirklich liebe, dann könnte ich schon mit ihm auskommen.»

«Genauso ist es bei mir», rief Saynday, «du kannst mir glauben, ich würde alles tun, um jemanden, den ich liebe, wirklich glücklich zu machen.»

«Wirklich», meinte das Mädchen, «es sieht so aus, als ob wir uns sehr ähnlich wären.»

«Das sind wir», beteuerte Saynday, «ich glaube, es wäre ein großer Fehler, wenn wir nicht heiraten würden. Wir sind füreinander bestimmt.»

«Nun gut», sagte das Mädchen, «also heiraten wir.»

Saynday war so aufgeregt, daß er ihr mit geschlossenen Augen, die Arme weit von sich gestreckt, nachrannte, um sie festzuhalten, denn er hatte Angst, sie könnte ihm fortlaufen und es sich noch einmal anders überlegen. Gerade, als er sie fassen wollte, fuhr sie in einen Haufen Blätter und Äste und trug Saynday mit sich fort. Sie führte ihn weit, weit weg durch die Luft, und am Sattel-Gebirge ließ sie ihn wieder zur Erde hinunterfallen.

«Da!» sagte sie. «Vielleicht wird dir das eine Lehre sein. Hoffentlich hörst du nun auf das, was dir jemand ehrlich ins Gesicht sagt.»

Und fort brauste sie, während er nach Atem rang und Staub spuckte, denn sie war wirklich der Wirbelwind.

Roter Saynday trifft weißen Saynday

Saynday kam daher, und wie er so seines Weges ging, sah er einen weißen Mann. Der weiße Mann trug einen 20-Gallonen-Stetson-Hut, eine Wildlederweste mit allerlei Verzierungen daran. Er hatte Wildlederhandschuhe mit langen Fransen an, seine Hose war aus Wildkatzenfell, und an den Beinen trug er ein Paar Cowboystiefel. Er ritt ein gutes Pferd mit weißer Mähne und weißem Schwanz, von der Rasse, die man Palomino nennt. Und der weiße Mann und sein Pferd wußten, daß sie eine gute Figur machten.

Saynday blieb stehen und musterte sie genau.

«Ja», sagte er bei sich, «ein solches Pferd und solche Kleider hätte ich auch gern.»

Also ging er auf den weißen Mann mit dem schönen Palomino-Pferd und den eleganten Kleidern zu und fragte:

«Wie heißt du?»

«Saynday», sagte der weiße Mann.

«Saynday?» fragte Saynday erstaunt. «Nein, das kann nicht sein. Das ist nicht dein Name. Saynday ist ein Indianername.»

«Ich bin der weiße Saynday!»

«Wirklich», sagte der rote Saynday, «nun, ich heiße auch Saynday. Ich bin der Saynday der Indianer.»

«Ja», sagte der andere, «wenn das so ist...! Von dir habe ich schon viel gehört. Aber ich habe mir dich anders vorgestellt. Du siehst nicht wie jemand aus, über den die Leute reden.»

Er sah auf den Indianer-Saynday herab, der alte Mokassins und ein schäbiges Gewand trug und darin recht komisch aussah.

«Ja», erklärte der rote Saynday, «ich bin der alte Onkel Saynday der Indianer. Ich bin der Mann, der immer daherkommt.»

«Gut», sagte der weiße Saynday, «jetzt bist du also mir begegnet.»

«Wohl wahr», sagte der rote Saynday, «und ich finde, du hast die schönsten Kleider, die ich je gesehen habe.»

«Das ist nur mein alter Anzug für alle Tage», sagte der weiße Saynday.

«Trotzdem sieht er sehr hübsch aus», sagte der rote Saynday, «und ein gutes Pferd hast du auch.»

Der weiße Mann sagte nichts, denn er wußte wohl, daß es das beste Pferd in seinem Stall war.

«Man hat mir gesagt», meinte er nach einer Weile, «du spieltest den Leuten Streiche.»

«Das stimmt», antwortete der rote Saynday, «bisher habe ich dabei noch fast jeden hereingelegt.»

«Kommt es nie vor, daß dir ein Streich mißlingt?» fragte der weiße Saynday.

«Nun ja, hin und wieder schon... aber nicht sehr oft. Ich fange es immer ziemlich schlau an.»

«Das sagt man», meinte der weiße Saynday, «deswegen wollte ich dir schon immer einmal begegnen. Ich behaupte nämlich, daß du mich nicht hereinlegen kannst.»

«Das ist schon möglich... vielleicht würde mir hier und jetzt kein Streich gelingen.»

«Weiche nicht aus», sagte der weiße Saynday, «ich wette, es gelingt dir nie und nimmer, mich hereinzulegen.»

«Hier würde es mir nicht gelingen», antwortete der rote Saynday, «du weißt ja, wie es bei uns Indianern so geht. Wir müssen unsere Zaubermedizin zur Hand haben. Auch ich benutze für meine Streiche solche Medizin, und gerade habe ich sie nicht bei mir. Hätte ich sie aber, so würde mir jeder Streich gelingen.»

«Du prahlst nur», sagte der weiße Saynday, «ich wette, du hast nicht mehr Zaubermedizin als ich. Du versuchst dich jetzt herauszureden, weil du weißt, daß deine Tricks bei mir nicht verfangen würden.»

«So ist es nicht! Nur, ohne meine Zaubergeräte bin ich hilflos.»

«Wo hast du denn diese wunderbaren Sachen?»

«Zu Hause.»

«Und wo bist du zu Haus?»

«Dort drüben», sagte der rote Saynday und deutete mit dem Kinn unbestimmt in eine Richtung.

«Ist es weit?» fragte der weiße Saynday.

«Nicht sehr weit», sagte der rote Saynday, «aber schon ein ganzes Stück.»

«Wie weit?» fragte der weiße Saynday ungeduldig.

«Ich sagte es ja... ein ganzes Stück... jedenfalls zu weit, um zu laufen.»

«Warum reitest du nicht?»

«Ich habe kein Pferd», sagte der rote Saynday, «wo soll ein armer Indianer ein Pferd hernehmen?»

«Du könntest dir eines kaufen.»

«Wo soll ein armer Indianer Geld hernehmen?»

«Ich mache dir einen Vorschlag», sagte der weiße Saynday, «ich bin bereit, dir mein Pferd zu leihen, damit du zu deiner Hütte reiten und rasch deine Zaubermedizinen holen kannst.»

«Sehr freundlich», antwortete der rote Saynday, «aber das geht nicht. Ich würde mir ja gern dieses schöne Pferd von dir ausleihen, aber es wäre nicht recht, wenn ein armer Indianer ein so edles Tier reiten würde.»

«Ach was», sagte der weiße Saynday, «es ist ein Rodeopferd. Von mir aus darfst du es reiten, wenn du meinst, dich im Sattel halten zu können.»

«Gut», sagte der rote Saynday, und es klang so, als habe er Zweifel, «ich kann es ja mal versuchen.»

Der weiße Saynday stieg ab, und der rote Saynday schwang sich in den Sattel. Das schöne Palomino-Pferd trug einen Sattel mit Silberplatten und silbernen Steigbügeln, und am Sattel hingen zwei Pistolen, deren Griffe mit Silber und Elfenbein eingelegt waren. Auch das Zaumzeug war prächtig.

«Dieses feine Zaumzeug», sagte der rote Saynday, «willst du es nicht besser abnehmen, ehe ich das Pferd reite?»

«Warum solche Umstände! Dazu müßtest du erst noch einmal absteigen. Nein, nein, ich habe schon genug Zeit vertan. Reite endlich los und hole deine Zaubermedizinen. Wenn du ohne sie zurückkommst, glaube ich kein Wort mehr von dem, was man sich über deine Streiche erzählt.»

«Nun gut», sagte der rote Saynday, und er stieß dem Pferd die Knie in die Seite. Da tat das schöne Palomino-Pferd einen Luftsprung und bäumte sich auf, als sitze eine Tarantel unter dem Sattel.

«Da haben wir's», rief der rote Saynday, «das habe ich befürchtet! Es läßt keinen Fremden reiten. Vergessen wir die Zaubermedizinen. Daraus wird nichts.»

«Bei mir geht das Tier immer ganz ruhig», sagte der weiße Saynday.

«Freilich ... an dich ist es gewöhnt. Es ist an deine Kleider gewöhnt, an deinen Hut und an deine Stiefel. Ich trage keine Kleider, von Hut und Stiefel gar nicht zu reden, deshalb scheut es bei mir.»

«Vielleicht ist es das», sagte der weiße Saynday, «hier, nimm meine Kleider. Zieh sie an. Dann wird das Pferd nichts merken.»

«Ich weiß nicht», sagte der rote Saynday, «soll ich wirklich ...? Ich meine, ich könnte dir deine Kleider verderben. Nein, das ist kein guter Einfall.»

Der weiße Saynday wurde immer ungeduldiger.

«Soll ich hier den ganzen Tag herumsitzen und darauf warten, daß du jemandem einen Streich spielst? Wenn du meinst, du kannst mir einen deiner Tricks zeigen ... dann gut und schön. Aber wenn nicht, dann sag es bitte gleich, ich habe nämlich viel zu tun.»

«Ich glaube doch, daß ich dir einen meiner Tricks zeigen kann», sagte der rote Saynday, «wenn ich nur erst meine Zaubergeräte zur Hand habe.»

«Also dann ... keine Widerrede. Du ziehst jetzt meine Kleider an, nimmst mein Pferd, und dann holst du deine Sachen, so schnell du kannst.»

«Mir soll's recht sein», sagte der rote Saynday.

Sie ließen das schöne Palomino-Pferd mit schleifenden Zügeln weiden, und der weiße Saynday zog seine Kleider aus, die der rote Saynday anlegte. Er setzte sich den Hut auf, zog Hosen und Stiefel an, dann

Hemd und Weste. Er ließ sich alles geben, was der weiße Mann besaß, und gab ihm dafür seine alten Lumpen und seine abgewetzten Mokassins. Als er dann gestiefelt und gespornt war, sah der rote Saynday wirklich recht hübsch aus. Noch einmal fragte er:

«Ist es dir auch wirklich recht so?»

«Ja», antwortete der weiße Saynday, «ganz gewiß.»

Also ging der rote Saynday hinüber zu dem schönen Palomino-Pferd, nahm die Zügel auf und stieg behende in den Sattel, und als er oben saß, ließ er das Pferd angaloppieren und ritt gegen den Mount Scott hin davon.

Nach einem kurzen Stück wandte er sich noch einmal um und rief dem weißen Saynday zu:

«Du wolltest doch sehen, wie ich die Leute hereinlege. Nun, jetzt hast du's gesehen. Auf Nimmerwiedersehen.»

Sayndays Ende

Als Saynday alle guten und bösen Taten auf der Welt vollendet hatte, rief er all seine Freunde zusammen. Es war gegen Sonnenuntergang. Das Reh kam und die Elster, die Libelle und der Coyote, die Präriehunde und die alte Spinnenfrau. Sie alle standen im Kreis um Saynday herum und hörten ihm zu.

«Dies hier ist meine Welt», sagte er, «sie ist jetzt so weit fertig, daß ihr darin leben könnt. Ich habe alles eingerichtet und alles so gut gemacht, wie ich konnte. Nur eines bleibt mir noch zu tun. Dort drüben im Osten, am Rande des Himmels, ist eine Stelle ohne Sterne.»

Er streckte seine Hand aus, weit, weit hin nach Osten, und fünf helle Sterne wurden im Osten am Rand des Himmels sichtbar, einer für jeden seiner Finger.

«Dorthin will ich gehen», sagte Saynday, «dorthin, wo jetzt die Fingerspitzen meiner Hand zu sehen sind. Den ganzen Sommer hindurch werdet ihr nach Sonnenuntergang dort meine Hand sehen, und wenn ihr sie betrachtet, dann denkt daran, daß ich über alles, was auf dieser meiner Welt wächst und lebt, wache, wie ich auch darüber wachen werde, daß ihr in dieser Jahreszeit nicht meine Geschichten erzählen sollt. Wenn aber der Winter kommt, dann werdet ihr meine Hand nicht mehr sehen. Dann ruhe ich mich aus, dann ist es Zeit, daß ihr euch untereinander Geschichten von mir erzählt. Und jetzt gehe ich, lebt wohl!» Und ehe sie noch hinsehen konnten, wo er stand, war er fort, aber seine Hand stand am Himmel als Zeichen, daß er über sie wachte.

Und so war es, so ist es, und so wird es immer sein.

Kiowa

Joseph Bruchac

Sternentänzer und Windadler

Die sieben Sternentänzer

Vor langer Zeit wanderte einmal eine Schar Indianer nach Norden, um an den Ufern des Kan-ya-ti-yo, des großen und schönen Sees, zu fischen und zu jagen. Im See wimmelte es von Forellen und Stören, und in den Wäldern tummelte sich Rotwild. Die Leute dankten dem Schöpfer, daß er sie einen so guten Ort hatte finden lassen. Dann fingen sie an ihre Hütten zu bauen, weil sie den ganzen Winter hierbleiben wollten.

Während die Männer auf die Jagd gingen und die Frauen im Dorf arbeiteten, trieben die Kinder sich herum und spielten. Eine Schar Jungen entdeckte am Seeufer einen stillen Platz, und dort kamen sie von nun an immer zusammen.

«Laßt uns wie die erwachsenen Männer eine Medizingesellschaft gründen», schlug einer der Jungen vor. Weil er ein guter Anführer war, stimmten die anderen Jungen zu. Sie beschlossen, bei allem, was sie taten, die Erwachsenen nachzuahmen. Einer der Jungen verschaffte sich eine alte Trommel. Als sie auf ihre Art und Weise tanzten und Lieder sangen, die sie sich selber ausgedacht hatten, geschah etwas Seltsames. Am Ufer des Sees, nicht weit von den Jungen entfernt, stand plötzlich ein alter Mann. Er trug ein Gewand aus weißgegerbtem Rauhleder und hatte langes, weißes Haar. Als er zu den Jungen trat, ließen sie das Trommeln und Tanzen sein.

«Hört auf mich», sagte der alte Mann, «ihr dürft diese Tänze nicht mehr tanzen. Wenn ihr es weiter tut, wird ein Unglück geschehen.» Dann war der alte Mann ebenso plötzlich, wie er erschienen war, wieder verschwunden.

Ein paar der Jungen fürchteten sich, aber der Anführer munterte sie wieder auf. «Brüder», sagte er, «dieser alte Mann will uns nur Angst einjagen. Kümmern wir uns nicht um ihn! Er schwindelt uns bloß was vor.» Die Jungen trafen sich nun auch weiterhin an ihrem geheimen Platz und tanzten.

Eines Tages hatte der Anführer der Jungen einen neuen Einfall. «Laßt uns ein Fest feiern, wenn wir tanzen», schlug er vor. «Wenn jeder von uns zu seinen Eltern geht und sie um Essen bittet, können wir feiern wie die Erwachsenen.» Die anderen Jungen waren einverstanden und baten am nächsten Tag um Essen, das sie zu ihrem geheimen Platz mitnehmen wollten. Ihre Eltern gaben ihnen jedoch nichts. «Wozu wollt ihr das gute Essen in den Wald tragen?» sagten die Mütter. «Ihr könnt euch doch immer daheim sattessen.»

Als sie sich wieder im Wald trafen, waren die Jungen niedergeschlagen und zornig.

«Laßt uns tanzen!» sagte ihr Anführer. «Niemand kann uns daran hindern!» Dann schlug er laut die Trommel und sang. «Ji-hi-ya! Ji-hi-ya! Ji-hi-ya!»

Die anderen Jungen folgten seinem Beispiel. Sie tanzten im Kreis und sangen so laut, daß die Leute im Dorf es hörten.

«Was soll dieses seltsame Lied bedeuten?» sagten ein paar der Eltern. «Wo sind unsere Jungen?» Die unbekannte Musik beunruhigte sie, sie gingen dem Singen und Trommeln nach und kamen zu dem geheimen Platz am Seeufer.

Als sie dort waren, wollten sie ihren Augen nicht trauen. Alle Jungen tanzten, aber ihre Füße berührten nicht mehr den Erdboden. Tanzend schwebten sie höher und höher, hinauf in den Himmel. Als sie schon hoch oben waren, rief eine der Mütter den Namen ihres Sohnes. Er schaute zurück, und als er sich umwandte, verwandelte er sich in eine Sternschnuppe und fiel vom Himmel.

Alle anderen Jungen tanzten höher und höher, bis sie oben am Himmel angekommen waren. Dort wurden sie die sieben Sterne, die das Sternbild der Tänzer genannt werden. Wenn sie im Januar und Februar, sobald die Tage kurz sind, die Mitte des Himmels erreichen, zeigen sie an, daß der halbe Winter vergangen ist. Wie Tänzer nie still stehen, so wandern auch sie über den Himmel, und wenn die Winternächte kalt und klar sind, gleichen sie mit ihrem flimmernden Licht einer Schar Tänzer, die oben am Himmel ihre Kreise ziehen.

Gluskabi und der Windadler

Es ist schon lange her, da lebte Gluskabi mit seiner Großmutter Waldmurmeltier in einer kleinen Hütte am großen Wasser. Eines Tages ging er das Ufer entlang, und als er umherschaute, sah er ein paar Enten in der Bucht schwimmen.

«Es ist Zeit, daß ich auf Entenjagd gehe», sagte er. Er holte seinen Bogen und die Pfeile und stieg ins Kanu. Dann paddelte er in die Bucht hinaus, und während er paddelte, sang er:

Ki yo wah ji neh
Yo hey ho hey
Ki yo wah ji neh
Ki yo wah ji neh.

Plötzlich kam Wind auf, drehte das Kanu um und blies es zurück ans Ufer.

Noch einmal paddelte Gluskabi hinaus, und diesmal sang er sein Lied ein wenig lauter:

KI YO WAH JI NEH
YO HEY HO HEY
KI YO WAH JI NEH
KI YO WAH JI NEH.

Wieder kam Wind auf, wieder wurde das Kanu zurück ans Ufer geblasen. Viermal versuchte Gluskabi in die Bucht hinaus zu paddeln, und viermal gelang es ihm nicht. Das war ihm gar nicht recht. Er ging zur Hütte seiner Großmutter und trat stracks ein, obwohl ein Stock über dem Eingang lehnte, und das hieß: Ich bin bei der Arbeit und möchte nicht gestört werden.

«Großmutter», sagte Gluskabi, «wer ist schuld daran, daß der Wind bläst?»

Großmutter Waldmurmeltier schaute von ihrer Arbeit auf.

«Gluskabi», sagte sie, «warum willst du es wissen?»
antwortete ihr, wie jedes Kind auf der Welt auf diese Frage antworten würde. «Weil ich es wissen will», sagte er.

Großmutter Waldmurmeltier schaute ihn an. «Ah, Gluskabi», sagte sie. «Wann immer du eine solche Frage stellst, weiß ich, daß es Schwierigkeiten geben wird. Vielleicht sollte ich es dir nicht sagen. Aber du bist ein Dickkopf und wirst niemals zu fragen aufhören, bis ich dir geantwortet habe. Daher will ich es dir sagen. Weit von hier, auf der Spitze des höchsten Berges, steht ein großer Vogel. Dieser Vogel heißt Wuchowsen, und wenn er mit den Flügeln schlägt, bläst der Wind.»

«Eh-hey, Großmutter», sagte Gluskabi. «Also so ist es! Sag mir jetzt, wie man den Ort findet, wo dieser Windadler steht.»

Großmutter Waldmurmeltier schaute Gluskabi an. «Ah, Gluskabi», sagte sie, «schon wieder spüre ich, daß ich es dir nicht erzählen sollte. Aber ich weiß, was für ein Dickkopf du bist und daß du niemals zu fragen aufhören wirst. Ich will es dir sagen. Wenn du immer dem Wind entgegengehst, kommst du zu dem Ort, wo Wuchowsen steht.»

«Danke, Großmutter», sagte Gluskabi. Er trat aus der Hütte, hielt sein Gesicht in den Wind und ging fort.

Er wanderte über Wiesen und durch Wälder, und der Wind blies ihm ins Gesicht. Er wanderte durch Täler und über Hügel, und der Wind blies immer stärker. Er kam zum Fuß der Berge, und hier wehte der Wind noch stärker. Er wanderte ins Gebirge hinauf, und der Wind brauste ihm entgegen. Höher und höher stieg Gluskabi, über die Baumgrenze hinauf, und dort oben stürmte es noch viel ärger. Der Wind wirbelte Gluskabis Mokassins fort. Aber Gluskabi ging weiter, dickköpfig, wie er war, und kämpfte gegen den Wind an. Der Wind trug ihm das Hemd davon, aber Gluskabi ging weiter. Der Wind fegte ihm alle Kleider vom Körper, aber Gluskabi ging weiter, auch wenn er nun nackt war. Jetzt wütete der Wind so sehr, daß er ihm alle Haare davonblies, aber Gluskabi stieg höher und höher und hielt das Gesicht dem Wind entgegen. Der Wind riß ihm die Augenbrauen fort, aber Gluskabi ging weiter. So gewaltig brauste der Wind, daß Gluskabi sich kaum noch aufrecht halten konnte. Er mußte sich von Felsblock zu Felsblock vorwärtsziehen. Aber jetzt endlich sah er auf der Bergspitze vor sich einen großen Vogel, der langsam mit den Flügeln schlug. Es war Wuchowsen, der Windadler.

Gluskabi holte tief Luft. *«Großvater!»* schrie er.

Der Windadler hörte auf, mit den Flügeln zu schlagen, und schaute um sich. «Wer ist es, der mich ruft und Großvater nennt?» fragte er.

Gluskabi richtete sich auf. «Ich, Großvater! Ich bin zu dir heraufgekommen, um dir zu sagen, wie großartig du Wind machen kannst.»

Der Windadler plusterte stolz das Gefieder. «Soll ich es dir zeigen?» fragte er und schlug rauschend mit den Flügeln. Gluskabi wurde vom Boden hochgerissen, und der Sturm hätte ihn den Berg hinuntergefegt, hätte er sich nicht rechtzeitig an einem Felsblock festgehalten.

«Großvater!!!» schrie Gluskabi, so laut er konnte.

Der Windadler hörte auf, mit den Flügeln zu schlagen. «Ja, und?» fragte er.

Gluskabi stand auf und trat näher. «Du verstehst wirklich dein Geschäft, Großvater. Das muß ich zugeben. Dort oben auf dem anderen Gipfel könntest du aber noch besser Wind machen.»

Der Windadler schaute zu der anderen Bergspitze hin. «Mag sein», antwortete er. «Aber wie komme ich von hier bis dorthin?»

Gluskabi lächelte. «Großvater, ich werde dich tragen. Warte!» Er rannte den Berg hinunter, bis er zu einer hohen Linde kam, schälte die Außenrinde ab und flocht aus dem geschmeidigen Bast der Innenrinde einen festen Tragriemen. Dann stieg er wieder den Berg hinauf. «Großvater», sagte er zu Wuchowsen, «mit diesem Riemen hier kann ich dich leichter tragen.» Nachdem er den Riemen um Wuchowsen gelegt hatte, zog er ihn so fest an, daß Wuchowsen die Flügel nicht mehr bewegen konnte und kaum noch Luft bekam. Gluskabi hob den Windadler auf. «Jetzt trage ich dich zu einem besseren Platz, Großvater», sagte er.

Auf dem Weg zu der anderen Bergspitze kam Gluskabi an einer tiefen Felskluft vorbei, und als er darüberstieg, ließ er den Tragriemen los. Der Windadler fiel in die Kluft und blieb kopfüber darin stecken.

«Jetzt ist es Zeit, daß ich auf Entenjagd gehe», sagte Gluskabi.

Er wanderte den Berg hinunter, und kein Wind wehte. Er kam zur Baumgrenze, und noch immer wehte der Wind nicht. Er kam zum Fuß der Berge und wanderte über die Hügel und durch die Täler, und noch immer wehte kein Wind. Er wanderte durch die Wälder und über die Wiesen, und es war ganz windstill. Er wanderte und wanderte, und als er zur Hütte am Wasser kam, waren seine Haare wieder nachgewachsen. Er zog schöne neue Kleider an und ein neues Paar Mokassins, nahm seinen Bogen und die Pfeile, ging zur Bucht und stieg ins Kanu. Er paddelte hinaus aufs Wasser und sang sein Kanulied:

Ki yo wah ji neh
Yo hey ho hey
Ki yo wah ji neh
Ki yo wah ji neh.

Aber die Luft war drückend heiß und schien über dem Wasser still zu stehen. Schweiß rann Gluskabi am ganzen Körper hinab. Nicht ein Lufthauch regte sich, und es war so schwül, daß er kaum atmen konnte. Das Wasser wurde faulig und stank. Schaumblasen bedeckten die

Bucht, und Gluskabi konnte sein Kanu nur noch mit Mühe fortbewegen. Das war ihm gar nicht recht. Er kehrte ans Ufer zurück, ging zur Hütte seiner Großmutter und trat ein.

«Was ist los, Großmutter?» fragte er. «Es ist so drückend heiß, und kein Lufthauch regt sich, der Schweiß rinnt mir herunter, und ich kann nicht mehr atmen. Das Wasser ist faulig und mit Schaum bedeckt. Wie soll ich da Enten jagen?»

Großmutter Waldmurmeltier schaute Gluskabi an. «Was hast du schon wieder angestellt, Gluskabi?» fragte sie.

Und Gluskabi gab die gleiche Antwort, die jedes Kind auf der Welt auf eine solche Frage gibt.

«Oh, nichts!» sagte er.

«Gluskabi», sagte Großmutter Waldmurmeltier, «was hast du getan?»

Da erzählte Gluskabi, wie er zum Windadler gegangen war und was er getan hatte, damit der Wind zu wehen aufhörte.

«Oh, Gluskabi», sagte Großmutter Waldmurmeltier. «Wirst du niemals klug werden? Tabaldak, dem die Welt gehört, setzte den Windadler auf jenen Berg, damit er Wind macht, weil wir den Wind brauchen. Der Wind hält die Luft kühl und rein. Er bringt die Wolken, die uns Regen spenden und die Erde reinwaschen. Er bewegt das Wasser und hält es klar und sauber. Ohne Wind können wir nicht leben, und unsere Kinder und Enkelkinder werden ohne ihn auch nicht leben können.»

Gluskabi nickte. «Kaamoji, Großmutter», sagte er, «ich verstehe.»

Er trat aus der Hütte. Er hielt sein Gesicht in die Richtung, aus der der Wind geblasen hatte, und ging fort. Er wanderte über die Wiesen und durch die Wälder, es war völlig windstill, und ihm wurde immer heißer. Er wanderte durch die Täler und über die Hügel, der Wind wehte nicht, das Atmen fiel ihm schwer. Er kam ganz erhitzt und naß von Schweiß zum Fuß der Berge und begann hinaufzusteigen. Endlich war er auf dem Berg oben, wo einst der Windadler gestanden hatte. Er ging zu der Kluft und schaute hinein. Wuchowsen, der Windadler, steckte noch immer kopfüber darin.

«Onkel?» rief Gluskabi.

Der Windadler schaute auf, so gut er konnte. «Wer ruft nach mir und nennt mich Onkel?» fragte er.

«Ich, Gluskabi, rufe nach dir! Ich stehe hier oben. Aber was tust du dort unten?»

«Oh, Gluskabi», antwortete der Windadler, «ein häßlicher, nackter und ganz haarloser Mann sagte, er wolle mich zu diesem anderen Berggipfel dort tragen, damit ich noch besser Wind machen könnte. Er band meine Flügel zusammen, hob mich auf und trug mich fort. Als er aber über diese Kluft stieg, ließ er mich hineinfallen, und da stecke ich nun. Und es ist sehr ungemütlich hier unten.»

«Ah, Großvat- hm, Onkel, ich werde dich herausholen.»

Gluskabi kletterte in die Kluft hinunter.

Er befreite den Windadler, trug ihn auf die Bergspitze und löste den Tragriemen.

«Onkel», sagte Gluskabi, «manchmal ist es gut, wenn der Wind weht, aber manchmal ist es gut, wenn er nicht weht.»

Der Windadler schaute Gluskabi an und nickte.

«Enkel», sagte er, «ich höre, was du sagst.»

Daher kommt es, daß manchmal der Wind weht und manchmal nicht. So ist es bis heute.

N. Scott Momaday

Der Freudengesang des Tsoai-talee

Ich bin eine Feder am strahlenden Himmel
Ich bin das blaue Pferd, das in der Ebene läuft
Ich bin der Fisch, der glitzernd im Wasser sich rollt
Ich bin der Schatten, der einem Kinde folgt
Ich bin das Abendlicht, das Leuchten der Wiesen
Ich bin ein Adler, der mit dem Winde spielt
Ich bin eine Traube glitzernder Perlen
Ich bin der fernste Stern
Ich bin die Kühle des Morgens
Ich bin das Prasseln des Regens
Ich bin das Glitzern auf dem Harsch des Schnees
Ich bin die lange Spur des Mondes auf einem See
Ich bin eine Flamme von vier Farben
Ich bin ein Hirsch, der abseits in der Dämmrung steht
Ich bin ein Feld von Färberbäumen und von Drüsenklee
Ich bin ein Pfeil von Gänsen am Winterhimmel
Ich bin der Hunger eines jungen Wolfs
Ich bin der Traum all dieser Dinge

Ihr seht, ich lebe, ich lebe
Mein Verhältnis zur Erde ist gut
Mein Verhältnis zu den Göttern ist gut
Mein Verhältnis zu allem Schönen ist gut
Mein Verhältnis zur Tochter Tsen-taintees ist gut
Ihr seht, ich lebe, ich lebe

Wie dem Menschen das Geschenk seliger Freude verliehen wurde

Es gab einmal eine Zeit, da die Menschen keine Freude kannten. Ihr ganzes Leben bestand aus Arbeit, Essen, Verdauung und Schlaf. Ein Tag war wie der andere: Sie plagten sich, sie schliefen und sie erwachten, um sich wieder abzumühen. Die Eintönigkeit des Lebens ließ Herz und Verstand einrosten.

Zu dieser Zeit lebten ein Mann und seine Frau allein in ihrer Hütte nicht weit vom Meer. Sie hatten drei Söhne, alles lebhafte Jungen, die ebenso gute Jäger sein wollten wie ihr Vater. Deshalb waren sie schon in jungen Jahren sehr aktiv und beschäftigten sich mit Dingen, die sie stark und ausdauernd machen sollten. Und ihre Eltern waren stolz und fühlten sich sicher bei dem Gedanken, daß ihre Jungen für sie im hohen Alter sorgen und ihnen Nahrung bringen würden, wenn sie es einmal selbst nicht mehr konnten.

Aber es geschah, daß zuerst der älteste Sohn, bald darauf auch der zweitälteste, jagen gingen und nicht zurückkehrten. Sie hinterließen keine Spur, und alle Suche nach ihnen war vergebens. Die Eltern trauerten sehr wegen dieses Verlustes und achteten nun mit großer Sorgfalt auf ihren jüngsten Sohn, der zu dieser Zeit alt genug war, seinen Vater beim Jagen zu begleiten.

Dieser Sohn, der Ermine (Teriak) genannt wurde, ging besonders gern auf die Pirsch nach Karibus, während sein Vater lieber Meerestiere jagte. Und da Jäger nicht ihr ganzes Leben in Ängstlichkeit verbringen können, wurde dem Sohn sehr bald erlaubt, allein im Land herumzustreifen, während sein Vater mit dem Kajak auf das Meer hinausruderte.

Eines Tages – Ermine war wie gewöhnlich auf der Jagd nach Karibus – sah er über sich einen riesigen jungen Adler fliegen. Ermine nahm einige Pfeile heraus, aber er schoß sie nicht ab, da der Adler zur Erde herunterstieß und sich in kurzer Entfernung von ihm niederließ. Dort nahm er seinen Schopf ab und wurde zu einem jungen Mann. Er sprach:

«Ich war es, der deine beiden Brüder getötet hat. Auch dich werde ich töten – außer du versprichst mir, bei deiner Rückkehr nach Hause ein Fest mit Liedern zu veranstalten. Wofür entscheidest du dich?»

«Ich will es gern tun, aber ich verstehe nicht, was du sagst. Was ist ein Lied, was ist ein Fest?»

«Willst du es tun oder nicht?»

«Gerne, aber ich weiß nicht, was es ist.»

«Wenn du mir folgst, wird dich meine Mutter das lehren, was du nicht verstehst. Deine beiden Brüder verachteten das Geschenk der Lieder und der Fröhlichkeit. Sie wollten es nicht lernen, und so tötete ich sie. Nun magst du mit mir kommen. Sobald du gelernt hast, Worte zu einem Lied zusammenzufügen und es zu singen – sobald du gelernt hast, vor Freude zu tanzen, bist du frei und kannst nach Hause zurückkehren.»

«Ich werde mit dir gehen», antwortete Ermine, und sie machten sich auf den Weg.

Der Adler war nicht länger ein Vogel, sondern ein großer und starker Mann in einem leuchtenden Umhang aus Adlerfedern. Sie wanderten und wanderten, immer weiter und weiter ins Land hinein; durch enge Felsschluchten und Täler und dann auf einen hohen Berg zu, den sie zu erklimmen begannen.

«Hoch oben auf dem Berg, dort steht unser Haus», sagte der junge Adler. Und sie kletterten mühsam den Berg hinauf, höher und höher, bis sie schließlich einen weiten Blick über die Ebene der Karibu-Jäger hatten.

Als sie aber den Kamm des Berges erreichten, hörten sie plötzlich ein klopfendes Geräusch, das lauter und lauter wurde, je näher sie der Bergspitze kamen. Es hörte sich an wie die Schläge eines riesigen Hammers und war so laut, daß Ermine die Ohren dröhnten.

«Hörst du was?» fragte der Adler.

«Ja, ich höre ein seltsames, ohrenbetäubendes Geräusch, wie ich es nie zuvor gehört habe.»

«Es ist der Herzschlag meiner Mutter», antwortete der Adler.

So erreichten sie schließlich das Haus des Adlers, das genau auf der äußersten Spitze gebaut war. «Warte hier auf mich. Ich muß meine Mutter vorbereiten», sagte der Adler und ging hinein.

Einen Augenblick später kam er wieder heraus und holte Ermine. Sie traten in einen großen Raum, eingerichtet wie die Hütten der Menschen, und auf der Schlafstelle saß ganz allein die Mutter des Adlers –

alt, schwach und traurig. Ihr Sohn sprach nun. «Hier ist ein Mann, der versprochen hat, ein Gesangsfest zu veranstalten, wenn er nach Hause kommt. Aber er sagt, daß die Menschen es nicht verstehen, Worte zu Liedern zu fügen, und auch nicht, die Trommeln zu schlagen und vor Freude zu tanzen. Mutter, die Menschen wissen nicht, wie man lustig ist, und dieser junge Mann ist nun gekommen, es zu lernen.»

Diese Rede brachte neues Leben in die schwache, alte Mutter Adler, und ihre müden Augen öffneten sich plötzlich weit, als sie sagte: «Zuallererst mußt du eine Festhalle bauen, in der viele Menschen zusammenkommen können.»

Und so machten sich die beiden jungen Männer an die Arbeit und bauten die Festhalle. Diese wird eine Kagsse genannt und ist größer und schöner als normale Häuser. Und als sie fertig war, lehrte Mutter Adler sie, wie man Worte zu Liedern zusammensetzt und wie man Töne hinzufügt, so daß die Lieder gesungen werden können. Sie baute eine Trommel und brachte ihnen bei, wie man sie im Rhythmus zur Musik schlägt und wie man zu den Liedern tanzt.

Als Ermine alle diese Dinge gelernt hatte, sprach sie: «Vor jedem Fest mußt du sehr viel Fleisch einholen und viele Menschen einladen. Dieses mußt du tun, nachdem du eine Festhalle gebaut und Lieder verfaßt hast. Denn wenn Menschen zu einem Fest zusammenkommen, erwarten sie üppige Mahlzeiten.»

«Aber wir kennen keine Menschen außer uns selbst», antwortete Ermine.

«Die Menschen sind einsam, weil sie das Geschenk der Freude noch nicht kennen», sagte die Mutter Adler.

«Bereite alles so vor, wie ich es dir gesagt habe. Wenn alles fertig ist, gehe hinaus und suche Menschen. Du wirst sie in Paaren finden. Suche viele zusammen und lade sie ein, mit dir zu kommen. Und dann veranstalte dein Gesangsfest.»

So sprach die alte Mutter Adler, und als sie Ermine alles ganz genau erklärt hatte, sagte sie zum Schluß zu ihm: «Ich bin zwar ein Adler, aber ich bin auch eine alte Frau mit dem gleichen Sinn für Freuden wie andere Frauen. Ein Geschenk ruft nach einem Gegengeschenk. So ist es nur richtig, wenn du mir zum Abschied ein kleines Stück Bogensehne gibst. Es ist zwar nur ein kleines Geschenk, aber es wird mir Freude machen.»

Ermine war zuerst traurig, denn woher sollte er eine Bogensehne bekommen, so fern von zu Hause. Aber plötzlich erinnerte er sich, daß seine Pfeilspitzen an den Pfeilen mit Sehnen befestigt waren. Er löste sie und gab sie der Adlermutter, auch wenn dieses Geschenk nur eine Kleinigkeit war.

Daraufhin legte der junge Adler wieder sein leuchtendes Gewand an und bat seinen Gast, auf seinen Rücken zu steigen und ihm die Arme um den Hals zu legen. Dann stürzte er sich über die Felskante. Ein tosender Krach war zu hören, und Ermine dachte, seine letzte Stunde sei gekommen. Aber dieses dauerte nur einen Moment, denn schon setzte der Adler auf und bat ihn, die Augen zu öffnen. Und sie waren wieder genau an dem Platz, an dem sie sich zuerst getroffen hatten. Sie waren Freunde geworden und verabschiedeten sich jetzt herzlich voneinander, da sie sich trennen mußten.

Ermine eilte schnell nach Hause zu seinen Eltern und erzählte ihnen von seinem Abenteuer. Er schloß seine Erzählung mit den Worten: «Die Menschen sind einsam. Sie leben ohne Freude, da sie nicht wissen, wie man fröhlich ist. Nun hat mir der Adler das Geschenk seliger Freude gemacht, und ich habe versprochen, alle Menschen einzuladen und das Geschenk mit ihnen zu teilen.»

Vater und Mutter hörten ihrem Sohn voller Erstaunen zu und schüttelten ungläubig den Kopf; denn wie kann jemand das Geschenk des Adlers verstehen, der niemals sein Blut in Aufruhr gespürt und niemals sein Herz im Jubel hat pochen hören. Aber die alten Menschen wagten nicht, ihm zu widersprechen, da ihnen der Adler bereits zwei ihrer Söhne genommen hatte. Sie sahen, daß ihm zu gehorchen sei, wenn sie nicht ihren letzten Sohn auch noch verlieren wollten.

So taten sie alles, was der Adler von ihnen verlangt hatte. Eine Festhalle wurde genau wie die der Adler gebaut, und die Speisekammer wurde gefüllt mit dem Fleisch der Meerestiere und des Karibu. Vater und Sohn kombinierten lustige Worte miteinander, sie beschrieben ihre liebsten und tiefsten Erinnerungen in Liedern und machten Musik dazu. Sie stellten Trommeln her, rasselnde Tambourine aus straffen Karibu-Häuten mit runden hölzernen Rahmen. Und zum Rhythmus der Trommelschläge, welche die Lieder begleiteten, bewegten sie Arme und Beine und hopsten vergnügt in lebhaften Sprüngen umher.

So wurde ihnen warm, sowohl im Geist wie auch im Körper, und auf einmal betrachteten sie alles um sich herum in einem neuen Licht. An vielen Abenden lachten und witzelten sie nun, frech und voller Freude, an denen sie früher den ganzen Abend aus blanker Langeweile verschnarcht hatten.

Sobald alle Vorbereitungen beendet waren, ging Ermine hinaus, um Leute für das bevorstehende Fest einzuladen. Zu seinem großen Erstaunen entdeckte er, daß seine Eltern und er jetzt nicht mehr alleine waren. Fröhliche Menschen finden Gesellschaft. Auf einmal traf er überall Menschen, immer in Paaren. Seltsam sahen sie aus: Manche waren in Wolfshäute gekleidet, manche in das Fell des Vielfraßes, andere in das des Luchses, des roten Fuchses, des Silberfuchses oder des Kreuzfuchses – tatsächlich waren die Felle aller Tiere vertreten. Ermine lud sie alle zum Festessen in seine neue Festhalle ein, wohin sie ihm voller Freude folgten. Dort veranstalteten sie ihr Gesangsfest, auf dem jeder sein eigenes Lied sang. Es gab Gelächter, Gespräche und Gesang, und die Menschen waren so sorglos und glücklich wie nie zuvor.

Das vorzügliche Essen wurde gelobt, Fleisch wurde als Geschenk ausgetauscht, Freundschaften entstanden, und es gab mehrere, die einander kostbare Felle schenkten.

Die Nacht verging, und die Gäste verließen das Fest nicht, bevor das Morgenlicht in den Festsaal schien. Und dann, als sie aus dem Flur herausdrängten, fielen sie alle nach vorn auf ihre Hände und sprangen auf allen vieren davon. Nun waren sie nicht länger Menschen, sondern hatten sich in Wölfe, Vielfraße, Luchse, Silberfüchse ... tatsächlich in alle Tiere des Waldes verwandelt.

Es waren die Gäste, die die alte Mutter Adler geschickt hatte, damit Vater und Sohn nicht vergebens suchen sollten. So groß war die Macht der Freude, daß sie sogar Tiere in Menschen verwandeln konnte. Und so waren Tiere – die ohnehin schon immer unbeschwerter waren als Menschen – die ersten Gäste der Menschen bei einem Fest.

Es traf sich, daß bald nach diesem Fest Ermine beim Jagen dem Adler wieder begegnete. Sofort nahm dieser seinen Schopf ab und verwandelte sich in einen Mann. Gemeinsam stiegen sie noch einmal zum Haus des Adlers empor, denn die alte Mutter Adler wollte noch einmal den Mann sehen, der das erste Gesangsfest für das Menschengeschlecht veranstaltet hatte.

Bevor sie noch den Gipfel erreicht hatten, kam ihnen schon Mutter Adler entgegen, um ihnen zu danken – und siehe da: die schwache, alte Adlerfrau war wieder jung geworden.

Denn wenn Menschen feiern und fröhlich sind, werden alte Adler wieder jung.

Eskimo

Die Legende vom Teufelssee

Nach dem Tod von Rauchiger Tag war der alte Weyuha der wohl beliebteste Geschichtenerzähler unter den Wahpeton Sioux.

«Erzähl mir, guter Weyuha, eine Geschichte über das Land deiner Väter», sagte ich eines Abends zu ihm, wußte ich doch, daß die Landstriche, die heute Norddakota und Südmanitoba genannt werden, die uralten Jagdgründe sind. Ich wurde von Uncheedah dazu aufgefordert, diese Bitte vorzubringen, nachdem der alte Mann in unserer Hütte gegessen hatte.

«Vor vielen Jahren», begann er und gab die Pfeife an den Onkel weiter, «reisten wir von Otterschwanz nach Minnewakan (Teufelssee). Zu dieser Zeit konnte man den Grabhügel, unter dem Chotanka liegt, noch sehr genau ausmachen. Die Leute seiner Gruppe gaben sich große Mühe, ihn in Ordnung zu halten.

Dieser Grabhügel, unter dem der große Medizinmann liegt, ist der Gipfel des Minnewakan Chantay, die höchste Erhebung in dieser Gegend. Er ist geformt wie das aufrecht stehende Herz eines Tieres mit der Spitze nach unten. Ich werde nun erzählen, warum dieser Berg Minnewakan Chantay oder das Herz des Geheimnisvollen Landes genannt wird. Diese Geschichte ist von Generation zu Generation weitererzählt worden, schon deine Urgroßeltern haben sie gekannt. Ursprünglich wurde sie nur unter den Verwandten und Nachkommen Chotankas überliefert, aber als er starb, wurden diese Geschichten unter allen bekannt, und niemand glaubte mehr an sie.»

(Ich saß da, ganz fasziniert von den Worten des Geschichtenerzählers, holte tief Atem und rückte mich so zurecht, daß ich ihn auch nicht durch die leiseste Bewegung stören würde, während er die Geschichte vortrug. Wir wurden dazu von den Alten angehalten, aber ich war impulsiv und vergaß manchmal auf dieses Gebot der Höflichkeit zu achten.)

Man erzählte sie so:

«Vor langer Zeit waren die roten Menschen zahlreich, und sie bewohnten alles Land, von der kältesten Gegend bis in jenes Land, wo ständig Sommer ist. Es scheint, daß sie damals alle eine Sprache sprachen und daß sie alle Freunde waren. Damals wurden alle Tiere wie Menschen angesehen. Der Büffel, der Elch, die Antilope, sie alle waren Stämme, die große Macht besaßen. Die Bären waren eine kleinere Gruppe, aber sie gehorchten den Gesetzen des Großen Geheimnisses, und er liebte sie, und deswegen haben sie alle auch viel mehr über die Geheimnisse der Medizin gewußt. So standen sie in großem Ansehen. Auch die Wölfe waren damals sehr geachtet. Aber die Büffel, die Elche, die Rehe und die Antilopen waren Leute, die unter den Tieren das Sagen hatten.

Sie wurden aber mit der Zeit recht eingebildet, hielten sich für überaus wichtig und meinten, niemand könne ihnen widerstehen. Die Büffel zogen in den Krieg gegen die kleineren Stämme und rotteten sie aus. So bedachte das Große Geheimnis, es sei besser, die Leute in Form und Sprache zu verwandeln.

Er errichtete ein großes Zelt und verdunkelte es für zehn Tage. In diesem Zelt ordnete er die verschiedenen Gruppen neu, und als sie wieder herauskamen, waren sie alle sehr verändert, und einige konnten danach nicht mehr reden. Jedoch gibt es eine Zeichensprache, die allen Tieren bekannt ist. Sie kennt niemand unter den Menschen außer den Medizinmännern, und diesen ist es bei Strafe verboten, etwas davon zu verraten.

Der Büffel kam aus dem abgedunkelten Zelt als das unbeholfenste unter den Tieren hervor. Die Elche hatten nun große Hörner, während die Antilopen und Rehe ganz schutzlos waren, nur eben, daß sie schnell zu Fuß sind. Der Bär und der Wolf besaßen nun die Macht, sich unter all den anderen ihre Beute zu wählen. Der Mensch war damals allein. Als die Veränderung kam, erlaubte das Große Geheimnis ihm, seine Gestalt und Sprache zu behalten. Er war König über all die Tiere, aber sie gehorchten ihm nicht. Seit jener Zeit vermag das Geistwesen des Menschen unter den Tieren zu leben, ehe der Mensch geboren wird. Er kennt dann die Sprache der Tiere, aber er kann davon nicht in der Sprache der Menschen erzählen. Er hat eine gewisse Vorliebe für sie in sich bewahrt, und er kann mit ihnen in den Träumen sprechen.

Ich darf nicht vergessen, dir noch zu erklären, daß das Große Geheimnis sein Zelt in eben dieser Gegend errichtete. Einige Geschichten besagen, daß der Minnewakan Chantay selbst das Zelt gewesen ist und erst später zu Erde und Fels wurde. Viele Tiere wurden in diesem See gewaschen und verändert in diesem See, der Minnewakan oder das Geheimnisvolle Wasser heißt. Es ist Inlandwasser, aber salzig. Kein Tier hat je in diesem See gelebt und ist darin geschwommen.»

«Sag mir», fragte ich begierig, «ist es denn auch für den Menschen gefährlich?»

«Ja», erwiderte er, «ich denke wohl, jedenfalls hat sich meines Wissens nie ein Indianer in diesen See gewagt. Deswegen nennt man ihn ja auch den Geheimnisvollen», wiederholte er.

«Ich werde dir jetzt von Chotanka erzählen. Er war der Größte von allen Medizinmännern. Er erzählte immer, er sei vor seiner Geburt ein Grizzlybär gewesen.»

Weyuha schien sehr ernst, als er an diesen Punkt seiner Erzählung gekommen war. «Nun höre, was Chotanka als Grizzlybär erlebt hat:

‹Als ein Bär›, pflegte er zu sagen, ‹war meine Heimat in Sichtweite von Minnewakan Chantay. Ich lebte bei meiner Mutter nur einen Winter, und meinen Vater sah ich nur, als ich ein Baby war. Dann wohnten wir etwas nördlich von Chantay, unter verstreuten Eichen an einem Abhang. Von dort aus sieht man auf den Minnewakan.

Das erste, woran ich mich erinnere, ist eine Szene, in der ich vor unserer Behausung mit einem Büffelschädel spielte, den ich in der Nähe gefunden hatte. Da sah ich etwas, das seltsam ausschaute. Es ging auf zwei Beinen und trug einen langen gebogenen Stock und zwei rote Weidenstöcke mit Federn daran. Es warf einen der Weidenstöcke nach mir. Ich zeigte meine Zähne und zog mich in unsere Höhle zurück.

Gerade da kamen mein Vater und meine Mutter mit einem Büffelkalb heim. Sie warfen das tote Kalb auf die Erde und rannten dem seltsamen Wesen nach. Es hatte langes Haar um seinen Schädel. Sein Gesicht war rund. Es rannte und kletterte auf einen kleinen Eichenbaum. Mein Vater und meine Mutter schüttelten es herunter, aber ehe ihnen das gelungen war, hatte es ihnen schon einige dieser roten Weidenstecken in den Leib gespießt. Meine Mutter wurde davon sehr krank, aber sie grub einige Wurzeln aus, aß davon und war darauf bald wieder gesund.›

Auf diese Weise erfuhr Chotanka zum erstenmal, daß bestimmte Wurzeln gut sind gegen Wunden und Krankheit», fügte Weyuha hinzu.

«‹Eines Tages›», so fuhr er mit der Geschichte des Grizzly fort, «‹als ich mit meiner Mutter auf der Jagd war – mein Vater war fortgegangen und nie mehr wiedergekommen –, fanden wir eine Büffelkuh mit ihrem

Kalb in einer Schlucht. Meine Mutter befahl mir, dicht hinter ihr zu bleiben, und wir krochen auf den Knien voran. Plötzlich duckte sich meine Mutter im Gras, und ich tat es ihr nach. Wieder sahen wir einige von jenen merkwürdigen Wesen, die wir Zweibeinige nennen. Diesmal ritten sie auf einem Reh mit einem langen Schwanz. (Gemeint ist ein Pferd.) Sie stießen gellende Laute aus, als sie gegen uns anritten. Meine Mutter brüllte furchterregend und stürzte sich auf sie. Sie bekam einen zu fassen, aber es kamen noch mehr mit ihren Hunden und trieben uns in ein Dickicht. Surrend schickten sie uns Stecken aus roter Weide hinterdrein, zwei trafen meine Mutter in die Seite. Als wir endlich uns davonmachen konnten, versuchte sie sie herauszuziehen, aber sie war schrecklich verletzt. Es gelang ihr endlich, beide loszuwerden, aber bald darauf legte sie sich hin und starb.

Ich blieb allein in den Wäldern für zwei Tage, dann lief ich um Minnewakan Chantay herum, auf die Südseite und machte mir dort eine Behausung. Ich fand dort viele Haselnüsse, Eicheln und wilde Pflaumen. Feinde sah ich keine.

Eines Tages entdeckte ich eine Fußspur, die der meinen nicht unähnlich war. Ich folgte ihr, um zu sehen, wer der Fremde sein mochte. An den Abhängen zwischen den Bäumen entdeckte ich eine schöne Frau, die Eicheln sammelte. Sie kam aus einem anderen Stamm, denn sie hatte ein schwarzes Kleid an.

Zuerst schien es ihr ganz und gar nicht recht, mir zu begegnen, aber als ich ihr erklärte, wie einsam ich sei, war sie dann doch bereit, mit mir zu kommen. Wir gingen also zu meinem Bau auf der Südseite des Hügels. Dort lebten wir glücklich ein ganzes Jahr. Als der Frühling kam, sagte Woshepee (dies war nämlich ihr Name) zu mir, sie müsse jetzt ein warmes Nest für den Winter machen. Wieder war ich allein.›

Jetzt», sagte Weyuha, «bin ich zu dem Teil der Geschichte gekommen, den nur wenige Leute verstehen. Den ganzen Winter über schlief Chotanka in seinem Bau, und im zeitigen Frühjahr kam ein großes Gewitter. Er wurde geweckt von dem furchtbaren Krachen, das selbst den Berg zu erschüttern schien, und siehe da! Ein stattlicher junger Mann stand vor seiner Tür. Er beäugte den Fremden, fürchtete sich aber nicht vor ihm, denn er hatte keine dieser Stecken der Rotweide bei sich. Er war unbewaffnet und lächelte.

‹Ich komme›, sagte er, ‹um dich zu einem Wettlauf herauszufordern. Wer immer gewinnt, wird von den Leuten als Held angesehen werden, und der Unterlegene muß danach den Befehlen des Siegers gehorchen.

Dieser Wettkampf ist eine große Ehre. Die ganze Welt wird dem Rennen zuschauen. Die Tiere werden dich anfeuern, die Geisterwesen mich. Du bist kein Feigling, deswegen wirst du meine Herausforderung gewiß annehmen.›

‹Nein›, erwiderte Chotanka nach kurzem Überlegen. Der junge Mann sah gut aus, war aber von leichtem Körperbau.

‹Wir starten von Chantay, und das wird auch unser Ziel sein. Nun komm schon, denn das ganze Universum wartet darauf!›, rief ungeduldig der Fremde aus. Er ging schon voraus, und gerade eben da trat ein ganz alter Mann mit faltiger Haut zur Tür herein. Er lehnte sich auf einen Stab.

‹Mein Sohn›, sprach er, ‹ich will nicht, daß du dich feige verhältst, aber dieser junge Mann ist der größte Glücksspieler des Universums. Er besitzt eine machtvolle Medizin. Er spielt um das Leben. Sei vorsichtig. Mein Bruder und ich sind die einzigen, die es je fertiggebracht haben, ihn zu schlagen. Aber letztlich vermochten auch wir nichts gegen ihn auszurichten. Wird er getötet, so kann er wieder auferstehen. Ich sage dir, er besitzt eine mächtige Medizin.

Doch ich weiß, wie ich dich retten kann. Hör zu. Er wird hinter dir bleiben bei dem Rennen bis kurz vor dem Ziel. Dann wird er in einem Blitz an dir vorbeischießen, denn sein Name ist Zickzack-Feuer! Hier ist meine Medizin.› Als er das gesagt hatte, gab er mir eine Kaninchenhaut und das Harz einer bestimmten Pflanze. ‹Wenn du dem Ziel nahe kommst, so reibe dich mit diesem Harz ein und wirf die Kaninchenhaut zwischen ihn und dich. Dann kann er dich nicht überholen.› – ‹Und wer seid Ihr, Großvater?› fragte Chotanka. ‹Ich bin die Medizin-Schildkröte›, erwiderte der alte Mann. ‹Der Spieler ist ein Geist vom Himmel, und wer immer von ihm besiegt wird, muß bald sterben. Du hast bestimmt schon davon gehört. Alle Tiere wissen im voraus, wann sie getötet werden; und jeder, der um solche Geheimnisse weiß, kennt auch die Stunde seines Todes.›

Das Rennen wurde vor aller Welt angekündigt. Die Büffel, Elche und Wölfe und all die Tiere kamen zuschauen. Alle Geister der Luft waren auch zur Stelle, um ihren Kameraden anzufeuern. Im Himmel wurde eine Trompete geblasen. Die große Medizintrommel dröhnte. Das war das Zeichen zum Start. Die Strecke führte rund um den Minnewakan. Und das bedeutet rund um Erde und Ozean. Überall jubelten die Leute den beiden Läufern zu. Der junge Mann blieb hinter Chotanka, bis wieder der Chantay in Sicht kam. Dann spürte er einen leichten Schlag und warf die Kaninchenhaut hinter sich. Der Fremde trat darauf und rutschte aus. Chotanka rieb sich mit dem Harz ein und rannte weiter, bis er das Ziel erreicht hatte. Ein großes Lärmen drang hin über die Erde, aber im Himmel gab es nur Gemurmel und Gebrabbel. Der Schiedsrichter erklärte, daß der Sieger ein hohes Alter erreichen werde, und Zickzack-Feuer versprach, ihn besuchen zu kommen. Er besaß wirklich eine große Medizin», schloß Weyuha.

«Aber du hast noch nicht erzählt, wie Chotanka ein Mensch wurde», sagte ich.

«Eines Nachts kam im Schlaf eine sehr schöne Frau zu ihm. Sie lockte ihn in ihr weißes Zelt. Dann verschloß sie den Eingang, und Chotanka konnte nicht mehr heraus. Aber die Frau war freundlich zu ihm. Sie streichelte ihn, so daß er gern in dem weißen Zelt blieb. Darauf wurde er als Mensch wiedergeboren. Das ist eine lange Geschichte, aber ich denke, Ohiyesa wird sich noch an sie erinnern, wenn viel Zeit vergangen sein wird», sagte Weyuha zu mir. Und so ist es auch.

Sioux

Die heiligen Zwillinge

Wandelbare Frau und Salzfrau lebten an einem Ort, an dem es schwierig war, sich Nahrung zu beschaffen.

Klapperschlangen-Mann und Bären-Mann waren ihre Türhüter.

Wandelbare Frau und ihre Gefährtin zogen täglich aus, um Samen von Wildpflanzen als Nahrung zu sammeln oder Gras, um Sandalen und Kleider daraus zu fertigen.

Es fiel nicht nur schwer, zu Nahrungsmitteln zu kommen, überall lauerten Gefahren. Es gab so viele Untiere voller Gewalttätigkeit.

Sie alle waren zu mächtig für den Menschen. Dies ließ Wandelbare Frau darüber nachdenken, wie sie die Welt von den Untieren befreien könne, damit sie bewohnbar werde für Menschen.

Sie dachte: Vielleicht könnte ein Kind diese Aufgabe übernehmen, aber sie wußte nicht, wie man Kinder bekommt.

Da empfing sie von Wasser und auch von Sonne. So wurden zwei Kinder gleichzeitig gezeugt, eines von Sonne und eines von Wasser. Nach vier Tagen kam die Sonne wieder zu ihr, und nach vier weiteren Tagen setzten schon die Wehen ein. In der neunten Nacht erwachte sie vor Schmerzen, aber sie gebar erst bei Morgengrauen. An diesem Tag war am Morgen der Himmel dunkel von Wolken. Als es ganz hell war, schlugen Blitze in allen vier Himmelsrichtungen ein. Da wurde das Kind geboren. Der Erstgeborene kam etwas sorglos zur Welt, deswegen hatte er einen Namen, dem besondere Kraft innewohnte. Er hieß: «Der-die-Ungeheuer-erschlägt», denn er kam zur Welt, um die Untiere zu töten. Der zweite, «Das Kind-des-Wassers», wurde geboren, als es leise donnerte. Damit die Kinder nicht entdeckt wurden, gab es sechs Dinge, die sie bedeckten. Unmittelbar über ihnen hing die Dunkelheit, darüber der blaue Himmel, dann das Blau im Osten bei Sonnenuntergang, wiederum das gelbe Abendlicht, die Luftspiegelung und die Hitze.

Danach zogen die Wandelbare Frau und Salzfrau wieder aus, um Nahrung zu suchen, wie sie das auch sonst häufig getan hatten. Zu den Türhütern sagten sie: «Paßt gut auf die Kinder auf. Schlaft nicht ein und laßt keine Gefahr an sie heran.»

Eines Tages, als die Frauen vier Tage fort gewesen waren und zurückkamen, merkten sie, daß die Kinder sehr schwach waren.

Als die Wandelbare Frau den Grund dafür wissen wollte, antwortete der Bären-Mann: «Sie haben die Suppe nicht gegessen, die ich aus Feldratten und Kaninchen für sie gekocht habe. Da sie nicht mochten, was du von der Jagd zurückgebracht hast, habe ich sie mit Blütenstaub aus dem Gebirge und mit Tau von dort gefüttert.»

«Und ich», sagte der Klapperschlangen-Mann, «gab ihnen Blütenstaub von Pflanzen jeglicher Art.»

Der Grund dafür, daß die Kinder so schwach waren, lag darin, daß die Nahrung, die Klapperschlange und Bär für sie ausgewählt hatten, einfach für so kleine Kinder noch zu kraftvoll war. Außerdem fuhr Salzfrau immer mit ihrer Hand in die Suppe, wenn sie sie umrührte, und davon wurde sie sehr salzig. Trotz dieser unverträglichen Nahrung gediehen die Kinder, und schließlich konnte man ihnen auch kräftigeres Essen geben. Nach vier Tagen konnten sie laufen, und als sie zwölf Tage alt waren, besuchte sie der Alte Redende Gott, der gab ihnen Pfeile und Bogen und sagte ihre Zukunft voraus. Der Pfeil, der für sie gemacht wurde, ist das Symbol dieses Gesangs. Zum erstenmal erfuhren die Untiere etwas von dem Vorhandensein der Heiligen Zwillinge, als sie Wandelbare Frau ein Stückchen gegen Osten hin gehen ließ. Menschenfresser, Erster Mann, Erste Frau und Coyote, die auf dem Erdentafelberg lebten, fraßen die Häuptlinge des Erdenvolkes. Rote Krähe, Roter Bussard, Roter Eichelhäher und Roter Coyote waren ihre Kundschafter, und an dem Tag, als sich die Zwillinge im Osten zeigten, kehrte die Rote Krähe mit einer Warnung zurück. Nacheinander sahen alle Kundschafter die Zwillinge und meldeten, daß eine neue Kraft sich auf der Erde gezeigt habe.

Das Große Untier, das die Neuigkeit vom Roten Coyoten gehört hatte, kam Wandelbare Frau besuchen und befragte sie. Die aber schimpfte es aus und vertrieb es mit ihrem Schüreisen. In dieser Nacht redeten die beiden Jungen, behaglich zugedeckt mit himmlischen Decken, von etwas, was ihnen nicht aus dem Sinn ging. «Wir wollen die Mutter fragen, wer unser Vater ist», flüsterten sie. «Schlaft doch», sagte ihre Mutter, die ihre Gedanken zu lesen verstand, «wer weiß schon mit

Sicherheit etwas über seinen Vater?» Das ging nun drei Tage so. Die Neugier, wer ihr Vater sei, war schließlich der einzige Gedanke in den Hirnen der Kinder. In der vierten Nacht dann sagte die Mutter: «Euer Vater wohnt weit, weit fort. Zwischen hier und dem Ort, an dem er sich aufhält, stehen alle möglichen Gefahren. Nun schlaft und denkt nicht mehr darüber nach.» Sie schienen jetzt still zu sein, aber tatsächlich sprachen sie doch weiter miteinander. Der Zweitgeborene hörte etwas und sagte: «Bruder, was für ein hübsches Lied singt unsere Mutter!» «Ich höre nichts.» Wieder hieß sie die Mutter einschlafen, und nachdem sie sie dreimal aufgefordert hatte, doch endlich still zu sein, merkte der Zweitgeborene, daß nicht die Mutter sang, sondern daß der Laut von der Türschwelle kam. Da begriff er, daß dieses Lied ihnen im Schutz der Dunkelheit geschenkt wurde. Er betete mit dem Lied, und beide Kinder schliefen ein.

Bei Tagesanbruch weckte sie Redender Gott. Sie gaben ihm seinen Pfeil zurück, und er kleidete den Erstgeborenen in weiße Mokassins, weiße Beinkleider und ein weißes Hemd. Der Zweitgeborene bekam dieselben Kleidungsstücke, aber in unterschiedlichen Farben. Dann zog Sprechender Gott einen Regenbogen, an den er weiße, schwarze, blaue, rosa und gelbe Medizin hing, und über diesen Regenbogen reisten sie hin, bis er sie wieder an einer Stelle zur Erde zurückbrachte. Von dort setzten sie ihre Wanderung zu Fuß fort.

Bald kamen sie zu einem Haus, in dem wohnten Spinnen-Frau und Spottvogel-Frau. Als sie das Haus der Spinnen-Frau betraten, rannte diese hinaus und webte vier Netze. Das eine dunkel, das andere weiß, das dritte blau und das vierte gelb. Darauf kam sie zurück und fragte: «Wo kommt ihr denn her, meine Enkelkinder?»

«Irgendwo lebt unser Vater. Ihn suchen wir, Mutter unserer Mutter», sprachen sie. Sie warnte sie vor den unübersteigbaren Hindernissen, denen sie begegnen würden, aber sie sagten ihr, das könne sie nicht zurückhalten.

Als sie nun ins Freie wollten, rannten sie in die Netze, die Spinnen-Frau zuvor gesponnen hatte, und diese warfen sie zurück. Nun bemerkten sie, daß da Knochen hingen. Einige waren trocken, an anderen befand sich noch Fleisch; und wieder andere stammten von Gesichtern, die noch lächelten. Als sie sich der Gefahr bewußt wurden, bliesen sie Staub von schwarzen, blauen und gelben Feuersteinen auf die Spinnennetze. Da erkannte Spinnen-Frau, daß sie mehr Kraft besaßen als sie selbst. Wieder bat sie, von ihrem Vorhaben abzulassen, aber der Wind flüsterte den Jungen zu: «Bittet sie um eine Lebensfeder und um eine Schwanzfeder. Dann erst macht die Netze wieder heil.»

So gewannen die Zwillinge jene Bogen und Pfeile, die sie in Zukunft benutzten. Sie bestiegen wieder ihren Regenbogen und reisten weiter. Nicht weit von der Stelle, an der der Regenbogen abermals die Erde berührte, stießen sie auf die nächste Gefahr. Dort floß ein Strom, der war nicht breiter als eines Menschen Finger, aber wenn irgend jemand darüber springen wollte, schwoll er so an, daß man ihn nicht überwinden konnte. Die Zwillinge täuschten den Strom, indem sie viermal so taten, als würden sie springen, und dann doch immer am Ufer blieben. Sie konnten den Strom nicht überwinden, ihr Regenbogen war einfach zu kurz. Aber der Alte Mann, der die Länge der Würmer mißt, hatte einen längeren Regenbogen und brachte sie sicher hinüber. Zum Dank dafür lehrten sie ihn eines der Lieder, die Regen-Junge sang. Sie kamen an einem Platz zur Erde zurück, an dem sich zwei Gebirge immer dann ineinanderschoben, wenn jemand versuchte, zwischen ihnen hindurchzugehen. Der Wind riet ihnen, mit Pfeil und Bogen auf die Gebirge anzulegen, und so erzwangen sie, daß diese sie durchließen. Weiter reisten sie über den Regenbogen und kamen an den Ort einer anderen Gefahr, zum Feld der Schneidenden Gräser. Sie taten nur so, als würden sie es betreten. Sie hörten ein sensensausendes Geräusch und blieben am Rand des Feldes stehen.

Da erschien der Feuergott. Er versuchte ihnen auszureden, weiterzugehen, aber die beiden Jungen bestanden darauf. Da entzündete er mit seinem Feuerbohrer ein Feuer. Er verbrannte die Gräser und machte sie für die Erdenmenschen brauchbar, denn nun wurden sie, sofern man sie richtig behandelte, zu Gebetsstöcken. Das nächste Hindernis war die Wanderdüne. Es sah so aus, als könne man sie ganz leicht ersteigen, aber versuchte man das, so setzte sie sich in Bewegung und begrub einen unter sich. Der Wind selbst war es, der die Jungen darüber hinwegtrug. Nun lagen nur noch Gebirgsketten zwischen den Kindern und dem Haus ihres Vaters. Aber da war keine Gefahr. Von der Spitze des blauen Gebirges sahen sie das Haus mit vier verschiedenen Farben. Das war so schön, daß sie sogleich wußten, es muß das Haus der Sonne sein. Auf dem Türkis-Gebirge ruhten sie aus und rauchten. Gegen Mittag waren sie gar nicht mehr weit vom Haus der Sonne entfernt. Als sie versuchten einzutreten, wurden sie viermal von den Türhütern Wind, Donner, Klapperschlange und Bär zurückgewiesen. Dann aber flüsterte ihnen ihr Schutzgeist die Namen der Wachen ins Ohr, und als sie diese aussprachen, hatten die Wächter keine Gewalt mehr und mußten sie eintreten lassen. Sie kamen in einen großen Raum. Gegen Osten gab es dort eine Türkistrompete, über der hingen zwölf Klapperschlangen in einer Reihe. Im Westen waren alle Dinge aus Weißmuschel, im Süden aus Perlmutt und im Norden aus rotem Sandstein. Eine dicke Frau, das Weib Sonne, saß in dem Raum. Als die Jungen sich umschauten, begann sie sich zu bewegen. Dann leuchtete grelles Licht auf. Sonne war zurückgekommen. Dies geschieht dann und wann, und wenn es sich zuträgt, kommen horngepanzerte Kröten, blaue Eidechsen oder Winde hinterdrein und es geschehen merkwürdige Dinge. Die Frau, die mit den Gewohnheiten ihres Mannes vertraut war, verbarg die beiden Jungen und sprach zu ihnen: «Euer Vater kennt keine Gnade.» Sonnen-Mann sah sich um, und als er nichts entdecken konnte, fragte er seine Frau, ob denn niemand hier sei, er habe zwei Wesen auf sein Haus zukommen sehen. Dreimal fragte er sie, und dreimal verweigerte sie die Antwort. Aber als er sie zum viertenmal fragte, erwiderte sie zornig: «Wenn du auf Reisen gehst, behauptest du immer, du würdest niemanden besuchen. Plötzlich aber tauchen hier zwei Wesen auf, die erklären, sie seien deine Söhne.» Die beiden Zwillinge hörten diese Auseinandersetzung in ihrem Versteck mit an. Sie holten die Lebensfedern hervor, die ihnen Spinnen-Frau mitgegeben hatte. Sonnen-Mann aber zerrte sie aus ihrem Versteck hervor und warf die Türkistrompete nach ihnen. Diese hatte die Kraft, jedes Opfer zu erreichen und zu zermalmen. Sie berührte aber die beiden nur ganz leicht und zuckte dann vor der Lebensfeder zurück. Sonnen-Mann konnte sich das nicht erklären. Er versuchte es mit den anderen Trompeten, aber eine jede kam ganz langsam wieder zurück an ihren Platz, sobald sie die Lebensfeder berührte. Da holte Sonnen-Mann seinen Sphinx-Wurm hervor. Der spie Gift. Vom Wind gewarnt, nahm jeder der Jungen abermals seine Lebensfeder und stellte sich darauf. Als der Wurm heranzüngelte, stellten sich die Federn auf, und das Gift fiel wirkungslos zu Boden. Bei Sonnenuntergang führte der Sonnen-Mann die Jungen zu einem weißen Felsen, der sich an der Küste wie eine kleine Insel erhob, denn sein Haus lag nahe dem Wasser. Er redete ihnen ein, sie müßten sich nun ausruhen und hieß sie ihre Kleider ablegen, die er ihnen dann fortnahm. Sie sollten nur schlafen, sagte er, tatsächlich aber wollte er sie erfrieren lassen. Gerade, als es ihnen unerträglich kalt wurde, hörten sie, wie jemand aus dem Wasser stieg. Es war Biber-Mann, der ihnen seinen Mantel umlegte. Ihm folgte Otter-Frau, die den Jungen ihren Pelz gab.

Beide Tiere warnten sie, am Morgen allzulange zu schlafen, und hießen sie, die Mäntel vor Tagesanbruch ins Wasser zu werfen. Als sie nun schliefen, wurde der kleine Fels ein ganzes Gebirge, das bis zu den Wolken aufragte, bei Tagesanbruch jedoch nahm es wieder seine vormalige Gestalt an. Biber und Otter mußten die Jungen aufwecken, um zu ihren Mänteln zu kommen. Aber danach schliefen die beiden Knaben wieder ein, über und über von Frost bedeckt. Sonnen-Mann weckte sie grob. Sie standen auf und zeigten ihm, daß der Frost ihnen nichts hatte anhaben können.

Darauf führte er sie in ein Schwitzhaus, das er für sie gebaut hatte. Er hatte dazu Achatsteine verwandt, die in alle Richtungen davonflogen, wenn man auf sie Wasser goß, um Dampf zu erzeugen. Der Redende Gott kam in das Schwitzhaus, machte ein Loch und verschloß es mit vier weißen Muscheln. Der Wind hieß die Jungen in dieses Loch kriechen. Sonnen-Mann goß Wasser auf den heißen Stein, und als das Geräusch aufhörte und die Steintrümmer zu Boden gefallen waren, rief er viermal nach ihnen und erhielt keine Antwort, doch als er den Vorhang hob, saßen sie unverletzt da. Schließlich erkannte Sonnen-Mann sie als seine Kinder an. Er ließ Decken vor ihnen ausbreiten, auf die sollten sie sich setzen. Darauf rief er seine anderen Kinder herbei und hieß sein Weib die Zwillinge genauso zu gestalten, wie seine anderen Kinder aussahen. Bei dieser Gelegenheit befahl Sonnen-Mann, daß während des Naatoyee-Heilgesanges niemals das Schwitzhaus benützt werden dürfe, weil es nichts gibt, um den Schaden, der dabei entsteht, wiedergutzumachen. Von nun an sparte Sonnen-Mann keine Mühe, damit seine Söhne unverletzbar würden. Da wurde seine Frau eifersüchtig auf die Jungen und riet ihm, sich ihrer zu entledigen. Ihr jüngster Sohn war vier Tage zuvor von einer Wasserschlange gebissen worden und sah nun ganz verquollen aus. Sonne gab den Zwillingen von einem heiligen Mus aus Edelsteineimern zu essen, und als das vorbei war, entschuldigte er sich für die Bosheit seiner Frau und legte die Behandlung seines jüngsten Sohnes in die Hände der beiden Zwillinge. Sie bestanden auch diese letzte Prüfung, indem sie ihren Bruder heilten, und abermals schimpfte Sonne seine Frau aus und sagte zu den beiden: «Ja, ihr seid meine Söhne. Nun seid ihr heilig. Ihr werdet heilig bleiben.» Dann begann er sie zu befragen und versuchte zu erraten, wonach ihr Verlangen stand. Er erwähnte jene Besitztümer, die ihm am liebsten waren, Pferde und Schafe, das Maultier, Edelsteine und Wasser aller Arten. Die Zwillinge vermochten sich vorzustellen, daß die Erdenmenschen all jene Dinge wohl gern besitzen würden, aber sie erbaten sich eine Obsidianrüstung und Blitzpfeile, um damit alle Untiere zu überwinden. Nach dieser Bitte neigte Sonnen-Mann sein Haupt voller Kummer und blickte nach geraumer Zeit mit Tränen in den Augen auf. «Es muß wohl sein», sagte er, «so sind Kinder nun einmal. Ich will eurer Bitte entsprechen.» Dann legte er ihnen eine Rüstung an, Mokassins, dem Erstgeborenen ein schwarzes Hemd und ein blaues dem Zweitgeborenen, dem älteren Sohn gab er einen zickzack laufenden Blitzpfeil, dem Jüngeren aber einen sprühenden Pfeil. Er hieß sie die Augen schließen, legte seine Hand erst auf das Herz des einen, dann auf das des anderen und erklärte ihnen darauf: «Jetzt habe ich einen Mann aus Achat in euch versenkt. Mit ihm in euch werdet ihr auch die gefährlichsten Feinde überwinden. Das Lied, das ich euch lehrte, ist die Nahrung für den Achat-Mann, der in euch steckt. Das Mus, das ihr von der östlichen Seite des Eimers gegessen habt, steckt in euch als die Beine des Mannes; was ihr von der westlichen Seite eßt, ist sein Kopf, das von der nördlichen Seite seine linke Hand, das von der südlichen Seite seine rechte. Was ihr aber aus der Mitte eßt, ist sein Herz. Als ich sprach ‹Er ißt den Blütenstaub der Wiedergeburt zur Jugend gemäß der Schönheit›, meinte ich damit, daß sein Bewußtsein euch mit Stärke erfüllen wird, und als ich sagte ‹Dunkle Wolken, Tau, Wiedergeburt zur Jugend gemäß der Schönheit des Taus›, schuf ich so seine Innereien. Nichts fehlt. Mit ihm, unbesiegbar in euch, werdet ihr selbst unverwundbar. Die Rüstung ist gut, aber das, was in euch ist, wird nicht nur alle Feinde, die es heute gibt, sondern auch die Untiere der Zukunft, über die die Rüstung keine Macht hat, zu überwinden vermögen.» Zu ihren Kleidern gab er ihnen Hüte mit Blitzen und legte Blitze in ihre Hände, und dann zog er mit ihnen in den Kosmos und stand ihnen bei ihrem ersten Kampf bei. Sie kamen bis zur Mitte des Himmels, und als Sonnen-Mann begann, sie nach den verschiedenen Namen für die Teile der Erde zu befragen, zog eine schwarze Wolke vom Süden her auf, und aus ihr hervor stach ein starker Blitz. Das bedeutete Kampf, und dabei wurden Regen-Junge und Regen-Mädchen, Hagel-Junge und Hagel-Mädchen, Wasser-Junge und Wasser-Mädchen, Regenbogen-Junge und Regenbogen-Mädchen von der Sonne und seinen Helfern besiegt. Jene, die dabei fielen, wurden schließlich wieder zum Leben erweckt, aber sie mußten ein Sühnegeld zahlen.

Nach diesem Zwischenfall befragte Sonne die Zwillinge-Kinder über die Orte der Erde, und in jedem Fall antworteten sie richtig. Dann war die Sonne zufrieden und zeigte ihnen, wie sie wieder hinabsteigen konnten, aber zuvor erhielt jeder der beiden einen Namen. Der Erstgeborene wurde «Mit-einem-Zick-zack-Blitz-kam-er-herab» genannt, sein Bruder aber «Herabgekommen-auf-einem-Sonnenstrahl». Sonne sagte, daß der Zweitgeborene im Kampf den ersten Schlag führen solle, denn bald würden sie von dem Riesenuntier angegriffen werden.

Der Blitz, mit dem die Jungen die Erde erreichten, machte das Riesenuntier taub und brachte es um seinen Verstand. So wie der Schwarze und der Blaue Wind geraten hatten, schoß der Erstgeborene auf die Fußsohle des Untiers, der Zweitgeborene auf dessen Beckenknochen, aber das Riesenuntier sagte nur: «Was für ein Insekt krabbelt da über mich hin?» Dann rieten die Winde den Jungen, auf das Schulterblatt zu schießen und auf den Hinterkopf. Das Riesenuntier wankte nach Osten, und Himmel und Erde bebten für einige Zeit. Als alles wieder ruhig war, war es tot. Das Blut aus seinem Mund floß nach Osten und das aus seinen Venen nach Westen. Und da es keine Trennung auf beiden Seiten gab, flossen die beiden Ströme Blutes zusammen. Da warnte der Dunkle Wind: «Laßt nicht zu, daß sie sich vermischen, oder es wird wieder lebendig werden.» Sie hielten ihre Keulen mit Steinen an der Spitze gekreuzt zwischen die beiden Ströme, bis sich das Blut härtete und daraus Lava wurde. Die Jungen brachten den Skalp des Riesenuntiers heim, hingen ihn vor dem Haus auf und sagten zu ihrer Mutter beiläufig: «Wir haben das Riesenuntier getötet.»

«Aber, wer wird denn so etwas Gefährliches tun!» warnte sie. Viermal sagten sie es ihr. Sie war so verängstigt, daß sie schließlich hinauslief. Da sah sie den Skalp. Sie tanzte vor Freude, kam wieder herein und dankte ihren Kindern. Bald darauf erkundigten sie sich bei ihrer Mutter, wo das Furchenuntier lebe. Sie verwies ihnen dreimal ihre Frage, aber beim viertenmal verriet sie es ihnen. Am Morgen brachen sie dorthin auf. Aber als sie es erblickten, kam es ihnen so vor, als schaue es gleichzeitig in alle Himmelsrichtungen. Ehe sie losgegangen waren, hatte der Erstgeborene seinem Bruder einen Gebetsstock gegeben, der war blau angemalt und Staub von Eisenerz war darauf gestreut. «Dies soll eine Botschaft für dich sein. Wenn ich je in Gefahr gerate, wird dieser funkelnde Gebetsstock rot werden. Dann weißt du, daß ich Hilfe brauche, und sollst zu mir kommen.» Als der Erstgeborene seinen Angriff auf das Furchenungeheuer bedachte, warnte das Erdhörnchen ihn, nahe heranzugehen. Als er aber darauf bestand, half das Erdhörnchen ihm. Dieses Tier konnte leicht sich nahe heranwagen, weil es gewöhnlich dem Ungeheuer die Brusthaare abfraß, aus denen es sich sein Nest baute. Es lief davon, und nach langer Zeit kehrte es zurück und sprach: «Ich habe ein Loch rechts unter seinem Herzen gegraben, und eine Galerie von vier Gängen im Osten darüber. Geh bis zum Ende des untersten Ganges und schieße dann.» Als der Junge auf diesem Fleck stand, hörte er das Herz des Untieres pochen. Er schoß einen Blitzpfeil darauf ab, und das Ungeheuer rannte nach Osten davon. So kroch er in alle Gänge und feuerte, als er ganz hinten angekommen war. Das Untier wurde ganz wild vor Schmerz. Es begann die Gänge aufzukratzen, aber als es sich an den vierten machte, brach es zusammen. Das Erdhörnchen wurde mit einem After belohnt, der zugleich sein Medizinbeutel ist. Die Känguruhratte kam des Weges und schenkte ihm einen Teil ihres Medizinbeutels, und die Gelbe Ratte, der arme Wicht, steuerte den anderen Teil dazu bei. Der Erstgeborene machte sich nun daran, dem Untier das Herz aus dem Leib zu schneiden. Dabei aber wurde ihm von dem Schweiß und dem Dampf, der aus dem Kadaver drang, so übel, daß er bewußtlos zusammenbrach. Das Erdhörnchen kam und erweckte ihn mit Kräutern wieder zum Leben. Dann brachten das Erdhörnchen und die Känguruhratte Erde aus ihren Löchern, streuten diese in die Mokassins des Erstgeborenen, und so ward er wieder unbesiegbar. Die Gelbe Ratte verlieh ihm die Kraft, jedes Untier zu überwinden. Der Erstgeborene zog ein Haar aus der Schwanzspitze des Ungeheuers, eines nahm er von dessen Rücken, dort wo er breit ist, ein anderes dort, wo der Rücken schmal ist, und eines von der Nasenspitze. Darauf ging er mit ihnen gegen das San-Juan-Gebirge hin, ließ sie fallen, und es wurde ein Elch daraus. Der Erstgeborene nahm das Herz des Untiers mit heim, und als er es seiner Mutter zeigte, begann sie vor Freude zu tanzen. Jedesmal mußten die Zwillinge ihre Mutter dreimal fragen, und erst beim viertenmal verriet sie ihnen, wo noch Ungeheuer wohnten. Sie vernichteten oder unterwarfen eines nach dem anderen.

Einmal kamen sie an eine Schlucht, da saß ein Untier mit langen Beinen, und sein Schwanz war Teil des Gesteins. Wenn Menschen durch die enge Schlucht hindurchgingen, nahm es sie auf und warf sie seinen Kindern zum Fraß vor. Früchte einer Kaktee, lang, rund und gelb, lagen da, um die Leute anzulocken. Der Dunkle Wind riet dem Erstgeborenen, die Aufmerksamkeit des Felsenuntiers auf den Kaktus zu lenken, dann packte er ihn, schleuderte ihn dorthin hinab, wo dieser sonst immer die vorbeikommenden Menschen hingeworfen hatte, und so wurde er von seiner eigenen Brut zerfetzt. Diese aber wurden beim Fressen überfallen und getötet. Aus einem Teil der Brut wurden die Eulen geschaffen. Ehe er den Angriff auf den Felsenschmeißer wagte, träumte der Erstgeborene davon, und die Türhüter seiner Mutter stimmten einen Gesang an, um die Furcht, die im Traum aufstieg, zu besänftigen. Es gab damals eine ganze Familie von Untieren, die töteten, indem sie Felsbrocken von einem Abhang auf den gegenüberliegenden warfen. Als nun das männliche Untier den Erstgeborenen dorthin schleuderte, wo das Weib schon lauernd saß, schützte der sich mit seiner Feuersteinkeule. Von dort aus schoß er auf Mann und Weib. Beide stürzten ab: eine Beute für ihre Kinder. Die Fledermaus-Frau half ihm, in ihrem Korb mit einer Schleuderschnur, sich von oben herabzulassen, und er versprach ihr zur Belohnung eine Feder. Nachdem er ihren Korb gefüllt hatte, hieß er sie diesen nicht zu öffnen, bis sie daheim sei. Neugierig, wie sie war, hielt sie sich aber nicht an dieses Gebot, sondern schaute an einem Ort, der Weidendickicht heißt, in den Korb. Da flog die Feder heraus, und aus ihr wurden Vögel. Der Sohn des Ungeheuers wurde ein Adler und seine Tochter ein Käuzchen. Als Trophäen nahm er zwei Federn, genau aus der Mitte des Schwanzes vom männlichen Monstrum, und zwei nahm er von dessen Weib. Als nächstes überwand der Erstgeborene den Bären, Der-alle-einholt. Er schnitt ihm die Brustwarzen ab, und aus diesen wurden Piniennüsse. Die eine Hälfte des Schwanzes wurde ein Bär, die andere Hälfte ein Stachelschwein. Als der Bär davonging, sagte er: «Es wird immer gefährlich sein, mein Fleisch zu essen. Wenn es viel Fleisch gibt, so eßt nicht davon. Wenn aber eine Hungersnot kommt, dann ist es euch erlaubt.» Der Zwilling nahm die Galle und Aorta als Trophäen.

Nahe Mount Taylor wohnten jene, die Mit-dem-Auge-töten. Sie sehen die Leute unverwandt an, und das Auge des Untiers gräbt sich in das Auge des Opfers. Als der Erstgeborene sah, wie die Augen auf ihn zuwuchsen, nahm er Salz, das ihm Salzfrau gegeben hatten, und streute es in dieses Feuer. Das bewirkte, daß die Wesen wegblickten, und er tötete sie. Er tötete auch deren Junge, und aus ihnen wurden zwei Arten von Kakteen. Von den Eltern nahm er alles Runde an Zehen und Fingern, Ohren, Nase, Haar und Augenbrauen und machte daraus die Antilope. Als der Erstgeborene nun das Untier, das die Umherschweifende Antilope genannt wird, verfolgte, bot der Coyote ihm seine Hilfe an. Er verunsicherte es, indem er eine Fackel an seinem Schwanz befestigte. Der Held tötete es, und aus einem Haar, das er dem Männchen und dem Weibchen ausriß, einem anderen, das über ihrem Herzen wuchs, einem aus ihren Ohren und aus ihrer Nase erschuf er das Reh und trieb seine Rudel gegen das Land der Navajo hin. Auch bei seinem Kampf mit dem Wandernden Stern, den er durch Zerschneiden entmachtete, half ihm der Coyote. Mit seiner Feuersteinkeule zerhieb er dieses Untier in vier Teile und machte aus diesen dann noch kleinere Brocken. Die Knochen des Untiers wurden Weißer Fels, sein Fleisch Blauer Fels, die Haare und der Körper wurden zu schwarzem Urgestein, das Blut zu rotem und die Innereien zu gelbem. Alle Feuchtigkeit, die in seinem Körper enthalten war, verwandelte sich in Wasser, das aus den Quellen zwischen den Felsen hervortritt, manche davon gut, andere schlecht. Dies war das Ende der Untiere.

Von ihrem Anfang bis zum letzten Totschlag hieß es: «Von nun an werdet ihr nützlich sein.» Deswegen gebrauchen die Menschen auch viele Dinge, die aus den Untieren geworden sind. Manche von ihnen enthalten gute, andere wieder böse Kräfte. Deshalb fallen auch Menschen in den Abgrund oder verletzen sich, indem sie zu schwere Lasten tragen. So ist nun einmal der Lauf der Welt.

Nun waren zwar alle gefährlichen Untiere tot, trotzdem aber gab es noch Unerfreuliches, mit dem der Erstgeborene fertig zu werden gedachte. Die Grauen beispielsweise saßen Tag und Nacht beim Glücksspiel und hielten ihre Mitspieler, unter denen sich die Fledermaus und die Eule befanden, durch allerlei Tricks fest. Als es Zeit für die Morgendämmerung wurde und diese lange ausblieb, schickte der Erstgeborene die Elster zu ihr. Sie erschien in ihrem Feuersteingewand. Darüber erschraken die Spieler derart, daß sie in alle Himmelsrichtungen davonstoben. Und sie wurden die Bewohner des Gebirges, die Dachse, Präriehunde und derlei. Der Bär hatte zu lange geschlafen, und als er aufwachte, zog er aus Versehen seine Schuhe verkehrt herum an, und so ist es bis auf den heutigen Tag geblieben. Ein Sturm wehte vier Tage lang. So entstanden die Gebirge, wie wir sie heute kennen. Zu dieser Zeit wanderte der Erstgeborene umher und hatte nichts zu tun. Bei seinen Reisen begegnete er eines Tages dem Hunger, dem Verlangen nach Fleisch, der Armut, dem Schlaf und den Wünschen. Sie gefielen ihm nicht, denn sie sahen schmutzig und verwildert aus. Jedesmal, wenn der Erstgeborene seine Keule hob, fuhr ihm der Schlaf mit den Fingern übers Gesicht und machte ihn ganz hilflos. Wenn er danach erwachte, war er so häßlich anzusehen wie jene abstoßenden Gesellen. Dann sagte ihm der Schlaf, er solle sich bei seiner Mutter nach ihnen erkundigen, und sie erklärte ihm: «Mein Baby. Jene, die du unterworfen hast, waren die Großen. Du hast sie getötet, weil dein Vater es so wollte, aber diese anderen sind weder gänzlich gut noch gänzlich schlecht. Sie gehören zu jenen Wesen, die Zufriedenheit verursachen und zugleich auch Unbehagen.»

Darauf sprach sie weiter: «Auf eines mußt du dich gefaßt machen. Ich bleibe dieselbe, als die du mich siehst. Und, da du die Menschenverzehrenden vernichtet hast, werden nun auch die Menschen länger leben. Ich kann nicht hierbleiben.» Sie verwies auf die neuen Häuser, die Sonnen-Mann für die Wandelbare Frau und ihre Söhne gebaut hatte. Der Erstgeborene, der auch Töter-der-Ungeheuer genannt wurde, gehorchte den Befehlen seiner Mutter. Er ging zu dem Haus, das sein Vater für ihn gemacht hatte. Am nächsten Tage sagte Wandelbare Frau zu ihren Türhütern: «Folgt euerm Enkel und kümmert euch um ihn», und Bär und Klapperschlange gingen und bewachten den Canyon, in dem der Töter-der-alten-Götter wohnte. Die Frau der Veränderungen sprach: «Hier mag ich nicht wohnen.» Bei ihr waren die Salzfrau und das Kind-des-Wassers, der zweite Zwilling. Als sie den fragte, wo er denn wohnen wollte, sprach er: «Ich will bei meinem Bruder sein.»

«Warum hast du ihm das nicht gesagt, als er aufgebrochen ist? Hättest du den Mund aufgetan, wärest du jetzt mit ihm und deinem Vater in der Wolke.» Dann schlug sie ihm vor, doch in die unterste der Decken zu kriechen, mit der die Kinder eingehüllt worden waren. «Warum gehst du nicht in die Dunkelheit?» sagte sie. Gewöhnlich folgt die Dunkelheit auf den Sonnenuntergang, aber zu dieser Zeit kam die Dunkelheit, wenn es noch Tageslicht war, und zu ihr sprach die Mutter: «Kümmre dich in Zukunft um dein Enkelkind.» Dann sprach sie auch noch zu Mond, zu Morgendämmerung und zu Sonne, obwohl diese nicht anwesend waren. Als nun Kind-des-Wassers in der Dunkelheit Zuflucht gesucht hatte, löste sich die Verdrossenheit der Mutter in Tränen. Um ihre Zwillinge weinte sie. Und während sie weinte, sang sie ein Schutzlied für sie, und Salzfrau, bestürzt über ihre Tränen, sang auch ein Lied. Als der Töter-der-Ungeheuer seinen Bruder traf, weinte er vor Freude und bat ihn, nun mit ihm zusammenzuleben. Er hieß ihn aber, keine Dinge zu erschaffen und sich immer an seine Befehle zu halten. Am Tag nach ihrer Wiedervereinigung hörten sie Geräusche am oberen Ende des San-Juan-Gebirges und sahen Leute dort in einer Wolke dahergehen. Sie schauten nach, wer es sei, und trafen Heiligen

Mann, Heilige Frau, Heiligen Jungen und Heiliges Mädchen. Sie unterhielten sich lange miteinander. Viele Fragen wurden gestellt. Die Heiligen Leute waren schon immer heilig gewesen, während die Zwillinge es ja erst vor kurzem geworden waren. Deshalb unternahmen sie es, die beiden Brüder zu belehren und zu leiten. Die Heiligen Leute erzählten von einer Beratung im Haus der Wasserungeheuer, und alle beschlossen, dorthin zu gehen. Heiliger Mann fand heraus, daß er dem Töter-der-Ungeheuer im Namen und auf viele andere Arten glich, und Heiliger Junge war wie das Kind-des-Wassers. Da baten die Zwillinge ihre Ebenbilder, die Wandelbare Frau aufzusuchen, denn ihnen hatte sie es verboten, zu ihr zurückzukehren. Sie gingen zu ihr, und sie nahm sie freundlich auf. Sie kehrten in die Trembling Mountains, ihre Heimat zurück, und dorthin brachte Große Fliege die Nachricht davon, was auf der Ratsversammlung beschlossen worden war. Als alle Heiligen Leute und außerdem die Vierfüßler, die Fliegenden, die Wolken, die Erd- und Himmelsmenschen, die Naturwesen, die Hitzewesen aller Art, ja überhaupt alle Wesen zugegen waren, trat Der-die-Ungeheuer-erschlagen-hat in all seinem Glanz vor sie hin. Wasserochse leitete das Treffen, und nachdem er sie ausgeschimpft hatte, weil ihnen zur Verbesserung der Welt so ganz und gar nichts eingefallen war, lobte er den Töter-der-Ungeheuer und sagte allen, man wolle nun nachdenken, welcher Gesang der wichtigste sei. Einige sprachen sich für den Nachtgesang aus, andere begründeten, warum sie andere Gesänge für wichtiger hielten. Aber der Coyote sagte: «Ich weiß gar nicht, was ihr wollt. Auf dem Whirling Mountain ist beschlossen worden, daß der Naatoyee der wichtigste sein soll.» Sie stimmten ihm zu. Und viele meldeten sich, die dieses Zeremoniell betreuen wollten. Aber ihre Angebote wurden abgelehnt, und ausersehen dazu wurden die Heiligen Wesen. Auch wurde bestimmt, daß es ein Opfer geben solle, und sei es auch noch so klein, als Belohnung für die Hilfe, daß aber andererseits für das Opfer auch Hilfe gewährt werden müsse. Jedes der Heiligen Wesen übernahm eine bestimmte Tätigkeit bei der Zeremonie. Das eine die Lieder, das nächste die Heilung, dieses die Wiederherstellung der Jugend im Sinn von Schönheit, jenes die Sorge für das Wasser und was sonst noch dazugehört. Darauf gingen alle zufrieden heim. In der Nacht wurde Töter-der-Ungeheuer von einem kleinen Blitz hochgeschreckt, und um die Morgendämmerung ging er zu einem Ort, der heißt: «Dort, wo sich die Erde absenkt!» Er nahm ein Stück Holz, machte daraus eine Peitsche und zeichnete auf sie die Gestalt eines Menschen. Um diese Zeit fiel seinem Bruder auf, daß der bewußte glänzende Gebetsstock rot geworden war. Da machte er sich auf, um nach dem anderen Zwilling zu suchen. Er fand ihn, zu Boden geworfen vom Blitz, und neben ihm lag die Peitsche. Mit Hilfe von Großer Fliege und einer großen Gruppe der Heiligen Leute wurde Töter-der-Ungeheuer wiederbelebt. Er hieß sie eine Peitsche zu fertigen, ohne eine solche Gestalt darauf. Sie wollten die Kordel aus zickzackenden und gerade herniederfahrenden Blitzen machen, aus Sonnenstrahlen und Regenbogen, aber er hieß sie statt dessen die Haut eines Rehbocks und eines Gebirgsschafs verwenden. Große Fliege erklärte ihm, sie habe den Auftrag bekommen, das Kind des Sonnen-Mannes zu schützen, nie dürfe er ohne ihre Erlaubnis irgendwo hingehen. Darum mochte er sich nicht kümmern, aber wohin er auch von nun an zog, sein Schutzgeist blieb bei ihm, damit ihm nichts Schlimmes zustoße. Sie kamen in das Haus der Klapperschlangenleute, wo der Töter-der-Ungeheuer den Klapperschlangenmann mit Hilfe seines Tabaks überwand und ihn dann wieder zum Leben erweckte. Als Belohnung erhielt er einen schwarzen Bogen, Pfeile mit zwei Federn, einen Bogen aus Gebirgsesche, zwei gelbgefiederte Pfeile, einen Becher und die Haut einer Klapperschlange. Er gab ihm die Haut einer blauen Eidechse, von der bekam er Rheuma. Das Kaninchen rächte sich bei ihm auch, indem es Schmerzen im Rücken verursachte, weil er zugelassen hatte, daß es eßbar ist. Eine Zeremonie mit Sandmalereien wurde für ihn veranstaltet, und er lernte die Heilung, die damit bewirkt wird. Dann hieß man ihn zu einem Ort gehen, der heißt «Wo das Gebirge abbricht», und er lernte die Sandmalerei, die den Namen dieses Ortes trägt. Er wurde zum Gestreiften Gebirge geschickt, wo das Pfeilschlangenvolk zusammen mit dem Regenbogenvolk lebt, und hier lernte er wieder eine Malerei.

Schließlich ging er noch in das Gebirge der Spiraltürme und eignete sich dort zwei Bilder an. All dies lernte er an einem Tag, kam zurück und erklärte alles seinem Bruder. Dieser erzählte ihm, eine Botschaft sei gekommen. Man verlange nach ihm in Hanging Cloud. Den nächsten Tag zogen beide dorthin und trafen dort vier Personen an. Zwei waren ihr eigenes Ebenbild, die beiden anderen kannten sie nicht. Sie hießen Enkel-der-Veränderung und Jener-der-im-Schoß-der-Erde-aufgewachsen-ist. Zu ihnen sprach der Töter-der-Ungeheuer: «Vor vier Tagen kam unser Vater zu mir und bat, Wandelbare Frau zu überreden, in jenes neue Heim umzuziehen, das er für sie gebaut hat. Nun hat sie verfügt, daß alle umziehen sollen, doch bleibt sie selbst in ihrer häßlichen Umgebung. Ich hätte mich zu sehr ereifert, wenn ich zu ihr gegangen wäre, deshalb schickte ich Ersten Mann und Erste Frau. Aber auch sie richteten nichts aus. Nun weiß ich, daß ihr eine freundliche Sprache zu reden versteht. Würdet ihr bitte gehen und versuchen, sie zu überreden?» Die vier brachen auf, und, um es kurz zu machen: Sie überredeten Salzfrau, an jenen Ort umzuziehen, der für sie bestimmt war, aber Wandelbare Frau weigerte sich wieder. Sie versuchten sie zu verlocken, indem sie ihr ihr neues Heim beschrieben: «Schau, dieses Haus im Westen ist viel besser gebaut als dein Haus hier. Die Ostseite besteht aus Türkis, der Westen aus Weißmuschel, der Süden aus Perlmutt und der Norden aus Rotem Sandstein. Der Boden ist aus Jet. Kein Haus läßt sich mit diesem vergleichen. Das Haus deiner Gefährtin, der Weißmuschelfrau, ist das genaue Ebenbild. In der Mitte der Wohnung wächst ein vollkommener Maisstengel mit zwölf Kolben auf jeder Seite.» Dann warf Der-welcher-in-der-Erde-aufgewachsen-ist noch ein: «Ja, es ist wahr, Mutter, es ist alles schön für dich bereitet. Im Osten, auf der Spitze des Türkishauses, steht eine Türkisrassel, die ist ständig in Bewegung. Im Westen steht eine Rassel aus Weißmuschel und im Süden eine aus Perlmutt, im Norden befindet sich eine aus Rotem Sandstein. In der Mitte des Raumes wächst ein vollkommener Maisstengel, auf dessen Spitze sitzt ein schwarzer Singvogel. Selbst deine Nahrung steht bereit: Türkisblütenstaub, Weißmuschelblütenstaub, Perlmuttblütenstaub, Rotmuschelblütenstaub, Pechkohlenblütenstaub. Dies wird deine Nahrung in Zukunft sein. Es ist alles bereit.» Als sie danach immer noch nicht überzeugt war, redete das Ebenbild von Töter-der-Ungeheuer zornig auf sie ein: «Hast du so wenig Verstand? Was stellst du dir eigentlich vor? Dort drüben wird alles, was du haben willst, geschehen. Du brauchst nur den Mund aufzutun, und schon wird Regen fallen, ein Wort, und die schönsten Blumen werden überall erblühen.» So sprach er recht respektlos zu ihr.

Was immer man auch Verlockendes erwähnte, es beeindruckte sie nicht. Also kehrte die Gesandtschaft nach dem Ort «Hängende Wolke» zurück und berichtete vom Scheitern ihrer Bemühungen. Als nächsten sandte der Töter-der-Ungeheuer den Sprechenden Gott und dessen Gefährten, zudem die Regenbogenleute und die Sonnenstrahlleute. Auch sie vermochten Wandelbare Frau nicht zu überzeugen. Der Kriegsgott verfiel auf den Schießenden Gott und bat ihn, es zu versuchen. Es ging nun eine Gruppe von fünf Göttern, alle gekleidet in Feuersteinrüstungen; der Töter-der-Ungeheuer, das Kind-des-Wassers, das Enkelkind-der-Veränderung, jener, Der-in-der-Erde-aufgewachsen-ist und eben dieser berühmte Schießende Gott. Alle waren sie furchterregend gekleidet. Sie machten der Wandelbaren Frau heftige Vorwürfe. Sie drohten, man werde sie auslöschen. Endlich hatten sie Erfolg, und die Wandelbare Frau zog um zu einer Stelle nahe dem Canyon de Chelly. Ihre Wachen und Kundschafter wurden bestimmt, und auf ihren letzten klagenden Einwand «Ich werde einsam sein dort, wo ihr mich hinsendet», erwiderten sie: «Alle Heiligen Leute werden sich dort, wo du wohnst, treffen: die Sonne, die Dunkelheit, die Morgendämmerung, das Gelbe Abendlicht und die Bläue östlich des Sonnenunterganges. Sie alle werden kommen, du wirst viele Besucher haben.» Als nun der Tag herankam, zogen sie alle in ihre neuen Häuser um, wo sie immer noch wohnen, und die Schwierigkeiten hatten ein Ende.

Naatoyee-Heilgesang

Nachtgesang

In Tsegihi,
im Haus erbaut aus Morgendämmerung,
im Haus erbaut aus Abendlicht,
im Haus erbaut aus Regen,
im Haus erbaut aus fruchtbringendem Pollen,
im Haus erbaut aus Grashüpfern,
wo Wolkendunkel die Tür verhüllt,
wo auf dem Regenbogen
der Weg zu dir führt,
wo die Zickzackspur
des Blitzes hoch oben steht,
o Gottheit!
In deinen Mokassins aus dunkler Wolke
komm zu uns,
begleitet vom Donner über dir,
komm zu uns,
Regenwolken unter den Füßen,
den Regenbogen über dir,
komm zu uns,
umleuchtet vom Zucken der Blitze.
Ich habe ein Opfer für dich bereitet,
ich bringe dir
den Rauch meines Feuers dar.
Gib meinen Füßen neue Kraft.
Gib meinen Beinen neue Kraft.
Gib meinem Körper neue Kraft.
Erneuere meinen Geist.
Nimm die Krankheit von mir.
Du hast sie von mir genommen,

weit weg von mir hast du sie genommen.
Voll Freude spüre ich,
wie meine Kraft zurückkehrt,
meine Augen sind nicht mehr trüb,
mein Kopf ist klar,
ich kann meine Glieder wieder gebrauchen.
Du hast die Krankheit von mir genommen.
Ich kann wieder gehen.
Möge ich ohne Schmerzen wandern.
Möge ich glücklich wandern.
Wie es früher war, möge ich wandern.
Möge ich freudig wandern
unter der Regenwolke.
Möge ich freudig wandern
im kühlenden Regen.
Möge ich freudig wandern
inmitten grünender Pflanzen.
Möge ich freudig wandern
auf dem Pfad der lebensspendenden Pollen.
Möge ich voll Freude wandern.
Wie früher möge ich wandern.
Schönheit sei vor mir.
Schönheit sei hinter mir.
Schönheit sei über mir.
Schönheit sei um mich.
In Schönheit ist es vollendet.

Zeremonialgesang der Navajo

Barry H. Lopez

Geschichten vom listigen Coyote

Coyote behält seinen Namen

Einst rief der Große Geist alle Tiere zusammen. Von überallher kamen sie, sammelten sich in einem Lager und errichteten ihre Hütten. Der Geisthäuptling sagte ihnen, daß sich ein Wandel anbahne. Ein neues Wesen sei bereits unterwegs.

Er erklärte allen Tieren, daß sie von nun an Namen zu tragen hätten.

«Einige von euch haben bereits einen Namen, andere haben keinen. Morgen wird jeder einen Namen haben und dieser wird für alle Zeit euer Name sein und bleiben, auch für eure Nachkommenschaft. Morgen früh kommt ihr zu meiner Hütte und sucht euch euren Namen aus. Wer zuerst kommt, kann sich jeden Namen aussuchen, der ihm gefällt. Der nächste wird sich dann irgendeinen anderen Namen nehmen, und immer so weiter. Und einem jeden werde ich eine Arbeit auftragen.»

Alle Tiere wollten mächtige Namen haben und einen großen Ruf besitzen. Jeder wollte sich am Morgen als erster in der Hütte des Alten einfinden. Coyote ging umher und verkündete, er würde der erste sein. Sein Name gefiel ihm nicht. Man nannte ihn Trickster und Nachahmer. Alle sagten, diese Namen würden zu ihm passen, aber er wollte einen neuen haben.

«Ich werde mir einen der drei mächtigen Namen nehmen», sagte Coyote. «Grizzlybär, der vom Berg, der über alle Vierbeiner herrscht; oder Adler, der über die Vögel herrscht; oder Guter Schwimmer, der Lachs, der Häuptling des Fischvolkes. Das sind die besten Namen. Ich werde mir einen von diesen Namen nehmen.»

Fuchs, Coyotes Bruder, sagte: «Vielleicht mußt du den Namen behalten, den du hast: *Sinkalip*. Die Leute mögen den Namen nicht. Keiner will ihn haben.»

«Ich habe diesen Namen satt – *Sinkalip!*» sagte Coyote. «Soll ihn doch irgendein Alter nehmen, der zu nichts mehr taugt. Ich bin ein Krieger! Wenn man mich morgen Grizzlybär oder Adler oder Lachs nennen wird, wird es dir die Sprache verschlagen. Betteln wirst du um meinen neuen Namen, Bruder.»

«Geh lieber nach Hause und leg dich aufs Ohr, *Sinkalip*», sagte Fuchs, «sonst verschläfst du morgen noch und kriegst überhaupt keinen Namen.»

Aber Coyote ging nicht nach Hause. Er streunte herum und stellte den Tieren Fragen. Bekam er eine Antwort, so sagte er immer: «Ach, das habe ich doch schon vorher gewußt. Ich hätte gar nicht zu fragen brauchen.» Das war so seine Art. Er verspielte sein Hemd bei einer Partie «Stecken in den Ring werfen», dann ging er nach Hause und redete mit seiner Frau. Am Tag der Namensgebung sollte sie Maulwurf genannt werden, Hügelgräber.

«Schaff jetzt viel Holz herbei. Ich muß die ganze Nacht über wach bleiben. Morgen muß ich meinen neuen Namen kriegen. Ich werde Grizzlybär sein. Ich werde ein großer Krieger und ein Häuptling sein.»

Coyote saß da und starrte ins Feuer. Maulwurf ging mit den Kindern zu Bett. Die halbe Nacht verstrich. Coyote kämpfte mit dem Schlaf, seine Lider wurden schwer. Immer wieder fielen ihm die Augen zu, und so griff er sich zwei kleine Hölzer und klemmte sie sich zwischen die Lider, um die Augen offenzuhalten. «Jetzt kann ich wach bleiben», dachte er, aber es dauerte nicht lang, da war er mit weit aufgerissenen Augen eingeschlafen.

Die Sonne stand schon hoch am Himmel, als Coyote erwachte. Maulwurf machte ein Geräusch, das Coyote weckte. Sie hatte ihn nicht früher geweckt, weil sie fürchtete, er würde einen großen Namen bekommen und sie dann sitzen lassen. Also sagte sie keinen Ton.

Coyote ging sofort zur Hütte des Alten hinüber. Es war sonst keiner zu sehen, und er nahm an, er wäre der erste. Er ging hinein und sagte: «Ich werde Grizzlybär sein. Das soll mein Name sein.» Seine Stimme klang sehr gehoben.

«Der Name Grizzlybär wurde bei Morgengrauen vergeben», sagte der Große Geist.

«Dann soll mein Name Adler sein.»

«Adler flog bei Sonnenaufgang davon.»

«Na schön, dann soll man mich eben Lachs nennen», sagte Coyote schon etwas kleinlaut.

«Der Name Lachs ist auch schon vergeben», sagte der Große Geist.

«Alle Namen sind schon vergeben bis auf deinen. Keiner wollte dir deinen Namen stehlen.»

Coyote schaute traurig drein und setzte sich schweigend ans Feuer. Der Große Geist war gerührt.

«Nachahmer», sagte er, «du mußt deinen Namen behalten. Für dich ist es ein guter Name. Es war mein Wille, daß du diesen Namen tragen solltest, und daher ließ ich dich so lange schlafen. Ich wollte, daß du als letzter hierherkommst. Ich habe dir ein bedeutendes Werk aufzutragen. Die Neuen Wesen werden bald eintreffen, du wirst ihr Häuptling sein.

Es gibt viele schlechte Geschöpfe auf der Erde. Du wirst sie töten müssen, denn sonst werden sie die Neuen Wesen auffressen. Wenn du das tust, werden dir die Neuen Wesen Ehren erweisen. Sie werden dich einen großen Häuptling nennen. Selbst die, die nach ihnen kommen, werden sich deiner Taten erinnern, und sie werden dir Ehren erweisen, weil du die menschenfressenden Ungeheuer getötet und den Neuen Wesen alles zum Leben Notwendige beigebracht hast.

Die Neuen Wesen werden ganz unwissend sein, wenn sie hier eintreffen, sie werden nicht wissen, wie man sich kleidet, nicht wie man singt, nicht wie man einen Pfeil abschießt. Du wirst ihnen zeigen, wie all dies zu tun ist. Setz auch den Büffel für sie aus, und zeig ihnen, wie man Lachs fängt.

Aber du wirst auch Unsinn anstellen, und dann werden dich die Neuen Wesen auslachen. Du kannst nichts daran ändern. Es wird einfach deine Art sein.

Um dir die Arbeit zu erleichtern, werde ich dir eine besondere Macht verleihen. Du wirst jede beliebige Gestalt annehmen können. Du wirst aller Dinge Sprache sprechen und verstehen können, nur die des Wassers nicht.

Stirbst du, so wirst du wieder lebendig. Es wird deine Art sein. Wandelwesen, auf ans Werk!»

Da freute sich Coyote, brach sofort auf und machte sich an die Arbeit. So war er eben. Er machte sich auf, um Ordnung zu schaffen.

Coyote erschafft die Erde

Vor langer Zeit gab es noch keine Erde, nur Wasser. Coyote trieb auf einem kleinen Floß umher, als er die Enten traf. Sie waren die einzigen Geschöpfe außer ihm. «Liebe Brüder», sagte er, «es ist sonst niemand da. Es ist nicht gut, so allein zu sein. Ihr müßt mir ein wenig Erde besorgen, damit ich Ordnung schaffen kann.»

Er wandte sich an Ente Rotkopf. «Tauche unter Wasser, und sieh zu, ob du mir ein wenig Erde heraufbringen kannst. Die werden wir dann als Lebensgrund verwenden.»

Ente Rotkopf tauchte, blieb sehr lange unten, kam aber ohne Erde wieder hoch.

Coyote wandte sich an Ente Fleck. «Ich habe den Älteren geschickt, aber er hat keine Erde bringen können. Versuch du es nun.» Ente Fleck kam nach langer Zeit wieder hoch und sagte: «Bruder, ich habe keine finden können.»

«Wieso denn das? Ich war so sicher, du würdest ein wenig bringen.»

Darauf bat Coyote die kleine Ente Blaufeder unterzutauchen. «Wenn auch du keine hochbringst, so werden wir kein Land haben, um darauf zu leben.» Sie tauchte unter, kam aber ohne Erde wieder hoch.

Coyote wußte nicht mehr weiter.

Da meldete sich der Taucher: «Älterer Bruder, du hättest mich fragen sollen, bevor du dich an diese anderen wandtest. Sie stehen zwar höher als ich, aber sie wissen sich nicht zu helfen.» Er tauchte nun ebenfalls und blieb sehr lange unten. Als er wieder hochkam, fragte Coyote: «Und wie ist es dir ergangen?»

«Ich habe ein wenig mitgebracht.» Er hielt ein Erdklümpchen zwischen seinen Schwimmhäuten.

Coyote sagte: «Alle guten Dinge sind vier. Du hast es also geschafft.» Dann nahm er den Lehm und sagte: «Aus ihm werde ich die Erde machen. Ihr werdet auf den Teichen und in den Flüssen leben und euch dort vermehren, wo ihr eure Nester bauen könnt. Nun also werde ich die Erde machen.»

Coyote nahm den Lehm in die Hand und fing im Osten an. «Ich werde sie weit machen, damit wir alle viel Platz haben.» Auf seiner Reise streute er den Lehm aus und machte die Erde. Es war eine lange Reise, die er auf dem Weg nach Westen zurücklegte. Als er fertig war, sagte er: «Die Erde hätten wir. Nun zu denen, die hier sein möchten.»

Sie hörten einen Wolf heulen.

«Da heult schon einer», sagte Coyote.

Er deutete in die Richtung der untergehenden Sonne und sagte: «Hört, da draußen ist noch einer.» Es war ein Coyote.

«Dieser Coyote hat aus eigener Kraft das Leben erlangt», sagte Coyote. «Er ist groß.»

Dann machten sie alle einen Spaziergang. Draußen in der Ebene sahen sie einige Dinge glänzen. Als sie näherkamen, sahen sie, daß es Steine der Macht waren.

«Die sind ein Teil der Erde», sagte Coyote und hob einen Stein auf, der wie ein Büffel aussah, «ihr ältester Teil. Steine wie diese soll es überall geben. Sie sind Wesen eigener Art.»

Als sie ein Stück weiter gegangen waren, sahen sie jemanden in der Nähe eines Hügels stehen.

«Schaut», sagte Coyote, «das ist ein Mensch. Er ist an sich einer der Sterne, aber jetzt steht er hier unten auf dem Boden. Kommt, wir wollen ihn uns einmal anschauen.»

Als sie näher kamen, verwandelte sich das Sternenwesen in eine Pflanze. Es war die Tabakspflanze. Zu jener Zeit gab es noch keine anderen Pflanzen. Sie war die erste. Coyote sagte: «Von nun an werden alle Menschen diese Pflanze haben, sie werden sie im Frühjahr nehmen und anbauen. Die Sterne von oben sind es, die in ihr zu uns heruntergekommen sind. Sie werden die Menschen in ihre Hut nehmen. Hütet diese Pflanze. Sie wird euer Lebensunterhalt sein. Benutzt sie beim Tanz. Wenn ihr sie im Frühjahr pflanzt, singt dieses Lied:

Frau und Freundin,
Mutter Erde,
wo soll ich sie pflanzen?»

Danach bemerkte Coyote, daß es kein Gras gab. «Das ist nicht gut.» Er machte Gras. «Ich will auch Berge, Hügel und Bäume machen.» Er machte all dies.

Er sah, daß keine Fische in den Gewässern schwammen, und er tat welche hinein.

So fing er die ganze Geschichte an.

Coyote macht die Menschen

Eines Tages, lange bevor es Menschen auf der Erde gab, kam aus dem Norden ein Ungeheuer. Es war ein riesiges Ungeheuer, und es fraß alles, was ihm unter die Augen kam. Es fraß all die kleinen Tiere, die Backenhörnchen und die Waschbären und die Mäuse, und all die großen Tiere. Es fraß das Reh und den Hirsch, und es fraß selbst den Berglöwen.

Coyote fand keinen seiner Freunde mehr, und darüber entbrannte er vor Wut. Er beschloß, es sei an der Zeit, dem Ungeheuer Einhalt zu gebieten.

Coyote überquerte den Snake River und band sich am höchsten Gipfel des Wallowa-Gebirges fest. Dann rief er zum Ungeheuer auf der anderen Seite des Flusses hinüber und forderte es heraus, es solle doch einmal versuchen, ihn zu fressen.

Im Sturmangriff schoß das Ungeheuer über den Fluß und die Berge hinauf. Es mühte sich mit aller Kraft, Coyote mit seinem Einatmen vom Berg herunterzusaugen, aber vergeblich. Coyotes Band war zu stark.

Da fürchtete sich das Ungeheuer. Es beschloß, sich mit Coyote gutzustellen, und lud ihn ein, herunterzukommen und eine Weile bei ihm zu bleiben.

Eines Tages sagte Coyote zu dem Ungeheuer, er würde gern einmal die vielen Tiere in seinem Bauch sehen. Das Ungeheuer willigte ein und ließ Coyote hinein.

Als er drinnen war, sah Coyote, daß alle Tiere wohlauf waren. Er sagte ihnen, sie sollten sich zur Flucht bereithalten, und ging an die Arbeit. Mit einem Feueranzünder entfachte er ein gewaltiges Feuer im Magen des Ungeheuers. Dann nahm er sein Messer und schnitt das Herz des Ungeheuers entzwei. Das Ungeheuer starb einen schrecklichen Tod, und alle Tiere konnten entkommen. Coyote war der letzte.

Coyote erklärte, er wolle zum Gedenken an dieses Ereignis ein neues Tier erschaffen, einen Menschen. Er schnitt das Ungeheuer in Stücke und warf die Stücke in die vier Winde. Überall wo ein solches Stück hinfiel – einige im Norden, einige im Süden, andere im Osten oder im Westen, in Tälern und Schluchten und an den Flußläufen –, da war ein Stamm geboren. Und so begab es sich, daß alle Stämme entstanden.

Als er fertig war, bemerkte sein Freund Fuchs, daß an der Stelle, wo sie standen, kein Stamm erschaffen worden war. Coyote war traurig, weil kein Stück mehr übrig war, aber dann kam ihm ein Gedanke. Er wusch sich mit Wasser das Blut von den Händen und sprengte die Tropfen auf den Boden.

Coyote sagte: «Hier auf diesem Grund mache ich die Nez Percé. Sie werden klein an Zahl sein, aber stark und ohne Falsch.»

So kamen die Menschen auf die Welt.

Coyote und der Bär

Coyote ging in den Wald und sah einen Bären. Er tötete ihn und zog ihm das Fell ab, um einen Köcher für seine Pfeile daraus zu machen. Da kam jemand. «Was machst du mit diesem Fell?»

«Ich mache einen Köcher daraus.»

«Hör lieber auf damit, es würde dir großes Unglück bringen.»

«Ich mache trotzdem einen Köcher daraus», sagte Coyote und nähte sich aus dem Fell einen Köcher und eine Hülle für seinen Bogen. Als er damit fertig war, hängte er sich beides über den Rücken und ging weiter, bis er zu einem Nußbaum kam. Viele Nüsse lagen auf dem Boden, und einige hingen noch am Baum. Coyote nahm den Köcher und die Bogenhülle vom Rücken und stellte beides gegen den Stamm des Baumes. Dann fing er an, Nüsse zu sammeln.

Der Köcher begann sich zu bewegen und lebendig zu werden. Coyote hörte das Geräusch, aber er schenkte ihm keine Beachtung. «Es ist nur der Wind», sagte er zu sich.

Aber nach einer Weile verwandelte sich der Köcher in einen Bären, und der Bär fing an, ihn zu jagen. Coyote rannte durch das Dickicht, bis er müde war und nicht mehr weiter konnte. Er wollte schon aufgeben, als er ein Erdhörnchen sah.

«Was rennst du hier herum?» fragte das Erdhörnchen.

«Bär ist hinter mir her. Hilf mir!»

«Versteck dich in meinem Mund», sagte das Erdhörnchen.

Coyote schlüpfte in Erdhörnchens Mund und versteckte sich in seiner Backentasche, just als der Bär kam.

«Hast du jemand hier durchlaufen sehen?» fragte der Bär.

«Nein», erwiderte Erdhörnchen.

«Was hast du denn in deinem Mund?»

«Zähne.»

Bär trat Erdhörnchen so kräftig in den Bauch, daß Coyote aus seinem Mund fiel. Bär rannte weiter hinter Coyote her, aber Coyote entkam.

Coyote erweckt ein Mädchen wieder zum Leben

Coyote hatte sich bis über beide Ohren in eine Häuptlingstochter verliebt, aber beide, das Mädchen und sein Vater, sagten Coyote, er solle sie in Ruhe lassen. Coyote stellte dem Mädchen nach, weil er in sie verliebt war, aber sie beachtete ihn überhaupt nicht. Schließlich erklärte Coyote, er würde sie umbringen, wenn sie nicht seine Frau würde. Er könne tun, was er wolle, versetzte das Mädchen, aber sie würde nicht mit ihm gehen und mit ihm leben. Ihr Vater hatte zu ihr gesagt: «Nimm ihn nicht. Er taugt nichts.»

Nicht lange darauf wurde das Mädchen krank. Ihr Vater war ein sehr mächtiger Mann, und er ließ viele Medizinmänner kommen, die seine Tochter heilen sollten, und gab ihnen Decken und wunderschöne Holzkästen zur Belohnung. Aber die Medizinmänner konnten nichts ausrichten, und sie starb. Ihre Angehörigen legten ihren Körper in Decken gehüllt und von vielen Geschenken umgeben auf eine Hochbahre. Dann gingen sie fort, um zu trauern.

Coyote erfuhr, daß das Mädchen gestorben war, und eines Abends spät kam er aus seiner Hütte herunter. Zwischen den Bäumen konnte er sehen, wie sich die Umrisse des Totengerüstes gegen den Himmel abzeichneten. Er rief: «Steh auf! Steh auf!» Er hörte, wie sich der Körper bei diesen Worten ein wenig bewegte, und wußte, daß er das Mädchen wieder zum Leben erwecken konnte. Er nahm den Körper herunter und befreite ihn von den Decken und Matten, die ihn umschlossen. Der Körper roch erst ganz wenig. Coyote trug ihn hinunter zu seinem Kanu und paddelte stromaufwärts zu dem Ort, wo er lebte. Wenn Stromschnellen kamen, stieg er aus dem Kanu, sang ein Lied der Macht und wusch den Körper im Wasser der Stromschnellen. Drei weitere Male tat er dies, sang sein Lied und wusch ihren Körper im Flußwasser.

Jedesmal wusch er ein bißchen mehr von dem Verwesungsgeruch vom Körper ab, und die Haut gewann wieder etwas Farbe. Beim fünftenmal schließlich gelangte er an die Stromschnellen unterhalb seiner Hütte, und er sang sein Lied und wusch sie. Ihr Körper war jetzt warm, und sie öffnete die Augen. «Steh auf! Steh auf!» sagte Coyote. «Wir sind fast daheim.» Das Mädchen setzte sich im Kanu auf, und Coyote rührte sie an, blickte ihr fest in die Augen und machte ihren Atem frisch und lieblich.

«Bist du erwacht? Erkennst du mich?» fragte Coyote. Das Mädchen starrte ihn an. «Ich bin dein Mann», sagte Coyote. «Wenn wir diese Stromschnellen hinter uns haben, werden wir daheim sein. Wenn du mich je verläßt, wirst du wieder sterben.»

Es dauerte nicht lange, da kam jemand, der das Mädchen kannte, an Coyotes Hütte vorbei. Als er sie erkannte, fragte er Coyote, ob er dieses Mädchen wieder zum Leben erweckt habe. Er sagte ja. Da verstand das Mädchen erst, was um seinetwillen geschehen war, und sie fragte Coyote, ob das auch wirklich wahr sei. Ja, sagte er.

Der Mann kehrte ins Dorf zurück und berichtete dem Vater des Mädchens, was er gesehen hatte. Zuerst wollte es der Häuptling nicht glauben, selbst nachdem er sich davon überzeugt hatte, daß der Körper seiner Tochter von der Grabstätte verschwunden war. Aber nach einer Weile sah er die Dinge endlich so, wie der Mann sie ihm darlegte. Er beschloß, Coyotes Wohnstatt aufzusuchen und das Mädchen zurückzuholen. Also zog er mit einer Gruppe seiner Leute zu Coyotes Hütte, und dort fanden sie das Mädchen im Bett liegen. Ihr Vater forderte sie auf, mit nach Hause zu kommen. Coyote saß etwas abseits. Er sagte nichts. Wieder ergriff der Vater das Wort und sagte: «Komm, meine Tochter, wir gehen. Du kommst mit uns.»

Das Mädchen stand auf und ging zu ihrem Vater: «Bin ich gestorben?» fragte sie.

«Ja», sagte der Vater. «Aber das ist alles vorbei. Jetzt kommst du mit uns zurück.»

Coyote sagte immer noch nichts.

«Aber wenn ich mit dir zurückkehre, werde ich wieder sterben», sagte das Mädchen.

«Das ist nicht wahr», sagte ihr Vater und faßte sie am Arm. «Komm jetzt mit mir, wir gehen.»

Coyote hatte nichts gesagt.

Sie gingen aus dem Haus zu den Kanus, und das Mädchen schritt voran. Als sie vom Ufer abstießen, trat Coyote an die Tür seiner Hütte und rief zu ihr hinaus: «Sieh zu, daß du diesmal einen guten Mann bekommst. Dein Vater sagt, ich bin zu nichts nutze.»

Als sie nach Hause kamen, setzten ihr ihre Eltern Essen vor, aber das Mädchen hatte keinen Hunger. Sie brachten sie zu Bett, und sie schlief auf der Stelle ein. Am Morgen rief ihr die Mutter zu, sie solle aufstehen und sich waschen und etwas essen, aber das Mädchen gab keinen Laut von sich, und als sie zu ihr hingingen, sahen sie, daß sie tot war. Jetzt war der Jammer in der Familie größer als zuvor, und manche waren wütend auf ihren Vater. Sie sagten, er solle Coyote bitten, seine Tochter wieder zum Leben zu erwecken.

Der Vater ließ Coyote eine Botschaft zukommen, die lautete: «Wir möchten, daß du kommst und meine Tochter behandelst, denn sie ist wieder gestorben. Wenn du das tust, kannst du sie zur Frau haben.»

Coyote sagte zu den Boten: «Nein. Sagt ihm, er soll sich nach einem guten Mann für sie umschauen. Ihr wißt doch, ich tauge nichts. Zwecklos für mich, hinunterzugehen.»

Als die Boten mit dieser Nachricht zurückkehrten, sagten alle, man solle Coyote zusätzlich zu dem Mädchen noch eine Menge Geschenke für den Fall anbieten, daß er herunterkäme und sie heilte. Als die Boten wieder hingingen und ihm das ausrichteten, sagte Coyote: «Ich will eure Geschenke nicht. Ich werde sie kein zweites Mal heilen. Wenn jeder Medizinmann tun könnte, was ich tun kann, dann würden sich die Menschen immer so verhalten. Nein. Von nun an sollen die Medizinmänner die Kranken behandeln, aber sie werden nicht in der Lage sein, irgend etwas für die Toten zu tun. Sind die Menschen einmal tot, dann sollen sie es auch für alle Zeit bleiben.»

Hätte sich ihr Vater anders verhalten, dann wären die Medizinmänner in der Lage, die Toten wieder zum Leben zu erwecken. Aber so wie die Dinge heute liegen, können sie nichts tun. Das hat Coyote so gemacht.

Coyote nimmt den Fröschen das Wasser

Coyote war auf der Jagd und stieß auf ein totes Reh. Einer der Rippenknochen des Rehs sah aus wie das Gehäuse einer großen Zahnschnecke, und Coyote hob ihn auf und nahm ihn mit. Er ging die Frösche besuchen. Den Fröschen gehörte alles Wasser. Wenn einer Wasser zum Trinken, Kochen oder Waschen wollte, mußte er zu den Fröschen gehen und es sich dort holen.

Coyote kam an. «He, ihr Frösche. Ich habe eine große Zahnschnecke. Ich möchte einen großen Schluck Wasser trinken. Ich möchte sehr ausgiebig trinken.»

«Gib uns die Schnecke», sagten die Frösche, «dann kannst du trinken, soviel du willst.»

Coyote gab ihnen die Schnecke und trank. Das Wasser befand sich hinter einem großen Damm, und dort trank Coyote.

«Ich werde den Kopf sehr lange unten behalten», sagte Coyote, «denn ich habe wirklich Durst. Macht euch um mich keine Sorgen.»

«In Ordnung, wir werden uns keine Sorgen machen», sagten die Frösche.

Coyote fing an zu trinken. Er trank lange. Endlich sagte einer der Frösche: «He, Coyote, du trinkst ja wirklich eine Menge Wasser. Warum tust du das?»

Coyote hob den Kopf aus dem Wasser. «Ich bin durstig.»

«Ach so.»

Nach einer Weile sagte einer der Frösche: «Coyote, du trinkst wirklich eine Menge Wasser. Vielleicht solltest du uns besser noch eine Schnecke geben.»

«Nur noch diesen einen Schluck», sagte Coyote und steckte den Kopf wieder unter Wasser.

Die Frösche wunderten sich darüber, wie jemand soviel Wasser trinken konnte. Es gefiel ihnen nicht. Sie meinten, Coyote führe etwas im Schilde.

Die ganze Zeit über, in der er seinen Kopf unter Wasser hatte, untergrub Coyote den Damm. Als er fertig war, stand er auf und sagte: «Das war ein ordentlicher Schluck. Das war genau, was ich brauchte.»

In dem Moment brach der Damm, und das Wasser schoß ins Tal hinab und bildete die Bäche und Flüsse und Wasserfälle.

Die Frösche waren sehr wütend.

«Du hast das ganze Wasser genommen, Coyote!»

«Es ist nicht recht, daß ein Volk alles Wasser hat. Jetzt kann sich jeder davon nehmen.»

Das tat Coyote. Heute kann ein jeder zum Fluß gehen und einen Schluck Wasser trinken oder sich Wasser zum Kochen holen oder einfach umherschwimmen.

Coyote beendet sein Werk

Von Anfang an wanderte Coyote über die ganze Erde. Viel Wunderbares vollbrachte er auf seinem Weg. Er tötete die Ungeheuer und die bösen Geister, die den Menschen das Blut aussaugten. Er erschuf die Indianer und sandte sie Stamm für Stamm in alle Welt aus, denn Der Alte Droben wollte, daß die Erde überall bewohnt sei, nicht nur an ein oder zwei Stellen.

Er gab allen Völkern verschiedene Namen und lehrte sie verschiedene Sprachen. Daher leben die Indianer heute über das ganze Land verstreut und sprechen in verschiedenen Zungen.

Er lehrte die Menschen essen, den Büffel jagen und den Adler fangen. Er lehrte sie, welche Wurzeln eßbar sind und wie man eine gute Hütte baut und was man anzieht. Er lehrte sie tanzen. Manchmal machte er Fehler, und obwohl er weise und mächtig war, beging er viele Dummheiten. Aber so war er eben.

Coyote spielte gern Streiche. Er war in Gedanken immer mit sich selbst beschäftigt und erzählte jedem, was für ein großer Krieger er sei, aber das stimmte nicht. Manchmal trieb er es mit einem Streich zu weit und tötete jemanden. Andere Male bekam er selbst von jemand anderem einen Streich gespielt. Auf diese Weise wurde er so oft getötet, daß Fuchs und die Vögel es satt bekamen, ihn wieder lebendig zu machen. Auch mit seinen Versuchen, etwas zu tun, was ein anderer tat, brachte er sich oft in Schwierigkeiten. So kam er zu seinem Namen Nachahmer.

Coyote war auch häßlich. Die Mädchen mochten ihn nicht leiden. Aber er war gerissen. Er konnte sich verwandeln und die Frauen an der Nase herumführen. Coyote kriegte die Mädchen, wenn er wollte.

Einmal hatte Coyote alles getan, was er sich ausdenken konnte, und er zog von einem Ort zum andern und hielt nach etwas Ausschau, das noch getan werden müßte. Der Alte sah ihn kommen und sprach bei sich: «Coyote hat jetzt nahezu alles getan, wozu er fähig ist. Sein Werk ist fast vollbracht. Es ist an der Zeit, ihn an den Ausgangspunkt zurückzubringen.»

So stieg der Große Geist hinab und erschien in der Gestalt eines alten Mannes. Er begegnete Coyote. Coyote sagte: «Ich bin Coyote. Wer bist du?»

Der Alte sagte: «Ich bin der Häuptling der Erde. Ich war es, der dich aussandte, die Welt ins Lot zu bringen.»

«Nein», sagte Coyote, «du hast mich nie gesandt. Ich kenne dich nicht. Wenn du der Häuptling bist, so nimm diesen See dort drüben und verrücke ihn an die Seite jenes Berges.»

«Nein. Wenn du Coyote bist, laß sehen, ob du es vermagst.»

Coyote tat es.

«Gut, und jetzt rücke ihn wieder an seinen Platz.»

Coyote versuchte es, aber er vermochte es nicht. Das kam ihm seltsam vor. Er versuchte es noch einmal, aber er vermochte es nicht.

Der Häuptling rückte den See wieder an seinen Platz.

Coyote sagte: «Jetzt weiß ich, daß du der Häuptling bist.»

Der Alte sagte: «Dein Werk ist beendet, Coyote. Du bist weit herumgekommen und hast viel Gutes getan. Nunmehr wirst du dich dorthin begeben, wo ich ein Heim für dich bereitet habe.»

Darauf verschwand Coyote. Niemand weiß mehr, wo er ist.

Auch Der Alte schickte sich an zu gehen. Er sprach zu den Indianern: «Durch die Geister der Menschen, die zu mir gelangen, aber deren Zeit zu sterben noch nicht gekommen ist, werde ich Botschaften zur Erde senden. Sie werden euch von Zeit zu Zeit Botschaften bringen. Wenn ihre Geister wieder in ihre Leiber einkehren, werden sie wieder zu sich kommen und euch von ihren Erfahrungen berichten.

Coyote und mich wird man nicht wieder zu Gesicht bekommen, bis Frau Erde sehr alt ist. Dann werden wir zur Erde zurückkehren, denn zu jener Zeit wird ein Wandel stattfinden müssen. Coyote wird als erster kommen, und wenn ihr ihn seht, wißt ihr, daß ich auf dem Weg bin. Wenn ich komme, werden alle Geister der Toten mit mir sein. Das Lager auf der Anderen Seite wird nicht mehr sein. Alle Menschen werden einig leben. Mutter Erde wird wieder ihre Urgestalt annehmen und als eine Mutter unter ihren Kindern leben. Dann wird alles gut sein.»

Jetzt warten alle auf Coyote.

Christopher Kolumbus (nach Bartolomé de las Casas)

Die Entdeckung einer neuen Welt

Donnerstag, 11. Oktober [1492]

Christopher Kolumbus segelte in Richtung Westsüdwest. Sie hatten hohen Seegang, der stärker war, als sie ihn auf der ganzen Fahrt hatten. Sie sahen Sturmvögel und eine grüne Binse, die nahe am Schiff vorübertrieb. Die Besatzung der Karavelle Pinta sah ein Schilfrohr und einen Holzstamm; sie fischten außerdem einen kleinen Stock auf, der mit einem Eisenwerkzeug bearbeitet zu sein schien, sowie ein weiteres Stück Schilfrohr und ein Kraut, das an Land wächst, und ein Brett. [...]

Nach Sonnenuntergang segelte er wieder auf seinem ursprünglichen Kurs nach Westen: Sie fuhren etwa zwölf Seemeilen pro Stunde; bis zwei Uhr morgens legten sie neunzig Seemeilen zurück, was zweiundzwanzigeinhalb Meilen entspricht. Und da die Karavelle Pinta schneller segelte und vor dem Admiral fuhr, bekam sie Land in Sicht und gab die Signale, die der Admiral angeordnet hatte. Als erster sah dieses Land ein Matrose namens Rodrigo de Triana. Allerdings hatte auch der Admiral, als er um zehn Uhr nachts auf dem Hinterkastell stand, einen Lichtschein gesehen; doch war es so dunkel, daß er nicht sagen konnte, ob es sich tatsächlich um Land handelte. [...] Zwei Stunden nach Mitternacht tauchte das Land vor ihnen auf, von dem sie etwa zwei Meilen entfernt sein mochten. Sie holten alle Segel ein und behielten nur die Brefock am Mast, das ist das Großsegel ohne Beisegel, und drehten bei; so verbrachten sie die Zeit bis zum Freitag, an dem sie dann eine kleine Insel der Bahamas erreichten, die in der Sprache der Indios Guanahaní [Eintrag Las Casas'; Kolumbus selber nannte die Insel San Salvador] heißt. Schon bald sahen sie nackte Leute am Strand. Der Admiral ging mit dem bewaffneten Boot an Land; zusammen mit Martín Alonso Pinzón und Vicente Yáñez, dessen Bruder, der Kapitän der Niña war. Der Admiral nahm das königliche Banner mit und die beiden Kapitäne zwei Fahnen mit einem grünen Kreuz, die der Admiral als Kennzeichen auf allen seinen Schiffen führte und die die Buchstaben F und Y trugen [Ferdinando; Ysabel]; über jedem der beiden Buchstaben war eine Krone: Der eine stand links, der andere rechts vom waagerechten Balken des Kreuzes. An Land angekommen, sahen sie Bäume von sehr kräftigem Grün und viele Wasserläufe und allerlei Früchte. Der Admiral rief die beiden Kapitäne und die anderen, die an Land gegangen waren, zu sich; ebenso Rodrigo Descovedo, den Notar der Flotte, und Rodrigo Sánchez aus Segovia, und sagte, sie sollten bestätigen und rechtlich bezeugen, daß er vor aller Augen von der Insel Besitz ergriff, wie er es dann auch im Namen des Königs und der Königin, seiner Herren, tat. Er gab die dazu erforderlichen Erklärungen ab, wie sie ausführlicher in den Dokumenten enthalten sind, die dort bei dieser Gelegenheit schriftlich ausgefertigt wurden. Schon versammelten sich um sie herum zahlreiche Bewohner der Insel. Das Folgende sind wörtliche Äußerungen des Admirals in seinem Buch über die erste Fahrt und die Entdeckung dieser Indien:

«Da ich (sagte er) ihre Freundschaft gewinnen wollte und bemerkte, daß es Leute waren, die sich eher durch Liebe für unseren heiligen Glauben gewinnen und zu ihm bekehren ließen, gab ich einigen von ihnen ein paar bunte Mützen und einige Ketten aus Glasperlen, die sie sich um den Hals hängten, und allerhand andere Dinge von geringem Wert, an denen sie großes Vergnügen fanden, und uns derart zugetan waren, daß es ein wahres Wunder war. Hernach kamen sie zu den Booten geschwommen, in denen wir uns befanden, und brachten uns Papageien und Knäuel von Baumwollfäden, Wurfspieße und viele andere Dinge und tauschten sie gegen Dinge ein, die wir ihnen gaben, wie kleine Glasperlen und Glöckchen. Kurz gesagt, sie nahmen einfach alles und gaben bereitwillig von allem, was sie besaßen. Aber mir schien es, als seien sie in jeder Hinsicht außerordentlich arme Leute. Sie gehen allesamt nackt herum, wie sie ihre Mutter zur Welt gebracht hat, auch die Frauen. Ich habe allerdings nur eine gesehen, und die war noch sehr jung. Alle Männer, die ich sah, waren ebenfalls jung; ich sah keinen, der älter als dreißig Jahr gewesen wäre: Sie waren sehr gut gebaut, von sehr schöner Gestalt und sehr angenehmen Gesichtszügen; ihre Haare waren fast so dick wie die von Pferdeschwänzen und recht kurz. Sie tragen sie vorn bis zu den Augenbrauen, hinten lassen sie einige Strähnen wachsen, die sie niemals abschneiden. Manche von ihnen malen sich dunkel an (sie haben die gleiche Hautfarbe wie die Kanarier, d. h. weder schwarz noch weiß), andere wieder malen sich weiß an, andere rot und wieder andere mit der Farbe, die sie gerade finden. Einige bemalen sich die Gesichter, andere den ganzen Körper, andere nur die Gegend um die Augen und wieder andere nur die Nase. Sie tragen keine Waffen und kennen sie auch nicht, denn ich zeigte ihnen Schwerter, und sie faßten sie an der Schneide und schnitten sich aus Unwissenheit. Sie haben überhaupt kein Eisen: ihre Wurfspieße sind Stäbe ohne Eisenspitze, und an manchen von ihnen ist vorne ein Fischzahn befestigt oder etwas anderes. Sie sind durchweg von großer Statur und gut gebaut, ihre Bewegungen sind anmutig; ich sah einige, deren Körper Spuren von Wunden aufwiesen; durch Gebärden fragte ich, was es damit auf sich habe, und sie bedeuteten mir, von anderen nahe gelegenen Inseln kämen Leute, die sie mitnähmen und gegen die sie sich zur Wehr setzten; ich aber war der Ansicht und bin es auch noch heute, daß diese Leute vom Festland dorthin kommen, um sie als Gefangene mitzunehmen. Sie sind sicher hervorragende Arbeitskräfte; sie haben einen aufgeweckten Verstand, denn ich sehe, daß sie sehr schnell alles nachsagen können, was man ihnen vorspricht. Außerdem glaube ich, daß man sie leicht zum Christentum bekehren könnte, denn es scheint mir, daß sie noch keine Religion haben. Ich werde, so es Gott gefällt, bei meiner Abfahrt von hier sechs Leute für Eure Hoheit mitnehmen, damit sie spanisch sprechen lernen. Auf dieser Insel sah ich keinerlei Tiere, außer den Papageien.»

All das sind Worte des Admirals.

Chief Seattle

«Die Nacht der Indianer verspricht finster zu werden»

Der Himmel dort hat ungezählte Jahrhunderte lang Tränen des Mitleids über mein Volk vergossen, und das, was uns unwandelbar und ewig erscheint, mag sich verändern. Der heutige Tag ist schön. Doch der morgige mag von Wolken verhangen sein. Meine Worte jedoch sind wie die Sterne: Sie verändern sich nie. Was immer Seattle sagt, der Große Häuptling in Washington kann sich mit der gleichen Sicherheit darauf verlassen, wie auf die Wiederkehr der Sonne oder der Jahreszeiten. Der weiße Häuptling sagt, daß der Große Häuptling in Washington uns Grüße der Freundschaft und des Wohlwollens sendet. Das ist eine freundliche Geste, denn wir wissen, daß er unserer Freundschaft nur wenig bedarf. Sein Volk ist zahlreich. Es ist wie das Gras, das die weiten Prärien bedeckt. Mein Volk ist klein. Es gleicht den verstreuten Bäumen einer sturmgepeitschten Ebene. Der große – und wie ich annehme – gute weiße Häuptling läßt uns wissen, daß er unser Land zu kaufen wünscht, doch bereit ist, uns genug zu belassen, damit wir ein angenehmes Leben führen können. Das erscheint in der Tat gerecht, ja großzügig, denn der rote Mann besitzt keine Rechte mehr, die der Häuptling in Washington respektieren müßte, und sein Angebot mag sogar weise sein, da wir nicht länger eines großen Landes bedürfen.

Es gab eine Zeit, da unser Volk das Land bedeckte, wie die Wellen eines im Winde wogenden Meeres den muschelgepflasterten Grund bedecken, doch jene Zeit ist vor langem dahingegangen zusammen mit der Größe von Stämmen, deren wir heute nur noch in Trauer gedenken. Ich will nicht verweilen bei unserem unzeitigen Niedergang, noch ihn beklagen, noch unsere Brüder, die Bleichgesichter, tadeln, sie hätten ihn beschleunigt, denn auch bei uns liegt ein kleiner Teil von Schuld.

Die Jugend ist unbeherrscht. Wenn unsere jungen Männer in Zorn geraten wegen eines echten oder vermeintlichen Unrechts und ihr Gesicht mit schwarzer Farbe entstellen, dann bedeutet das, daß ihre

Herzen schwarz und sie selber oft grausam und unbarmherzig sind und unsere alten Männer, unsere alten Frauen nicht in der Lage, sie zurückzuhalten. So ist es immer schon gewesen. So war es, als der weiße Mann begann, unsere Vorväter nach Westen abzudrängen. Doch laßt uns hoffen, daß die Feindseligkeiten zwischen uns nie mehr wiederkehren. Wir hätten alles zu verlieren und nichts zu gewinnen. Rache gilt der Jugend als Gewinn, selbst wenn sie ihr Leben kostet, doch alte Männer, die in Zeiten des Krieges zu Hause bleiben, und Mütter, die Söhne zu verlieren haben, wissen es besser.

Unser guter Vater in Washington – und ich denke, er ist jetzt sowohl unser Vater wie der eure, seit König Georg seine Grenzen weiter nach Norden verschoben hat –, unser großer und guter Vater, sage ich, läßt uns wissen, daß er uns beschützen wird, so wir tun, was er verlangt. Seine tapferen Krieger werden für uns eine waffenstarrende Mauer der Stärke bilden, und seine herrlichen Kriegsschiffe werden unsere Häfen füllen, so daß unsere alten Feinde im Norden – die Haida und die Tsimshian – aufhören werden, unsere Frauen, Kinder und alten Männer zu erschrecken. Dann wird er tatsächlich unser Vater sein und wir seine Kinder. Doch hat das ewig Bestand? Euer Gott ist nicht unser Gott! Euer Gott liebt euer Volk und haßt das meine. Er legt seinen starken, schützenden Arm voller Liebe um das Bleichgesicht und führt es an der Hand, wie ein Vater seinen Sohn führt. Uns jedoch, seine roten Kinder, hat er im Stich gelassen – falls wir wirklich seine Kinder sind. Unser Gott, der Große Geist, scheint uns ebenfalls im Stich gelassen zu haben. Euer Gott läßt euer Volk mit jedem Tag stärker werden. Bald werden sie das ganze Land füllen. Unser Volk schwindet dahin, wie eine rasch zurückweichende Flut, die nie mehr wiederkehren wird. Der Gott des weißen Mannes kann unser Volk nicht lieben, oder er würde es beschützen. Wir scheinen Waisen zu sein, die nirgendwo um Hilfe nachsuchen können. Wie also können wir Brüder sein? Wie kann euer Gott unser Gott werden und unseren Wohlstand erneuern und in uns Träume wiederkehrender Größe erwecken? Falls wir einen gemeinsamen himmlischen Vater haben, so ist er parteiisch – denn er kam zu seinen bleichgesichtigen Kindern. Wir haben ihn nie gesehen. Euch gab er Gesetze; für uns jedoch, seine roten Kinder, deren gewaltige Zahl einst diesen riesigen Kontinent bevölkerte, wie Sterne den Himmel bevölkern, hatte er keine Botschaft. Nein! Wir sind zwei verschiedene Rassen, haben unterschiedlichen Ursprung und ein unterschiedliches Schicksal. Es gibt nur wenig Gemeinsames zwischen uns.

Uns ist die Asche unserer Vorfahren heilig, und ihr Ruheplatz ist ein geheiligter Grund. Ihr aber wandert entfernt von den Gräbern eurer Vorfahren und tut dies scheinbar ohne Bedauern. Eure Religion wurde mit dem eisernen Finger eures Gottes auf steinerne Tafeln geschrieben, auf daß ihr nicht vergesset. Der rote Mann konnte sie nie begreifen, noch sie im Gedächtnis behalten. Unsere Religion sind die Traditionen unserer Vorfahren – die Träume unserer alten Männer, die ihnen der Große Geist in den erhabenen Stunden der Nacht gab, und die Visionen unserer Häuptlinge –, und sie ist in die Herzen unseres Volkes geschrieben.

Eure Toten hören auf, euch zu lieben und das Land ihrer Geburt, sobald sie die Pforten des Grabes hinter sich lassen und nach weit jenseits der Sterne ziehen. Sie sind schnell vergessen und kehren nie zurück. Unsere Toten vergessen die schöne Welt, die ihnen das Leben gab, dagegen nie. Sie lieben immer noch ihre grünen Auen, ihre murmelnden Flüsse, ihre herrlichen Berge, entlegenen Täler, grünen baumgesäumten Seen und Buchten, sehnen sich immer noch in zärtlicher, inniger Zuneigung nach den Lebenden, deren Herzen so einsam, und kehren oft von den ewigen Jagdgründen zurück, sie zu besuchen, zu leiten, zu trösten und ihnen Mut zuzusprechen.

Tag und Nacht können nicht unter einem Dache wohnen. So wie der Morgennebel vor der Morgensonne flieht, so ist der rote Mann seit je vor dem Herannahen des weißen Mannes geflohen.

Euer Vorschlag jedoch scheint gerecht, und ich denke, mein Volk wird ihn annehmen und sich in das Reservat zurückziehen, das ihr ihm anbietet. Dann werden wir in Frieden leben, denn die Worte des großen weißen Häuptlings gleichen den Worten der Natur, die aus dichter Dunkelheit zu ihm spricht.

Es ist kaum von Bedeutung, wo wir den Rest unserer Tage verbringen. Es werden nicht viele sein. Die Nacht der Indianer verspricht finster zu werden. Auch nicht ein einziger Hoffnungsstern schwebt über seinem Horizont. Winde, ihre Stimmen voller Trauer, klagen in der Ferne.

Ein grimmiges Schicksal scheint dem roten Mann auf der Fährte, und wo er auch hingeht, wird er den heranrückenden Schritt des gnadenlosen Zerstörers vernehmen, wird bereit sein, seinem Untergang mit Gleichmut zu begegnen, so wie es das verwundete Wild ist, wenn es den heranrückenden Schritt des Jägers vernimmt.

Ein paar Monde noch. Ein paar Winter – und auch nicht einer der

Nachfahren der mächtigen Völkerscharen, die einst, vom Großen Geist beschützt, über dieses weite Land zogen und glücklich in ihrer Heimat wohnten, nicht einer wird bleiben, um über den Gräbern eines Volkes zu trauern, das ehedem mächtiger und hoffnungsvoller war als das eure. Doch warum sollte ich das unzeitige Schicksal meines Volkes beklagen? Stamm folgt auf Stamm, und Volk auf Volk, wie die Wellen des Meeres. Dies ist die Ordnung der Natur, und Bedauern ist zwecklos. Die Zeit eures Niedergangs mag noch in weiter Ferne liegen, doch sie wird gewiß kommen, denn selbst der weiße Mann, dessen Gott mit ihm wandelte und zu ihm sprach wie ein Freund mit dem Freunde, kann vom gewöhnlichen Schicksal nicht ausgenommen sein. So mögen wir schließlich doch Brüder sein. Wir werden sehen.

Wir werden euren Vorschlag erwägen und euch Nachricht geben, wenn wir einen Entschluß gefaßt haben. Sollten wir ihn jedoch akzeptieren, dann lege ich hier und heute als Bedingung fest, daß uns das Recht nicht verwehrt sein darf, jederzeit und ohne jede Belästigung die Gräber unserer Vorfahren, Freunde und Kinder zu besuchen. Jeder Teil dieses Bodens ist heilig nach dem Glauben meines Volkes. Jeder Hang, jedes Tal, jede Ebene, jeder Hain wurde geweiht durch irgendein trauriges oder glückliches Ereignis in lang vergangenen Tagen. Selbst die Felsen entlang dieser schweigenden Küste, die stumm und tot zu sein scheinen, während sie in der Sonne kochen, erschauern vor Erinnerungen an bewegte Zeiten aus dem Leben meines Volkes, und selbst der Staub, auf dem ihr jetzt steht, antwortet unseren Schritten liebevoller als euren, denn er ist voll des Blutes unserer Vorfahren, und unsere nackten Füße spüren diese mitfühlende Berührung. Unsere toten Krieger, liebevollen Mütter, unsere heiteren und glücklichen Mädchen, ja sogar unsere kleinen Kinder, die für kurze Zeit nur hier lebten und hier sich erfreuten, werden diese düstere Abgeschiedenheit lieben, und zur Abendzeit begrüßen sie die schattenhaften Geister bei ihrer Rückkehr. Und wenn der letzte rote Mann gestorben und die Erinnerung an meinen Stamm unter den Weißen zur Legende geworden sein wird, werden diese Küsten dicht bevölkert sein mit den unsichtbaren Toten meines Stammes, und wenn eure Kindeskinder sich alleine wähnen auf dem Feld, im Geschäft, dem Laden, auf der Straße oder in der Stille wegloser Wälder, dann werden sie nicht alleine sein.

Auf der ganzen Erde ist kein Ort der Einsamkeit geweiht. Wenn des Nachts die Straßen eurer Städte und Dörfer ruhig und, wie ihr glaubt, einsam sind, dann sind sie bevölkert mit den Scharen jener, die sie einst füllten und die dieses schöne Land immer noch lieben. Der weiße Mann wird nie alleine sein.

Möge er gerecht sein und mein Volk freundlich behandeln, denn die Toten sind nicht machtlos. Tot, sagte ich? Es gibt keinen Tod, nur einen Wandel der Welten.

Red Jacket

«Wir wollen eure Religion nicht zerstören»

Freund und Bruder! Es war der Wille des Großen Geistes, daß wir an diesem Tage zusammenkommen sollten. Er befiehlt alle Dinge, und er hat uns für diese Beratung einen schönen Tag gegeben. Er hat sein Gewand vor der Sonne fortgezogen und den strahlenden Ball mit seinem Glanz auf uns scheinen lassen. Unsere Augen sind geöffnet, so daß wir klar sehen. Unsere Ohren sind aufgesperrt, so daß wir die Worte, die ihr spracht, deutlich hören konnten. Für all diese Gaben danken wir dem Großen Geist, und nur ihm.

Bruder! Du hast dieses Ratsfeuer angezündet. Auf deine Bitte hin sind wir heute zusammengekommen. Aufmerksam haben wir deinen Worten zugehört. Und du hast uns gebeten, frei unsere Meinung zu sagen. Dies macht uns glücklich, denn nun, so glauben wir, können wir aufrecht vor dir stehen und das sagen, was wir denken. Alle haben deine Worte gehört, und alle sprechen zu dir wie mit einer Stimme. Es herrscht Einigkeit unter uns.

Bruder! Du sagst, du wünschst eine Antwort auf deine Rede, ehe du diesen Ort verläßt. Es ist nur recht und billig, daß du eine erhalten solltest, denn du bist weit von deiner Heimat entfernt, und wir möchten dich nicht aufhalten. Dennoch wollen wir zunächst ein wenig zurückblicken und dir mitteilen, was unsere Väter uns gesagt und was wir vom Volk der Weißen gehört haben.

Bruder! Höre, was wir zu sagen haben. Es gab eine Zeit, als Amerika, diese große Insel, unseren Vorvätern gehörte. Ihr Wohnsitz erstreckte sich vom Aufgang bis zum Untergang der Sonne. Der Große Geist hatte sie erschaffen, damit wir, die Indianer, sie nutzen. Er schuf den Büffel, den Hirsch und die anderen Tiere uns zur Nahrung. Er machte Bär und Hirsch, und ihr Fell diente uns als Kleidung. Über das ganze Land verstreute er sie und lehrte uns, sie zu nehmen. Er veranlaßte die Erde, Mais für unser Brot wachsen zu lassen. All dies tat er für seine roten Kinder, weil er sie liebte. Wenn wir in Streit über die Jagdgründe gerieten, wurde dieser für gewöhnlich ohne viel Blutvergießen beigelegt. Doch es kam ein böser Tag über uns. Eure Vorväter überquerten die großen Wasser und landeten auf dieser Insel. Ihre Zahl war klein. Sie fanden Freunde vor, nicht Feinde. Und sie berichteten uns, sie seien aus Furcht vor bösen Menschen ihrem eigenen Lande entflohen und nach hier gekommen, um ihrem Glauben zu leben. Sie baten um ein wenig Platz. Wir erbarmten uns ihrer, gewährten ihre Bitte, und sie ließen sich unter uns nieder. Wir gaben ihnen Mais und Fleisch. Ihre Gegengabe war Gift (Feuerwasser). Und damit hatte das Volk der Weißen unser Land entdeckt. Die Nachricht wurde zurückgesandt, und mehr kamen in unsere Mitte. Doch wir fürchteten sie nicht. Wir hielten sie für Freunde. Sie nannten uns Brüder. Wir glaubten ihnen und gaben ihnen mehr Platz. Schließlich war ihre Zahl gewaltig angeschwollen. Sie verlangten nach mehr Land. Sie verlangten unsere ganze Heimat. Dies öffnete unsere Augen, und wir waren beunruhigt. Es gab Kriege. Indianer wurden in Dienst genommen, um gegen Indianer zu kämpfen, und ein großer Teil unseres Volkes wurde getötet. Auch den Alkohol brachten sie zu uns. Er war stark und mächtig und hat Tausende umgebracht.

Bruder! Unsere Wohnsitze waren einst groß und die euren sehr klein. Jetzt seid ihr ein großes Volk geworden, und wir haben kaum einen Platz, um unsere Decke auszubreiten. Ihr habt unser Land in Besitz genommen, doch ihr seid immer noch nicht zufrieden. Auch eure Religion wollt ihr uns noch aufzwingen.

Bruder! Höre mir weiter zu. Du sagst, du seiest geschickt worden, uns zu lehren, wie man den Großen Geist auf die ihm angemessene Weise anbetet. Du fährst fort, daß wir, wenn wir den Glauben, den die Weißen uns lehren, nicht übernehmen, fortan unglücklich sein würden. Du sagst, du hättest recht und wir seien verloren. Woher weißt du, daß dies die Wahrheit ist? Wie wir hören, ist eure Religion in einem Buch niedergeschrieben. Wenn dieses für uns genauso bestimmt wäre wie für euch, warum hat der Große Geist es uns dann nicht gegeben? Und nicht nur uns, sondern warum gab er nicht bereits unseren Vorvätern Kenntnis von jenem Buch und zugleich das rechte Verständnis dafür? Wir wissen nur, was du uns darüber berichtest. Wie sollen wir wissen, wann wir dir glauben können, wo wir doch von den Weißen bereits so oft betrogen worden sind?

Bruder! Du sagst, es gebe nur einen Weg, den Großen Geist anzubeten und ihm zu dienen. Wenn es nur einen Glauben gibt, warum herrscht dann unter euch Weißen soviel Uneinigkeit darüber? Warum sind nicht alle einer Meinung, wo ihr doch alle dieses Buch lesen könnt?

Bruder! Wir verstehen diese Dinge nicht. Man hat uns gesagt, daß eure Religion euren Vorvätern gegeben und von Vater auf Sohn vererbt wurde. Auch wir haben eine Religion, die unseren Vorvätern gegeben und auf uns, ihre Kinder, weitervererbt wurde. Auf diese Art beten wir an. Unser Glaube lehrt uns, dankbar zu sein für alle empfangenen Gaben, einander zu lieben und untereinander einig zu sein. Über Glaubensfragen streiten wir nie.

Bruder! Der Große Geist hat uns alle geschaffen. Doch zwischen seinen weißen und seinen roten Kindern hat er einen großen Unterschied gemacht. Er hat uns unterschiedliche Hautfarbe und unterschiedliche Sitten gegeben. Euch hat er die Künste gegeben; uns hat er die Augen für sie nicht geöffnet. Wir wissen, daß dies wahr ist. Da er auch in anderen Dingen einen so großen Unterschied zwischen uns gelegt hat, sollten wir daraus nicht folgern, daß er nach unserem Verständnis uns auch eine andere Religion gegeben hat? Der Große Geist macht keinen Fehler. Er weiß, was für seine Kinder am besten ist. Und wir sind es zufrieden.

Bruder! Wir wollen eure Religion nicht zerstören noch sie euch nehmen. Wir möchten nur, daß wir der unseren weiterhin folgen können.

Bruder! Du sagst, du seiest nicht gekommen, um in den Besitz unseres Landes oder unseres Geldes zu gelangen, sondern einzig, um unseren Geist zu erleuchten. Ich sage dir nun, ich bin bei euren Versammlungen gewesen und sah, wie ihr von den Anwesenden Geld einsammeltet. Ich weiß nicht, wofür dieses Geld bestimmt war, doch ich nehme an, es war für euren Pfarrer. Und wenn wir uns eurer Denkweise anpassen sollten, wirst du vielleicht auch von uns etwas haben wollen.

Bruder! Man hat uns berichtet, daß du an diesem Ort hier für die Weißen gepredigt hast. Sie sind unsere Nachbarn. Wir kennen sie. Wir werden einige Zeit warten, um zu sehen, welche Wirkung deine Predigt auf sie hat. Sollten wir merken, daß sie ihnen guttut und sie ehrlicher macht und weniger geneigt, Indianer zu betrügen, dann werden wir deine Worte noch einmal überdenken.

Bruder! Hiermit hast du unsere Antwort auf deine Rede erhalten, und das ist alles, was wir im Augenblick zu sagen haben. Da wir nun voneinander scheiden, werden wir kommen und dich bei der Hand nehmen. Wir werden hoffen, daß der Große Geist dich auf deiner Reise beschützen und dich sicher zu deinen Freunden zurückgeleiten wird.

Brief eines Vaters an seinen Sohn

Mein teuerster Sohn! Von Gott bist du erschaffen worden und hast das Licht der Welt erblickt. Auf deine Geburt haben wir, deine Eltern und Erzieher, die Augen gerichtet: Du bist hervorgekrochen wie ein Küken aus den Eierschalen. Wie jenes sich mit dem Fliegen vertraut macht, so machst du dich mit der Arbeit vertraut. Wir kennen nicht die Zeit, die Gott uns deiner erfreuen läßt. Mein Sohn, empfiehl dich Gottes Schutz an, damit er dir zur Seite steht. Er erschuf dich und er ist dein Vater, der dich mehr liebt als ich. Flehe zu ihm Tag und Nacht und auf ihn richte deine Gedanken. Stehe ihm liebevoll zu Diensten und er wird dich belohnen und vor jeder Gefahr bewahren. Habe große Ehrfurcht vor dem Abbild Gottes und vor allen Dingen, die ihn betreffen. Bete vor ihm hingebungsvoll und bereite dich auf die Feste vor. Wer Gott erzürnt, wird eines schlimmen Todes sterben, und er trägt selbst die Schuld dafür.

Grüße ehrerbietig die Erwachsenen. Die Armen und Bedrängten tröste mit guten Worten und Taten.

Ehre und liebe, gehorche und diene deinen Eltern, denn der Sohn, der dies nicht tut, wird sich keinen Vorteil verschaffen.

Liebe und ehre alle Menschen und du wirst selbst in Frieden leben.

Eifere nicht den Törichten nach, die weder Vater noch Mutter ehren. Sie sind wie Tiere, die einen guten Rat weder annehmen noch hören wollen.

Achte darauf, mein Sohn, daß du dich nicht über die Alten lustig machst, nicht über die Kranken, die Krüppel und auch nicht über denjenigen, der in irgendeiner Sünde lebt. Verspotte solche Menschen nicht und verabscheue sie nicht. Erniedrige dich vor Gott und hoffe, daß dir nicht dasselbe passiert. [...]

Mein Sohn, sei ehrlich und rechtschaffen, falle einem anderen nicht zur Last, sei nicht ärgerlich und mische dich nicht in Dinge ein, die dich nichts angehen. So bereitest du keinen Kummer und wirst nicht für ungezogen gehalten.

Verletze nicht einen anderen, sei kein Ehebrecher und kein Lüstling. Dies ist nämlich ein schlimmes Laster, das diejenigen zugrunde richtet, die sich ihm hingeben. Außerdem erzürnen sie Gott.

Gib kein schlechtes Beispiel, sprich nicht taktlos, unterbrich nicht andere bei einer Unterhaltung und störe sie nicht. Wenn sie schlecht oder unwahr reden, dann achte darauf, es ihnen nicht gleich zu tun. Wenn es nicht deine Aufgabe ist zu reden, dann schweige. Fragt man dich etwas, so antworte vernünftig, ohne Erregung, ohne Schmeichelei und nicht zum Schaden anderer. Dann wird die Unterhaltung mit dir geschätzt werden.

Mein Sohn, gib dich nicht Übertreibungen, Spöttereien oder Lügen hin und säe keine Zwietracht unter Leuten, die in Frieden miteinander leben. Wer sich derartigen Dingen hingibt, den bringen sie in Verwirrung und richten ihn zugrunde.

Schweife nicht auf den Marktplätzen umher, bummle nicht durch die Straßen, halte dich nicht zu lange auf dem Markt oder im Bad auf. Der Dämon könnte sich sonst deiner bemächtigen und dich verschlingen.

Falle nicht allzusehr durch deine Kleider auf, denn dies zeugt von wenig Verstand.

Wo immer du auch hingehst, halte deine Augen ruhig, schneide keine Grimassen und mache keine unschicklichen Bewegungen – das sind Schlingen des Dämonen –, denn du wirst sonst als ein leichtfertiger Mensch angesehen.

Packe den anderen nicht an der Hand und nicht an der Kleidung, denn dies zeugt von Lüsternheit. [...]

Wird dir irgendein Amt anvertraut, bei dem man dich vielleicht auf die Probe stellen möchte, dann entschuldige dich höflich und lehne es anschließend ab – auch wenn du anderen damit einen Vorteil verschaffst. Man wird dir Besonnenheit und Klugheit zuerkennen.

Tritt nicht vor Erwachsenen [in ein Haus] ein und gehe auch nicht vor ihnen hinaus. Überquere auch nicht vor ihnen den Weg, sondern gewähre ihnen immer den Vortritt. Sprich nicht zuerst und nimm ihnen nicht ihr Vorrecht, es sei denn, du bekleidest irgendein Amt. Andernfalls wirst du für ungezogen gehalten werden. [...]

Wenn du ißt, dann gib einen Teil davon dem Notdürftigen, der zu dir kommt. Dadurch wirst du dich verdient machen. [...]

Hat man dir ein Geschenk gegeben, dann schätze es nicht gering ein, auch wenn es klein sein sollte. Ärgere dich nicht und meine nicht, du verdientest mehr. Du verlörest sonst vor Gott und den Menschen an Ansehen.

Vertraue dich ganz Gott an, denn aus seiner Hand wird dir das Gute kommen, und du weißt nicht, wann du sterben wirst.

Ich trage Sorge für das, was dich betrifft. Sei geduldig und hab Hoffnung. Wenn du heiraten möchtest, dann teile es zuerst uns mit, denn du bist unser Sohn. Wage nicht diesen Schritt, mein Sohn, ohne zuvor die Eltern davon in Kenntnis zu setzen.

Sei kein Spieler und kein Dieb, denn das eine kommt vom anderen und ist eine große Schande. Dann wirst du auf den Marktplätzen und auf den Märkten nicht in schlechten Ruf geraten.

Mein Sohn, trachte nach dem Guten. Säe aus und du wirst ernten. Ernähre dich von deiner Arbeit. Auf diese Weise wirst du zufrieden und angesehen leben, und deine Eltern werden dich lieben. [...]

Habe nichts mit einer fremden Frau zu schaffen. Lebe vielmehr redlich, denn man lebt nicht zweimal in dieser Welt; das Leben aber ist kurz, es vergeht unter Mühsal, und alles geht zu Ende.

Beschimpfe niemanden. Nimm ihm nicht seine Ehre weg und raube sie ihm nicht. Mache bei dir Verdienste ausfindig, denn Gott kommt es zu, einem jeden nach Gutdünken zu geben. Nimm an, mein Sohn, was immer er dir gibt, und sag ihm Dank. [...]

Mein Sohn, solltest du die Ratschläge deines Vaters nicht beherzigen, wirst du ein schlimmes Ende nehmen und du selbst wirst die Schuld daran haben. [...]

Wenn du so bist, wie du sein sollst, dann wird man zu dir kommen und andere mit Schimpf beladen, um sie zu tadeln und zu bestrafen. Als Vater, der dich liebt, habe ich dir, mein Sohn, diese Ratschläge gegeben. Ich bin nun am Ende. Beachte meine Hinweise und schlage sie nicht in den Wind, denn mit ihnen wird es dir gut ergehen.

Nahua/Azteken

Ich sitze und schlage die Trommel…

Ich sitze und schlage die Trommel und rufe durch ihre Stimme die Tiere von den Bergen. Auch die großen Stürme lauschen meiner Trommel.
Ich sitze und schlage meine Trommel, und Sturm und Donner antworten ihrer Stimme. Der große Wirbelwind hört auf mit seinem Rasen, um dem Laut meiner Trommel zu lauschen.
Ich sitze und schlage meine Trommel, und der Geist-der-Nachtluft kommt und lauscht dem Ton meiner Trommel. Auch der große Windvogel hält seine Flügel still, um ihrer Stimme zu lauschen.
Ich sitze und schlage meine Trommel, und der Wassergeist kommt und lauscht ihrer Stimme. Auch der Waldgeist hört auf zu hacken und lauscht ihrem Ton.
Ich sitze und schlage meine Trommel, und der Schwarze Mann aus dem Wasser steigt empor, um ihrem Ton zu lauschen. Blitz, Donner, Stürme, Wind, Waldgeist, Wirbelwind, Wassergeist und Geist-der-Nachtluft sind versammelt und lauschen dem Ton meiner Trommel.

Passamaquoddy

Die Suche nach dem Gesicht

Die Suche nach dem Gesicht, auf die ich gegangen bin, unternahm ich mit meiner Lehrerin vom Stamm der Nordcheyenne.

Sie ist fünfundachtzig Jahre alt und ist als «Die Hüterin der heiligen Büffelmütze» bekannt. Bei ihrem Volk heißt sie «Die Frau, die alles weiß». Sie und eine jüngere Medizinfrau führten mich an einen Ort in South Dakota, den man Bear Butte nennt. Es ist Prärieland, das allmählich ansteigt und in die Black Hills übergeht. Das ist der traditionelle Ort des Fastens und der Visionssuche für die Sioux und die Cheyenne, und das schon seit Jahrhunderten und Aberjahrhunderten.

Die Cheyenne halten es so, daß du fastest und dich an Leib, Seele und Gefühlen reinigst. Dann begibst du dich für vier Tage und Nächte nur mit einem Lendenschurz bekleidet und einer Büffelfelldecke auf die Spitze eines Berges, und dort bleibst du, ohne Essen oder Wasser, und betest um ein Gesicht.

Auf diese Art Suche bin ich gegangen.

Die jüngere Medizinfrau führte mich die Kuppe hinauf. Sie bereitete und segnete ein Salbeibuschbett auf einem äußerst felsigen Hügel auf halbem Weg. Dies sollte mein Bett sein. Nachdem wir zusammen eine Pfeife geraucht und Gebete gesprochen hatten, ließ sie mich allein. Ich brachte also die Zeit dort damit zu, zu fasten und um ein Gesicht zu beten...

Ein paar Wölkchen huschen über den Himmel, aber es ist noch ziemlich warm, später Herbst. Ganz friedvoll liege ich hier einfach da. Und neben mir taucht eine Frau auf, älter als ich, aber eigentlich keine alte Frau. Sie ist sehr einfach angezogen, Wildleder, und es überrascht mich, daß ihr Gewand keine Perlenstickerei aufweist. Sie trägt ihr rabenschwarzes Haar in langen Zöpfen, und sie steht neben mir und fängt an, zu mir zu sprechen.

Wie sie so zu mir spricht, vernehme ich ihre Worte, jedoch nicht mit den Ohren; eigentlich höre ich sie überhaupt nichts sagen. Mir ist, als flößte sie mir etwas durch den Nabel ein, und es strömt durch mich hindurch, und manches davon kann ich mir zu Worten deuten, aber nicht alles, als gäbe sie mir etwas durch meinen Magen ein und ließe es dann aufsteigen. So müssen die Worte, die ich dem beilege, meine eigenen sein, und im Laufe der Zeit habe ich mehr und mehr von dem entdeckt, was sie mir erzählte...

Sie sagte zu mir, daß die Erde in Not ist, daß das Land in Not ist und daß hier auf diesem Land, dieser Schildkröteninsel, Turtle Island, diesem nordamerikanischen Land, ein Gleichgewichten nottut. Sie sagte, daß die drängende, aggressive, analytische, intellektuelle, aufbauende, machende Energie ein sehr großes Übergewicht über die weibliche, empfangende, gewährende, sich ergebende Energie gewonnen hat. Sie sagte, was nottut, ist ein Aufrichten und Gleichgewichten. Und da wir das Gleichgewicht verloren haben, müssen wir mehr Nachdruck auf das Sich-Ergeben legen, darauf, empfangend, gewährend, nährend zu sein.

Sie sprach zu mir als Frau, und mir war es bestimmt, diese Botschaft vor allem an Frauen weiterzugeben. Aber nicht nur den Frauen tut es not, in dieser Weise zu erstarken; uns allen tut dies not, Männern wie Frauen gleichermaßen.

Frauen sind in diesen Raum hineingeboren. Es ist natürlicher für uns, empfangend und nährend zu sein. So ist es einer Frau in diesem Körper bestimmt. Doch selbst die Frauen in unserer Gesellschaft tun sich dabei schwer. Keine von uns hat jemals gelernt, dies geschehen zu lassen. Wir wissen, wie wir etwas tun, wir wissen, wie wir etwas herstellen, etwas *machen,* etwas versuchen. Aber wir müssen *zulassen,* offen sein, uns ergeben, dienen. Dies sind Dinge, von denen wir nicht viel wissen. Sie sagte mir also, daß vor allem Frauen jenen Ort finden müssen, die Stärke ihres eigenen Ortes finden müssen, und daß auch die ganze Gesellschaft, Männer und Frauen, dieses Gleichgewicht braucht, damit wir uns selbst ins Lot bringen können.

Über solche Dinge sprach sie zu mir, darüber, uns zu reinigen, so daß wir durchlässig sind für Liebe und Licht und Ergebung.

Und als sie geendet hatte, stand sie einen Augenblick lang ruhig da. Ihre Füße blieben an Ort und Stelle, sie aber schoß über das Firmament in einem Regenbogen, der sich über die Himmel spannte, mit ihrem Kopf an der Spitze des Bogens. Und dann begannen die Lichter, die den

Regenbogen bildeten, zu erlöschen, beinah wie ein Feuerwerk am Himmel, erloschen von ihren Füßen aus und erloschen und erloschen. Und sie war fort.

Nez Percé und Sioux

Aleek-chea-ahoosh

Die Botschaft der Weidenmeise

Ich war neun Jahre alt und noch lange nicht erwachsen, aber ich wußte, daß mein Volk von Feinden umgeben und ständig in Gefahr war. Unser Land war eines der schönsten in der Prärie. Seine Flüsse und Ebenen, seine Berge und Wälder, wo es immer genug Tiere zu jagen und Wildfrüchte zu ernten gab, lockten viele Stämme an.

Sioux, Cheyenne, Arapaho und Blackfeet – alle kamen in unser Land, und wir mußten immer wieder mit ihnen kämpfen. Die anderen Stämme hatten längst von den weißen Händlern Gewehre erhalten, während wir selbst damals nur ganz wenige besaßen. Jene Stämme, die weiter nördlich lebten, trieben Handel mit der Hudson's Bay Company, jene im Osten unseres Landes tauschten bei der Amerikanischen Pelzhandelsgesellschaft Häute und Felle gegen Gewehre, Pulver und Blei ein.

Auf der Büffeljagd ist der Bogen die beste Waffe, aber im Kampf ist ein Krieger, der ein Gewehr hat, seinem Gegner überlegen. Und wir hatten mehr als genug Feinde! Im Norden und Westen waren es die Blackfeet, im Osten die Cheyenne und Sioux, im Süden die Shoshonen und Arapaho. Auch die Assiniboin kamen immer wieder in unser Land.

Von all den anderen Völkern der Prärie sind nur die Erdhüttenleute mit uns verwandt, die von den Weißen Gros Ventre genannt werden. Wir mußten uns ganz allein gegen unsere Feinde wehren – und wir konnten das auch! Unsere Häuptlinge waren tüchtige Männer. Ihr Vorbild spornte mich an, ich konnte es kaum erwarten, bis ich alt genug war, um an einem der Kriegszüge teilnehmen zu dürfen.

Wir folgten den Büffelherden über die schönen, weiten Ebenen. An einem Tag kämpften wir mit einer Schar unserer Feinde, die uns überfallen hatten, am nächsten Tag schickten wir selber eine Kriegerschar gegen sie aus. Mein Herz brannte. Ich wollte meinem Volk helfen, wollte mich im Kampf auszeichnen, damit ich eine Adlerfeder im Haar tragen durfte. Ich plagte mich ab, um starke Arme wie ein Grizzly zu bekommen, und übte unermüdlich mit Pfeil und Bogen. Kein anderer Junge wünschte so sehr ein Mann zu sein wie ich.

An einem windigen Tag, als die Wolken die Bergspitzen berührten, erreichten wir das Bärenzahngebirge. Ich sah viele Zelte zwischen den Bäumen und dachte im ersten Augenblick, es sei ein Lager unserer Feinde, aber es waren meine eigenen Leute, die sich hier versammelt hatten. Alle Sippen, auch jene, die am weitesten entfernt lebten, hatten sich eingefunden, um an einer Ratssitzung der Häuptlinge teilzunehmen. Der Anblick des großen Lagers unter den Kiefernbäumen, der Fluß, dessen klares Wasser der Ebene zuströmte, all das ließ mein Herz vor Freude singen. Feuer brannten in den Zelten, die Luft roch nach Rauch, und von überallher hörte ich frohe Stimmen und den Klang der Trommeln.

Am Abend hielten die Männer der einzelnen Geheimbünde ihre Zusammenkünfte ab: die Füchse, die Kriegskeulen, die Großen Hunde, die Wilden Hunde, die Kämpfenden Büffelbullen und wie sie alle hießen. Helle Feuer loderten und knisterten unter den Kiefern, die ganze Nacht ertönten Trommeln. Wie sehr wünschte ich mir, einem dieser Bünde anzugehören! Vor allem die Füchse waren es, die ich am meisten bewunderte, und ich blickte sehnsüchtig auf ihr vom Feuer erleuchtetes Zelt, in dem Männer über Dinge sprachen, von denen ich keine Ahnung hatte. Ich war ja noch immer ein Junge.

An jenem Ort lebten wir im Überfluß. Die Jäger hatten schon vor unserer Ankunft viele Dickhornschafe, Maultierhirsche und Wapitis erbeutet, um das Lager mit Nahrung zu versorgen. Die Hirschhäute, die sich leichter verarbeiten ließen als Büffelhaut, brauchten wir für Hemden und Leggings. Sogar die Hunde fanden in der Nähe der Zelte mehr, als sie fressen konnten, und unsere Pferde weideten das üppige Gras der Bergwiesen. Jeden Abend wurden die Trommeln geschlagen, und im Licht der Feuer, von denen würziger Rauch aufstieg, tanzten die Leute, bis sie müde geworden waren.

Eines Morgens weckte mich ein Ausrufer. Er ritt durch das Lager und verkündete einen Ratsbeschluß vom vergangenen Abend. «O junge Männer, geht in die Berge und träumt!» rief er. «Seid ihr Männer oder Frauen? Habt ihr Angst vor Schmerzen? Geht in die Berge und sucht Helfer für euch selbst und für euer Volk!»

Ich saß in meine Büffeldecke gewickelt da und lauschte, bis ich seine Stimme in der Ferne verklingen hörte. Die Luft war kühl und duftete nach den Bäumen draußen vor dem Zelt. Sollte ich in die Berge gehen und im Traum einen Schutzgeist suchen?

«Geht, junge Männer!»

Ein zweiter Ausrufer machte seine Runde durch das Lager, und seine ersten Worte gaben mir die Antwort auf meine unausgesprochene Frage. Ich stand auf, trat aus dem Zelt und hörte seine weitere Botschaft nur noch mit halbem Ohr. Die Sonne war im Aufgehen, durch die Wipfel strich der Wind. Frauen entzündeten die Feuer, Jäger verließen das Lager.

Zwei lange Tageswanderungen vom Zeltdorf entfernt lagen die Zerklüfteten Berge, und ich beschloß, allein und zu Fuß dorthin zu gehen. Es tat mir gut, ohne Nahrung und Wasser unterwegs zu sein. Als ich die Berge erreicht hatte, nahm ich ein Schwitzbad und stieg auf den höchsten der Gipfel hinauf. Ein leichter Wind bewegte den Spiegel des kleinen Sees, der unten im Tal lag. Obwohl ich zwei weitere Tage und Nächte fastete und auf der Bergspitze umherging, hatte ich keine Erscheinung und keinen Traum. Ich sah ein paar Grizzlybären, die im Mondlicht fast weiß zu sein schienen, und einer von ihnen kam mir ganz nahe, aber er sprach mich nicht an. Auch als ich oben auf dem Gipfel schlief, erschien mir kein Vogel, kein Tier oder irgendein anderes Wesen.

Ich wanderte wieder ins Lager zurück und erzählte meinen besten Freunden von den hohen Bergspitzen, die ich gesehen hatte, und von den im Mondlicht fast weißen Grizzlybären. Sie hörten aufmerksam zu und rieten mir dann, noch einmal dorthin zu gehen, aber diesmal nicht allein. Drei meiner Freunde erklärten sich bereit, mich zu begleiten; wir wollten gemeinsam versuchen, ein Traumgesicht zu haben.

Als wir das Zeltdorf verließen, trugen wir eine Büffeldecke für die Schwitzhütte mit und für jeden von uns ein zweites Paar Mokassins. Wir lagerten am See unterhalb des Gipfels, auf dem ich vergeblich versucht hatte zu träumen, nahmen schnell ein Schwitzbad und stiegen dann in die Berge hinauf. Es war schon dunkel, als wir uns trennten, aber ich fand ohne Schwierigkeiten meinen alten Schlafplatz und bereitete mir ein frisches Lager aus Wacholderzweigen und Salbei. Eulen riefen unter dem Sternenhimmel, während ich meinen Körper mit süßduftenden Kräutern einrieb. Dann ging ich so lange umher, bis ich erschöpft war.

Als ich kaum noch stehen konnte, kehrte ich zu meinem Lager zurück und schlief dort ein, mit den Füßen nach Osten. Aber keine

Erscheinung zeigte sich, kein Schutzgeist bot mir seine Hilfe an. Im Morgendämmern stand ich auf, wanderte wieder umher und bat um Hilfe, wie ich es in der Nacht zuvor getan hatte.

Den ganzen Tag über brannte die Sonne heiß herab. Durst plagte mich, meine Zunge schwoll mir im Mund an. Aber ich sah nichts, ich hörte nichts, auch dann nicht, als die Nacht kam und Kühlung brachte. Außer dem Klang meiner eigenen Stimme und dem fernen Geheul der Wölfe unten in der Ebene hatten meine Ohren keinen Laut vernommen.

Ich wußte, daß viele unserer großen Krieger ihr Fleisch und Blut geopfert hatten, um einen Traum damit zu erbitten. Als die Nacht dem Morgen wich, blieb ich bei einem gestürzten Baum stehen, legte den ersten Finger meiner linken Hand auf den Stamm und schnitt die Fingerspitze mit dem Messer ab. Die Wunde blutete nicht, der Stumpf war weiß wie bei einem toten Menschen. Ich schlug mit dem Finger so lange gegen den Stamm, bis das Blut zu fließen begann. Danach ging ich wieder umher und rief nach Schutzgeistern.

Fast vier Tage und Nächte lang hatte ich nichts gegessen und nichts getrunken. Kurz vor Mittag wurde mir schwindlig, und ich setzte mich halb betäubt nieder. Während ich dort oben auf dem Gipfel in der heißen Sonne saß, muß ich das Bewußtsein verloren haben. Mein Geist muß lange unterwegs gewesen sein, denn die Sonne war im Untergehen, als ich auf dem Bauch liegend erwachte. Ich setzte mich benommen auf und schaute um mich, ohne daß ich zuerst begriff, wo ich mich befand. Etwas oberhalb von mir saßen entlang meiner blutigen Spur vier Kriegsadler. Sie sprachen aber nicht zu mir und boten mir auch keine Hilfe an.

Ich beschloß, zu meinem Schlafplatz zu gehen. Als ich aufstand, sah ich meine drei Freunde auf mich zukommen. Sie hatten die Adler über der Bergspitze kreisen sehen und befürchtet, daß mir etwas zugestoßen sei. Da ich mich noch sehr schwach fühlte, trugen sie mich zu meinem Schlafplatz und rauchten mit mir, bevor sie ihre eigenen Lager aufsuchten. Die Adler flogen nicht fort; sie saßen bei den von meinem Blut befleckten Felsen, auch dann noch, als die Nacht hereinbrach und es empfindlich kalt wurde.

Ich schlief ein. Um Mitternacht hörte ich eine Stimme und sah ein Geistwesen vor meinen Füßen stehen. «Aleek-chea-ahoosh», sagte die Erscheinung, «dort unten ist einer, der etwas von dir will.»

Das Geistwesen zeigte in die weite Prärie hinunter, und vom Gipfel der Zerklüfteten Berge aus erblickte ich einen Büffelbullen und wußte, daß er es war, der mir seine Hilfe anbot. Das andere Geistwesen war verschwunden, der Platz, an dem es gestanden hatte, war leer.

Ich erhob mich und begann den Abstieg. Der Weg von den Zerklüfteten Bergen in die Prärie hinab ist sehr weit, aber in meinem Traum legte ich ihn rasch zurück. Unten blieb ich auf einem der flachen Hügel stehen. Der Büffel hatte sich in ein Mann-Wesen verwandelt, das eine Büffelhaut mit der Haarseite nach außen trug. Das Mann-Wesen winkte mich zu sich, und als ich hingegangen war, begann es langsam in der Erde zu versinken. «Folge mir!» sagte es, bevor es ganz verschwand.

Aber ich hatte Angst. «Komm!» befahl die Stimme des Mann-Wesens aus der Dunkelheit. Jetzt erst stieg ich in das Erdloch hinein. Etwa zehn Schritte lang mußte ich gebückt gehen, dann konnte ich mich aufrichten und sah in der Ferne ein schwaches Licht – wie ein erleuchtetes Fenster im Haus eines Weißen. Ich war sicher, daß dieser Erdgang zu den Pfeilbach-Bergen führte.

Im ungewissen Licht unter der Erde erblickte ich zahllose Büffel, ich sah ihre spitzen Hörner so dicht nebeneinander wie Grashalme auf einer Wiese. Ich hörte sie rund um mich schnauben und roch die Ausdünstung ihrer Körper. Ihre Augen glichen im Finstern glimmenden Feuern. Das Mann-Wesen schien zu spüren, daß ich vor so vielen riesigen Bullen Angst hatte. «Fürchte dich nicht vor ihnen, Aleek-chea-ahoosh», sagte es. «Sie waren es, die nach dir gesandt haben. Sie werden dir kein Leid antun.»

Trotzdem wollte ich den Büffeln nicht zu nahe kommen, denn ich war bis auf das Lendentuch und die Mokassins nackt. Auch wenn sie mich mit ihren Hufen und Hörnern nicht verletzten, würden mir doch die Disteln, die sich in den verfilzten Haarbüscheln verfangen hatten, die Haut aufreißen. Das Mann-Wesen aber ging weiter, mitten durch die Herde, und wieder forderte es mich auf: «Komm!»

Da folgte ich dem Mann-Wesen und drängte mich zwischen den Büffeln durch. Ich spürte ihre warmen Körper dicht an meinem, doch keines der Tiere verstellte mir den Weg, sie ließen mich ungehindert an sich vorbei. Die ganze Nacht und einen ganzen Tag wanderte ich mitten unter ihnen, immer das ferne Licht vor Augen, immer dem Mann-Wesen nach. Endlich kamen wir zum Ende des Ganges und stiegen aus der Erde heraus. Vor uns war der Pfeilbach-Canyon, auf der rechten Seite ragte der große Felsen auf, dem mein Volk den Namen Ort-des-Fastens gegeben hat.

Im hellen Licht der Sonne sah ich, daß das Mann-Wesen in der Hand eine große, rotbemalte Rassel hielt, wie sie bei zeremoniellen Feiern verwendet wurden. Meist fertigten wir sie aus der getrockneten Harnblase eines Tieres an und füllten sie mit kleinen Kieselsteinen. Das Mann-Wesen ging auf einen der Hügel hinauf. «Setz dich hier nieder, Aleek-chea-ahoosh!» forderte es mich auf, als wir oben auf der Kuppe waren.

Dann schüttelte es die rote Rassel, daß die Kiesel klapperten, und sang viermal hintereinander ein geheimnisvolles Leid. «Schau!» sagte es und wies mit der Hand auf das Erdloch.

Aus der Erde heraus kamen die Büffel, unzählige, Bullen und Kühe und Kälber. Die weite Prärie wurde schwarz von ihnen. Wohin ich auch schaute, zogen riesige Herden in alle Richtungen davon, und noch immer kamen andere Büffel aus der Erde und wanderten über die Prärie. Als endlich der letzte Büffel aus dem Erdloch herausgestiegen war, waren plötzlich alle verschwunden – alle! Ich sah ein paar Antilopen auf einem der Hügelrücken, aber keinen einzigen Büffel. Nicht ein Bulle, nicht eine Kuh, nicht ein Kalb war auf der weiten Prärie zu erblicken.

Das Mann-Wesen schüttelte noch einmal die rote Rassel. Wieder kamen aus dem Erdloch Bullen und Kühe und Kälber – unzählige. Auch sie zogen hinaus in die Prärie und zerstreuten sich dort, nur blieben sie in kleinen Herden beisammen und begannen zu weiden. Manche ließen sich auf den Boden nieder, aber nicht auf diese Weise, wie Büffel sich niedersetzen. Sehr viele von ihnen waren gefleckt, kaum zwei hatten die gleiche Größe und Farbe. Und die Bullen brüllten auch anders als Büffel, nicht so tieftönend und laut, sondern höher und viel schwächer. Ihre Schwänze waren lang und reichten fast bis zum Boden hinunter. Es waren keine Büffel. Es waren fremde Tiere aus einer anderen Welt.

Ich bekam Angst und wandte mich an das Mann-Wesen, aber es sagte kein Wort, sang kein Lied und schüttelte nur die rote Rassel. Die gefleckten Büffel kehrten in die Erde zurück. Wieder waren in der weiten Prärie nur noch ein paar Antilopen.

«Hast du alles verstanden, was ich dir gezeigt habe?» fragte das Mann-Wesen, als der letzte gefleckte Büffel verschwunden war.

«Nein», antwortete ich. Wie sollte ich all das verstehen, wenn ich noch nicht einmal zehn Jahre alt war!

Solange die fremden Tiere auf der Prärie gewesen waren, hatte das

Mann-Wesen mich kein einziges Mal angeschaut. «Komm!» sagte es jetzt und führte mich den Hügel hinunter. Ich folgte ihm in das Erdloch. Die ganze Zeit, während wir unter der Erde wanderten, erblickte ich nichts. Schließlich stiegen wir am anderen Ende des Ganges wieder ans Tageslicht hinauf. Ich sah eine Quelle, ich sah einen sehr alten Mann, der allein im Schatten von ein paar Bäumen saß. Er war so alt und schwach, daß er mir leid tat.

«Schau dir diesen alten Mann gut an», forderte mich das Mann-Wesen auf. «Erkennst du ihn?»

Ich betrachtete aufmerksam das verrunzelte Gesicht. «Nein!»

«Dieser alte Mann bist du selber!» sagte das Mann-Wesen. Im nächsten Augenblick war es verschwunden. Auch der alte Mann saß nicht mehr da.

Vor mir lag statt dessen ein großer dunkler Wald. Der Himmel war schwarz geworden, überzogen von seltsam unheimlichen Farbstreifen. Ein heftiger Sturm brach los. Ich sah, wie die Vier Winde sich versammelten, um gemeinsam über den Wald herzufallen. Ich hatte Mitleid mit den schönen Bäumen und all den Geschöpfen, die im Wald lebten, aber ich war machtlos und konnte ihnen nicht helfen. Als die Vier Winde angriffen, hielt ich schützend den Arm vor mein Gesicht. Ich hörte den Donner im Sturm dröhnen, ich sah, wie die Stämme gleich Grashalmen geknickt wurden und übereinander stürzten, sah die wirren Haufen entwurzelter Bäume. Ich kauerte mich zusammen und hörte die Vier Winde an mir vorbeibrausen, als hätten sie noch immer nicht genug gewütet, und dann schaute ich auf das Werk der Zerstörung, das sie zurückgelassen hatten.

Wo vorher der große Wald gewesen war, stand nur noch ein sehr hoher, gerade gewachsener Baum aufrecht da. Die Vier Winde, die sonst immer jeder für sich allein angreifen, hatten es diesmal vereint getan und alle Bäume entwurzelt oder geknickt – bis auf diesen einen. Er stand zwischen seinen toten Stammesleuten, und mir schien, daß er traurig war. «Was bedeutet das?» flüsterte ich in meinem Traum.

«Höre, Aleek-chea-ahoosh», wisperte eine Stimme. «In diesem Baum ist das Nest der Weidenmeise. Sie ist schwächer, aber klüger als die anderen Geschöpfe ihrer Art. Um Weisheit zu erlangen, scheut sie keine Mühe. Nichts entgeht ihren Ohren; wann immer die anderen über ihre Erfolge oder Mißerfolge reden, hört sie zu. Sie spricht nicht in Gesellschaft von Fremden, ist aber bereit, von ihnen zu lernen. Die Weidenmeise vermeidet Fehler, weil sie aus den Fehlern anderer lernt.

Es gibt kaum ein Zelt, das sie nicht besucht, kaum ein Geschöpf, das sie nicht kennt, und doch mischt sie sich nie ein und belästigt niemanden. Jeder hat sie gern.

Als die Vier Winde den Wald angriffen, waren in den Bäumen die Nester zahlreicher Vogelwesen. Nur ein Nest blieb heil, das Nest der Weidenmeise. Stärke deinen Körper, Aleek-chea-ahoosh, aber vernachlässige nicht deinen Geist. Nicht die Kraft des Körpers, der Geist ist es, der einen Menschen groß macht.»

Die Stimme verstummte, und ich erwachte. Im hellen Sonnenschein standen meine Freunde vor mir. Ich fühlte mich schwach und konnte kaum gehen, aber mein Herz sang vor Freude. Als ich aufstand, mußten mich meine Freunde stützen; ohne ihre Hilfe hätte ich den Abstieg zum kleinen See am Fuß des Gipfels nicht bewältigt. Einer von ihnen erlegte einen Hirsch, die anderen zündeten ein Feuer an. Nach der langen Fastenzeit war es nicht ratsam, allzuviel auf einmal zu essen; ein paar Bissen Fleisch genügten aber, daß ich mich wieder etwas kräftiger fühlte. Bevor wir die Mahlzeit anrührten, ja bevor wir den Hirsch erlegten, hatten wir ein Schwitzbad genommen. Ich war sehr glücklich dort, neben dem klaren See bei meinen Freunden. Am späten Nachmittag kehrten zwei von ihnen in das Zeltlager zurück, um Pferde für mich und meinen Freund, der bei mir blieb, zu holen. Ich war noch immer zu schwach, den weiten Weg zu Fuß zurückzulegen.

Ich lag am Ufer, schaute in den blauen Himmel und dachte über meinen Traum nach, konnte ihn mir aber nicht deuten. Ich wußte nur, daß jetzt die Weidenmeise mein Schutzgeist war. Mein Medizinbündel würde sehr klein sein!

Gegen Mittag des dritten Tages vernahmen wir aus der Ferne Hufschlag. Unsere Freunde kamen, uns abzuholen. Wir gingen ihnen ein kleines Stück entgegen, und schon sehr bald konnte ich die Stimmen meiner beiden Onkel hören. Mit ein paar anderen Männern, die Pferde für uns mitführten, sangen sie ein Lied zu meiner Ehre.

Ich war schon wieder etwas kräftiger geworden und hielt mich allein im Sattel, der Weg zurück schien mir jedoch endlos. Wie es Sitte war, hatte ich mit niemandem über meinen Traum gesprochen, als wir aber in Sichtweite des Lagers kamen, stimmten meine Onkel wiederum das Loblied an. Viele Leute eilten herbei und begrüßten uns. Sie alle waren glücklich; sie wußten, daß ich einen Schutzgeist gefunden hatte und seine Macht dazu benützen würde, meinem Volk zu helfen.

Alles ist heilig

Jeder echte Schüler, jeder, der die Natur liebt, sieht sie mit den Augen eines Indianers. Aber es gibt wenige solcher Schüler, denn es gibt wenige Weiße, die die Natur auf indianische Art sehen. Der Indianer und der Weiße spüren die Dinge auf unterschiedliche Art und Weise, denn der Weiße hält großen Abstand zwischen sich und der Natur; und da er sich stolz und hochmütig über den Gang der Welt erhebt, hat er beides verloren – den Bezug dazu und das Verständnis dafür. Deshalb findet der Weiße unsere indianische Philosophie sonderbar.

Sioux

Chief Dan George

Meine Kultur ist wie ein verwundetes Reh

Ich bin ein Eingeborener Nordamerikas. Im Laufe meines Lebens habe ich in zwei verschiedenen Kulturen gelebt. Ich wurde in eine Kultur hineingeboren, die in Gemeinschaftshäusern lebte. Das Haus meines Großvaters war 80 Fuß (ca. 25 Meter) lang. Man nannte es ein «smoke house» (Rauchhaus), und es stand unten am Strand einer kleinen Bucht. Alle Söhne meines Großvaters lebten mit ihren Familien in diesem großen Gebäude. Ihre Schlafplätze waren durch Decken aus Schilf voneinander getrennt. Aber ein offenes Feuer in der Mitte diente als Kochplatz für alle.

In Häusern wie diesem lernten die Menschen, im ganzen Stamm miteinander zu leben; lernten es, einander zu helfen; lernten es, die Rechte des anderen zu respektieren. Und die Kinder nahmen an den Überlegungen der Erwachsenen teil und fanden sich umringt von Tante und Onkel und Cousin, die sie alle liebten, und niemand bedrohte sie. Mein Vater wurde in solch einem Haus geboren und lernte von Kindesbeinen an, Menschen gern zu haben und sich bei ihnen zu Hause zu fühlen.

Und über dieses Akzeptieren anderer Menschen hinaus existierte bei diesen Menschen eine hohe Achtung gegenüber allen Dingen in der Natur, die sie umgaben. Mein Vater liebte tatsächlich die Erde und alle ihre Geschöpfe. Die Erde war seine zweite Mutter. Die Erde und alles auf ihr war eine Gabe von See-see-am, und man dankte diesem Großen Geist, indem man seine Gaben mit Ehrfurcht benutzte.

Ich erinnere mich, wie ich als kleiner Junge mit ihm am Indian River fischen ging, und ich sehe ihn noch vor mir, als die Sonne sich am frühen Morgen über den Gipfeln der Berge erhob. Ich sehe ihn, wie er da am Rande des Wassers stand, die Arme über seinen Kopf erhoben, und sanft seufzte: «Danke, danke.» Es hinterließ einen tiefen Eindruck in meinem Gemüt.

Und ich werde nie seine Enttäuschung vergessen, als er mich einmal mit einem Haken fischen sah, «nur so zum Spaß». «Mein Sohn», sagte er, «der Große Geist hat dir diese Fische gegeben als deine Brüder, damit sie dir Nahrung sind, wenn du hungrig bist. Du mußt Achtung vor ihnen haben. Du darfst sie nicht einfach ‹nur so zum Spaß› töten.»

Dieses also war die Kultur, in die ich hineingeboren wurde, und für einige Jahre war sie die einzige Kultur, die ich wirklich kannte und kostete. Darum finde ich es so schwer, viele der Dinge zu akzeptieren, die ich um mich herum sehe.

Ich sehe Menschen, die in «Smoke-Häusern» leben, die hundertmal größer sind als das, welches ich kannte. Aber die Menschen in einer Wohnung kümmern sich nicht um die Menschen in der nächsten, sie kennen sie nicht einmal.

Es ist auch schwierig für mich, den tiefen Haß zu verstehen, der zwischen Menschen existiert. Es ist schwierig, eine Kultur zu verstehen, die das Töten von Millionen von Menschen in vergangenen Kriegen rechtfertigt und die sich gerade jetzt darauf vorbereitet, mit Bomben eine noch größere Anzahl zu töten.

Es ist schwierig für mich, eine Kultur zu verstehen, die mehr Geld für Kriege und Waffen zum Töten ausgibt als für Erziehung und Wohlfahrt, mit denen man anderen Menschen in ihrer Entwicklung helfen kann.

Es ist schwierig für mich, eine Kultur zu verstehen, die nicht nur die eigenen Brüder und Schwestern haßt und bekämpft, sondern die auch die Natur angreift und sie mißbraucht. Ich sehe, wie meine weißen Brüder umhergehen und in ihren Städten die Natur auslöschen. Ich sehe, wie sie die Hügel entblößen und häßliche Wunden auf dem Antlitz der Berge zurücklassen.

Ich sehe, wie sie Dinge aus dem Schoß der Mutter Erde zerren, als wenn sie ein Monstrum wäre, das sich weigert, seine Schätze mit ihnen zu teilen. Ich sehe, wie sie Gift ins Wasser gießen, teilnahmslos gegenüber dem Leben, das sie dort töten – und wie sie die Luft mit todbringenden Dämpfen erwürgen.

Mein weißer Bruder ist in vielen Dingen gut, denn er ist geschickter als mein Volk, aber ich frage mich, ob er weiß, wie man richtig liebt. Ich frage mich, ob er überhaupt jemals gelernt hat zu lieben. Vielleicht liebt er nur die Dinge, die ihm gehören, aber hat niemals gelernt, diejenigen Dinge zu lieben, die außerhalb von ihm sind und über ihn hinaus. Und das ist natürlich überhaupt keine Liebe, denn der Mensch muß alle

Schöpfung lieben, oder er liebt nichts in ihr. Der Mensch muß umfassend lieben, oder er wird zum niedrigsten aller Tiere. Es ist die Kraft der Liebe, die ihn zum Größten von allen macht. Denn von allen Lebewesen ist er allein fähig zur Liebe.

Meine Kultur belohnte nicht das Horten privaten Eigentums. Horten galt sogar als etwas Schändliches bei meinem Volk. Indianer verstanden alle Dinge in der Natur als zu ihnen gehörend, und sie waren darauf vorbereitet, diese mit anderen zu teilen und nur das zu nehmen, was sie benötigten.

Jeder Mensch gibt ebenso gern, wie er empfängt. Niemand möchte immer nur empfangen. Wir haben viel von eurer Kultur übernommen. Ich wollte, ihr hättet auch etwas von unserer Kultur übernommen. Denn es gab in ihr einige schöne und gute Dinge.

Bald wird es zu spät sein, meine Kultur kennenzulernen, denn der Sog der Integration ist sehr stark, und bald werden wir keine anderen Werte und Leitbilder mehr haben als die euren. Schon haben viele unserer jungen Leute die alten Sitten und Lebensformen vergessen. Und viele haben sich ihrer indianischen Lebensweise geschämt, weil sie verächtlich und lächerlich gemacht wurde. Meine Kultur ist wie ein verwundetes Reh, das sich fort in ein Dickicht geschleppt hat, um dort alleine zu verbluten.

Das einzige, was uns wirklich helfen kann, ist wahre Liebe.

Ich habe gesprochen.

Rede zum 100jährigen Bestehen Kanadas

In den langen hundert Jahren seit der Ankunft der Weißen habe ich es erlebt, daß meine Freiheit entschwand – so wie der Lachs geheimnisvoll ins Meer entschwindet. Die seltsamen Lebensformen der Weißen, die ich nicht verstehen konnte, haben auf mir gelastet, bis ich nicht mehr atmen konnte.

Wenn ich kämpfte, um mein Land und meine Heimat zu verteidigen, dann nannte man mich einen Wilden. Wenn ich diese neue Lebensform weder verstand noch begrüßte, dann nannte man mich faul. Wenn ich versuchte, mein Volk zu leiten, dann nahm man mir meine Autorität fort.

Mein Volk wurde in euren Geschichtsbüchern ignoriert; es war kaum wichtiger... als der Büffel, der auf der Prärie lebte. In euren

Theatern und euren Kinos wurde ich verspottet; wenn ich euer Feuerwasser trank, wurde ich betrunken – sehr, sehr betrunken, und so vergaß ich ...

Wie lange kenne ich dich, o Kanada? 100 Jahre? Ja, 100 Jahre. Und viele, viele Zeiträume dazu. Und heute, da du deine 100 Jahre feierst: O Kanada, mir ist schwer ums Herz wegen all der indianischen Völker im ganzen Land.

Denn ich habe dich gekannt, als deine Wälder mir gehörten; als sie mir meine Nahrung und meine Kleidung gaben. Ich habe dich gekannt in deinen Bächen und Strömen, wo deine Fische blitzten und in der Sonne tanzten; wo die Wasser riefen: Kommt, kommt, und eßt von meinem Reichtum. Ich habe dich gekannt in der Freiheit deiner Stürme. Und mein Geist durchzog einst deine guten Lande, so wie der Wind ...

O Kanada, wie kann ich mit dir dieses Fest feiern, diese 100 Jahre? Soll ich dir danken für die Reservationen, die du mir von meinen großartigen Wäldern übriggelassen hast? Für den Fisch aus Dosen – statt aus meinen Flüssen? Für den Verlust meines Stolzes und meiner Autorität – sogar unter meinen eigenen Leuten? Für die Unfähigkeit in meinem Willen, mich zu widersetzen? Nein! Ich muß vergessen, was vergangen und vorüber ist.

Jan Hudson

Am Fluß

Bei Sonnenaufgang des nächsten Tages ging Schönes Mädchen zum Tipi ihres Ehemannes. Sie hatte die übliche Mitgift bei sich, getrocknetes Fleisch und Mokassins, Decken und Rückenstützen, aber keine Pferde, die, wenn das Lager weiterzog, ihre Sachen tragen würden. Das brauchte sie auch nicht. Neuntöter hatte bereits genug Pferde.

Ich hörte die Geräusche von Betriebsamkeit auf der anderen Seite des Lagers, ging aber nicht hinüber. Ich wollte ihr nicht zuschauen. Vielleicht war Schönes Mädchen unruhig auf ihrem Weg zu Neuntöters Zelt. Vielleicht wollte sie ihre Freunde nicht sehen.

Wir hatten verabredet, noch in der grauen Dämmerung des folgenden Morgens aufzustehen, um gemeinam am Fluß Wasser zu holen. Dort würden wir lang genug miteinander sprechen können.

Ein mattes Licht sickerte durch das offene Rauchloch unseres Tipis. Meine Augen sahen, daß es Zeit zum Aufstehen war, mein Verstand wußte es auch, nur mein Körper schwamm noch im warmen Wasser des Schlafs. Wie konnte ich ihn da herausfischen?

Ein Prickeln war in meinen Zehen, und so streckte ich zunächst sie, dann die Muskeln in meinen Füßen und in den Knöcheln. Ich schlug die kratzende Decke zurück und stieg in die Morgendämmerung. Auf der anderen Seite des Lagers würde sich jetzt Schönes Mädchen von ihrem Bett wegstehlen ... doch bei ihrem Bett lag ein Ehemann.

Was sie mir wohl in der Stille des Flusses erzählen würde?

Ich zog unseren Tipivorhang zurück und ging nach draußen in eine unbekannte, graue Welt. Nebel hatte sich in das Lager geschlichen und hielt uns alle umzingelt. Ich horchte, hörte aber nichts. Keine Mütter, die aufstanden, die Tipifeuer wieder anzufachen. Keine Väter, die die Jungen zum Morgenbad an den Fluß hinunterführten.

Aber die Stille machte mich nicht furchtsam. Was konnte geschehen? Dies war der erste Ehetag meiner besten Freundin.

Die Büffelblasen baumelten gegen meine Knie, als ich quer durch unser Lager stapfte. Vergangene Nacht hatte ich geträumt, Adlersonne hätte um mich als seine Braut gebeten. Das mußte ich jemandem erzählen. Dort stand schon Schönes Mädchen, wartete und gähnte.

Wir rannten aufeinander zu. Ohhh! Was war das? Der erste laute Ton des Tages schnarrte zu uns herüber. Er kam aus dem Tipi von Fuchsmähne. Seine dicke Frau schnarchte! Von Lachen geschüttelt, gingen Schönes Mädchen und ich Arm in Arm zum Flußufer.

«Ein Schnarchen wie Büffelschnauben», keuchte ich. Wir durften das Lager nicht aufwecken.

Schönes Mädchen lachte mehr als sonst. Heiraten mußte glücklich machen.

Unten, zwischen den weichen Binsenspitzen, beugte sich außer uns niemand über den Fluß. Noch nicht einmal ein Vogel war in der Nähe. Der dämmernde Tag lag in ein Geheimnis gehüllt, und wir waren ganz allein. Der Dunstschleier, das graue Licht, die Stille mahnten zur Würde.

«Schönes Mädchen», flüsterte ich.

«Ja?» Auch sie war still, während sie das Wasser schöpfte.

«Wie fühlst du dich als Ehefrau?»

«Aiii, du weißt doch, wie man sich da fühlt. Süßes Gras. Man ist nun wie alle anderen verheirateten Frauen auch.»

Die Luft am Fluß war scharf und roch fremd. Dunkle Schatten huschten durch das grüne Flußwasser. Ich beobachtete einen in seinen langsamen Bewegungen.

«Wie ist es für dich?»

«Das sagte ich doch.»

«Merkst du denn einen Unterschied? Gefällt es dir? Wie anders als das Leben bei den Eltern ist es denn?»

Schönes Mädchen sah auf den Fluß. «Ich muß größere Wasserbeutel tragen.»

«Du hast schon immer größere getragen. Du trägst schwerer als Beinahe-Mutter. Was ist nun anders?» Ich kratzte an einer Schmutzstelle meines Wasserbeutels. Wenn man jemanden nicht ansieht, dem man gerade eine heikle Frage gestellt hat, kommt die Antwort manchmal leichter.

«Neuntöter sagt mir, was ich zu tun habe, genauso wie mein Vater. Die älteste Frau ist gerade so wie meine Mutter.»

Ihre dunklen Augen waren geheimnisvoll und feucht wie der Fluß.

Vielleicht hatte sie aufgehört, an Scheuer Bär zu denken. Aber warum wollte sie mir nicht sagen, wie es war, verheiratet zu sein?

Ich füllte meinen letzten Wasserbeutel. Das Licht flimmerte schon auf dem Wasser. Die Schatten wechselten vom Grün ins Blau und verschwanden, wenn der kalte Wind verschnaufte. In einem Augenblick der Windstille zeigte sich ein großer dunkler Schatten am Grunde des Flusses: ein großer Fisch – einer von dem geheimnisvollen Volk des Wassers, ein Flußgeist.

Ich warf einen Stein nach ihm, und er verschwand.

Ich schauderte. Vielleicht sollte ich meine Freundin aufmuntern. «Schönes Mädchen, schnarcht eine der alten Frauen von Neuntöter wie ein Büffel?»

Schönes Mädchen lachte. «Nein, aber er schnarcht!»

«Macht es dich unglücklich?»

«Nein, aber niemand heiratet, um glücklich zu sein.»

«Ich will heiraten und glücklich sein.»

«Aber du wirst heiraten müssen, weil das das einzige ist, was uns Mädchen übrig bleibt. Mein Vater wollte einen Schwiegersohn. Er brauchte Hilfe.»

«Aber dein Vater wollte dich nie verheiraten, oder?»

«Nein, aber wählen ließ er mich auch nicht. Und so werde ich keinen eigenen Büffel schießen können!» Dann spie Schönes Mädchen aus. «Ich mußte heiraten!»

«Einiges an der Ehe wirst du sicher mögen.»

«Neuntöter wird mir Kinder geben.»

«Oh, er wird dir bestimmt noch andere Dinge geben.»

«Er wird mir nur Kinder geben.»

Das war nicht richtig. Ich wußte von verheirateten Frauen, die glücklich waren und respektiert wurden, die als geehrte Frauen am Sonnentanz teilnahmen und deren Söhne reich beschenkt wurden. Männer suchten ihre Hilfe bei wichtigen Entscheidungen und in der Heilkunst.

Aber das Schilf, die Stille und der Nebel über dem Fluß wuchsen zu blindem Schrecken über mich. Wir hatten aufgehört zu reden. Schönes Mädchen horchte gleichfalls auf.

«Hier stimmt etwas nicht», sagte sie.

Es war immer noch graue Morgendämmerung, immer noch die gefährliche Zeit. Ich horchte angestrengt, vernahm aber nichts als mein eigenes Herzklopfen.

Wir sahen uns in tiefer Furcht an.

Schönes Mädchen beugte sich zuerst, um die mit Wasser gefüllten Häute aufzunehmen. Ich tat es ihr nach. Wir kletterten die grasige Uferböschung hinauf und kümmerten uns nicht darum, ob unsere Knie zerkratzt oder vom Lehm beschmutzt wurden. Die Stille war immer noch um uns. Wir gingen schneller und schneller. Schließlich rannte ich fast mit den überlaufenden Wasserbeuteln. Das Wasser lief mir die Beine herunter. Meine durchnäßten Mokassins verrutschten bei jedem atemlosen Schritt.

Noch immer war kein Ton zu hören.

Wir rannten, ohne zu wissen, warum. Der Nebel hob sich, während wir liefen, brachte aber keine Antwort. Die Grenzmarkierungen standen dunkel und unsicher, als würde ein Geheimnis hinter den Steinen und Büschen lauern.

Was hatten wir gehört oder gefühlt in dieser allzu großen Stille?

Ich suchte in meinem Kopf nach Erinnerungen an frühere Unglücksfälle. Es hatte Überfälle von Feinden auf unsere Pferde gegeben, aber das war nicht dasselbe Gefühl. Eine Büffelherde hatte unser Lager niedergetrampelt, aber damals hatte mich das Geräusch erschrecken lassen.

Dies hier war etwas Stilles.

Zwei Augen, die in einem Fell staken, starrten aus einem Loch heraus. Ich erinnerte mich an eine verwundete Bärin, die sich im Winter den Weg durch unser Berglager geschlagen hatte. Aber dies hier war etwas anderes. Die Gewalt der Gefahr bedrängte mich mit aller Kraft.

Was war das Zeichen?

Es war bestimmt kein junger Cree oder Crow, der sich in den Binsen versteckte, um uns aufzulauern.

Schönes Mädchen lief mir über das kurze Gras voran.

«Warum laufen wir?» rief ich.

Sie wandte mir ihr Gesicht zu, und ich wurde erneut von Furcht geschüttelt. Sie sah mich nicht, ihre Augen waren schreckerfüllt. Sie hatte Angst, ihre Wasserbeutel fallenzulassen. Ich mußte ihr helfen.

Ich rannte zu ihr, faßte einen der Tragriemen des Wasserbeutels und zerrte daran. Aber sie ließ nicht los. Merkte sie nicht, daß ich ihr helfen wollte?

«Laß mich ... einen deiner Wasserbeutel ... tragen», keuchte ich.

«Nein.»

«Ich bin älter.»

«Ich bin verheiratet.»

«Hör doch ... sieh ... deine Beutel ... bespritzen uns. Zu viel Wasser, um ... so schnell ... zu laufen.» Da ließ sie mich einen ihrer Beutel nehmen, ohne zu widersprechen.

Meine Schultern brannten unter dem Gewicht des Wassers; es fühlte sich an, als ob meine Arme aus meinem Körper gerissen werden würden. Das letzte Knie des Pfades. Meine rechte Hand, die zwei Paar Tragriemen umschloß, begann sich zu öffnen. Sie war nicht mehr die meine, sie war völlig starr. Waren die grauen Schatten die Tipis? Ich rannte und rannte, obwohl ich nicht wußte, warum.

Als unser Lager hinter den letzten Nebelfetzen sichtbar wurde, rutschten die Riemen der Beutel wieder. Jetzt hingen sie nur noch auf den gefühllosen Spitzen meiner Finger. Nur nicht weiter! Wenn ich das Wasser verlöre, konnte ich ganz sicher nicht noch einmal zum Fluß zurückkehren.

Wir hatten das sichere Rund der Tipis erreicht. Fuchsmähnes dicke Frau schnarchte immer noch.

Ich stellte meine Beutel auf die weiche Erde neben mich. Ich fühlte mich wie das gerettete Kalb einer Büffelherde. Schönes Mädchen hatte ebenfalls die Riemen der Beutel abgestreift, aber wir sahen einander nicht an. Jede ging ihren eigenen Weg nach Haus, mit einem knappen Abschiedswort und ohne zurückzusehen.

Wie sollte Schönes Mädchen Neuntöter erklären, warum ihr langes Haar schweißglatt wie ein Nerzfell war? Wie sollte sie Neuntöters Frau-die-neben-ihm-sitzt erklären, warum die Wasserbeutel so dünn waren? Wenn man sie zum Fluß zurückschickte, würde sie sich zu gehen weigern wie ich?

Wäre ich ein Krieger, könnte ich Freunde zum Spiel an den Fluß einladen. Dann könnten wir die Zeichen sehen oder nicht. Ein Krieger kann mit Würde gegen seine Angst kämpfen. Aber es gab nichts, was ich hätte tun können.

Ich konnte weinen und sie bitten, mich vor der Gefahr zu retten, die vielleicht lebendig und nahe war. Otter würde mich dann auslachen, und Vater würde sagen, daß ich zum Heiraten noch nicht alt genug sei. Und wenn es etwas war, das ernst genommen werden mußte? Ich schlug meine Zöpfe zurück, hob meine Schultern und versuchte, ruhig und würdevoll meine Schritte zu setzen.

Großmutter hockte vor unserem Tipi, ordnete trockenes Gras über Büffelspänen, damit sie leicht Feuer fingen.

«Süßes Gras?» sagte sie und ließ ihren Feuerstein sinken. Dann lächelte sie, nahm ihn hoch und schlug ihn gegen ihre Flinte, um mit den Funken unser Feuer anzufachen. Großmutter wußte, wie sie ihr Verhalten zu rechtfertigen hatte. Vielleicht konnte ich es auf ihre Weise tun.

Ich öffnete vorsichtig unseren Tipivorhang und schwang mich hinein. Mein rechter Fuß verfing sich in den Tipistangen. Das Tipi wankte. Aiii.

«Beinahe-Tochter, bist du es?» rief Frau-die-sich-beugt und lugte aus ihrem Nachtlager aus Pelzen.

«Ja, Beinahe-Mutter. Schönes Mädchen und ich waren am Fluß.»

«Unten am Fluß, um nach Liebhabern Ausschau zu halten, möchte ich wetten», murmelte Otter verschlafen. Sein Haar bedeckte Gesicht und Augen. Gerne hätte ich einen Wasserbeutel über seinen Kopf gegossen.

Würden sie mich als ein kleines Mädchen verspotten, wenn ich ihnen von der Stille am Fluß erzählte? Was, wenn etwas Schlimmes geschehen würde, und ich hatte nichts gesagt? Der Gedanke krümmte sich in meinem Bauch.

Aber ich hatte Angst, furchtsam zu erscheinen.

Großmutter würde sagen, daß, wenn ich schwieg, wo ich reden sollte, eine große Flut von Pein das Lager überspülen würde, nur weil ich Angst um mich selbst gehabt hätte.

Ich mußte sprechen.

«Es ist da etwas Merkwürdiges unten am Fluß», sagte ich.

Dann leerte ich trotzig eine Büffelblase. Das Wasser platschte auf den Grund des schwarzen Kessels. Niemand lachte. Der Rest des Wassers tröpfelte langsam über den Rand des Beutels. Drei Tropfen, zwei, einer, dann nichts mehr. Keiner sprach mit mir.

Beinahe-Mutter schob schließlich ihre Decken zur Seite und setzte sich auf. Sie kämmte langsam ihr Haar und murmelte etwas, aber es war nur ihr gewöhnliches Morgengemurmel. Vater lag still, seine Decke bis über die Nase gezogen.

Draußen im Nebel wartete noch etwas, das ich vergessen hatte, mein zweiter Wasserbeutel. Ich hatte ihn in der Eile am Tipieingang abgestellt. Widerwillig ging ich durch den Raum, um ihn zu holen. Mein rechter Fuß hob sich über die Türklappe.

Aii. Ich konnte meinen rechten Fuß nicht bewegen. Ich sah herunter. Die große Hand meines Vaters hielt meine Fessel umklammert.

«Sei ruhig», brummte er weich.

Wir standen still wie die kalten Steine der Berge. Hohe, helle Alarmschreie erhoben sich von Neuntöters Seite des Lagers. Deshalb horchte mein Vater.

Wir wurden angegriffen.

Unser Baby schrie. Es weinte wie nie zuvor. Schwarzfußbabys müssen still sein: Wie leicht folgt der Tod dem unachtsamen Geräusch. Was, wenn ein feindlicher Krieger sie hörte?

Wir waren allein ohne Vater und Otter, die der blutdürstige Wind dieses Morgens fortgezogen hatte. Frauen und Kinder zu töten war die leichteste Art, den Coup zu zählen. (In der Schlacht genügte es nicht, den Feind zu töten, es gehörte dazu, die Toten zu berühren und so zu zählen. Die Tapfersten hatten die meisten Toten berührt.)

Großmutter strich um unser Tipi herum und suchte im zunehmenden Morgenlicht nach Waffen, die unsere Männer zurückgelassen haben könnten. Beinahe-Mutter verkroch sich in die Dunkelheit der entferntesten Schräge des Zeltes und versuchte mit Gewalt, ihre Brust in den Mund des schreienden Babys zu stecken. Ich lauschte den Rufen der Männer und den Schreien der Pferde. Der Kampf wogte um uns herum.

Unser Baby greinte. Wir anderen verharrten still. Ich sagte auch nichts, als Kleiner Bruder zu mir herübertappte. Er schob sein sanftes, schmales Gesicht in meine Kniekehle und klammerte sich dort fest. Seine zwinkernden Augenlider berührten meine Haut wie Federn. Unbeholfen stand ich, horchte und fürchtete, mich zu bewegen.

Das Kriegsgeschrei, das wieder und wieder erschallte, kam näher. Hatte Großmutter Waffen gefunden?

Langsam ging das Weinen unseres Babys in sanftes Schluchzen über. Vielleicht würde es gleich die Brust von Beinahe-Mutter annehmen. Aber der Ton des Weinens klang immer noch anders als sonst. Da weinte noch jemand.

Beinahe-Mutter hatte ihr Gesicht von mir weggedreht, aber ich konnte sehen, wie ihre Schultern zuckten. Ihr Körper krümmte sich um das Baby. Ein schwacher Schutz, aber für einen Moment hatte ich das Gefühl, auch ich könnte bei ihr geborgen sein. Was konnten wir tun, außer uns zu verstecken? Als Beinahe-Mutter stöhnte, spürte ich in mir eine kreisende Unruhe. Alte Kriegsgeschichten türmten sich in mir auf. Einmal war eine Frau aus meiner Verwandtschaft durch ein Messer getötet worden, das durch die Tipiwand geworfen worden war. Mein

Onkel war durch einen Pfeil, der denselben Weg genommen hatte, gestorben.

So gab ich Kleiner Bruder einen schnellen Klaps und setzte ihn in die Mitte des Tipis auf den Boden. Er wimmerte, aber ich beachtete ihn nicht, sondern ging zu Beinahe-Mutter hinüber.

«Du bist nicht verletzt, nicht wahr?»

Der Schweiß tropfte von ihrer Stirn. Sie schien nicht zu bemerken, daß ich ihr ergrauendes Haar berührte.

«Beinahe-Mutter?»

Es war nirgends Blut zu sehen.

«Großmutter?» flüsterte ich. Ich wollte sie bitten, mir zu sagen, was zu tun sei, aber sie war damit beschäftigt, eine lange Zeremonienlanze in ihren Händen zu drehen, und prüfte nachdenklich ihr Gewicht.

«Großmutter, was ist mit Beinahe-Mutter?»

Würde und Alter verlangsamten ihren Gang, aber sie kam und sah nach. «Es ist alles in Ordnung.»

Beinahe-Mutter aber sah keineswegs gut aus.

«Komm und schau dir diese Waffen an, Süßes Gras», sagte Großmutter. «Sie ist nicht verletzt.»

«Warum weint sie dann?»

Großmutter sah mich an. Ihre Augen schienen sehr klein. Dann sprach sie geradewegs durch mich hindurch zu Beinahe-Mutter, so als wäre ich nicht anwesend.

«Steh jetzt auf, Frau meines Sohnes!»

«Ich habe Angst, Mutter meines Ehemannes.»

«Du wirst vor Angst sterben», schalt die alte Frau in harschem Flüsterton. «Steh auf und rette deine Kinder. Sei stark wie eine wahre Schwarzfuß-Frau.»

Großmutter winkte mir mit ihren gekrümmten Fingern. Ich versuchte, Beinahe-Mutter zuzulächeln, folgte aber der älteren Frau.

«Warum darf sie nicht weinen? Was können wir denn außer Weinen tun?»

«Wir warten nicht, bis andere über uns entscheiden. Öffne den Tipivorhang ein bißchen und sag mir, was du mit deinen jungen Augen siehst.»

Ich blickte zu der verschlossenen Tipitür.

«Vielleicht ist es nur ein großer Pferderaubüberfall», sagte meine Großmutter etwas freundlicher. «Vielleicht haben unsere Krieger die Feinde schon in die Flucht geschlagen.»

«Und wenn es ein richtiger Angriff ist?»

«Dann kann sich der Feind im hohen Gras versteckt halten, am Rande unseres Lagers. Du wirst Pfeile fliegen sehen und Gewehre schießen hören.»

Krack! Eine Gewehrkugel, weniger als die Länge eines toten Hundes entfernt. Erwartete Großmutter, daß ich trotzdem hinaussah?

Was sollte ich tun? Ich horchte in mich hinein nach einem Zeichen, aber ich fand nur summende Dunkelheit. Ich suchte nach leuchtenden Geistern in mir, aber ich sah nichts, überhaupt nichts.

Ich brachte es nicht über mich, den Vorhang zu öffnen. Großmutter runzelte ungeduldig die Stirn. Ich hatte mich der Schlacht zu stellen.

Ich zog die kleinste Ecke der Klappe am Tipieingang zurück, gerade so viel, um mit einem Auge hinausspähen zu können. Wenn mich ein Pfeil fände, würde ich nur halb erblinden. Gedanke eines Kindes! Ich mußte die Gedanken mächtiger Fauen finden. Das mußte ich wirklich.

Meine Großmutter war ihr Lebtag eine standhafte Frau gewesen. Ich aber, ich wollte schnell sterben und nicht in kleinen Stücken um einen Halt kämpfen.

«Süßes Gras!» mahnte Großmutter.

Ich schnippte eine kleine Ecke des Vorhangs zurück, warf einen kurzen Blick nach draußen und verschloß den Spalt wieder. Draußen war alles braun. Nichts von dem Grün des Grases, das zwischen uns und dem nächsten Tipi zu sein hätte. Was hatte ich gesehen? Etwas Totes? Vielleicht ein zu Boden gegangenes Pferd, das die Beine in die Luft streckte, und Fliegen krabbelten schon auf ihm herum. Oder ein feindlicher Krieger im Adlerfederschmuck, seinen Arm auf mich gerichtet, um seinen Gefährten die Richtung zu weisen.

«Was siehst du?» sagte Großmutter.

Furchtbare Dinge.

Ich zwang mich, den Vorhang nochmals zu öffnen, und erblickte wieder das zottige Braun. Es war nichts weiter als die dunkle Erde des Flußufers. Die Pferdehufe hatten die Grasdecke zermalmt.

Es lagen auch keine Toten da. Ein gutes Zeichen, aber mein Innerstes war gelähmt vor Scham. Ohne mich zu bewegen, spähte ich rundum. Nichts sah besonders merkwürdig aus. Vor mir mehrere nackte Erdflächen und hier und dort Klumpen herausgerissenen Grases. Ich erhob mich ein wenig, um an unserem Tipi heruntersehen zu können. Dort wartete mein verlassener Wassersack auf seine Rettung, wie ein kleines kopfloses Tier! Ein Pfeil konnte ihn leicht aufschlitzen.

Ich schlug die Klappe zurück und ging nach draußen, um ihn in Sicherheit zu bringen. Hier war etwas zu tun. Etwas Praktisches, würde Beinahe-Mutter sagen. Ich schwang den Wassersack in das Tipi, ohne auch nur einen Tropfen zu verschütten, streckte mich und strahlte.

Meine Dummheit traf mich verspätet, aber mit voller Kraft. Ein Pfeil, eine Lanze oder eine Kugel hätten mich leicht verwunden können. Ich war auf den Kriegsschauplatz getreten, ohne auch nur einmal im weiten Winkel rundum zu sehen!

Ich bewegte mich schnell rücklings am Tipi entlang, um meinen Schatten so schmal wie möglich zu halten. Mein Herz schlug. Es versteckten sich keine Krieger im hohen Gras unter den Bäumen. Es krochen keine Krieger mit Gewehren zwischen den Tipis. Ich sah keine Pferde, und ich sah keine Männer. Das Geräusch von Gewehren und Flinten schien nicht mehr so nahe. Rauch stieg auf in der Gegend von Neuntöters Lager. Hatte sich der Kampf dorthin verlagert? Vielleicht waren unsere Feinde schon vertrieben?

Ich huschte in das Tipi, um den anderen zu berichten. Großmutter freute sich über meinen Mut. «Was ist als nächstes zu tun?» flüsterte ich ihr zu.

«Niemand im hohen Gras?»

«Ich sah und fühlte niemanden.»

«Keine Gewehre?»

«Keine Gewehre hier, nur drüben auf Neuntöters Seite. Vielleicht war es ein Pferderaub, der schiefgegangen ist, und unsere Männer haben die Angreifer überrascht.» Ich sah herab auf meine gekrümmten Hände. Sie waren naß von Schweiß.

Großmutter überlegte. Ihre geschlossenen Augenlider bewegten sich leicht wie Federn, die durch die Luft fallen. Endlich sagte sie: «Diese Schreie stammen von Assiniboin.»

«Aiii.»

«Ihre Krieger schießen durch die Tipis und brennen sie nieder. Die Assiniboin sind schlimme Feinde. Ich kann sie fühlen. Sehr nah, sehr böse. Wir müssen gehen, sofort. Du packst ein, was ich sage, und ich mache das Baby sauber.»

Großmutter zählte auf: Wasser, getrocknetes Essen, Mokassins, unseren Feuerstahl, Feuerstein und Waffen. Die Bäume vor dem Lager, sagte sie, würden uns verstecken, bis der Kampf vorüber wäre. Falls das Schlimmste geschähe, könnten wir auch die Prärie überqueren, bis wir ein anderes Schwarzfuß-Lager fänden, um dort um Zuflucht zu bitten.

Während sie freundlich und bestimmt zu mir sprach, öffnete sie die Schnüre der Tragetasche des Babys. Das verzog das Gesicht angesichts seines eigenen Geruchs. Es brauchte wirklich neues Moos.

Kleiner Bruder sah mit großen Augen zu, wie Großmutter den Kot auf den Lederboden unseres Tipis fallen ließ. Ihr blieb keine Wahl. Das Baby lächelte und strampelte, als es das frische Moos um sich spürte.

«Süßes Gras, du wirst vorangehen und uns führen.»

Sie schnallte mir das Tragegestell auf den Rücken. «Und du wirst die Waffe tragen.»

Die Zeremonienlanze. Ich hatte nie gelernt, mit ihr umzugehen.

«Und ich werde Kleiner Bruder tragen.» Großmutter lächelte ihm zu, als sei alles in Ordnung. Seine großen traurigen Augen folgten jeder meiner Bewegungen, als ich die Lasten für seine Mutter fertig zusammenstellte.

Ich zwang meine Lippen, ihn aufmunternd anzulächeln.

Schnell bewegten sich meine Hände zwischen den Beuteln und schaufelten den Pemmikan von den größeren in kleinere, handlichere Häute.

«Beinahe-Mutter, kannst du mir die Tasche mit den Mokassins reichen?»

«Oh, wir werden zu Sklaven der Assiniboin», klagte sie und sah mich dabei stumpf an, «oder wir werden sogar getötet.»

Das Krachen der Schüsse war wieder näher gekommen. Wenn wir nur Männer wären und wüßten, wie die Schlacht stand und wie sie zu wenden war!

«Nein, Beinahe-Mutter», mein Mund war trocken. Ich versuchte zu schlucken, aber der bittere Geschmack des Pulvers brannte mir im Hals. «Wir werden nicht gefangengenommen.»

Jetzt weinte sie offen.

«In den Wäldern sind wir sicher», sagte ich so selbstsicher, wie ich konnte, aber sie wollte mir nicht glauben. «Bitte, rück zur Seite, damit ich an die Tasche mit den Mokassins herankomme.»

Beinahe-Mutter stöhnte laut.

Großmutter kam zu uns herüber. «Aiii, Frau meines Sohnes», sagte sie, «nun mußt du dich als stolze Schwarzfuß-Frau erweisen. Du wirst unser Wasser tragen, unseren Pemmikan und unsere Mokassins.»

Ich half Großmutter, Beinahe-Mutter zu beladen. Es war das letzte, was wir zu tun hatten, bevor wir gingen. Wir schnürten alles an ihr fest wie bei einem Zugpferd. Ich prüfte, ob ihr die Riemen nicht die Haut schrammten oder einschnitten. Sie stand nur da und murmelte, sie wolle auf Schäbiger Bulle und Otter warten.

«Du sprichst von unseren Kriegern», sagte Großmutter. «Ich selbst war ein Krieger. Ihr Leben ist ohne uns weniger als unseres ohne sie. Wir Schwarzfuß-Frauen müssen jeden Augenblick darauf gefaßt sein, daß unsere Männer sterben können, und wir müssen stark sein und unseren Teil tun. Wir müssen unser Leben retten und das Leben unserer Kinder.»

Großmutter wandte sich an mich. «Erinnerst du dich an das Lied, das die Krieger singen, bevor sie auf den Kriegspfad ziehen?»

Ich nickte.

«Erinnerst auch du dich an das Abschiedslied, Frau-die-sich-beugt?»

«Ja, ich erinnere mich, Mutter meines Ehemannes.»

«Die Krieger singen: ‹Wir gehen, aber unsere Frauen sollen weiter Kinder tragen. Unser Stamm soll niemals enden.›»

Großmutter freute sich, als sie sah, daß Beinahe-Mutter ihre Gedanken zu sammeln schien.

«Nun seid starke Schwarzfuß-Frauen und nehmt eure Bürde auf.»

Ich zog meine Arme durch die Riemen des Papoose und beugte meinen Rücken unter dem Gewicht des Babys. Es schlief endlich. Ich betete, daß es für lange Zeit so bleiben möge. Zum Schluß nahm ich die Zeremonienlanze auf. Was für ein Gefühl es wohl wäre, mit ihr Wild zu töten? Oder einen feindlichen Krieger mit ihr zu treffen?

Großmutter nahm Kleiner Bruder hoch und führte uns aus dem Tipi.

Staub wirbelte überall. Pferde und Krieger sprengten umher wie Traumbilder. Wir krochen zwischen Kampf und Schreien, vorwärts wie auf einer schmalen Linie des Friedens, versteckten uns hinter der ruhigen Seite eines jeden Tipis, an dem wir vorbeikamen.

Der Staub knirschte zwischen meiner Zunge und den Zähnen. Ich sammelte alle Kraft in der Hand, die die Lanze trug, und schwor mir, sie gegen jeden zu erheben, der uns aufhalten wollte.

Wir robbten wie Schlangen auf dem Bauch und kamen den schützenden Pappeln näher und näher. Wir konnten die Bäume sehen, aber würden wir je unter ihnen sein?

Wir waren beim letzten Tipi des Lagers angelangt. Seine Wände wärmten uns, als wir uns an sie preßten. Vor uns erstreckte sich das offene Feld, das keinen Schutz bot. Wir mußten hinüber zu den Bäumen.

Ich war als erste dran. Sobald ich drüben war, hatte ich die anderen herüberzuwinken, wenn es sicher für sie war. Beinahe-Mutter wäre die nächste, als letzte sollte Großmutter folgen.

Ich fühlte mich krank. Dann, den Kopf gesenkt, rannte ich los.

Ich erinnere mich an jeden Fußabdruck, an jeden Stein, über den ich lief. Ich erinnere mich an den Stand der Sonne, eine Handbreit über den Spitzen der Tipis. Ich erinnere mich an die Grashalme unter meinen Füßen, als ich auf halbem Weg quer über das große Feld den Donner nahen hörte. Die Hufe eines Pferdes, ein tiefes Rumpeln. Stück um Stück brachten meine Füße den Weg hinter mich.

Waldgras umfing mich zitternd. Die Bäume über mir peitschten, als ich in verzweifelten Stößen durch ihr Unterholz schwamm.

Ein hoher, schwarzer Schatten tauchte zu meiner Linken auf. Stechende Augen, der Dutt, an dem man die Krieger der Assiniboin erkennt. Das Auge des Gewehres. Sah es zu mir?

Ich rannte und rannte, den Schatten drohend über mir. Auch meine Gedanken rasten. Was konnte ich tun? Das Auge des Gewehrs verfolgte mich. Sonne, ich will deiner gedenken! Rette mich!

Es knallte. Da schlug die Hand eines Riesen auf meinen Rücken und drückte mich mit der Nase in den Dreck.

Ich hatte Erde im Mund. Mir wurde schwarz vor Augen. Lebte ich noch? Meine Schulter schmerzte, schmerzte furchtbar.

Das Baby wimmerte hoch und dünn auf meinem Rücken. Ich vernahm auch andere, tiefe Stimmen. Jemand machte sich an den Riemen des Papoose zu schaffen und hob es von meinem Rücken. Gib sie zurück, wollte ich rufen, aber meine Stimme versagte.

Das Weinen des Babys verlor sich im Stimmengewirr. Ich hatte alles falsch gemacht, ganz und gar falsch. Meine Schulter brannte feuerheiß.

Jemand berührte meinen Arm, und ich stöhnte.

«Ich bin es, Süßes Gras», sagte eine tiefe Stimme an meiner Seite.

Vater!

«Hab keine Angst wegen der Kleinen. Sie ist in Sicherheit.»

«Meine Schulter tut weh, Vater.»

«Wenn sie weh tut, lebst du auch.»

Die anderen Stimmen lachten mit ihm. Sah ich komisch aus hier auf dem Boden? Hände hoben mich auf, und jemand fragte: «Schäbiger Bulle, hat deine Tochter diesen dreckigen Assiniboin entkommen lassen?»

Noch mehr Gelächter. Es waren meine eigenen Leute. Aber ich wollte sie nicht sehen.

Vater berührte meinen verletzten Arm. «Es ist nur ein Kratzer, Süßes Gras. Nicht tief. Du hast Glück.»

Ich war verletzt.

«Öffne deine Augen und klopf deine Kleider ab. Wie kann eine Tochter aus meiner Familie so klein sein?»

Ich hörte das Gelächter der anderen. Ich öffnete die Augen, schüttelte den Kopf, und der Schmerz wich zurück. Ich fühlte neue Kraft in mir. Ich wollte nicht ausgelacht werden.

«So ist gut, Mädchen!»

Würde half mir, mein Gesicht zu glätten. Die Leute wandten sich von mir ab und sprachen nun miteinander. Ich setzte mich auf und blickte mich um. Lieblingskind war da, aber nicht Schönes Mädchen ... und wo war Adlersonne?

«Wurde jemand ...?»

«Es ist niemand getötet worden, Tochter. Einer der jungen Krieger – Scheuer Bär – bekam eine Gewehrkugel in die Seite. Die Medizinfrau wird ihn heilen.» Vater hob den Kopf und lächelte Großmutter an, die sich zu uns setzte. «Nun, Mutter, ist meine Tochter mutig? Oder ist sie ein Feigling?»

«Ein Feigling? Nein, mein Kleiner-der-in-der-Nacht-weint.» Sie nannte Vater bei seinem Kindernamen. «Süßes Gras wird eine Kriegerfrau werden.»

Eine Kriegerfrau? Ich?

Mit schnellen kurzen Klapsen schlug mir Großmutter den Staub aus dem Haar. Sie zog an meinem linken Zopf, lehnte sich an mich und sagte: «Und was für eine starke!»

Sie wandte sich wieder Vater zu und berichtete ihm, was wir während des Überfalls getan hatten. Sie beschrieb im einzelnen, wie ich ohne Furcht aus dem Tipi herausgegangen war und rundum gespäht hatte, wie ruhig ich geblieben war und wie ich packen geholfen und die Flucht angeführt hatte.

Es war nicht ganz so gewesen, aber ich freute mich, als Vater nickte und lächelte.

Nachdem die Medizinfrau Scheuer Bär versorgt hatte, kam sie, um meine verletzte Schulter zu verbinden. Es würde mir bald helfen, sagte sie, aber es kostete mich Mühe, mein Gesicht mild erscheinen zu lassen, während sie die Wunde wusch. Den ganzen Nachmittag und die Nacht über schmerzte meine Schulter. Und die lauten Reden vor dem Tipi halfen mir nicht, einzuschlafen.

Die alten Männer hielten Rat diese Nacht, um über den Angriff der Assiniboin zu sprechen. Sie ließen die Pfeife viele Male kreisen. Vielleicht würde der Feind mit mehr Kriegern wiederkommen. Vielleicht sollten wir zurückschlagen. Vielleicht ...

Am Ende entschied der Rat, früh mit dem Lager weiterzuziehen. Zufrieden sagte mir Großmutter am Morgen: «Es ist Zeit, zum Sonnentanz zu ziehen. Wir dürfen nicht zu spät zu unserem Lagerplatz bei den Bergen kommen. Der Beerenmond reift schnell.»

«Die Zeit ist da», stimmte Otter zu. «Die Beeren sind purpurn geworden, die Büffel bedecken die Hügel wie ein großes Gewand für die Sonne. Die alten Männer sollten gehen und ihren Besitz zählen.»

Otter sprach nun öfter so, als sei er selbst schon ein alter Mann. Manchmal war das schwer zu ertragen. Aber er hatte geträumt, daß er einen eigenen Büffel töten würde. Sein Geister-Helfer hatte gesagt, er würde nun bald ein Mann, und vielleicht bekäme er im nächsten Sommer einen neuen Namen. Die Augen meines Bruders brannten vor Hoffnung. Er war erst am Scheitel seines zwölften Sommers.

Ich war schon fünfzehn. Als ich die Decke unseres Tipis zusammenlegte und Beinahe-Mutter half, das Travois des Pferdes zu beladen, kehrten meine Gedanken wieder zu der einen Frage zurück.

Hielten sie mich nun endlich für erwachsen genug, mich zu verheiraten?

Frühlingsdanksagung

Wir haben die schwere Prüfung
des Winters überstanden,
den Hunger,
die Winde,
den Schmerz und die Krankheit,
und weitergelebt.

Wir trauern um die
Großeltern,
Eltern,
Kinder und
Geliebten,
die von uns gegangen sind.

Aufs neue werden wir
den Schnee schmelzen sehen,
die strömenden Säfte schmecken,
die knospenden Saaten berühren,
die aufspringenden Blüten riechen,
die Erneuerung des Lebens erfahren.

Ojibwa

Schwarzer Hirsch erzählt

Das große Gesicht

Als ich achtjährig war, gingen Winter und Sommer dahin, und sie waren gut; denn die Uaschitschun hatten ihre Eisenstraße der Platte entlang gebaut und reisten auf ihr. So wurde die Büffelherde in zwei Teile geteilt, doch die, die in unserem Land geblieben, waren nicht zu zählen, und wir bewegten uns ungestört durch unser Land.

Hin und wieder, wenn ich allein im Freien war, kehrten die Stimmen von früher zurück, so als rufe mich jemand, doch wußte ich nicht, was sie wünschten. Das geschah nicht sehr oft, und wenn es nicht geschah, vergaß ich es bald; denn ich wurde nun größer; ich ritt Pferde und konnte mit meinem Bogen Präriehühner und Kaninchen schießen. Die Knaben meines Volkes begannen sehr früh das Tun der Männer aufzunehmen, und niemand lehrte uns; wir lernten, indem wir einfach taten, was wir sahen, und wir waren Krieger in einem Alter, da heute die Jungen noch wie Mädchen sind.

Es war in dem Sommer, als ich neunjährig wurde; unser Volk zog langsam gegen die Rocky Mountains hinauf. Wir lagerten eines Abends in einem Tal bei einem kleinen Fluß, gerade bevor dieser in das Fette Gras einfließt, und da war ein Mann, genannt Mann-Hüfte [Man Hip], der mich gut mochte und mich einlud, mit ihm in seinem Tipi zu essen.

Als ich aß, kam eine Stimme, die sagte: «Es ist Zeit; nun rufen sie dich.» Die Stimme war so laut und deutlich, daß ich ihr glaubte, und ich dachte, ich sollte gerade hingehen, wo sie mich haben wollte. So stand ich auf und ging hinaus. Als ich aus dem Tipi trat, begannen mich beide Schenkel zu schmerzen. Dann war mir, als erwache ich aus einem Traum, und da war keine Stimme. So ging ich in das Tipi zurück. Mann-Hüfte blickte mich merkwürdig an und fragte mich, was denn geschehen sei. Ich sagte ihm, daß meine Beine mich schmerzten.

Am nächsten Morgen rückte das Lager wieder weiter, und ich ritt mit einigen Knaben zusammen. Wir hielten an, um an einem Bach zu trinken. Doch als ich vom Pferd stieg, gaben meine Beine unter mir nach, und ich konnte nicht gehen. So halfen mir die Jungen und setzten mich auf mein Pferd. Als wir an diesem Abend das Lager aufschlugen, war ich krank. Am Tag darauf zog das Lager gegen einen Ort, wo die verschiedenen Gruppen unseres Volkes zusammentreffen sollten, und ich fuhr in einem Ponywagen, denn ich war sehr krank. Meine beiden Beine und beide Arme waren arg geschwollen, und mein Gesicht war gedunsen.

Als wir wiederum lagerten, befand ich mich in unserem Tipi, und Mutter und Vater saßen neben mir. Ich konnte durch die Öffnung im Zelt hinaussehen. Plötzlich kamen zwei Männer aus den Wolken, Kopf voran, schräg wie Pfeile herabgeglitten, und ich wußte, es waren dieselben, die ich früher gesehen hatte. Jeder trug einen langen Speer, an dessen Spitze ein zackiger Blitz zuckte. Sie stiegen diesmal vollständig auf den Boden nieder, standen in einiger Entfernung, blickten mich an und sagten: «Eile! Komm! Deine Großväter rufen dich!»

Dann wandten sie sich ab und fuhren schräg aufwärts, wie von einem Bogen geschnellt. Als ich mich erhob, um ihnen zu folgen, schmerzten mich meine Beine nicht mehr, und ich fühlte mich sehr leicht. Ich trat aus dem Tipi, und von dort, wo die Männer mit den flammenden Speeren hingegangen, nahte sehr rasch eine kleine Wolke. Sie kam und ließ sich herab, dann nahm sie mich in sich auf und kehrte zurück, von wo sie gekommen, mit großer Geschwindigkeit. Und als ich hinabblickte, konnte ich dort meine Mutter und meinen Vater sehen. Es tat mir leid, daß ich sie verließ.

Und dann war nichts mehr als die Luft und die Eile der kleinen Wolke, die mich trug, und jene beiden Männer, die noch immer höher strebten, bis dort weiße Wolken wie Berge in einer weiten, blauen Ebene übereinandergeschichtet standen, in denen Donnerwesen wohnten, die hinliefen und aufleuchteten.

Dann aber war plötzlich nichts mehr als eine einzige Welt von Wolken, und wir drei waren dort allein in einer großen, weiten Steppe mit schneeigen Hügeln und Bergen, die uns entgegenstarrten; und es war sehr still; aber da war ein Geflüster.

Und die beiden Männer redeten miteinander, und sie sagten: «Sieh es an, das Wesen mit vier Beinen!»

Ich schaute hin und sah ein rotbraunes Pferd dort stehen, das zu sprechen begann: «Sieh mich an!» sagte es, «meine Lebensgeschichte sollst du sehen.» Und dann lief es nach der Richtung, wo die Sonne hinabgeht, und sprach: «Schau sie an! Du sollst ihre Geschichte erfahren.»

Ich sah hin, und da waren dort zwölf schwarze Pferde, alle nebeneinander, mit Halsketten aus Büffelhufen, und sie waren schön; aber ich fürchtete mich, denn ihre Mähnen waren Blitze, und Donner kam aus ihren Nüstern.

Dann lief das rotbraune Pferd nach der Richtung, wo der große weiße Riese wohnt [nach Norden], und sagte: «Sieh her!» Und da standen nebeneinander zwölf weiße Pferde. Ihre Mähnen fluteten wie ein Schneesturm. Ein Brüllen kam aus ihren Nasen, und weiße Gänse flogen und kreisten über ihnen. Dann rannte das rotbraune Pferd nach der Richtung, wo die Sonne ständig scheint [nach Osten], und hieß mich schauen. Dort standen nebeneinander in der Reihe zwölf fuchsrote Pferde, mit Halsketten aus Hirschzähnen, mit Augen funkelnd wie der Morgenstern und Mähnen wie Morgenlicht.

Dann lief das rotbraune Pferd wiederum und blickte nach dem Ort, wo ihr immer hinseht [nach Süden], und dort standen zwölf rehbraune Pferde, alle nebeneinandergereiht, mit Geweihen auf den Köpfen und Mähnen, die lebten und wuchsen wie Bäume und Gras.

Nachdem ich all das gesehen, sprach das rotbraune Pferd: «Deine Großväter halten einen Rat. Sie werden dich aufnehmen; darum sei mutig.»

Und alle Pferde stellten sich in Reih und Glied, immer vier nebeneinander – die schwarzen, die weißen, die fuchsroten und die rehbraunen –, und hielten sich hinter dem rotbraunen, das sich jetzt nach Westen wandte und wieherte. Plötzlich tauchte dort am Himmel ein schrecklicher Sturm von Pferden aller Farben herauf, der die Welt mit seinem Donner erschütterte und Antwort wieherte.

Jetzt wandte sich das rotbraune Pferd gegen Norden und wieherte. Dort dröhnte der ganze Himmel von einem gewaltigen Sturm rennender, vielfarbener Pferde, die zurückwieherten.

Und als es gegen Osten wieherte, war auch dort der Himmel erfüllt von glühenden Wolken, von Mähnen und Schweifen vielfarbener Pferde, die zurücksangen.

Dann rief es nach Süden, und er war erfüllt von vielfarbenen, fröhlichen Pferden und ihrem Wiehern.

Nun sprach das rotbraune Pferd wiederum zu mir: «Sieh, wie alle deine Pferde zum Tanz kommen!» sagte es. Ich blickte hin, und da waren Pferde, Pferde überall – ein ganzer Himmel voller Pferde, die mich im Tanz umzogen.

«Beeil dich!» sagte das rotbraune Pferd; und wir gingen zusammen, Seite an Seite, indessen die schwarzen, die weißen, die fuchsroten und die rehbraunen in Viererreihen folgten.

Wieder blickte ich mich um, und plötzlich verwandelten sich die zahllosen tanzenden Pferde in Tiere und in Vögel jeder Art, und diese flohen nach den vier Himmelsrichtungen, woher die Pferde gekommen, und verschwanden. Darauf, während wir gingen, sahen wir vor uns aufgetürmt eine Wolke, die sich in ein Tipi verwandelte, durch dessen Eingang blickend ich sechs alte Männer in einer Reihe sitzen sah.

Die zwei Männer mit den Speeren standen nun neben mir, an jeder Seite einer, und die Pferde, zugeordnet den vier Himmelsrichtungen, blieben in ihrer Viereraufstellung und schauten hinein. Und der älteste von den Großvätern sprach in freundlichem Ton: «Komm ganz herein und fürchte dich nicht.» Sowie er also sprach, da wieherten mir alle Pferde aus den vier Himmelsgegenden aufmunternd zu. Nun ging ich hinein und stellte mich vor die Sechs, und sie sahen älter aus als Menschen je sein können – wie Berge alt, wie Sterne.

Der Älteste redete wiederum: «Deine Großväter, welche die Großväter der ganzen Welt sind, halten einen Rat, und sie haben dich hierhergerufen, um dich zu unterrichten.» Seine Stimme klang sehr freundlich, aber ich bebte vor Furcht an allen Gliedern, denn ich wußte, daß dies keine alten Männer waren, sondern die Mächte der Welt. Und der erste war die Macht des Westens; der zweite die des Nordens; der dritte die des Ostens; der vierte die des Südens; der fünfte die des Himmels; der sechste die der Erde. Ich wußte dies und war darob erschrocken, bis der erste Großvater wieder anhob: «Betrachte sie dort, wo die Sonne hinabgeht, die Donnerwesen! Sehen und haben sollst du von ihnen meine Kraft; und sie werden dich zu der hohen und einsamen Mitte der Erde bringen, damit du das siehst. Selbst an den Ort, wo die Sonne ständig scheint, werden sie dich hinbringen, damit du verstehst.

Und als er vom Verstehen sprach, blickte ich auf und sah den Regenbogen mit vielfarbigen Flammen über mir hinlaufen. Jetzt aber hielt er eine hölzerne Schale in der Hand, und sie war gefüllt mit Wasser, und in dem Wasser ruhte der Himmel.

«Nimm dies», sagte er, «es ist die Kraft, Leben zu schaffen, und sie gehört dir.»

Jetzt hielt er einen Bogen in seinen Händen. «Nimm dies», sprach er. «Es ist die Macht zu zerstören, und sie gehört dir.» Darauf zeigte er auf sich selbst und sprach: «Sieh ihn gut an, der nun dein Geist ist, denn du bist sein Leib, und sein Name ist Adlerschwinge-spreitet-sich [Eagle Wing Stretches].»

Sowie er dies sagte, erhob er sich. Er war gewaltig groß, ging hinaus und eilte in die Richtung, wo die Sonne untergeht; und plötzlich war er ein schwarzes Pferd, das anhielt und sich wandte und zu mir zurücksah. Das Pferd aber sah sehr krank aus; seine Rippen standen hervor.

Da erhob sich der zweite Großvater, der vom Norden, mit einem heilkräftigen Kraut in seiner Hand, und sagte: «Nimm dieses und mach schnell.» Ich nahm es und hielt es dort unten dem schwarzen Pferde hin. Es nahm zu, wurde munter und kam stolzierend an seinen Platz zurück, wo es wieder der erste Großvater war, der dort saß.

Der zweite Großvater, der aus dem Norden, sprach nun erneut: «Fasse Mut, junger Bruder», sagte er, «auf Erden sollst du ein Volk zum Leben bringen, denn dein wird sein Kraft von des weißen Riesen Flügel, der reinigende Wind.»

Dann stand er auf, sehr groß, und ging und rannte gegen Norden; als er sich aber gegen mich umwandte, war er eine kreisende weiße Gans. Jetzt blickte ich um mich, und die Pferde im Westen waren Donner, und die Pferde des Nordens waren Gänse. Und der zweite Großvater sang zwei Sänge, die lauteten:

«Sie erscheinen, mögest du sie sehen!
Sie erscheinen, mögest du sie sehen!
Das Donnervolk erscheint, so sieh!
Sie erscheinen, mögest du sie sehen!
Sie erscheinen, mögest du sie sehen!
Das weiße Gänsevolk erscheint, so sieh!»

Und nun hob der dritte Großvater zu sprechen an, der, von wo die Sonne beständig scheint. «Fasse Mut, junger Bruder», sagte er, «denn sie werden dich quer über die Erde bringen!» Dann zeigte er dorthin, wo der Morgenstern glänzte, und unter dem Stern flohen zwei Männer hin. «Von ihnen wirst du Macht empfangen», sagte er, «von ihnen, die alle Dinge auf der Erde erweckt haben, mit Wurzeln oder Beinen oder Flügeln.» Und als er dies sagte, hielt er in seiner Hand eine Friedenspfeife, auf deren Rohr ein gefleckter Adler ausgestreckt war. Dieser Adler schien lebendig, denn er lag dort und flatterte, und seine Augen schauten zu mir her. «Mit dieser Pfeife», sagte der Großvater, «wirst du über die Erde wandern, und was immer krankt, machst du wieder heil.» Dann wies er auf einen Mann, der war über und über glänzend rot, von der Farbe des Guten und der Fülle. Sowie er auf ihn zeigte, legte der rote Mann sich nieder; er wälzte sich und verwandelte sich in einen Büffel, um als solcher aufzustehen und den fuchsroten Pferden des Ostens entgegenzugaloppieren, und auch sie wurden Büffel, stattlich und in großer Zahl.

Und nun sprach der vierte Großvater, der von dem Ort, nach dem man immer hinsieht [dem Süden], woher die Kraft des Wachstums kommt. «Junger Bruder», sagte er, «mit den Mächten der vier Orte sollst du zusammengehn als ihr Verwandter. Schau, die lebendige Mitte eines Volkes werde ich dir geben, und damit wirst du viele erretten.» Und ich sah, er hielt in seiner Hand einen glänzenden roten Stab, der war lebendig, und als ich ihn betrachtete, begann er an seinem Ende zu sprossen und Zweige auszusenden. Aus den Zweigen wuchsen viele Blätter hervor, die rauschten, und in den Zweigen fingen die Vögel zu singen an. Und nach einer kurzen Weile schien mir, ich sehe darunter, im Schatten, umzäunte Dörfer von Menschen und alle lebendigen Dinge, mit Wurzeln oder Beinen oder Flügeln, und alle waren fröhlich. «Ich werde in der Mitte vom Kreise des Volkes stehen», sagte der Großvater, «als Stab, daran zu wandern, und sein eines Volkes Herz. Durch deine Kraft sollst du es blühen machen.»

Und nachdem er kurze Zeit dem Gesang der Vögel gelauscht, sprach er aufs neue: «Betrachte die Erde!» So schaute ich hinab und sah sie unten liegen wie einen Reifen voller Menschen, und in der Mitte blühte der heilige Stab, der jetzt ein Baum war, und an seinem Fuß kreuzten sich zwei Straßen, eine rote und eine schwarze. «Von dort, wo der Riese wohnt [dem Norden], bis dorthin, wo man stets hinsieht [dem Süden], führt die rote Straße, die Straße des Guten», sagte der Großvater, und *sie* soll dein Volk begehen. Die schwarze Straße führt, von wo die Donnerwesen wohnen [dem Westen], dorthin, wo die Sonne ständig scheint [nach Osten], eine gefahrvolle Straße, ein Weg der Wirrsal und des Krieges. Auch auf dieser Straße sollt ihr gehen, und von ihr erhältst du die Macht, eines Volkes Feinde zu vernichten. In vierfachem Anstieg sollt ihr mit Macht über die Erde ziehen.»

Ich glaube, er meinte, ich sollte vier Geschlechter sehen, das meinige mitgerechnet, und jetzt sehe ich das dritte.

Dann erhob er sich, sehr groß, und ging hinaus und eilte gegen den Süden und war ein Wapiti; doch als er dort bei den Rehfarbigen stand, da waren auch sie lauter Wapitis. Nun sprach der fünfte Großvater, der älteste von ihnen allen, der Geist des Himmels. «Mein Junge», sagte er, «ich habe nach dir geschickt, und du bist gekommen. Meine Macht sollst du sehen!» Er breitete seine Arme aus und wurde zu einem gefleckten kreisenden Adler. «Sieh», sagte er, «alle geflügelten Tiere der Luft werden zu dir kommen, und die Winde und die Sterne werden wie deine Verwandten sein. Du wirst mit meiner Kraft begabt über die Erde ziehen.» Dann erhob sich der Adler hoch über meinen Kopf und schlug in der Höhe mit seinen Flügeln; alsbald war der Himmel von freundlichem fliegenden Getier erfüllt, das gegen mich herabgeschwebt kam.

Nun, wußte ich, war der sechste Großvater an der Reihe zu sprechen, er, welcher der Geist der Erde ist, und ich sah: Er war sehr alt, viel älter als Menschen sind. Sein Haar war lang und weiß, sein Gesicht ganz von Runzeln durchfurcht, und seine Augen saßen tief und waren trübe. Ich sah ihn fest an, denn etwas an ihm schien mir bekannt; und wie ich ihn so anblickte, verwandelte er sich langsam und wuchs zurück in seine Jugend. Sowie er wieder zum Knaben geworden, da wußte ich, daß ich selbst es war, mit all den Jahren, die schließlich die meinen sein würden. Als er wieder alt geworden, sagte er: «Mein Junge, fasse Mut, denn meine Kraft soll die deine sein, und du wirst sie nötig haben, denn dein Volk wird auf Erden viel Schweres erleiden. Komm.»

Er stand auf und wankte hinaus durch das Regenbogentor. Und als ich ihm folgte, ritt ich auf einmal auf dem rotbraunen Pferd, das zuerst zu mir gesprochen und mich an diesen Ort geführt hatte.

Dann hielt das rotbraune Pferd an und schaute nach den schwarzen Pferden des Westens, und eine Stimme sagte: «Sie haben dir die Schale mit dem Wasser gegeben, um den grünenden Tag zu beleben, und auch den Bogen und die Pfeile zum Zerstören.» Das rotbraune wieherte, und die zwölf schwarzen Pferde kamen und stellten sich, Seite an Seite, in Viererreihen, hinter mir auf.

Das Rotbraune schaute nach den Fuchsroten des Ostens, und ich sah, daß sie Morgensterne auf ihren Stirnen trugen. Diese Sterne hatten einen wunderbaren Glanz. Da sprach die Stimme: «Sie haben dir die heilige Pfeife gegeben und die Kraft des Friedens und den guten roten Tag.» Das Rotbraune wieherte, und die zwölf Fuchsroten standen hinter mir, Seite an Seite.

Mein Pferd schaute nun nach den Rehbraunen des Südens, und eine

Stimme sprach: «Sie haben dir den heiligen Stab gegeben und den Kreis deines Volkes sowie den gelben Tag. In die Mitte des Kreises sollst du den Stab setzen und ihn zu einem schirmenden Baum aufwachsen lassen und zu voller Blüte.» Das Rotbraune wieherte, und die zwölf Rehbraunen kamen und stellten sich hinter mich, Seite an Seite. Und da wußte ich, daß auf allen den Pferden hinter mir Reiter saßen, und eine Stimme sprach: «Nun sollst du mit diesen die schwarze Straße ziehen; und wenn ihr sie zieht, so werden alle Völker, die Wurzeln haben oder Beine oder Flügel, euch fürchten.»

So brach ich gegen Osten auf, die gefahrvolle Straße hinreitend, und hinter mir die Berittenen in Viererreihen – die schwarzen, die weißen, die fuchsroten und die rehbraunen – und weit in der Höhe über der gefahrvollen Straße erhob sich, sehr trübe, der Morgenstern.

Ich schaute unter mich hinab, wo schweigend in einem grünlichen Schein die Erde lag, und ich sah die Hügel und das Gras auf den Hügeln und alle Tiere erschrocken aufblicken; und überall rings um mich waren Schreie aufgescheuchter Völker und das Rauschen fliehender Flügel. Ich war der Führer all jener reitenden Himmel, und als ich zurücksah, bäumten sich die zwölf Pferde und schlugen aus und donnerten, und ihre Mähnen und Schweife waren wirbelnder Hagel, und ihre Nüstern schnoben Blitze. Und als ich nochmals hinunterblickte, sah ich den schrägen Hagel fallen und den langen scharfen Regen, und wo wir vorbeikamen, verneigten sich die Bäume tief, und alle Hügel lagen in trübem Dunst.

Und jetzt war die Erde wieder hell, während wir ritten. Ich konnte die Hügel und Täler und die Bäche und Flüsse unter uns hinziehen sehen. Wir kamen an einen großen Platz, wo drei Ströme zu einem einzigen, großen wurden – eine Quelle mächtigen Gewässers –, und etwas Schreckliches war dort. Flammen stiegen aus dem Wasser, und in den Flammen wohnte ein blauer Mann. Rings über ihm in der Luft wölkte Staub, das Gras war kurz und verdorrt, die Bäume schlaff; zweibeinige und vierbeinige Wesen lagen keuchend und abgemagert herum, auch Vögel, die zu schwach zum Fliegen waren.

Darauf riefen die Reiter auf den schwarzen Pferden «Hoka hey!» und sprengten zum Angriff auf den blauen Mann, doch wurden sie zurückgewiesen. Und die weiße Truppe rief und ging vor und wurde geschlagen; danach auch die rote und die gelbe.

Und als sie alle abgewiesen worden, riefen sie miteinander: «Adlerschwinge-spreitet-sich, mache schnell!» Und allüberall ertönten Stimmen jeder Art, die mich ermutigten, so stieß ich zum Angriff vor. Ich hatte die Schale mit dem Wasser in der einen Hand, in der andern trug ich den Bogen, der zum Speer wurde, als ich und das Rotbraune vorgingen, und die Speerspitze war ein scharf leuchtender Blitz. Sie durchbohrte des blauen Mannes Herz, und als sie traf, hörte ich den Donner rollen und viele Stimmen rufen «Un-hi!», was bedeutete: Ich hätte getötet. Die Flammen erloschen. Bäume und Gräser waren nicht mehr welk und verschrumpft; sie murmelten freudig miteinander, und alles, was da lebte, gab mit der Stimme, wie es sie nun hatte, seiner Fröhlichkeit Ausdruck. Dann fielen die vier Reitergruppen über den Körper des Mannes her, und plötzlich lag da nur noch eine harmlose Schildkröte.

Du siehst, ich war mit den Sturmwolken gefahren, und dann als Regen zur Erde gekommen, und ich hatte die Dürre mit der Kraft, welche mir die sechs Großväter gegeben, bezwungen. So ritten wir nun auf der Erde dem Fluß entlang, der flutend voll war von der Quelle der Gewässer, und bald sah ich vor mir das umzäunte Dorf eines Volkes im Tal. Und eine Stimme sagte: «Siehe ein Volk: es ist deines. Beeile dich, Adlerschwinge-spreitet sich!»

Reitend kam ich in das Dorf mit den vier Pferdegruppen hinter mir – der schwarzen, der weißen, der fuchsroten und der rehbraunen; und der Platz war erfüllt von Stöhnen und von Klagen um die Toten. Der Wind blies von Süden heran wie Fieber, und als ich mich umschaute, da sah ich fast in jedem Tipi die Frauen und die Kinder und die Männer sterbend neben den Toten liegen.

So ritt ich den Kreis des Dorfes ab und schaute auf die Kranken und Toten. Da fühlte ich in mir großes Weinen, während ich hinritt. Doch als ich hinter mich sah, erhoben sich alle Frauen, Kinder und Männer und kamen mit frohen Gesichtern heraus.

Und eine Stimme sprach: «Sieh, sie haben dir die Mitte des Stammeskreises gegeben, auf daß du sie lebendig machst.»

Da ritt ich zur Mitte des Dorfes, mit der vierfältigen Pferdegruppe um mich, wo sich nun die Leute versammelten.

Und die Stimme sprach: «Jetzt gib ihnen den blühenden Stab, auf daß sie gedeihen mögen, und die heilige Pfeife, auf daß sie die Macht kennen, welche der Friede ist, und den Flügel des weißen Riesen, damit sie Ausdauer erlangen und allen Winden mutig Trotz bieten.»

So faßte ich den glänzenden roten Stab, und in der Mitte des Stammeskreises stieß ich ihn in die Erde. Als er den Boden berührte, bewegte er sich mächtig in meiner Hand und war ein Uagatschun, der raschelnde Baum, sehr hoch und voll blättriger Äste und singender Vögel. Unter ihm waren alle Tiere mit den Menschen versammelt und stießen Freudenschreie aus. Die Frauen stimmten ihr Freudengetriller an, und alle Männer riefen: «Hier werden wir unsere Kinder aufziehen und sein wie Küken unter Mutter Scheos Flügel.»

Darauf hörte ich den weißen Wind sachte durch den Baum wehen und singen, und von Osten kam die heilige Pfeife auf ihren Adlerflügeln geflogen; sie hielt vor mir dort unter dem Baume an und verbreitete rings um ihn tiefen Frieden. Und dann erhob sich der Morgenstern, und eine Stimme sagte: «Ich werde für sie ein Verwandter sein; und wer das sehen wird, der wird viel mehr sehen, denn von dort kommt Weisheit; doch die es nicht sehen, die werden dunkel sein.» Und alle Menschen schauten nach Osten, und das Licht der Sterne beglänzte sie, und alle Hunde bellten laut, und die Pferde wieherten.

Als jedoch die vielen kleinen Stimmen schwiegen, sagte die große Stimme: «Betrachte den Kreis des Volkes, denn er ist heilig, da er kein Ende hat; und also werden alle Kräfte nur eine Macht sein in dem Volk ohne Ende. Jetzt sollen sie das Lager abbrechen und sich auf die rote Straße begeben, und euer Großvater wird mit euch ziehen.» Also brachen die Leute das Lager ab; sie betraten die gute Straße mit der weißen Schwinge über ihren Gesichtern; und die Ordnung, in der sie zogen, war folgende:

Zuerst kamen die Reiter auf den schwarzen Pferden mit der Wasserschale; dann die Reiter auf den weißen Pferden mit der weißen Schwinge und dem heilkräftigen Kraut, dann die Reiter auf den fuchsroten Pferden mit der heiligen Pfeife; dann die Reiter auf den rehbraunen Pferden mit dem blühenden Stab. Und diesen folgten im Zuge die kleinen Kinder und die Jungen und die Mädchen.

Zweitens kamen die vier obersten Häuptlinge des Stammes, und ihr Zug bestand aus lauter jungen Männern und Frauen.

Drittens: des Volkes vier Ratgeber; sie führten Männer und Frauen, die weder jung noch alt waren.

Viertens: die alten Männer, an ihren Stöcken humpelnd und auf die Erde schauend.

Fünftens: die alten Frauen, an ihren Stöcken humpelnd und auf die Erde schauend.

Sechstens: ich selbst, allein auf dem rotbraunen Pferd mit dem Bogen und den Pfeilen, welche der erste Großvater mir gegeben. Aber ich war nicht der letzte, denn als ich hinter mich blickte, waren da geisterhafte Völker, gleich ziehendem Nebel, soweit ich sehen konnte – Großväter und Großväter und Großmütter und Großmütter ohne Zahl. Und über diesen lebte eine große Stimme – die Stimme des Südens –, und ich konnte sie wahrnehmen, obwohl sie schwieg.

Und während wir weiterzogen, sagte die Stimme hinter mir: «Sieh, ein gutes Volk wandert auf heilige Weise durch ein gutes Land!»

Dann sah ich auf und erblickte vor mir vier Anhöhen, und das waren die Geschlechter, die ich kennen würde. Jetzt waren wir auf dem ersten Anstieg, und das ganze Land grüßte. Sowie nun der lange Zug ihn erklomm, da erhoben alle alten Männer und Frauen ihre Hände, mit den Flächen nach vorn, und stimmten zusammen einen leisen Gesang an, und der Himmel vor ihnen war erfüllt mit Wolken von Gesichtern kleiner Kinder.

Als wir auf der Höhe des ersten Anstieges angelangt waren, lagerten wir in dem heiligen Kreis wie zuvor, und in der Mitte stand der heilige Baum, und noch immer war das Land um uns grün.

Darauf machten wir uns an den Anstieg und schritten so wie vorher. Noch war das Land grün, aber es wurde allmählich steiler. Und als ich gradaus blickte, verwandelten sich alle Leute in Wapitis und Büffel und selbst in Vögel, alle wanderten miteinander in heiliger Weise auf der guten roten Straße. Und ich selbst war ein gefleckter Adler, der über ihnen hinschwebte. Doch gerade bevor wir anhielten, um auf der Höhe dieses zweiten Anstiegs zu lagern, wurden alle wandernden Tiere unruhig und ängstlich, weil sie nicht waren, was sie gewesen, und sie fingen an, Stimmen der Besorgnis auszusenden und ihren Führern zu rufen.

Und die Stimme sagte: «Sieh dein Volk, und denke an das, was deine Sechs Großväter dir gegeben haben, denn hinfort wird dein Volk in Beschwernis wandern.»

Dann brach das Volk das Lager wieder ab und sah vor sich die schwarze Straße, die dorthin führt, wo die Sonne niedergeht, und von wo schwarze Wolken heraufkommen; aber sie wollten sie nicht betreten, doch konnten sie nicht bleiben. Und als sie die dritte Anhöhe erstiegen, da rannten alle Tiere und Vögel, die das Volk ausmachten, hierhin und dorthin, denn jedes schien seine eigene kleine Schauung zu haben, der es folgte, und sein eigenes Gesetz; und durch das ganze All konnte ich den Streit der Winde hören, die wie wilde Tiere kämpften.

Als wir die Staffel des dritten Anstiegs erreichten und dort lagerten, da zerbrach der Kreis des Volkes wie ein Rauchband, das zerfetzt wird und sich zerstreut, und der heilige Baum schien hinzusterben, und alle seine Vögel waren verschwunden. Und als ich vorwärts blickte, da erkannte ich, daß der vierte Anstieg schrecklich sein würde.

Als dann aber die Leute sich anschickten, den vierten Anstieg zu beginnen, war die Stimme wie die eines Weinenden, und sie sagte: «Sieh dorthin auf dein Volk.» Und als ich hinabschaute, waren alle in Menschen zurückverwandelt, und sie waren mager, mit spitzen Gesichtern, denn sie hungerten. Ihre Ponys waren nur noch Haut und Knochen, und der heilige Baum war nicht mehr.

Und als ich solches sah und weinte, da gewahrte ich im Norden des Hungerlagers einen heiligen Mann, der am ganzen Leibe rot bemalt war. Der Mann trug einen Speer und trat in die Mitte des Volkes, und dort legte er sich nieder und wälzte sich. Als er sich wieder erhob, stand da ein wohlgenährter Büffel; und wo der Büffel stand, sproßte ein heiliges Kraut aus dem Boden, da wo in der Mitte des Stammeskreises der Baum gestanden war. Das Kraut wuchs und trug vier Blüten an einem einzigen Stiel, als ich es betrachtete – eine blaue, eine weiße, eine scharlachrote und eine gelbe – und ihre glänzenden Strahlen flammten gen Himmel.

Ich weiß nun, was das bedeutete: daß der Büffel die Gabe eines guten Geistes war und unsere Kraft, doch sollten wir sie verlieren; und durch denselben guten Geist mußten wir eine andere Kraft finden. Denn alle Leute schienen sich wieder wohler zu fühlen, als das Kraut gewachsen und erblüht war. Die Pferde schwangen ihre Schweife und wieherten und brüsteten sich, und ich sah einen leichten Hauch von Norden her unter das Volk schweben, gleich einem Geist; und auf einmal war der blühende Baum wieder dort in der Mitte des Stammeskreises, wo das vierstrahlige Kraut in Blüte gewesen.

Ich war noch immer der fliegende gefleckte Adler, und ich sah, daß ich mich bereits auf dem vierten Aufstieg befand, als die Leute dort auf dem dritten langen Hügel lagerten. Es war finster und schrecklich um mich her, denn alle Winde der Welt lagen miteinander im Kampf. Und es war wie Gewehrschnellfeuer, wie wirbelnder Rauch, und wie wenn über die ganze Welt hin Frauen und Kinder wehklagten und wie das Schreien von Pferden.

Ich sah meine Leute dort herumlaufen, die Stangen für die Rauchklappen einsetzen und ihre Tipis gegen den Wind befestigen, denn die Sturmwolke kam sehr rasch und schwarz auf sie zu, und zahllose erschreckte Schwalben flogen vor der Wolke her.

Dann erhob sich in mir ein Lied der Kraft, und ich sang es dort auf der Mitte dieses schrecklichen Platzes, wo ich mich befand. Es lautete also:

«Ein gutes Volk will ich leben machen.
Dies hat das Volk in der Höhe gesagt.
Sie haben mir dazu die Macht gegeben.»

Nachdem ich das Lied gesungen, sprach eine Stimme: «Nach den vier Gegenden sollst du eilen und Hilfe holen, und nichts soll stark sein vor dir. Schau es an!»

Nun saß ich wieder auf meinem rotbraunen Pferd, weil das Pferd von der Erde ist, und dort sollte meine Kraft gebraucht werden. Sowie ich der Stimme gehorchte und hinschaute, sah ich ein Pferd dort im Westen, ganz Haut und Knochen, von mattem bräunlichen Schwarz. Und eine Stimme sprach: «Nimm dies und bring ihm Genesung.» Und es war das vierstrahlige Kraut, das ich in der Hand hielt. So ritt ich im Kreis um das arme Pferd herum, und während ich das tat, hörte ich drüben das Volk um Geisteshilfe rufen: «A-hey! A-hey! A-hey! A-hey!» Da wieherte das arme Pferd, wälzte sich, stand wieder auf und war ein großer, glänzender schwarzer Hengst mit vielen Flecken, und seine Mähne lag um ihn wie eine Wolke. Er war der Führer aller Pferde; und wenn er schnaubte, gab es blitzendes Licht, und seine Augen waren wie der Abendstern. Er rannte nach Westen und wieherte, und der Westen war erfüllt von einem Staub von Hufen, und Pferde ohne Zahl tauchten aus dem Staub hervor. Darauf rannte er gegen den Norden und wieherte, und nach Osten und Süden, und die Staubwolken antworteten, indem sie unzählige Pferde herausgaben – weiße und fuchsrote und rehbraune, wohlgenährt, glänzend und sich ihrer Flinkheit und Stärke freuend. Das war schön, doch es war auch schrecklich.

Dann hielten sie alle plötzlich an, richteten sich auf, umstanden in einem großen Kreis ihren schwarzen Führer und verhielten sich still. Als sie dort standen, traten in den Kreis vier Jungfrauen, schöner als irdische Frauen sein können, in Scharlach gekleidet, aus jeder Himmelsrichtung eine; eine hielt die hölzerne Wasserschale, eine die weiße Schwinge, eine die Pfeife und eine den Ring des Stammes. Das ganze Weltall schwieg und lauschte; dann erhob der große Hengst seine Stimme und sang. Und dieses war sein Sang:

«Meine Pferde, bäumend kommen sie.
Meine Pferde, wiehernd kommen sie;
In stolzer Haltung kommen sie.
Über das ganze Erdrund kommen sie.
Sie wollen tanzen; mögest du sie betrachten! [viermal]
Ein Pferdevolk, sie wollen tanzen;
Mögest du sie betrachten!» [viermal]

Seine Stimme klang nicht laut, doch drang sie über die ganze erschaffene Welt und erfüllte sie. Da war nichts, das sie nicht vernommen hätte, und sie war schöner als irgend etwas sein kann. So schön klang sie, daß nirgendwo etwas war, das sich des Tanzens enthalten konnte. Die Jungfrauen tanzten und alle die Pferde im Kreis. Die Blätter an den Bäumen, die Gräser auf den Hügeln und in den Tälern, die Wasser in den Schluchten und in den Flüssen und Seen, die Vierbeiner und die Zweibeiner und die geflügelten Vögel der Luft – alle tanzten zusammen zur Weise von des Hengstes Gesang.

Und als ich auf meine Leute dort hinabblickte, glitt die Wolke über sie hin und segnete sie mit einem freundlichen Regen; und im Osten und über ihr stand ein flammender Regenbogen.

Da schritten alle Pferde singend an ihre Plätze unterhalb des vierten Anstiegs zurück, und alle Dinge sangen mit ihnen, während sie dahinzogen.

Eine Stimme aber sagte: «Über dem ganzen Erdrund haben sie einen Tag des Glücks vollbracht.» Und hinabschauend erblickte ich das ganze weite Tagesrund; das war in großer Pracht und grün, und alle Früchte waren im Wachstum, und alle Dinge freundlich und gütig.

Dann sagte eine Stimme: «Sieh diesen Tag, er soll dein Werk sein. Jetzt wirst du auf der Mitte der Erde stehen, um zu schauen, denn dorthin werden sie dich bringen.»

Ich saß noch auf meinem rotbraunen Pferd, und einmal mehr fühlte ich, daß die Reiter des Westens, des Nordens, des Ostens und des Südens hinter mir aufgestellt waren wie zuvor. Wir zogen nach Osten, und gradausblickend sah ich die Berge, mit Felsen und Wäldern, und von den Gebirgen flammten alle Farben aufwärts zum Himmel. Dann aber stand ich auf dem höchsten von allen diesen Bergen, und ringsum unter mir in der Tiefe lag der ganze Erdkreis. Und während ich dort stand, sah ich mehr, als ich sagen kann, und ich verstand mehr, als ich sah; denn ich schaute auf heilige Weise die Gestalten aller Dinge im

Geiste, und die Gestalt aller Gestalten, wie sie zusammen leben müssen, gleich wie *ein* Wesen. Da sah ich, daß der heilige Ring meines Volkes einer von vielen Ringen war, die einen Kreis bildeten, weit wie Tageslicht und wie Sternenlicht. In der Mitte aber wuchs ein üppig blühender Baum zum Schutze all der Kinder einer Mutter und eines Vaters. Und ich erkannte all dies als heilig.

Dann, als ich dort stand, kamen zwei Männer aus Osten, den Kopf voran wie fliegende Pfeile, und zwischen ihnen erhob sich der Morgenstern. Sie traten herzu, reichten mir ein Kraut und sagten: «Mit diesem wirst du auf Erden alles beginnen und ausführen.» Es war das Morgensternkraut, das Kraut des Verständnisses, und sie hießen mich, es auf die Erde fallen zu lassen. Ich sah es fallen, tief, und als es die Erde berührte, begann es zu wurzeln. Es wuchs und trieb Blüten, vier Blüten an einem Stengel, eine blaue, eine weiße, eine scharlachrote und eine gelbe; und ihre Strahlen strömten aufwärts zu den Himmeln, so daß alle Geschöpfe es sehen konnten und an keinem Ort mehr Dunkel herrschte. Dann sagte die Stimme: «Deine Sechs Großväter – nun wirst du zu ihnen zurückkehren.»

Ich hatte bis dahin nicht darauf geachtet, wie ich gekleidet war, nun aber sah ich, daß ich vollkommen rot bemalt war, und meine Gelenke waren schwarz mit weißen Streifen. Mein rotbraunes Pferd hatte über seinen ganzen Leib Streifen aus Blitz, und seine Mähne war Gewölk. Und wenn ich atmete, so war mein Atem Blitz.

Und jetzt führtem mich die zwei Männer kopfvoran wie fliegende Pfeile, aufwärts – die beiden, welche mich von der Erde gebracht hatten. Und als ich ihnen auf dem rotbraunen Pferd folgte, verwandelten sie sich in vier Gänsezüge, die kreisend flogen, über jeder Weltgegend eine, und während ihres Fluges schickten sie eine heilige Stimme aus: «Br-r-r-p, br-r-r-p, br-r-r-p, br-r-r-p!»

Dann sah ich vor mir den Regenbogen flammen, über dem Tipi der Sechs Großväter, errichtet aus Wolken und mit Wolken gedeckt und geschnürt mit Gurten aus Blitz, und unter ihm waren alle Vögel der Luft und unter ihnen die Tiere und Menschen. Und sie alle freuten sich, auch der Donner klang wie glückliches Lachen.

Als ich durch das Regenbogentor hindurchschritt, drang aus dem ganzen All her frohes Begrüßen, und ich sah die Sechs Großväter in einer Reihe sitzen; sie streckten mir die Arme entgegen und die Hände, mit den Handflächen nach außen; und hinter ihnen, im Gewölk, drängten sich Gesichter ohne Zahl, von dem Volk, das erst noch sein sollte.

«Er hat gesiegt!» riefen die Sechs miteinander und donnerten. Als ich vor ihnen vorbeiging, gab mir jeder wieder die Gabe, die er mir früher gegeben – die Wasserschale und Bogen und Pfeil, die Macht, Leben zu schaffen und zu vernichten, die reinigende Vogelschwinge; das heilkräftige Kraut; die heilige Pfeife; den blühenden Stab. Ein jeder sprach, der Reihe nach von Westen nach Süden, und erklärte seine Gabe, wie er das früher getan, doch jeder, der sprach, schmolz hinab in die Erde und erhob sich wieder; und wie jeder das tat, fühlte ich mich der Erde näher.

Darauf sagte der Älteste von ihnen allen: «Großsohn, das ganze All hast du erblickt. Jetzt sollst du mit Kraft begabt an den Ort zurückkehren, von dem du gekommen, und dort soll es geschehen, daß Hunderte geheiligt, Hunderte zu Flammen werden! Sieh!»

Ich schaute hinab und sah dort mein Volk, und alle waren wohlauf und heiter, einer ausgenommen, der dort lag wie tot – und dieser eine war ich selbst. Da sang der älteste Großvater, und so lautete sein Sang:

«Dort liegt einer auf dem Boden in heiliger Weise.
Dort ist einer – auf der Erde liegt er.
Auf heilige Weise hab ich ihn wandern lassen.»

Jetzt begann das Tipi, aus Gewölk geschaffen, mit Wolke gedeckt unter einem Winde vor- und rückwärts zu schwanken, und der flammende Regenbogen war trübe. Von draußen hörte ich Stimmen aller Art schreien. «Adlerschwinge-spreitet-sich kommt heraus. Seht ihn an!»

Als ich durch die Tür schritt, erschien mir das Gesicht des Erdentages mit dem Morgenstern auf seiner Stirn; und die Sonne ging auf und schaute auf mich, und ich schritt allein fürbaß.

Doch wie ich so allein dahin ging, da hörte ich die Sonne während ihres Aufsteigens singen, und also sang sie:

«In sichtbarer Form erschein ich.
Auf heilige Weise erschein ich.
Ich erfreue die grünende Erde.
Ich habe die Mitte des Stammesrings erfreut.
In sichtbarer Form – schaut mich an!
Die Vier- und die Zweibeiner, ich lehrte sie gehen;
Die Beschwingten in der Luft, ich lehrte sie fliegen.
In sichtbarer Form erschein ich.
Heilig machte ich meinen Tag.»

Als der Gesang verstummte, fühlte ich mich verloren und sehr einsam. Da sprach eine Stimme über mir: «Schau hinter dich!» Es war ein gefleckter Adler, der über mir schwebte und sprach. Ich sah zurück, und wo das flammende Regenbogentipi, aus Gewölk erbaut und mit Wolke gedeckt, gestanden, sah ich jetzt nur den großen Felsenberg in der Mitte der Welt.

Ich war nun ganz allein auf einer weiten Ebene, und meine Füße schritten auf der Erde – allein, nur mit dem gefleckten Adler als Wächter über mir. In weiter Ferne vor mir konnte ich das Dorf meines Volkes sehen, und ich holte kräftig aus, denn Heimweh hatte mich ergriffen. Dann erblickte ich mein eigenes Tipi, und in seinem Innern sah ich meine Mutter und meinen Vater sich über einen kranken Knaben beugen, der ich selber war. Sowie ich in das Tipi eintrat, sagte jemand: «Der Junge kommt wieder zu sich; es wäre gut, ihm etwas Wasser zu geben.»

Dann richtete ich mich auf; ich war traurig, weil meine Mutter und mein Vater nicht zu wissen schienen, daß ich so weit weg gewesen.

Die Büffeljagd

Als ich, zu meinem Vater und meiner Mutter zurückgekehrt, dort aufrecht in unserem Tipi saß, da war mein Gesicht noch ganz gedunsen und meine Beine und Arme waren arg geschwollen; doch fühlte ich mich vollkommen wohl und begehrte sogleich aufzustehen und herumzulaufen. Meine Eltern ließen das nicht zu. Sie sagten mir, ich sei zwölf Tage krank gewesen, wie tot dagelegen, und Wirbelwind-Jäger, Stehenden Bärs Onkel, der nämlich, der Medizinmann war, habe mich wieder zum Leben gebracht. Ich wußte, daß die Großväter in dem flammenden Regenbogentipi mich geheilt hatten; jedoch scheute ich mich sehr, das zu sagen. Mein Vater schenkte Wirbelwind-Jäger das beste Pferd, das er besaß, weil er mich gesundgemacht habe. Viele Leute kamen, um mich zu sehen, und es wurde viel geredet über Wirbelwind-Jägers große Kraft, die mich plötzlich wiederhergestellt, nachdem ich so gut wie tot gewesen war. Jedermann freute sich, daß ich lebte, doch als ich dalag und an den wunderbaren Ort dachte, wo ich gewesen, und an alles, was ich gesehen, da wurde ich sehr traurig. Es schien mir, jeder müßte davon wissen, doch wagte ich nicht, davon zu erzählen, da ich ahnte, daß niemand mir glauben würde, so klein wie ich war, denn ich zählte erst neun Jahre. Auch konnte ich, als ich dort lag und über mein Gesicht nachdachte, alles wieder sehen und mit einem Teil von mir dessen Sinn empfinden als eine seltsame Kraft, die in meinem Leibe glühte; doch wenn der Teil von mir, welcher spricht, für diesen Sinn nach Worten suchte, dann war er wie Nebel, der sich mir entzog.

Ich bin nun gewiß, daß ich damals zu jung war, um das alles zu verstehen, was ich bloß fühlte. Jedoch erinnerte ich mich sehr wohl und recht deutlich an die geschauten Bilder und die Worte, welche mit ihnen zusammen heraufkamen; denn nichts, was ich je mit meinen Augen sah, war so hell und so klar wie das, was mein Gesicht mir gezeigt hat; und keine Worte, die ich jemals mit meinen Ohren gehört, waren gleich den Worten, die ich vernommen. Ich brauchte mich auf diese Dinge nicht zu besinnen; sie haben sich während all dieser Jahre ständig selbst in Erinnerung gebracht. In dem Maße, wie ich älter wurde, trat für mich der Sinn dieser Bilder und Worte deutlicher hervor, aber auch jetzt noch weiß ich, daß mir mehr offenbart worden, als ich mitzuteilen vermag.

Am Abend des Tages, da ich zurückgekehrt war, kam Wirbelwind-Jäger, der für meine Heilung einen großen Ruf und ein gutes Pferd erlangt hatte, in unser Tipi herüber. Er setzte sich und schaute mich lange Zeit seltsam an; dann sagte er zu meinem Vater: «Dein Junge hier sitzt da in einer heiligen Weise. Ich weiß nicht, was es ist, doch ihm ist etwas Besonderes zu tun bestimmt, denn eben als ich kam, konnte ich sehen, daß eine Kraft wie ein Licht durch seinen ganzen Körper ging.»

Während er mich so fest anblickte, wäre ich gern auf und davon gegangen, denn ich fürchtete, er möchte mich völlig durchschauen, auch mein Gesicht gewahren und falsch auslegen, und dann dächten vielleicht alle Leute, ich sei wahnsinnig. Und noch lange Zeit verspürte ich, wenn ich Wirbelwind-Jäger kommen sah, den Drang davonzulaufen und mich zu verbergen, aus Angst, er könnte in mich hineinschauen und davon berichten.

Am folgenden Morgen waren das Gesicht, die Arme und Beine von jeder Schwellung frei, und ich fühlte mich so gesund wie je; doch alles in meiner Umgebung erschien mir fremd und so, als befände es sich in weiter Ferne. Ich erinnere mich, daß es mich die zwölf folgenden Tage danach verlangte, allein zu sein, und mir war, als gehöre ich nicht zu meinem Volk. Sie waren für mich fast wie Fremde. Ich pflegte allein vom Dorf und den andern Jungen wegzugehen und nach den vier Himmelsgegenden zu blicken, an mein Gesicht zu denken mit dem sehnsüchtigen Wunsch, dorthin zurückfinden zu können. Und wenn ich wieder nach Hause ging, brachte ich es nicht über mich, viel zu essen; Vater und Mutter dachten darum, ich sei noch krank; aber das war ich nicht. Ich hatte nur Heimweh nach dem Ort, an dem ich gewesen.

Von dem, was ich gesehen und gehört, konnte ich selbst zu dem Vater meiner Mutter, Weigert-sich-zu-gehen, nicht sprechen, wiewohl ich früher gedacht, daß ich ihm alles sagen könnte; denn er liebte all das, was einen Knaben erfreute, und es gab der wundervollen Dinge, die er zu erzählen wußte, kein Ende. Er war es, der mir meinen ersten Bogen machte, und immer hatte er neue Pfeile für mich bereit, wenn ich alle, die er mir gegeben, verloren hatte. Ich liebte meinen Vater, aber Weigert-sich-zu-gehen war anders, und ich war sehr viel mit ihm zusammen. Dieses war das erstemal, daß ich ihm etwas nicht sagen konnte.

Eines Tages in dieser Zeit war ich mit dem Bogen und den Pfeilen, die mein Großvater für mich gemacht hatte, ausgegangen, und wie ich so dahinwanderte und an mein Gesicht dachte, überkam mich plötzlich eine seltsame Empfindung; einen Augenblick schien es mir, Bogen und Pfeile seien jene, die mir der erste Großvater im flammenden Regenbogentipi übergeben hatte. Gleich darauf waren es aber nur die, welche Weigert-sich-zu-gehen mir gemacht hatte, und ich kam mir närrisch vor und suchte mir einzureden, das alles sei doch nur ein Traum.

So beschloß ich, diesen Zustand zu vergessen und etwas zu schießen. Da stand ein Strauch und darin saß ein kleiner Vogel; doch eben als ich mich zum Schießen anschickte, befiel mich wieder jene seltsame Empfindung, und ich dachte daran, daß ich gleichsam ein Verwandter der Vögel sein sollte. Also schoß ich nicht. Hierauf ging ich an den Bach hinab und schalt mich selbst, weil ich den kleinen Vogel hatte leben lassen; und als ich dort einen grünen Frosch sitzen sah, schoß ich ihn kurzweg ab. Sowie ich ihn aber an den Beinen aufhob, dachte ich: «Jetzt habe ich ihn getötet», und ich hätte weinen mögen.

Stehender Bär spricht:

Ich erinnere mich der Zeit, da mein Freund hier krank war. Ich war vier Jahre älter als er. Ich bin ein Minneconjou, doch unsere Mütter waren Basen, und wenn unsere Gruppe am selben Platz lagerte, dann pflegten wir miteinander zu spielen. Es war am Hauptarm des Greasy Grass, beim Little Big Horn. Jedermann im Dorfe war wohlauf, und so auch Schwarzer Hirsch. Doch was ich dann als nächstes vernahm, war: Er liege im Sterben und atme nur noch schwach. Jedermann war in großer Aufregung, und sie schickten zu andern Gruppen um Medizin, doch niemand wußte, was für eine Krankheit es war. Ich sah ihn während dieser Zeit. Er lag da wie tot, und alle redeten von ihm. Doch dann auf einmal war er wieder gesund, und darüber verwunderte sich jedermann, und man sprach davon.

Ich erinnere mich auch, wie es war, nachdem er wieder aufgestanden. Gleich danach versetzten wir das Lager an die Mündung von Willow Creek, etwa zwei Tagereisen in südlicher Richtung; und als unsere Leute aufbrachen, ritt ich zurück bis zu den kleineren Knaben, die den Nachtrab bildeten, denn ich wollte meinen jungen Freund sehen. Ich sagte zu ihm: «Nun, junger Bruder, dir geht es wieder gut!» Und er antwortete: «Nun ja, ich bin jetzt gar nicht mehr krank!» Doch als wir zusammen ritten und uns unterhielten, war er nicht wie ein Junge, er war eher wie ein alter Mann. Und ich entsinne mich, daß sein Vater eines Abends, als wir in unserm Tipi aßen, zu meinem Vater sagte: «Seit mein Junge krank gewesen, ist er nicht mehr wie früher. Er hat ein seltsames Wesen und bleibt nicht gern zu Hause. Armer Bub, es tut mir leid, daß es so um ihn steht! Was mag wohl aus ihm werden?»

Und dann unternahmen wir eine große Jagd. Die Leute vergaßen dabei das Geschehene.

Schwarzer Hirsch fährt fort:

Ja, nachdem wir eine Weile am Willow Creek gewesen, machten wir uns auf zu einer großen Jagd, und das half mir, während all der Zeit die Gedanken an mein Gesicht zu vergessen.

Eines Morgens machte der Ausrufer eine Runde im Dorf und gab kund, wir würden das Lager abbrechen. Die Beratenden befanden sich im Ratszelt, und er rief sie an: «Ihr Ratpflegenden, kommt heraus in die Mitte und bringt euere Feuerbrände mit.» Sie hatten das Amt, das Feuer für die Gemeinde zu bewahren, denn damals hatten wir nur wenig Streichhölzer.

«Jetzt brecht sie ab!» schrie der Ausrufer. Und alle Leute begannen ihre Tipis herunterzunehmen und auf Ponywagen zu packen.

Dann rief der Ausrufer: «Viele Büffel habe ich gehört! Viele Büffel habe ich gehört! Ihr Kinder, nehmt euch immer in acht!» Er meinte damit, die Kinder sollten während der Reise eng zurückgehalten werden, auf daß sie die Büffel nicht erschreckten.

Darauf brachen wir das Lager ab und stellten uns in Zugordnung. Es gingen die vier Ratskundigen an der Spitze, hinter ihnen ein Ausrufer, als nächste die Häuptlinge und dann in langem Zuge das Volk mit den beladenen Ponywagen; ihnen folgte die Ponyherde. Ich ritt in der Nähe des Nachtrabs mit einigen von den kleineren Jungen, und als die Leute einen langen Hügelhang hinaufzogen, schaute ich voran und hatte wieder kurze Zeit jene seltsame Empfindung, weil mich alles an das Volk in meiner Schauung erinnerte, welches in heiliger Weise auf der roten Straße ging. Doch war dies anders, und ich vergaß jenes bald. Etwas Aufregendes sollte bald geschehen, und selbst die Ponys schienen davon zu wissen.

Nachdem wir eine Strecke gezogen waren, kamen wir an einen Platz, wo viele Rüben wuchsen, und der Ausrufer sagte: «Legt ab und laßt die Pferde ruhen. Nehmt eure Stöcke und grabt für euch von den Rüben heraus.» Und während sie das taten, setzten sich die Ratsleute in der Nähe auf einen Hügel und rauchten. Dann schrie der Ausrufer: «Nehmt eure Lasten auf!», und bald war das Dorf wieder auf dem Weg. Als die Sonne hoch stand, fanden die Ratsleute einen zum Lager geeigneten Ort, wo es Holz und auch Wasser gab. Als ringsherum die Frauen kochten, hörten ein paar Leute sagen, die Kundschafter kehrten zurück, und über den Hügelkamm sah ich drei Männer herreiten. Sie ritten zum Ratstipi in der Mitte des Dorfes, und alle gingen dorthin, um etwas zu vernehmen. Auch ich ging hin und drängte mich hinzu, so daß ich zwischen den Beinen der Männer hindurchschauen konnte. Der Ausrufer trat aus dem Ratszelt heraus und sagte, für die Kundschafter zum Volk sprechend: «Ich habe dich beschützt; dafür sollst du mir mit reichlichen Gaben entgelten.» Darauf setzten die Kundschafter sich vor der Tür des Zeltes nieder, und einer von den Ratgebern füllte die heilige Pfeife mit Tschanschascha, der Borke der roten Weide, und stellte sie vor sich auf ein Stück Büffelhaut, weil der Büffel heilig war und uns beides gab, Speise und Obdach. Dann zündete er die Pfeife an, weihte sie den vier Himmelsgegenden, dem Geist über uns und der Mutter Erde, reichte sie den Kundschaftern und sprach: «Das Volk hat sich auf euch verlassen. Was immer ihr gesehen habt, mögt ihr es zum Wohl des Volkes gesehen haben.» Die Kundschafter rauchten zum Zeichen, daß sie die Wahrheit berichten wollten. Dann fragte der Ratskundige: «An welchem Ort habt ihr gestanden und habt das Gute gesehen? Sagt es mir, und ich werde mich daran erfreuen.»

Einer der Kundschafter antwortete: «Ihr wißt, von wo wir aufgebrochen sind. Wir gingen und langten auf der Kuppe eines Hügels an, und dort sahen wir eine kleine Büffelherde.» Er machte, während er sprach, mit der Hand eine deutende Bewegung.

Der Ratgeber entgegnete: «Mag sein, daß ihr dort auf der andern Seite das Gute gesehen habt. Berichtet!» Der Kundschafter gab zur Antwort: «Dort auf der andern Seite sahen wir eine zweite, große Büffelherde.» Darauf sagte der Ratgeber: «Ich werde dir dankbar sein. Erzähle mir alles, was du dort draußen gesehen hast.»

Der Kundschafter fuhr fort: «Auf der andern Seite waren über das ganze Land hin nur Büffel zu sehen.»

Und der Ratgeber rief aus: «Hetschetu ueloh!»

Und jetzt rief der Ausrufer, und es klang wie Gesang: «Schärfet eure Messer, schärfet eure Pfeile. Beeilt euch, macht euch bereit; macht die Pferde bereit! Wir greifen mit Pfeilen an. Viel Fleisch werden wir erbeuten!»

Jedermann fing an, Messer und Pfeile zu schärfen und die besten Pferde für die große Fleischbeute bereit zu machen. Dann machten wir uns auf nach der Gegend, wo die Büffel grasten. Zuerst kam der Trupp der Krieger: Sie ritten ihrer zwanzig nebeneinander, und wer es wagte, ihnen vorzureiten, der wurde von seinem Pferd gestoßen. Sie bestimmten die Ordnung, und jedermann hatte zu gehorchen. Nach ihnen kamen die Jäger, die zu fünfen nebeneinander ritten. Das Volk folgte im Nachtrab. Dann ging der Obmann des Rates herum, um die besten Jäger mit den stärksten Rossen herauszusuchen; er sagte zu ihnen: «Gute junge Krieger, meine Verwandten, ich weiß, was ihr leistet, ist gut. Was ihr tut, ist immer gut; so werdet ihr heute die Hilflosen nähren. Vielleicht sind da einige alte und schwache Leute ohne Söhne, oder solche, die kleine Kinder haben, aber keinen Mann. Solchen werdet ihr Hilfe bringen, und was immer ihr tötet, soll ihnen gehören.» Dies war für junge Männer eine große Ehre.

Als wir nahe zu dem Ort gekommen waren, wo die Büffel lagen, wurden diese von den Jägern eingekreist. Dann erhob sich, gleich wie in der Schlacht, der Ruf: «Hoka hey!» – was Angreifen bedeutet. Dann wölkte viel Staub, und jedermann schrie, und alle Jäger machten sich ans Töten, ein jeder auf eigene Faust. Sie waren alle fast nackt; sie hatten ihre mit Pfeilen gefüllten Köcher an der rechten Seite hängen, und sie ritten gerade auf einen Büffel zu und schossen ihn hinter das linke Schulterblatt. Einzelne von den Pfeilen drangen bis über die Federn ein und mitunter gingen solche, die auf keinen Knochen stießen, durch und durch. Wir alle waren sehr fröhlich.

Stehender Bär spricht:

Ich erinnere mich an jene Jagd, denn vor dieser Zeit hatte ich erst ein

Kalb getötet. Ich war dreizehn Jahre alt und hielt mich für einen Mann; so erkühnte ich mich, einen Jährling zu schießen. Einer von ihnen jagte eben davon und ich auf meinem Pony hinter ihm her. Mein erster Schuß schien ihn überhaupt nicht verletzt zu haben; doch mein Pony blieb dicht hinter ihm, und der zweite Pfeil drang bis zur Hälfte ein. Ich glaube, ich traf sein Herz, denn er fing im Laufe an zu schwanken, und Blut trat aus seiner Nase hervor. Jäger riefen einmal: «Yuhu!» wenn sie getötet hatten; doch dies war mein erster Büffel, und ich brüllte immer weiter «Yuhu!». Die Leute müssen gedacht haben, ich töte eine ganze Herde, so habe ich gebrüllt. Als er zusammenbrach, stieg ich vom Pferd und begann, ihn zu zerlegen, dabei war ich sehr glücklich. Über die ganze Ebene, so weit ich blicken konnte, waren Männer zerstreut, die Büffel abschlachteten, und die Frauen und die alten Männer, die nicht mehr jagen konnten, kamen ihnen dabei zu Hilfe. Und alle Frauen ließen ihr Freudetrillern hören über das, was die Krieger ihnen gegeben hatten. Das begab sich in dem Monat der Roten Kirschen [Juli]. Es war ein großes Schlachten.

Schwarzer Hirsch fährt fort:

Ich war sehr wohl imstande, auf meinem Pony zu reiten, doch zum Jagen war ich noch nicht alt genug. Also strichen wir kleine Jungen herum und schauten den Jägern zu; und wenn wir einen Trupp Büffel sich nähern sahen, schrien wir «Yuhu» wie die andern, doch niemand achtete auf uns. Als das Schlachten beendet war, hingen sie das Fleisch über die Rücken der Pferde und befestigten es mit Riemen aus frischer Büffelhaut. Auf dem Rückweg nach dem Dorf waren alle Jagdpferde beladen, und wir kleinen Jungen, die den Beginn des Schmauses nicht erwarten konnten, führten uns so viel von der rohen Leber zu, wie wir nur mochten. Darüber erboste sich niemand.

Mittlerweile schnitten Frauen hinten im Lager lange Stangen und gegabelte Stöcke, um daraus Trockengestelle für das Fleisch zu machen. Als die Jäger zurückgekommen, warfen sie ihr Fleisch in Haufen auf Baumblätter.

Darauf kehrten die Ratsmitglieder alle in das Ratstipi zurück. Von allen Seiten kamen die Leute und brachten ihre Fleischspenden, und die Männer des Rates riefen alle «Hya-a-a-a!», worauf sie für die, welche ihnen gute Gaben gebracht, sangen. Und nachdem sie so viel gegessen, wie sie konnten, rief der Ausrufer dem Volk zu: «Kommt alle heim! Es ist mehr, als ich essen kann!» Und die Leute kamen durch das Lager her, um sich ein wenig von dem übriggebliebenen Fleisch zu holen.

Alle Frauen waren damit beschäftigt, das Fleisch in Streifen zu schneiden und zum Trocknen an die Gestelle zu hängen. Überall konnte man rote Fleischstücke herumhängen sehen. Die Leute schmausten und tanzten und sangen die ganze Nacht. Das waren glückliche Zeiten.

Nach einer großen Jagd spielten wir kleine Jungen ein Kriegsspiel. Wir gingen ein Stück weit vor das Dorf hinaus und bauten dort aus Gras ein paar Tipis; so spielten wir die Rolle von Feinden, und dieses war unser Dorf. Wir hatten einen Ratgeber, und wenn es dunkel wurde, gab er uns den Befehl hinzugehen und von den erwachsenen Leuten getrocknetes Fleisch zu stehlen. Er hielt uns ein Stück davon vor, und wir mußten dann abbeißen; war der Bissen groß, hatten wir auch ein großes Stück Fleisch zu bringen, war er jedoch nur klein, wurde nicht soviel von uns erwartet. Dann schlichen wir zu dem Dorf der großen Leute hin, und wenn es uns gelang, auf dem Bauche kriechend, unerwischt wieder zu den Unsrigen zu gelangen, dann hatten wir einen guten Schmaus und Tanz. Wir hörten Mordgeschichten und erzählten eifrig von unsern Heldentaten wie erwachsene Krieger. Einmal, erinnere ich mich, hatte ich keine Heldentat zu erzählen. Ich kroch zu einem überhängenden Baum neben einem Tipi, und dort hing Fleisch in den Ästen. Mein Gelüsten richtete sich auf eine Zunge, die ich im Mondlicht deutlich erblickte; also kletterte ich hinauf. Doch eben als ich sie erreichte, schrie der Mann aus dem Tipi «Ye-a-a!». Er meinte damit seinen Hund, der ebenso auf Fleischdiebstahl aus war, aber ich dachte, der Mann habe mich gesehen, und ich war so erschrocken, daß ich vom Baum fiel und weinend davonlief.

Sodann pflegten wir auch – wie wir's nannten – den Tanz der aufgerissenen Brust. Unser Berater untersuchte uns, um festzustellen, wessen Brust am stärksten verbrannt war, da wir ja zur Jagd unsere Röcke nicht getragen hatten; und der daraufhin erwählte Junge wurde Anführer des Tanzes, während wir alle also sangen:

«Ich hab eine aufgerissene Brust.
Meine Brust ist rot.
Meine Brust ist gelb.»

Auch im ausdauernden Ertragen übten wir uns. Unser Berater legte getrocknete Sonnenblumenkerne auf unsere Handgelenke. Sie wurden am oberen Ende angezündet, und wir mußten sie bis dicht auf die Haut niederbrennen lassen. Sie schmerzten und hinterließen wunde Stellen, doch wenn wir sie wegschlugen oder «au!» schrien, wurden wir Weiber genannt.

In der Soldatenstadt

Nachdem alles Fleisch getrocknet war, brachen die sechs Zweige unseres Stammes, welche um die Zeit meines Großen Gesichtes zusammengekommen, das Lager an der Mündung des Willow Creek ab und zerstreuten sich nach allen Richtungen. Ein kleiner Teil von unserer Schar, den Ogalallas, stieß nach Süden vor gegen die Soldatenstadt am weißen Smoky Earth River, denn einige von unseren Verwandten befanden sich dort, und wir wollten sie besuchen und mit ihnen ein Fest bei Akuiapi und Päschuta ssapa mit Tschahumpi ska darin abhalten. Alle übrigen Ogalallas blieben in dieser Gegend, mit Tollem Pferd, der mit den Uaschitschun nichts zu tun haben wollte. Das war spät in dem Monat, wenn die Kirschen reif sind, und wir Jungen hatten eine gute Zeit für unsere Spiele. In unserem kleinen Trupp befanden sich nicht viele Jungen, und wir spielten alle zusammen. Ich hatte aufgehört, über mein Gesicht nachzudenken. Das seltsame Gefühl war von mir gewichen, und ich war nicht mehr schüchtern; doch wenn immer ein Gewitter sich ankündigte, fühlte ich mich glücklich, als hätte ich die Ankunft eines Besuchers in Aussicht.

Wir lagerten zuerst am Powder River, dann am Hauptarm der nördlichen Gabel des Good River [des Cheyenne], wo sich ein großer Hügel erhebt, den wir Sitzt-mit-einem-Jungen benannten, wegen seines kleinen Hügels neben ihm. Ferner lagerten wir am Driftwood Creek, dann in der Plain of Pine Trees und hierauf am Plum Creek. Als wir dort anlangten, begannen die Pflaumen sich zu röten, doch waren sie noch nicht ganz reif. Mein Großvater ging einige große, rote pflücken, und sie schmeckten gut. Als wir den War Bonnet Creek erreichten, nicht weit entfernt von der Soldatenstadt, erwarteten uns dort meine Tante und andere Verwandte mit Brot und Kaffee, und wir hatten einen festlichen Schmaus. Diese ganze Nacht war ich krank, und am folgenden Tag nahmen sie mich auf einem Ponywagen mit, denn sie waren überzeugt, diesmal werde ich sicher sterben. Doch ich glaube, es kam bloß von zuviel Brot und Kaffee, und vielleicht von den Pflaumen. Wir lagerten wieder zu Hips Hill, und um diese Zeit waren die meisten unserer Leute von der Soldatenstadt bei uns. Am nächsten Tag brachen etwa zwanzig von unseren Tipis auf, die übrigen blieben zurück. Wir lagerten mit unsern Verwandten bei White Butte nahe der Soldatenstadt und verbrachten dort den ganzen Winter. Das war für uns eine vergnügte Zeit. Wir fuhren den Hügel hinab auf Schlitten, die wir uns aus Büffelkinnbacken und -rippen gemacht und mit ungegerbten Riemen zusammengebunden hatten.

Ich war in diesem Winter zehn Jahre alt, und zu dieser Zeit sah ich zum erstenmal einige Uaschitschun. Zuerst fand ich, daß sie alle krank aussähen, und ich fürchtete, sie würden bei jeder Gelegenheit über uns herfallen; doch ich gewöhnte mich an sie.

In diesem Winter erkletterte einer von unsern Jungen die Fahnenstange und schlug sie nahe unter der Spitze entzwei. Dies hätte fast zu etwas Schlimmem geführt, denn die Soldaten umstanden uns mit ihren Gewehren; aber Rote Wolke, der dort wohnte, stellte sich aufrecht und ohne Waffe in die Mitte der Leute und sprach zu den Uaschitschun und zu uns. Er sagte, der Knabe, der das getan habe, müsse bestraft werden, und er sagte zu den Uaschitschun, es wäre doch töricht, wenn Männer erwachsene Männer erschießen wollten, wegen eines dummen Streichs, den ihre kleinen Buben im Spiel begangen: und er fragte sie, ob sie, als sie Knaben waren, nicht auch allerlei Närrisches getrieben hätten. So geschah schließlich nichts.

Rote Wolke war ein großer Häuptling, und er war ein Ogalalla. Doch zu jener Zeit hatte er seine kriegerische Laufbahn schon beendet. Nach dem Vertrag, den er fünf Jahre zuvor [1863] mit den Uaschitschun abgeschlossen, kämpfte er nie wieder; er lebte mit seiner Stammesgruppe, den Bösen Gesichtern [Bad Faces] in der Soldatenstadt. Auch Tolles Pferd war ein Ogalalla, und ich glaube, er war der größte Häuptling von allen.

Im Monat des Erscheinenden Roten Grases [April] brachen etwa dreißig von unseren Tipis auf, um in den Black Hills Zeltstangen zu schneiden. Wir folgten dem Lauf des Horse-Head-Cutting Creek bis zu seiner Mündung, und als wir dort das Lager hatten, war ich eines Tages allein vom Dorf weggegangen; da vernahm ich das Pfeifen eines gefleckten Adlers. Ich blickte hinauf, und dort war er und kreiste über mir. Die seltsame Empfindung kehrte sehr stark zurück, und für eine kurze Weile schien es, als sei ich wieder in die Welt meines Gesichtes eingetreten.

Von da zogen wir nach Buffalo Cap am Fuße der Hügel, und mein

Vater und ich machten uns allein auf, um nach Rotwild auszusehen. Wir stiegen durch das Holz auf den Kamm eines großen Hügels hinauf, und es war mühsam für meinen Vater, der hinkte von der Wunde, welche er in der Schlacht der Hundert Erschlagenen erhalten hatte. Als wir auf der Höhe standen, schaute mein Vater hinab und sagte: «Dort drüben sind sie. Bleib du hier, ich will sie umgehen.» Da kam die seltsame Empfindung zurück, und ich sagte, ohne zu wissen, warum ich so sprach: «Nein, Vater, bleib hier; denn sie bringen sie zu uns.» Er sah mich durchdringend an und fragte: «Wer bringt sie?» Ich vermochte nichts zu antworten; und nachdem er mich nochmals fest angeblickt, sagte er: «Nun wohl, mein Sohn.» So legten wir uns nun ins Gras und warteten. Und sie kamen zu uns heran, und mein Vater erlegte zwei von ihnen.

Als wir sie ausweideten und ich ein wenig Leber aß, wurde ich traurig, daß wir diese Tiere getötet hatten, und ich dachte, wir sollten etwas als Gegengabe spenden. Darum sagte ich: «Vater, sollten wir nicht eines von diesen zweien den wilden Wesen opfern?» Wieder blickte er mich forschend an. Dann legte er einen von den Tierkörpern mit dem Kopf nach Osten hin, reckte sich empor, das Gesicht gen Westen gewandt, erhob die Hand und rief: «Hey-hey!», viermal, und sprach dieses Gebet: «Großvater, Großer Geist, sieh auf mich. Allen wilden Geschöpfen, die Fleisch essen, habe ich dies geopfert, auf daß mein Volk lebe und die Kinder in Fülle gedeihen.»

Das war ein weiterer glücklicher Sommer, denn das große Ungemach war noch nicht gekommen. Wir schnitten viele Tipistangen längs den Bächen, die an der Ostseite der Black Hills herabkamen, und zu essen gab es, soviel wir nur wünschten, denn die Hügel waren wie große Speisekörbe für unser Volk. Eiserner Stier [Iron Bull], ein kleiner Knabe meines Alters und ich, wir hatten viel Vergnügen am Fischen. Wir opferten dem Fisch stets einen Köder, indem wir sagten: «Du, der du unten im Wasser bist, mit roten Schwingen, dieses opfere ich dir; so komm her.» Dann, wenn wir den ersten Fisch gefangen, steckten wir ihn auf einen gegabelten Stock und küßten ihn. Wenn wir das nicht täten, das wußten wir, würden die andern fern bleiben. Fingen wir einen kleinen Fisch, dann küßten wir ihn und warfen ihn in das Wasser zurück, damit er die größeren Fische nicht ängstigen sollte. Ich weiß nicht, ob all das etwas half oder nicht, doch immer hatten wir Fische in Menge, und unsere Eltern waren stolz auf uns. Wir suchten so viele zu erwischen, wie wir konnten, damit die Leute von uns eine gute Meinung erhielten.

Es war da ein Mann mit Namen Uatanye, der verstand sich auf das

Speerfischen. Er hatte stets aufgerissene Lippen, derart, daß er sich nicht zu lachen getraute. Um seinen ganzen Mund herum waren sie geborsten. Die Leute versuchten es wohl, ihn zum Lachen zu reizen, doch da lief er sogleich davon. Eines Tages sagte er zu mir: «Junger Bruder, ich will dir zeigen, wie man Fische spießt.» Also gingen wir an den Bach hinauf, und da lag ein Fisch so lang [bis zum Ellbogen] in einem Pfuhl. «Nimm den Speer», sagte Uatanye, «und stoß tief hinab, denn sie sind stets weiter unten, als es aussieht.» Ich faßte den Speer und stieß mit voller Kraft; doch das klare Wasser war viel tiefer, als es schien. Ich verfehlte das Ziel und plumpste Kopf voran in das kalte Wasser hinab. Als ich herauskroch, krümmte Uatanye sich vor Lachen, hielt sich den Bauch und «hunh, hunh, hunh!» tönte es in einem fort. Blut rann ihm über das Kinn hinab. Er lief davon, so rasch ihn die Beine trugen, und noch eine ganze Zeit nachher pflegte er, sobald er mich irgendwo kommen sah, umzudrehen und zu laufen, damit ihn nicht das Lachen überkäme. Einmal versteckte ich mich in einem Gebüsch, bis er dort vorbeikam, nur um ihn, wenn ich hervorhüpfte, laufen zu sehen. Ich glaube, Uatanye hatte mich recht gern, denn er pflegte mich oft allein zur Jagd oder zum Fischen zu holen, und stets lehrte er mich allerhand Fertigkeiten. Auch erzählte er mir gern Geschichten, scherzhafte zumeist, wenn seine Lippen gerade nicht gerissen waren. Ich erinnere mich an eine, die er mir erzählte, von einem jungen Lakota namens Hohes Pferd, und welch schwere Not dieser hatte, das Mädchen zu erlangen, das er begehrte. Uatanye sagte, die Geschichte habe sich genauso zugetragen, wie er sie erzählte, und dem mag so sein. Wenn nicht, dann eben nicht. Ich will jetzt diese Geschichte hier mitteilen.

Hohen Pferds Brautwerbung

Ihr wißt, in früheren Zeiten war es für einen, der heiraten wollte, nicht gar so leicht, ein Mädchen zu gewinnen. Mitunter kostete es einen jungen Mann große Mühe, und er hatte manches auszuhalten. Gesetzt: ich bin ein junger Mann und habe ein junges Mädchen gesehen, das meinen Augen so schön erscheint, daß ich ganz krank werde, sobald ich daran denke. Dann kann ich nicht einfach hingehen und mit ihm darüber reden und dann heiraten, wenn es dazu gewillt ist. Ich muß mich aller möglichen Ränke bedienen, um überhaupt mit ihm sprechen zu dürfen, und ist mir solches gelungen, dann ist dies noch erst ein Beginn. Ich mag mich schon seit langer Zeit wegen eines bestimmten Mädchens krank fühlen, da ich es so sehr liebe, doch wird es mich überhaupt nicht beachten; die Eltern aber haben auf ihre Tochter ein wachsames Auge.

Mag sein, ich verberge mich im Gebüsch bei einer Quelle, wo sie manchmal Wasser holen geht, und wenn sie vorbeikommt, wenn niemand hinsieht, springe ich hervor und halte sie auf und erbitte mir Gehör. Wenn auch sie mich liebt, so kann ich das an ihrem Gebaren erkennen, denn sie ist sehr schüchtern, und das erstemal wird sie vielleicht kein Wort erwidern oder mich überhaupt nicht beachten. So lasse ich sie gehen, und vielleicht schleiche ich dann herum, bis ich ihrem Vater allein begegne. Ich sage ihm dann, wie viele Pferde ich ihm für dieses schöne Mädchen geben kann, und mittlerweile bin ich so krank geworden, daß ich ihm vielleicht alle Pferde von der ganzen Welt geben wollte, wenn ich sie hätte.

Also gut, dieser junge Mann, von dem ich erzählen möchte, wurde Hohes Pferd genannt. Im Dorf lebte ein Mädchen, das in seinen Augen eine solche Schönheit war, daß er vom vielen Darandenken ganz krank geworden und noch immer kränker wurde. Das Mädchen zeigte sich sehr scheu, und seine Eltern hielten es sehr hoch, denn sie waren nicht mehr jung, und dieses war ihr einziges Kind. So überwachten sie es während des ganzen Tages, und sie trafen Maßnahmen, daß es auch nachts, wenn sie beide schliefen, gesichert war. So hoch schätzten sie ihre Tochter ein, daß sie ihr ein Bett aus ungegerbter Haut hergerichtet hatten, und als sie erfuhren, daß Hohes Pferd ihr nachging, fesselten sie das Mädchen nachts in seinem Bett mit Riemen, auf daß es niemand während des Schlafes rauben könnte, denn sie waren nicht gewiß, ob ihr Kind nicht tatsächlich wünschte, entführt zu werden.

Nun gut: Nachdem Hohes Pferd geraume Weile in des Mädchens Nähe herumgestrichen war, sich verborgen, ihm aufgelauert hatte und mit jedem Tag kränker geworden war, erwischte er es endlich allein und brachte es zum Reden. Er fand heraus, daß es ihn vielleicht ein ganz klein wenig liebe. Das stimmte ihn freilich nicht eben freudig. Es machte ihn elender als zuvor; doch jetzt fühlte er auf einmal in sich den Mut eines Büffelstiers, und er ging geradenwegs zum Vater des Mädchens und sagte ihm, er liebe das Mädchen so sehr, daß er zwei gute Pferde dafür geben wolle – ein junges und ein noch nicht sehr altes.

Doch der alte Mann winkte ab mit seiner Hand: Hohes Pferd möge gehen und nicht solchen Unsinn reden.

Darüber fühlte Hohes Pferd sich kränker als je; doch da war ein anderer junger Kerl, der sagte, er wolle Hohem Pferd zwei Ponys borgen, und wenn er einmal mehr Pferde besitze, dann könne er solche ja für die geborgten zurückgeben.

Da kehrte Hohes Pferd zu dem alten Mann zurück und sagte, er wolle für das Mädchen vier Pferde geben, davon wären zwei jung, die beiden andern noch kaum alt zu nennen. Doch der alte Mann winkte nur ab und wollte sich nicht äußern.

So schlich Hohes Pferd herum, bis er das Mädchen wiederum sprechen konnte, dann schlug er vor, es möge mit ihm entfliehen. Er sagte ihm, er glaube, er müßte hinfallen und sterben, wenn es sich weigerte. Es aber erklärte, es möchte das nicht tun; es wünsche, wie eine feine Frau gekauft zu werden. Ihr seht, es dachte selbst von sich auch nicht gering. Hohes Pferd fühlte sich jetzt so krank, daß er nicht einen Bissen zu essen vermochte; kopfhängend ging er herum, als sei er jeden Augenblick bereit, hinzufallen und zu verscheiden.

Rothirsch [Red Deer] war ein anderer junger Mann; er und Hohes Pferd waren große Freunde, die alles gemeinsam taten. Rothirsch, der Hohen Pferds Benehmen gewahrte, fragte: «Vetter, was fehlt dir? Ist dein Magen krank? Du siehst aus, als sei es dir ums Sterben.»

Da erzählte ihm Hohes Pferd, wie die Dinge standen, und sagte: er glaube, lange werde er nicht mehr am Leben bleiben, falls er das Mädchen nicht sehr bald heimführen könne.

Rothirsch dachte ein wenig nach und meinte dann: «Vetter, ich habe einen Plan, und bist du Manns genug, zu tun, was ich dir sage, so wird alles gut werden. Sie will nicht mit dir fliehen; der alte Mann will sich mit vier Pferden nicht begnügen; vier Pferde sind alles, was du geben kannst. Du mußt sie rauben und mit ihr fort. Nach einiger Zeit kannst du mit ihr zurückkommen, und der alte Mann kann nichts dagegen tun, weil sie dann deine Frau sein wird. Vermutlich wünscht auch sie, daß du sie raubst.»

So berieten sie nun über das, was Hohes Pferd unternehmen sollte. Dieser erklärte, er liebe das Mädchen so heftig, daß er Manns genug wäre, alles zu tun, was Rothirsch oder irgendeiner für ihn ausdenken könnte.

Was sie nun taten, ist dies:

In der Nacht, spät, schlichen sie zu des Mädchens Tipi und warteten, bis von innen Töne kamen, die verrieten, daß der alte Mann und die alte Frau und das Mädchen in gesundem Schlafe lagen. Dann kroch Hohes Pferd, mit einem Messer versehen, unter das Tipi. Er mußte zuerst die Riemen aus ungegerbter Haut durchschneiden. Dann sollte Rothirsch, der die Stäbe an der Seite des Tipi herauszuziehen hatte, das Mädchen wegschleppen helfen und knebeln. Hierauf konnte Hohes Pferd die Geraubte quer vor sich auf sein Pony legen, mit ihr davonsprengen und für den ganzen Rest seines Lebens glücklich sein.

Als Hohes Pferd in das Zelt gekrochen, war er so aufgeregt, daß er sein Herz pochen hörte; so laut schien es ihm, daß es die alten Leute sicher aufzuwecken vermöchte. Das geschah aber nicht, und nach einer Weile begann er die Riemen zu durchschneiden. Jedesmal, wenn er einen zerschnitt, gab es einen Paff, der ihn tödlich erschreckte. Er fuhr indessen in seiner Arbeit fort. Als alle Riemen durchschnitten waren bis zu des Mädchens Schenkel hinab, wurde er plötzlich so unsicher, daß ihm das Messer entglitt und das Mädchen stach. Die Verletzte schrie laut und gellend auf. Da sprangen die Alten hoch, unter ebenso lautem Geschrei. Doch Hohes Pferd befand sich bereits im Freien. Er und Rothirsch liefen davon wie Antilopen. Der alte Mann verfolgte, mit ein paar andern Leuten, die jungen Männer, doch diese entkamen in der Dunkelheit, und niemand wußte, wer sie waren.

Nun, wenn du je ein schönes Mädchen begehrt hast, so wirst du wissen, wie elend Hohes Pferd sich fühlte. Ihm war sehr schlimm zumut, und es sah so aus, als werde er lange hinsiechen, wenn nicht gar sterben müssen. Rothirsch ging mit sich zu Rat, und nach ein paar Tagen suchte er Hohes Pferd auf. Er sprach zu ihm: «Vetter, fasse Mut! Ich habe einen andern Plan und bin gewiß, bist du Manns genug, werden wir sie diesmal wegbringen können.» Und Hohes Pferd antwortete: «Ich bin Manns genug, alles zu unternehmen, was nur irgendeiner ersinnen kann, wenn ich dadurch dieses Mädchen erlange.»

Dies ist's, was sie taten:

Sie gingen allein vor das Dorf hinaus, und Rothirsch hieß Hohes Pferd sich nackt ausziehen. Dann übermalte er Hohes Pferd am ganzen Leib mit weißer Farbe, setzte schwarze Streifen auf das Weiß und umzog Hohen Pferds Augen mit schwarzen Ringen. Hohes Pferd sah nun schrecklich aus. So furchtbar, daß Rothirsch, nachdem er sein Werk beendet hatte und ihn betrachtete, gestand, sich selbst ein wenig zu fürchten.

«Wenn du jetzt wieder überrascht wirst», sagte Rothirsch, «dann wird jedermann dich für einen bösen Geist halten und sich hüten, dich zu verfolgen.»

Als nun die Nacht kühl wurde und alles tief schlief, schlichen die beiden zu des Mädchens Tipi zurück. Hohes Pferd kroch, wie zuvor, mit seinem Messer hinein, und Rothirsch wartete, bereit, das Mädchen herauszuschleppen und zu knebeln, wenn Hohes Pferd die Riemen durchschnitten hätte.

Hohes Pferd glitt an des Mädchens Bett und begann mit dem Zerschneiden der Riemen. Dann aber hielt er inne und sagte sich: «Wenn sie mich erblicken, dann werden sie auf mich schießen, weil ich so schrecklich aussehe.» Das Mädchen war unruhig und krümmte sich in seinem Bett; stets wenn ein Riemen durchschnitten wurde, gab es jenen paffenden Laut. Hohes Pferd ging darum sehr sorgfältig zuwege.

Aber er mußte doch zuviel Geräusch gemacht haben, denn die alte Frau erwachte plötzlich und sagte zu dem alten Mann: «Alter Mann, wach auf! Es ist jemand in diesem Tipi!» Der alte Mann jedoch war schlaftrunken und wollte nicht belästigt sein. Er antwortete: «Freilich ist hier jemand in diesem Tipi. Schlafe und stör mich nicht.» Darauf schnarchte er noch lauter.

Hohes Pferd aber war jetzt so erschrocken, daß er ganz still liegen blieb und sich so flach auf den Boden drückte, wie er es nur vermochte. Nun müßt ihr verstehen: Er hatte seit langer Zeit nicht mehr richtig geschlafen, da er des Mädchens halber in seinem Gemüt so zu leiden hatte. Während er also dort lag und das Schnarchen der alten Frau abwartete, vergaß er vollkommen alles, sogar wie schön das Mädchen war. Rothirsch, der draußen lag, bereit seine Rolle zu spielen, wunderte sich, was denn dort innen geschehen sein mochte, doch wagte er nicht, Hohes Pferd herauszurufen.

Mittlerweile hatte es zu tagen begonnen, und Rothirsch mußte mit den beiden Ponys, die er für seinen Gefährten und das Mädchen dort aufgestellt hatte, abziehen, wenn er nicht entdeckt werden wollte. Also ging er.

Und wie es in dem Tipi nun hell wurde, da erwachte das Mädchen, und das erste, was es erblickte, war ein gräßliches Tier, am ganzen Leibe weiß mit schwarzen Streifen, das schlafend neben seinem Bette lag. Das Mädchen schrie laut auf, dann schrie auch die alte Frau, und der alte Mann brüllte. Hohes Pferd sprang zu Tode erschrocken auf, und im Fliehen hätte er beinah das Tipi umgerissen.

Von allen Seiten kamen nun die Leute des Dorfes herbeigerannt, mit Flinten und Bogen und Beilen. Jedermann brüllte.

Hohes Pferd hingegen rannte so, daß er den Boden kaum berührte, und er sah so fürchterlich aus, daß ihm die Leute auswichen und ihn laufen ließen. Ein paar Beherzte wollten auf ihn schießen, doch die andern meinten: Er könnte ein heiliges Wesen sein, darum könnte es Unglück bringen, wenn man ihn töte.

Hohes Pferd nahm den Weg zum nahen Fluß, und in dem diesen umgebenden Gehölz stieß er auf einen hohlen Baum. Dort schlüpfte er hinein. Später kamen ein paar von jenen Beherzten vorüber, und er konnte sie sagen hören, es sei ein böser Geist gewesen, der aus dem Wasser gekommen und jetzt wieder dorthin zurückgekehrt sei.

An diesem Morgen wurde den Leuten befohlen, das Lager abzubrechen und weiterzuziehen. Das taten sie, während Hohes Pferd sich in seinem hohlen Baum noch verborgen hielt.

Das alles hatte Rothirsch von seinem eigenen Tipi aus mitangesehen und sich den Anschein zu geben versucht, als sei er so gut überrascht und erschrocken wie alle andern. Als das Lager sich in Bewegung setzte, schlich er sich an den Ort zurück, wohin sein Gefährte verschwunden war. Dort unten im Gebüsch rief er, und Hohes Pferd antwortete, da er seines Freundes Stimme kannte. Sie wuschen die Farbe von Hohen Pferds Körper weg und setzten sich am Ufer nieder, um sich über ihren Verdruß zu unterhalten.

Hohes Pferd sagte, zeitlebens wolle er nicht mehr ins Dorf zurück, es sei ihm auch gleichgültig, was mit ihm geschehe. Er werde ganz für sich allein auf den Kriegspfad gehen. Rothirsch erwiderte: «Vetter, nein, du wirst nicht allein auf den Kriegspfad gehen, denn ich werde dich begleiten.» Und so bereitete Rothirsch alles vor. In der folgenden Nacht zogen sie selbander auf den Kriegspfad. Nach mehreren Tagen trafen sie gerade beim Sonnenuntergang auf ein Krähenlager: und als es dunkel war, schlichen sie an den Ort, wo die Pferde der Krähen grasten, töteten die Wache, die nicht an Feinde dachte, da sie glaubte, alle Lakotas seien fortgezogen, und trieben an die hundert Pferde davon. Es war ein gewaltiger Aufbruch, denn alle Krähenpferde rasten in wilder Eile dahin, und wahrscheinlich war es schon Morgen, bevor die Krähenkrieger sich ein paar Reittiere zu verschaffen vermochten. Rothirsch und Hohes Pferd flohen mit ihrer Herde drei Tage und drei Nächte, bis sie das Dorf ihres Stammes erreichten. Dann trieben sie die ganze Schar dort mitten auf den Platz und vor des Mädchens Tipi.

Der alte Mann war dort. Hohes Pferd rief ihn heraus und fragte ihn, ob er glaube, diese Pferde könnten für sein Mädchen genügen. Der alte Mann winkte ihm diesmal nicht ab. Es waren aber nicht die Pferde, die er wünschte. Was er sich wünschte, das war ein Sohn, der ein wirklicher Mann wäre und etwas taugte.

Also gewann Hohes Pferd schließlich sein Mädchen, und ich denke, er hatte es verdient.

Das indianische Aschenputtel

Am Ufer einer ausgedehnten Bucht am Atlantik lebte einst ein großer indianischer Krieger. Es wurde gesagt, daß er einer von Glooskaps besten Helfern und Freunden gewesen war und daß er viele wundervolle Taten für ihn vollbracht hatte. Aber das weiß heute niemand mehr so ganz genau.

Sicher ist nur, daß er eine ebenso wunderbare wie seltsame Macht besaß: Er konnte sich unsichtbar machen. So war es ihm möglich, sich unter seine Feinde zu mischen und ihre Gespräche zu belauschen. Von den Menschen wurde er «Strong Wind, der Unsichtbare» genannt. Er lebte zusammen mit seiner Schwester in einem Zelt nahe dem Meer, und sie half ihm viel bei seiner Arbeit. Er war wegen seiner großen Taten sehr begehrt, und viele Mädchen hätten ihn gern geheiratet. Aber es war bekannt, daß «Strong Wind» das erste Mädchen heiraten würde, das in der Lage sei, ihn bei der abendlichen Heimkehr zu erblicken. Obwohl viele diese Probe machten, dauerte es sehr lange, bis eine sie bestand.

«Strong Wind» bediente sich nämlich eines schlauen Tricks, um die Wahrheitsliebe all der Mädchen zu prüfen, die ihn für sich gewinnen wollten. Jeden Abend, wenn der Tag sich seinem Ende näherte, ging seine Schwester zum Strand hinunter. Sie wurde begleitet von den Mädchen, die die Probe machen wollten. Seine Schwester konnte ihn immer sehen, aber niemand sonst.

Wenn er dann im fahlen Licht der Abenddämmerung von seiner Arbeit nach Hause kam, fragte seine Schwester das Mädchen: «Kannst du ihn sehen?» Und jedes Mädchen sagte die Unwahrheit: «Ja, ich sehe ihn.» Dann fragte die Schwester weiter: «Womit zieht er seinen Schlitten?» Und die Mädchen sagten dann: «Mit dem Fell eines Elches» oder «mit einer Stange» oder «mit einem langen Strick». Und dann wußte seine Schwester immer, daß sie gelogen und die Antworten nur geraten hatten.

So versuchten es viele. Sie sagten die Unwahrheit und bestanden die Probe nicht. Denn: «Strong Wind» wollte niemanden heiraten, der unwahrhaftig war.

In einem nahegelegenen Dorf lebte ein großer Häuptling mit seinen drei Töchtern, deren Mutter schon lange tot war. Eine von den dreien wahr sehr viel jünger als ihre beiden Schwestern. Da sie sehr schön und freundlich war, wurde sie von allen Leuten geliebt. Die älteren Schwestern aber waren sehr eifersüchtig auf sie wegen ihrer Anmut und behandelten sie grausam. Sie zogen ihr Lumpen an, damit sie häßlich aussah; sie schnitten ihr langes, schwarzes Haar ab, und sie verbrannten ihr das Gesicht mit Kohlen vom Feuer, damit sie vernarbt und verunstaltet aussah. Außerdem belogen sie ihren Vater, indem sie ihm erzählten, daß sie alle diese Dinge selbst getan hätte. Trotz alledem blieb die jüngste Schwester geduldig, sie bewahrte sich ihre Freundlichkeit und verrichtete frohen Mutes ihre Arbeit.

Wie schon viele andere Mädchen vor ihnen, so versuchten auch des Häuptlings zwei älteste Töchter, «Strong Wind» zu gewinnen. Eines Abends gingen sie mit seiner Schwester in der Dämmerung zum Strand hinunter und warteten auf seine Heimkehr. Nach kurzer Zeit kam er von seiner Arbeit zurück und zog seinen Schlitten hinter sich her. Wie immer fragte seine Schwester auch dieses Mal: «Seht ihr ihn?» Und jede antwortete mit einer Lüge: «Ja.» Sie fragte weiter: «Aus welchem Material ist sein Schulterriemen?» Beide Schwestern rieten: «Aus rohem Leder.» Daraufhin betraten sie das Zelt in der Hoffnung, dort «Strong Wind» beim Abendessen zu sehen. Als er seinen Mantel und seine Mokassins auszog, konnten sie diese zwar sehen, mehr aber sahen sie nicht. Da «Strong Wind» wußte, daß sie die Unwahrheit gesagt hatten, blieb er unsichtbar, und sie kehrten bestürzt nach Hause zurück.

Eines Tages beschloß des Häuptlings jüngste Tochter, «Strong Wind» zu besuchen – trotz ihrer Lumpen und ihres verbrannten Gesichts. Sie flickte ihre Kleidung mit Rindenstückchen von Birkenbäumen und legte den wenigen Schmuck an, den sie besaß. Dann machte sie sich auf den Weg, um zu versuchen, den Unsichtbaren zu sehen, so wie es all die anderen Mädchen ihres Dorfes vor ihr schon getan hatten.

Ihre Schwestern lachten sie aus und bezeichneten sie als «Närrin»; und wie sie so auf der Straße daherging, lachten auch alle anderen Menschen über ihr zerlumptes Kleid und ihr verbranntes Gesicht; aber sie ging still ihren Weg. «Strong Winds» Schwester begrüßte das junge

Mädchen freundlich und nahm sie in der Dämmerung mit zum Strand. Kurz darauf kam auch «Strong Wind» selbst nach Hause, seinen Schlitten hinter sich herziehend. Und seine Schwester fragte: «Kannst du ihn sehen?» Und das Mädchen antwortete: «Nein.» Seine Schwester war sehr verwundert, daß dieses Mädchen die Wahrheit sagte. Und sie fragte noch einmal: «Kannst du ihn jetzt sehen?» Und dieses Mal antwortete das Mädchen: «Ja, und er ist wunderbar.» Die Schwester fragte: «Womit zieht er seinen Schlitten?» Und das Mädchen antwortete furchtsam: «Mit einem Regenbogen.» Sie wurde weiter gefragt: «Woraus ist die Sehne seines Bogens?» Und sie antwortete: «Seine Bogensehne ist die Milchstraße.»

Da wußte «Strong Winds» Schwester, daß sie die Wahrheit gesagt hatte und daß sich ihr Bruder für sie sichtbar gemacht hatte, weil sie zu Anfang die Wahrheit gesprochen hatte. Da sprach die Schwester: «Es ist wahr, du hast ihn gesehen.» Und sie nahm das Mädchen mit nach Hause und badete es – und plötzlich verschwanden alle Narben aus ihrem Gesicht und von ihrem Körper; ihre Haare wuchsen wieder lang und schwarz wie die Flügel des Raben; und die Schwester gab ihr schöne Kleider und kostbaren Schmuck.

Daraufhin bot sie ihr den Platz der Ehefrau im Zelt an. Bald darauf kam auch «Strong Wind». Er setzte sich zu ihr und nannte sie seine Braut. Schon am nächsten Tag wurde sie seine Frau und half ihm das ganze Leben hindurch bei seinen großen Taten.

Die beiden älteren Schwestern des Mädchens waren sehr zornig und wunderten sich über das, was geschehen war. Aber «Strong Wind», der um sie und ihre Grausamkeiten wußte, beschloß, sie zu bestrafen. Er machte Gebrauch von seiner großen Macht, verwandelte sie in Zitterpappeln und verwurzelte sie tief in der Erde. Seit diesem Tag zittert das Espenlaub immerzu, es erschauert und denkt mit Furcht an die Ankunft «Strong Winds».

Auch wenn er ganz sanft daherkommt, zittert es, denn sie denken immer noch an seine große Macht und an seinen Ärger über ihre Lügen und über die Grausamkeiten, die sie ihrer Schwester vor langer Zeit zufügten.

North-East Woodland

BRIAN SWANN

Der rote Schwan

Zwei junge Männer lebten in einem Wigwam mit ihrem jüngsten Bruder, der erst vor kurzem auf der Suche nach Traumgesichten in die Wälder gegangen war. Er hatte sein Gesicht geschwärzt und hatte an einem einsamen Ort viele Tage lang gefastet. Er hatte weder gegessen noch getrunken, bis ihm in seinen Träumen Schutzgeister erschienen waren und ihm ihre Hilfe angeboten hatten. Von jenem Augenblick an war er zum Mann geworden. Seine Schutzgeister würden ihn, solange er lebte, beschützen und leiten.

Die drei Brüder waren sehr früh Waisen geworden. Ihr Vater, ein Medizinmann, war gestorben, als der Jüngste noch ein Kind gewesen war. Bald darauf hatten sie auch ihre Mutter verloren. Da die Eltern nicht im Dorf ihres Stammes gelebt hatten, mußten die Söhne nun ohne irgendeine Hilfe ganz allein für sich sorgen. Jeder von ihnen wurde ein guter Jäger. Am erfolgreichsten auf der Jagd und am tüchtigsten war der älteste Bruder. Alle waren noch unverheiratet und hatten keine Frauen, die ihnen das Wild, das sie heimbrachten, zubereiteten und den Wigwam in Ordnung hielten. Diese Aufgabe fiel deshalb dem jüngsten Bruder zu. Manchmal fühlte er sich einsam, wenn seine Brüder lange nicht von der Jagd zurückkehrten.

Eines Tages gingen die zwei älteren Brüder wie immer auf die Jagd. Der jüngste Bruder ging hinunter zum See und holte Wasser. Er hatte eben den Rindeneimer gefüllt und aus dem See gezogen, als etwas Erstaunliches geschah. Nicht weit vom Ufer entfernt, begann sich das Wasser rot zu färben. Der junge Mann schaute verwirrt auf den See hinaus und sah einen Schwan, der langsam zur Mitte hinschwamm. Sein Gefieder war nicht weiß, sondern rot, und es leuchtete wie die Sonne, wenn sie im Untergehen ist.

Der jüngste Bruder wollte seinen Augen nicht trauen und lief, so schnell er konnte, in den Wigwam. Er packte seinen Bogen und eine

Handvoll Pfeile, rannte zum See zurück und schoß auf den roten Schwan. Keiner der Pfeile traf. Der Schwan schwamm anmutig im See umher und ließ sich von den Pfeilen, die ihn umschwirrten, nicht stören. Wieder lief der jüngste Bruder in den Wigwam. Er wollte nachsehen, ob seine Brüder vielleicht einige ihrer Pfeile nicht mitgenommen hatten. Nachdem er tatsächlich ein paar alte und schon lange nicht mehr benützte Pfeile gefunden hatte, eilte er ans Seeufer und begann erneut auf den Schwan zu schießen. Auch diesmal traf keiner der Pfeile das Ziel. Der Schwan glitt ruhig dahin, als wäre nichts geschehen. In kurzer Zeit hatte der junge Mann die Pfeile seiner Brüder verschossen. Als er den Bogen enttäuscht weglegte, erinnerte er sich daran, daß sein ältester Bruder einmal gesagt hatte, im Medizinbeutel des toten Vaters wären zwei Pfeile. So lief er noch einmal in den Wigwam. Er wußte, daß er den heiligen Beutel eigentlich nicht öffnen durfte, aber wenn er es unterließ, hatte er keine Möglichkeit mehr, den wunderbaren Schwan zu erlegen. Meine Brüder werden mir vergeben, dachte er.

Im Wigwam holte der junge Mann den Medizinbeutel aus dem sicheren Versteck und lief wiederum zum See. Er legte den Beutel auf den Boden und öffnete ihn. Da waren die zwei Pfeile! Als der jüngste Bruder den ersten Pfeil auflegte, war ihm, als könnte er sein Herz in den Ohren hämmern hören. Lange und sorgfältig zielte er auf den Schwan, der noch immer ruhig dahinglitt und dessen Gefieder das Wasser um ihn herum rot färbte. Der jüngste Bruder schoß – aber auch dieser Pfeil verfehlte weit sein Ziel. Der Schwan reckte den langen Hals vor und tauchte den Schnabel ins Wasser, als wäre er sich der Gefahr nicht bewußt.

Jetzt war nur noch ein Pfeil übrig. Zum letztenmal spannte der junge Mann den Bogen und zog die Sehne bis ans Ohr zurück. Mit der scharfen Pfeilspitze folgte er jeder Bewegung des Schwans. Dann ließ er den Pfeil losschwirren und sah, wie dieser knapp oberhalb der Brust im Schwanenhals stecken blieb. Zuerst rührte sich der Schwan nicht. Dann fing er an, mit schlagenden Flügeln über das Wasser zu laufen, bis er sich langsam, aber kraftvoll in die Luft erhob. Er stieg zur halben Höhe der Bäume auf, die rund um den See standen, flog noch höher und verschwand schließlich über den Wipfeln in jener Richtung, wo am Abend die Sonne untergeht.

Der jüngste Bruder nahm sogleich die Verfolgung auf. Er war ein ausgezeichneter Läufer und konnte schneller am Ziel sein als ein Pfeil, den er abgeschossen hatte. «Ich kann sehr geschwind laufen», sagte er zu sich, «und der Schwan ist verwundet. Früher oder später werde ich ihn eingeholt haben.»

Der jüngste Bruder lief nach Westen, durch Wälder und Sümpfe, über Hügel und große Grassteppen. Am Ende des Tages kam er in die Nähe eines Dorfes, wo die Männer eben dabei waren, Holz zu schneiden. Der junge Mann konnte hören, wie die wuchtigen Axtschläge durch den Wald hallten. Als er unter den Bäumen hervortrat, verschwand die Sonne am Horizont. Einer der Männer erblickte ihn, und bald kamen aus allen Hütten Menschen heraus und boten ihm Gastfreundschaft an. Die Dorfbewohner dachten, daß er ein seltsamer junger Mann wäre, denn seine Sprache und seine Kleidung waren anders, als sie es gewohnt waren. Sie führten ihn in die Hütte des Häuptlings, der ihn einlud, sich ans Feuer zu setzen und zu essen. Als der jüngste Bruder satt war, sagte der Häuptling: «Es ist Sitte in unserem Dorf, daß jeder fremde junge Mann, der zu uns kommt, eines unserer Mädchen zur Frau erhält.» Der Häuptling winkte ein hübsches Mädchen herbei, und dem jüngsten Bruder blieb nichts anderes übrig, als seine Zustimmung zur Heirat zu geben.

Sobald alle in der Hütte fest schliefen, wandte er sich an seine junge Frau und fragte, ob an diesem Tag ein roter Schwan vorbeigeflogen wäre.

«Ja», antwortete sie, «es flog wirklich ein roter Schwan vorbei. Ich habe ihn gesehen.»

«Wann war das?» wollte er wissen.

«Der Schwan flog genau auf die Sonne zu, als sie schon tief stand.»

«Dann muß ich in diese Richtung gehen!» sagte der jüngste Bruder.

Bevor die Sonne am nächsten Morgen aufging, verließ er seine junge Frau und folgte dem roten Schwan.

Solange es noch dämmrig war, wanderte er langsam dahin, als sich aber die Sonne über den Horizont erhob und es hell wurde, begann er wieder zu laufen. Er lief den ganzen Tag, ohne Rast zu machen. Gegen Abend kam er wieder in ein Dorf. Auch diesmal lud ihn der Häuptling in seine Hütte ein, gab ihm zu essen und sagte nachher: «Es ist Sitte in unserem Dorf, daß jeder fremde junge Mann, der zu uns kommt, eines unserer Mädchen zur Frau erhält.»

Der jüngste Bruder mußte erneut seine Zustimmung geben und nahm eines der Mädchen zur Frau. Als alle in der Hütte fest schliefen, fragte er sie nach dem roten Schwan.

«Ja», antwortete die junge Frau, «ich habe ihn gesehen. Er flog über den Wald, als die Sonne auf halber Höhe der Bäume stand und im Untergehen war.»

Bevor der Morgen dämmerte, stahl sich der jüngste Bruder aus dem Dorf und wanderte weiter.

Er wanderte durch Wälder und schwamm über Flüsse, er lief über große Graswiesen und über Hügel. Manchmal war ihm, als könne er ein rotes Leuchten am Himmel ausnehmen, und das gab ihm Zuversicht.

Als die Nacht hereinbrach, sah er einen Lichtschein, der aus einer kleinen, niedrigen Hütte fiel. Er schlich leise näher und lugte durch einen Spalt in der Tür. In der Hütte saß ein alter Mann und wärmte seinen Rücken am Feuer.

Ohne sich zu bewegen oder aufzublicken, sagte der Alte: «Komm herein und setz dich, junger Mann. Setz dich mir gegenüber nieder. Wärm dich am Feuer, du mußt müde und ausgefroren sein. Ich werde dir etwas zu essen bereiten.»

Der jüngste Bruder trat ein und setzte sich dem Alten gegenüber auf den Boden. Das flackernde Licht des Feuers blendete ihn, trotzdem konnte er sehen, daß der Kopf des alten Mannes kahl und wund war.

Der alte Mann wandte sich einem kleinen Eisenkessel zu, der zwei Füße hatte. «Mein Kessel steht auf dem Feuer, voll mit Wasser!» sagte der Alte. Und sogleich stand der Kessel über dem Feuer. Dann nahm der alte Mann aus einem Beutel ein Süßmaiskorn und eine einzige Blaubeere und ließ sie in den Kessel fallen. Als der jüngste Bruder das sah, war er überzeugt, an diesem Abend hungrig zu bleiben, aber er verriet mit keiner Gebärde und mit keiner Silbe, was er dachte.

Das Wasser im Kessel kochte.

«Kessel, stell dich zu meinem Gast hin!» befahl der alte Mann.

Der Kessel tat, wie ihm aufgetragen worden war, und stellte sich neben den jüngsten Bruder. Nun nahm der Alte eine kleine Schüssel und einen kleinen Löffel und gab beides dem jüngsten Bruder. «Greif zu!» forderte er ihn auf.

Der jüngste Bruder war so erstaunt, daß er sofort gehorchte. Er tauchte die kleine Schale in den Kessel und füllte sie. Es war gerade so viel darin, daß er einen Löffel voll essen konnte.

«Iß nur weiter!» ermutigte ihn der Alte.

Wieder tauchte der jüngste Bruder die Schale in den Kessel. Bald erkannte er, daß dieser nie leer wurde, sooft er auch die Schüssel füllte. Als er sich sattgegessen hatte, befahl der Alte dem Kessel, auf seinen

Platz zurückzukehren. «Und nun», sagte er zum jüngsten Bruder, «erzähl mir, was dich hergeführt hat!»

Der jüngste Bruder erzählte seine Geschichte.

«Ich kenne diesen Schwan», murmelte der Alte. «Bevor wir aber darüber sprechen, möchte ich, daß du etwas für mich tust. Früher trug ich immer eine Skalpkappe aus Wampumperlen. Sie war an meinem Kopf festgewachsen, und ich legte sie nie ab. Mein armer Kopf ist jetzt immer ganz wund und blutig, weil mir ein paar Krieger ohne jeden Grund einen bösen Streich spielten. Sie kamen zu mir und erzählten, daß die Tochter des Häuptlings krank und dem Tode nahe sei. Die Häuptlingstochter, so behaupteten sie, wäre überzeugt, daß nur mein Wampumskalp sie heilen könne. Schon allein der Anblick der Kappe würde sie gesund machen. Ich wollte meinen Wampumskalp nicht hergeben, aber sie baten mich immer wieder darum. Mir begann das Mädchen leid zu tun, und so trennte ich mich schließlich schweren Herzens von dem Wampumskalp. Als ich ihn abnahm, tat es sehr weh, aber die Krieger versprachen mir, ihn bald zurückzubringen. Jetzt sind aber schon einige Jahre vergangen, und noch immer habe ich meinen Wampumskalp nicht zurückerhalten. Diese Krieger haben mich betrogen. Sie logen mich an und verhöhnen mich jetzt, weil sie mir durch List den Wampumskalp und damit auch seine Zauberkräfte nahmen. Jedesmal, wenn sie meinen Wampumskalp verspotten, fangen meine Wunden von neuem zu bluten an. Viele tapfere junge Männer haben schon versucht, mir den Skalp zurückzubringen, aber keinem ist es bisher gelungen. Deshalb habe ich nach dir gesandt.»

«Du hast nach mir gesandt?» rief der jüngste Bruder erstaunt.

«Ja, ich habe nach dir gesandt. Ich möchte, daß du mir hilfst. Zuerst muß ich aber die Träume kennen, die du während deines Fastens hattest, als du dein Gesicht schwärztest, um ein Mann zu werden und Schutzgeister zu finden.»

Der jüngste Bruder erzählte dem Alten einen seiner Träume.

Der alte Mann stöhnte. «Das ist er nicht!» sagte er.

Der jüngste Bruder erzählte einen anderen Traum und dann noch einen, aber jedesmal stöhnte der Alte und schüttelte den Kopf.

Endlich sagte er: «Nein, das sind nicht die rechten Träume!»

Nun dachte der jüngste Bruder bei sich: Wer ist denn dieser alte Mann schon! Ich kenne ihn nicht. Warum soll ich ihm meine Träume erzählen? Ich werde ihm keinen mehr verraten, mag er stöhnen und jammern, soviel er mag!

Der Alte merkte, daß er den jungen Mann gekränkt hatte, und fragte freundlich: «Hast du denn wirklich keine Träume anderer Art gehabt?»

Der jüngste Bruder dachte eine Weile nach.

«Träume anderer Art? Nun ja, ich glaube schon!»

Und er erzählte dem alten Mann noch einen Traum.

«Das ist er! Das ist er!» rief der Alte. «Das ist der Traum, der mich am Leben erhalten wird, und du bist jener, der mir meinen wertvollen Wampumskalp zurückbringen wird.»

«Ich will es tun!» antwortete der jüngste Bruder. «Aber zuerst möchte ich wissen, wieso es kommt, daß du nach mir gesandt hast und ich nichts davon weiß.»

«Du wirst alles erfahren, wenn du wieder bei mir bist», antwortete der Alte. «Jetzt aber laß dich warnen! Der Häuptling jener Krieger, die meinen Wampumskalp stahlen, ist ein mächtiges Wesen. Er lebt in einem großen Wigwam und liegt in der Mitte des Raumes auf dem Rücken. Nichts entgeht seinen Augen, sollte es auch noch so klein sein und sollte es auch fliegen. Sei vorsichtig! Jetzt kannst du gehen, es ist nicht sehr weit.»

«Gut!» sagte der jüngste Bruder und stand auf.

«Nein», rief der Alte. «Ich meinte doch nicht, daß du sofort aufbrechen sollst! Morgen früh ist noch immer Zeit dafür.»

Bevor die Sonne aufging, war der jüngste Bruder schon wach und wanderte fort. Er ging schnell dahin, ohne zu rasten oder zu essen. Als der Abend dämmerte, hörte er laute Rufe. Langsam und vorsichtig schlich er durch einen dichten Wald näher. Die Rufe und Schreie wurden immer lauter. Schließlich kam der jüngste Bruder zu einer großen, grasbedeckten Hochebene. Am Rand der Ebene tanzten Männer um ein Feuer herum. Der junge Mann sah, daß sie einen Kriegstanz aufführten. So eifrig waren sie dabei, daß sie nicht merkten, wie er im Dunkel außerhalb des Feuerscheins leise an ihnen vorüberschlich. Er ging auf den größten Wigwam zu, in dem er den Wampumskalp vermutete. Keiner sah ihn eintreten. In der Mitte des Wigwams lag der mächtige Häuptling, vor dem ihn der alte Mann gewarnt hatte.

Der jüngste Bruder sprach ganz leise zu sich selbst: «Einmal die Länge einer Grasfaser!»

Sofort hatte er sich in eine Grasfaser verwandelt. Er schwebte durch die Luft, glitt lautlos durch den Wigwam und hoffte, klein genug zu sein. Als er sich gerade oberhalb des Häuptlings befand, rief dieser aus: «Was ist da oben! Was fliegt über meinem Kopf herum?»

Der Häuptling hatte ihn entdeckt!

«Kleiner als eine Grasfaser!» wisperte der jüngste Bruder und wurde winzig klein – so winzig, daß nicht einmal das Auge des Häuptlings ihn ausnehmen konnte. Er schaute um sich, sah aber nirgends den Wampumskalp. So ließ er sich von der Luft aus dem Wigwam ins Freie hinaustragen. Als er auf den Kreis der Tanzenden zuschwebte, entdeckte er endlich die Skalpkappe aus Wampumperlen. Sie hing in der Mitte des Kreises an einer Stange. Die Männer tanzten um sie herum, und immer wieder verhöhnten sie abwechselnd den Skalp.

Was soll ich jetzt tun? dachte der jüngste Bruder. Ich weiß es! Ich verwandle mich in einen kleinen Hund, in einen besonders hübschen kleinen Hund!

Es dauerte nicht lange, und ein paar der Tänzer sahen einen kleinen, besonders hübschen Hund neben dem Feuer. «He, Hündchen, komm her!» riefen sie. «Was ist das doch für ein hübscher kleiner Hund!»

Immer mehr Krieger hörten zu tanzen auf und wollten den kleinen Hund einfangen. Sie rannten ihm nach, waren aber nicht so schnell wie er. Bald wurde eine richtige Jagd daraus. Die Krieger schrien und stürzten dahin und dorthin, während der kleine Hund um ihre Beine strich, ums Feuer lief, in den Wald hinein, dann wieder hinaus auf die Ebene. Er rannte zwischen die Trommler, flüchtete einmal in diese Hütte und dann in jene. Keiner der Männer konnte ihn einfangen. Schließlich steckte der Häuptling den Kopf aus dem Wigwam und wollte wissen, was all der Aufruhr bedeutete. Als er den kleinen Hund erblickte, war er ebenso begeistert wie seine Krieger.

«Wer den Hund fängt, darf ihn behalten!» verkündete er.

Alle Männer im Dorf rannten nun dem Hund nach. Sie waren gute Läufer, doch der kleine Hund war noch flinker. Er rannte hin und her, kreuz und quer durch das Dorf. Manchmal ließ er einen seiner Verfolger ganz nahe kommen, aber bevor dieser ihn packen konnte, war er schon wieder entwischt und weit fort. Im Eifer der Jagd merkten weder der Häuptling noch die Krieger, daß der kleine Hund sie immer weiter und weiter hinaus in die Ebene lockte. Dann raste er plötzlich zum Tanzplatz zurück, sprang an der Stange hoch und ergriff den Wampumskalp mit den Zähnen.

«Ein Falke!» rief er und erhob sich mit kräftigen Flügelschlägen hoch in die Luft. Keiner der Krieger merkte es. Gemeinsam mit ihrem Häuptling suchten sie noch immer draußen auf der Ebene nach dem hübschesten und schnellsten kleinen Hund, den sie je gesehen hatten.

Der jüngste Bruder flog zur Hütte des alten Mannes zurück. Er landete auf dem Dach, verwandelte sich wieder in seine rechte Gestalt und glitt zu Boden.

«Hast du mir meine Wampumkappe zurückgebracht?» rief der Alte aufgeregt.

«Hier ist sie!» antwortete der jüngste Bruder und reichte dem Alten die Skalpkappe, die ziemlich mitgenommen aussah.

«Ich danke dir aus ganzem Herzen!» rief der alte Mann und drehte den Wampumskalp behutsam in den Händen. «So schön wie früher ist er freilich nicht mehr», sagte er etwas enttäuscht. «Diese Krieger haben ihn wirklich arg zugerichtet. Eine ganze Menge Wampumperlen fehlen! Trotzdem bin ich glücklich, daß ich ihn wieder habe!» Der Alte setzte den Wampumskalp auf und seufzte erleichtert.

«Morgen wirst du nach Hause gehen», sagte er zum jüngsten Bruder. «Ich will dir ein Geschenk mitgeben.» Er öffnete eine Truhe und holte ein paar Federn heraus. «Das sind Zauberfedern», erklärte er. «Wem immer du sie schenkst, der wird darüber glücklich sein.»

Der jüngste Bruder nahm die Federn und dankte dem Alten. Eigentlich hätte er gern etwas über den roten Schwan erfahren, aber er wagte nicht, danach zu fragen. Das wäre unhöflich gewesen. Der Alte hatte ihn reichlich belohnt, aber kein Wort über den roten Schwan verloren. Er will wohl nicht darüber reden, dachte der jüngste Bruder.

Nach all den aufregenden Abenteuern schlief er tief und fest. Als er am nächsten Morgen sein Bündel geschnürt hatte, sagte der alte Mann:

«Bevor du mich verläßt, möchtest du doch sicher etwas über den roten Schwan erfahren. Jetzt kann ich dir auch sagen, daß ich bereit bin, ein Versprechen zu erfüllen, das ich gegeben habe, als mir mein Wampumskalp gestohlen wurde. Ich gelobte damals, daß jener, der ihn mir zurückbringt, meine Tochter zur Frau erhält.»

Der alte Mann verstummte und blickte zur Tür. Sie öffnete sich langsam – und da stand der rote Schwan. Vor den Augen des jüngsten Bruders verwandelte sich der Schwan in ein wunderschönes junges Mädchen, so schön und so anmutig, daß seine Füße kaum den Erdboden zu berühren schienen.

«Nimm sie!» sagte der alte Mann. «Sie ist bereit, mit dir zu gehen. Behandle sie gut. Sie ist deiner wert.»

Der jüngste Bruder und seine neue Frau wanderten nach Hause zurück. Die erste Nacht verbrachten sie in dem Dorf, in dem er seine zweite Frau geheiratet hatte. Am Morgen, als sie gemeinsam mit ihr aufbrachen, gab er ihrem Vater eine seiner Zauberfedern. Die nächste Nacht schliefen sie in jenem Dorf, in dem er die erste Frau geheiratet hatte. Wieder gab er dem Vater eine Zauberfeder. Dann wanderten sie zu viert weiter.

Als sie den Wigwam erreichten, waren die zwei älteren Brüder nicht daheim. «Sie werden wohl auf der Jagd sein», sagte der junge Mann zu seiner ersten und zweiten Frau. «Meine Brüder sind hübsche junge Männer und tüchtige Jäger. Ihr sollt sie heiraten, wenn ihr damit einverstanden seid.»

Er wies auf das Lager seines ältesten Bruders. «Das wird dein Lager sein», sagte er zu seiner ersten Frau. Dann wies er auf das Lager, wo sein zweiter Bruder zu schlafen pflegte. «Das dort ist deines», sagte er zu seiner zweiten Frau.

Der Wigwam war schmutzig und verwahrlost, der Boden mit Asche bedeckt. Der jüngste Bruder und die Frauen fingen an, alles sauber und ordentlich zu machen. Sie waren eben damit fertig, als der älteste Bruder von der Jagd heimkehrte. Als er Rauch aus dem Wigwam aufsteigen sah, dachte er: Was kann das bedeuten? Sollte unser Bruder heimgekehrt sein? Er legte seine Jagdbeute nieder, nahm ein Stückchen Holzkohle und schwärzte sich das Gesicht als Zeichen der Trauer. Dann betrat er den Wigwam.

«Kleiner Bruder!» rief er. «Wie glücklich bin ich, daß du wieder hier bist. Als du uns verlassen hattest, schwärzten wir uns die Gesichter, weil wir dachten, daß du tot wärst.»

Bald danach kam auch der zweite Bruder und beteuerte ebenfalls, wie froh er wäre, den Jüngsten wiederzusehen. «Jeden Tag haben wir um dich getrauert», sagte er.

Der jüngste Bruder erzählte nun seine Abenteuer. Als er alles berichtet hatte, schaute er seine Brüder lange an und sagte dann: «Ich habe euch Frauen mitgebracht. Man hat sie mir gegeben, und nun gebe ich sie euch. Das hatte ich von Anfang an vor, damit wir alle glücklich und zufrieden miteinander leben können.»

Einige Zeit ging alles gut, aber allmählich fühlte sich der älteste Bruder mehr und mehr vom roten Schwan, der Frau seines jüngeren Bruders, angezogen. Er begann, diesem Vorwürfe zu machen, weil er die zwei Pfeile aus dem Medizinbündel des Vaters genommen hatte. Obwohl er wußte, daß es unmöglich war, bestand er darauf, daß der jüngste Bruder die Pfeile ersetzen müßte. Bei jeder Kleinigkeit fing er Streit mit ihm an.

Eines Tages gingen die zwei älteren Brüder wieder auf die Jagd. Als sie Rast hielten, sagte der älteste Bruder: «Ich will es nicht mehr länger verschweigen! Ich möchte die Frau unseres jüngsten Bruders für mich haben. Warum soll gerade er die schönste der Frauen für sich beanspruchen? Hör mir jetzt gut zu! Ich habe einen ausgezeichneten Plan, und es wird besser für dich sein, wenn du mir dabei hilfst. Sag deiner Frau, daß sie Rinde von Lindenbäumen sammeln soll, um ein kräftiges Seil daraus zu machen. Ich werde das gleiche meiner Frau auftragen. Wenn die beiden damit fertig sind, sollen sie noch einen Korb aus Rinde flechten. Dann werden wir eine Schaukel bauen, damit unser Bruder die Welt von oben betrachten kann. Wir werden die Schaukel ihm zu Ehren errichten, und er soll der erste sein, der sie benützt. Der erste und der letzte! Wenn er im Korb sitzt, werden wir ihn höher und höher schaukeln und dann das Seil durchschneiden.»

«Warum sollen wir das tun?» fragte der zweite Bruder. «Es ist nicht recht, unseren Jüngsten so schlecht zu behandeln. Hat er nicht dir und mir eine Frau mitgebracht?»

«Ja, das stimmt», antwortete der älteste Bruder. «Aber die Schönste und Klügste hat er für sich selber behalten. Und vergiß nicht, daß er bestraft werden muß, weil er die zwei Pfeile aus dem Medizinbeutel unseres Vaters genommen hat.»

«Wenn er das nicht getan hätte», sagte der zweite Bruder, «dann hätte er den roten Schwan nicht verfolgen können und wir wären noch immer drei einsame junge Männer ohne Frauen.»

«Ich bin der Erstgeborene, und du hast mir zu gehorchen!» rief der älteste Bruder. «Und tu nicht so, als hättest du keine Augen für seine Frau! Ich habe oft genug gesehen, wie du ihr nachblickst. Laß uns aber jetzt nicht darüber streiten. Wenn unser Bruder tot ist, laufen wir um die Wette. Wer am schnellsten ist, wird seine Frau erhalten.»

Der älteste Bruder zweifelte nicht daran, daß er der schnellere Läufer war.

Genau dasselbe dachte aber auch der zweite Bruder von sich.

«Gut», sagte er deshalb. «Ich werde tun, was du verlangst. Dann werden wir um die Wette laufen und sehen, wer der Sieger ist.»

An diesem Abend, als alle im Wigwam saßen, sagte der älteste Bruder: «Ich habe einen guten Plan. Wir alle haben hart gearbeitet und brauchen etwas Ruhe. Auch möchte ich unserem jüngsten Bruder danken, weil er heimkehrte und uns Frauen mitbrachte. Geht morgen in den Wald und holt Rinde von Lindenbäumen und macht daraus ein langes, starkes Seil. Nachher flechtet einen Korb für eine Schaukel. Unser jüngster Bruder soll als erster die Welt von hoch oben sehen. Sobald er von seinem Flug in den Himmel zurückgekehrt ist, kommen wir anderen der Reihe nach daran, damit auch wir schauen können, was er gesehen hat.»

«Das ist ein guter Vorschlag!» sagte der zweite Bruder.

Am nächsten Morgen gingen die Frauen in den Wald und sammelten Rinde von Lindenbäumen. Am Tag darauf war alles vorbereitet und die Schaukel fertig.

In der Nacht, als die anderen schliefen, flüsterte der jüngste Bruder seiner Frau zu: «Morgen früh werden mich meine zwei Brüder ehren und hoch hinauf in den Himmel schaukeln.»

«Tu es nicht!» wisperte sie zurück. «Du weißt doch, was sie vorhaben?»

«Ich weiß es», antwortete er. «Habe keine Angst! Ich werde eine Zeitlang fort sein, aber bald zurückkehren.»

Als der Morgen dämmerte, setzten sich alle gemeinsam um das Feuer und aßen. Dann führte sie der älteste Bruder zu jenem Platz im Wald, den er ausgewählt hatte. Nachdem er die Schaukel sorgfältig überprüft hatte, lud er den jüngsten Bruder ein, sich in den Korb zu setzen. «Du sollst der erste sein, der die Welt von oben sieht», sagte er.

Der jüngste Bruder kletterte mit dem Bogen in der Hand in den Korb.

«Warte!» sagte der älteste Bruder. «Wozu brauchst du deinen Bogen? Laß ihn hier.»

«Vielleicht fliegt eine Gans vorbei», sagte der jüngste Bruder. «Dann kann ich sie erlegen, und wir haben einen Festbraten.»

«Aber du hast ja gar keine Pfeile!» rief der zweite Bruder.

Der junge Mann gab keine Antwort und stieß mit dem Fuß die Schaukel ab. Seine zwei Brüder schaukelten ihn höher und höher – so hoch in die Luft, daß die Frauen besorgt riefen, sie sollten aufhören. Die Brüder kümmerten sich nicht darum. Als der Jüngste in seinem Korb bis zu den Wipfeln der Bäume hinaufgeflogen war und das Seil sich straff gespannt hatte, schnitten sie es durch.

Der jüngste Bruder war nun oben im Himmelsland. Als er lange dahingewandert war, kam er zu einer Öffnung im Boden, die dem Eingang einer Höhle glich. Er trat ein und sah vor sich ein wunderschönes Land, lieblich und saftig grün. Da gab es viele Arten von Tieren, alle in großen Herden. Ein riesiger Büffel kam auf ihn zu. Der junge Mann war nicht wenig erstaunt, als der Büffel ihn in seiner Sprache anredete.

«Warum bist du hierhergekommen?» fragte der Büffel. «Wieso hast du es gewagt, das Land der Toten zu betreten?»

Der jüngste Bruder hatte Angst, trotzdem antwortete er: «Ich bin gekommen, um zwei Zauberpfeile zu holen, damit ich meine Brüder versöhnen kann.»

«Das haben wir uns gedacht!» rief der Büffel und wich zurück, als fürchte auch er sich. Jetzt erst bemerkte der jüngste Bruder, daß unter dem Fell nur ein Gerippe war.

«Du bist an einen Ort gekommen, den noch kein Lebender betreten hat», sagte der Büffel. «Geh wieder in dein eigenes Land zurück. Du darfst keinen Schritt weitergehen, sonst kannst du nicht mehr heimkehren. Geh jetzt! Du wirst lange leben und sehr alt werden.»

Von einem Augenblick zum anderen war der jüngste Bruder wieder unten auf der Erde. In seinen Händen hielt er zwei glänzende Pfeile. Als er heimkam, ging die Sonne eben unter, und der Himmel leuchtete rot. Er hörte, wie die zwei Brüder um seine Frau stritten, die sich weigerte, einen von ihnen zum Mann zu nehmen. Sie saß still in einer Ecke. Neben ihr kauerten die zwei anderen Frauen und weinten.

Der jüngste Bruder stand da und horchte zu. Im Schutz der dunklen Schatten nahm er einen Pfeil, legte ihn an und spannte den Bogen. Er zielte auf den ältesten Bruder – lange! Da schaute seine Frau auf, sah ihn und kam mit leisen Schritten zu ihm. Die zwei Brüder stritten noch immer und merkten nicht, was geschehen war. Der jüngste Bruder nahm die zwei Pfeile, ging in den Wigwam und legte sie auf jenem Platz nieder, wo seine Frau gesessen hatte. Er legte die Pfeile so auf den Boden, daß die funkelnden, scharfen Spitzen auf seine zwei Brüder zeigten. Keiner der beiden sah es, als er und seine Frau, der rote Schwan, den Wigwam verließen und nach Sonnenuntergang wanderten.

Menomini

J. W. SCHULTZ

O Sonne, banne die böse Kraft des Bärengeistes!

Gegen Ende April verließen wir unseren Handelsposten. Berry wollte nach Ankunft der ersten Schiffe wieder Waren zu den Bergwerken transportieren und brachte deshalb seine Familie nach Fort Benton. Sorrel Horse und seine Angehörigen gingen auch dorthin. Die Blood und die Blackfoot zogen nach Norden, um den Sommer am Belly River und am Saskatchewan zu verbringen, die meisten Piegan hinüber zum Milk River und ins Land der Sweetgrass Hills. Die Gruppe der Small Robes, der ich angehörte, machte sich zum Vorgebirge der Rockies auf. Ich hatte ein Zelt und ein halbes Dutzend Pack- und Zugtiere angeschafft, um unser Hab und Gut zu befördern. Wir besaßen einen großen, gußeisernen Kessel zum Kochen und Braten, zwei Bratpfannen, einige kleine Töpfe und etwas Blech- und Eisengeschirr, auf das Nät-ah'-ki besonders stolz war. Unsere Verpflegung bestand aus einem Sack Mehl, etwas Zucker, Salz, Bohnen, Kaffee und getrockneten Äpfeln. Auch Tabak und Patronen besaß ich reichlich. Wir waren reich; und die Welt stand uns offen. Als die Zeit des Aufbruchs näherrückte, machte ich mich daran, beim Einpacken unserer Habseligkeiten zu helfen, doch das verbot Nät-ah'-ki mir sofort.

«Schämst du dich nicht?» meinte sie. «Das ist meine Arbeit, geh du ruhig und reite mit allen Häuptlingen voran. Ich kümmere mich schon um alles.»

So ritt ich mit den wichtigsten Männern an der Spitze des Zuges oder jagte abseits des Weges; und am Abend, wenn wir im Lager eintrafen, war das Zelt bereits aufgeschlagen, daneben lag ein Haufen Brennholz, und drinnen brannte ein helles Feuer, über dem das Abendessen kochte. Das Mädchen und ihre Mutter hatten alles besorgt. Nach getaner Arbeit ging die Mutter zum Zelt ihres Bruders hinüber, mit dem sie zusammenlebte.

Wir bekamen viel Besuch, und ich wurde häufig, mal von diesem, mal von jenem, zum Essen, Plaudern und Rauchen eingeladen. Unsere Vorräte hielten nicht lange vor, und bald ernährten wir uns nur noch von Fleisch. Alle, außer mir, waren damit zufrieden. Aber ich sehnte mich manchmal nach einem Apfelkuchen oder ein paar Kartoffeln. Oft träumte ich, der glückliche Besitzer einiger Süßigkeiten zu sein.

Nachdem wir das Fort hinter uns gelassen hatten, folgten wir zuerst dem Marias, dann seinem nördlichsten Zufluß, dem Cutbank River, so lange flußaufwärts, bis wir die Kiefernwälder am Fuße der Rockies erreichten. Hier lebte Wild; zwar waren die Bisons und Antilopen nicht so zahlreich, aber Elche, Hirsche, Dickhornschafe und Wapitis gab es in solchen Mengen, wie ich sie nicht einmal südlich vom Missouri beobachtet hatte.

Bären hatten das ganze Land aufgewühlt, und keine Frau wagte sich ohne Geleitschutz aus dem Lager, um Brennholz oder Stangen fürs Zelt zu besorgen. Viele der Jäger hatten noch nie einen Grizzly erlegt, denn sie verehrten diesen Bären als eine Art Medizin oder heiliges Tier, und viele glaubten, er sei tatsächlich ein menschliches Wesen. Man nannte ihn im allgemeinen *Kyaï'-ho,* aber die Besitzer von Medizinpfeifen mußten ihn, wenn sie von ihm sprachen, *Pah'-ksi-kwo-yi* oder «klebriges Maul» nennen. Ihnen allein war es erlaubt, etwas vom Fell des Bären zu nehmen, aber nur einen Streifen für ein Kopfband oder zum Einwickeln der Pfeife. Die Bärenkrallen durfte allerdings jeder als Halskette oder sonst als Schmuck tragen. Besonders Mutige trugen einen drei- oder vierreihigen Halsschmuck von Bärenklauen, die sie selbst erbeutet hatten, und waren sehr stolz darauf.

Eines Morgens ritt ich mit Heavy Breast hinaus auf die Wasserscheide zwischen dem Cutbank und dem Milk River, um zu jagen. Wir erlegten zwei kapitale Dickhornschafböcke, luden sie auf unsere Pferde und machten uns auf den Heimweg. Als wir aus dem Kiefernwald ritten, entdeckten wir in etwa 400 bis 500 Yards Entfernung einen stattlichen Grizzly, der auf der kahlen Bergseite emsig unter den Grasbüscheln wühlte und nach Zieseln oder einem Ameisennest suchte.

«Den laß uns schießen!» rief ich aus.

«*Ok-yi,* vorwärts!» stimmte Heavy Breast zu, doch mit einem Unterton, der besagte: «Einverstanden, aber das ist deine Idee, nicht meine.»

Wir ritten am Waldrand entlang und weiter den Berg hinunter. Mein Gefährte betete, versprach der Sonne ein Opfer und erflehte einen glücklichen Ausgang für unser Vorhaben. Am Fuß des Berges ritten wir in eine tiefe Schlucht und folgten ihr weiter hinein, bis wir uns in der Nähe der Stelle glaubten, wo wir den Bären gesehen hatten. Dann sprengten wir auf die Höhe – und wirklich, da stand der alte Bursche weniger als 50 Yards von uns entfernt. Er sah uns genauso schnell wie wir ihn, setzte sich auf seine Hinterbeine und wackelte mit der Schnauze, als schnüffele er in der Luft herum. Wir feuerten beide, und mit einem gräßlichen Gebrüll überschlug er sich, biß und hieb sich in die Flanke, wo ihn eine Kugel getroffen hatte. Dann sprang er auf und kam mit offenem Maul auf uns zugestürzt. Wir trieben unsere Pferde und flohen gen Norden, denn zurück den Berg hinunter wäre unklug gewesen. So schnell es ging, gab ich noch ein paar Schüsse auf ihn ab – leider ohne Erfolg. Der Bär war inzwischen mit gewaltigen Sätzen herangekommen und dem Pferd meines Gefährten schon auf den Fersen. Wieder feuerte ich, und wieder traf ich nicht. Im selben Augenblick flog Heavy Breast mitsamt Sattel und Schafsfleisch von seinem galoppierenden Pony runter. Der Sattelgurt, ein alter, ausgedienter Rohlederriemen, war gerissen.

«*Hai ya'*, mein Freund!» schrie er mir hilfesuchend zu, als er, fest im Sattel sitzend, hoch in die Luft sauste. Mit dumpfem Dröhnen schlug er weniger als zwei Schritte vor dem heranstürmenden Bären auf den Boden. Der Bär drehte sich mit einem erschreckten und verängstigten «Wuuuh!» auf der Stelle um und floh in den Wald zurück. Ich jagte sofort hinter ihm her, unablässig feuernd, bis ihm ein geglückter Schuß endlich das Rückgrat brach. Dann war es ein leichtes, ihn mit einer wohlgezielten Kugel in den Kopf vollends niederzustrecken. Als alles vorbei war, erinnerte ich mich wieder, wie komisch Heavy Breast ausgesehen hatte, auf seinem pferdelosen Sattel in der Luft schwebend, und ich mußte plötzlich lachen. Mein Gefährte war mittlerweile zu mir getreten und stand nun mit ernster Miene neben mir, abwechselnd auf mich und den Bären schauend.

«Lache nicht, mein Freund!» sagte er. «Lache nicht! Bete lieber zur gütigen Sonne und opfere ihr, damit du, wenn du einmal von einem Feind oder einem, wie er hier liegt, arg bedrängt wirst, so gnädig mit dem Leben davonkommst wie ich eben. Gewiß hat die Sonne mein Gebet erhört. Ich habe ihr die schöne, weiße Decke, die ich gerade gekauft habe, als Opfer versprochen. Doch ich will jetzt noch mehr opfern. Zusammen mit der Decke will ich meine Otterfellmütze aufhängen.»

Der Bär hatte einen prächtigen Pelz; ich wollte ihn mitnehmen und gerben lassen. Heavy Breast nahm mein Pferd, um sein eigenes einzufangen, das weit ins Tal hinunter gelaufen war, und ich machte mich an die Arbeit. Keine leichte Aufgabe, denn der Grizzly war recht fett, und ich wollte das Fell so sauber wie möglich abziehen. Lange bevor ich damit fertig war, kam mein Freund mit seinem Pferd zurück, stieg in einiger Entfernung ab, setzte sich, stopfte seine Pfeife und zündete sie an.

«Hilf mir!» bat ich ihn, nachdem er geraucht hatte. «Ich werde müde.»

«Das geht nicht», erwiderte er. «Das würde meiner Medizin schaden; mein Traum hat mir verboten, einen Bären anzurühren.»

Endlich ritten wir ins Lager zurück, und Nät-ah'-ki eilte mir, als sie mich nahen hörte, entgegen.

«Kyai-yo'!» rief sie mir zu und schlüpfte ins Zelt.

Das kam mir merkwürdig vor. Kehrte ich sonst von der Jagd heim, ließ sie es sich nicht nehmen, alles auszupacken, mein Pferd abzusatteln und es zum Zelt jenes Jungen zu führen, der meine kleine Herde versorgte. Nachdem ich dies nun selbst erledigt hatte, ging ich ins Zelt; ein Gericht gekochter Bisonrippenstücke und eine Schale mit Suppe standen für mich bereit. Beim Essen erzählte ich von der Jagd, doch als ich beschrieb, wie Heavy Breast durch die Luft gesegelt ist und wie lächerlich er dabei aussah, lachte Nät-ah'-ki nicht mit mir. Das gab mir zu denken, denn sonst hatte sie viel Sinn für die komischen Seiten des Lebens.

«Es ist ein herrlicher Pelz», meinte ich, «mit langem, dichtem, schwarzem Haar. Ich wünschte, du würdest ihn für mich gerben.»

«Ah!» rief sie aus. «Ich wußte, sobald ich ihn sah, daß du mich darum bitten würdest. Hab Nachsicht mit mir, denn ich darf es nicht tun. Ich darf ihn nicht berühren. Es gibt nur hier und da einmal eine Frau oder gar einen Mann, die mit der Kraft ihrer Medizin ein Bärenfell bearbeiten dürfen. Andere, die es dennoch versuchen, müssen großes Unglück, Krankheit, ja, sogar den Tod erleiden. Keine von uns hier würde es wagen, das Fell zu gerben. Eine Frau der Do-not-Laugh-Band [Lache-nicht-Bande] würde es für dich tun, auch eine von der Buffalo-Chip-Band [Bisonmist-Bande]. Ja, es gibt wohl einige, aber sie wohnen alle weit weg.»

Ich erwähnte die Angelegenheit nicht mehr, ging schließlich nach draußen und spannte selbst das Fell mit Pflöcken auf der Erde aus. Nät-ah'-ki war unruhig und kam öfter heraus, schaute mir einen Augenblick lang zu und huschte dann wieder ins Zelt. Ich arbeitete weiter; es saß immer noch eine Menge Fett am Fell; so sehr ich mich auch anstrengte, ich brachte nicht alles herunter. Ich war ganz schön mit Fett beschmiert und erschöpft, als die Nacht hereinbrach.

Kurz nach Tagesanbruch wachte ich auf. Nät-ah'-ki war schon auf und draußen. Ich konnte hören, wie sie neben dem Zelt betete und der Sonne erklärte, daß sie das Bärenfell anfassen und es vom Fleisch befreien und gerben wollte. Sie bat ihren Gott um Erbarmen, sie selbst wolle es ja gar nicht tun, denn sie fürchtete sich, das unreine Fell zu berühren, aber ihr Mann verlange von ihr, daß sie es zu einer weichen Decke verarbeite.

«O Sonne», schloß sie ihr Gebet, «hilf mir, banne die böse Kraft des Bärengeistes! Ich will dir opfern. Laß mich gesund bleiben, schenke uns allen, meinem Mann, meiner Mutter, allen Verwandten und mir ein langes Leben und Glück, und laß uns bis ins hohe Alter leben.»

Mein erster Gedanke war, ihr zu versichern, daß sie das Fell nicht gerben und ich nicht unbedingt ein Bärenfell besitzen müsse. Doch ich kam zu dem Schluß, daß diese Arbeit gut für sie sei. Wenn sie begriff, daß es mit dem bösen Bärengeist nichts auf sich hatte, würde sie letzten Endes vielleicht mehr Vertrauen in sich selbst und ihre Medizin setzen. So lag ich noch eine Weile still und horchte auf das schnelle «Schrapp! Schrapp!» ihres Schabers, mit dem sie Fleisch und Fett vom Fell kratzte. Bald darauf kam sie herein, und als sie merkte, daß ich wach war, entfachte sie ein Feuer für das Frühstück. Sobald es richtig brannte, wusch sie sich wohl ein halbes Dutzend Mal mit immer wieder frischem Wasser und legte dann ewas getrocknetes Süßgras auf die glühenden Kohlen, beugte sich über den wohlriechenden Rauch und rieb ihre Hände darin.

«Was machst du da?» fragte ich. «Warum verbrennst du so früh am Morgen Süßgras?»

«Ich reinige mich», antwortete sie. «Ich schabe das Bärenfell ab, ich werde es für dich gerben.»

«Oh, das ist lieb von dir», sagte ich zu ihr. «Wenn wir nach Fort Benton reiten, schenke ich dir das schönste Tuch, das ich finden kann. Und wenn irgendein Opfer notwendig ist, dann sag es mir, damit ich alles besorgen kann.»

Da lächelte sie glücklich, wurde dann aber plötzlich wieder ernst, setzte sich neben mich aufs Bett, beugte sich zu mir herüber und flüsterte: «Ich habe gebetet. Ich habe ein Opfer von dir und von mir versprochen. Wir müssen etwas Gutes geben. Du hast doch zwei Pistolen? Kannst du nicht eine davon entbehren? Und ich, ich werde mein blaues Kattunkleid geben.»

Das blaue Kattunkleid war ihr allerliebster Besitz, sie hatte es selten getragen, aber oft aus der Parfleche genommen, glatt gestrichen und bewundert, es zusammengelegt, nochmals zusammengelegt und endlich fortgepackt. Wenn sie sich davon trennen wollte, so konnte auch ich einen meiner sechsschüssigen Revolver opfern. Nach dem Frühstück gingen wir also hinaus und hingen unsere Opfergaben in einen Baum außerhalb des Lagers; Nät-ah'-ki betete, während ich hinaufkletterte und die Sachen sorgfältig an einem kräftigen Ast festband. Den ganzen Tag über kamen die Frauen des Dorfes zu uns und starrten Nät-ah'-ki, die das Bärenfell gerbte, an; alle prophezeiten ihr Unheilvolles, und einige von ihnen drängten sie, die Arbeit sofort einzustellen. Doch sie störte sich nicht daran, und nach etwa vier bis fünf Tagen besaß ich eine große, geschmeidige Bärenfelldecke, mit der ich sofort unser Lager schmückte. Wenn ich allerdings Wert auf Besuch legte, dann konnte das Fell nicht dort bleiben, denn keiner meiner Freunde betrat das Zelt, solange es darin lag. Mir blieb nichts anderes übrig, als es unter einigen rohen, unbearbeiteten Häuten hinter unserem Zelt zu verstauen.

Wir blieben bis Anfang Juni am Cutbank River. Dann wurden die Fliegen so lästig, daß wir auf die Prärie übersiedelten, wo sie nicht in solchen Mengen umherschwärmten. Nachdem wir die Hügelkette mühelos überquert hatten, folgten wir dem Lauf des Milk River und schlugen schließlich nördlich der Sweetgrass Hills, da wo die anderen Piegan bereits lagerten, unsere Zelte auf. Zwischen den beiden Lagern herrschte ein reges Kommen und Gehen. Wir hörten, daß sich kurz nach unserem Wegzug vom Marias ein großer Skandal bei den Do-not-Laugh-Leuten ereignet hatte. Yellow Bird Woman [Gelb-Vogel-Frau], die junge und hübsche Frau des alten Looking Back [Schaut-zurück], war mit einem jungen Mann, der Two Stars [Zwei Sterne] hieß, davongelaufen. Man glaubte, sie seien nach Norden zu den Blood oder Blackfoot gegangen, und der Ehemann war zu ihrer Verfolgung aufgebrochen. Man redete viel über diese Geschichte und stellte Vermutungen an, wie wohl alles enden würde.

Eines Abends teilte mir Nät-ah'-ki mit, daß das schuldige Paar aus dem Norden zurück sei und sich bei einem Freund im Zelt aufhalte. Sie waren dem Ehemann, als er im Lager der Blood eintraf, ausgewichen und wieder nach Süden zurückgeeilt. Auf der Suche nach ihnen würde er wahrscheinlich weiter zum Blackfoot-Lager reiten, während sie in der Zwischenzeit die Gros Ventre besuchen wollten. Mit der Zeit, hofften sie, würde er die Verfolgung aufgeben, und danach dürften sie, hätten sie ihm erst einmal eine anständige Entschädigung gezahlt, in Frieden zusammenleben.

Am anderen Morgen, kurz nach Sonnenaufgang, wurde unser Lager von einem markerschütternden, angsterfüllten Geschrei aufgeweckt. Alles sprang aus den Betten und rannte hinaus, die Männer bewaffnet, denn sie dachten, ein Feind sei im Anmarsch. Aber es war Yellow Bird Woman, die so schrie. Ihr Mann hatte sie abgefangen, als sie zum Wasserholen an den Fluß gehen wollte. Er hielt sie am Handgelenk fest und zerrte sie, so sehr sie auch schrie, sich sträubte und kämpfte freizukommen, zum Zelt des Häuptlings. In den Zelten wurde das Frühstück gekocht, doch an jenem Morgen ging es dabei im Lager sehr ruhig zu. Kein Singen, kein Lachen, keine Unterhaltung waren zu hören. Ich wunderte mich darüber und machte eine entsprechende Bemerkung zu meiner Frau.

«Pst!» sagte sie. «Wir sollten Mitleid mit ihr haben. Ich glaube, es wird etwas Schreckliches passieren.»

Kurz darauf hörten wir den Ausrufer des Dorfes. Er verkündete, daß eine Ratsversammlung im Zelt von Big Lake stattfinden werde, und rief die Namen der Männer aus, die dorthin kommen sollten: die Medizinpfeifenbesitzer, die angesehenen Jäger und Krieger und die weisen Alten. Einer nach dem anderen ging hinüber zum Versammlungsort. Bald legte sich eine bedrückende Stille über das Dorf.

Wir frühstückten gerade, als der Ausrufer wieder zu hören war: «Ihr Frauen, hört alle her! Kommt sofort zum Zelt des Häuptlings, wo eine Bestrafung stattfinden wird! Seht mit an, was einer Frau geschieht, die ihren Ehemann, ihre Familie und sich selbst entehrt!»

Ich konnte mir gut vorstellen, daß nur wenige Frauen dorthin gehen wollten, aber dem Ausrufer folgte die Crazy-Dog-Band [Verrückte-Hunde-Bande] von der All Friends Society [Alle-sind-Freunde-Gesellschaft], die Lagerpolizei, die von Zelt zu Zelt ging und alle Frauen aufforderte mitzukommen. Als einer von ihnen unsere Eingangsklappe hochhob, sprang Nät-ah'-ki zu mir herüber und klammerte sich ängstlich zitternd an mich.

«Komm!» sagte der Polizist. «Komm schon! Mach schnell! Hast du den Ausrufer nicht gehört?»

«Sie ist keine Piegan-Frau mehr», erwiderte ich ruhig. «Sie ist jetzt eine weiße Frau und kommt nicht dorthin.»

Ich dachte, es würde eine Auseinandersetzung über diese Angelegenheit folgen, aber nichts dergleichen. Der Mann ließ die Türklappe wieder fallen und ging ohne ein Wort davon.

Wir warteten gespannt. «Was werden sie tun?» fragte ich. «Sie umbringen oder das andere ...?»

Nät-ah'-ki schauderte und antwortete nicht, schmiegte sich nur noch enger an mich. Plötzlich hörten wir wieder dieses markerschütternde Geschrei. Dann war alles ruhig, bis unser Häuptling anfing zu reden.

«Kyi», sagte er. «Ihr alle, die ihr hier steht, seid Zeugen dafür, was einer Frau widerfährt, die ihrem Mann untreu ist. Treuelosigkeit ist ein großes Verbrechen. In alten Zeiten beratschlagten unsere Väter, wie eine Frau, die Kummer und Schande ins Zelt ihres Mannes und ihrer Eltern bringt, bestraft werden soll. Wie sie es bestimmt haben, so soll es immer geschehen, und so wurde auch heute diese Frau hier bestraft. Und ihr alle, die ihr dabei wart, laßt es euch eine Warnung sein. Ihr Leben lang wird sie mit einem Zeichen gebrandmarkt sein. Wohin sie auch gehen wird, werden die Leute ihr nachsehen, lachen und sagen: ‹Ha, eine Frau ohne Nase! Seht, da geht eine Frau von zweifelhaftem Charakter. Ist sie nicht hübsch?›»

Dann hielten ein paar andere Männer kurze Reden, und ein jeder sprach die gleiche Warnung aus. Als sie geendet hatten, hieß der Häuptling die Leute auseinandergehen. Die Frau lief zum Fluß und wusch sich ihr blutendes Gesicht. Vom Nasenrücken bis zur Lippe war ihre Nase völlig abgeschnitten. Es blieb eine tiefe Wunde. Sie war ein gräßlicher Anblick, einem lebenden Totenkopf gleich.

Der junge Mann war in sein eigenes Dorf zurückgeeilt. Ihm sagte oder tat man nichts.

Der falsch verstandene Traum

Am Tag, nach dem wir am Marias unser Lager aufgeschlagen hatten, sollte eine Bisontreibjagd in der Ebene unterhalb des Medicine Rock stattfinden, wo man eine riesige Herde gesichtet hatte. Weasel Tail und ich wollten dagegen das Tal des Dry Fork hinaufreiten und erkunden. Zu Hause lagerten genug Parfleches mit gedörrtem Fleisch, und Sommerfelle von Bisons brauchten wir nicht; außerdem konnten wir jederzeit und überall so viel frisches Fleisch, wie wir wollten, erjagen. Wir durchquerten also den Fluß, ritten über die Niederung und folgten dann einem breiten, ausgetretenen Wildpfad, der sich das enge Tal hinaufwand, hin und wieder den Fluß kreuzend.

Am Nachmittag befanden wir uns weit oben im Tal des Dry Fork, etwa 12 bis 14 Meilen von unserem Lager entfernt. Zu unserer Rechten, von Ost nach West, erstreckte sich ein langer Bergrücken, dessen nächster Gipfel aus zerklüfteten Sandsteinfelsen bestand. Unterhalb der Felswand banden wir unsere Pferde an, kletterten auf die Anhöhe, ließen uns am höchsten Punkt nieder und genossen den Blick über das Land. Ich hatte einige gekochte Antilopenrippenstücke mitgenommen und breitete sie nun auf einem flachen Felsen aus. «Nimm dir etwas davon!» forderte ich Weasel Tail auf.

Er schüttelte nur den Kopf. «Es wäre unklug zu essen», erwiderte er, «wenn man sich auf einem Erkundungsritt, auf Jagd, auf Reisen oder sonstwo weitab vom Lager befindet. Wenn du erst ißt und dich dann hinlegst, wirst du bald faul und schläfrig wie ein vollgefressener Bär; erst gegen Abend stehst du wieder auf und begibst dich nach Hause; aber auch auf dem Heimweg findest du kein Wild. Kommst du zu deinem Zelt, sehen die Leute, daß du weder Fleisch noch Felle mitbringst. Stillschweigend satteln deine Frauen dein Pferd ab, während du ins Zelt gehst und dich aufs Bett setzt; beschämt fängst du an, Lügengeschichten zu erzählen – darüber, wie weit du geritten bist, wie verlassen das Land ist und du dir gar nicht erklären kannst, wo sich wohl das Wild versteckt hält.

Nein, mein Freund, ich will kein Fleisch. Iß du nur, wenn du Lust hast. Leih mir dein Fernglas, ich will die Gegend beobachten.»

Was Weasel Tail sagte, war nur allzu wahr. Doch einmal ist keinmal, dachte ich und aß fast alles Fleisch auf, rauchte dann mit meinem Freund zusammen eine Pfeife und schlief schließlich ein.

Weasel Tail puffte mich etlichemal in die Rippen, bis ich endlich wach war. Ich rieb mir die Augen; meine Kehle war trocken, und ich hatte einen unangenehmen Nachgeschmack im Mund – eine Folge des Mittagessens und meines Schläfchens. Die Sonne stand schon tief über den weiten, blauen Gipfeln der Rockies. Mein Freund schaute unablässig durch mein Fernglas in Richtung Westen und murmelte etwas vor sich hin.

«Das, was ich sehe, kann doch nicht wahr sein», meinte er, «und doch bin ich nicht sicher, ob mich meine Augen oder dieses Glas täuschen.

Ich sehe eine Frau, eine einsame Frau, die auf dem Bergrücken dort entlangwandert und geradewegs auf uns zukommt.»

«Laß mich mal sehen!» rief ich, ließ die Pfeife fallen und griff zum Glas. «Bist du sicher, daß du nicht träumst?»

«Überzeuge dich selbst», erwiderte er. «Sie ist jetzt auf der dritten Bergkuppe von hier aus.»

Ich nahm das Glas und suchte den bezeichneten Abhang ab, und richtig, da kam eine Frau leichten Schritts den grasbewachsenen Hang herunter. Jetzt hielt sie an, drehte sich um, überschattete mit einer Hand ihre Augen und schaute erst nach Süden, dann nach Norden und schließlich zurück in die Richtung, aus der sie gekommen war. Ich erkannte, daß sie ein kleines Bündel auf dem Rücken trug und von schlanker, aufrechter Gestalt war. Zweifellos eine junge Frau. Aber was suchte sie dort? Warum wanderte sie zu Fuß über die endlose Prärie, deren weite Leere und Stille auf eine Person, die so allein und hilflos war, beängstigend wirken mußte?

«Was hältst du davon?» fragte ich.

«Ich denke nichts darüber», entgegnete Weasel Tail. «Es ist sinnlos, einen so seltsamen Vorfall auch nur erklären zu wollen. Sie wird auf uns stoßen und erzählen, warum sie auf Wanderschaft ist.»

Jetzt entschwand die Frau unserem Blickfeld hinter der tieferliegenden Rückseite der zweiten Kuppe des Bergrückens, tauchte aber bald wieder auf der Höhe auf und schritt weiter bergab, auf die nächste Böschung zu. Als sie den höchsten Punkt des Hanges, auf dem wir saßen, erreicht hatte, bemerkte sie uns sofort, hielt inne und zögerte einen Augenblick, kam dann aber in ihrer natürlichen Art behend und anmutig geradewegs auf uns zu. Sie zeigte weder Angst noch Schüchternheit. Als erstes fielen mir ihre Augen auf – wundervolle, große, klare, freundliche und ehrliche Augen. Erst dann bemerkte ich ihr außerordentlich hübsches Gesicht; ihr glänzendes Haar war ordentlich geflochten, und ihre Figur ließ keinen Wunsch offen.

Rasch näherte sie sich, und erst als sie uns fast erreicht hatte, grüßte sie: *«Hau!»*

«Hau! Hau!» antworteten wir.

Sie legte ihr Bündel ab, setzte sich und fing an, in einer uns unverständlichen Sprache zu erzählen. Wir unterbrachen sie durch Zeichen und erklärten ihr, daß wir sie nicht verstünden.

«Sie ist eine Snake-Frau», sagte Weasel Tail. «Am Schnitt und Muster ihrer Mokassins erkenne ich, daß sie zu diesem Stamm gehört.»

«Wer bist du?» fragte Weasel Tail. «Woher kommst du?»

«Ich bin eine Snake», bestätigte uns die Frau durch Zeichen, «und komme aus dem Dorf meines Volkes, weit unten im Süden.» Einen Augenblick saß sie still da, dachte nach, zog die Augenbrauen hoch und spitzte den Mund, fuhr dann aber fort:

«Vor drei Wintern wurde ich die Frau von Two Bears [Zwei Bären]. Er war sehr schön, tapfer und gutherzig. Ich liebte ihn, er liebte mich, und wir waren glücklich miteinander.» Wieder hielt sie inne, und Tränen rollten ihr über die Wangen. Sie wischte sie mehrmals fort und erzählte dann stockend weiter: «Wir waren sehr glücklich, denn er wurde niemals böse mit mir, kein unfreundliches Wort fiel in unserem Zelt. Bei uns ging es immer fröhlich zu: Wir feierten, sangen und lachten viel. Täglich beteten wir zur Sonne und baten sie, uns weiterhin Glück zu gewähren und uns ein langes Leben zu schenken.

Es geschah vor drei Monden, nein vor zwei, denn dieser ist noch nicht voll, der Winter war zu Ende, das Gras und die Blätter zeigten ihr erstes Grün, als ich eines Morgens aufwachte und entdeckte, daß ich allein im Zelt war. Während ich noch schlief, war mein Mann aufgestanden; sein Gewehr, seinen Sattel und sein Seil hatte er mitgenommen, und so wußte ich, daß er zur Jagd ausgeritten war. ‹Er wird Fleisch heimbringen, fettes Fleisch, und wir werden ein Fest feiern›, sagte ich mir. Ich sammelte Holz, holte Wasser und setzte mich dann hin, um auf seine Rückkehr zu warten. Den ganzen Tag lang saß ich im Zelt und wartete auf ihn, nähte Mokassins und horchte auf den Hufschlag seines Pferdes. Die Sonne ging unter, und ich machte ein wärmendes Feuer. ‹Jetzt wird er bald heimkommen›, dachte ich.

Aber er kam nicht, und ich fühlte, daß etwas nicht stimmte. Bis tief in die Nacht hinein blieb ich wach und wartete, die Angst schnürte mein Herz enger und enger zusammen. Schließlich ging ich zum Zelt meines Vaters hinüber, doch schlafen konnte ich auch dort nicht.

Als der Morgen dämmerte, zogen die Männer hinaus und suchten meinen Mann. Den ganzen Tag suchten sie die Prärie ab, durchquerten die Wälder, ritten den Fluß entlang, doch sie fanden nicht die geringste Spur, weder von ihm noch von seinem Pferd. Drei Tage lang durchstreiften sie das Land in allen Richtungen, dann gaben sie auf. ‹Er ist tot›, meinten sie. ‹Er ist ertrunken, oder ein Bär oder ein Feind hat ihn getötet. Es muß wohl ein Feind gewesen sein, denn sonst wäre doch sein Pferd zur Herde zurückgelaufen.›

Ich aber war überzeugt, daß er noch lebte; ich konnte einfach nicht glauben, daß er tot ist. Meine Mutter drängte mich, mein Haar abzuschneiden, ich aber wollte das nicht. Ich sagte zu ihr: Er lebt. Kommt er heim und findet mein langes Haar abgeschnitten, wird er ärgerlich sein, denn er liebt es so sehr. Wie oft hat er es mir gekämmt und geflochten.

So vergingen die Tage, und ich wartete und wartete und hielt nach ihm Ausschau. Bald fing ich an, mir einzureden, er sei doch tot. Aber dann, eines Nachts, gab mir ein Traum neue Hoffnung. Die nächste und übernächste Nacht träumte ich das gleiche, und dann, als der Traum in der vierten Nacht wiederkam, wußte ich, daß er wahr ist. Er lebte! ‹Weit im Norden›, so sagte mein Traum, ‹an einem Fluß in der Prärie, liegt dein Mann verwundet und krank in einem Dorf bei einem Präriestamm. Geh, suche ihn und hilf, daß er wieder gesund wird. Er ist einsam und traurig, er sehnt sich nach dir.›

Also schnürte ich mein Bündel und machte mich eines Nachts, als alles schlief, auf den Weg. Das war die einzige Möglichkeit. Hätten mein Vater und meine Mutter von meinem Vorhaben gewußt, würden sie mich sicher nicht haben ziehen lassen. Ich packte etwas Essen ein, meine Ahle, Sehnen und reichlich Leder für Mokassins. Als meine Vorräte aufgezehrt waren, fing ich mit Schlingen Eichhörnchen und Kaninchen und grub nach Wurzeln. So mußte ich keinen Hunger leiden. Doch der Weg war lang, endlos lang, und ich fürchtete mich vor den Bären, wenn sie des Nachts um mich herumschlichen und schnüffelten. Sie taten mir nichts zuleide; mein Schutzgeist muß mich vor ihnen behütet haben. Das Dorf, so hieß es in meinem Traum, läge in der Nähe der Berge. Nach vielen Tagesreisen erreichte ich den Big River und folgte ihm flußabwärts bis zu den Siedlungen der Weißen; aber ich fand kein Dorf, wie ich es suchte. Ich wandte mich nach Norden, und als ich an den nächsten Fluß gelangte, folgte ich ihm in die Berge hinauf; aber auch dort traf ich keine Menschenseele. Wiederum wanderte ich nordwärts und kam an diesen kleinen Bach, und jetzt treffe ich euch. Sagt, ist mein Mann in eurem Dorf?»

Wir mußten der einsamen Wanderin natürlich sagen, daß ihr vermißter, geliebter Mann nicht bei uns im Dorf weilte. Weasel Tail sagte ihr aber, daß etliche nördliche Blackfoot und Blood auf Besuch da seien, und riet ihr, mit uns zu kommen und sie zu befragen. Bereitwillig stimmte sie zu, und wir brachen nach Hause auf. Mein Freund ritt eine kleine, unberechenbare Stute, die zwei Personen nicht tragen wollte. Also mußte ich die Frau hinter mir aufsitzen lassen, und wir erregten einiges Aufsehen, als wir bei Sonnenuntergang so ins Lager einritten.

Weasel Tail wollte sie in seinem Zelt beherbergen, und ich hatte gehofft, sie dort in der Nähe, unbemerkt von der Herrin eines gewissen Zeltes am anderen Dorfende, absetzen zu können.

Aber das glückte nicht. Ich erspähte Nät-ah'-ki schon von weitem, wie sie dastand, uns beobachtete und insbesondere auf die hübsche, junge Frau starrte, die hinter mir saß und mich mit ihren Armen fest umschlungen hielt. Als ich dann zu meinem Zelt hinüberritt, fand ich niemand, der mich begrüßte, auch mußte ich zum erstenmal mein Pferd selbst absatteln. Ich ging hinein und setzte mich. Nät-ah'-ki röstete Fleisch, sprach kein Wort und blickte auch nicht zu mir rüber. Immer noch in Schweigen gehüllt, brachte sie mir Wasser, Seife, Handtuch und Kamm. Nachdem ich mich gewaschen hatte, setzte sie mir eine Schale Suppe und etwas Fleisch vor und warf mir dann einen traurigen, vorwurfsvollen Blick zu. Ich grinste verlegen, und obwohl ich mir nichts hatte zuschulden kommen lassen, konnte ich ihren Blick nicht erwidern und beschäftigte mich lieber eifrig mit meinem Essen. Sie lief auf die andere Seite des Zeltes, zog ihr Tuch über den Kopf und fing an zu weinen. Gereizt ließ ich mein Essen stehen, verließ das Zelt und ging zu Weasel Tail.

«Schick doch deine Mutter in mein Zelt hinüber», bat ich ihn, «und laß sie Nät-ah'-ki erzählen, wie alles kam.»

«Ah, ha!» lachte er. «Die Kleine ist eifersüchtig. Schon gut, wir werden das wieder einrenken», und er bat seine Mutter hinüberzugehen.

Als ich ein oder zwei Stunden später nach Hause kam, strahlte Nät-ah'-ki über das ganze Gesicht, empfing mich herzlich, bestand darauf, daß ich nochmals zu Abend aß, und schenkte mir ein Paar herrliche Mokassins, die sie heimlich für meine Festkleidung genäht hatte.

«Oh, die arme Snake-Frau!» sagte sie kurz vor dem Einschlafen. «Wie leid sie mir tut! Morgen werde ich ihr ein Pferd schenken.»

Nät-ah'-ki war stolz auf ihre kleine Herde Pferde. Einige davon stammten von Stuten, die sie von Verwandten hin und wieder geschenkt bekommen hatte. Sie sprach gern über ihre Tiere und beschrieb ihre Farbe, ihr Alter und die Eigenart eines jeden ganz genau. Ein Blackfoot, der kein Pferd besaß, wurde bemitleidet und über die Schulter angesehen. Pferde bedeuteten den Reichtum eines Stammes, und der Besitzer einer großen Herde genoß ein Ansehen, wie es bei uns nur ein Millionär hat. Es gab Leute, die 100, 300 oder gar 400 Tiere besaßen.

Wer mehrere hundert Pferde sein eigen nannte, hatte sie durch Überfälle auf benachbarte Stämme erbeutet, durch nächtliches Einschleichen ins feindliche Lager oder im Kampf Mann gegen Mann in einem der zahlreichen Gefechte. Kein Wunder, daß er stolz war auf sich und seine Pferde und ob seines Mutes von seinem Volk geehrt wurde.

Nät-ah'-kis Pferdeherde wurde von ihrem Onkel Fish Robe [Fischrobe], dem selbst eine große Herde gehörte, mitversorgt. Am Morgen nach unserem Zusammentreffen mit der Snake-Frau wählte Nät-ah'-ki einen kräftigen, dickbauchigen Rotschimmel aus, erbat sich von einer Tante einen Frauensattel, legte ihn dem Tier auf, führte es hinüber zu Weasel Tails Zelt und gab der Snake-Frau den Leitriemen in die Hand. Zuerst begriff die Fremde nicht, was dies zu bedeuten habe, aber als Nät-ah'-ki ihr durch Zeichen erklärte, daß sie das Pferd geschenkt haben solle, war ihre Freude groß. Die beiden wurden Freundinnen, und die Snake-Frau wohnte eine Zeitlang bei uns. «Ich ruhe mich aus», sagte sie, «und frage ankommende Besucher umliegender Stämme. Wenn ich nicht bald etwas von meinem Mann höre, muß ich mich wieder auf den Weg machen und ihn weiter suchen.»

Eines Tages, als sie und Nät-ah'-ki zusammen Holz sammelten und ein Trupp Blood auf dem Weg in unser Lager an ihnen vorbeiritt, rannte die Frau plötzlich so schnell sie konnte hinter ihnen her. Nät-ah'-ki, die ihr folgte, dachte, jetzt hätte die arme Frau den Verstand verloren. Die Besucher saßen ab und gingen ins Zelt unseres Häuptlings. Die Snake-Frau zitterte und zeigte aufgeregt auf eines der Pferde, auf ein schwarzweißes Pony, und sagte in Zeichensprache: «Ich kenne es; es ist das Pferd meines Mannes. Frage den Mann, woher er es hat!»

Nät-ah'-ki ging ins Zelt und gab die Frage an eine der Frauen weiter, die sich damit, sobald eine Pause in der Unterhaltung eintrat, an Big Lake wandte. Alle hörten natürlich zu, und einer der Besucher sprach: «Das gescheckte Pony gehört mir, es ist meine Beute!»

«Bringt die Frau herein!» befahl Big Lake und berichtete seinen Gästen, wie wir sie allein auf der Prärie gefunden hätten, und erzählte von ihrem Traum und ihrer Suche.

Voller Ungeduld eilte sie herein und vergaß dabei völlig die gebührende Zurückhaltung einer Frau gegenüber einer Häuptlingsversammlung. «Wer», fragte sie schnell durch Zeichen, «wer ist der Reiter des gescheckten Pferdes?»

«Das bin ich», erwiderte der Blood. «Was ist damit?»

«Es ist mein Pferd, das Pferd meines Mannes, auf dem er vor drei

Monden ausgeritten ist. Was ist mit meinem Mann? Hast du ihn gesehen? Wieso hast du jetzt sein Pferd?»

Der Blood zögerte einen Augenblick und antwortete dann: «Wir waren auf einem Kriegszug. Weit im Süden überraschte uns eines Tages im Morgengrauen ein Mann auf einem gescheckten Pony. Ich tötete ihn und nahm das Pferd.»

Während er seine Antwort gestikulierte, bemerkte die Frau plötzlich das Bärenkrallen-Halsband, das er trug; darauf zeigend, brach sie in ein furchtbares, herzzerreißendes Schluchzen aus und flüchtete aus dem Zelt. Weinend lief sie durchs Dorf, setzte sich am Waldrand nieder, zog ihr Kleid über den Kopf und begann, den Toten zu beklagen.

Die Snake-Frau trauerte und verbrachte die meiste Zeit wehklagend oben auf dem Hügel oder am Waldrand. Sie schnitt ihr Haar ab, ritzte sich ihre Fußknöchel auf, aß wenig, magerte ab und wurde völlig teilnahmslos. Schließlich kam der Tag, an dem sie auf ihrem Lager liegenblieb und nicht mehr mit den anderen in Weasel Tails Zelt aufstand. «Ich will sterben», erklärte sie, «und ich bin froh darüber. Ich habe meinen Traum nicht verstanden. Ich glaubte, ich sollte meinen Mann leibhaftig suchen. Statt dessen meinte er, mein Schatten solle den seinen suchen. Ich sehe das jetzt ganz klar; in einigen Nächten will ich aufbrechen, und ich weiß, daß ich ihn finden werde.»

Und so geschah es. Am vierten Tag nach Ausbruch ihrer Krankheit starb sie, und die Frauen setzten sie behutsam und in Ehren auf einem nahe gelegenen Baum bei.

Pete Catches

Ich lebe in einer vergangenen Zeit …

Ich lebe in einer vergangenen Zeit. Ich lebe als wie vor fünfzig Jahren, vor hundert Jahren. So gefällt es mir. Ich möchte so bescheiden, der Erde so nahe leben, wie ich kann. Nahe den Pflanzen, den Kräutern, den Blumen, die ich als Medizin verwende. Der Große Geist hat darauf gesehen, daß der Mensch in dieser Weise überleben kann, daß er leben kann, wie ihm zu leben bestimmt ist. Also wohnen meine Frau und ich in einer kleinen Hütte – kein Strom, kein Leitungswasser, keine Installationen, keine Straße. So wollen wir es haben. Diese schlichte Holzhütte kennt Frieden. So wollen wir für den Rest unserer Tage sein. Ich möchte abseits der modernen Welt leben, fortgehen, weit fort, in die Wildnis, und der Natur viel näher leben, näher noch, als ich es jetzt schon tue.

Ich will nicht mal, daß man mich einen Medizinmann nennt, nur einen Heiler, denn dafür bin ich geschaffen. Ich will dafür nichts. Ein weißer Arzt läßt sich bezahlen, ein Priester läßt sich bezahlen. Ich laß mich nicht bezahlen. Ein Mensch geht geheilt von mir weg. Das ist mein Lohn. Manchmal fehlt mir die Kraft, das macht mich traurig. Wenn ich die Kraft habe, bin ich froh. Manche Leute denken an Geld, wie sie dazu kommen. Das kommt mir nie in den Sinn.

Wir leben von der Natur, meine Frau und ich, wir brauchen kaum was. Irgendwie leben wir schon. Der Große Geist hat die Blumen gemacht, die Flüsse, die Kiefern, die Zedern – er sorgt für sie. Er läßt eine Brise hindurchwehen, läßt sie atmen, gibt ihnen Wasser, läßt sie wachsen. Selbst die unten im Geröll, zwischen den Felsen. Die pflegt er auch. Er sorgt auch für mich, gibt mir Wasser, gibt mir Nahrung, läßt mich mit den Tieren und Pflanzen leben als einer von ihnen. So möchte ich bleiben – ein Indianer, alle Tage meines Lebens. Das soll nicht heißen, daß ich mich abkapseln will. Viele Menschen finden irgendwie den Weg in meine Hütte. Das gefällt mir. Ich möchte in Verbindung stehen, Menschen überall erreichen, ein klein wenig von unserem indianischen Weg, dem Weg des Geistes, an sie weitergeben.

Gleichzeitig möchte ich mich weiter und weiter von allem zurückziehen, so leben wie die Alten. Auf der Straße begegnet dir manchmal ein Vollblutindianer, der den Daumen raushält und trampt. Das tue ich nie. Wenn ich die Straße langgehe, dann gehe ich auch den ganzen Weg. Das steckt tief in mir drin, eine Art Stolz. Eines Tages werde ich meine Hütte noch weiter weg in den Hügeln bauen, vielleicht sogar gänzlich ohne eine Hütte auskommen, Teil des Waldes werden. Dort läßt uns der Geist noch immer etwas Neues entdecken: ein Kraut, einen Sproß, eine Blume, vielleicht eine ganz kleine Blume. Du kannst viel Zeit mit ihr verbringen, sie betrachten, über sie nachdenken. Keine Rose, gelb, weiß, künstlich, groß. Ich habe gehört, sie züchten schwarze Rosen. Das ist unnatürlich. So was ist wider die Natur. Es macht uns schwach. Ich verabscheue es.

Während ich also älter werde, vergrabe ich mich mehr und mehr in den Hügeln. Der Große Geist hat sie für uns gemacht, für mich. Ich möchte mit ihnen verschmelzen, in sie einsinken und zu guter Letzt in ihnen verschwinden. Wie mein Bruder Lame Deer sagte, die Natur ist ganz und gar in uns, wir sind ganz und gar in der Natur. So soll es sein.

Sioux

BEVERLY HUNGRY WOLF

Was meine Blackfoot-Großmütter mir erzählten

Wie die Frauen erschaffen wurden

So wie ich die von unseren Vorfahren überlieferten Geschichten gehört habe, wurde die erste Frau als Gefährtin für den ersten Mann geschaffen. Der Schöpfer nahm ein Stück Büffelknochen und ein paar Sehnen, bedeckte das Ganze mit Lehm und formte es. Als der Schöpfer den Körper anblies, erwachte dieser zum Leben. Auf die gleiche Weise schuf er auch die Frau, und er lehrte sie beide, mehr von ihrer eigenen Art zu machen. Währenddessen kam ein Wolf vorbei und bot seine Hilfe an. Er blies die Frau an und stieß dabei ein Wolfsgeheul aus, und die Alten sagen, daß die Frauen aus diesem Grund höhere Stimmen haben als die Männer.

Der erste Mann und die erste Frau sollen eine ganze Zeitlang glücklich zusammengelebt haben. Sie hatten zwei Kinder, beides Jungen. Jeden Tag ging der Mann auf die Jagd, und die Frau sammelte Feuerholz und holte Wasser. Doch eines Tages kehrte der Mann früher als gewöhnlich heim und stellte fest, daß seine Frau noch immer nicht zu Hause war. Er schöpfte Verdacht und sagte den Jungen, sie sollten sich auf etwas Schlimmes gefaßt machen.

Am nächsten Morgen erzählte der Mann seiner Frau, daß er wieder zur Jagd ginge, doch statt dessen bestieg er einen hohen Bergrücken, von dem aus er hinunterblicken und sein Lager beobachten konnte. Bald sah er, daß seine Frau Holz sammeln und Wasser holen ging. Kurz bevor sie zum Fluß kam, beobachtete der Mann, wie eine große Schlange hinter einen Felsen kroch und sich in einen gutaussehenden Mann verwandelte. Daraufhin wußte er Bescheid und eilte zurück zum Lager, um es seinen Kindern mitzuteilen. Er gab ihnen vier magische Gegenstände, die große Kraft besaßen. Er sagte den Jungen, daß ihre Mutter unter dem Einfluß der Schlange stehe und daß sie sich in ein schreckliches Ungeheuer verwandeln würde, wenn sie erfahren würde, daß sie davon wußten. Er sagte ihnen, sie sollten um ihr Leben laufen.

Als die beiden Jungen fortliefen, vernahmen sie hinter sich im Lager Lärm, und bald bemerkten sie, daß ihnen ein schreckliches Ungeheuer folgte. Sie warfen einen der magischen Gegenstände hinter sich, und es bildete sich eine große Gebirgskette. Das Ungeheuer mußte erst über diese Berge klettern, aber bald holte es die Jungen wieder ein. Sie warfen noch einen von den magischen Gegenständen hinter sich, und es bildete sich ein großer Wald. Das Ungeheuer mußte sich seinen Weg durch Dickicht und dichten Baumbewuchs bahnen, aber nach kurzer Zeit war es wieder hinter ihnen. Sie warfen den dritten magischen Gegenstand hinter sich, und es bildete sich ein großer Sumpf, den das Ungeheuer nur mit großer Mühe durchwatete. Schließlich warfen die Jungen ihren letzten magischen Gegenstand hinter sich, und es bildete sich ein großes Wasser, über welches das Ungeheuer nicht gelangen konnte. Sie sagen, dieses Wasser sei der Ozean gewesen. Die beiden Jungen befanden sich jetzt auf der anderen Seite des Ozeans.

Es vergingen einige Jahre, und schließlich sagte einer der Jungen zum anderen: «Mein Bruder, ich fühle mich hier einsam. Bleib du hier und hilf den Leuten, während ich auf die andere Seite zurückgehe und sehe, was ich dort machen kann.» Derjenige, der hierher zurückkam, hieß Napi, was in der Blackfoot-Sprache Alter Mann bedeutet. Napi kam herüber und tat viele geheimnisvolle Dinge, von denen einige sehr hilfreich und andere sehr grausam und gemein waren. Seine Taten sind in einer Reihe von Stammeslegenden, die noch heute erzählt werden, durch die Jahrhunderte hindurch überliefert worden. Viele von diesen Legenden sind so vulgär, daß die Erwachsenen sie nur unter sich erzählen. Napi war der erste Mann, der Frauen zu seinem eigenen Spaß und Vergnügen benutzte und mißbrauchte. Er soll auch viele Veränderungen an der Natur vorgenommen haben. Sein Lieblingslagerplatz lag am Fuß der Rocky Mountains, an einer Stelle, an der moderne Landkarten den Beginn des Old Man River im südlichen Alberta verzeichnen.

Wie Männer und Frauen wieder zusammengebracht wurden

Zu der Zeit, als Napi wieder auf diese Seite des Ozeans zurückkam, hatte der Schöpfer bereits mehr Menschen gemacht. Sie konnten sich nur mit Mühe durchbringen, weil das ganze Land noch immer mit Bergen, Wäldern und Sumpf bedeckt war. Also füllte Napi den Sumpf mit Land auf, und er unterteilte die Leute in verschiedene Stämme. Aber die Frauen konnten nicht mit den Männern auskommen, und so trennte Napi sie in verschiedene Gruppen. Nicht lange danach kam er mit der Anführerin der Frauen zusammen, damit sie über wichtige Dinge eine Entscheidung treffen konnten.

Die Anführerin der Frauen sagte Napi, daß er jeweils die erste Entscheidung treffen könne, wenn sie nur das letzte Wort behielte. Er war damit einverstanden, und die Alten sagen, daß es seither immer so zwischen Männern und Frauen gewesen sei.

Napi sagte, seine erste Entscheidung sei, daß die Körper der Menschen mit Haar bedeckt sein sollten, damit sie es warm hätten. Doch die Frau sagte: «Sie können Haar haben, aber nur auf dem Kopf, um den Regen und den Schnee abzuhalten. Wenn sie ihren Körper warm haben wollen, werden sie Felle und Häute tragen müssen.»

Darauf sagte Napi: «Dann werden die Leute lernen müssen, Werkzeug zu benutzen, damit sie die Felle und Häute gerben können. Die Männer werden in der Lage sein, rasch zu gerben, während die Frauen dafür längere Zeit brauchen werden.» Die Frau antwortete: «Ja, sie werden gerben lernen. Wenn die Männer rasch gerben, werden ihre Felle steif und armselig sein, doch wenn die Frauen zum Gerben längere Zeit brauchen, werden ihre Felle schön und weich sein.»

Dann beschloß Napi, daß die Leute lernen müßten, ihr Essen zu kochen. Er sagte: «Die Männer werden in der Lage sein, rasch über einem offenen Feuer zu kochen, während die Frauen langsam kochen und dazu allerlei Geschirr brauchen werden.» Die Frau war damit einverstanden, fügte jedoch hinzu: «Wenn die Männer über ihrem offenen Feuer kochen, werden ihre Mahlzeiten fad schmecken und anbrennen, während das Essen, das die Frauen langsam kochen, viel besser schmecken wird.»

Schließlich trafen sie eine Entscheidung über Leben und Tod. Napi hob ein kleines Stück Büffelleder auf, warf es in den Fluß und sagte: «Die Menschen werden sterben müssen, sonst wird es zu viele von ihnen geben. Doch genau wie dieses Stück Leder auf dem Wasser treibt, werden die Menschen vier Tage lang treiben und dann wiedergeboren werden.» Die Frau hob einen Stein auf, warf ihn in den Fluß und sagte: «Ja, sie werden sterben müssen, aber genau wie dieser Stein versinkt und verschwunden bleibt, werden die Menschen verschwunden bleiben, sobald sie gestorben sind.»

Es verging einige Zeit, und eines Tages traf Napi die Anführerin der Frauen wieder. Sie weinte, weil ihre einzige Tochter gestorben war. Sie sagte zu Napi: «Laß uns eine Sache, über die wir uns geeinigt haben, ändern. Laß die Leute vier Tage lang treiben, wie du gesagt hast, und dann laß sie wieder ins Leben zurückkehren.» Doch Napi antwortete: «Nein, wir haben abgemacht, daß du das letzte Wort haben würdest, und du hast bereits entschieden.» Und so verlor die Frau ihre Tochter.

Das nächstemal, als Napi mit der Anführerin der Frauen zusammentraf, sagte sie zu ihm: «Du hast beschlossen, daß Männer und Frauen getrennt leben, und jetzt möchte ich das letzte Wort dazu sagen. Von jetzt an werden die Männer und die Frauen zusammenleben, damit sie einander helfen können. Ich wünsche, daß du alle Männer ins Lager meiner Frauen bringst, damit sie sich einen Partner auswählen können.» Napi war damit einverstanden.

Zu der Zeit führten die Männer wirklich ein sehr armseliges Leben. Die Kleider, die sie trugen, waren aus steifen, kaum gegerbten Fellen und Häuten gefertigt. Sie konnten keine Mokassins oder Wigwams herstellen und konnten sich nicht einmal sauberhalten. Sie waren fast verhungert, denn das Essen, das sie zu sich nahmen, war immer fad und gewöhnlich verbrannt. Als Napi ihnen mitteilte, was beschlossen worden war, waren sie sehr begierig darauf, sich mit den Frauen zusammenzutun.

Die Frauen putzten sich auf und parfümierten sich für den großen Augenblick. Nur ihre Anführerin tat nichts dergleichen. Statt dessen hüllte sie sich in steife alte Fellkleider und zog ihre Mokassins aus, weil sie glaubte, so am anziehendsten zu sein für denjenigen, den sie wollte. Sie sagte den anderen Frauen, daß sie sich jeden Mann aussuchen könnten, den sie wollten, nur Napi nicht. Sie wollte ihn für sich.

Dann kamen die Männer zum Lager der Frauen, und die Frauen suchten sich einen nach dem andern als Partner aus. Die Anführerin der Frauen ging zu Napi hinüber und nahm seinen Arm, um ihn in ihr Tipi zu führen. Napi riß seinen Arm los und beschimpfte sie: «Hau ab, du scheußlich aussehende Frau. Mit einer wie dir will ich nichts zu tun haben.» Dann wandte er sich ab und warf allen gutaussehenden Frauen bewundernde Blicke zu, wobei er sich fragte, welche von ihnen ihn wohl auswählen würde.

Die Anführerin der Frauen war durch seine Reaktion beleidigt, ging zurück zu ihrem Tipi und zog ihre schönsten Kleider an. Sie säuberte sich, flocht sich das Haar, parfümierte sich und trat dann hinaus, um sich einen anderen Mann zu suchen. Als Napi sie erblickte, dachte er: «Sie sieht wirklich gut aus, und ich glaube, sie kommt, um mich zu holen.» Statt dessen nahm sie den Mann, der neben ihm stand, und bald hatten sich alle Männer und Frauen bis auf Napi zu Paaren zusammengetan. Er ging weinend in die Berge, und sie sagen, daß er aufgrund seiner Einsamkeit von da an unleidlich geworden sei.

Der Mann, der von seinen Frauen verlassen wurde

Da war einmal ein Mann, dessen zwei Frauen schamlos in ihrem öffentlichen Verhalten waren. Ihr Mann war davon so peinlich berührt, daß er sein Lager weit hinaus in die Prärie verlegte, abseits von den übrigen Leuten. Er verbrachte seine Zeit mit Jagen und Fallenstellen oder saß auf einem bestimmten Stein auf der Spitze eines Hügels. Das isolierte Leben, das sie führen mußten, langweilte die beiden Frauen sehr, und so beschlossen sie, den Mann zu töten und zurückzulassen.

Das nächstemal, als der Mann auf die Jagd ging, stiegen die beiden Frauen seinen Lieblingshügel hinauf und hoben eine sehr tiefe Grube aus. Als die Grube fertig war, deckten sie sie zuerst mit Weiden und Gestrüpp und dann mit dem ursprünglichen Erdreich zu. Obenauf legten sie den Stein, auf dem der Mann immer zu sitzen pflegte. Dann gingen sie nach Hause und taten so, als ob nichts geschehen sei.

Als der Mann am nächsten Tag seinen Hügel hinaufstieg, um dort zu sitzen und aufs Land hinauszuschauen, gaben die Weiden unter dem Stein, auf den er sich setzte, nach, und er fiel in die Grube, aus der er nicht herausklettern konnte. Die Frauen packten ihr Tipi und ihre Sachen zusammen und kehrten zum Lager ihrer Leute zurück. Als sie dort ankamen, begannen sie zu weinen und zu trauern und sagten, daß ihr Mann auf der Jagd getötet worden sei.

Nun geschah es, daß ein großer Medizinwolf in die Nähe des Hügels kam und den Mann weinen hörte. Er bekam Mitleid mit dem Mann und sagte, daß er ihn als Sohn adoptieren würde. Zuerst rief er andere Wölfe aus der Gegend zusammen, und sie wühlten alle gemeinsam einen

Graben hinunter in die Grube, so daß der Mann hinausklettern konnte. Dann veranstaltete der Medizinwolf eine Zeremonie für seinen neuen Sohn, und der Mann nahm einige Züge eines Wolfes an. Von da an war er in der Lage, zusammen mit den Wölfen zu laufen und zu jagen.

Danach stellten die Leute vergeblich Fallen für Wölfe und Coyoten auf, deren Felle sie für einige ihrer Kleider benutzten. Wo immer sie Fallen für diese Tiere aufstellten, fehlte am nächsten Tag der Köder, ohne daß sich ein Wolf in der Falle befand. Die Leute schöpften Verdacht und beschlossen, sich in den Hinterhalt zu legen, um herauszukriegen, was an der Sacche nicht stimmte. Sie ließen eine Gruppe Krieger hinter einem großen Felsblock, der in der Nähe einer Wolfsfalle lag, im Versteck zurück. Als der Mann in der Nacht mit seinen Wolfsfreunden kam, warfen die Krieger ihre Lassos aus und fingen ihn. Er fauchte und biß um sich, aber es gelang ihnen, ihn zu fesseln und ins Lager zurückzubringen. Bei Tagesanbruch erkannten sie den Mann und erfuhren von ihm, was geschehen war.

Der Medizinwolf hatte dem Mann gesagt, wenn er jemals von seinen eigenen Leuten gefangen werden sollte und den Wunsch hätte, den Wolfszauber zu durchbrechen, müsse er seine beiden Frauen finden und opfern. Sie hatten bereits einen anderen Mann, doch mit Hilfe der Krieger fing er sie, fesselte sie und brachte sie hinaus in die Prärie für die Wölfe. Sie wurden nie mehr gesehen, und der Mann lebte den Rest seines Lebens ganz normal unter seinen Leuten.

Die Pferdfrau

Vor langer Zeit zog eine Gruppe von Blood von einem Lagerplatz zum anderen. Während sie so dahinwanderten, lockerte sich ein Bündel, das einer jungen Frau gehörte, und fiel zu Boden. Sie blieb stehen, um das Bündel wieder aufzuladen, während die übrigen Leute zu ihrem neuen Lagerplatz weiterzogen. Nicht lange nachdem sie fort waren, trat ein gutaussehender junger Mann aus dem Gebüsch und stellte sich vor die Frau. Sie bekam es mit der Angst zu tun und bat ihn, sie allein zu lassen, da sie bereits einen Mann hätte. Doch der Mann zwang sie, mit ihm zu gehen. An jenem Abend kam der Ehemann der Frau zurück, um nach ihr zu suchen, aber alles, was er fand, war das zum Teil zusammengepackte Bündel, das an der Stelle lag, wo sie es liegengelassen hatte. Er nahm an, daß sie von einem Feind gefangengenommen worden war, und trauerte um ihren Verlust.

Ein paar Jahre später schlug die gleiche Gruppe von Leuten zufällig ihr Lager wieder an dieser Stelle auf. Während sie sich dort aufhielten, entdeckten sie eine Herde Wildpferde, und jemand bemerkte, daß sich anscheinend ein Mensch unter ihnen befand. Die Krieger stellten der Herde rasch nach und waren in der Lage, die seltsame Person einzufangen. Sie besaß den Kopf und die Brust einer Frau, aber den Körper und die Beine eines Pferdes, beides mit Haar bedeckt. Sie kämpfte und bäumte sich auf wie ein Wildpferd, und ein Fohlen wieherte ihr nach, als die Krieger sie schließlich mit sich zerrten.

Im Lager erkannte der Ehemann der Frau sie wieder, aber sie wollte weder mit ihm noch mit sonst jemand etwas zu tun haben. Sie kämpfte wie ein wildes Tier darum, freizukommen. Schließlich sagte der Ehemann, daß es zwecklos sei, sie weiter anzubinden, und so ließen sie sie frei und sahen ihr nach, wie sie hinter der Pferdeherde her galoppierte. Keiner sah sie je wieder.

Das Mädchen, das eine böse Bärin wurde

Vor langer Zeit lebte in den Zelten der Blood eine Familie von verwaisten Kindern in ihrem eigenen Tipi. Es waren sechs ältere Jungen und ein ziemlich kleiner Junge sowie ein älteres Mädchen und ein junges Mädchen. Die älteren Jungen gingen auf die Jagd, das ältere Mädchen kochte, und das junge paßte auf ihren kleinen Bruder auf. Sie kamen gut miteinander aus.

Jeden Morgen in der Früh verließen die Jäger das Tipi, und die ältere Schwester ging ebenfalls bald hinaus, um Feuerholz zu sammeln und Wasser zu holen. Doch mit der Zeit begann diese ältere Schwester den größten Teil des Tages draußen zu bleiben, was sie damit erklärte, daß sie viel Zeit brauchte, um ihre Arbeit zu tun. Die jüngere Schwester wurde neugierig, und eines Tages beschloß sie, der älteren zu folgen. Sie war sehr überrascht, als sie entdeckte, daß ihre ältere Schwester sich mit einem großen Bären im Gebüsch liebte. Sie eilte heim und fragte sich, was sie tun solle.

Während das ältere Mädchen an jenem Abend hinausging, erzählte das jüngere Mädchen seinen Brüdern, was es entdeckt hatte. Die Brüder wurden sehr böse, weil sie wußten, daß der Rest des Stammes sich über sie lustig machen würde, wenn diese Sache herauskam. Am nächsten Morgen folgten sie ihrer Schwester dorthin, wo sie sich mit dem Bären traf, und töteten ihn. Sie gingen voll Abscheu fort und ließen sie weinend und trauernd zurück.

Als die ältere Schwester schließlich bereit war, sich von ihrem toten Liebhaber zu trennen, schnitt sie zum Andenken eine seiner Tatzen ab und trug sie dicht an ihrem Körper. Sie kehrte heim, weigerte sich aber, irgend etwas anderes zu tun, als um ihren toten Geliebten zu trauern. Irgendwie war die Nachricht von der Affäre zu den Leuten gedrungen, und sie kamen herüber, um das Mädchen zu verspotten und aufzuziehen, wodurch sie sich noch schlechter fühlte. Jemand ging so weit, ihr Dreck ins Gesicht zu werfen, was sie sehr wütend machte. In ihrer Wut wurde sie plötzlich sehr stark und böse. Sie brüllte wie ein Bär und griff die Leute an. Bevor ihre Wut sich legte, hatte sie viele im Lager getötet, und der Rest war geflohen. Die kleine Schwester nahm den kleinen Bruder und lief mit ihm in den Wald, um sich zu verstecken.

Als die älteren Brüder von der Jagd heimkehrten und in die Nähe des Lagers kamen, stießen sie auf ihre kleine Schwester und ihren kleinen Bruder, die ihnen erzählten, was sich ereignet hatte. Die Brüder besprachen sich und sagten ihr, sie solle nach Hause zurückkehren und sich keine Besorgnis anmerken lassen, aber Mokassins und Kleidung zusammenpacken, damit sie entfliehen könnten. Sie sagten ihr, sie würden Kaktusstacheln vor den Tipieingang streuen und für sie eine schmale Durchgangsspur lassen, die ihre Schwester jedoch nicht bemerken würde.

Die kleine Schwester nahm ihren kleinen Bruder bei der Hand und ging zurück nach Hause. Die ältere Schwester verhielt sich sehr freundlich und sagte, daß ihr die Art, wie sie sich aufgeführt habe, leid tue. Die kleine Schwester packte inzwischen sorgfältig alles zusammen, was ihr aufgetragen worden war, und bereitete sich zur Flucht vor. Sie war mit den Sachen und ihrem kleinen Bruder schon fast zur Tür hinaus, als die ältere Schwester das Spiel durchschaute und wieder sehr wütend wurde. Sie brüllte und sprang auf, um sie zu packen, doch sie liefen hinaus und folgten der schmalen Spur, während die Bärenschwester in die Stacheln trat und vor Schmerz aufschrie. Die älteren Brüder sammelten ihre jüngeren Geschwister auf, und alle liefen in den Wald, um zu entfliehen. Die böse Bärin setzte ihnen bald nach.

Nun verhielt es sich so, daß einer der Brüder eine Menge geheimnisvoller Kräfte besaß. Als er sah, daß die Bärin sie binnen kurzem einholen würde, spuckte er über die Schulter, und sofort bildete sich hinter ihnen ein See. Die Bärin verlor an Zeit, weil sie ihn erst umgehen mußte. Als sie die Geschwister wieder einzuholen drohte, warf der mit magischen Kräften begabte Bruder seine aus einem Stachelschweinschwanz bestehende Haarbürste hinter sich, und sofort bildete sich ein schwer zu durchdringendes Dickicht. Als die böse Bärin dort durchgedrungen war, beschlossen sie alle, auf einen hohen Baum zu klettern. Die böse Bärin stand unten und sagte: «Nun werde ich euch alle töten.» Daraufhin begann sie den Baum mit all ihrer Kraft zu schütteln.

Es dauerte nicht lange, bis vier der Brüder aus dem Baum gefallen waren und benommen am Boden lagen. Die Bärin wollte gerade hinübergehen und sie töten, als der mit Kraft begabte Bruder einen Pfeil aus seinem Köcher nahm und der Bärin zwischen die Augen schoß. Sofort verwandelte sich diese wieder in ihre Schwester, aber sie war tot. Der mit Kraft begabte Bruder fühlte sich für den Mord an seiner eigenen Schwester so schuldig, daß er den anderen vorschlug, weit fortzugehen. Sie fragten, wohin sie gehen könnten, und als Antwort sagte er ihnen, daß sie alle die Augen schließen sollten. Dann nahm er einen weiteren Pfeil aus seinem Köcher und schoß ihn weit hinaus in den Himmel. Als sie ihre Augen wieder öffneten, schwebten sie alle am Himmel.

Die Alten sagten, daß dies der Ursprung des Sternbildes war, das als der Große Bär bekannt ist. In der Blackfoot-Sprache wird es die Sieben Brüder genannt. Sie sagen, daß die vier Brüder, die vom Baum gefallen sind, die vier unteren Sterne des Großen Bären sind. Die kleine Schwester soll herangewachsen sein und einen der Sterne des Kleinen Bären geheiratet haben. Sie sagen, daß sie der helle Stern ist, der als Nordstern bekannt ist und den die Alten den «unbewegten Stern» nennen. In der alten Zeit benutzten sie ihn nachts als Kompaß.

Die Frau, die einen Hund heiratete

Es heißt, dies sei eine wahre Geschichte, weil sie die Ursprünge der alten Blackfoot-Kriegergesellschaft der Hunde erklärt. Es geschah vor langer, langer Zeit, bevor die Leute je Pferde gesehen hatten. Sie benutzten noch Hunde, um ihre Sachen von einem Ort zum nächsten zu befördern.

Es lebte da eine schöne junge Frau, die die Tochter eines Häuptlings war. Viele junge Männer wollten sie heiraten, aber ihr gefiel die Art und Weise nicht, wie sie um sie warben, und deshalb blieb sie ledig. Ihr bester Freund war ein großer alter Hund, der ihrem Onkel gehörte. Sie lieh sich diesen Hund oft aus und ließ sich von ihm Holz und Wasser tragen. Der Hund mochte sie und war immer sehr gehorsam. Eines Tages sagte sie zu ihm: «Ich wollte, du wärst ein junger Mann, dann würde ich dich heiraten.»

In jener Nacht wachte die junge Frau davon auf, daß jemand in ihr Bett gekrochen kam. Der Mann hielt ihr den Mund zu, so daß sie nicht schreien konnte, aber sonst behandelte er sie sehr sanft. Sie waren eine Zeitlang zusammen, und sie besaß die Klugheit, mit etwas Kohle von der Feuerstelle seinen Rücken und sein Haar zu markieren, ohne daß er es merkte. Sie war überrascht, wie weiches, feines Haar er hatte.

Am nächsten Tag fand zufällig ein großer Tanz statt, und die junge Frau musterte sehr aufmerksam die Männer, um zu sehen, ob einer von ihnen schwarze Markierungen von ihrer Kohle hatte. Sie war begierig darauf herauszufinden, wer der Mann war, obwohl sie ihrem Vater nichts davon zu sagen wagte aus Angst, beschuldigt zu werden, den Mann nachts in ihr Bett eingeladen zu haben. Sie erblickte niemanden mit schwarzen Markierungen und kehrte traurig in ihr eigenes Tipi zurück, als der große Hund ihres Onkels zu ihr gelaufen kam und ihre Hand leckte. Er hatte zufällig Rußflecken auf seinem Kopf und seinen Schultern, und einen Augenblick lang packte die junge Frau echtes Entsetzen. Aber dann dachte sie: «Dieser Hund kann es nicht sein, denn ich weiß, daß ich mit einem Menschen zusammen war.»

In jener Nacht kam der gleiche Mann ins Bett der jungen Frau. Während er bei ihr war, nahm sie einen seiner Mittelfinger und biß sehr fest hinein, so daß ihre Zähne auf den Knochen stießen. Am folgenden Tag fand wieder ein großer Tanz statt, und die junge Frau schaute sich aufmerksam danach um, welcher Mann eine verletzte Hand hatte. Da ihr Vater der Häuptling war, stellte sie eine besondere Forderung, die ihr Vater ausrufen ließ. Sie verlangte, daß alle Männer ihre Hände hoch in die Luft hielten, während sie im Kreis herumtanzten. Sie taten dies, aber sie konnte bei niemandem die Verletzung feststellen, nach der sie Ausschau hielt.

Als sie an diesem Nachmittag hinausging, um Wasser und Nahrung zu holen, kam der große Hund ihres Onkels angelaufen und schloß sich ihr an. Sie bemerkte sofort, daß er hinkte, und als sie sich bückte, um seine Pfote anzuschauen, stellte sie fest, daß einer seiner Zehen stark verletzt war. Sie sah den Hund an und sagte: «Du bist es, der nachts in mein Bett gekommen ist!» Der Hund verwandelte sich augenblicklich in einen jungen Mann, der zu dem Mädchen sagte: «Es ist nicht meine Schuld. Du bist diejenige, die wünschte, daß ich ein junger Mann wäre, und so bin ich es geworden.»

Jetzt war das Mädchen ob seiner Entdeckung sehr beunruhigt. Die Leute würden wissen, daß ihr Geliebter ein Fremder war, und wenn sie herausfinden würden, daß er eigentlich ein Hund war, wäre sie entehrt. Doch sie wußte, daß sie ihr Wort halten und ihn heiraten mußte, und außerdem war er ein sehr gutaussehender und freundlicher junger Mann. Sie beschlossen, zusammen fortzulaufen und anderswo zu leben.

Als an jenem Abend alle zu Bett lagen, packte das Mädchen ein zweites Paar Mokassins, Essen und andere Vorräte zusammen und verließ das Tipi ihrer Eltern. Draußen im Unterholz wartete ihr Geliebter in Gestalt eines jungen Mannes auf sie. Bei Tagesanbruch schickte der Vater des Mädchens einen Ausrufer durch das Lager, der fragte, ob jemand sie gesehen hatte. Sie fragten sich, wo sie hingegangen sein mochte, vor allem nachdem ihr Onkel verkündete, daß sein großer Travois-Hund ebenfalls fehlte.

Es vergingen einige Jahre, und die junge Frau bekam große Sehnsucht nach ihren Eltern und den übrigen Leuten aus ihrem Lager. Schließlich beschlossen sie und ihr Mann, einen Besuch im Lager zu machen, ohne jemandem ihre wahre Identität zu enthüllen. Sie kamen mit ihren beiden Kindern und einer Anzahl von Hunden, die ihr Gepäck beförderten. Sie gelangten zum Tipi des Onkels der jungen Frau, und er lud sie zu sich ein. Die junge Frau trug ihr Haar so, daß es den größten Teil ihres Gesichtes bedeckte, und niemand schöpfte Verdacht.

Doch der Onkel wunderte sich über einige seltsame Dinge, die seine Gäste machten. Als er fragte, wie es komme, daß sie die Blackfoot-Sprache sprächen, wurde ihm gesagt, daß ihr Stamm diese Sprache ebenfalls spreche. Er hatte nie einen anderen Stamm Blackfoot sprechen hören. Und immer wenn es Fleisch gab, entschuldigte sich der Besucher und nahm sein Stück Fleisch mit, bevor es gekocht werden konnte. Eines Tages folgte ihm eins der Kinder des Onkels und überraschte ihn dabei, wie er sein Fleisch draußen hinter dem Tipi roh aß. Schließlich wachte der Onkel eines Morgens früher als die anderen auf und fand den Besucher noch schlafend vor, wobei einer seiner Füße unter der Decke hervorschaute. Der Fuß sah aus wie der Fuß eines Hundes.

Als das junge Paar vom Onkel zur Rede gestellt wurde, sagte der Mann zu ihm: «Ja, ich bin früher dein großer Hund gewesen, und diese Frau ist die Tochter deines Bruders. Ich besitze große Macht, und auf diese Weise sind wir Mann und Frau geworden.» Die junge Frau ging zum Tipi ihrer Eltern und erklärte ihnen ebenfalls alles. Ihre Eltern waren froh, sie wiederzusehen und zu erfahren, daß sie Enkel hatten. Sie respektierten die Macht des Hundes und sagten, sie wären froh, ihn als Schwiegersohn zu haben, und so errichtete das Paar im Lager sein eigenes Tipi.

Doch als die Geschichte sich im Lager herumgesprochen hatte, wurden einige der jungen Männer eifersüchtig darauf, daß der Hundmann eine so gutaussehende Frau besaß. Sie hetzten die Leute auf, und bald war das junge Paar die Zielscheibe rüder Bemerkungen und anderer Schmähungen. Der Vater der Frau versuchte dies zu verhindern, aber die Leute trieben es immer schlimmer. Schließlich packte das junge Paar sein Tipi zusammen und schlug es abseits vom Lager auf. Dann begann der Mann wie ein Hund zu bellen, bis alle Hunde des Lagers ihm geantwortet hatten und zu ihm gelaufen kamen. Er wurde der Häuptling der Hunde, und die Leute hatten niemanden mehr, der ihnen ihre Sachen trug.

Einige von den jungen Männern, die den Ärger angezettelt hatten, kamen herüber und sagten, sie würden den Häuptling der Hunde töten. Aber der junge Mann gab den Hunden den Befehl zum Angriff, und diejenigen, die nicht getötet wurden, liefen zurück zum Lager. Daraufhin ließen ihm alle Leute ihre Entschuldigungen zukommen und versprachen, den Hundmann und seine Familie mit Achtung zu behandeln, wenn er ihnen ihre Hunde zurückgäbe. Er stimmte zu und zog mit seiner Familie zurück in den Lagerkreis.

Als der Hundmann alt wurde, gab er seine besondere Hundekraft an seinen Sohn weiter. Der Sohn wurde ein großer Häuptling, und er benutzte die Kraft, um mit einer Gruppe junger Männer die Hunde-Gesellschaft zu gründen. Diese Gesellschaft blieb bestehen, bis die Tage der Kriege beendet waren und sie aufgelöst wurde, weil kein Bedarf mehr nach ihr bestand. Der Sohn des Hundmannes war ein berühmter Schnelläufer. Seine Tochter wurde eine heilige Frau, die für ihre Freundlichkeit und gute Haushaltsführung bekannt war.

Die treulose Ehefrau

Vor langer Zeit lebte einmal ein Jäger, der viele geheimnisvolle Kräfte besaß. Jeden Tag ging er auf die Jagd nach allen möglichen wilden Tieren und ließ seine Frau daheim, um den Haushalt zu versorgen. Sein einziges Problem war, daß er seiner Frau allein nicht traute, und er begann eifersüchtig zu werden. Er beschloß, seine Kraft zu benutzen, um herauszufinden, ob seine Frau ihm untreu war.

Am nächsten Morgen sagte er seiner Frau, daß er auf eine lange Jagd ginge, von der er nicht vor zwei oder drei Tagen zurückkehren würde. Seine Frau sagte, sie würde ihm vor seinem Fortgang eine große Mahlzeit bereiten, und sie ging hinaus, um mehr Holz zu sammeln und etwas mehr Wasser zu holen. Während sie fort war, nahm ihr Mann einen bestimmten Teil eines wilden Tieres und knüpfte einen Knoten hinein, denn das war ein Teil seines Zaubers. Er legte das verknotete Stück Tier unter das Bett, in dem seine Frau schlief. Dann aß er und ging auf seine lange Jagd.

In jener Nacht sandte die Frau eine Botschaft zu ihrem Liebhaber. Als er kam, sagte sie ihm, daß er über Nacht bleiben könne, da ihr Mann erst nach zwei oder drei Tagen zurückkäme. Als der Morgen kam, war das Tipi angefüllt mit kichernden Leuten, und viele standen noch draußen davor, weil sie nicht hineinpaßten. Es scheint, daß sich im Lager die Nachricht verbreitet hatte, daß die Frau und ihr Liebhaber unter der Bettdecke zusammensteckten und nicht auseinanderkonnten, und jeder wollte diese seltsame Situation sehen.

Der Vater des jungen Mannes war sehr besorgt. Der Jäger war für seine Macht bekannt, und der Vater fürchtete, daß er seinen einzigen Sohn töten würde. Er forderte alle die verschiedenen Medizinmänner im Lager auf, ihr Bestes zu versuchen, um die beiden Liebenden zu trennen, aber es gelang keinem von ihnen. Schließlich rieten sie dem alten Vater, mit seiner gesamten wertvollen Habe dem heimkehrenden Jäger entgegenzugehen und ihn zu bitten, das Leben seines Sohnes zu schonen.

Der Jäger kehrte früher zurück, weil er neugierig auf das Ergebnis seiner Prüfung war. Aus der Ferne wußte er schon die Antwort, als er die Menschenmenge sah, die um sein Tipi versammelt war. Unterwegs traf er auf den Vater des jungen Liebhabers, und als er die Geschichte des alten Mannes hörte, war er damit einverstanden, das Leben des Jungen zu schonen. Sie gingen zusammen zum Tipi, und die Menge wich zurück, begierig darauf zu sehen, was der betrogene Ehemann tun würde. Seine Frau und ihr Liebhaber steckten noch immer zusammen.

Der Jäger forderte einige von den Männern auf, das zusammengeklebte Paar hochzuheben, und als sie es taten, holte er unter dem Bett das verknotete Stück Tier hervor. Er hielt es hoch, damit alle es sehen konnten, und dann warf er es ins Feuer, wo es sich wand und zischte und schließlich verbrannte. In dem Augenblick kamen die beiden Liebenden voneinander los. Der junge Mann nahm beschämt seine Robe und bedeckte sich, während er an der gaffenden Menge vorbei aus dem Wigwam lief. Die Frau wagte es nie mehr, ihrem Mann untreu zu sein, und er beschloß, sie als Ehefrau zu behalten.

Kutuyis, der junge Mann, der allen Frauen half

Vor langer Zeit lebte einmal ein altes Ehepaar, das einen sehr bösen Schwiegersohn hatte. Alle drei Töchter der beiden waren mit ihm verheiratet, aber er gestattete ihnen nicht, ihre Eltern zu besuchen. Er besaß ein großes, gemütliches Tipi, während das der alten Leute nebenan klein und schäbig war.

Er ließ sich von dem alten Mann dabei helfen, die Tiere zu schlachten, die er auf der Jagd erlegt hatte, und das Fleisch mit nach Hause zu tragen, aber der alten Frau überließ er nur die schlechtesten Abfälle zum Kochen. Die einzige, die Mitleid mit den alten Leuten hatte, war ihre jüngste Tochter, der es manchmal gelang, ein gutes Stück Fleisch zu entwenden, das sie unter ihrem Kleid versteckte und dann vor dem Eingang des kleinen Tipis ihrer Eltern fallen ließ.

Eines Tages, als der Schwiegervater nach Hause ging, nachdem er dem Jäger geholfen hatte, entdeckte er auf dem Pfad einen Klumpen frischen Blutes. Er dachte, daß der Klumpen Blut eine gute Suppe für ihn und seine Frau geben würde, und beschloß, ihn mit nach Hause zu nehmen. Damit sein Schwiegersohn nichts davon bemerkte, verschüttete er absichtlich seine Pfeile und blieb dann stehen, um sie aufzusammeln. Doch zuerst stopfte er den Blutklumpen in seinen Köcher. Der Schwiegersohn beschimpfte den alten Mann wegen seiner Ungeschicklichkeit, bemerkte jedoch nicht, was dieser getan hatte.

Zu Hause machte sich die alte Frau eifrig daran, die Suppe aus Blutklumpen zuzubereiten. Doch als das Blut zu kochen begann, vernahm sie aus ihrem Kessel das Wimmern eines Babys. Sie nahm rasch den Kessel vom Feuer und fischte ein kleines Kind heraus. Der Schwiegersohn hatte ebenfalls das Wimmern des Babys gehört, und er schickte sofort seine jüngste Frau hinüber, um herauszubekommen, was los war. Er hatte vor, das Baby zu töten, wenn es ein Junge war, aber die junge Frau sagte, daß es ein Mädchen sei. Die alte Frau stellte es irgendwie an, daß es nicht wie ein Junge aussah.

Der Schwiegersohn traute seiner jüngsten Frau nicht, deshalb schickte er die nächste, um nach dem Baby zu forschen. Sie kam zurück und sagte ebenfalls, daß es ein Mädchen sei, und danach schickte er seine älteste Frau, und als diese ebenfalls sagte, daß es ein Mädchen sei, wurde er sehr glücklich. «In ein paar Jahren wird das meine vierte und jüngste Frau sein», sagte er. Er ließ sogar eine seiner Frauen aus frischem Fleisch eine Brühe kochen, die er hinüberschickte, damit das neue Kind damit gefüttert werden konnte.

An jenem Abend waren die alten Leute sehr überrascht, als das Baby zu ihnen sprach. Es sagte: «Ihr müßt mich aufheben und meinen Kopf in alle vier Himmelsrichtungen halten.» Der alte Mann tat das, und als er damit fertig war, war das Baby zu einem gutaussehenden jungen Mann herangewachsen. Er sagte: «Ich bin hierhergekommen, weil mir die Art und Weise, wie ihr behandelt werdet, leid tut. Ich besitze viel Macht, und ich werde euch helfen.» Dann sagte er dem alten Mann, daß er früh am nächsten Morgen aufstehen und auf eigene Faust auf die Jagd gehen solle. Er wußte, daß dies den Schwiegersohn sehr wütend machen würde.

Am nächsten Morgen tat der alte Mann, wie ihm geheißen war. Bald nachdem er gegangen war, rief der Schwiegersohn nach ihm, daß er mitkommen und ihm helfen solle. Die alte Frau rief zurück, daß er bereits auf die Jagd gegangen sei. Ihr Schwiegersohn bekam einen Wutanfall und brüllte: «Ich sollte dich sofort umbringen, aber ich werde zuerst hinausgehen und deinen alten Mann töten.» Dann ging er, um nach dem frühen Jäger Ausschau zu halten.

Als der Schwiegersohn den alten Mann fand, hatte dieser bereits eine alte Kuh getötet. Er saß am Boden und aß frische Nieren, wie ihm der Blutklumpenmann aufgetragen hatte. Als der Schwiegersohn zu ihm kam, sagte er: «Jetzt bist du zu weit gegangen, und ich werde dich töten», doch bevor er irgend etwas unternehmen konnte, hatte der Blutklumpenmann ihn totgeschossen. Darauf sagte dieser: «Laß ihn einfach da liegen mit dieser alten Kuh. Er hat zu Hause in seinem Wigwam viel gutes Fleisch, das jetzt dir gehören wird.»

Als der alte Mann nach Hause zurückkehrte, rüstete sich der Blutklumpenmann bereits zum Weiterziehen. Er hatte die beiden älteren Frauen des Schwiegersohns ebenfalls getötet, weil sie ihren Eltern nie geholfen hatten. Er sagte der jungen Frau, daß sie, solange sie lebten, bei ihnen bleiben solle. Dann erzählte er ihnen, daß sein wirklicher Name Kutuyis sei, daß er einer der Sterne am Himmel sei, die sich nie bewegen, und daß sie ihn im Gebet anrufen könnten, wenn sie in Zukunft seine Hilfe brauchen sollten. Aber zuerst müsse er einigen anderen Leuten helfen, die unschuldig litten. Damit ging er.

Kutuyis war eine Zeitlang unterwegs, bevor er auf ein Lager mit alten Frauen stieß. Als er unter sie trat, sagte eine von ihnen: «Hei! Was tut ein junger Mann wie du unter uns alten Weibern? Gewöhnlich kommen keine jungen Leute her, um uns zu besuchen.» Kutuyis sagte ihnen, daß er hungrig sei und etwas Dörrfleisch essen wolle. Sie gaben ihm reichlich davon, aber er schaute darauf und sagte: «Nun, ihr habt mir Dörrfleisch gegeben, aber wo ist das Fett, das dazugehört?» (Dörrfleisch wird gewöhnlich mit Fettstücken gegessen.) Die alten Frauen schauten sich erschrocken um, und eine von ihnen sagte zu ihm: «Pst! Sprich das Wort nicht laut aus. In der Nähe lebt ein Rudel Grizzlybären, die kommen und uns alles Fett wegnehmen, und wenn sie hören, daß du etwas verlangst, werden sie dich töten!» Kutuyis sagte ihnen, daß er sich am Morgen darum kümmern werde.

Am nächsten Tag ging er auf die Jagd und tötete eine fette junge Kuh. Er schlachtete sie und brachte die besten Stücke Fleisch ins Lager, vor allem das Fett. Nach kurzer Zeit tauchten zwei Grizzlybären von dem Rudel auf und verlangten von ihm das Fett, das er aß. Er sagte ihnen, daß sie sich davonscheren und ihn nicht belästigen sollten. Sie trollten sich, doch bald tauchte statt dessen der Häuptling der Grizzlybären auf, und er war bereit zum Kampf. Kutuyis hatte in einem Feuer ein paar Steine erhitzt, und als der Grizzlyhäuptling ihn angriff, nahm er die Steine und warf sie ihm in den Rachen. Als der Grizzlyhäuptling tot war, ging Kutuyis hinüber zum Lager der Grizzlybären und tötete alle übrigen. Er verschonte nur eine trächtige Bärin, und von ihr stammen alle Grizzlybären ab, die heute leben. Diese Grizzlybären hatten in einem großen, mit Grizzlysymbolen bemalten Tipi gelebt, das Kutuyis den alten Frauen gab. Auf diese Weise ist der Blackfoot-Stamm in den Besitz des *Grisly-Painted Lodge* (mit Grizzlybären bemaltes Tipi) gekommen. Kutuyis befreite auch alle die schönen jungen Frauen, die die Grizzlybären gefangengehalten hatten, und er gab den alten Frauen das ganze Fett, das die Grizzlybären in ihrem Tipi gehortet hatten.

Dann zog Kutuyis weiter. Nach einiger Zeit gelangte er zu einem anderen Lager von alten Frauen. Sie wunderten sich ebenfalls darüber, daß er sie besuchte, statt unter den jungen Leuten zu bleiben. Er sagte zu ihnen: «Ich bin auf Wanderschaft und bin jetzt hungrig, deshalb gebt mir etwas von eurem Dörrfleisch.» Wie in dem anderen Lager bekam er viel Dörrfleisch vorgesetzt, aber kein Fett. Als er um etwas Fett bat, sagten die Frauen ihm: «Pst, frag hier nicht so laut danach. In unserem Lager befindet sich das mit Schlangen bemalte Tipi, und darin hält sich der Häuptling der Schlangen auf. Er und seine anderen Schlangen nehmen uns all das Fett weg, das wir bekommen, und sie töten jeden, der sie auch nur um ein bißchen davon bittet.» Kutuyis erklärte ihnen, daß er sich darum kümmern werde.

An jenem Abend ging er zu dem mit Schlangen bemalten Tipi und tat so, als ob er ein Besucher sei. Als er hineintrat, erblickte er eine große Schlange, die rings entlang der einen Tipihälfte dalag und deren Kopf im Schoß eines wunderschönen jungen Mädchens ruhte. Der Schlangenhäuptling hatte auf seinem Kopf ein Horn, und das Mädchen massierte ihn um dieses Horn herum. Er schien zu schlafen. Kutuyis sah eine frische Schüssel mit Blutsuppe am Feuer stehen, also setzte er sich nieder und trank davon. Blutsuppe ist eine Delikatesse, die ihm in dem Augenblick sehr mundete. Das junge Mädchen machte ein erschrockenes Gesicht und flüsterte Kutuyis zu, er solle die Suppe absetzen und sich eilig davonmachen, bevor er getötet würde. Statt dessen schmatzte Kutuyis laut und ließ die Suppe in seiner Kehle gurgeln, während sie hinunterlief. Die große Schlange erwachte und sah Kutuyis an.

Kutuyis hatte gerade seine Suppe ausgetrunken, und so warf er die Schüssel ins Feuer, daß eine Menge Funken aufsprühten. Einen Augenblick lang war der Schlangenhäuptling abgelenkt, und Kutuyis sprang mit einem großen Steinmesser, das er verborgen gehalten hatte, auf ihn zu und schnitt ihm den Kopf ab. Rasch lief er herum und tötete all die anderen Schlangen bis auf eine, die trächtig war. Von ihr stammen all die Schlangen ab, die heute leben. Dann ließ er all die schönen Mädchen frei, die die Schlange gefangengehalten hatte. Den alten Frauen gab er den großen Vorrat an Fett und Dörrfleisch, den die Schlange gehortet hatte, sowie das *Snake-Painted Lodge* (mit Schlangen bemaltes Tipi), das heute noch beim Blackfoot-Volk existiert. Dann setzte er seinen Weg fort.

Kutuyis gelangte auf seinem Weg zu einem Fluß, und ein Wind kam auf. Er blies immer stärker, bis er Kutuyis zuletzt ins Wasser und in den Schlund eines großen Fisches trieb. Es war ein großer Saugefisch, und der Wind war seine Saugkraft, mit deren Hilfe er sich Futter beschaffte. Als Kutuyis hinunter in den Magen des Fisches gelangte, fand er dort viele Leute versammelt, von denen einige bereits tot waren. Kutuyis sagte den übrigen, daß sie mit ihm aufstehen und ihm dabei helfen sollten, seinen Medizintanz aufzuführen. Dann hub er zu singen an.

Während die Leute zu seinem Gesang auf und ab tanzten, bemalte Kutuyis sein Gesicht und holte sein großes Steinmesser heraus. Er befestigte es auf seinem Kopf, so daß seine Spitze senkrecht nach oben zeigte, und tanzte dann auf und nieder, so kräftig er konnte. Er tanzte zur Vorderseite des Fisches, bis er schließlich an der richtigen Stelle in die Höhe sprang, so daß sein Messer direkt ins Herz traf und die Herzschlagader des Fisches durchtrennte. Dann nahm er sein Messer wieder herunter und machte damit einen großen Einschnitt zwischen die Rippen des Fisches, so daß alle Leute hinausgelangen konnten. Als er wieder das Ufer erreicht hatte, setzte er seinen Weg fort.

Die Leute, die er aus dem Fisch befreit hatte, warnten Kutuyis davor, stehenzubleiben und mit einer bestimmten Frau zu ringen, der er auf seinem Weg begegnen würde. Sie sagten, daß sie jeden töten würde, der das täte. Nach einer Weile stieß er auf diese Frau, und sofort forderte sie ihn auf, stehenzubleiben und mit ihr eine Runde zu ringen. Er sagte zu ihr: «Ja, ich werde mit dir ringen, aber laß mich zuerst ein bißchen Atem schöpfen.» Während er sich ausruhte, schaute er sich um, und bald erblickte er viele scharfe Messerspitzen, die aus einer dichten Grasfläche herausschauten, auf der die Frau zu ringen beabsichtigte. Also sagte er zu ihr: «Wir wollen uns zuerst ein bißchen einüben, bevor wir zu ringen beginnen.» Während sie verschiedene Übungen machte, wartete Kutuyis eine Gelegenheit ab, packte dann die Frau und warf sie rückwärts auf die Grasfläche, wo sie von ihren eigenen Messern entzweigeschnitten wurde. Dann zog er weiter.

Nach einiger Zeit gelangte er an einen anderen Fluß. An seinem Ufer erblickte er eine alte Frau auf einer Schaukel, die an einem großen Baum hing. Er beobachtete, wie sie über das Wasser hinausschwang bis zu einer Stelle, wo es rasende Strudel bildete. Als die alte Frau Kutuyis sah, hörte sie auf zu schaukeln und lud ihn ein, sich neben sie zu setzen und mitzumachen. Er wußte, daß sie vorhatte, ihn hinunterzustoßen, wenn sie über der gefährlichen Stelle waren, wie sie es mit vielen anderen

Leuten getan hatte, die vor ihm zu ihr gekommen waren. Er sagte zu ihr: «Ich bin gleich bereit. Schaukle nur noch einmal allein, damit ich sehen kann, wie es gemacht wird.» Also stieß sie sich mit Eifer ab und schwang hinaus, und als sie über der gefährlichen Stelle im Wasser war, hob Kutuyis sein Steinmesser und schnitt damit die Lianen durch, an denen ihre Schaukel hing. Die alte Frau fiel selbst ins Wasser und verschwand.

Danach waren im Land des Blackfoot-Volkes keine Ungeheuer mehr übrig, und Kutuyis beendete seine Wanderung. Er benutzte seine Kraft dazu, in den Himmel zurückzukehren und zu einem der Sterne zu werden, die sich nie bewegen. Die Alten der Vergangenheit wußten, welcher er war, aber ich glaube, sie haben dieses Wissen mit sich ins Grab genommen.

Die Frau, die die Büffel zurückbrachte

Vor langer Zeit, als die Leute noch keine Pferde hatten, verhungerten sie manchmal, wenn sie ihre Lager nicht schnell genug mit den weiterziehenden Büffelherden bewegen konnten. Diese Geschichte hat sich während einer solchen Hungersnot abgespielt.

Drei Schwestern waren mit demselben Mann verheiratet. Eines Tages waren sie ausgegangen, um Feuerholz zu sammeln. Die jüngste Schwester trug ein großes Bündel Holz, als ihr Tragriemen riß. Jedesmal, wenn sie stehenblieb, um den Riemen zu befestigen, riß er wieder. Ihre Schwestern gingen zurück zu ihrem Tipi, während sie zum viertenmal versuchte, den Riemen zu befestigen. Als sie sich hinabbeugte, um den Riemen zusammenzuknüpfen, glaubte sie, jemanden singen zu hören. Sie schaute sich um, konnte aber niemanden erblicken. Doch die Stimme schien aus sehr großer Nähe zu kommen. Sie bekam es mit der Angst und richtete sich auf, um zu gehen, doch die Stimme rief nach ihr. Dann bemerkte sie in der Richtung, aus der die Stimme kam, einen ungewöhnlich aussehenden Stein am Boden in der Nähe ihres Holzbündels. Sie trat näher, um ihn sich genauer anzusehen, und bemerkte, daß der Stein auf einem kleinen Büschel Büffelhaar lag. Die Stimme begann wieder zu singen; sie kam von dem Stein: «Du – Frau – willst du mich nehmen! Ich bin mächtig! Büffel ist unser Zauber.»

Die junge Frau bückte sich und hob den Stein auf. Zu jener Zeit hatten die Leute keine Taschen in den Kleidern, und sie trug ihren

Beutel nicht bei sich. Sie schob den Stein unter ihren Gürtel, so daß sie ihn direkt am Körper trug, und ging nach Hause. Sie erzählte niemandem, was geschehen war.

In jener Nacht hatte sie einen Traum. Der Stein kam zu ihr und sang wieder sein Lied. Dann sagte er zu ihr: «Ich bin zu dir und deinen Leuten gekommen, weil ich Mitleid mit euch habe. Meine Macht vermag mit den Büffeln Verbindung aufzunehmen und sie hierherzubringen. Ich habe dich ausgewählt, mich ins Lager zu bringen, weil du bescheiden bist und ich weiß, daß deine Gedanken gut sind. Du mußt deinen Mann bitten, morgen abend alle heiligen Männer in euer Tipi einzuladen. Ich werde dich einige Lieder und eine Zeremonie lehren, die du ihnen beibringen mußt. Wenn du das tust, werde ich mittels meiner Macht die Büffel zurückbringen. Aber du mußt deine Leute warnen: Meine Macht kündigt sich immer durch einen starken Sturm an, und wenn sie ankommt, wird sie aussehen wie ein Büffel, ein einsamer Bulle. Du mußt deinen Leuten sagen, daß sie ihm nichts tun dürfen. Der Rest der Herde wird nachfolgen, sobald er unversehrt durch euer Lager gelaufen ist.»

In ihrem Traum lernte die Frau verschiedene Lieder, die sie nie zuvor gehört hatte. Der Iniskim oder Büffelstein erzählte ihr, daß er viele Verwandte auf der Prärie hätte und daß alle davon mit derselben Macht in Verbindung stünden wie er. Er sagte ihr, daß alle Leute, die von dieser Macht Glück erhofften, nach einem seiner Verwandten Ausschau halten, ihn mit nach Hause nehmen und mit Achtung behandeln sollten.

Als die junge Frau aufwachte, fragte sie sich, was sie mit ihrem Traum anfangen sollte, denn sie war die jüngste Frau und deshalb etwas schüchtern gegenüber ihrem Mann. Nur die Frau, die ihren Sitz neben ihrem Mann hat, nimmt an seinen zeremoniellen Funktionen teil, niemals die Frau, die nahe der Tür schläft. Als der Mann nach draußen ging, erzählte die junge Frau ihrer älteren Schwester von dem Stein und dem Traum. Die Schwester sagte: «Ich werde unserem Mann sagen, was du mir gerade erzählt hast. Wenn dein Traum in Erfüllung geht, kannst du meinen Sitz neben ihm haben. Aber wenn nicht, werde ich dich nur bemitleiden wegen dessen, was du zu erleiden haben wirst.»

Als der Mann von der Sache erfuhr, sandte er sofort Einladungen an die heiligen Männer des Lagers aus. Nach kurzer Zeit versammelten sich alle im Tipi der jungen Frau und bekamen kleine Portionen Beeren und aus Lederstreifen gekochte Brühe vorgesetzt. Sie waren begeistert, als sie hörten, weswegen sie eingeladen worden waren, obwohl ein oder zwei aufstanden und das Tipi verließen. Die alten Leute waren immer skeptisch gegenüber jemandem, der behauptete, in einem Traum gerufen worden zu sein und eine Kraft erlangt zu haben.

Mit der Zustimmung der heiligen Männer, die geblieben waren, forderte der Ehemann seine junge Frau auf, sich ans obere Ende des Tipis zu setzen und die Zeremonie anzuführen, die ihr gezeigt worden war. Sie hatte ein kleines Stück Fett, das sie in ihren Handflächen mit heiliger Farbe mischte. Während sie den Büffelstein mit der heiligen Farbe bedeckte, sang sie eins der Lieder:

Iniskim, er sagt: Büffel ist mein Zauber.
Iniskim, er sagt: Ich bin mächtig!

Daraufhin wußten die Männer, daß es kein gewöhnlicher, sondern ein heiliger Stein war. Sie waren begierig darauf zu erfahren, ob er wirklich Kraft besaß. Dann rieb die Frau viermal mit dem Iniskim über ihren Körper und betete lange. Darauf sang sie ein anderes Lied:

Dieser Iniskim, mein Mann, er ist mächtig!

Während des Liedes gab sie den Iniskim ihrem Mann, der neben ihr saß. Er rieb damit über seinen Körper und betete, während seine Frau weiterhin die heiligen Lieder sang. Auf diese Weise wurde die Zeremonie weitergeführt, bis der Iniskim unter der versammelten Gesellschaft im Kreis herumgegangen war. Inzwischen waren die meisten der Männer bereits in der Lage, eins oder zwei der Lieder mitzusingen.

Bevor sie gingen, erzählte die Frau ihnen von der Warnung in dem Traum. Es wurde ein Ausrufer im Lager herumgeschickt, der die Leute dazu aufforderte, ihre Tipis zu befestigen und sich für einen großen Sturm zu rüsten. Er sagte ihnen auch, daß sie dem einzelnen Büffelbullen nichts tun dürften, der sich nach dem Sturm im Lager zeigen würde. Die meisten Leute befolgten den Rat, aber einige lachten und sagten, daß es nur der verrückte Traum einer Frau sei.

Die Dunkelheit war schon lange hereingebrochen, als das Wetter umschlug. Die meisten Leute hatten sich schlafen gelegt. Nur der Ehemann, seine Frau und ein paar von den heiligen Männern blieben auf und sangen weiterhin die Iniskim-Lieder. Es erhob sich eine Brise, und die Tipiplanen kräuselten sich. Es dauerte nicht lange, und die Brise verwandelte sich in einen Wind, der die Tipiplanen laut gegen die Stangen knallen ließ. Der Wind wurde immer stärker, und plötzlich wurden alle Leute aufgeweckt durch das laute Brechen einer großen Pappel, die vom Wind umgedrückt wurde. Die unbefestigten Tipis derjenigen, die der Frau nicht geglaubt hatten, wurden ebenfalls umgeweht und ihr gesamter Inhalt davongetragen. Während die Leute um Sicherheit beteten, vernahmen sie im dunklen Lager laute Hufschläge und schweres Keuchen. Es war der einsame Bulle, der durchs Lager wanderte. Niemand wagte, ihm etwas anzutun.

Am Morgen hörte der Sturm auf, und eine große Herde von Büffeln graste neben dem Lager. Die Leute konnten so viele erlegen, wie sie brauchten, denn die Tiere zeigten keine Panik. Die Leute schrien vor Glück, weil sie wieder richtiges Essen hatten. Sie waren begierig darauf, ihre abgetragenen Betten und Decken zu ersetzen sowie die Löcher in ihren Tipis und Mokassins zu flicken. Alle behandelten die junge Frau mit Achtung, die jetzt den Platz neben ihrem Mann am Kopfende des Tipis innehatte. Jeder brachte ein kleines Opfer Büffelfleisch oder Fett und legte es vor den heiligen Iniskim, der auf einem kleinen Pelzhaufen auf dem Altar an der Rückseite des Tipis thronte.

Seither haben meine Leute immer die Macht der Iniskims besessen. Jede Familie besaß mindestens einen davon, und sie waren auch in vielen Medizinbündeln enthalten. Jungen und Mädchen bekamen manchmal einen Iniskim geschenkt, der am Ende einer Halskette befestigt war und den sie als Glücksamulett tragen konnten.

Häuptling Büffelkind

Das Freudenfest des Friedens

Zwei Jahre waren vergangen seit unserem letzten Kampfe mit den Krähen. Es war Spätherbst, und wir lagerten am Rande der Zypressenberge nahe der Grenze zwischen Montana und Alberta – da geschah eines Nachts etwas Seltsames.

Wir hatten schon eine Weile geschlafen, es mußte nahe an Mitternacht sein, als wir aus dem schwarzen Dunkel der sternlosen Nacht ein Rascheln bei den Pferden vernahmen, das uns auf die Ellbogen hob. Niemand sprach ein Wort. In dieser atemlosen Stille hörte ich ein «Klick», und ich wußte, daß mein Vater den Arm um die Flinte gelegt und den Hahn zum Schuß gespannt hatte.

Unsere Pferde waren auch nach dem ersten überraschten Sprung still gewesen, aber jetzt regten sie sich wieder, wir hörten, wie sie mit ihren gefesselten Vorderfüßen zu laufen versuchten. Nun begannen die Hunde! Hundert zottige Riesen, die nicht zu bellen verstanden, weil sie halbe Wölfe waren, erhoben sich in heulendem, belferndem Grimme – «rrrrruuu-iiijau-wah-wah-wah-uuuuwiii!». Nach diesem wütenden Getobe vernahmen wir entsetzt drei furchtbare Schreie. Der Ruf eines Gespenstes! Wir kannten ihn – den Ruf von Streifender Nachtadler!

Streifender Nachtadler – unser Krieger, der von den Krähen getötet worden war!!

Mein Vater fuhr zur Zelttüre hinaus wie ein springender schwarzer Schatten. «Tump-tump-tump» – überall liefen Mokassinfüße. Dann vernahmen wir Worte, sie kamen von dort, wo die Pferde waren:

«Ich bin ein Schwarzfuß. Ich bin der Feind keines lebenden Menschen hier!»

«Hanh-h-h-h-h-h», stöhnte meine Mutter. «Es ist die Stimme von Streifender Nachtadler!» Sie hielt die Hand über den Mund und saß bewegungslos. Wir Kinder schmiegten uns an ihre Seite, zitternd vor Angst.

Dann viele Stimmen, ein Durcheinander von Stimmen. Wir mochten so etwa fünf Minuten lang gesessen sein, als der Vater die Zelttüre zurückschob und hereinrief:

«Alle in das große Versammlungszelt. Es ist Streifender Nachtadler!»

Wir warfen die Decken beiseite und stürmten hinter der Mutter hinaus. Draußen sahen wir das große Zelt schon von Feuer erleuchtet. Alles eilte dorthin.

Eine große Menge erwartungsvoller Menschen saß schon dort, aber Streifender Nachtadler sahen wir nirgends. Während wir umherblickten, hörten wir eine Bewegung an der Türe. Wir drehten uns um und sahen zwei große Krieger – die ein Gespenst stützten. Jedenfalls meinten wir Kinder, es sei ein Gespenst. Es war groß und bleich und verkrüppelt. Das eine Knie war hart und steif gebogen; während die Gestalt zwischen den beiden Kriegern schritt, tauchte sie auf diesem kurzen, gebogenen Beine auf und nieder. Als sie näher ans Feuer kamen, begann die Gestalt ähnlich wie Streifender Nachtadler auszusehen. Wir fragten die Mutter, ob er das sei oder sein Geist, und sie sagte, wir sollten still bleiben, es sei er selbst.

Sie setzten ihn auf einen Haufen Büffelfelle nahe am Feuer, denn er zitterte und zuckte vor Kälte.

Bald wurde Essen gebracht, und wir saßen sprachlos und sahen zu, wie er aß. Eine Pfeife wurde angezündet und ihm hingereicht, nachdem er gegessen hatte. Er saß lange und rauchte. Dann bog er den Rücken grad, sah sich zum ersten Male nach uns allen um und sagte: «Hanh!» – woran wir erkannten, daß er nun reden würde.

«Brüder», sprach er, «es macht mein Herz froh, wieder bei meinem Volke zu sein. Zwei Jahre lang war ich unter Fremden, die unsere Sprache nicht kannten.

Ihr wußtet nicht, daß ihr mich unter den Isapho – den Krähen – zurückließet. Ihr erinnert euch alle an den zweiten Kampf mit den Krähen, am Tage nachdem wir in ihr Lager geschlichen waren und ihre Pferde genommen hatten.

Es war meine Schuld, daß mich die Krähen schossen. Als sie nach dem Flusse liefen, wollten einige von uns sie verfolgen, aber unser Zaubermann Weißer Hund erlaubte es nicht. Ich wollte mir einen Krähen-Skalp holen für den Skalp, den sie meinem Bruder genommen hatten, darum schlich ich von den anderen fort, während ihr dort redetet, und ging den Krähen nach, hinab an den Fluß.

Als ich auf sie stieß, warfen sie schon ihre Decken ab und sprangen in den Fluß, um auf die andere Seite zu schwimmen. Ich griff einen großen Kerl an und traf ihn mit der Streitaxt. Während ich auf seiner Brust saß, um seinen Skalp zu nehmen, sah ich sechs andere auf mich zukommen. Ich sprang auf, und sie schossen nach mir. Eine Kugel traf mich ins linke Knie und riß es ab. Ich kroch ins Gebüsch und ließ mich ins Wasser gleiten. An einem Aste hielt ich mich fest, so daß nur meine Nase aus dem Wasser sah. Die Krähen suchten noch eine Weile nach mir, ehe sie loszogen.

Nachdem sie fort waren, kroch ich wieder in den Busch und kroch die ganze Nacht weiter, bis der Tag graute.

Am nächsten Morgen saß ich auf offenem Felde und ruhte mich aus; da sah ich drei Krähen aus dem Gebüsch auf mich zukommen. Sie waren zurückgekehrt, um nach mir zu suchen. Ich warf mich auf den Bauch und begann zu schießen. Zwei von ihnen schoß ich, der andere lief zurück ins Gebüsch. (Streifender Nachtadler war der beste Scharfschütze unter den Schwarzfüßen.) Sie hatten auch nach mir geschossen, und als ich jetzt mein linkes Bein betrachtete, sah ich, daß es noch zweimal getroffen worden war. Es war nun an drei Stellen gebrochen: hier, hier und hier» – dabei legte er sein wunderlich vernarbtes Bein bloß und deutete nach der Hüfte, dem Knie und dem Schienbein.

«Ich wußte, daß ich getötet werden würde, wenn ich nicht bald aus der Gegend entkäme. Also nahm ich meine Flinte, legte den Kolben gegen meinen Bauch und verwendete sie so als Krücke. Ich lief auf dem einen Fuß und auf der Flinte und schleifte das kranke Bein auf der Erde nach. Es war an drei Stellen locker.

Ich wanderte auf diese Art fünf Tage lang ohne Nahrung. Am fünften Tage tötete ich einen Dachs und eine Ente und verzehrte sie. Meine Mokassins waren durch, und meine Füße liefen nackt auf dem Schnee; ich machte mir Mokassins aus dem Dachsfell und wanderte weiter.

Spät am Nachmittag desselben Tages hörte ich jemand rufen; ich sah mich um, zwei Männer zu Pferd kamen auf mich zu. Es waren Weiße, amerikanische Tauschhändler in Assiniboien – Saskatchewan.

Diese Männer nahmen mich mit in ihre Hütte beim Holzberge. Sie behielten mich zwei Jahre lang dort und versuchten, mir meine Wunden zu heilen.

Ich lernte ihre Sprache. Vor acht Tagen hörte ich den einen sagen, daß sie mir das Bein abnehmen würden. In jener Nacht lief ich barfuß und ohne Mokassins in einem furchtbaren Sturme davon. Ich wollte lieber im Sturme umkommen, als mein Bein verlieren.

Ich wußte, daß ihr, meine Leute, um diese Jahreszeit irgendwo an diesem Flusse sein würdet, also kam ich und suchte nach euch. Einige Krie sagten mir, daß ihr hier wäret; frühmorgens heute sah ich euer Lager, aber ich konnte euch erst jetzt erreichen – ich war zu schwach und lahm. Unsere eigenen Hunde hätten mich fast gefressen, ehe ich heute abend ins Lager kam, aber nun bin ich da – und ich danke dem Großen Geist.»

Dann zog er sich empor zu einer halb aufrechten Stellung auf seinem gesunden Beine, hob den Arm und sprach: «Möge der Große Geist gegen euch alle so gut sein, wie er gegen mich war.»

Unser Häuptling erhob sich und sprach:

«Unser großer Zaubermann Weißer Hund hat sein Leben lang nie fehlgesprochen. Er ist nun tot, Streifender Nachtadler; aber er sagte uns, die Geister hätten ihm nie falsch berichtet. Wären wir fähig gewesen, seine Worte richtig zu verstehen, so hätten wir diese ganze Zeit gewußt, daß du lebst. Sein Geist sieht dich heute hier bei uns, und ich weiß, daß er froh ist. Bringt die Trommeln.»

Die große Zaubertrommel wurde in das Zelt gebracht. Es war dieselbe Trommel, mit der Weißer Hund seine Zauberhandlungen begleitet hatte. Wir hatten sie sorgfältiger als alles andere behütet während jener Unglückstage im Felsengebirge; nie war sie aus der Hülle, in die sie die zauberkräftigen Hände von Weißer Hund gebunden hatten, entfernt worden.

«Buum, buum! – Buum, buum! – Buum, buum!» Alle saßen still, während die donnernden Töne dieser Trommel zu uns sprachen – das erstemal seit jener schicksalsvollen Nacht bei dem Büffelkopfe, als Weißer Hund seine letzte Besprechung mit den Geistern abhielt, um den Ausgang des kommenden Kampfes mit den Krähen zu erfahren.

Mit leiser Stimme sang Weißer Hunds Witwe einen Vers seines Zauberliedes, das er in seiner Todesnacht gesungen hatte. Dann fielen wir alle wieder in Schweigen.

Ein frostiger Wind pfiff manchmal durch die Türklappe des Zeltes. Vom Klang des Tam-tams erregt und beunruhigt, schoben einige der Hunde ihre Nasen zum Himmel und heulten den klagenden Ruf des Waldwolfes. Manchmal ein unterdrücktes Grunzen und ein Murmeln aus irgendeiner Ecke des Zeltes – dann wieder nichts als die Trommel, der Wind und die heulenden Hunde.

Der erste, der das Schweigen brach, war unser Häuptling, der mit einem feuchten Schimmer im Auge dagesessen und in die Ferne gestarrt hatte. Traurig lächelnd sprach er:

«Weißer Hund ist heute abend bei uns; ich fühle es, daß er hier ist.» Und wir glaubten ihm alle, denn es lag etwas in der Luft, das ihm recht gab.

In den Tagen nach Streifender Nachtadlers Heimkehr brach ihm unser Zaubermann sein Bein an zwei Stellen und legte es in Schienen; nach einigen Monaten war er vollkommen gesund, nur das steife Knie erinnerte ihn an sein gefährliches Abenteuer.

Unser Häuptling war so begeistert von seiner Rückkehr und der Rechtfertigung von Weißer Hunds Zaubersprüchen, daß er einen Rat einberief und verkündete, er wolle mit den Krähen Frieden schließen. Er schickte einen Läufer zu dem Häuptling der Krähen. Der Bote trug ein Geschenk von Indianertabak – Kinnikinnik – mit.

Nahm der Krähenhäuptling diesen an, so sollte er ihn einladen, uns auf halber Strecke entgegenzukommen und «die Pfeife mit uns zu rauchen».

Nach sechs Tagen kam der Läufer zurück und brachte ein Geschenk von «Ostindischem Tabak» – das ist Tabak des Weißen Mannes –; den schickte der Krähenhäuptling unserem Häuptling als Friedensgruß. Eine Woche später kamen wir alle auf der Prärie zusammen, die Krähen und die Schwarzfüße, und gaben uns gegenseitig den Frieden.

In seiner Ansprache vor der großen Versammlung von Krähen und Schwarzfüßen sprach unser Häuptling:

«Wir sind törichte Menschen gewesen, wir Krähen und Schwarzfüße. Unser Leben lang haben wir gekämpft. Wir kämpften gegeneinander, nur weil wir die gleiche Hautfarbe hatten und dieselben Menschen waren. Das darf nie mehr so sein. Solange die Sonne scheint, das Gras wächst und die Menschen auf zwei Füßen gehen, müssen wir Krähen und Schwarzfüße Freunde sein. Wäret ihr nicht ein tapferes Volk wie wir, so möchte ich weiter gegen euch kämpfen und euch alle töten. Aber ihr seid zu gut, um getötet zu werden. Wir wollen euch ehren, wie wir unsere eigenen tapferen Krieger ehren. Laßt uns zusammen rauchen!»

Unser Zaubermann «richtete» die Pfeife – er füllte sie und zündete sie an – und reichte sie dann unserem Häuptling. Der rauchte einen Augenblick, dann ließ er sie den Gang durch die zwei Stämme antreten. Als dies vorüber war, setzten wir uns zu einem großen Festessen, das die Frauen bereitet hatten – und nie wieder war der Schwarzfuß ein Feind des Krähen.

Wir lebten fünf Tage im gleichen Lager, während der Zeit maßen wir Knaben uns mit den Krähenknaben in Spielen und Scheinkämpfen. Wir kämpften noch einmal alle Schlachten durch, die unsere Väter gegeneinander ausgetragen hatten, und es machte uns viel Vergnügen. Wir Buben freuten uns über den Frieden mit den Krähen, denn wir hatten sie gemocht seit jenem Tage, an dem wir, einige Monate vorher, die Krähenknaben auf der Prärie getroffen und mit ihnen gespielt hatten. Wir tauschten Geschenke aus, ehe wir uns trennten; manche von uns wählten sich auch «Brüder» unter den Krähenknaben.

Adolf Hungry Wolf

Die zwei Welten des Ben Calf Robe

Ben Calf Robe war ein herausragendes Mitglied seines Volkes und mit vielen Menschen aller Rassen und Stämme befreundet. Er war das letzte Kind eines alten Häuptlings und Kriegers der Blackfoot, der mit seinen zahlreichen Frauen viele Kinder gezeugt hatte. Ben starb 1979. Er war einer der letzten, die sowohl unsere heutige Welt als auch die versunkene Welt der Büffeljagd erlebt hatten. Er verstand beide Welten sehr gut, und das machte ihn so außergewöhnlich.

Als er zu Besuch in unserer Berghütte war, zeichnete ich einige seiner alten Geschichten und Legenden auf, aber auch viel von seiner Lebensweisheit und seinen Beobachtungen über das heutige Leben. Schon seit Jahren hatte er mich gebeten, ihm bei der Aufzeichnung seines Wissens zu helfen. Und das sagte er darüber:

«Daß ich meine Geschichten aufgeschrieben wissen will, hat folgenden Grund: Ich weiß viel über die Geschichte, über die Legenden und heiligen Zeremonien meines alten Volkes. Ich habe mein ganzes Leben mit ihm gelebt, und jetzt bin ich ein alter Mann. Wenn ich den Löffel weglege, kann ich über diese Sachen nichts mehr sagen. Weshalb sollte ich meine alten Geschichten behalten, nur um mit ihnen zu sterben?

Unsere indianische Kultur und Religion ist fast verloren. Heute bringen die Leute die Dinge oft durcheinander oder biegen sie sich für ihre eigenen Zwecke zurecht. Ich möchte, daß künftige Generationen unsere Geschichte so kennenlernen, wie ich sie erfahren habe.

Wir alle haben ganz unterschiedliche Lebensweisen, aber ich glaube, die Zeit ist gekommen, wo wir einander das Beste von unserem Wissen über das Leben mitteilen müssen. Die unterschiedlichsten Menschen haben Rat bei mir gesucht, und ich helfe ihnen, so gut ich kann. Ich habe gegenüber keinem Menschen Vorurteile, solange nur sein Herz gut ist. Mir scheint, daß überall die junge Generation ihre Traditionen und die

Achtung vor dem Leben aufgibt, aber das kann mich nicht davon abhalten, ihr meine Hilfe anzubieten.

Manchmal werde ich gefragt: ‹Werden wir es jemals schaffen ...?› Ich glaube, die Zeit kommt. Sie wird da sein, wenn wir alle die gleiche Hautfarbe haben, und wir sind auf dem Weg dazu. Menschen aus allen Teilen der Welt vermischen sich, aber das mag vielleicht noch viele Generationen dauern.

Als ich das letztemal im Osten war, stellten mir auch einige Indianer diese Frage. Ich sagte ihnen: ‹Ihr seid schon nah dran – seht nur eure Haut an – keiner von euch hat so dunkle Haut wie ich.› Deswegen erzähle ich meine Geschichten, denn eines Tages wird es keine richtigen Indianer mehr geben. Alle Menschen werden gleich sein.»

Tatsächlich war sogar der alte Ben ein gutes Beispiel für die Vermischung der Rassen und Kulturen. Er war zwar ein Vollblutindianer mit traditioneller Gesinnung, aber meist lief er in einem tadellosen Anzug herum und trug Cowboyhüte der besten Qualität. Seine letzte Frau hatte ebenso viele europäische wie indianische Vorfahren, und so waren auch die Kinder aus dieser Ehe nicht mehr Kinder eines einzigen Stammes, so wie er. Außerdem verband er die Religion seiner Vorväter mit der christlichen Tradition; als Junge hatte er sogar geholfen, katholische Hymnen und Verse in seine schriftlose Blackfoot-Sprache zu übersetzen.

Ben Calf Robe las gern in der Bibel, aber mit ebenso großer Freude rief er bei seinen häufigen Gebeten im Freien Sonne, Mond und die Naturkräfte an. Für ihn bedeutete es keinen Widerspruch, Jesus und Mutter Erde in einem Atemzug anzubeten. Er glaubte, daß wir alle gleich erschaffen sind und nur *eine* Macht über uns steht, ob man sie nun Großer Geist, Kosmisches Mysterium oder Gott nennt. Ben ist nie jemandem begegnet, der behaupten konnte, er habe diese höhere Macht gesehen; also glaubte er auch niemandem, der sagte, sein Gott sei der einzige und seine Religion die einzig richtige. In seinen Augen waren alle Religionen gleich gut, solange sie niemandem Schaden zufügten.

Ben Calf Robe wurde 1890 in einem indianischen Tipi geboren. Weniger als zehn Jahre zuvor hatte sein Stamm die letzten Büffel erlegt. Das Tipi, in dem er geboren wurde, war aus gekauftem Tuch und nicht mehr aus handgegerbten Häuten. Als der letzte Büffel erschossen war, herrschte sein Volk über eine weite, verödete Prärie. Sein Vater war weise genug zu erkennen, daß sein Volk nur überleben konnte, wenn es das Land bebauen lernte wie die europäischen Einwanderer. Andernfalls würden sie langsam verhungern und vom starken Wind der Prärie verweht werden.

Ben wurde deshalb auf die Missionsschule geschickt, zuerst auf die Schule des Reservats, später ins nahegelegene Calgary, das damals noch eine kleine Frontierstadt aus hölzernen Forts und Häusern war.

Als Ben in die Schule kam, hatte er den Namen Medicine Pipe Rider. Diesen Namen hatte er von seinem alten Vater Calf Robe zum Gedenken an die Zeit, wo er die Medizinpfeife als Glücksbringer auf dem Rücken getragen hatte, wenn er auf dem Kriegspfad war. Als Ben die Schule abschloß, war von der Regierung und den Missionaren eine andere Namensgebung eingeführt worden – jedes Kind des Stammes bekam einen christlichen Vornamen, gefolgt vom indianischen Namen des Vaters. So wurde aus Medicine Pipe Rider Benjamin Calf Robe. Nach indianischem Brauch waren im Verlauf eines Lebens ohnehin mehrere Namensänderungen vorgesehen – so machte also die neue Namensgebung keine Probleme. Später war Ben bei allen, die die Blackfoot-Sprache beherrschten, unter dem alten Namen Red-Old-Man bekannt. Die meisten aber nannten ihn nach wie vor Ben.

Über seine Kindheit erzählt Ben:

«Wenn wir nicht Schulaufgaben machten, dann spielten wir meistens. Die Missionare hatten nicht viel Geld, also mußten wir uns die meisten Spielsachen selber machen. Im Winter zeigten sie uns, wie man Hokkeyschläger bastelt. Wir haben viel Hockey gespielt, gleich neben der Schule. Sie gaben uns solche Schlittschuhe, die man an die Schuhe schnallt. Wir hatten alle Lederschuhe, die kriegte man in der Schule. Vorher hatte ich nur Mokassins getragen.

In der Gegend des Blackfoot-Reservats gab es damals kaum Straßen, meist nur Fahrwege. Eine Straße ging da vorbei, wo der alte Eagle Ribs wohnte und die Sippe, die man Skunks nennt. Es gab eine Quelle, und da gingen wir immer hin, weil man aus dem Schlamm so schön Figuren formen konnte ... wir machten Lehmmenschen und Pferde und berittene Krieger.

Tanzen war auch etwas, was wir Schuljungen in der Freizeit gern taten. Erst mal sammelten wir alles Brauchbare, womit wir uns als richtige indianische Tänzer ausstaffieren konnten. Wir zerschnitten alte Konservendosen zu Armbändern. Wir schlachteten alte Uhren aus und bastelten Schmuck aus den Innereien. Wir sammelten ein bestimmtes

Gras, das wir Erdhörnchenschwanz nannten, klebten es auf dickes Papier und banden es uns als Kopfputz um. Wir füllten kleine Dosen mit Steinen, Ersatz für die Tanzrasseln, die man am Fußgelenk trägt. Wir schnitten weißes Tuch in Streifen und nähten es zu Brustpanzern und Halsbändern zusammen.

Damals tanzten noch viele indianische Tänzer unbekleidet, trugen dabei nur ihren Schmuck. Wir ließen unsere Unterwäsche an und behängten uns mit allem, was wir gefunden hatten. Als Trommel benutzten wir einen Waschzuber, über den wir ein Stück schweres Tuch spannten. Einige trugen selbstgemachte Kriegskeulen. Wenn wir spielten oder umherstreiften, hielten wir immer nach Federn und solchen Dingen Ausschau. In der Schule gab es Hühner und Puten, und da holten wir uns auch die Federn. Am Fluß holten wir uns weißen Ton, um die Gesichter zu bemalen.

Einmal waren wir mitten in einem tollen Tanz, als die Schulglocke bimmelte; wir hörten nichts. Wir hatten einen Heidenspaß beim Tanzen. Unser Lehrer kam rüber zu uns, aber wir sahen ihn nicht. Er sagte kein Wort, sammelte nur unsere ganzen Klamotten ein und ging wieder nach drinnen. Irgendwer entdeckte ihn dann, und wir wollten alle schnell unsere Sachen wieder anziehen, aber sie waren weg. Ein anderer Lehrer kam und sagte uns, wir sollten in die Schule gehen, unsere Tanzsachen anlassen und vor den anderen Schülern und allen Lehrern tanzen. Erst wollten wir uns weigern, aber als er sagte, daß der Direktor uns allen den Hintern strammziehen würde, entschlossen wir uns zu tanzen. Sie ließen uns tanzen, bis wir fix und fertig waren, und sie machten sogar Bilder von uns.»

Ben lernte den Schulstoff ohne Schwierigkeiten, und zu Hause wurde er dann noch in der Tradition seines Volkes unterwiesen. Einmal kam er nach den Ferien in die Schule zurück und hatte noch die prächtige traditionelle Kleidung an, die man bei einer wichtigen Einweihungszeremonie trägt. Perlenbestickte Leggins und ein Hemd, das mit Fransen und Stücken von Tierfell besetzt war. Sein langes Haar war noch so frisiert, wie es für die Zeremonie üblich war, und sein Gesicht noch mit roter Erde, der heiligen Farbe, bemalt. Die Missionare schickten ihn heim, damit er sich wieder ein «zivilisiertes» Aussehen geben konnte, und danach trug er immer Schulkleidung und kurzes Haar.

Obwohl Ben einer der führenden Älteren seines Volkes war, der für sein Stammeswissen bekannt war, hat er sich doch immer dafür eingesetzt, den Kindern eine normale Schulausbildung zu geben, wie er sie selbst in der Calgary Industrial School genossen hatte und die er so beschreibt:

«Das Lernen in der Klasse war da nur ein Teil der Ausbildung. Sie brachten uns auch allerlei Handwerkliches bei, und jede Woche was anderes, damit es nicht langweilig wurde. Eine Woche gingen wir in die Schreinerei und lernten, wie man Tische, Stühle, Kommoden und Fensterrahmen macht. Die nächste Woche konnte zum Beispiel Landwirtschaft dran sein, und da zeigten sie uns, wie man einen Gemüsegarten ansät und pflegt, wie man ein kleines Feld pflügt und so was. Ein andermal war Küchendienst, und da lernten wir kleine Mahlzeiten zubereiten, den Tisch decken und Geschirr abwaschen.

Das war eine andere Art von Schule als heute, wo sie die ganze Zeit nur noch in Bücher starren oder spielen. Wir lernten, uns selbst zu versorgen, und nicht nur, wie man Bücher studiert.»

1908 schloß Ben die Schule ab und kehrte heim ins Reservat, um für sein Volk zu arbeiten. Zuerst wußte der Regierungsvertreter im Reservat nichts mit einem gebildeten Indianer anzufangen. Er legte Ben nahe, doch einfach wieder zu seinen Leuten ins Tipi zu gehen, und als er sich nicht abwimmeln ließ, gab er ihm einen Job in der Agentur: Er durfte die Kühe melken und die Scheune sauberhalten. Irgendwann wurde Ben dann als Scout bei der berittenen Polizei eingestellt.

Zehn Jahre lang half Ben, Viehdiebe und andere Gesetzesbrecher zu fangen, dann gab er Dienstmarke und Revolver zurück und ging zu seiner Familie, um eine Landwirtschaft aufzubauen. Mit dem, was er in der Schule gelernt hatte, fuhr er bald reiche Ernten von Heu, Getreide und Gemüse ein und hielt nebenbei etwas Vieh. Als Sohn eines berühmten Häuptlings und Kriegers stellte er ein Beispiel dar, dem bald viele folgten. Obwohl die Menschen sehr darauf bedacht waren, nichts von ihrem angestammten Land zu verlieren, konnte Ben sie doch überreden, einiges zu verkaufen, um die notwendigen Geräte für eine effektive Landwirtschaft zu beschaffen.

In seinen mittleren Jahren wurde Ben zu einem der Unterhäuptlinge des alten und geachteten Führers Duck Chief gewählt. Er betrieb seinen beispielhaften Farmbetrieb weiterhin und vertrat sein Volk bei Verhandlungen im ganzen Land. So reiste er zwar viel, besaß sogar ein eigenes Auto und den ersten Traktor seines Stammes, gab aber nichts von seinem Glauben an die Naturkräfte auf und hielt an den alten Zeremonien fest, die sicherstellen, daß die Natur ein vertrauter Freund und Verbündeter bleibt. Ihm wurden wichtige Kultgegenstände anvertraut, und er lernte ihre Bedeutung kennen und die Rituale, die mit ihnen verbunden waren. Fünfmal leitete er den Sonnentanz, das heiligste und wichtigste von allen alten Ritualen.

Ben erzählte mir auch, wie das Ritual des Tabaksäens ablief, das als sehr heilig galt. Die Saatzeremonie für den Tabak wurde in der kanadischen Prärie bis in die späten vierziger Jahre jedes Jahr abgehalten; danach ging es nicht mehr, weil die Teilnehmer zu alt wurden und die jüngere Generation zu wenig Interesse hatte.

Werner J. Egli

Mangas Coloradas

Ich unterhielt mich oft mit Mangas Coloradas, dem Oberhäuptling aller Apachen, wie er sich selbst nannte ... Er drückte wiederholt seinen ernsthaften Wunsch aus, mit den Amerikanern Frieden zu schließen, und sprach in höchster Achtung von deren Mut und Wissen, wollte aber nicht verstehen, daß wir Amerikaner die Mexikaner in Schutz zu nehmen hätten ... Zweifellos hat er einen starken Einfluß auf verschiedene Stämme der Apachen, denn er ist ein Mann von ausgeprägtem Menschenverstand und scharfsinnigem Urteilsvermögen. Er hat nichts von der Wildheit, die seine Erscheinung vermuten lassen könnte und die ihm wegen seiner Taten und der vagen Gerüchte über ihn nachgesagt wird. Ponce und Delgadito sind ebenfalls Männer von überdurchschnittlichen Charaktereigenschaften, wie auch von Intellekt und Einfluß. Bis jetzt allerdings wurden sie von den Bewohnern dieses Landes als grausame und entwurzelte Wilde betrachtet und dieser Ansicht entsprechend bei jeder Gelegenheit auf die übelste Weise behandelt. Es wurden keine Versuche unternommen, sich mit ihnen zu einigen, im Gegenteil, man forderte ihr feindseliges Verhalten und ihre Verbitterung durch eine Reihe schändlichster Ungerechtigkeiten geradezu heraus.

Bartlett in einem Brief vom 19. Februar 1852

Kahita und Lozen beobachteten die Weißaugen, als sie aus der Abendsonne kamen, die hinter Pinos Altos unterging. Die Weißaugen hatten ihre Maultiere zurückgelassen. Es waren nur sechs Männer, und Nana sagte, daß man sie leicht töten könnte. Das stimmte vielleicht, aber in den Schatten der verlassenen Häuser hielten sich andere auf, und weiter entfernt, am Ende des Tages, wo sich die Ruinen der Soldatenstadt befanden, lagerten noch mehr. Kayetennae war zwei Tage zuvor mit einigen Freunden hergekommen und hatte berichtet, es seien noch weit mehr Weißaugen-Soldaten von Osten her unterwegs, mit Wagen und mit großen Donnerrohren auf Rädern, mit vielen Pferden und schwerbeladenen Maultieren. Deshalb wäre es nicht gut gewesen, die Weißaugen zu töten, die eine weiße Fahne an einer Stange trugen und ein Maultier dabei hatten, auf dem der entlaufene Mexikaner festgebunden war.

Die Weißaugen blieben stehen. Einer von ihnen, ein Soldat,

schwenkte die Stange mit der Fahne hin und her. Goldene Winkel glänzten an seiner schwarzen Jacke. Es waren noch zwei Soldaten bei ihm.

Drei Weißaugen gehörten zu denen, die wie Bären aussahen. Kahita hatte sie nur einmal gesehen, aber er erinnerte sich an diese drei. Er erinnerte sich an den, der das Maultier führte, einen hageren Mann mit einem schmalen Gesicht, in dem rötliches Haar wuchs.

Lozen bewegte sich. Sie schaute sich nach Mangas Coloradas um, der neben ihrem Bruder Victorio am Boden kniete, hinter einer Brustwehr aus Steinen, die während der letzten Tage zum Schutze des Lagers errichtet worden war. Victorio gab Lozen ein Zeichen, sich still zu verhalten.

Die Sonne stand jetzt so tief, daß Kahita die Augen fast schließen mußte, um noch etwas sehen zu können. Und wie aus dem Nichts kam die Stimme der Weißaugen:

«Mangas Coloradas, venimos en paz y tenemos un regalo!»

Kahita duckte sich etwas, als fürchtete er, die Worte könnten ihn wie Kugeln treffen.

«Die Weißaugen kommen in Frieden, um Mangas zu sehen», sagte Lozen leise. «Sie haben ein Geschenk mitgebracht. Es ist wie die Geschichte, die Mangas so oft erzählt hat, die Geschichte vom Tod unserer Leute an dieser Stelle hier, vor vielen, vielen Wintern, bevor du auf der Welt warst und sogar bevor ich auf der Welt war.»

Kahita kannte die Geschichte. Er kannte alle vom Volk erzählten Geschichten; die von den Mächten, vom Coyoten und von den Dämonen und auch die Geschichten von der Zeit, da es noch keine Menschen gab. Er hatte diese Geschichten so oft gehört, daß er viele selbst hätte erzählen können, aber dies blieb den Alten vorbehalten, deren Erinnerungen so weit zurückreichten, daß sie den Geschichten Leben geben konnten. Ein Junge konnte das nicht. Ein Junge konnte zuhören, und das war gut so.

Niemand antwortete den Weißaugen. Es gab nichts zu sagen. Lozen drückte die Wange gegen den Schaft des Gewehres. Sie hatte den Finger am Abzug. Kahita wußte, daß sie auf den Mann mit der Fahne zielte, während er den Mann, der das Maultier hielt, aufs Korn nahm.

Langsam ging die Sonne unter. Von den Hängen flossen lange blaue Schatten durch das dürre Gras. Die Spitzen der Yuccablätter glühten, und Kahita sah den Falken über den Wäldern, weit entfernt, fast so weit wie die Berge, auf denen Schnee lag.

«Wir kommen vom Großen Weißen Vater!» rief die Stimme der Weißaugen. «Wir bringen dem Volk der Apachen Frieden, der so lange bestehen soll wie die Berge und die Täler und die Steine unter den Flüssen. Wir kommen zu euch, um euch vor den Mexikanern zu schützen und mit euch gegen sie zu kämpfen! Sie sind eure Feinde, also sind sie auch die unseren!» Die Stimme der Weißaugen verlor sich in den Nachtschatten.

«Leere Worte», flüsterte Lozen. «Ich würde ihnen nicht trauen. Aber wer weiß, was unser Häuptling tut. Wer weiß, wo seine Mächte geblieben sind, die ihn zu unserem Führer gemacht haben.»

Lozens Worte machten Kahita unruhig. Was war mit ihr? Warum sagte sie Dinge, die so respektlos waren, daß leicht Unglück über sie kommen konnte? Mangas Coloradas war der Chief.

«Apaches!» rief der Mann, der das Maultier hielt. «Amigos! Wir sind Amerikaner, und der Weiße Vater grüßt euch! Hier ist mein Geschenk!»

Der Mann ließ das Maultier los und schlug es mit der Hand, so daß es zu laufen anfing. Es kam über die Ebene auf die Felsbrocken zu, hinter denen die Mimbreno lagen.

Kahita ließ keinen Blick von dem Maultier, das langsamer wurde und dann, nicht weit von den Felsen entfernt, stehenblieb.

«Er ist tot», sagte Kahita. «Siehst du, der Sklave bewegt sich nicht.»

«Mangas Coloradas! Dieser Mexikaner, der dein Lager verraten hat, ist unser Geschenk!» rief das Weißauge. «Nimm es zum Zeichen des Friedens und der Freundschaft.»

Kahita blickte sich nach dem Häuptling um. Mangas Coloradas erhob sich hinter der Brüstung aus Steinen. Er war ein hünenhafter Mann, der um die Stirn ein rotes Tuch gebunden hatte, das sein langes, grausträhniges Haar bändigte. Deutlich war die Narbe zu sehen, dort, wo er von der Kugel des Weißaugen-Soldaten getroffen worden war; eine Vertiefung über dem rechten Brustmuskel, bedeckt von verkrusteter Haut.

Kahita hielt den Atem an. Seine Blicke hingen an Mangas Coloradas, von dem die Leute sagten, daß er sogar den Tod besiegt hatte, und den er aus tiefstem Herzen verehrte. Das Gesicht des Häuptlings war ernst. Unbewegt blickte er zu den Weißaugen hinüber, aber seine Miene verriet nicht, ob er sie überhaupt wahrnahm.

«Mangas Coloradas, jefe muy grande!» rief der Mann, der das Maultier weggejagt hatte. «Der Große Weiße Vater grüßt dich!»

Kahita glaubte zu erkennen, daß ein Lächeln über die Züge des Häuptlings glitt. Dieser wandte sich an seinen Sohn Mangus, der ein erfolgreicher Krieger war und eine Mexikanerin zur Frau hatte.

«Der Sklave gehört deiner Frau, mein Sohn», sagte Mangas. «Das Geschenk der Weißaugen taugt weniger als ihre Worte, denn sie bringen uns etwas, was uns gehört und nicht ihnen. Ich will das Geschenk nicht!»

Mangus hatte einen Strich mit roter Farbe in sein Gesicht gemalt. Er führte unter seinen Augen hindurch von einer Wange zur anderen und über die Nase. Er besaß ein Gewehr, auf das er sehr stolz war, weil er es einem toten Weißaugen-Soldaten weggenommen hatte. Er legte das Gewehr an und zielte lange. Er drückte erst ab, als das Weißauge wieder zu reden anfangen wollte. Das Maultier brach vorne ein und stürzte schwer, und Mangus jagte über die Steine hinweg wie ein Schatten, das Messer in seiner rechten Hand. Er rannte auf das Maultier zu, nackt bis auf den Lendenschurz und die Mokassins, und sein Schrei erschreckte die Weißaugen mehr als der Schuß. Einige fingen an zu laufen, andere wichen langsam zurück. Nur zwei rührten sich nicht vom Fleck.

Mangus warf sich über das Maultier und erstach den Sklaven. Dann sprang er auf, hob die Faust mit dem Messer und brüllte:

«Esto es mi regalo!» Einen gellenden Kriegsschrei ausstoßend, drehte er sich um und rannte zu seinem Vater zurück, der noch immer aufrecht hinter den Steinen stand.

Die beiden Weißaugen schienen erschrocken und verwirrt und gingen zu dem Haus zurück, wo sich die anderen befanden. Sie verschwanden darin und kamen nicht mehr heraus, denn es wurde jetzt schnell dunkel, und wahrscheinlich hatten sie Angst.

«Wir können sie im Morgengrauen angreifen und alle töten», sagte Victorio, als sie zum Lager zurückkehrten und nur die Wachen zurückließen. Aber Mangas Coloradas hatte sich anders entschieden.

«Wenn wir sie töten, kommen neue Weißaugen», sagte er. «Wenn wir mit ihnen Frieden schließen, haben wir im Kampf gegen die Mexikaner Verbündete. Ich werde morgen hingehen und mit ihnen reden, und ich werde erkennen, ob sie die Wahrheit sagen.» Augenzwinkernd fügte er hinzu: «Danach können wir sie immer noch angreifen und töten.»

Kahita konnte nicht schlafen. Es war ihm zu heiß unter der Decke, er schlug sie zurück. Der Wind drückte gegen das Fell am Eingang des

Wickiups, und die Kälte kroch durch das Gras, mit dem das runde Astgerüst abgedeckt war.

Es war still im Lager. Schon am frühen Morgen hatten Nana und Mangas Coloradas die Frauen und Kinder in die Hügel geschickt. Einige Krieger, deren Aufgabe es war, über ihr Wohlbefinden zu wachen und sie notfalls zu beschützen, hatten sie begleitet. Es war gut zu wissen, daß sie sich in Sicherheit befanden. Die vielen Fragen waren es, die Kahita keine Ruhe ließen. Er wünschte, Victorio oder der alte Nana hätten ihm erklären können, warum die Mexikaner und die Weißaugen in dieses Land kamen, das Yusn nicht für sie geschaffen hatte. Welche Mächte hatten sich mit den Weißaugen verbündet? Eulen-Mann-Riese vielleicht, von dem Nana erzählte, daß Child of the Water ihn getötet hätte. Kahita wußte nicht, ob es jener Eulen-Mann-Riese war, der von den Vögeln getötet worden war. Wahrscheinlich war es derselbe, denn es konnte nicht zwei von ihnen geben, und vielleicht war es sein Geist, der keine Ruhe fand und deshalb die Weißaugen ins Land brachte.

Am Anfang war White-painted Woman mit Yusn. Sie hatte keine Mutter und keinen Vater. Yusn hatte sie erschaffen und auf die Welt geschickt. Ihr Heim war eine Höhle.

Es gab wenig Menschen auf der Welt, und sie lebten in Angst, denn die Monster ernährten sich von der Jagd auf diese Menschen.

Es waren vier Monster. Sie töteten Menschen und fraßen sie. Es waren Eulen-Mann-Riese, Büffel-Monster, die Adler-Monster-Familie und Antilopen-Monster.

Eines Tages fing Eulen-Mann-Riese eine Frau und tat sie in einen Korb. Anstatt sie nach Hause zu nehmen und zu essen, nahm er sie zu einem hohen Felsgrat hoch und ließ sie heraus. «Ich will mit dir Geschlechtsverkehr haben», sagte er.

«In Ordnung», sagte die Frau.

«Geh dort hinüber und bücke dich», sagte er.

Eulen-Mann-Riese stellte sich hinter sie. Als sein Penis hart wurde, stieß er damit die Frau in den Abgrund. Eulen-Mann-Riese wurde furchtbar zornig und sagte: «Dies passiert mir nicht noch einmal!»

Eulen-Mann-Riese war wirklich furchtbar, aber einige Male entkamen ihm die Leute. Eines Tages gingen zwei Frauen hinaus, um Beeren zu pflücken. Da sahen sie Eulen-Mann-Riese kommen. Sie wußten, daß sie nicht schnell genug davonlaufen konnten. So zogen sie ihre Kleider aus und legten sich hin wie tot. Eulen-Mann-Riese aß nichts, was schon tot war.

Als er die Frauen sah, beugte er sich über sie, drückte an ihren Brüsten herum und spielte mit ihrer Vagina. Nach einer Weile wurde ihm das zu langweilig, und er ging. Die Frauen warteten, bis sie ihn nicht mehr sehen konnten. Dann sprangen sie auf und liefen davon.

An einem anderen Tag pflückten eine Frau und ein Junge Beeren, als Eulen-Mann-Riese kam. Er fing sie ein und tat sie in seinen Korb, um sie nach Hause zu tragen und zu essen. Als er unter einem großen Baum hindurchging, sprangen sie heraus und kletterten auf einen Ast hoch oben im Baum. Nach einer Weile wurde Eulen-Mann-Riese müde, und er setzte sich hin, um auszuruhen. Er öffnete den Korb und sah, daß die Frau und der Junge nur ihren Stuhl zurückgelassen hatten. Er wurde furchtbar wütend und blickte zurück. Da sah er sie laufen, und er hetzte hinter ihnen her. Er war schneller als sie, und sie schrien, während sie so schnell rannten, wie sie konnten.

Die Krötenechse sah sie laufen und sagte: «Wartet! Bleibt stehen. Was ist mit euch beiden los?»

Sie sagten, Eulen-Mann-Riese sei hinter ihnen her, um sie zu töten.

«Hebt mich auf», sagte die Krötenechse. «Dieser riesige Geselle hat Angst vor mir.»

Sie hoben die Krötenechse vom Boden auf, aber just in diesem Moment hatte sie Eulen-Mann-Riese eingeholt und begann, auf sie einzuschlagen. Da streckte ihm die Frau die Krötenechse entgegen, und es war so, wie diese gesagt hatte: Eulen-Mann-Riese schrie und brüllte und lief davon. Er fürchtete sich vor der Krötenechse.

In diesen Tagen, als die Erde noch jung war, befand sich ein Junge mit dem Namen Killer of Enemies bei White-painted Woman. Er war entweder ihr Bruder oder ihr Sohn. Eulen-Mann-Riese belästigte den Jungen schlimm, versuchte aber nie, ihn zu töten. Eines Tages beobachtete er, wie der Junge zum Fischen ging, und auf dem Rückweg nahm er ihm den Fang weg. Immer wieder ließ er sich neue Schandtaten einfallen, aber Killer of Enemies wehrte sich nie und heulte nur los. Vielleicht taugte er nichts.

Das Leben in jener Zeit war hart, und eines Tages klagte White-painted Woman darüber. Da hörte sie eine Stimme: «Wenn es das nächstemal regnet, mußt du hinübergehen zu dem Platz, wo der Regen einen kleinen Wasserfall macht. Dort legst du dich hin und hältst deine Beine auseinander, so daß das Wasser in dich hineinfließen kann.» Sie tat, wie ihr geheißen war, und als das Wasser in sie eindrang, traf sie viermal der Blitz, und sie war schwanger.

Der Geist sagte zu ihr: «Du mußt dem Kind den Namen Child of the Water geben.» Das tat sie.

Als das Kind geboren wurde, kam der Geist zurück und sagte: «Wenn Eulen-Mann-Riese das Kind findet, wird er es töten und aufessen. Er sucht danach überall und jeden Tag. Du mußt es unter einem Feuer verstecken. Wenn du dieses Kind aufziehen kannst, bis es einen Pfeil abschießen kann, wird es alle Monster töten. Sobald es nach einem Bogen verlangt, schnitzt du ihm einen. Mach dir keine Sorgen, auch wenn es noch sehr klein sein sollte.»

White-painted Woman verbrachte viel Zeit mit Weinen und Beten, aus Angst, das Kind zu verlieren. Sie versteckte es in einem Loch unter der Feuerstelle vor der Höhle. Jeden Tag nahm sie es heraus, um es zu füttern und es sauberzumachen und mit ihm zu spielen.

Eines Tages sagte ihr die Stimme: «Eulen-Mann-Riese ist auf dem Weg hierher.» Sie hatte gerade noch Zeit, Child of the Water unter dem Feuer zu verbergen, ehe er zu ihrem Lager kam.

«Ich hörte ein Kind weinen», sagte er. «Gib es mir, damit ich es essen kann!»

White-painted Woman blickte ihn traurig an. «Es ist kein Kind hier. Ich bin es, die geweint hat, weil ich mir so sehr ein Kind wünsche. Deshalb weinte ich wie ein Kind.»

«Laß hören, wie du das tust», verlangte der Eulen-Mann-Riese.

White-painted Woman bemühte sich sehr, Laute von sich zu geben wie ein schreiendes Kind. Eulen-Mann-Riese war nicht zufrieden, aber er ging trotzdem weg. Danach kam er öfter vorbei.

Ein andermal, als sie Child of the Water unter dem Feuer hervorgeholt hatte und gerade dabei war, es sauberzumachen, hörte sie die Warnung erneut: «Eulen-Mann-Riese kommt!» Sie versteckte Child of the Water unter dem Feuer, aber es war zu spät, um die schmutzigen Tücher zu verbergen.

Eulen-Mann-Riese sah sie sofort. «Hoh, ich dachte mir, daß du ein Kind hast! Das sind Babytücher, voll mit Babyschmutz.»

White-painted Woman fing zu weinen an. «Ich selbst habe die Tücher so beschmutzt, als wären sie von einem Baby», sagte sie.

«Ich glaube, du lügst mich an», sagte Eulen-Mann-Riese. «Zeig mir, wie du es gemacht hast.»

White-painted Woman ging zu einer Agave, deren Blütenstengel voller Bienen war. Sie nahm etwas vom Honig und mischte ihn mit dem Saft der Pflanze. Sie tat den Brei neben die Exkremente des Babys auf die Tücher, und Eulen-Mann-Riese konnte keinen Unterschied erkennen. «Ich sehne mich so nach einem Kind», jammerte White-painted Woman. «Ich tue diese Dinge, so als ob ich eines hätte.» Eulen-Mann-Riese schimpfte und ging weg.

Jedesmal, wenn er vorbeikam, um sich umzusehen, ließ sich White-painted Woman etwas Neues einfallen.

Nach einigen Jahren war Child of the Water noch ein kleiner Junge, aber er hatte keinen Platz mehr unter dem Feuer, und White-painted Woman versteckte ihn im hintersten Winkel der Höhle. Eines Tages brach ein furchtbares Gewitter über das Land herein, mit Blitz und Donnerschlag. Child of the Water blickte aus der Höhle und sagte: «Ich will hinausgehen und Eulen-Mann-Riese und die anderen Monster töten.»

White-painted Woman holte ihn vom Eingang der Höhle zurück. «Nein», sagte sie. «Es ist gefährlich da draußen. Warte noch eine Weile, bis du etwas größer bist.»

Dies geschah viermal. Beim viertenmal zeigte Child of the Water in den Sturm hinaus und sagte: «Das ist mein Vater, der seine Stimme erhoben hat und zu uns spricht.»

Da nahm ihn White-painted Woman bei der Hand und ging mit ihm aus der Höhle. «Dein Sohn hat dich erkannt», sagte sie zu Blitz.

Blitz sagte: «Woher weißt du, daß er mein Sohn ist?»

«Prüfe ihn», erwiderte sie.

Blitz ließ Child of the Water nach Osten blicken, und ein schwarzer Feuerstrahl traf ihn. Er mußte sich nach Süden drehen, und ein blauer Blitz traf ihn. Ein gelber Blitz traf ihn, als er sich nach Westen drehte, und von Norden ein weißer. Child of the Water fürchtete sich nicht und war nicht verletzt.

Nachdem er ihn geprüft hatte, sagte Blitz: «Du bist mein Sohn.» Dann sagte er zu White-painted Woman: «Laß ihn machen, was er will.»

Wenig später machte ihm White-painted Woman vier Pfeile aus Gramagras und einen kleinen Bogen.

Child of the Water sagte: «Ich gehe jagen.»

Bis zu diesem Tag hatte Killer of Enemies schon viele Hirsche getötet, aber Eulen-Mann-Riese hatte sie ihm abgenommen, bevor er sie heimbringen konnte. Als er seinen Bruder mit dem Bogen und den

Pfeilen sah, wollte er unbedingt mitgehen. Child of the Water wollte ihn nicht dabeihaben, aber er ging trotzdem mit.

Killer of Enemies erlegte einen Hirsch, und sie waren dabei, das Fleisch zuzubereiten, als sie Eulen-Mann-Riese kommen hörten. Killer of Enemies fürchtete sich und fing zu jammern an.

Eulen-Mann-Riese kam auf die Lichtung. «Hoh, ihr habt für mich einen Hirsch erlegt», sagte er. «Ich bin hungrig und werde sofort essen.» Er nahm das Fleisch vom Feuer, entfernte sich ein paar Schritte und wollte zu essen anfangen.

Child of the Water ging zu ihm und nahm ihm das Fleisch weg. «Du ißt kein Fleisch mehr, das uns gehört», sagte er.

«Ich sollte dich auf der Stelle töten», sagte Eulen-Mann-Riese. «Aber zuerst esse ich euer Fleisch.» Er nahm das Fleischstück und ging weg.

Child of the Water holte das Fleisch zurück. «Du hast unser Fleisch zum letztenmal gegessen», sagte er.

Viermal ging das Fleischstück hin und her.

Killer of Enemies saß da und weinte.

«Was denkst du, wer du bist?» fragte Eulen-Mann-Riese. «Mit was willst du gegen mich kämpfen? Zeig mal deine Pfeile her!»

Child of the Water hielt ihm vier kleine Gramagraspfeile entgegen. Eulen-Mann-Riese lachte ihn aus und nahm ihm die Pfeile weg. Er betrachtete sie eine Weile, dann wischte er sich mit ihnen seinen Hintern ab und warf sie so weit weg, wie er konnte.

Child of the Water mußte sie suchen und abwischen. Als er zurückkam, sagte er: «Nun laß mich deine Pfeile sehen.»

Eulen-Mann-Riese zeigte auf vier große zugespitzte Kiefernstämme. «Das sind meine Pfeile», sagte er. Child of the Water ging hinüber und betrachtete sie. Sie waren so groß, daß er sie nicht aufheben konnte. So lüftete er seinen Lendenschurz und wischte seinen Hintern an den Bäumen ab, damit sie quitt waren.

«Ich bin Child of the Water», sagte er. «Ich werde euch Monster alle töten, und mit dir fange ich an. Wir werden auf der Stelle kämpfen. Jeder von uns kann viermal schießen.»

Eulen-Mann-Riese lachte immer noch. «In Ordnung», sagte er. «Aber du wirst mich zuerst schießen lassen müssen.»

«Gut», sagte Child of the Water.

Killer of Enemies weinte vor Angst.

Child of the Water saß am östlichen Rand der Lichtung, dem Westen zugewandt. In der Ferne waren Blitz und Donner. Dort, wo er stand, lag ein blauer Stein am Boden. Der Stein sagte: «Heb mich auf, dein Vater hat mich geschickt.» Er nahm den Stein auf und behielt ihn in der Hand.

«Paß auf!» rief Eulen-Mann-Riese.

Child of the Water sah den ersten Pfeil auf sich zufliegen. Er hob den Stein und sagte: «Laß ihn über mich hinwegfliegen.» Der Stamm flog über seinen Kopf und zersplitterte hinter ihm.

Als er den zweiten Pfeil kommen sah, hob er den Stein erneut. «Laß ihn vor mir aufschlagen!» Der Stamm zersplitterte vor seinen Füßen.

Dann kam der dritte Pfeil. «Laß ihn an dieser Stelle vorbeifliegen.» Und der vierte. «Laß ihn an meiner anderen Seite vorbeifliegen.»

So geschah es, und Child of the Water nahm seinen Bogen und legte den ersten Pfeil aus Gramagras auf die Sehne. «Steh still», sagte er.

«Ich habe keine Angst», sagte Eulen-Mann-Riese, denn er trug vier Panzer aus weißem Flintstein.

Child of the Water schoß den ersten Pfeil ab. Eulen-Mann-Riese nahm schnell einen Stein auf und sagte: «Laß ihn über meinen Kopf hinwegfliegen.» Der Pfeil traf ihn genau dort, wo sein Herz war. Er zerschmetterte den ersten Panzer und stieß Eulen-Mann-Riese über einen kleinen Hügel hinunter.

Child of the Water schoß den zweiten Pfeil ab. Eulen-Mann-Riese hob einen anderen Stein hoch und sagte: «Laß ihn vor meinen Füßen aufschlagen.» Der Pfeil traf ihn und zersplitterte den zweiten Panzer, und Eulen-Mann-Riese fiel über den zweiten Hügel hinunter. So war es auch beim dritten Pfeil.

Als Child of the Water den vierten Pfeil abschoß, trug Eulen-Mann-Riese nur noch einen Panzer, und man konnte durch ihn hindurch sein Herz schlagen sehen. Der Pfeil traf ihn und stieß ihn über den vierten Hügel hinunter, wo er tot liegenblieb.

Killer of Enemies hörte zu weinen auf und freute sich. Dann sang er:

«Wir haben den Riesen getötet.
Alles ist jetzt gut.
Eulen-Mann-Riese, ohne Leben liegt er da,
denn wir haben ihn getötet.»

Killer of Enemies brachte das Fleisch zurück und hängte es über das Feuer. Und Child of the Water trennte den Kopf von Eulen-Mann-Rieses Körper. Er war so schwer, daß er dreimal ohnmächtig wurde, als er ihn aufheben wollte. Aber beim viertenmal gelang es ihm, und er lud ihn auf den Rücken von Killer of Enemies, und zusammen gingen sie nach Hause.

Daheim hatte White-painted Woman um ihre zwei Söhne geweint. Sie fürchtete, Eulen-Mann-Riese habe sie getötet, aber als sie sah, was sie ihr brachten, fing sie an zu tanzen und zu singen, wie es noch nie jemand zuvor getan hatte.

Das war die Geschichte. Kahita hatte sie von seinem Vater gehört, aber er wußte, daß die Geschichte so alt war wie die Welt und die Menschen. Die Alten erzählten sie den Jungen, damit diese sie weitererzählen konnten, und bei der Feier, während der ein junges Mädchen zur Frau wurde, sangen die Leute und tanzten zu Ehren von Child of the Water, und die Frauen stießen die gleichen schrillen Triumphschreie aus wie damals White-painted Woman, als ihre Söhne zurückgekehrt waren und ihr den Kopf von Eulen-Mann-Riese vor die Füße gelegt hatten.

Eulen-Mann-Riese war tot. Und Child of the Water zog aus, um die anderen Monster zu töten, zuerst Büffel-Monster, dann die Adler-Monster-Familie und zuletzt Antilopen-Monster, das schlimmste von allen, weil es mit seinen Augen allein töten konnte.

Je mehr Kahita über die Geschichte nachdachte, um so schlimmer wurde die Unruhe, die sich in ihm festgekrallt hatte wie ein in die Enge getriebenes Tier. Konnte es sein, daß der Geist von Eulen-Mann-Riese die Weißaugen ins Land geführt hatte?

Morgendämmerung. Nichts rührte sich. Kein Laut war zu hören. Die weiße Fahne hing schlaff von der Stange, die Jack Swilling draußen vor dem Haus in den Boden gerammt hatte. Der Himmel war klar, und der Mond verblaßte im ersten Licht des Tages.

Swilling stand vor einem der beiden Fenster und blickte angestrengt zur Anhöhe hinüber, wo sich die Apachen hinter einer Brustwehr aus Steinen und Büschen versteckt hielten. Neben Swilling hockte Corydon Eliphalet Cooley auf einem grobgezimmerten Schemel. Er war Quartermaster von Fort Graig und hatte Urlaub genommen, um Captain Shirland und seine Männer führen zu können. Er trug keine Uniform, obwohl er der US-Kavallerie angehörte. Er war erst siebenundzwanzig Jahre alt, aber in seinem Bart glitzerten die ersten weißen Haare.

Captain Shirland stand am anderen Fenster. Er sah übernächtigt aus und hatte rote Flecken im Gesicht. Sein Einsatz hier war das erste wichtige Ereignis seiner militärischen Karriere; sollte es ihm doch vorbehalten sein, jenen Mann gefangenzunehmen, dessen Namen General Carleton an die erste Stelle seiner Feindesliste gesetzt hatte. Falls ihm dieser Husarenstreich gelang, war er seiner Beförderung zumindest um einen Schritt näher.

General James H. Carleton war mit seinen California Volunteers im Sommer 1862 von Kalifornien aus durch das Territorium marschiert und hatte die Truppen der Konföderierten, der Südstaatler, zurückgeschlagen, wo immer er auf sie gestoßen war. Auch die Chiricahua-Apachen vermochten ihn nicht aufzuhalten, als sie seine Vorhut unter Captain Roberts am Apache-Paß überfielen.

Es war damals Carletons Ziel gewesen, sich mit General Canbys Truppen im New-Mexico-Territorium zu vereinen, um dadurch den gesamten Südwesten unter die Kontrolle der Union zu bringen. Im Herbst des Jahres erreichte Carleton Santa Fé, die Hauptstadt New Mexicos, und richtete dort sein Hauptquartier ein. Während Canby nach Washington reiste, wo er für seinen siegreichen Einsatz mit einem neuen Stern ausgezeichnet wurde, übernahm Carleton das Kommando über alle im Südwesten befindlichen Truppen, und während im Osten der Bürgerkrieg tobte und große Schlachten geschlagen wurden, fand Carleton seine Aufgabe in der planmäßigen Unterwerfung und Vernichtung sämtlicher Indianerstämme, die sein Territorium bevölkerten.

Hätte Captain E. D. Shirland die Wahl gehabt, er wäre niemals hier in dieser Wildnis geblieben, in der es für einen ehrgeizigen Offizier kaum Ruhm und Ehre zu erringen gab. Hier war der Krieg vorbei, bevor er richtig angefangen hatte. Aber er hatte die Wahl nicht. Er gehörte zu General Carletons Armee, und in diesen frühen Morgenstunden des 18. Januar 1863 brauchte er sich nur nach seinen Männern umzublicken, um wieder einmal zu erkennen, wie weit er von jenen Hoffnungen und Träumen entfernt war, mit denen er Kalifornien verlassen hatte. Seine Soldaten unterschieden sich kaum von den Leuten, die mit Joseph Reddeford Walker unterwegs waren: junge Burschen mit fiebrigen Augen, unrasierten Gesichtern, schmutzigen Kleidern, Jacken über zerrissenen Unterhemden, Wollschals und schwarzen Mänteln, Schildmützen und Ohrenwärmern, Löchern in den Schuhsohlen. Jeder lief herum, wie es ihm gefiel. Nur wenige trugen Uniformstücke.

Es gab nichts, worauf Captain E. D. Shirland hätte stolz sein können, aber es tröstete ihn zu wissen, daß diese Freiwilligen bereit waren, dem Teufel ins Auge zu spucken, und vielleicht waren sie für Carletons

Krieg die richtigen Soldaten: verschlagen wie der Feind, gegen den sie eingesetzt wurden, gnadenlos und ohne Skrupel.

Captain Shirland warf einen Blick auf seine Taschenuhr, ein Geschenk seines Vaters zur Promotion. Es war sieben Uhr am Morgen, kurz vor Sonnenaufgang. Draußen, etwa zweihundert Yards vom Gebäude entfernt, lagen das tote Maultier und der Junge, den Jack Swilling den Apachen zurückgebracht hatte. Auf der Anhöhe rührte sich immer noch nichts, und allmählich ließ die Anspannung nach.

Jack Swilling grinste herüber.

«Nervös, Captain?» fragte er.

«Wenn sich Mangas Coloradas zum Angriff entschlossen hat, wird er noch vor Sonnenaufgang attackieren», erwiderte Shirland.

«Könnte es nicht sein, daß die Apachen die Nacht dazu ausgenutzt haben, sich davonzuschleichen?»

«Das glaube ich nicht», sagte Corydon Cooley. «Diese Stille ist zu verdächtig...»

Jack Swilling lachte leise auf. «Für einen Yankee bist du nicht schlecht, Cooley. Apachen sind wie Schatten in der Dämmerung. Man hört sie nicht, und man sieht sie nicht, aber man weiß, daß sie da sind.»

«Dann sollten wir rausgehen und ihnen zeigen, daß wir stark genug sind, einen Angriff abzuwehren», schlug Shirland vor.

«Nicht vor Sonnenaufgang, Captain. Dann wissen wir Bescheid.»

Jack Swilling war der einzige, der immer noch an seinen Plan glaubte. Er war so überzeugt, es werde ihm gelingen, Mangas Coloradas übers Ohr zu hauen, daß er in der Nacht sogar ein paar Stunden geschlafen hatte und an diesem Morgen recht frisch wirkte.

Shirland hatte kein Auge zugetan. Für ihn stand zuviel auf dem Spiel. Er durfte nicht einmal daran denken, daß Swillings Plan fehlschlagen könnte. General West hatte ihn ermahnt, keinesfalls mit dem Feind Kontakt aufzunehmen oder sich und seine Kompanie einer Gefahr auszusetzen, falls dies irgend zu vermeiden wäre. West hatte ihn von Mesilla aus als Vorhut auf den Marsch geschickt, um die Gegend auszukundschaften. Mehr nicht. Kein Wort, mit dem Shirland diesen Einsatz hier hätte rechtfertigen können. Und West haßte nichts mehr als eigenmächtige Handlungen eines untergebenen Offiziers, durch die der Erfolg des Feldzuges und seine eigene Karriere gefährdet werden konnten.

Im Gegensatz zu Shirland hatte Jack Swilling nichts zu verlieren außer seinem Leben. Und das wollte er notfalls so teuer wie möglich verkaufen. Jack Swilling hieß eigentlich John W. Swilling, aber schon als Junge hatte man ihn Jack genannt. Er war zweiunddreißig Jahre alt, ein Mann mit einem schmalen Gesicht und tiefliegenden hellen Augen. Er war im Staat Georgia aufgewachsen, und daß er mit den Konföderierten sympathisierte, mochte eher darauf zurückzuführen sein als auf seine Gesinnung. Anfang der fünfziger Jahre hatte er sich als Farmer in Missouri versucht, hatte geheiratet und war Vater einer Tochter geworden. Nach vier Jahren starb seine Frau. Jack Swilling gab die Farm auf, ließ seine Tochter zurück und suchte sein Glück in Texas. Die nächsten Jahre trieb er sich im Gebiet von El Paso und im New-Mexico-Territorium herum. In dieser Zeit lernte er Land und Leute kennen und tötete um ihrer Skalpe willen einige Apachen. Schließlich fand er eine Beschäftigung als Postkutschenbegleitmann für die neugegründete *Butterfield Overland Mail Company* auf dem Streckenabschnitt zwischen Tucson und El Paso. Bei Ausbruch des Bürgerkriegs wurde der Postkutschenverkehr eingestellt. Swilling war arbeitslos. So meldete er sich zu den Texas Volunteers, marschierte mit den *2nd Texas Mounted Rifles* des Colonels Baylor und wurde 1862 zum Lieutenant im Bataillon von Captain Sherod Hunter befördert. Hunters Soldaten besetzten im Februar 1862 Tucson, aber diese Invasion der Konföderierten war nur von kurzer Dauer. Carletons California Volunteers marschierten von Kalifornien nach Fort Yuman, zogen den Gila River entlang und schlugen die Rebellen in einem Scharmützel beim Picacho Peak. Sie eroberten Tucson, die einzige Stadt von Bedeutung zwischen dem Colorado River und dem Rio Grande.

Als die Konföderierten das New-Mexico-Territorium aufgegeben hatten, blieb Jack Swilling zurück und zog seine graue Südstaatleruniform aus. Er verpflichtete sich als Meldereiter für die Unionstruppen, schloß sich aber bei der ersten Gelegenheit Walkers Expedition an, die auf einen erfahrenen Mann wie ihn nicht verzichten konnte. An diesem 18. Januar wollte Jack Swilling zeigen, was wirklich in ihm steckte.

Langsam ging die Sonne auf und formte sich zu einem Feuerball. Lange, dünne Schatten flossen durch das spärliche Gras am Hang der Anhöhe. Ein leichter Wind kam auf und bewegte die weiße Fahne.

Jack Swilling senkte sein Gewehr.

«Das wär's, Captain», sagte er. «Jetzt ist es nur noch eine Frage der Zeit, bis wir den alten Schurken in unserer Gewalt haben, verlassen Sie sich darauf.»

Shirland behielt die Anhöhe im Auge, und kaum hatte Swilling ausgeredet, tauchten über den Felsbrocken einige Gestalten auf.

«Sie kommen!» rief Sergeant McKenna, der draußen hinter einer niederen Adobemauer kniete. «Captain, Sir, ich glaube, jetzt geht es los!»

Jack Swilling fuhr herum.

«Sagen Sie Ihren Leuten, daß jeden, der einen Schuß abfeuert, die Hölle schlucken wird!» stieß er rauh hervor, während er aus engen Augen zu den Apachen hinüberstarrte, die sich offen zeigten.

«Haltet das Feuer!» rief Shirland hinaus. «Keiner schießt ohne mein Kommando!»

Swilling holte tief Luft. «Der Riese ist Mangas Coloradas», sagte er beinahe tonlos. «Das ist er, Captain, der hinterhältigste und blutrünstigste rote Bastard, den die Sonne bescheint.»

«Er schwenkt eine weiße Fahne», sagte Corydon Cooley ruhig. «Es scheint, als sei er bereit, mit uns zu verhandeln.»

Captain Shirlands Augen tränten, aber er sah den riesigen Mann, neben dem die anderen Apachen aussahen wie Zwerge. Er kam den Hang herunter, aufrecht und mit den geschmeidigen Bewegungen eines Mannes, der im Zweikampf den Puma besiegt und in jungen Jahren einen Hirsch zu Tode gehetzt hatte. So viele Geschichten hatte Shirland über diesen Mann gehört, daß er oft nicht sicher gewesen war, ob es ihn tatsächlich gab oder ob ihn die Leute, die in diesem Land lebten, als Schreckgespenst erfunden hatten, um ihre eigenen Schandtaten etwas menschlicher wirken zu lassen.

Mangas Coloradas war von etwa einem Dutzend seiner Leute umgeben, dunkelhäutigen Männern in kniehohen Ledermokassins, mit nacktem Oberkörper und langen schwarzen Haaren, die sie mit einem Tuch um den Kopf bändigten. Mangas Coloradas überragte den größten von ihnen um mehr als einen Kopf. Er war der einzige, der ein Hemd trug und dessen Stirn von der flachen Krempe eines Strohhutes beschattet war. Die anderen hatten sich mit roter Farbe einen Strich quer durchs Gesicht gemalt. Sie waren mit Gewehren bewaffnet, die sie in der Armbeuge trugen.

Sie kamen ein Stück den Hang herunter und hielten an, als Mangas Coloradas stehenblieb. Der weiße Stoffetzen flatterte über ihnen: ein Zeichen, daß sie in Frieden kamen.

Swilling wandte sich vom Fenster ab. Seine Augen glitzerten, als er Shirland ansprach: «Captain, suchen Sie sich drei Männer aus! Schärfen

Sie den anderen ein, unter keinen Umständen von der Waffe Gebrauch zu machen. Es kommt jetzt nur noch darauf an, daß wir das Vertrauen dieser durchtriebenen Halunken gewinnen. Dann ist die Sache erledigt.»

«Und wenn das eine Falle ist, Swilling?»

«Es ist keine Falle, verflucht noch mal! Ich habe eine Nase dafür.» Swilling ging zur Tür, winkte drei Männer zu sich und rief: «Machen Sie vorwärts, Captain! Wir wollen Mangas nicht warten lassen.»

Shirland übergab das Kommando Sergeant McKenna. «Behalten Sie die Hügelkuppe im Auge, Sergeant. Falls wir angegriffen werden, halten Sie das Feuer zurück, bis der Feind nahe genug heran ist. Wir wissen nicht, wie viele Apachen sich hinter den Steinen verborgen halten, aber ich nehme an, daß sie in großer Übermacht sind. Versuchen Sie die Stellung hier unter allen Umständen zu halten, und warten Sie auf Verstärkung. Kein Rückzug, Sergeant! Im offenen Gelände wäre es dem Feind ein leichtes, dieses Kommando zu besiegen.»

«Worauf ihr Gift nehmen könnt, Yankees!» rief Swilling, der die Stange mit der weißen Fahne in den Händen hielt. «Und falls es zum Kampf kommt, schießt auf alles, was sich bewegt, nur nicht auf uns, verdammt noch mal!»

Ohne auf die anderen zu warten, setzte er sich in Bewegung. Er schwenkte die Fahne hin und her, während er den Apachen entgegenging. Als Shirland und Corydon Cooley ihn einholten, hörten sie, wie er leise «Dixie» vor sich hinpfiff.

Etwa fünfzig Schritte von den Apachen entfernt blieben sie stehen.

«Das ist nahe genug», stieß Swilling zwischen den Zähnen hervor, während er die Apachen angrinste. «Der alte Schuft soll seine Krieger zurückschicken, bevor ich mich mit ihm an einen Tisch setze.»

«Sagen Sie etwas zu ihm», flüsterte Captain Shirland, der Mühe hatte, neben Swilling eine stramme Haltung einzunehmen. «Herrgott, dies ist eine Situation, die mir nicht gefällt, Swilling.»

Swilling grinste noch breiter.

«Mir auch nicht, Captain», erwiderte er. «Es wäre alles viel einfacher, wenn wir es mit Yankees zu tun hätten. Sehen Sie sich den Kerl genau an. Sieht er nicht fast wie ein Mensch aus? Man sagt, daß seine Mutter eine Mexikanerin war, aber ich bin nicht sicher, ob er überhaupt eine Mutter hatte, dieser alte Bastard.»

«Ein gewaltiger Mann», sagte Corydon Cooley fast bewundernd.

«Siebzig Winter soll er zählen, der Bastard», murmelte Swilling. «Im

Juni hat ihm einer von euren Yankee-Soldaten eine Kugel in den Leib geschossen, und jetzt steht er vor uns wie ein Berg! Prägen Sie sich das Bild ein, Captain, damit Sie Ihren Enkelkindern eine hübsche Geschichte erzählen können!»

«Worauf warten Sie, Swilling? Sagen Sie ihm, daß wir Frieden mit ihm und seinem Volk schließen wollen. Sagen Sie ihm, daß er sich mit seinen Kriegern ergeben soll und daß ihm nichts passiert, wenn er tut, was wir von ihm verlangen. Sagen Sie –»

«Sachte, Captain», unterbrach ihn Swilling. «Das ist ein Spiel zwischen ihm und mir, ein Spiel, das Regeln hat. Grinsen Sie, Captain! Das macht Eindruck. Zeigen Sie ihm, daß Sie ein freundlicher Mensch sind, und halten Sie ihr Gewehr in drei Teufels Namen so, daß es zum Himmel zeigt.»

Fast eine Viertelstunde verstrich, ohne daß sich einer der Apachen rührte. Mit unbewegten Gesichtern standen sie zu beiden Seiten ihres Häuptlings, und Shirland hatte Zeit, sie genau zu mustern. Es waren die ersten wilden Apachen, die er zu Gesicht bekam, außer einigen Streunern, die nach Fort Graig gekommen waren, um Lebensmittel zu erbetteln. Aber dieser Mangas Coloradas und seine Begleiter übertrafen seine kühnsten Vorstellungen. Er fragte sich ernsthaft, ob das wirklich Menschen waren und nicht etwa Geschöpfe einer Welt, die er nicht kannte. Er spürte die urwüchsige Gefahr, die von ihnen ausging, eine Gefahr, die ihm bewußt war, seit er sich in diesem Land befand – ohne daß er ihr jemals begegnet war. Und er erinnerte sich an den Befehl von General Carleton an seine Truppenkommandanten, Indianer umzubringen, wo man sie traf, und auch an den Bericht über das Gemetzel, das Colonel Kit Carson mit seinen New-Mexico-Volunteers auf Befehl Carletons vor knapp zwei Monaten unter den Mescalero-Apachen angerichtet hatte. Diese hier gehörten einem anderen Stamm an, aber in dem Moment, als Shirland die dunklen, unbewegten Gesichter sah, wußte er, daß er bereit war, genau das zu tun, was Carson und seine Soldaten getan hatten und was ihm bis zum heutigen Tag als eines Soldaten und Offiziers unwürdig erschienen war.

«Swilling», rief er. «Wir kehren um und reiten zurück nach Fort McLane, wo wir auf das Eintreffen von General West warten. Ich garantiere Ihnen und Captain Walker eine sichere Passage nach Arizona.»

Auf Swillings Gesicht verlor sich das Grinsen. Er drehte den Kopf. Aus engen Augen starrte er Shirland an.

«Sind Sie wahnsinnig geworden, Captain», sagte er leise, aber seine Stimme klang messerscharf. «Die halbe Nacht haben Sie davon geredet, diesen Apachen zu zeigen, mit wem sie es von nun an zu tun haben. Verdammt, wenn wir ihnen jetzt den Rücken zukehren, sind wir tot!»

«Swilling, wir gefährden durch dieses Spiel, wie Sie es nennen, einen bis ins Detail geplanten Feldzug der Armee.»

«Captain, das hätten Sie sich vorher überlegen sollen», gab Swilling kalt zurück. «Jetzt ist es zu spät!»

Ohne eine Antwort abzuwarten, ging er auf die Apachen zu, bis er etwa in der Mitte zwischen ihnen und den Soldaten stehenblieb. Noch einmal hob er die weiße Fahne und rammte dann die Stange hart in den Boden.

«Mangas Coloradas, jefe muy grande de los Apaches Mimbrenos!» rief er mit lauter Stimme. «Hier an diesem Platz treffen wir uns und schließen Frieden. Hier an diesem Platz werden wir Brüder. Du bist ein mutiger Mann, großer Häuptling, ein Mann, dessen Name gefürchtet ist wie der des Berglöwen. Schicke deine Krieger zurück und komme hierher in Frieden!»

Mangas Coloradas bewegte sich nicht. Aber er fragte:

«Quien eres, hombre?»

«Mein Name ist Jack Swilling, und ich bin ein Bote des großen Nantan. Ich komme in Frieden, und ich komme als Freund.»

«Wie könnte ich einem Weißauge vertrauen, das Soldaten in unser Land bringt, in dem wir in Frieden lebten, bevor die Männer des Südens kamen?» fragte Mangas Coloradas in fließendem Spanisch.

«Die Männer des Südens sind eure Feinde, und sie sind auch unsere Feinde. Hast du nicht mit dem Mann einen Frieden geschlossen, dessen Name Bartlett war? Hat er dir nicht gesagt, daß wir Brüder sind? Du hast den Frieden gebrochen, als du zusammen mit Cochise die Soldaten angegriffen hast. Jetzt bringe ich dir einen neuen Frieden und neue Freundschaft, die alles auslöschen werden, was uns zu Feinden gemacht hat.»

«Bist du es, der die Macht hat, für das Volk der Weißaugen zu sprechen?» fragte Mangas Coloradas.

«Ich spreche für Nantan, den Großen Weißen Vater!» gab Swilling ohne Zögern zurück.

«Und wozu hast du Soldaten hergebracht, wenn du in Frieden kommst?»

«Aus dem gleichen Grund, aus dem du deine Krieger mit dir hast, jefe!» Swilling trat einen Schritt zurück. «Schicke deine Krieger weg! Wir wollen uns hier treffen und uns die Hand geben, wie es Brüder tun!»

Mangas schüttelte den Kopf. «Ich werde kommen, aber nicht allein. Ich werde vier Männer mitnehmen und eine Decke. Du nimmst vier Männer mit und eine Decke. Wir werden reden, und es wird sich zeigen, ob wir uns die Hand geben wie Brüder, oder ob wir als Feinde auseinandergehen.»

Jack Swilling brauchte nicht lange zu überlegen. Im Grunde genommen war es genau das, was er hatte erreichen wollen. Er hob die rechte Hand.

«Bueno», sagte er. «Muy bueno.» Er drehte sich auf dem Absatz und ging gemessenen Schritts zurück zu den wartenden Männern.

«Jetzt habe ich ihn», sagte Swilling, als er vor Shirland stehenblieb. «Sobald er mit seinen vier Männern zur Fahne kommt, richten wir die Gewehre auf ihn. Es muß schnell gehen, Captain, denn es soll eine Überraschung sein. Und keine Panik, verdammt, nur keine Panik! Sie kommen am besten mit, Cooley. Und Sie auch, Captain. McCrackin und Johnson sind dabei. Die anderen gehen jetzt gleich zurück. Sagen Sie dem Sergeanten Bescheid, French. Kein Schuß. Nichts, was die Apachen falsch auslegen könnten. Keine Panik, verdammt noch mal, nur keine Panik!»

«Und falls den Apachen das Leben des alten Mannes nicht so viel wert ist, wie Sie denken, Swilling?» fragte Cooley ruhig.

Swilling warf den Kopf herum. Er hatte eine scharfe Antwort auf den Lippen, entschied sich aber dafür, nichts zu sagen.

Auf dem Hügel verschwanden die Apachen. Es dauerte eine Weile, bis Mangas Coloradas zurückkam, begleitet von vier Männern, deren ältester hundert Jahre alt sein mochte. Swilling hatte keine Ahnung, daß dies der alte Nana war. Und zur Rechten des Häuptlings befand sich Delgadito, ein hagerer Mann mit scharfgeschnittenem Gesicht und einem feuerroten Kopfband. Neben Nana standen Victorio und Mangus, der Sohn von Mangas Coloradas. Aber Swillings Aufmerksamkeit galt dem Häuptling allein.

Kahita kauerte in der Nähe von Lozen, während er zusah, wie sich Mangas Coloradas für das Treffen mit den Weißaugen vorbereitete. Ein letztes Mal warnten ihn Victorio und Delgadito, dem Mann mit der weißen Fahne zu vertrauen. Auch Kahita konnte nicht verstehen, daß

Mangas die Gefahr nicht erkannte, die ihm und seinem Volk drohte. Es schien, als wäre er mit Blindheit geschlagen. Hatte er vergessen, wie oft er schon von den Weißaugen betrogen worden war, seit sie sich in diesem Land befanden? Spürte er nicht mehr die Wunden auf seinem Rücken, die man ihm mit Peitschen geschlagen hatte, als er ihren Worten glaubte und zu ihnen ging, um über den Frieden zu reden? Erinnerte er sich nicht mehr daran, daß Cuchillo Negro, einer der großen Häuptlinge, von Weißaugen-Soldaten getötet worden war, als er friedlich vor seiner Hütte saß und seinen Enkelkindern von Coyote erzählte? Sollten all die Frauen und Kinder ungerächt bleiben, die Krieger, deren Namen nie mehr genannt werden durften, und die alten Leute, die nicht schnell genug laufen konnten, als die Soldaten Delgaditos Dorf überfielen, obwohl seine Leute dort in Frieden lebten?

Kahita sah Mangas Coloradas aus seinem Wickiup kommen, begleitet von Delgadito und Victorio. Der Häuptling trug ein kariertes Hemd. Es war ein Geschenk jenes Mannes, der lange Zeit versucht hatte, den Mimbreno den bereits vertraglich garantierten Frieden zu bringen. Kahita hatte diesen Mann nie gesehen, aber so oft von ihm gehört, daß er seinen Namen kannte, als wäre er ein Freund der Mimbreno gewesen. Dr. Michael Steck war vom Großen Weißen Vater ausgeschickt worden, und Mangas hatte ihm genauso vertraut wie Victorio und Delgadito und Cuchillo Negro, aber wo war dieser Mann jetzt, und wo war der Friede, den er gebracht hatte?

Mangas Coloradas setzte den Hut auf. Dann blickte er sich ein letztes Mal um. Er sagte kein Wort, als er durch die Lücke zwischen den Felsen ging, begleitet von Victorio, Nana, Delgadito und Mangus.

Kahita richtete sich auf, so daß er einen freien Blick auf die Weißaugen hatte, die Mangas Coloradas entgegenkamen. Seine Hände umklammerten das Gewehr, aber Victorio hatte ihm verboten, einen Schuß abzufeuern.

Die Weißaugen blieben stehen. Etwa zehn Schritte trennten sie von der Stange, an der die weiße Fahne hing. Die Sonne schien in ihre Knochengesichter. Kahita prägte sich das Gesicht des Mannes ein, der in der Mitte stand. Er würde es nie mehr vergessen, solange er lebte.

Mangas Coloradas hatte seine rote Decke über dem Arm. Das grausträhnige Haar hing ihm über die Schultern. Er ging aufrecht, und seine Bewegungen waren die eines jungen Mannes, aber Kahita wußte, daß ihm die Schußwunde noch Schmerzen bereitete und daß seine alte Kraft noch nicht zurückgekehrt war. Nie hatte er ihn so aufrecht und stark gesehen, seit ihn die Krieger von seinem letzten Kampf zurückgebracht hatten, bis auf die Knochen abgemagert und nicht in der Lage, sich ohne Hilfe zu bewegen. Aber an diesem Morgen ging Mangas Coloradas aufrecht und stolz, so wie ihn Kahita in Erinnerung hatte: ein Mann, den er für unbesiegbar hielt.

Unbesiegbar. Dieses Wort erfüllte Kahita mit neuem Mut. Er blickte hinüber zu Lozen, die hinter einem Manzanitastrauch kauerte, das Gewehr in den Händen. Und Lozen lächelte. Es tat gut, dies zu sehen. Es war wie neues Leben.

«Friede ist besser als Krieg», rief Lozen herüber. «Ja ist besser als Nein, mein Bruder. Und Eulen-Mann-Rieses Geist ist vielleicht mehr als der Schatten einer Wolke, die am Himmel vorüberzieht.»

Kahita lachte. «Ich will kein Schattenjäger sein», sagte er, und er tat so, als hielte er einen Bogen, mit dem er einen Pfeil zum Himmel schießen wolle.

In diesem Moment hatten die Häuptlinge die Stange mit der Fahne erreicht. Mangas hob seine rechte Hand zum Gruß, und der Wind wehte seine Worte herüber.

«Hier bin ich», sagte er mit ruhiger, aber kräftiger Stimme. «Laßt uns darüber reden, wie wir Brüder werden können. Laßt uns über den Frieden reden, den ich nicht kenne, und laßt uns den Weg suchen, den wir zusammen gehen können.»

Mangas Coloradas nahm die Decke vom Arm und breitete sie vor sich auf dem Boden aus. Dann trat er zurück und verschränkte die Arme vor der Brust.

Der Mann, der in der Mitte der Weißaugen stand, trat vor. «Der Weg, den wir gemeinsam gehen werden, führt zum Gila River», sagte er laut, und seine Worte waren noch nicht verhallt, als die Weißaugen plötzlich ihre Gewehre auf Mangas Coloradas gerichtet hatten.

«Keine Bewegung, Mangas!» rief der Mann. «Wir töten euch alle, wenn ein einziger Schuß fällt, aber es passiert dir nichts, wenn du mit uns gehst!»

Kahita kauerte hinter den Steinen, unfähig, sich zu rühren. Er konnte nicht glauben, was er sah, und die Freude in ihm erlosch wie ein Feuer im kalten Regen. Er hörte den gellenden Schrei, den Lozen ausstieß, und er sah, wie Mangas Coloradas beschwörend beide Hände hob.

«Ich stehe unter der Fahne des Friedens!» rief er mit lauter Stimme in der Sprache der Mimbreno. «Brüder, ich bin bereit, für mein Volk zu sterben, aber dies ist nicht der Tag, an dem es geschehen soll, und diese Weißaugen sind nicht die Männer, die mich besiegen können. Bleibt ruhig, meine Brüder, und vertraut mir!»

«Schick deine Männer zurück!» rief der Mann mit dem Revolver. «Andale! Andale! Zurück, sage ich! Vamos poco pronto!»

Die Stimme des Mannes überschlug sich. Er hatte nichts als Angst in den Augen, und sein Gesicht war die häßliche Fratze eines bärtigen Monsters.

«Eulen-Mann-Rieses Geist ist kein Schatten», rief Kahita so laut, daß ihn Mangas Coloradas und die anderen hören konnten. Victorio drehte den Kopf. Seine Augen blitzten im Licht der Sonne auf. Für einen Moment blickte er zum Hügel hoch, dann duckte er sich und richtete das Gewehr auf die Weißaugen.

Mangas Coloradas ermahnte ihn leise. «Geh und sorge dafür, daß deine jungen Krieger nichts Unbesonnenes tun», sagte er. «Sei getrost, Victorio, und warte auf meine Rückkehr. Du auch, Delgadito. Zeig den Leuten, daß du mich mit deinem Vertrauen ehrst. Gib ihnen Mut und Kraft. Sag ihnen, daß der Krieg Leben kostet und der Friede Geduld verlangt. Nimm Mangus mit dir und behalte ihn im Auge, denn er ist ein zorniger junger Mann.»

«Ich bleibe bei dir, Vater!» rief Mangus.

«Du tust, was ich dir sage, mein Sohn! Geht jetzt. Alle! Laßt mich mit diesen Weißaugen allein!»

Victorio war der erste, der sich umdrehte und den Hang hochging. Sein dunkles Gesicht war wie aus Stein gehauen. Der Wind zerrte an seinem langen Haar. Nana folgte ihm. Dann Delgadito und Mangus.

Kahita sprang auf. «Laßt ihn nicht allein!» schrie er. «Laßt ihn nicht allein!» Lozen packte ihn und zerrte ihn zu Boden. Kahita versuchte sich loszureißen, aber sie kniete über ihm und hielt ihn fest.

«Bleib ruhig!» keuchte sie, während er sich unter ihr aufbäumte. «Wir werden über Mangas Coloradas wachen und diese Weißaugen töten, wenn es Zeit dazu ist. Bleib ruhig, mein Bruder!»

Kahita blickte sie an. Er konnte in ihren Augen den Schmerz und die Enttäuschung sehen. Aber sie lächelte und berührte mit ihrer Hand sein Gesicht, bis er ruhig lag.

Als die Weißaugen mit Mangas Coloradas Pinos Altos verlassen und sich auf den Rückweg nach Fort McLane gemacht hatten, ließ Victorio Kahita zu sich kommen. Er wirkte ruhig und beherrscht, aber Kahita wußte, daß es in ihm anders aussah. Der rote Strich in seinem Gesicht war verschmiert, seine dunkle Haut glänzte von Schweiß.

«Du mußt lernen, deine Gefühle zu verbergen», sagte er. «Wer seine Gefühle zeigt, ist leicht verwundbar. Es fällt mir wahrlich schwer, die Krieger nicht zum Kampf aufzurufen. Es fällt mir schwer, zu glauben, daß alles in Ordnung ist. Und trotzdem vertraue ich der Weisheit unseres Häuptlings.»

Kahita hatte den Kopf gesenkt, so daß man ihm seinen Trotz nicht ansehen konnte. Victorio legte ihm die Hand auf die Schulter. «Wir werden den Weißaugen folgen, wohin sie auch gehen. Es gibt keinen Platz in diesem Land, wo sie sich verstecken könnten. Sie werden nirgendwo Ruhe finden, solange ich lebe und kämpfen kann.»

Jetzt hob Kahita den Kopf. «Was ist der Friede, den sie uns versprochen haben?» fragte er.

Victorios Gesicht wurde noch ernster.

«Der Tod für unser Volk, mein Sohn», sagte er.

Kahita folgte Victorio zum Platz in der Mitte der Wickiups, wo sich die Krieger versammelt hatten und bereit waren, den Weißaugen zu folgen. Die Sonne stand hoch, und Delgadito trieb zur Eile an. Kahita holte seine Sachen aus dem Wickiup, den Bogen seines Vaters, den Köcher mit den Pfeilen und seine Decke. Lozen brachte ihm sein Pferd. Auch sie hatte sich einen roten Strich ins Gesicht gemalt, und sie trug die Kette aus geflochtenem Pferdehaar und dünnen Hirschlederstreifen. Mangas Coloradas hatte ihr die Kette gemacht, als sie zum erstenmal die Männer auf dem Kriegspfad begleitete. Zwei Krallen eines Pumas hingen daran, einige kleine Pfeilspitzen aus Obsidian, zwei Federn eines Adlers und drei kleine Lederbeutel, die jene Dinge enthielten, die Lozen Macht gaben. Lozen trug diese Kette nur auf dem Kriegspfad; sie war wie ein Schild gegen die Macht der Feinde und schützte sie vor allen Gefahren.

Kurz nach Mittag verließen die Mimbreno das Lager bei Pinos Altos, angeführt von Delgadito und Victorio. Statt den Weißaugen durch das Tal zu folgen, ritten sie nach Osten über die steilen Ausläufer der Berge und folgten einem alten Pfad südwärts in das Tal des Mimbres River. Victorio und Delgadito schickten Kundschafter voraus, die am Spätnachmittag die Nachricht brachten, bei der alten Soldatenstadt hielten sich jetzt so viele Soldaten auf, daß man sie nicht zählen konnte. Sie waren mit vielen Maultieren und Pferden gekommen, hatten Zelte aufgeschlagen und führten auch die großen Wagengewehre mit sich.

Noch nie zuvor hatten die Kundschafter so viele Weißaugen-Soldaten auf einmal gesehen, und sie wußten, was das bedeuten konnte, denn einige von ihnen hatten am Apache-Paß gekämpft.

Victorio schickte Reiter auf schnellen Pferden in die Berge, um die Leute in den Dörfern zu warnen, ließ sich aber nicht anmerken, daß ihn die Nachricht der Kundschafter beunruhigte. Er führte die Mimbreno über eine Anhöhe hinweg, und als es Nacht wurde, lagerten sie in einem Seitental des Mimbres River, etwa acht Meilen von Fort McLane entfernt. Die Mimbreno zündeten keine Feuer an. Victorio verbot es den Kriegern auch, sich vom Lager zu entfernen, aber Kahita schlich sich kurz vor Mitternacht davon, zusammen mit Lozen und Kayetennae, der zu Nanas Leuten gehörte. Kayetennae war nur um zwei Jahre älter als Kahita, aber während der letzten Monate hatte er sich im Kampf gegen die Weißaugen und die Männer des Südens einen Namen gemacht. Seine Mutter lebte bei den Chiricahua, sein Vater war tot, und obwohl er kein Häuptling gewesen war, meinten die Leute, der Sohn könne wohl einmal ein Führer des Volkes werden, wie Victorio oder Delgadito, wenn es ihm nur gelänge, seine Wildheit zu zähmen. Kayetennae war jung und ungestüm, der schnellste Läufer von Nanas Leuten und der mutigste aller Krieger. Über seine Feinde fiel er her wie ein Berglöwe, oft nur mit einem Messer bewaffnet oder einer Lanze, beschützt von einem Rohhautschild, den Nana für ihn gemacht hatte. In dieser Nacht ließ er seinen Schild im Lager. Er hatte sein Gesicht mit schwarzer Farbe bestrichen und war bis auf den gegürteten Lendenschurz und die Mokassins nackt; sein Messer steckte im Gürtel. Leichtfüßig lief er vor Lozen und Kahita durch die Nacht, den schmalen Wildpfad hoch, der über die Hügel zur Soldatenstadt führte. Kayetennae fürchtete die Nachtgeister nicht.

FLORINDA DONNER

Das Festmahl bei den Mocototeri

Im Morgengrauen eines der nächsten Tage, kurz nachdem der Affe, den Iramamowe mit seinem neuen Pfeilgift erlegt hatte, zum Frühstück gargekocht war, kam ein Fremder in den *Shabono* der Iticoteri, der ein großes Bündel mit sich trug. Sein Haar war noch ganz naß von einem Bad im Fluß; am ganzen Körper war er mit *Onoto* in ausgefallenen Mustern bemalt. Er legte das Bündel vor sich auf den Boden, daneben Pfeil und Bogen, und blieb einige Minuten lang schweigend in der Mitte der Lichtung stehen, bevor er auf Arasuwes Hütte zuging.

«Ich komme, um euch zu einem Festmahl bei meinem Stamm einzuladen», verkündete der Mann in einem lauten Singsang. «Der Häuptling der Mocototeri läßt euch durch mich ausrichten, daß wir viele reife Bananen haben.»

Ohne sich aus seiner Hängematte zu erheben, erwiderte Arasuwe dem Besucher, daß er nicht an dem Festmahl teilnehmen könne. «Ich kann meine Gärten jetzt nicht allein lassen. Ich habe junge Bananenschößlinge gepflanzt; sie brauchen meine Pflege.» Arasuwes Arm beschrieb einen weiten Bogen. «Sieh dir die vielen Früchte an, die von meinem Dach hängen; die kann ich nicht verderben lassen.»

Dann kam der Mann zu unserer Hütte herüber und sprach Etewa an: «Dein Schwiegervater hat keine Lust, zu uns zu kommen. Ich hoffe aber, daß meine Leute wenigstens dich als Gast empfangen können; ich bin geschickt worden, dich einzuladen.»

Etewa klatschte sich vor Freude auf die Schenkel. «Ja, ich werde kommen. Mir macht es nichts aus, meine Bananen allein zu lassen. Ich gebe jemand anderem die Erlaubnis, sie zu essen.»

Die dunklen, lebhaften Augen des Besuchers glänzten vor Aufregung, als er nun von Hütte zu Hütte ging und die Iticoteri in sein Heimatdorf einlud. In Kamosiwes Hütte wurde ihm Platz zum Übernachten angeboten. Dann bekam er Bananensuppe und Affenfleisch zu essen. Später am Abend packte er auf dem Versammlungsplatz sein Bündel aus. «Eine Hängematte», murmelten die zusammengekommenen Männer enttäuscht. Die Iticoteri fanden zwar auch, daß die Hängematten aus Baumwolle sehr warm und bequem waren, aber nur Frauen besaßen eine. Die Männer schliefen lieber in den Matten aus Rinde oder Lianenranken, die sie von Zeit zu Zeit erneuerten. Unser Besucher wollte das baumwollene Mitbringsel gegen vergiftete Pfeilspitzen und eine bestimmte Menge *Epena*-Pulver aus Samenkörnern eintauschen. Einige der Männer blieben die ganze Nacht mit ihm auf, um zu reden und Neuigkeiten auszutauschen.

Arasuwe war strikt dagegen, daß ich mit der Gruppe mitging, die am Festmahl der Mocototeri teilnehmen wollte. «Milagros hat dich mir anvertraut», erinnerte mich der Häuptling. «Wie soll ich dich beschützen, wenn du ganz woanders bist?»

«Aber wovor muß ich denn beschützt werden?» wollte ich wissen. «Sind die Mocototeri vielleicht gefährlich?»

«Den Mocototeri kann man nicht trauen», antwortete Arasuwe nach einer langen Pause. «Ich spüre es in meinen Beinen, daß es nicht gut ist, wenn du mitgehst.»

Offensichtlich betrachtete er diese Angelegenheit als erledigt und hatte nicht vor, sich dadurch zu erniedrigen, daß er mit einem unwissenden Mädchen noch weiter herumstritt.

«Und warum kann man den Mocototeri nicht trauen?» Ich blieb hartnäckig.

«Du fragst zuviel», stellte Arasuwe fest. «Wir haben keine freundschaftlichen Beziehungen zu ihnen», sagte er widerwillig.

Ich blickte ihn ungläubig an. «Aber warum laden sie euch dann zu einem Festmahl ein?»

«Du bist eben unwissend», sagte Arasuwe und verließ die Hütte.

Ich war nicht die einzige, der Arasuwes Beschluß die Freude verdorben hatte. Ritimi war enttäuscht, daß sie mich nun nicht bei den Mocototeri vorzeigen konnte, und sie ging Etewa, Iramamowe und sogar den alten Kamosiwe um Hilfe an, damit sie ihren Vater schließlich doch noch dazu überreden könnte, mich mitgehen zu lassen. Obwohl der Rat von alten Leuten immer geschätzt und geachtet wurde, war es letztlich der für seine Tapferkeit bekannte Iramamowe, der seinen Bruder überzeugte und ihm versicherte, daß mir in der Siedlung der Mocototeri nichts Böses zustoßen würde.

«Ich werde auf sie aufpassen», versprach Ritimi ihrem Vater. «Ich weiche ihr keinen Moment von der Seite – nicht einmal, wenn sie im Gebüsch verschwinden muß.»

Aus lauter Vorfreude und Besorgnis konnte ich die ganze Nacht nicht schlafen. Das vertraute Krachen der zusammenstürzenden Holzscheite im Feuer erfüllte mich auf einmal mit bösen Zweifeln. Etewa stocherte mit einem Stock in der Glut, bevor er auch schlafen ging. Durch den Rauch und den Nebel draußen erschienen mir die fernen Baumwipfel wie Gespenster. Die freien Stellen zwischen den Blättern waren wie leere Augenhöhlen, die mich anstarrten und mich wegen etwas beschuldigten, das ich nicht verstand. Beinahe hätte ich mich entschlossen, Arasuwes Rat zu befolgen, aber das Licht des nächsten Tages zerstreute meine Befürchtungen.

Kaum hatte die Sonne die kühle Morgenluft ein wenig aufgewärmt, da brachen wir auch schon auf mit unseren randvoll mit Bananen gefüllten Tragkörben, den Kalebassen, den Hängematten, dem notwendigen Zubehör, um uns vor dem Festmahl zu schmücken, und mit verschiedenen Tauschsachen: dicke Knäuel aus naturfarbenem Baumwollgarn, neue Pfeilspitzen und Bambusbehälter mit *Epena* und *Onoto.* Einige ältere Kinder gingen dicht hinter ihren Müttern her, jedes mit seiner Hängematte auf den Schultern. Die Männer bildeten jeweils die Nachhut der einzelnen Familien und trugen nichts als Pfeil und Bogen.

Insgesamt waren wir dreiundzwanzig. Vier Tage lang marschierten wir schweigend durch den Urwald, in gemächlichem Tempo, da wir auf die Kinder und die älteren Leute Rücksicht nehmen mußten. Sobald die Frauen das geringste Geräusch oder eine Bewegung im Dickicht bemerkten, blieben sie stehen und deuteten mit dem Kinn dorthin, wo es hergekommen war. Sofort verschwanden die Männer in die angegebene Richtung. Beim Zurückkommen brachten sie dann häufig ein Aguti – ein hasenähnliches Nagetier – oder ein Warzenschwein oder einen Vogel mit, die noch am selben Nachmittag zubereitet wurden, sobald wir unser Lager aufgeschlagen hatten. Die Kinder waren die ganze Zeit auf der Suche nach wildwachsenden Früchten. Außerdem entdeckten sie jede Menge Honig, indem sie den Flug der Bienen verfolgten, bis sie den Stock gefunden hatten, meist in einem hohlen Baumstamm. Noch während die Insekten flogen, waren die Kinder imstande, genau zu bestimmen, ob es sich um die stechende oder die nichtstechende Bienenart handelte.

Hayama, Kamosiwe und ein paar andere alte Leute wickelten sich die faserigen Baststreifen einer Baumrinde um Brustkorb und Unterleib. Sie behaupteten, davon bekämen sie neue Energie, und das Gehen fiele ihnen leichter. Ich versuchte es selbst auch, aber von dem straff gewikkelten Bast bekam ich nur einen Ausschlag.

Gegen Mittag des fünften Tages schlugen wir unser Lager am Rand der Gärten des Mocototeri-Stammes auf. Da das Unterholz gerodet war, wirkten die riesigen Kapokbäume hier noch monumentaler als im Urwald. Einzelne Sonnenstrahlen fanden ihren Weg durch das Laubwerk und bildeten ein Muster aus Licht und Schatten auf dem dunklen Erdboden.

Wir nahmen ein Bad im nahen Fluß, an einer Stelle, wo rote Blüten von Lianen sich über dem Wasser sehr anmutig im Rhythmus des Windes schaukelten. Iramamowe und drei weitere junge Männer legten als erste ihren Festschmuck an und bemalten sich gegenseitig mit *Onoto,* um sich dann auf den Weg in den *Shabono* der Gastgeber zu machen. Kurz darauf kehrte Iramamowe wieder zurück, in der Hand einen Korb voll gebackener Bananen und gebratenem Fleisch.

«Ohoooh, und die Mocototeri haben noch viel mehr davon», freute er sich, während er die Kostproben an alle verteilte.

Bevor die Frauen anfingen, sich herauszuputzen, halfen sie den Männern erst dabei, die weißen Daunenfedern aufs Haar zu kleben und Federn und Affenfelle um Hals und Arme zu befestigen. Mir wurde die Aufgabe übertragen, die Kinder mit den vorgeschriebenen *Onoto*-Mustern zu bemalen.

Wir unterbrachen unser Gelächter und das vielstimmige Geschnatter, als ein Mocototeri auf uns zukam und uns anrief.

«Er sieht aus wie ein Affe», flüsterte Ritimi.

Ich nickte und mußte mich sehr beherrschen, nicht loszukichern. Die kurzen, krummen Beine und die unverhältnismäßig langen Arme des Mannes fielen noch stärker auf, als er nun neben Etewa und Iramamowe stand, die mit ihrem Kopfschmuck aus weißen Daunen, den langen bunten Arafedern, die von ihren Armbändern flatterten, und ihren leuchtendroten Hüftgürteln ausgesprochen imposant aussahen.

«Unser Häuptling möchte mit dem Festmahl beginnen. Ihr solltet jetzt bald kommen», sagte der Mocototeri mit der gleichen förmlichen, hohen Stimme, mit der auch der Mann gesprochen hatte, der in unseren *Shabono* gekommen war, um uns zu dem Festmahl einzuladen. «Wenn ihr zu lange mit euren Vorbereitungen braucht, dann bleibt keine Zeit mehr zum Reden.»

Mit stolz erhobenen Köpfen und leicht vorgeschobenem Kinn gingen Etewa, Iramamowe und drei der jungen Männer, ebenfalls auf angemessene Weise bemalt und geschmückt, hinter dem Mocototeri her. Die Männer schützten zwar vollkommene Gelassenheit vor, waren sich jedoch sehr wohl der bewundernden Blicke der anderen bewußt, als sie nun auf den *Shabono* zuschritten.

In der letzten Minute wurden alle Frauen von Lampenfieber gepackt und nahmen hastig noch winzige Änderungen an ihrer Toilette vor, indem sie hier noch eine Blume oder eine Feder zusätzlich anbrachten und dort ihrer Bemalung mit einem Tupfen *Onoto* den letzten Schliff gaben. Wie man aussah, blieb zur Gänze der Beurteilung der anderen überlassen, denn Spiegel gab es keine.

Ritimi legte mir den Hüftgürtel an, wobei sie darauf achtete, daß die langen Fransen genau in der Mitte herunterhingen. «Du bist immer noch so dünn», sagte sie und strich mir über die Brust, «obwohl du immer so viel ißt. Aber heute darfst du nicht so zulangen, wie du es in unserem *Shabono* tust, sonst könnten die Mocototeri glauben, daß du bei uns nicht genug bekommst.»

Ich versprach ihr, mich beim Essen zurückzuhalten, mußte dann aber loslachen, weil mir eingefallen war, daß mich Ritimi mit denselben Worten ermahnt hatte wie meine Mutter früher, wenn ich als Kind bei der Familie einer Freundin übers Wochenende eingeladen war. Ihr war mein unwahrscheinlicher Appetit immer genauso peinlich gewesen; sie glaubte, andere Leute könnten daraus den Schluß ziehen, ich bekäme zu Hause nicht ausreichend zu essen, oder noch schlimmer, ich hätte einen Bandwurm.

Kurz bevor wir schließlich zum *Shabono* der Mocototeri aufbrachen, ermahnte die alte Hayama noch einmal ihre Enkel Texoma und Sisiwe, sich ja anständig zu benehmen. Sie erhob ihre Stimme so, daß auch die anderen Kinder sie gut verstehen konnten, und betonte, wie wichtig es sei, daß die Frauen der Mocototeri möglichst wenig Gelegenheit bekämen, sich nach unserem Weggehen über die Erziehung der Kinder zu beklagen. Hayama bestand darauf, daß die Kleinen noch ein letztes Mal hinter einem Busch ihr Geschäft verrichteten, denn wenn wir einmal die Umfriedung des fremden *Shabono* betreten hätten, dann würde niemand sie hinausbringen können oder hinter ihnen saubermachen.

Als wir den Versammlungsplatz der Mocototeri erreichten, bildeten die Männer eine gerade Reihe und hielten ihre Waffen senkrecht vor ihren hochmütig erhobenen Gesichtern. Wir nahmen mit den Kindern hinter ihnen Aufstellung.

Eine Gruppe von aufgeregt schreienden Frauen kam aus den Hütten gerannt, sobald sie mich erblickt hatten. Ich empfand weder Angst noch Abscheu, als sie mich nun im Gesicht und am ganzen Körper anfaßten, küßten und ableckten. Dann packte mich eine der Mocototeri-Frauen mit festem Griff am Arm und schob Ritimi beiseite. «Du kommst mit mir, weißes Mädchen», verkündete sie.

«Nein!» rief Ritimi und zog mich dichter an sich heran. Ihr Lächeln täuschte nicht über den scharfen, zornigen Tonfall in ihrer Stimme hinweg. «Ich habe die weiße Frau mitgebracht, damit ihr sie ansehen könnt. Aber niemand darf sie mir wegnehmen. Wir gehören zusammen wie unsere Schatten. Wohin sie geht, gehe auch ich. Und wohin ich gehe, geht auch sie.» Sie hielt dem hartnäckigen Blick der Frau stand und versuchte, diese Kraftprobe zu gewinnen, indem sie ihre Widersacherin herausforderte, ihr zu widersprechen.

Die Frau öffnete den Mund, so daß man den vielen Kautabak darin sehen konnte, und stieß ein Lachen aus. «Wenn du das weiße Mädchen mitgebracht hast, dann mußt du sie auch in meine Hütte kommen lassen.»

Jemand bahnte sich von hinten einen Weg durch die Gruppe der Frauen. Die Arme vor der Brust verschränkt, stellte sich ein Mann neben mir auf und schob seine Hüften mit einer wiegenden Bewegung etwas vor. «Ich bin der Häuptling der Mocototeri», sagte er. Als er jetzt lächelte, wurden seine Augen zu zwei winzigen, leuchtenden Schlitzen in dem tiefgefurchten, mit roten Mustern bemalten Gesicht. «Ist das weiße Mädchen denn deine Schwester, daß du sie so beschützt?» erkundigte er sich bei Ritimi.

«Ja», stieß sie ungestüm hervor, «sie ist meine Schwester.»

Mit einem ungläubigen Kopfschütteln musterte mich der Häuptling. Ich machte anscheinend keinen großen Eindruck auf ihn. «Ich kann zwar sehen, daß ihre Haut weiß ist, aber sie sieht nicht so aus wie eine richtige weiße Frau», sagte er schließlich. «Ihre Füße sind ebenso nackt wie unsere; und sie trägt auch keine sonderbaren Kleidungsstücke außer diesem hier.» Er zog an meiner zerrissenen, lose sitzenden Unterhose. «Warum zieht sie das unter einem indianischen Hüftgürtel an?»

«Pantiis», erklärte Ritimi mit bedeutsamer Stimme; das englische Wort dafür gefiel ihr besser als das spanische, das ich ihr ebenfalls beigebracht hatte. «So sagen die Weißen dazu. Sie hat noch zwei andere davon. Diese Pantiis trägt sie, weil sie Angst davor hat, daß ihr in der Nacht Spinnen und am Tag Tausendfüßler in den Körper kriechen.»

Der Häuptling nickte, als könnte er meine Befürchtungen gut verstehen, berührte mein kurzgeschnittenes Haar und rieb die fleischige Hand an meiner Tonsur. «Ihr Haar hat die Farbe der jungen Blätter einer *Assai*-Palme.» Dann brachte er sein Gesicht ganz dicht an meines heran, bis sich unsere Nasen berührten. «Was für seltsame Augen – sie haben die Farbe des Regens.» Seine finstere Miene machte einem belustigten Lächeln Platz. «Ja, sie muß wohl eine Weiße sein; und wenn du sagst, sie ist deine Schwester, dann wird sie dir niemand entführen», sagte er zu Ritimi.

«Wie kannst du sie deine Schwester nennen?» fragte die Frau, die mich immer noch am Arm festhielt. In ihrem bemalten Gesicht war deutlich ernsthafte Verwirrung zu lesen, als sie mich jetzt anstarrte.

«Ich sage Schwester zu ihr, weil sie so ist wie wir», erläuterte Ritimi und legte mir dabei den Arm um die Taille.

«Ich möchte, daß sie in meine Hütte kommt und bei mir wohnt», sagte die Frau. «Und daß sie meine Kinder anfaßt.»

Wir gingen der Frau in eine der Hütten nach. Pfeile und Bogen lehnten an dem tief hinuntergezogenen Dach. Bananen, Kürbisflaschen und in Blätter eingewickelte Fleischportionen hingen von den Dachsparren. In den Ecken lagen Macheten, Beile und ein ganzes Sortiment von Keulen. Auf dem Boden waren Zweige, Äste, Obstschalen und die Scherben von Kochgefäßen verstreut.

Ritimi setzte sich neben mich in die Hängematte aus Baumwolle. Sobald ich den Saft aus eingeweichten Palmenfrüchten ausgetrunken hatte, der mir von unserer Gastgeberin angeboten worden war, legte sie ein sehr kleines Baby in meinen Schoß. «Streichle ihn.»

Das Kind drehte und wand sich in meinem Arm und wäre um ein Haar zu Boden gefallen. Und als es mir ins Gesicht blickte, fing es an zu weinen.

«Nimm du ihn lieber», sagte ich und gab der Frau das Kind zurück. «Säuglinge fürchten sich vor mir. Sie müssen mich erst kennenlernen, bevor sie sich von mir anfassen lassen.»

«Ist das wahr?» fragte die Frau und warf Ritimi einen mißtrauischen Blick zu, während sie den Säugling in den Armen wiegte.

«Unsere Babys schreien nicht.» Ritimi warf einen verächtlichen Blick auf das Kind. «Die Kinder meines Vaters und meine eigenen schlafen sogar mit ihr in derselben Hängematte.»

«Ich werde meine älteren Kinder rufen», sagte die Frau und winkte mehrere Mädchen und Jungen zu sich, die sich zwischen den Bananenbüscheln und dem Schrägdach versteckten und uns von dort neugierig beobachteten.

«Tu das nicht», wandte ich ein, denn mir war klar, daß die Kinder auch Angst vor mir haben würden. «Wenn du sie zwingst, zu mir zu kommen, dann werden sie bestimmt auch weinen.»

«Ja, das stimmt», bemerkte eine andere Frau, die uns in die Hütte gefolgt war. «Sobald die Kleinen sehen, daß ihre Mütter sich getrauen, das Palmfaserhaar und den blassen Körper des weißen Mädchens zu berühren, werden sie keine Angst mehr haben und sich zu ihr setzen.»

Mehrere Frauen hatten sich um uns versammelt. Anfangs noch sehr vorsichtig, erforschten sie mit den Händen mein Gesicht, dann wurden sie mutiger und berührten Hals, Arme, Brüste, Bauch, Knie, Waden und Zehen; kein einziger Körperteil wurde ausgelassen. Jedesmal, wenn sie einen Kratzer oder einen Mückenstich entdeckten, spuckten sie darauf und rieben die Stelle mit dem Daumen. Wenn der Stich frisch war, saugten sie das Gift heraus.

Ich hatte mich zwar mittlerweile schon an die ausgiebigen Beweise von Zuneigung gewöhnt, die mir Ritimi und Tutemi sowie alle Kinder der Iticoteri entgegenbrachten, diese dauerten allerdings immer nur wenige Minuten, und jetzt fühlte ich mich langsam etwas ungemütlich unter den Berührungen so vieler neugieriger Hände. «Was machen die denn dort?» fragte ich und zeigte auf eine Gruppe Männer, die vor der nächsten Hütte auf dem Boden hockten.

«Sie bereiten die *Assai*-Blätter für den Tanz vor», erklärte mir die Frau, die mir das Baby in den Schoß gelegt hatte. «Möchtest du dir das ansehen?»

«Gerne», sagte ich und war froh, daß ich so die allgemeine Aufmerksamkeit ein wenig von mir ablenken konnte.

«Muß dich eigentlich Ritimi überallhin begleiten?» fragte die Frau, als sich Ritimi zusammen mit mir aus der Hängematte erhob.

«Ja», gab ich zurück. «Wenn sie nicht gewesen wäre, dann könnte ich jetzt nicht Gast in eurem *Shabono* sein. Ritimi hat sich immer um mich gekümmert, seit ich hier im Wald bin.»

Ritimi strahlte mich an. Ich wünschte, ich hätte so etwas Ähnliches schon früher gesagt. Während unseres ganzen weiteren Aufenthaltes bei den Mocototeri kam es kein einziges Mal mehr vor, daß eine der Frauen Ritimis besitzergreifende Art mir gegenüber in Frage stellte.

Die Männer vor der Hütte waren dabei, die blaßgelben, noch eingerollten Blätter der jungen Schößlinge der *Assai*-Palme mit scharfen Stöckchen voneinander zu trennen. Als wir näher kamen, erhob sich einer der Männer aus der Hocke. Er nahm ein Stück Kautabak aus dem Mund, wischte mit dem Handrücken den heraustropfenden Speichel vom Kinn und hielt mir dann einen der Palmwedel über den Kopf. Mit einem Lächeln zeigte er auf die feinen goldenen Äderchen in dem Blatt, die im Licht der sinkenden Sonne kaum noch zu erkennen waren. Er strich mir übers Haar, steckte sich den Tabak wieder in den Mund und kehrte ohne ein Wort an seine Arbeit zurück.

Als nun die Nacht hereinbrach, wurden in der Mitte des Versammlungsplatzes Feuer angezündet. Die Männer der Iticoteri lösten einen wilden Schwall von Jubelrufen bei ihren Gastgebern aus, als sie mit ihren Waffen in der Hand einen Kreis um die Feuer bildeten. Dann tanzten die Iticoteri, jeweils zu zweit, rund um die Lichtung. Vor jeder Hütte wurden sie ein wenig langsamer, so daß alle ihren Festschmuck und ihre Tanzschritte genügend bewundern konnten.

Etewa und Iramamowe waren das letzte Paar. Die Beifallsrufe erreichten noch größere Lautstärke, weil die beiden sich mit vollkommen aufeinander abgestimmten Schritten bewegten. Sie tanzten nicht an den Hütten vorbei, sondern blieben in der Nähe der Feuer, wo sie sich immer schneller im Kreis drehten und sich dem Rhythmus der züngelnden Flammen anzupassen schienen. Dann hielten Etewa und Iramamowe abrupt inne, erhoben Pfeil und Bogen senkrecht vor ihren Gesichtern und zielten damit symbolisch auf die Mocototeri-Männer, die vor ihren Hütten standen und zusahen. Unter lautem Gelächter nahmen die beiden danach ihren Tanz gleich wieder auf, während die Zuschauer in begeisterten Beifall ausbrachen.

Später luden die Gastgeber die Männer der Iticoteri ein, sich in den Hängematten auszuruhen. Während die Speisen aufgetragen wurden, stürmten plötzlich mehrere Mocototeri auf die Lichtung. *«Haii, haii, haiiii»*, riefen sie und bewegten sich dabei zu den klackenden Geräuschen ihrer Bogen und im Rhythmus der pfeifenden Blätter der gefransten *Assai*-Palmwedel, die sie durch die Luft schwenkten.

Ich konnte die tanzenden Gestalten kaum noch voneinander unterscheiden. Bisweilen schienen sie miteinander zu verschmelzen, dann trennten sie sich wieder in großen Sprüngen; ich erkannte nur bruchstückweise die Arme, Beine und Füße, die unter den wiegenden Palmwedeln zum Vorschein kamen – schwarze, vogelähnliche Gestalten mit riesenhaften Schwingen, wenn sie sich vom Schein der Feuer entfernten, und Statuen wie aus leuchtendem Kupfer, weder Mensch noch Vogel, wenn der Schweiß auf ihren Körpern im Licht der Flammen glänzte.

«Wir wollen mit euren Frauen tanzen», verlangten nun die Mocototeri. Als die Iticoteri darauf nicht antworteten, höhnten sie: «Oder seid ihr etwa eifersüchtig? Warum wollt ihr eure armen Frauen nicht tanzen lassen? Habt ihr denn vergessen, daß wir bei eurem Festmahl auch unsere Frauen mit euch haben tanzen lassen?»

«Jede Frau, die mit den Mocototeri tanzen möchte, darf das natürlich tun», rief Iramamowe, ermahnte die Männer jedoch: «Aber ihr werdet keine unserer Frauen dazu zwingen, wenn sie keine Lust dazu hat.»

«Haii, haii, haiiii», schrien die Mocototeri euphorisch und hießen die Frauen der Iticoteri wie auch ihre eigenen auf der Lichtung willkommen.

«Möchtest du nicht auch tanzen?» fragte ich Ritimi. «Dann komme ich mit dir.»

«Nein, ich will dich nicht in der Menge verlieren», antwortete sie. «Außerdem will ich nicht, daß dir wieder einer einen Knüppel auf den Kopf schlägt.»

«Aber das war damals doch nicht mit Absicht geschehen. Und im übrigen tanzen die Mocototeri ja auch gar nicht mit brennenden Holzscheiten», sagte ich. «Was können sie mir denn mit diesen Palmwedeln schon anhaben?»

Ritimi zuckte die Achseln. «Mein Vater hat gesagt, den Mocototeri kann man nicht trauen.»

«Aber ich hätte gedacht, daß man zu einem Festmahl nur seine Freunde einlädt?»

«Seine Feinde auch», kicherte Ritimi. «Bei einem Festmahl gibt es immer gute Gelegenheiten, um herauszufinden, was die anderen vorhaben.»

«Die Mocototeri sind doch aber sehr freundlich. Sie haben uns ausgezeichnet bewirtet.»

«Natürlich haben sie uns gut bewirtet – damit wir nachher nicht behaupten können, sie wären geizig», sagte Ritimi. «Na ja, wie mein Vater schon sagte, du bist eben noch sehr unwissend. Du merkst offensichtlich nicht, was hier vorgeht, wenn du glaubst, sie wären nur freundlich zu uns.» Ritimi tätschelte meinen Kopf, als wäre ich ein kleines Kind. Dann sprach sie weiter. «Ist dir nicht aufgefallen, daß unsere Männer heute nachmittag kein *Epena* genommen haben? Hast du nicht gemerkt, wie wachsam sie sind?»

Das war mir bisher nicht aufgefallen, und ich war versucht, ihr zu sagen, daß ich das Benehmen der Iticoteri nicht allzu höflich fand, hielt meinen Kommentar jedoch zurück. Schließlich hatte Ritimi mit ihrer Bemerkung ja recht gehabt: Ich begriff nicht genau, was hier vorging. Ich sah mir die sechs Iticoteri genauer an, die um das Feuer herumtanzten. Tatsächlich bewegten sie sich nicht mit derselben Hingabe wie sonst, und ihre Blicke schossen ständig hin und her; sie beobachteten sehr aufmerksam alles, was sich um sie herum ereignete. Die übrigen Männer vom Stamm der Iticoteri ruhten nicht in den Hängematten ihrer Gastgeber, sondern standen draußen vor den Hütten.

Für mich hatte der Tanz nun seinen Zauber verloren. Die Schatten und die Stimmen der anderen bekamen ein neues Gesicht. Jetzt kam mir die Dunkelheit dieser Nacht bedrohlich vor. Ich machte mich über das Essen her, das mir vor einer Weile gebracht worden war. «Das Fleisch schmeckt bitter», bemerkte ich und überlegte, ob es wohl vergiftet sein könnte.

«Der bittere Geschmack kommt vom *Mamucori*», erklärte Ritimi beiläufig. «Die Stelle, wo der Affe vom vergifteten Pfeil getroffen wurde, ist nicht ordentlich ausgewaschen.»

Ich spuckte das Fleisch wieder aus. Ich hatte nicht nur Angst, vergiftet zu werden; außerdem wurde mir übel bei dem Gedanken an das Tier, das ich vorhin in einem großen Aluminiumtopf voll kochendem Wasser gesehen hatte; die Oberfläche des Wassers war mit einer dicken Schicht aus schwimmendem Fett und Affenhaaren bedeckt gewesen.

Ritimi legte mir den Bissen auf meinen Kürbisteller zurück. «Iß das jetzt», befahl sie mir. «Das Fleisch ist gut – auch die bittere Stelle. Dein Körper gewöhnt sich an das Gift. Weißt du denn nicht, daß ein Vater seinem Sohn immer das Stück mit der Stelle gibt, an der der Pfeil getroffen hat? Wenn er dann später bei einem Überfall einen vergifteten Pfeil abbekommt, stirbt er nicht daran, weil sein Körper an das *Mamucori* gewöhnt ist.»

«Ich fürchte, daß ich, bevor ich noch von einem Giftpfeil getroffen werde, eher an vergiftetem Fleisch sterbe.»

«Nein, nein. Man stirbt nicht, wenn man *Mamucori* ißt», beruhigte mich Ritimi. «Es muß durch die Haut eindringen.» Sie nahm den halbzerkauten Bissen von meinem Teller, biß ein Stück ab und schob mir die andere Hälfte dann in den Mund. Mit einem spöttischen Lächeln tauschte sie unsere beiden Teller aus. «Ich will ja nicht, daß dir das Essen im Hals steckenbleibt», sagte sie und machte sich mit übertrieben wirkendem Appetit über den Rest der gekochten Affenbrust her. Immer noch kauend, zeigte sie auf die Lichtung und fragte mich, ob ich die Frau mit dem runden Gesicht sähe, die dort um das Feuer tanzte.

Ich nickte, wußte aber nicht genau, welche sie meinte. Insgesamt tanzten dort ungefähr zehn Frauen. Alle hatten sie runde Gesichter, dunkle, schrägstehende Augen und üppige Körper, die im Schein der Flammen die Farbe von Honig annahmen.

«Das ist diejenige, die bei unserem Festmahl mit Etewa geschlafen hat», sagte Ritimi. «Ich habe sie schon verhext.»

«Wann hast du es denn gemacht?»

«Heute nachmittag», erwiderte Ritimi leise und fing an zu kichern. «Ich habe das *Oko-Shiki,* das ich in meinem Garten gesammelt habe, auf ihre Hängematte gestreut», setzte sie zufrieden hinzu.

«Und was geschieht, wenn sich jemand anderer in ihre Hängematte setzt?»

«Das ist egal. Der Zauber hat nur auf sie eine schädliche Wirkung», versicherte mir Ritimi.

Ich hatte keine Gelegenheit, noch mehr über diese Hexerei herauszufinden, denn in diesem Moment brach der Tanz ab, und die müden Teilnehmer kehrten mit lächelnden Gesichtern in die Hütten zurück, um sich auszuruhen und etwas zu essen.

Die Frauen, die sich zu uns um die Feuerstelle gesellten, zeigten Überraschung darüber, daß Ritimi und ich nicht mitgetanzt hatten. Tanzen galt als ebenso wichtig wie das Bemalen des Körpers mit *Onoto* – es machte jung und glücklich.

Kurze Zeit später trat der Häuptling auf die Lichtung hinaus und verkündete mit donnernder Stimme: «Ich möchte gern die Frauen der Iticoteri singen hören. Ihre Stimmen erfreuen meine Ohren. Und unsere Frauen sollen ihre Lieder lernen.»

Kichernd versetzten sich die Frauen gegenseitig Rippenstöße. «Geh du, Ritimi», sagte eine von Iramamowes Frauen. «Du hast die schönste Stimme.»

Mehr Ansporn bedurfte es bei Ritimi nicht. «Gehen wir doch alle zusammen», sagte sie und erhob sich.

Im ganzen *Shabono* wurde es nun still, als wir uns die Arme um die Hüften legten und alle zusammen auf den Versammlungsplatz hinaustraten. Nachdem Ritimi sich der Hütte des Häuptlings zugewandt hatte, begann sie mit ihrer klaren, melodischen Stimme zu singen. Die Lieder waren alle sehr kurz; die letzten zwei Zeilen wurden als Refrain von uns anderen wiederholt. Die übrigen Frauen sangen zwar auch, aber Ritimis Lieder, eines ganz besonders, fanden am meisten Anklang, und der Häuptling bestand darauf, daß sie es immer wieder vortrug, bis seine Frauen es gelernt hatten:

Wenn der Wind in den Palmenblättern spielt,
lausche ich stumm mit den Fröschen seinem traurigen Lied.
Hoch oben am Himmel lachen die Sterne herab,
doch ihre Tränen strömen, wenn Wolken sich vor sie schieben.

Dann kam der Häuptling zu uns herüber und sprach mich an: «Und jetzt mußt du uns etwas vorsingen.»

«Aber ich weiß gar keine Lieder», sagte ich und konnte mir ein Kichern nicht verkneifen.

«Doch, du weißt bestimmt ein paar», beharrte der Häuptling. «Ich habe schon viel darüber gehört, wie gerne die Weißen singen. Sie haben sogar kleine Kästen, die für sie singen.»

In Caracas hatte mir mein Musiklehrer in der dritten Klasse gesagt, daß ich nicht nur eine schaurige Stimme hätte, sondern darüber hinaus auch nicht im geringsten musikalisch sei. Trotzdem war Professor Hans, wie er sich von uns nennen ließ, durchaus nicht gleichgültig meiner Sangesfreude gegenüber gewesen. Er erlaubte mir, an den Musikstunden weiter teilzunehmen, allerdings unter der Voraussetzung, daß ich mich in die letzte Reihe setzte und nur ganz leise mitsang. Professor Hans hatte sich nie viel mit den vorgeschriebenen Kirchengesängen und Volksliedern abgegeben, die er uns eigentlich hätte beibringen sollen, dafür lernten wir bei ihm argentinische Tangos aus den dreißiger Jahren. Diese Lieder hatte ich nie vergessen.

Ich betrachtete die erwartungsvollen Gesichter um mich und trat dichter an das Feuer heran. Dann räusperte ich mich und fing an zu singen, wobei ich gar nicht auf die Mißtöne achtete, die ich da produzierte. Einen Augenblick lang hatte ich das Gefühl, es gelänge mir, diese Tangos in genau derselben leidenschaftlichen Art darzubieten, in der Professor Hans sie immer vorgetragen hatte. Ich preßte mir die Hand an die Brust und schloß die Augen, als wäre ich völlig überwältigt von der Traurigkeit und der Dramatik jeder einzelnen Zeile.

Mein Publikum war wie verzaubert. Sowohl die Mocototeri als auch die Iticoteri waren aus den Hütten getreten, um jede meiner Gesten genau zu beobachten.

Danach ließ der Häuptling seinen Blick lange auf mir ruhen und stellte schließlich fest: «Unsere Frauen werden nicht lernen können, auf so seltsame Weise zu singen.»

Als nächstes trugen die Männer ihre Lieder vor. Jeder Sänger stellte sich allein in der Mitte der Lichtung auf, die Hände vor sich auf den Bogen gelegt. Manchmal wurde er auch von einem Freund begleitet; dann legte der Sänger dem Gefährten den Arm um die Schultern. Ein Lied, das uns ein junger Mocototeri vorsang, wurde zum Lieblingsstück des ganzen Abends:

Ein Affe springt von Baum zu Baum,
ich schieße ihn mit meinem Pfeil.
Doch fallen nur die grünen Blätter –
fliegen durch die Luft und legen sich mir zu Füßen.

Die Männer der Iticoteri gingen nicht schlafen, sondern verbrachten die ganze Nacht damit, mit ihren Gastgebern zu reden und zu singen. Ich schlief mit den Frauen und Kindern in den leeren Hütten, die um den Haupteingang des *Shabono* gebaut waren.

Am nächsten Morgen stopfte ich mich mit den Papayas und Ananas voll, die mir ein kleines Mocototeri-Mädchen aus dem Garten ihres Vaters gebracht hatte. Ritimi und ich hatten sie etwas früher bei unserem morgendlichen Gang in die Büsche entdeckt. Sie hatte mir zwar den Rat gegeben, nichts von dem Obst zu verlangen – nicht aus Gründen der Höflichkeit, sondern weil die Früchte unreif waren, aber mir machte der säuerliche Geschmack und auch das leichte Magengrimmen, das sich bald darauf einstellte, nichts weiter aus. Immerhin war es seit Monaten das erstemal, daß ich vertrautes Obst angeboten bekam. Die Bananen und Palmfrüchte waren für mich kein Obst, sondern Gemüse.

«Du hast wirklich mit einer scheußlichen Stimme gesungen gestern abend», sprach mich ein junger Indianer an, der sich neben mich hingehockt hatte. «Ohoho, ich habe zwar nicht verstanden, was du da gesungen hast, aber es klang jedenfalls fürchterlich.»

Sprachlos funkelte ich ihn an. Ich wußte nicht genau, ob ich lachen oder ihm die Beleidigung heimzahlen sollte.

Da legte mir Ritimi den Arm um den Hals und brach in Gelächter aus. Sie legte den Kopf schief und sah mich von der Seite an, dann flüsterte sie mir ins Ohr: «Als du gestern gesungen hast, da dachte ich erst, du hättest von dem Affenfleisch wirklich Bauchschmerzen bekommen.»

An derselben Stelle der Lichtung wie am Abend zuvor hockten auch jetzt noch mehrere Männer aus beiden Stämmen und sprachen in der förmlichen, ritualisierten Ausdrucksweise zueinander, die *Wayamou* genannt wurde und bei Tauschverhandlungen angemessen war. Das Feilschen um Tauschgüter war immer ein langsamer, komplizierter Prozeß, bei dem es genauso wichtig war, sich mit den zum Tauschen gedachten Gegenständen zu befassen wie Neuigkeiten und allgemeinen Klatsch auszutauschen.

Kurz vor Mittag kamen einige Mocototeri-Frauen zu ihren Männern und kritisierten sie, daß sie beim Tausch wertvolle Dinge hergegeben hätten; sie waren der Meinung, die Macheten, Aluminiumtöpfe und Baumwollhängematten hätten sie selbst ebensogut brauchen können. «Vergiftete Pfeilspitzen, pah!» zeterte eine der Frauen wütend. «Die könntet ihr euch auch selber machen, wenn ihr nicht so schrecklich faul wärt!» Ohne den Beschimpfungen der Frauen auch nur die geringste Beachtung zu schenken, schacherten die Männer weiter.

Mittag war schon vorbei, als wir aus der Siedlung der Mocototeri aufbrachen; unsere Körbe waren mit Bananen, Palmfrüchten und Fleisch gefüllt, den üblichen Abschiedsgeschenken für die Gäste.

Kurz vor Einbruch der Nacht holten uns drei Mocototeri ein. Der eine hob seinen Bogen ans Kinn und sagte: «Unser Häuptling will, daß das weiße Mädchen bei uns bleibt.» Er starrte mich über den Schaft seines schußbereiten Pfeils hinweg an.

«Nur ein Feigling richtet seinen Pfeil auf eine Frau», sagte Iramamowe und stellte sich dabei vor mich. «Warum schießt du nicht, du nichtsnutziger Mocototeri?»

«Wir sind nicht gekommen, um zu kämpfen», bemerkte der Mann und stellte den Bogen wieder senkrecht vor sich auf. «Sonst hätten wir euch schon vor einer Weile aus dem Hinterhalt überfallen. Wir wollen nur das weiße Mädchen erschrecken, damit sie freiwillig mit uns kommt.»

«Sie kann unmöglich bei euch bleiben», sagte Iramamowe. «Milagros hat sie in unseren *Shabono* gebracht. Wenn er gewollt hätte, daß sie bei euch lebt, dann wäre er ja wohl mit ihr in euer Dorf gekommen.»

«Wir wollen, daß sie mit uns kommt», beharrte der andere. «Wir bringen sie euch auch zurück, bevor die Regenzeit beginnt.»

«Wenn du mich noch weiter wütend machst, dann werde ich dich auf der Stelle töten.» Iramamowe schlug sich mit der Faust auf die Brust. «Denkt daran, ihr feigen Mocototeri, ich bin ein großer Krieger. Die *Hekura* in meiner Brust gehorchen mir zu jeder Zeit, auch ohne *Epena.*» Iramamowe trat einen Schritt auf die drei Männer zu. «Wißt ihr denn nicht, daß das weiße Mädchen zum Stamm der Iticoteri gehört?»

«Warum fragst du sie nicht selbst, ob sie bei uns bleiben will?» sagte der Mann jetzt. «Sie hat sich bei meinem Volk wohl gefühlt. Vielleicht möchte sie bei uns leben.»

Iramamowe fing an zu lachen – es war ein polterndes Lachen, dem nicht anzuhören war, ob er belustigt oder empört war. Dann verstummte er plötzlich. «Dem weißen Mädchen gefällt die Art nicht, wie die Mocototeri aussehen. Sie hat mir gesagt, daß ihr alle eine gewisse Ähnlichkeit mit Affen habt.» Dabei drehte sich Iramamowe zu mir um. In seinem Blick lag ein derartig flehender Ausdruck, daß ich mich schon sehr zusammenreißen mußte, um nicht loszukichern.

Ich empfand leichte Gewissensbisse, als ich in die fassungslosen Gesichter der drei Mocototeri sah. Einen Moment lang war ich beinahe versucht, Iramamowes Worte zu bestreiten. Aber ich konnte seinen Ärger gut verstehen, und außerdem hatte ich Arasuwes Besorgnis nicht vergessen, mit der er mich zu dem Festmahl hatte mitgehen lassen. Ich verschränkte die Arme vor der Brust, hob das Kinn in die Luft und sagte dann, ohne die drei dabei direkt anzusehen: «Ich habe keine Lust, in eurem Dorf zu leben. Ich will nicht zusammen mit Affen essen und schlafen.»

Die Iticoteri brachen in laute Hohngelächter aus. Die drei Männer drehten uns abrupt den Rücken zu und verschwanden auf dem Pfad ins Dickicht.

Wir schlugen unser Lager nicht weit vom Fluß auf einer gerodeten Stelle des Urwalds auf, wo die Überreste von einigen provisorischen Unterkünften standen. Allerdings erneuerten wir ihre Dächer nicht mit frischem Laub, weil uns der alte Kamosiwe versicherte, es würde in dieser Nacht nicht regnen.

Iramamowe aß nichts, sondern saß stumm und finster vor dem Feuer. In seiner Haltung lag eine solche Anspannung, als rechnete er jeden Moment damit, daß die drei Mocototeri zurückkehrten.

«Besteht denn die Gefahr, daß sie noch einmal kommen?» fragte ich ihn.

Iramamowe schwieg lange, bevor er mir eine Antwort gab. «Es sind Feiglinge. Sie wissen genau, daß meine Pfeile sie auf der Stelle töten würden.» Er starrte wie gebannt vor sich zu Boden; seine Lippen waren zu einem schmalen Strich zusammengekniffen. «Ich überlege gerade, auf welchem Weg wir am besten zu unserem *Shabono* zurückgehen sollen.»

«Wir sollten uns aufteilen», schlug Kamosiwe vor und sah mich dabei mit seinem einen Auge an. «Heute nacht scheint der Mond nicht; also kommen die Mocototeri heute nicht zurück. Aber morgen kommen sie vielleicht wieder und wollen das weiße Mädchen.

Etewa soll zusammen mit Ritimi und dem weißen Mädchen den Weg über die Berge gehen und so zum *Shabono* zurückkehren. Das ist zwar ein Umweg, aber dafür werden sie nicht durch die Kinder und die Alten aufgehalten. Sie werden unser Dorf nicht viel später als einen oder zwei Tage nach uns erreichen. Es ist ein guter Weg, auf dem man kaum jemals jemandem begegnet.» Kamosiwe erhob sich und sog prüfend die Luft ein. «Morgen wird es regnen. Also bau am Abend einen Unterschlupf», sagte er zu Etewa. Dann hockte er sich wieder hin und lächelte mich an. Sein Auge musterte mich fragend. «Fürchtest du dich davor, den Weg über die Berge zu gehen, um zu unserem *Shabono* zurückzukehren?»

Ich schüttelte lächelnd den Kopf. Irgendwie konnte ich mir nicht vorstellen, daß ich in wirklicher Gefahr schwebte.

«Und hast du dich gefürchtet, als der Mocototeri mit seinem Pfeil auf dich gezielt hat?» fragte Kamosiwe weiter.

«Nein. Ich habe gewußt, daß die Iticoteri mich beschützen würden.» Ich mußte mir auf die Zunge beißen, um nicht noch hinzuzufügen, daß mir der ganze Vorfall eigentlich eher lustig als gefährlich vorgekommen war. Damals war mir nicht richtig bewußt, daß trotz der offenkundigen Bluffs, die für jede kritische Situation charakteristisch waren, sowohl Mocototeri wie Iticoteri ihre Drohungen und Forderungen durchaus ernstgemeint hatten.

Meine Antwort freute den alten Kamosiwe, und zwar weniger die Tatsache, daß ich keine Angst gehabt hatte, als mein Vertrauen in sein Volk. Er sprach bis spät in die Nacht mit Etewa. Ritimi war schon eingeschlafen und hielt im Traum meine Hand fest. Auf ihren Lippen lag ein glückseliges Lächeln. Ich wachte über ihre Träume und wußte auch, warum sie so glücklich war: Ein paar Tage lang würde sie Etewa praktisch ganz allein für sich haben.

Im *Shabono* zeigten die Männer kaum jemals offen Zuneigung zu ihren Frauen. Solche Regungen galten als ein Zeichen von Schwäche. Nur den Kindern gegenüber benahmen sich Männer uneingeschränkt zärtlich und liebevoll, sie spielten mit ihnen und überhäuften sie mit Küssen und Liebkosungen. Ich hatte Etewa und sogar den grimmigen Iramamowe schon mehrmals dabei beobachtet, wie sie ihren Frauen die schweren Brennholzbündel abnahmen und durch den Wald trugen; sie ließen sie jedoch sofort zu Boden fallen, wenn sie sich dem *Shabono* näherten. Wenn kein anderer Mann in Sichtweite war, hatte ich auch schon gesehen, wie Etewa Ritimi oder Tutemi einen besonders guten Bissen Fleisch oder ein Stück Obst zusteckte. Und im Schutz der Dunkelheit legte er manchmal sein Ohr auf Tutemis Bauch, um dem kräftigen Strampeln seines ungeborenen Kindes zu lauschen. In der Gegenwart anderer Männer erwähnte er dagegen nicht einmal, daß er bald wieder Vater werden würde.

Schon mehrere Stunden vor Tagesanbruch weckte Etewa uns auf. Leise verließen wir das Lager und gingen das sandige Ufer des Flusses entlang. Bis auf unsere Hängematten, ein paar Bananen und die drei Ananas, die mir das kleine Mädchen bei den Mocototeri geschenkt hatte, waren unsere Tragkörbe leer. Kamosiwe hatte Etewa versichert, daß er auf dem Weg reichlich Wild jagen könne. Der Mond stand nicht am Himmel, aber trotzdem glitzerte das Wasser schwärzlich, weil sich das matte Schimmern des Sternenhimmels darin spiegelte. Hin und wieder erscholl der Ruf eines Nachtvogels durch die Stille, der das Nahen des kommenden Tages ankündigte. Einer nach dem anderen verblaßten die Sterne; die Umrisse der Bäume traten deutlicher hervor, als das rosafarbene Licht des Morgengrauens sich langsam bis zu den Schatten zu unseren Füßen hinabtastete. Ich war erstaunt, wie breit der Fluß in Wirklichkeit war und wie geräuschlos er an uns vorbeiströmte, so daß man zunächst gar nicht wahrnahm, daß das Wasser sich bewegte. Am Himmel flogen drei Aras in einer Dreiecksformation und fügten den ruhigen Wolken mit ihren roten, blauen und gelben Federn einige Farbtupfer hinzu, während nun die Sonne leuchtend orange über den Baumwipfeln aufging.

Etewa riß den Mund zu einem Gähnen auf, das sich seinen Weg aus dem tiefsten Innern seiner Lungen zu bahnen schien. Er blinzelte; das

Sonnenlicht war schon zu hell für Augen, die nicht genug geschlafen hatten.

Wir schnallten unsere Körbe ab. Ritimi und ich setzten uns auf einen umgestürzten Baum und sahen zu, wie Etewa seinen Bogen spannte. Langsam hob er den Arm und krümmte den Rücken, um den Pfeil steil nach oben in den Himmel zu zielen. Eine halbe Ewigkeit stand er völlig reglos da, wie eine aus Stein gemeißelte Statue, jeder gespannte Muskel deutlich sichtbar, den Blick aufmerksam auf die Vögel am Himmel geheftet. Ich wagte es nicht, ihn zu fragen, warum er so lange wartete, bis er den Pfeil abschoß.

Ich hörte kein Geräusch, als der Pfeil durch die Luft flog – nur ein kurzes Kreischen, das sich sofort in einem aufgeregten Flügelschlagen auflöste. Für den Bruchteil einer Sekunde hing der Ara noch am Himmel, ein flatterndes Knäuel aus bunten Federn, das von einem rötlichen Pfeil zusammengehalten wurde, dann fiel er wie ein Stein zu Boden, nicht weit entfernt von Etewas Standort.

Etewa machte ein Feuer, über dem wir dann den gerupften Vogel und ein paar Bananen rösteten. Er selbst nahm sich nur eine kleine Portion, bestand aber darauf, daß wir beide den ganzen Rest vertilgten, damit wir genügend Kraft für den anstrengenden Marsch über die Hügel hätten.

Wir vermißten das Sonnenlicht vom Flußufer keineswegs, als wir uns nun seitlich ins Dickicht schlugen. Das Halbdunkel unter den Blättern und Schlingpflanzen war eine Erholung für unsere strapazierten Augen. Faulendes Laub stach wie ein Büschel Blumen von dem grünen Hintergrund hervor. Etewa trennte einige Zweige von den wildwachsenden, dunklen Kakaobäumen ab. «Aus diesem Holz macht man die allerbesten Feuerbohrer», bemerkte er, während er mit Hilfe seines scharfen Messers, das aus dem unteren Schneidezahn eines Aguti gemacht war, die Rinde von den Zweigen abschälte. Dann schnitt er die grünen, gelben und roten Schotenfrüchte herunter, die mit den niedrigen Stämmen der Kakaobäume einzeln durch kurze, blattlose Stiele verbunden waren. Er schlitzte die Früchte auf, und wir leckten das süße, gelatineartige Fruchtfleisch rund um die Samen heraus, die wir in Blätter einwickelten und mitnahmen.

«Gekocht schmecken die Samen des *Pohro* einfach großartig», erklärte Ritimi. Ich fragte mich, ob sie im Geschmack wohl an Schokolade erinnern würden.

«Hier in der Nähe muß es Affen und Wiesel geben», meinte Etewa und zeigte mir die zerkauten Schalen auf dem Boden, die von den Kakaofrüchten übriggeblieben waren. «Diese Tiere mögen die *Pohro*-Frucht ebensosehr wie wir.»

Ein Stückchen weiter blieb Etewa vor einer verschlungenen Ranke stehen, die er mit seinem Messer markierte. *«Mamucori»,* sagte er. «Hierher werde ich später zurückkehren, wenn ich neues Pfeilgift brauche.»

«Ist das *Ashukamaki?»* rief ich, als wir zu einem Baum kamen, um dessen Stamm sich eine Pflanze mit glänzenden, wachsartigen Blättern schlang. Aber es war nicht die Liane, die man zum Eindicken von Curare benutzte. Etewa wies mich darauf hin, daß die Blätter der *Ashukamaki* langgestreckt und ausgezackt waren. Er war jedoch an dieser Stelle wegen verschiedener Tierknochen stehengeblieben, die auf der Erde verstreut lagen.

«Eine Harpyie», sagte er und machte dabei eine Geste zu dem Nest in der Baumkrone.

«Töte den Vogel nicht!» bat ihn Ritimi. «Vielleicht ist es der Geist eines verstorbenen Iticoteri.»

Etewa aber beachtete seine Frau gar nicht, sondern begann, den Baum hinaufzuklettern. Als er den Horst erreicht hatte, nahm er ein laut piepsendes Adlerküken mit weißen Flaumfedern heraus. Wir hörten das aufgeregte Kreischen des Muttervogels, als Etewa das Küken nun zu Boden warf. Er lehnte sich gegen den Baumstamm und einen starken Ast, um seinen Pfeil auf die kreisende Harpyie zu richten.

«Ich bin froh, daß ich diesen Vogel erlegt habe», sagte Etewa, als er wieder unten war und mit uns zu der Stelle ging, wohin der tote Adler durch die Bäume gestürzt war. «Er frißt nichts als Fleisch.» Dann wandte er sich Ritimi zu und beruhigte sie mit sanfter Stimme: «Ich habe noch gehorcht, als er gerufen hat, bevor ich den Pfeil abgeschossen habe – es war nicht die Stimme eines Geistes.» Er rupfte die weichen Brustfedern und die langen grauen Schwingenfedern ab und verstaute sie in einem Bündel aus Blättern.

Die Hitze des Nachmittags, die durch das Laub über uns drang, machte mich so benommen, daß ich nur noch schlafen wollte. Ritimi hatte dunkle Ringe unter den Augen, als hätte sie ihre zarte Haut mit Kohle bemalt. Auch Etewa ging nun nicht mehr so schnell wie vorher. Wortlos schlug er die Richtung zum Fluß ein. Dort blieben wir stumm vor dem weiten, seichten Wasser stehen und nahmen die Hitze und das gleißende Licht in uns auf. Wir starrten auf die Spiegelungen der

Wolken und der Bäume, und später legten wir uns in der Mitte des Flusses auf eine ockerfarbene Sandbank. Um uns verschwammen die Blautöne des Himmels mit dem Grün des Laubes und dem Rotbraun der untergetauchten Wurzeln am Ufer. Kein Blatt regte sich, keine Wolke zog am Himmel. Selbst die Libellen, die über dem Wasser schwebten, schienen wie erstarrt in ihrer vibrierenden Transparenz. Ich drehte mich auf den Bauch und legte meine Hände flach auf die Wasseroberfläche, als könnte ich so die träge Harmonie festhalten, die zwischen der Spiegelung im Fluß und dem Glanz des Himmels herrschte. Ich rutschte auf dem Bauch nach vorn, bis meine Lippen das Wasser berührten.

Zwei Reiher, die bei unserer Ankunft geflüchtet waren, kamen jetzt zurückgeflogen. Auf ihren langen, graziösen Beinen, die Hälse tief in die Federn eingezogen, beobachteten sie uns aus halbgeschlossenen Augen. Vor ihnen sah ich ein paar silbrige Körper, die durch die Luft sprangen. Sie wanden sich in der betäubenden Hitze, die über dem schimmernden Wasser lastete. «Fische!» rief ich aus, und meine Lethargie war für einen Augenblick verflogen.

Kichernd deutete Etewa mit seinem Pfeil auf einen Schwarm kreischender Papageien, die gerade über uns hinwegflogen. «Vögel!» rief er seinerseits und griff nach dem Bambusköcher auf seinem Rücken. Er nahm eine Pfeilspitze heraus und prüfte sie mit der Zungenspitze, um zu sehen, ob das Gift noch wirksam war. Der bittere Geschmack schien ihn zufriedenzustellen, und er befestigte den spitzen Kopf an einem der Pfeilschäfte. Als nächstes probierte er den Bogen aus, indem er die Sehne einmal leer zurückschnellen ließ. «Er ist nicht gut gespannt», stellte er fest und band die Sehne an einem Ende los. Dann verdrehte er sie mehrmals und legte sie von neuem um den Bogen. «Wir werden heute nacht hierbleiben», sagte er, während er durch das Wasser davonwatete. Er stieg das jenseitige Flußufer hinauf und verschwand hinter den Bäumen.

Ritimi und ich blieben auf der Sandbank. Sie wickelte die Adlerfedern aus und legte sie nebeneinander auf einen Stein, damit die Sonne die Läuse daraus vertreibe. Dann zeigte sie mir aufgeregt einen Baum am Ufer, von dem blasse Blüten büschelweise wie Obst herunterhingen. Sie schnitt ganze Äste ab und bot mir die Blüten zum Essen an. «Sie sind ganz süß», wollte sie mich überzeugen, als sie meinen Widerwillen bemerkte.

Ich war gerade dabei, ihr zu erklären, daß mich diese Blüten an eine aufdringlich parfümierte Seife erinnerten, als ich unvermittelt einschlief. Als ich wieder aufwachte, hörte ich die Geräusche des Abends. Die Dämmerung verschluckte das Licht des Tages langsam, das Rascheln des Windes, der die Bäume abkühlte, und die Schreie der Vögel, die sich einen Schlafplatz für die Nacht suchten.

Etewa war mit zwei Papageien zurückgekommen; außerdem hatte er ein Bündel Palmwedel mitgebracht. Ich half Ritimi, am Flußufer nach Feuerholz zu suchen. Später rupfte sie die beiden Vögel, während ich mit Etewa unseren Unterschlupf errichtete.

«Glaubst du denn wirklich, daß es regnen wird?» fragte ich ihn und sah zu dem klaren, wolkenlosen Himmel über uns auf.

«Wenn der alte Kamosiwe sagt, es wird regnen, dann regnet es auch», sagte Etewa. «Er kann den Regen riechen, so wie andere Essen riechen können.»

Es wurde eine gemütliche kleine Hütte. Der vordere Pfosten war etwas höher als die beiden hinteren, allerdings nicht hoch genug, um darunter aufrecht stehen zu können. Die Pfosten waren durch lange Stäbe miteinander verbunden, wodurch die Behausung eine dreieckige Form bekam. Dach und Rückseite wurden mit Palmblättern abgedeckt. Dann streuten wir *Platanillo*-Blätter auf den Boden, da die Pfosten das Gewicht unserer drei Hängematten nicht ausgehalten hätten.

Eigentlich baute Etewa diesen Unterschlupf nicht so sehr für Ritimi und mich, sondern hauptsächlich seinetwegen. Würde er nämlich in der Nacht naß, dann könnte er unter Umständen daran schuld sein, daß der Säugling in Tutemis Bauch tot oder mißgebildet zur Welt käme.

Ritimi kochte die beiden Papageien, einige Bananen und die Kakaosamen über der Feuerstelle, die Etewa in der Hütte angelegt hatte. Diese optische und geschmackliche Mischung erinnerte mich sehr an ein Festessen zu Hause beim Erntedankfest.

«Das muß so ähnlich wie *Momo*-Nüsse schmecken», meinte Ritimi, nachdem ich ihr von der Preiselbeersoße erzählt hatte, die bei uns dazu gehört. «*Momo* ist auch rot; man muß es ganz lange kochen, damit es weich wird. Außerdem muß man die Nüsse vorher in Wasser legen, bis das Gift ausgelaugt ist.»

«Also, ich glaube, *Momo*-Nüsse würde ich nicht so gerne essen.»

«Doch, bestimmt», versicherte mir Ritimi. «Die Samen des *Pohoro* magst du doch auch, oder? Na, und *Momo*-Nüsse sind noch viel besser.»

Ich nickte lächelnd. Die gerösteten Samen des Kakaobaumes

schmeckten zwar überhaupt nicht nach Schokolade, sondern eher wie frische Cashewkerne, waren aber trotzdem ein Leckerbissen.

Etewa und Ritimi waren im selben Moment eingeschlafen, in dem sie sich auf den *Platanillo*-Blättern ausgestreckt hatten. Ich kuschelte mich dicht an Ritimi. Im Schlaf legte sie den Arm um mich und zog mich fest an sich. Die Wärme ihres Körpers übertrug sich auf mich und machte mich angenehm träge; ihre rhythmischen Atemzüge lullten mich langsam in eine herrliche Schläfrigkeit. Traumähnliche Bilder zogen an mir vorbei, manchmal langsam, dann wieder ganz schnell, als projizierte sie jemand vor mir auf eine Leinwand: Mocototeri mit ganz langen Armen schwangen sich von Baum zu Baum und schwebten an mir vorbei; sie stießen Schreie aus, die genau wie der Ruf des Brüllaffen klangen. Krokodile mit leuchtenden Augen, fast völlig untergetaucht und kaum zu erkennen, blinzelten schläfrig, um dann urplötzlich ihre riesigen Rachen aufzureißen und mich zu verschlingen. Ameisenbären mit klebrigen Zungen wie lange Schnüre bliesen große Blasen aus ihren Rüsseln, in denen ich mich selbst zusammen mit Hunderten von Ameisen gefangen sah.

Eine heftige Windbö weckte mich auf; sie brachte den Geruch von Regen mit. Ich setzte mich auf und lauschte den schweren Tropfen, die auf die Palmwedel klatschten. Die vertrauten Geräusche der Zikaden und der Frösche bildeten ein ständig pulsierendes Hintergrundsummen für die klagenden Schreie der Nachtaffen und die flötenähnlichen Rufe der Waldhühner. Auf einmal glaubte ich ganz sicher, Schritte und das Knacken von Zweigen zu hören.

«Da draußen ist jemand», sagte ich zu Etewa und stieß ihn an.

Er rutschte zum vorderen Pfosten unserer Hütte. «Das ist ein Jaguar, der in den Sümpfen nach Fröschen jagt.» Etewa drehte meinen Kopf ein kleines Stück nach links. «Du kannst ihn sogar riechen.»

Ich sog mehrmals die Luft durch die Nase. «Ich rieche gar nichts.»

«Den Atem des Jaguars kann man riechen. Es ist ein sehr starker Geruch, weil er alles roh frißt.» Etewa drehte meinen Kopf, diesmal nach rechts. «Hörst du? Er geht wieder in den Wald zurück.»

Ich legte mich wieder hin. Ritimi wachte auf, rieb sich die Augen und lächelte. «Ich habe gerade geträumt, daß ich auf einen Berg klettere und vor einem Wasserfall stehe.»

«Ja, da kommen wir morgen vorbei», sagte Etewa, während er den kleinen Beutel mit *Epena* von seinem Hals losband. Er streute sich ein wenig von dem Pulver in die Handfläche und zog es dann mit einem tiefen Atemzug in die Nasenlöcher hinein.

«Wirst du jetzt einen Gesang für die *Hekura* anstimmen?» wollte ich wissen.

«Ich bitte die Geister des Waldes darum, uns zu beschützen», erwiderte Etewa. Dann begann er, mit leiser Stimme zu singen. Sein Gesang wurde vom Wind durch die Nacht getragen und schien die Dunkelheit zu durchdringen. Ich war mir sicher, daß die Geister, die an den vier Ecken der Welt wohnten, ihn hörten. Das Feuer brannte herunter und war nur noch ein rötliches Glühen. Jetzt hörte ich Etewas Stimme nicht mehr, doch seine Lippen bewegten sich immer noch, als ich in einen tiefen, traumlosen Schlaf fiel.

Das Morgengrauen senkte sanft sein rosa Licht über die Baumwipfel. Ritimi und Etewa waren schon auf dem Weg zum Fluß. Ich trat aus der kleinen Hütte und atmete den neuen Tag ein. Bei Tagesanbruch ist die Dunkelheit des Dschungels nicht mehr schwarz, sondern geht in ein bläuliches Grün über, so, als dringe ein Lichtstrahl durch einen verborgenen Erdspalt in eine unterirdische Höhle. Winzige Tautröpfchen benetzten mein Gesicht, als ich mir meinen Weg durch Blätter und Schlingpflanzen bahnte. Kleine rote Spinnen mit pelzigen Beinen gingen hastig daran, ihre silbrigen Netze wieder neu zu weben.

Etewa fand eine Bienenwabe in einem hohlen Baumstumpf. Nachdem er sie bis zum letzten Tropfen in unsere Münder ausgedrückt hatte, weichte er die Wabe in einer Kalebasse mit Wasser ein, und später tranken wir noch das süße Wasser.

Auf dicht überwachsenen Pfaden kletterten wir an kleinen Wasserfällen und Stromschnellen entlang, in denen der Fluß mit schwindelerregendem Tempo an uns vorüberschoß und richtige Windstöße erzeugte, die uns die Haare zausten und die Bambusrohre am Ufer hin und her bewegten.

«Das hier ist genau die Stelle, von der ich geträumt habe», sagte Ritimi und breitete die Arme weit aus, als wolle sie den Wasserfall umarmen, der vor uns in ein tiefes natürliches Becken niedertoste.

Ich trat vorsichtig auf die dunklen Basaltfelsen hinaus, die rings um den Wasserfall ein wenig vorsprangen. Lange Zeit blieb ich im Sprühregen stehen, die Hände erhoben, um die donnernde Gewalt des Wassers zu brechen, das aus der Höhe herabstürzte und bereits ein wenig von der Sonne erwärmt war.

«Komm weg von dort, weißes Mädchen», rief mir Etewa zu. «Die Geister des schnellen Wassers werden dich krank machen.»

Am Nachmittag schlugen wir unser Lager neben wilden Bananenbäumen auf. Mitten unter ihnen entdeckte ich einen Avocadobaum. Er trug nur eine einzige Frucht; sie war nicht birnenförmig, sondern kugelrund, so groß wie eine Zuckermelone, und sie glänzte, als wäre ihre Schale gewachst. Etewa hob mich hoch, so daß ich den ersten Ast erreichen konnte, dann kletterte ich langsam auf die Frucht zu, die am äußersten Ende des obersten Zweiges hing. Meine Gier nach dieser grünen Kugel war so heftig, daß ich nicht auf die brüchigen Äste achtete, die unter meinem Gewicht knackten. Gerade als ich nach der Frucht griff, gab der Ast nach, auf dem ich stand, und brach.

Etewa lachte so stark, daß ihm die Tränen über die Wangen kullerten. Auch Ritimi lachte über mich, während sie mir die zerdrückte Avocado von Bauch und Schenkeln abwischte.

«Ich hätte mich dabei verletzen können», sagte ich, verärgert über ihre gleichgültige Heiterkeit. «Vielleicht habe ich mir sogar das Bein gebrochen.»

«Nein, bestimmt nicht», beruhigte mich Etewa. «Der Boden ist doch mit Laub bedeckt und ganz weich.» Er schaufelte etwas von dem Avocadobrei in die Hand und drängte mich, davon zu kosten. «Aber ich habe dir ja gesagt, daß du dich nicht in den Wasserfall stellen sollst», setzte er ernsthaft hinzu. «Die Geister des schnellen Wassers haben bewirkt, daß du die Gefahr der trockenen Äste mißachtet hast.»

Als Etewa unsere Unterkunft gebaut hatte, war es schon dunkle Nacht. Der Urwald war in weißliche Nebelwolken gehüllt. Es regnete zwar nicht, aber sobald man einen Strauch nur leicht berührte, prasselte der Tau in dicken Tropfen von den Blättern herab.

Wir schliefen wieder auf *Platanillo*-Blättern und wärmten uns gegenseitig und an dem niedrigen Feuer, das Etewa die ganze Nacht über unterhielt, indem er die glimmenden Scheite von Zeit zu Zeit mit dem Fuß weiter in die Flammen schob.

Vor Morgengrauen brachen wir das Lager wieder ab. Es hing immer noch dichter Nebel zwischen den Bäumen, und das Quaken der Frösche drang wie aus weiter Ferne an unsere Ohren. Je höher wir kamen, desto karger wurde die Vegetation, bis unsere Umgebung schließlich nur noch aus Gras und Steinen bestand.

Dann erreichten wir ein Felsplateau, dessen Sockel von Wind und Regen schon ganz ausgewaschen war, Überbleibsel eines früheren Zeitalters. Unter uns lag der Urwald unter der Nebeldecke noch in tiefem Schlaf. Es war eine geheimnisvolle, wegelose Welt dort unten, deren

Ausmaß man nicht abschätzen konnte, wenn man sie nicht selbst von innen gesehen hatte. Wir setzten uns auf den Boden und warteten schweigend auf den Sonnenaufgang.

Ein überwältigendes Gefühl der Ehrfurcht riß mich auf die Beine, als dann der Himmel im Osten über den gesamten Horizont rot und purpurn zu leuchten begann. Die Wolken gehorchten dem Wind und teilten sich, um die aufgehende Sonnenscheibe durchzulassen. Rosafarbener Dunst breitete sich über die Wipfel der Bäume, hellte die tiefblauen Schatten auf und tauchte den Himmel in grüne und gelbe Töne, bis er schließlich wieder sein durchsichtiges Blau angenommen hatte.

Ich drehte mich um und blickte nach Westen, wo die Wolken auch in Bewegung geraten waren und der sich ausbreitenden Helligkeit langsam Platz schufen. Im Süden zogen sich feurige Streifen über den Himmel, und der Wind trieb glühende Wolkentürme vor sich her.

«In dieser Richtung liegt unser *Shabono*», sagte Etewa und zeigte dabei in die Ferne. Dann griff er nach meinem Arm und drehte mein Gesicht nach Norden. «Und dort hinten ist der große Fluß, auf dem der weiße Mann mit dem Boot fährt.»

Die Sonne hatte die Nebeldecke aufgelöst. Wie eine goldene Schlange glänzte der Fluß und bahnte sich seinen Weg durch den grünen Dschungel, bis er sich endlich in einer unendlichen Weite verlor, die zu einer anderen Welt zu gehören schien.

Ich wollte etwas sagen, laut herausschreien, aber mir fehlten die Worte. Aber als ich jetzt Ritimi und Etewa ansah, wußte ich, daß sie begriffen, was ich empfand. Ich breitete die Arme aus, als wollte ich diese ganze Großartigkeit umfassen, in der Urwald und Himmel ineinander übergingen. Es kam mir vor, als stünde ich am äußersten Rand von Zeit und Raum. Ich konnte die Schwingungen des Lichtes hören, das Wispern der großen Bäume und die Rufe weit entfernter Vögel, die der Wind zu uns herübertrug.

Plötzlich wurde mir klar, daß die Iticoteri es nicht aus Interesselosigkeit, sondern mit voller Absicht immer unterlassen hatten, mich über meine Vergangenheit auszufragen. Für sie hatte ich gar keine persönliche Vergangenheit. Nur so hatten sie mich akzeptieren und mehr als bloß eine Kuriosität in mir sehen können. Die Ereignisse und die menschlichen Beziehungen meines früheren Lebens verschwammen schon allmählich in meiner Erinnerung. Das lag nicht etwa daran, daß ich sie vergessen hätte; ich hatte nur ganz einfach aufgehört, an sie zu denken, weil sie dort unten im Urwald bedeutungslos waren. Wie die

Iticoteri hatte ich gelernt, in der Gegenwart zu leben. Zeit war etwas, das außerhalb von mir war. Etwas, das man immer nur im gegenwärtigen Augenblick brauchte. Wenn die Zeit dann einmal aufgebraucht war, sank sie wieder in sich zusammen und wurde zu einem verborgenen Teil meines Inneren.

«Du bist ja so still», sagte Ritimi, die neben mir auf dem Boden saß. Sie zog die Knie an den Körper, umfaßte sie mit den Händen, stützte dann ihr Kinn auf und blickte mich an.

«Ich habe gerade daran gedacht, wie glücklich ich bin, hier zu sein», gab ich zurück.

Mit einem Lächeln wiegte sich Ritimi leise vor und zurück. «Eines Tages werde ich Holz sammeln gehen, und du wirst nicht mehr an meiner Seite sein. Aber ich werde dann nicht traurig sein, denn heute nachmittag, bevor wir im *Shabono* ankommen, bemalen wir uns gegenseitig mit *Onoto* und freuen uns darüber, einem Schwarm Aras zuzusehen, wie er der untergehenden Sonne nachjagt.»

Sebastião Bastos

Am Amazonas

Wie meine Brüder und Schwestern wurde ich auf der Farm geboren. Ohne Hebamme und ohne Eintragung ins Standesamtsregister. Meine Großmutter, die Schwester des Kaziken, war aus ihrem Dorf gekommen, und sie half meiner Mutter bei der Niederkunft. Sie war siebzehn, als sie meinen Vater heiratete, und dreiundzwanzig bei meiner Geburt. Fast jedes Jahr kam ein Kind.

Getauft wurde ich erst mit sieben Jahren, in Ourouagentama im Pará. Nur mein Vater kam mit mir, die Reise dauerte zwei Monate. Den ganzen Madeira entlang richteten Missionare kleine Pfarreien ein, nicht nur um die Indianer zu bekehren, sondern auch um so weit wie möglich die an Beriberi erkrankten oder bei Schlägereien verletzten Seringueros zu pflegen. Daß ich getauft wurde, entsprach jedoch einem Gelöbnis meiner Eltern, die dafür die Hilfe der Missionare nicht in Anspruch nehmen wollten.

Als ich geboren wurde, machte einer der Arbeiter eine Wiege aus Holz für mich, und meine Mutter nährte mich an der Brust. Mit neun Monaten konnte ich schon laufen. Damals bestanden alle meine Mahlzeiten aus einer Art Suppe, wie die Indianer sie machen; sie besteht aus Stärke, Sago und Kastaniensaft. Dieses sehr vitaminreiche Gericht bildet noch heute das Grundnahrungsmittel einiger sehr primitiver Stämme im Norden von Xinju, die weder fischen noch jagen; alles in allem sind es wohl ein paar tausend Familien.

Mit zehn Monaten bekam ich meine erste eigene Hängematte zum Schlafen. Seitdem habe ich, von den Jahren in Europa abgesehen, wohl keine hundertmal in einem Bett geschlafen.

Ich war also sehr gesund und in den ersten beiden Lebensjahren eindeutig kräftiger als meine Brüder. Aber die Mücken stechen ja ganz wahllos, und so bekam ich das Sumpffieber und war dem Tode nahe.

Damals legte mein Vater ein Gelübde ab. Würde ich genesen, würde er mir niemals die Haare schneiden, bis ich sieben Jahre alt wäre, und erst dann würde er mich taufen lassen, und zwar in der Kirche St. François-du-Canoudé in Ourouagentama. Dort würde man mich taufen und mir danach die Haare schneiden.

Ich wurde gesund, und meine Eltern hielten ihr Versprechen. Als wir zur Reise nach Pará aufbrachen, gingen mir die Haare bis zur Hüfte.

Abgesehen von der Krankheit waren diese Ereignisse für die Entwicklung meines Charakters sehr förderlich. Auf der Farm meiner Eltern gab es immer mindestens zwanzig Kinder. Da sie es sich leisten konnten, hatten sie außer ihren eigenen Kindern immer auch ein paar kleine reinrassige Indianer auf dem Hof, die ein paar Monate bei uns blieben und dann plötzlich verschwanden, ohne irgend jemand Bescheid zu sagen. Wegen meiner langen Haare machten sich bald alle über mich lustig.

Eines Tages, ich muß fünf Jahre alt gewesen sein, stand ich am Fluß und sah den Schildkröten zu, wie sie aus dem Wasser kamen, um zu atmen. Adolphe und Gérard schlichen sich von hinten an und stießen mich ins Wasser. Erst haben sie tüchtig gelacht, aber dann gerieten sie in Panik, als sie mich in einem schwärzlichen Strudel verschwinden sahen. Laut schreiend rannten sie zum Haus. Bald kam alles herbeigerannt, die Männer schon ausgezogen, um nach mir zu tauchen. Ich saß seelenruhig am Ufer, hatte meine klatschnassen Kleider neben mich gelegt und sah weiter den Schildkröten zu, die durch meinen Sturz ins Wasser erschreckt worden waren, aber jetzt wiederkamen. Niemand hat mir jemals das Schwimmen beigebracht, der dumme Streich meiner Brüder war die einzige Lektion. Eigentlich war auch niemand wirklich überrascht, mich wieder auf dem Trockenen zu finden. Meine Mutter weinte schon, weil sie mich ertrunken glaubte, und trocknete jetzt ihre Tränen. In diesem Augenblick war allen klar, daß Sebastião, der Sohn eines Mestizen und einer Indianerin, im Urwald ein richtiger indianischer Caboco sein würde.

Ich habe also dieses Abenteuer gut überstanden; man muß bedenken, daß eine Kindheit im Urwald einem schon die nötige Portion Unbekümmertheit gibt. Man macht ziemlich schnell die Erfahrung, daß der Tod überall lauert, und weil das so ist, gewöhnt man sich daran, sich so zu verhalten, daß er einen nicht erwischt. Alles eine Frage der Übung.

Der schlichte Vorgang einer Geburt wirft ein Problem auf. Meine Mutter kam nieder, ich wurde geboren, man hat mir einen Vornamen gegeben, Sebastião, aber wie soll man es anstellen, daß ich auch standesamtlich existiere, wenn die Geburt acht Tagereisen von der nächsten Farm entfernt stattfindet, und mehr als fünfzehn Tagereisen von Manaus, dem das ganze Madeirabecken verwaltungsmäßig untersteht? Sie können sich denken, daß mein Vater nicht bei jedem neuen Kind eine so weite Reise machte, um uns in ein Register eintragen zu lassen. Diese Formalität wurde vor einem Notar erledigt, wenn sich im Zusammenhang mit notwendigen Einkäufen oder dem Kautschukverkauf die Gelegenheit dazu bot.

Als ich auf dem Welt kam, hatte das Unternehmen nach zehn Jahren des Kampfes gerade seine höchste Einträglichkeit erreicht, und der Kautschukpreis war an seinem Gipfel angelangt.

Ein Indianer aus ihrem Stamm hatte meine Mutter begleitet. Joachim war ein Leben lang mein bester, mein einziger Freund. Seit er tot ist, fehlt mir etwas. Der Wald, der doch so reich ist an den vielfältigsten Düften, Bäumen und Tieren, scheint mir seitdem etwas leer geworden. Von Joachim habe ich alles gelernt. Im Dschungel wird man leicht eher zum Bösen als zum Guten hingezogen. Da man töten muß, um zu überleben, gerät man in Versuchung, aufs Geratewohl zu töten. Joachim hatte ein so feines Gespür für das Gute und das Böse!

Ich erinnere mich an einen Abend, das muß im Jahre 1905 gewesen sein; da wären wir beinahe alle in den Fluten umgekommen – trotz der Umsicht, mit der mein Vater und seine Angestellten stets über die Wohngebäude und die Lagerhäuser wachten, in denen die Gummiballen für Belém aufgestapelt wurden.

Dieses Mal waren wir der Katastrophe nur um Haaresbreite entronnen. Nicht einmal Joachim, der doch eine außergewöhnliche Intuition besaß, hatte sie kommen sehen. Ich glaube, ich habe noch nie an einem Mann, der doch für seine unerschütterliche Ruhe bekannt war, einen so leeren Blick gesehen.

Mein Vater, triefnaß vom Kopf bis zu den Füßen, den Bart voll Wasser wie ein Schwamm, sah ihn mit niedergeschlagener Miene an und ließ sich in einen Strohsessel fallen; Joachim, ebenso durchnäßt und ebenso fahl im Gesicht, stand vor ihm wie versteinert. Meine Brüder und ich preßten uns an die Mutter, die kein Wort zu sagen wagte, und zitterten vor Kälte und vor Fieber. Und es regnete und regnete, unaufhörlich und immer weiter; seit Wochen ging das nun schon so, man hatte es längst aufgegeben, sie zu zählen. Plötzlich erbebte das Haus auf seinen hölzernen Pfählen, und im gleichen Augenblick gab es ein entsetzliches Getöse. Alles stieß einen Schrei aus, nur mein Vater und Joachim nicht; sie stürzten hinaus in das Toben des Wassers.

«Joachim, mein Freund, dieser verdammte Regen wird diesmal alles kaputtmachen. Die Seringueros drehen völlig durch vor ihren Hütten. Seit acht Tagen schon gehen sie nicht mehr zu den Bäumen. Die Panik und der Suff machen sie verrückt. Sie haben den Laden mit den Cachassa-Vorräten geplündert und wollen unser ganzes Anwesen zu Kleinholz machen. Zum erstenmal mußte ich Aurélien gestatten, zum Revolver zu greifen, sonst wäre es zu einem Blutbad gekommen; sie hätten erst einander umgebracht und dann ganz bestimmt auch uns. Um den Toten ist es schade, er ist wohl noch keine fünfundzwanzig und kam erst vor knapp drei Monaten aus Ceara; im Grunde ein braver Kerl, aber man hat ihm Alkohol gegeben, mehr als er vertragen konnte. Hätte Aurélien ihn nicht erschossen, hätte er drei oder vier indianische Arbeiter umgebracht. Wenn sie stockbesoffen sind, lassen sie ihre aufgestaute Wut immer an den Indianern aus. Als ob die was dafür könnten, daß das Leben im Urwald so schwer ist. Sie waren schließlich vor uns hier, aber seitdem ich am Madeira bin, geht der Haß immer gegen die Indianer. Man muß zugeben, daß es in den Hütten ziemlich trostlos aussieht. Die Wassermassen haben alles weggespült, Möbel, Kleider, alles hin, die Wände sind völlig durchgefault und brechen nach und nach zusammen. Überall liegen Baumstämme herum, sogar mitten im Schweinestall, die Tiere schreien vor Entsetzen, soweit sie nicht schon ertrunken sind. Wenn alles in den Fluten versunken ist, was bleibt ihnen dann? Und uns? Ich habe nicht mehr die Kraft, von vorne anzufangen. Seit zwanzig Jahren kämpfe ich; drei meiner Partner sind krank, nur Aurélien und ich sind noch übrig, um das Unternehmen in Gang zu halten. Und du, mein treuer Joachim.»

An diesem Abend weinte mein Vater und vergaß sogar, uns zu küssen, bevor er in sein Zimmer hinaufging; meine Mutter beruhigte uns und brachte uns zu Bett. Auch sie hatte Tränen in den Augen. Wie immer haben wir vor dem Einschlafen unser Gebet aufgesagt, aber ich muß zugeben, daß wir nicht so recht geglaubt haben, daß es etwas helfen würde.

Durch die Wand hörte ich, wie Mama Joachim schwören ließ, daß er uns niemals im Stich lassen würde. Er hat seinen Schwur gehalten, bis zum Ende und mehr als das...

Als das schöne Wetter zurückgekehrt war, ging ich mit Joachim zum erstenmal seit langer Zeit wieder fischen. «Sebastião», sagte er, «du brauchst nicht Hunger zu leiden; nach dem Hochwasser sinkt die Flut jetzt so schnell, daß die Fische in Panik geraten und alle Vorsicht verlieren...»

Joachim sprach seinen Satz nicht zu Ende. Die Harpune, die er geschnitzt hatte, steckte schon in einem Pirarucu. In der Piroge schlug er so heftig um sich, daß wir hätten kentern können. Joachim ruderte mit der einen Hand und versuchte mit der anderen, das Tier zu erschlagen.

«Schau, Sebastião, den haben wir, ganz schön groß, nicht wahr? Mindestens zwei Meter und mehr als hundert Kilo. Wir werden ihn ausnehmen, in seinem Magen finden wir eine ganze Menge kleine Fische.»

«Gut, Kamerad, und vergiß nicht, mir seine Zunge zu geben.»

«Zieh sie raus, mit einem kräftigen Ruck, so, nein schau: so mußt du's machen!»

«Sebastião, ein Amazonier hat immer die Zunge seines ersten Pirarucu bei sich; das ist ein Glücksbringer, von dem man sich nie trennen darf.»

«Stimmt es, daß der Pirarucu kein gewöhnlicher Fisch ist? Ist er wirklich der Vorfahre der Menschen?»

«Jedenfalls sagt man das. Er ist so ein Zwischending zwischen Fisch und Reptil. Er hat Lungen und kommt zum Atmen an die Oberfläche; das ist der richtige Moment, um ihm die Harpune in den Leib zu jagen. Er hat aber auch Kiemen, mit denen er Sauerstoff aus dem Wasser aufnehmen kann; so kann er stundenlang untergetaucht bleiben, wenn er in Gefahr ist. Noch eine Besonderheit: der Pirarucu ist ein Säugetier. Schau mal den Kopf an: das Maul ist innen mit lauter Knochenplatten bedeckt, die voller kleiner Spitzen sind. Genauso die Zunge. Wenn er einen Fisch fängt, häutet er ihn ab, indem er ihn zwischen Gaumen und Zunge reibt, und spült die Schuppen durch die Kiemen raus. Die Pirarucus sind sehr liebevolle Eltern; wenn das Weibchen die Jungen füttert, schuppt es die kleinen Fische sorgfältig ab und schiebt sie ihnen in kleinen Bissen ins Maul. Die Zunge des Pirarucu dient nicht nur als Amulett, sondern ist auch das begehrteste Geschenk, das ein Indianer einer Frau machen kann. Probier mal, eine bessere Nagelfeile gibt es wirklich nicht. Manche Stämme benutzen die Zunge des Pirarucu, um ihre Bogen und Pfeile glattzupolieren. Die Natur hat für alles gesorgt... Sogar für die Nagelfeilen der Damen! Aber lassen wir diese Kleinigkeiten. Der Pirarucu ist zwar nicht der wohlschmeckendste aller

Fische, aber für den Menschen wertvoll, weil er den höchsten Gehalt an Phosphor und Phosphat hat.»

Die Natur hat für alles gesorgt – auch für ein paar ziemlich unangenehme, aber notwendige Dinge.

Eines Abends spazierte ich mit Joachim in aller Ruhe einen Pfad am Ufer eines Iguarapé entlang, als ich mich plötzlich zu Boden geworfen fühlte; Joachim warf sich mit der ganzen Länge seines Körpers über mich. Das dauerte kaum eine Sekunde, dann durfte ich wieder aufstehen.

«Was für ein Glück, Sebastião, daß ich gute Augen habe! Mein Blick war schnell, aber der Surucu hat einen scharfen gabelförmigen Zahn! Er hing an diesem Zweig, nicht mehr als zwanzig Zentimeter über dir. Das ist die giftigste Schlange des Urwaldes, nein, nicht die giftigste, aber die gefährlichste. Sie lauert in den Zweigen und läßt sich auf ihr Opfer fallen, ob Mensch oder Tier; mit der Präzision eines gnadenlosen Henkers beißt sie immer in das verlängerte Rückenmark und spritzt ihr Gift hinein. Innerhalb weniger Minuten ist der ganze Körper gelähmt, und der Tod tritt ein, ein besonders qualvoller Tod, denn du spürst, wie dein Herz mit rasendem Tempo schlägt. Aber hab keine Angst, sondern lerne, wachsam zu sein. Außerdem gibt es eine Möglichkeit der Rettung. Die Prozedur ist etwas brutal, aber wirksam, wenn man sie sofort anwendet, das heißt, solange die Schlange noch am Nacken hängt. Man muß ihr den Kopf abschneiden, damit sie ihr Gift nicht weiter einspritzen kann, und rund um die Bißstelle ein Stück Haut und Fleisch von etwa fünf Zentimeter Seitenlänge ausschneiden. Im allgemeinen hat das Gift noch nicht das Nervenzentrum erreicht, und man kommt mit reichlich Blutverlust, einer hübschen Narbe und einer bösen Erinnerung davon. Der Surucu ist gar kein seltenes Tier, und das Feuer lockt ihn. Zugegeben, das ist nicht zum Lachen; aber wenn man gute Augen hat, kann man den Surucu rechtzeitig erkennen, denn er rollt sich immer um einen sehr tiefhängenden Zweig, und die wassergrüne Farbe verrät ihn. Man muß eben aufpassen in Amazonien. Du machst ja ein ganz komisches Gesicht; laß dir den Appetit nicht verderben, du wirst noch ganz andere Sachen erleben.»

Ich war fünfmal gelähmt, zweimal vom Biß des Surucu, dreimal vom Stich des Skorpions, und ich habe trotzdem noch immer einen tüchtigen Appetit, vor allem, wenn ich vor dem Abendessen die Füße ins Wasser tauche; das regt den Kreislauf an, mit dem man bei der Hitze und Feuchtigkeit etwas Schwierigkeiten hat. So ist das in Amazonien:

alles hat seine zwei Seiten. Wenn man sich lange genug hier herumgetrieben hat, dann kennt man beide Seiten und weiß, daß es auch in den schlimmsten Lagen einen Ausweg gibt.

Die Wildenten spürte Joachim genauso geschickt auf wie die Surucus. Ich war noch keine zwei Jahre alt, da sagte er mir:

«Du liebst Amazonien, versuche es zu verstehen. Du hast noch Angst davor, eine Angst, die du nicht kontrollieren kannst und die sehr verständlich ist, denn dir scheint diese Welt voll schrecklicher Geheimnisse. Wenn es keine Geheimnisse mehr für dich gibt, oder fast keine, dann bist du der Seele Amazoniens ein gutes Stück nähergekommen. Noch jagen dir diese Geheimnisse einen Schauder über den Rücken, und vor jedem Schritt schaust du dich vorsichtig um; du bist ja noch ein kleines Indianerkind. Aber bald wirst du darüber lächeln, jedenfalls wünsche ich dir das. Wenn du das erreichen willst, mußt du ein bißchen die Geduld des Indianers lernen und dich daran gewöhnen, das, was dir heute abend noch bloß einen Schrecken eingejagt hat, aus ganzem Herzen zu lieben.»

An diese Lehre habe ich mich immer gehalten.

Als Knabe im Wald, in dessen Tageslauf die regelmäßige Verladung der Borracha-Ballen die einzige Abwechslung brachte, war das Erklettern der Imbaubas eine meiner größten Freuden. Imbaubas erinnern ein wenig an Birken, aber manchmal werden sie über 80 Meter hoch. Am Fuße eines solchen Baumes wirke ich wie ein Pygmäe; wie alle Indianer bin ich ja keine 1,70 groß.

Seit einiger Zeit redet man viel von einem Stamm riesenwüchsiger Indianer, die die Posten der brasilianischen Armee überfallen, weil sie nicht zulassen wollen, daß die neue Straße durch ihre Jagdgründe führt. Es stimmt, daß sie zu den kriegerischsten gehören und sich hartnäckiger als andere gegen die Zivilisation wehren, aber Riesen im eigentlichen Sinn sind es nicht. Bloß im Vergleich mit der Durchschnittsgröße des Indianers, die zwischen 1,60 und 1,70 Meter liegt, haben sie ein paar Zentimeter mehr, manchmal erreichen sie sogar 1,85, was immer noch weit entfernt ist von dem, was die Weißen unter Riesenwuchs verstehen. Aber das reichte schon, um ihnen die einschüchternde Bezeichnung «Riesenindianer» einzutragen.

Sitzt man oben auf so einem Imbauba, dann sieht der Wald wie ein unermeßlicher grüner Teppich aus, in dem die Iguarapés wie mit dem Messer eingeschnitten sind. Das Hinaufklettern ist ein ausgezeichnetes

Training für Schwindelfreiheit. Allerdings gibt es in Amazonien ja kaum Gipfel zu bezwingen; die höchste Erhebung, bei Santarém, liegt 145 Meter über dem Meeresspiegel.

Der Imbauba ist zwar einer der höchsten Bäume, aber bei weitem nicht der mit dem stärksten Stamm. Der Sanoumeïra kann am Fuß einen Durchmesser von fünf Metern erreichen, und der Moulaïtera, den man auch die Kastanie Amazoniens nennt, sogar doppelt soviel. Ihre Wurzeln dringen bis zu einer Tiefe von zwanzig Metern in den Boden.

Es ist übrigens unmöglich, all die verschiedenen Baumarten zu zählen; ich selbst fand fast 200 auf einem einzigen Quadratkilometer – vom einfachen Farn, dem bevorzugten Schlupfwinkel der Schlangen, bis zum riesigen Kokosbaum, von dessen Wipfel aus die Affen mit Nüssen töten, die sie mit unglaublicher Treffsicherheit fallen lassen. Glücklicherweise machen die Sapajous ein so lärmendes Geschrei, daß man keine besondere Beobachtungsgabe braucht, um auf sie aufmerksam zu werden.

In der großen Zeit von Manaus hielt man den Affen für eine Art heiliges Tier. Man sah Affen überall, sogar in den Konditorläden, wo die Frauen sich auf die frisch aus der Schweiz eingetroffene Schokolade stürzten, die man bei dieser Hitze kaum auf Lager halten konnte.

Im Winter 1905 nahm mein Vater mich zum erstenmal auf eine seiner Reisen mit. In dem Haus, das er in Manaus gekauft hatte, feierte ich meinen fünften Geburtstag. Es war im sogenannten portugiesischen Kolonialstil erbaut, hatte zwei Stockwerke und eine rosa getünchte Fassade. Man betrat das Anwesen durch ein schmiedeeisernes Gittertor; ebenso wie der Marmorbrunnen, den man, um etwas Kühle zu geben, immer laufen ließ, auch wenn das Haus leer stand, war es in Italien hergestellt worden.

Das Haus selber hat keinen großen Eindruck auf mich gemacht. Ein wirkliches Wunder für mich war die elektrische Beleuchtung. An die Gaslampen des Waldlebens gewöhnt, verbrachte ich mindestens zwei volle Tage damit, die Birne in dem für mich und meine Schwestern eingerichteten Zimmer an- und auszuschalten; für mich war das eine Art von Zauberei. Das einzige, was mir fehlte, war Joachim. Er wußte alles und hätte mir bestimmt auch erklären können, wie dieses Wunder zustande kam. Mein Vater war sehr stolz darauf, elektrischen Strom im Haus zu haben, aber er hatte es so eilig, seine Freunde zu treffen, daß er mich mit meinem Staunen allein ließ.

Und dann gab es vor allem die Straßenbahn, die einzige in ganz

Südamerika. Und das mitten im Urwald, eine zwölf Kilometer lange Strecke quer durch Manaus. Auf der Farm hatte mein Vater so oft von dieser Straßenbahn gesprochen, daß ich sie mir als phantastisches Ungeheuer vorstellte, ähnlich wie die funkensprühenden Wagen, von denen ganze Schiffsladungen voll aus Europa kamen.

Im Jahre 1905 waren die Häuser und Straßen in Manaus schon elektrisch beleuchtet, aber die berühmte Straßenbahn, von der beim Hafen noch ein paar Schienen zu sehen sind, wurde damals noch von Pferden gezogen; erst 1907 wurde im Rahmen eines gewaltigen Fests mit Bällen und Feuerwerk die erste elektrische Linie eröffnet. Das war ein Ereignis, von dem man noch in den entlegensten Winkeln des Waldes sprach und das den Neid der Großstädter in Rio und São Paulo weckte, deren Rivalität sich damals zu regen begann.

Ich, der Hinterwäldler, der am Fluß aufwuchs, machte eine Entdekkung nach der anderen; ich war überzeugt, daß unter den Straßen mit dem Mosaikpflaster ihrer Trottoirs Iguarapés flossen, und fand es schade, daß man nicht mit der Piroge zwischen diesen prachtvollen Häusern dahingleiten konnte. Aber das nahm dem Anblick nichts von seiner Großartigkeit.

Die Stadt war voll von prächtigen Kaleschen mit Kutschern in englischer Livree. Aber mehr noch als all dieser manchmal übertriebene Luxus, der eine Art Rache für all die Leiden und Entbehrungen im Wald darstellte, zogen mich doch die Konditoreien und die Spielwarenläden an.

Etwas aber fiel mir doch auf: die große Zahl der Sargfabrikanten, deren traurige Ware auf den Trottoirs aufgestapelt war. Diese Branche hatten die italienischen Einwanderer zu ihrer Spezialität gemacht; sie haben damit viel Geld verdient, denn die Nachfrage war weit größer als das Angebot.

Eigentlich aber hatte mein Vater mich vor allem deshalb mit nach Manaus genommen, weil er hoffte, eine Schule für mich zu finden, in der ich all das studieren konnte, was er zu lernen nie Gelegenheit gehabt hatte. Davon hatte er mir nichts gesagt – aus Angst, der Gedanke, von meiner Familie getrennt zu werden, könnte mir einen solchen Schrekken einjagen, daß ich davonlaufen und irgendwo versteckt im Wald allein leben würde, wozu ich mit meinen fünf Jahren durchaus fähig war, jedenfalls in der Vorstellung.

Zum Glück fand er nichts Passendes. Für mich aber waren diese Wochen in Manaus die einzigen wirklichen Ferien meines ganzen

Lebens. Ich war mir selber überlassen, voller Neugier auf alles und manchmal überrascht, oft verwundert über das Verhalten der Menschen. Gleichzeitig mit der Elektrizität lernte ich den Alkoholismus kennen. Ich wage kaum, mir auszumalen, wie viele Trunkenbolde das waren, die da auf der Suche nach Cachassa in den Straßen herumstreunten und auf dem Trottoir zusammenbrachen.

Von den Seringueros, die reich geworden waren und jetzt ihr Geld in Manaus verpraßten, waren die meisten Analphabeten geblieben. Mädchen aus Europa herbeizuschaffen war ihnen wichtiger als der Bau von Schulen. Der Gouverneur als einziger Repräsentant des Staates bekam von allen Seiten so viel Geld für die Niederschlagung aller Arten mehr oder minder schmutziger Affären, daß er sich hütete, den Bau eines Gymnasiums durchzusetzen. Es gab ja auch gar nicht so viele Kinder in Manaus; die Kindersterblichkeit blieb trotz der Einfuhr großer Mengen von Medikamenten sehr hoch, und die Überlebenden wohnten meist mit ihren Familien draußen auf den Gummifarmen. Für die Indianer aber interessierte sich vor der Einrichtung von Missionsstationen überhaupt niemand.

Alles, was ich bis zum Alter von fünf Jahren gelernt habe, verdanke ich den Erklärungen Joachims. Außer all dem, was mit dem Wald zusammenhing, hat man uns nur noch das Lesen beigebracht. Meine Mutter zeigte dabei ebenso großen Eifer wie ich schlechten Willen. Für Bücher hatte ich überhaupt nichts übrig, für mich existierte nur das Leben im Wald und sonst gar nichts. Was Joachim mir sagte, hatte nichts Schulmeisterliches, das lag nicht in seiner Art, aber mit klaren und einfachen Sätzen ließ er mich alles verstehen. So hat man mir zum Beispiel später den berühmten Lehrsatz des Pythagoras eingebleut; mit drei Jahren aber hatte ich von ihm schon gelernt, wie man von einem ganz bestimmten Punkt des Weges aus die Höhe eines Baumes sehr genau schätzen kann. Eine Kokospalme diente mir also als erstes Beispiel für ein rechtwinkliges Dreieck. Nein wirklich, das Studieren paßte nicht zu meinem Leben; alles was ich wollte, war Laufen und Springen, Bogenschießen und Jagen und Späßetreiben mit meinen Brüdern und Kameraden, lauter Kindern von Seringueros, die völlig auf Kosten meiner Eltern lebten, denen es nicht so sehr darauf ankam, ihr Vermögen zusammenzuhalten. Wenn ich nur die Hälfte des Geldes hätte, das sie diesem Schmutzfink Aurélien geliehen haben, würde ich heute zu den reichsten Männern Amazoniens gehören.

Da es keine einzige ernst zu nehmende Bildungsanstalt in Manaus gab, kehrte ich also auf die Farm zurück und blieb dort bis zum Alter von sieben Jahren.

Mein Vater hatte beschlossen, daß meine Brüder in Manaus die Buchhaltung lernen und ich Ingenieur werden sollte. Ich hatte mich also damit abzufinden, daß ich den Wald ein zweites Mal verlassen mußte.

Wenn ich sage, daß die Reise für mich ein richtiger Passionsweg war, dann ist das eher untertrieben, um so mehr, als die Anstalt, die mein Vater ausgesucht hatte, ziemlich weit weg war. Seine Wahl war auf ein Internat im Staat Pará gefallen, das ihm von Freunden empfohlen worden war; es lag im Amazonas-Delta, 22 Kilometer von Belém, und war mindestens zweitausend Kilometer von unserer Farm entfernt. Mir blieb nichts übrig, als meinem Vater zu folgen, der die Gelegenheit benutzte, mich taufen und mir die Haare schneiden zu lassen, wie er es gelobt hatte.

In dieser Schule blieb ich von 1907 bis 1910; es war eine hervorragende Anstalt, aber für einen kleinen Caboco-Indianer wie mich, der immer in seinem Wald gelebt hatte, war es das reinste Martyrium, so gut auch immer der Unterricht gewesen sein mag.

Hier konnte man weder baden noch jagen, wann man wollte, aber das Allerschlimmste war für mich der ständige Durst. Trinken war nur zu bestimmten festgelegten Zeiten erlaubt, die durch einen Glockenschlag angezeigt wurden. Man lief und schwitzte und wurde seinen Durst nie los. Dazu hatte das Wasser des Flusses auch noch einen salzigen Geschmack. Der Direktor der Schule, im übrigen ein redlicher und sehr gebildeter Mann, behauptete, daß es völlig nutzlos wäre, mehr zu trinken. Diese radikale Veränderung meiner Lebensgewohnheiten machte mich krank. Ich bekam eine schwere Dysenterie, wie ich sie nie gehabt hatte, als ich noch im Wald das Wasser der Flüsse trank; mehrere Wochen mußte ich in der Krankenstation zubringen.

Das ist eine Sache, die die Weißen nie verstehen wollen, wenn von den heutigen Problemen der Indianer die Rede ist.

Neben den organisierten Ausrottungsaktionen gibt es auch noch die ungewollte Vernichtung der Indianer. Alle Welt lacht sich kaputt, wenn man davon erzählt, daß in Nord-Xinju zwei Stämme fast völlig ausgestorben sind, weil ein Beamter der Indianerschutzbehörde eine Hirnhautentzündung bekam. Dabei ist das absolut einleuchtend. Die Indianer sind an ihr Leben in der tropischen Feuchtigkeit gewöhnt und vollkommen angepaßt an eine Umwelt, die wir eine Hölle nennen, deshalb kennen sie weder Bronchitis noch Tuberkulose. Um so anfälliger aber ist ihr Organismus für die aus der Außenwelt eingeschleppten Viren, gegen die sie keine Abwehrkräfte haben.

So erklärte es sich auf die einfachste Weise, daß ein paar hundert Männer, Frauen und Kinder sterben mußten, weil sie keine Antikörper, wie die Mediziner das nennen, gegen die Hirnhautentzündung entwikkelt hatten. Mir selber geht es so, daß ich nach einem Aufenthalt in Manaus Mühe habe, in der Selva zu atmen, obwohl sie das gewaltigste Sauerstoffreservoir der Welt ist. Aber unsere Lungen sind auf solche Sauerstoffmengen nicht eingestellt, die Sportler kennen dieses Phänomen. Es ist alles eine Frage der Gewöhnung.

Wenn ich mich trotzdem gerne an dieses Internat erinnere, dann liegt das sicher daran, daß der Direktor und seine Frau, die sich gut verstanden und sehr harmonisch miteinander lebten, im Umgang mit Schülern aus den verschiedensten Gesellschaftsklassen absolut keinen Unterschied machten.

Um so größer war dafür die Grausamkeit der Kinder. Für die meisten war ich nur der Sohn der Indianerin. Da sie mich nicht zu schlagen wagten, weil sie wußten, daß ich körperlich stärker war als sie, hatten die kleinbürgerlichen Mestizen sich darauf verlegt, mich wie Luft zu behandeln und nicht mit mir zu sprechen. Wenn die Unterrichtsstunden vorbei waren und vor allem am Abend vor dem Schlafengehen konnte ich den Unterschied zwischen der glücklichen Einsamkeit des Waldes und der trostlosen Isolierung innerhalb einer Gruppe von Menschen kennenlernen. Ich habe nie geweint, wenn ich mir in meiner Piroge die Finger klemmte, wenn ich mich an einem meiner Pfeile blutig stach, wenn ich einen Anfall von Sumpffieber hatte oder Aurélien mich bedrohte, aber die vielen Tränen, die ich auf dem Hof dieser Schule vergoß, sind überhaupt nicht zu zählen. Man mußte sogar in Betten schlafen, und dabei kann ich mich nirgends so schön ausruhen wie in einer guten Hängematte. Ja, das war wirklich eine schlimme Zeit. Schließlich hatte ich aber doch die Erlaubnis erhalten, meine Hängematte zu benutzen.

In der Nacht wachte ich oft auf und weinte, wenn ich an meine Mutter und ihre hübschen geblümten Kleider dachte, oder ich träumte, daß ich aufstand, um im Hühnerstall die Eier einzusammeln oder auf der Weide beim Melken der beiden Kühe zu helfen, die wir ausschließlich für den Milchbedarf unserer Familie hielten. In solchen Augenblikken, in denen mich die Trauer überwältigte, dachte ich, daß die Seringueros bei weitem nicht so schlimm dran waren wie ich. Fast war ich böse auf meinen Vater, daß er es zu etwas gebracht hatte und es sich leisten konnte, mich in die Schule zu stecken. Ich litt um so mehr, als man mich von meinen älteren Brüdern getrennt hatte, die in Belém eine Fachschule besuchten.

Das Elend meiner Einsamkeit dauerte an, bis ich eines Tages Gelegenheit bekam zu zeigen, wozu ein Kind aus dem Wald fähig ist: ein Menschenleben zu retten. Das war etwas, was man nicht aus Büchern lernen konnte.

Sonntags bekamen die kleinen Portugiesen und Mestizenkinder, die in der Nähe wohnten, Besuch von ihren Eltern. Da wurden dann Fußballmatchs und Schwimmwettkämpfe organisiert. Immer gingen zuerst die Kinder ins Wasser, dann die Männer und zuletzt die Frauen; nie badeten alle gleichzeitig.

Jetzt waren gerade die Männer dran.

Auf einer Art hölzernem Sprungbrett, das vom Ufer aus über den Fluß vorragte, ging ein Portugiese bis zur Kante vor, schätzte die Wassertiefe ab, fand sie offenbar ungefährlich und sprang. Er kam wieder an die Oberfläche, aber an dieser Stelle war das Wasser so kalt, daß auch gute Schwimmer sich nicht gern hineinwagten. Er bekam einen Krampf und verschwand in der Tiefe. Alles begann zu schreien, Männer und Frauen liefen aufgeregt durcheinander. Die größeren Schüler standen und schauten, was nun passieren würde, aber niemand dachte daran, ins Wasser zu springen. Ich war wie gewöhnlich am anderen Ende der Wiese und vertrieb mir die Zeit damit, rote Ameisen zu fangen. Der Aufruhr machte mich neugierig; ich kam angerannt, um zu sehen, was los war, erfaßte sofort die Situation, zog meine Bluse aus und knöpfte mir die Hose auf, behielt sie aber an aus Scham vor den anwesenden Frauen. Das war 1909, ich war neun Jahre alt. Alle mustern mich, die Leute hören auf zu gestikulieren und warten ab, was ich tun werde. Dreimal hole ich langsam und tief Luft. Ich spanne meine Muskeln, und schon bin ich im eiskalten Wasser, genau an der Stelle, wo ich an der Oberfläche einen kleinen Wirbel wahrgenommen hatte. Ohne zu wissen, wer es war, vermutete ich, daß der Ertrunkene hier sein mußte. Zum Glück entdeckte ich ihn rasch im klaren Wasser: wie ein Stück Holz lag er unten im Schlamm. Ich schätzte sein Gewicht. Er mußte etwa dreimal so schwer sein wie ich. Entschlossen, wie ich war, nicht ohne ihn wieder aufzutauchen, rekapitulierte ich, was ich von

Joachim gelernt hatte, wenn wir im Jamari Seeräuber spielten: wenn ich ins Wasser gefallen war, hatte er mich immer unter den linken Arm genommen und den rechten, den stärkeren, wie ein Ruder zum Schwimmen benutzt; dabei hatte er mir immer eingeschärft, alles ruhig mit mir geschehen zu lassen und nicht zu zappeln. Der Portugiese war völlig reglos; ich umfaßte ihn mit aller Kraft und kämpfte mich mit dem rechten Arm durch das Wasser nach oben.

Das Ganze dauerte nicht einmal eine Minute. Man stürzte herbei, um den Mann wieder zum Atmen zu bringen. Seine Frau weinte, wahrscheinlich vor Freude. Um den kleinen indianischen Lebensretter kümmerte sich niemand. Aber ich war herausgeschlüpft aus dem Kokon eines scheuen Knaben.

Am nächsten Morgen kam der Direktor und beglückwünschte mich. Ich hatte schon völlig vergessen, was am Vortag geschehen war. Daß niemand sich um mich gekümmert hatte, hatte ich überhaupt nicht als Demütigung empfunden. Ich hatte einem Menschen in Todesgefahr das Leben gerettet; das war die natürlichste Sache der Welt, denn schließlich war ich ja dazu imstande.

Von diesem Augenblick an hat mich keiner meiner «Kollegen» mehr geschnitten. Alle sprachen jetzt mit mir, und wenn eine hochgestellte Persönlichkeit die Schule besichtigte, holte mich der Direktor jedesmal, um den jungen Lebensretter vorzustellen. Von dem Portugiesen, den ich gerettet habe, habe ich nie wieder etwas gehört. Es heißt, daß er ein reicher Geschäftsmann in Belém war, und ich war ja nur der Sohn eines Caboco und einer Indianerin.

Zwei Dinge jedenfalls hat man mir in dieser Schule beigebracht: die Mathematik und den Rassismus.

Arne Falk-Rønne

Der Zauberer Monara

Wir fahren mit dem Motorkanu den Rio Tuatuari hinauf. Unser Ziel ist der Kalapálo-Wohnplatz, wo Fawcett ermordet wurde. Augenblicklich sind wir unterwegs durch das Gebiet der Kamayurá-Indianer. Hier auf dem Fluß gleicht der eine Tag dem anderen, die Zeit scheint stillzustehen. Dann und wann kommt der Tropenregen wie ein Sturzbach über uns. Der Horizont wird grau, dunkle Wolken jagen über den Himmel. Dann bricht die Sonne wieder durch, und ein Schwall von Hitze stürzt sich auf uns. Und doch ist ein solches Dasein, wo alles und alle weit weg sind, fast eine Erholung. Es wirkt beruhigend aufs Gemüt zu wissen, daß keine Kunde von dem, was in der zivilisierten Welt geschieht, zu uns dringen kann. Diese Form des Reisens wäre in unserem hektischen Zeitalter vielen Menschen zu empfehlen. Das Wasser des Flusses ist schmutzig und undurchsichtig. Busch- und Rankenwerk des Dschungels bilden im Tuatuari, dem «Strom des Lebens», Inseln und Halbinseln, grüne Schlingpflanzen und Gräser wirken einen schwankenden Teppich, der jede Grenze zwischen Land und Strom verschwinden läßt. In dieser Sumpfwelt hausen Krokodile und Riesenschlangen, und wir gleiten manchmal so dicht an dem grünen Blättervorhang dahin, daß mächtige, gepanzerte Leiber das Wasser in Aufruhr versetzen, wenn sie mit unwahrscheinlicher Geschwindigkeit dem Schlamm und Mud des Ufers zueilen. Nun, solange man ein Krokodil sehen und hören kann, ist es ungefährlich. Wenn es angreift, kommt es lautlos heran und schlägt mit blitzschnellem Zuschnappen seine mächtigen Kiefer in die Beute.

Gefährlicher sind die Anakondas, die Riesenschlangen, die, anders als Giftschlangen, angreifen, wenn sie in ihrem Mittagsschlaf gestört werden. Je länger sie sind, desto gefährlicher sind sie, denn um so kräftiger sind ihre Muskeln. Wie lang können sie werden? Fawcett berichtete von einer Anakonda, die über 20 Meter maß. Orlando Villas

Boas, dessen Meinung ich einhole, hält die Angabe Fawcetts nicht für übertrieben. Im Mato Grosso könne man Anakondas finden, die 25 bis 30 Meter lang sind. Ihr Jagdgebiet ist die Mischwelt von Wasser, Schlamm und Erde. Wenn sie ausgehungert sind, begnügen sie sich nicht mit einigen Dutzend großer *pacas* – Dschungelratten –, einigen Waldschweinen und vier, fünf Tapiren; dann schaffen sie es, zum Dessert noch einem Jaguar die Knochen im Leibe zu brechen und das Tier mit Haut und Haaren zu verschlingen. Es können allerdings Wochen vergehen, ehe sie wieder Hunger bekommen, und man kann mit ihnen leicht fertig werden, wenn sie sich nach so einer gewaltigen Mahlzeit ausruhen. Es ist eben nicht so einfach, einen halben zoologischen Garten zu verdauen. In gesättigtem Zustand gleichen sie einer Berg-und-Tal-Bahn, wo jedes Gericht an einer großen Beule des zwanzig Meter langen Körpers zu erkennen ist. Indianer konnten manchmal nach Erlegung einer Anakonda, die eben eine solche Riesenmahlzeit zu sich genommen hatte, noch das Fleisch der Tiere genießen, die sie verspeist, aber noch nicht verdaut hatte.

Weder Ulf, Yo noch ich haben Lust, aus dem Kanu ins schlammige Wasser zu springen, um im Dickicht an den vorbeiziehenden Flußufern auf Jagd zu gehen. Daran findet nur unsere eingeborene Kanumannschaft jeden Nachmittag ihre Freude, bevor wir eine passende Stelle finden, um das Lager für die Nacht aufzuschlagen. Die besten Jagdgründe sind dort, wo Fluß und Dschungel ineinander übergehen. Papageien, Tukane und Affen erheben ein gewaltiges Geschrei, wenn sich die Indianer ihren Weg durch die Sümpfe bahnen, und man sollte meinen, daß sich alle beizeiten davonmachen können, aber es gibt offenbar so viele Tiere, daß einige die Warnsignale nicht beachten. Während die Stelzvögel über die Wasser des Flusses flattern, krachen im Unterwald die Gewehrschüsse; das Abendessen wird aus gebratenen Wildenten bestehen. Eines Abends bekommen wir weißköpfige Affen serviert, deren schöne, glatte Pelze erst am Lagerfeuer abgezogen und dann über den Rand des Kanus zum Trocknen ausgelegt werden. Das Fleisch der Affen ist weiß; ihre enthäuteten Körper erinnern an kleine Kinderleichen. Unsere indianischen Freunde verzehren sie mit viel Geschmatz und Gerülpse und genießen diese Mahlzeit, während Ulf, Yo und ich uns bei dieser Gelegenheit mit trockenem Zwieback und ebenso trockenem Whisky bescheiden.

Ich hätte schon Lust, im Rio Tuatuari ein Bad zu nehmen, ehe ich unter das Moskitonetz krieche, denn auf Kanureisen im Mato Grosso riecht man mit der Zeit nicht gerade nach Rosen. Die Indianer baden ohne Bedenken im Fluß und grinsen über Ulfs und meine Furcht vor den Piranhas; wir wollen aber lieber nichts riskieren. Die Piranhas haben ein Maul wie der Hund von Baskerville; wie Sägeblätter sind die spitz gezackten und rasierklingenscharfen Zahnreihen. «Aber sie greifen doch nur an, wenn sie Blut riechen», sagen unsere freundlichen Kanumänner, «und ihr habt ja keine Wunden. Weshalb habt ihr also Angst?» Nun ja, wer weiß. Ulf meint, er habe sich heute morgen beim Rasieren geschnitten, und findet, dies sei Grund genug, das Baden zu unterlassen. Und ich muß außerdem an die *Candirus* denken, fast mikroskopisch kleine Tiere, die hier in den Flüssen leben. Sie dringen in die Geschlechtsorgane der Menschen und Tiere ein und legen dort ihre Eier ab, worauf sie sterben. Sie sind mit kleinen Widerhaken ausgestattet, und es ist selbst für die tüchtigsten Chirurgen unmöglich, sie zu entfernen. Das Eindringen von Candirus erzeugt die furchtbarsten Schmerzen und endet gewöhnlich mit dem Tod.

Möglicherweise halten die Indianer uns für Muttersöhnchen, wenn es sich um das Baden im Tuatuari handelt; sie bewundern dagegen unseren Mut, wenn wir bei Dunkelheit in den Hängematten liegen. Während in den Malocas die ganze Nacht hindurch geredet wird, haben die Indianer, die im Freien übernachten, Angst, durch ihre Gespräche die Waldgeister anzulocken, und sie bitten Ulf und mich inständig, unser tollkühnes Benehmen aufzugeben und in den Hängematten nicht auch noch zu lachen.

Die Operation «Gute Nacht, Freunde!» ist eine sonderbare Angelegenheit. Sie nimmt eine Stunde vor Sonnenuntergang an irgendeiner zufälligen Stelle am Ufer ihren Anfang. Dreißig Minuten, ehe die Dunkelheit einbricht, meldet sich nämlich eine nach Milliarden zählende Heerschar von Moskitos, und wehe, wer sich bis dahin nicht schon vor ihnen geschützt hat. Unsere Bootsmannschaft liegt direkt auf der feuchten Erde unter einem gemeinsamen Moskitonetz – wie ein Treibhaus aus Gaze über wertvollen Erdbeerbeeten. Wir drei andern haben amerikanische *hammocks,* die aus dem Krieg im Pazifik stammen: Hängematte, Zelt und Regenmantel in einem, in der Form eines Kokons, eines länglichen Larvengehäuses, das zwischen zwei Bäumen in einem Abstand von 7 bis 8 Metern und einen halben Meter über dem Erdboden ausgespannt wird. Vorsichtig besteigt man dieses Gehäuse, worauf es bedenklich durchhängt und unter dem Gewicht des Bewohners etwa die Form einer Banane annimmt. Der Hammockinsasse nimmt nun behutsam die Schlafstellung ein – die er im Lauf der Nacht möglichst nicht verändern soll –, bringt die Wertgegenstände in den Innentaschen unter, legt den Revolver und die Taschenlampe zurecht und zieht mit dem Reißverschluß das Moskitonetz zusammen.

Er ist nun in seiner eigenen kleinen Welt, wo weder Kriechgetier noch Anophelesmücken zu ihm vordringen können. Er kann sich's gestatten, seinen Gedanken nachzuhängen. Der Regen kann auf das *Oilskin*-Dach des Hammocks trommeln, soviel er will, das kann ihm nichts anhaben. Er braucht sich um Ungeziefer nicht zu kümmern, ja, ich glaube, nicht einmal eine Schlange würde es wagen, ihn anzugreifen, denn die Ölhaut tut durch starken Geruch weithin kund, daß sich hier irgendeine unnatürliche Teufelei etabliert hat.

Ich habe viele Nächte in einem solchen Puppengehäuse zugebracht und kann nur Gutes von ihm sagen. Ich brauche keine Schlafpille zu nehmen, wenn ich nicht gleich einschlafen kann. Statt dessen stecke ich durch einen winzigen Spalt des Moskitonetzes einen Stock zur Erde, mit dem ich die *hamaca* in schaukelnde Bewegung versetze. Und da dauert es nicht lange, bis ich sanft entschlafen bin.

Gewisse Unannehmlichkeiten sind allerdings auch mit dem Aufenthalt in dieser durchsichtigen, schaukelnden Verpackung verbunden, denn die Ölhaut und das feinmaschige, fast hermetisch schließende Netz erzeugen im Innern eine drückende, feuchte Hitze, die oft Angstträume erzeugt. Ich erinnere mich an eine Nacht im Jahr 1959, in der ich mit zwei dänischen Expeditionskameraden, Helmer Christiansen aus Santa Cruz in Bolivien und Jørgen Bitsch aus Kopenhagen, den Rio Guaporé stromaufwärts fuhr. Wir hatten das Nachtlager am Flußufer aufgeschlagen, und die beiden hingen rechts und links in ihren Puppengehäusen. Da träumte mir, wir würden überfallen; ich ergriff meinen Revolver und schoß wild um mich ... eine Kugel strich dicht an Jørgens Gesicht vorbei. Das hatte zur Folge, daß Jørgen sich weigerte, mich auf weiteren Expeditionen zu begleiten. So sagte er wenigstens.

Heute nacht bin ich indessen bei klaren Sinnen. Ich schalte meine starke Taschenlampe ein und lasse den Lichtkegel über die hamacas meiner Reisegefährten und über die stillen Wasser am Ufer gleiten. Millionen von kleinen Insekten schwärmen hoch wie der weiße Strahl einer großen DDT-Spritze. Dieser plötzliche Lichtschein im Dschungel macht die Tiere unruhig. Vögel verraten durch gellende Schreie, wo ihre Nester sind. Irgendein Tier draußen im Dunkeln pfeift unentwegt. Die Affen schimpfen gewaltig und kümmern sich um nichts und um niemand. Überall hört man es rascheln und knistern; doch wie schnell ich auch den Lichtstrahl dorthin lenke, von wo die Geräusche herkommen, ist doch in der dunkelgrünen Wand aus Urwaldbäumen und Schlinggewächsen, die den Lagerplatz einrahmen, nichts zu sehen.

Nach ein paar Tagen Flußfahrt kamen wir zu dem Wohnplatz *Ipura* im Land der Kamayurá-Indianer. Es könnte mich reizen, aus diesem Kapitel, in dem ich von dem Zauberer *Monara* und seinem Tun berichten soll, eine unheimliche Geschichte zu machen, aber ich möchte lieber gewissenhaft berichten. «Zauberer» ist vielleicht eine irreführende Bezeichnung für Monaras Stellung in seinem indianischen Gemeinwesen. Aber bei Berichten über Naturvölker vewenden wir ja oft für Menschen, die einen starken geistigen Einfluß auf ihresgleichen ausüben, Ausdrücke wie *Zauberer, Medizinmann, Schamane* oder *Hexenmeister,* und darin bekundet sich wohl, daß ihre Wirkung für uns unbegreiflich ist. Ich kenne auch keine treffendere Bezeichnung; es wäre nicht ausreichend, Monara einen Praktiker eingeborener Heilkunst zu nennen, denn seine Machtposition beruht ebensosehr auf der Fähigkeit, seinen Feinden Krankheiten zuzufügen, wie darauf, daß er seine Freunde kurieren kann. Er ist auch kein «heidnischer Priester», obwohl man ihn selbst wegen seiner hypnotischen Verbindungen mit der Geisterwelt als «Geistlichen» bezeichnen könnte. Aber er selbst hält nichts von den professionellen Geisterbeschwörern des Stammes. Ich glaube, man wird der Stellung Monaras am ehesten gerecht, wenn man ihn als Hüter der Tradition, als Philosophen und obersten Richter versteht, dem im Stamm jedermann unbedingten Gehorsam schuldet.

Die Indianer kennen keine Gerichte im europäischen Sinn. Der Schamane, in unserem Fall Monara, kann unter Hypnose oder in Trance verkünden, er halte es für das Wohlergehen des Stammes für notwendig, daß diese oder jene Person stirbt. Das kommt einem Todesurteil gleich, gegen das nicht appelliert werden kann. Denn es ist nicht Monara, der den Befehl ausspricht, ein anderer Mensch solle sich selbst töten oder getötet werden. Es sind, wie man glaubt, die toten Ahnen, die mit seiner Stimme sprechen. Er ist zugleich auch der Künder und Deuter der Geschichte des Stammes; in einer Gemeinschaft, die weder Schriftsprache noch Archive kennt, besitzt die Person, der es obliegt, Moralregeln und historische Ereignisse auszulegen, eine unangreifbare Autorität. Monara ist das Sprachrohr der Vorväter, dessen sie sich bedienen, wenn sie sich an die Kamayurás der Gegenwart wenden wollen, und niemand wagt daran zu zweifeln, daß längst dahingegangene Häuptlinge, die nun mit den Göttern der Sterne leben, aus ihm sprechen. Seine Macht ist uneingeschränkt. Beliebt es ihm, seine Hand auszustrecken und den Tod eines Menschen zu verlangen, dann hat der Betreffende die Maloca zu verlassen und dafür zu sorgen, daß er bei Sonnenuntergang nicht mehr unter den Lebenden ist.

Ich war auf die Begegnung mit diesem allmächtigen Herrn gespannt und habe ihn mir nach der landläufigen Auffassung als einen Hexenmeister vorgestellt. Aber wieder einmal zeigte es sich, daß Klischee und Wirklichkeit nicht übereinstimmen: Monara ist ein jüngerer Mann mit einem offenen und freundlichen Gesicht, Zeremonienmeister einer Steinzeitkultur, aber auch ein Mann, der sein Volk in die Eisenzeit geführt hat und der vielleicht ahnt, daß vor dem Strohwerk des Hütteneingangs eine neue Zeit wartet.

Monara hat gerade viel zu tun, denn die Ipurinamänner bringen unter seiner Leitung einem verstorbenen Häuptling ihre Huldigung dar. Tagelang führen sie ihren Totentanz auf, eine recht eintönige Veranstaltung, denn solange die Sonne am Himmel steht, befinden sich einige der Männer des Wohnplatzes im Lauftanz unterwegs zu den Malocas, wobei sie eineinhalb Meter lange Bambusflöten vor ihrem Mund halten. Die Töne, die sie hervorbringen, erinnern an die altnordischen Bronzeluren, aber zu der Symphonie des Totentanzes gehört noch mehr als die Brülltöne dieser Instrumente: Die Männer stürzen in eiligem Foxtrottrhythmus zwischen den Eingängen der verschiedenen Hütten umher, wobei sie die Fersen hinter sich im Sand nachschleifen. Dadurch entsteht ein Geräusch, das an das Zischen der Schlangen im Unterholz erinnert. Es soll den «guten Schlangengott» symbolisieren, der wünscht, daß der Häuptling, der vor mehr als einem halben Jahr auf dem freien Platz zwischen den Hütten begraben wurde, jetzt unbehelligt von den bösen Geistern, die leider überall zu finden sind, über die Milchstraße seine letzte Reise zu den ewigen Jagdgründen zwischen dem Gewimmel der Sterne antreten soll. Deshalb sind die Männer so eifrig dabei, die Luft von störenden und feindlich gesinnten Geistergöttern reinzublasen.

Im Herbst, wenn das Maniok eingeheimst ist, wird man ein großes Fest feiern, bei dem die Stammesangehörigen von dem verstorbenen Häuptling endgültig Abschied nehmen. Dann erst wird der Totentanz beendet sein. Fünf Monate muß der Tanz aber noch Tag für Tag fortgesetzt werden, und sämtliche Männer des Wohnplatzes müssen ihre Festtracht tragen. Monara paßt auf, daß sich jeder an die alten Traditionen hält. Ich habe ihn mehrmals danach gefragt, warum das so sein muß. Ich glaube, diesen Mann zu kennen. Ich wohne in seiner Maloca zusammen mit sechs anderen Familien. Wir sind jeden Abend beisammen und sprechen miteinander; er lehrt mich ein Spiel mit kleinen Nüssen, und ich bringe ihm schändlicherweise das Pokern bei. Er spielt uns Flöte vor, Yo zeigt ihm, wie man zeichnet, seine Kinder bekommen von uns Bonbons. Bei mir zu Hause würde ich in ihm einen guten Nachbarn sehen. Aber er ist Monara, er wohnt in Ipura, ist Zauberer, Medizinmann oder Schamane, er gebietet hier über Leben und Tod. Unumschränkter hat kein Herrscher je regiert.

Einmal antwortet er auf meine Fragen. «Was würde geschehen, wenn mein Volk die Verbindung mit der Vergangenheit aufgäbe? Was kann uns die Zukunft bringen, das besser wäre als die Vergangenheit? Ein paar Angelhaken? Patronen statt der Pfeile? Ein Hemd? Was ist aus den Indianern geworden, die ihre Traditionen über Bord warfen und dem weißen Mann entgegenkamen? Sie wurden alle von denen ermordet, die ihren Boden haben wollten. Die Traditionen binden uns an die Vergangenheit, und an dem Tag, da wir unsere Wurzeln aufgeben, werden wir zugrunde gehen.»

Man darf nun nicht vergessen, daß viele Traditionen der Indianer in dem weit verbreiteten Glauben an die den Menschen, Tieren und toten Dingen innewohnenden magischen Kräfte begründet sind. Das gilt auch für die Kleidung, wenn man von einer solchen bei einem Stamm sprechen kann, der eigentlich nackt umhergeht. Die Frauen tragen eine dünne Baumwollschnur um die Hüften, und wenn sie verheiratet sind, bringen sie an dieser noch eine zweite Schnur an, die sie zwischen den Beinen tragen. Diese Schnur hat magische Wirkung und soll sie vor der Begierde anderer Männer bewahren. Wenn ein anderer als ihr eigener Mann sie berührt, verdorrt ihm die Hand, und der Arm verliert alle Kraft. Ich habe mehrere Kamayurámänner mit mißgebildeten Armen und Händen gesehen, die durch Kinderlähmung oder Nachwirkungen von Schlangenbissen verschuldet sein mögen, aber kein Indianer Ipuras zweifelt daran, daß die Mißbildungen, sofern sie erst beim geschlechtsreifen Mann auftreten, andere Ursachen haben.

Auch der roten Farbe, mit der sie sich bemalen, wird magische Wirkung zugeschrieben. Männer, Frauen und Kinder schmieren sich hier mit einer roten Farbe ein, die aus der *Urucu*-Frucht und dem Öl der *Pequi*-Nuß hergestellt wird. Diese Bemalung halte die Tiere des Urwaldes ab, sie anzugreifen. Das einzig Wahre an diesem Aberglauben ist, daß eine Einreibung mit dieser Mischung aus Urucu und Öl die Moskitos abhält.

Monara sorgt als Zeremonienmeister dafür, daß alle Traditionen genau eingehalten werden. Wie man in zivilisierten Ländern erwartet, daß jeder bei einer Beerdigung würdig angezogen ist, so wäre es hier undenkbar, daß ein Mann ohne rote Bemalung am Totentanz teilnehmen könnte. Es gibt noch viele andere Vorschriften, deren Einhaltung schwer zu überwachen wäre, wenn Monara nicht seine Leute im Ort hätte, die ihm flüsternd mitteilen, wenn ein Mann mit seiner Schwiegermutter gesprochen oder es bloß unterlassen hat wegzusehen, wenn sie an ihm vorüberging; wenn eine junge, verheiratete Frau sich geweigert hat, einen Absud mit abtreibender Wirkung zu trinken, wozu ihr Vater sie nötigen kann, wenn sie sich mit ihrem Mann überworfen hat, oder wenn ein Mann auf Jagd gegangen ist, obwohl er wußte, daß seine Frau ihren monatlichen Zyklus hatte.

Um all das muß Monara sich kümmern. Er verhängt geringere und schwerere Strafen, und es kommt vor, daß sich ein Angehöriger des Stammes so schlimm gegen dessen Gesetze oder Traditionen versündigt, daß er den Ort verlassen muß.

«Früher bedeutete das, daß er Selbstmord begehen mußte», erzählte Monara. «Wir sagten, er sei ‹auf die lange Jagd gegangen›, denn ein von seinem eigenen Wohnplatz verwiesener Mann konnte nicht erwarten, an einem anderen Ort aufgenommen zu werden. Er konnte sich auch nicht zu einem anderen Stamm begeben, wenn er nicht künftighin als Sklave betrachtet und behandelt sein wollte. Heute ist das anders. ‹Auf die lange Jagd gehen› bedeutet in der Regel nur, daß man nach Porto Leonardo geht und bei Orlando wohnt.»

«Kommt das oft vor?»

«Nein, denn ein Indianer verliert seine Seele, wenn er fern von seiner Familie und seinem Stamm lebt. Wir sagen, unsere Seele ist zweigeteilt wie ein Fischspeer. Der eine Teil verbleibt in der Hängematte der Maloca, und nur der andere begleitet den Leib. Es gibt Kamayurás, die einen Mondwechsel lang oder noch länger bei Orlando leben, weil ich sie vom Wohnplatz verwiesen habe. In den meisten Fällen bitten sie jedoch, zurückkommen zu dürfen.»

«Und dürfen sie das?»

«Ja, wenn auch Orlando darum ersucht.»

«Was würde nach deiner Meinung aus den Kamayurás, wenn weiße Kolonisten sich in eurem Gebiet niederlassen dürften?»

«Wir würden zugunde gehen. Kein Indianer kann zusammen mit Weißen sein eigenes Leben führen. Ich spreche nicht von Orlando, denn der ist mehr Indianer als Weißer. Wenn die Weißen kommen, sterben die Indianer, wenn sie nicht tiefer in die Wälder fliehen und dort neue Jagdgründe finden können. Wir können die ersten zehn, vielleicht auch die ersten hundert Gummisammler töten ... aber deren Brüder kommen dann mit fürchterlichen Waffen und fürchterlichen Krankheiten zu unseren Wohnplätzen. Wir müssen deshalb der Lebensart unserer Vorväter treu bleiben, wenn wir uns Hoffnung machen wollen zu überleben.»

Von Ipura braucht man nur einen Tag, um mit dem Kanu zu dem Kalapálo-Wohnplatz zu kommen, wo Fawcett, sein Sohn Jack und der junge Engländer Raleigh Rimell 1925 getötet wurden. Vom Fluß aus muß man noch eine halbe Stunde durch den Dschungel, um zu der Rodung mit den großen Malocas zu kommen. Es ist schon dunkel, und der Schein der vielen offenen Feuer in den Hütten wirft flackerndes Licht über den Versammlungsplatz. Männer mit fast zwei Meter langen Flöten hatten unser Kommen schon angekündigt. Ein mit roter Urucu-Farbe bemalter kräftiger Mann lädt uns in die Häuptlings-Maloca ein, wo Frauen und Kinder sich grinsend um uns scharen. Draußen strömt der Tropenregen nieder.

Wer den Beruf gewählt hat, zu reisen und Reiseberichte zu schreiben, wird sich oft die Frage stellen, was bei der Wiedergabe seiner Erlebnisse das Wesentliche sein soll. Man kann dem Leser ja immer nur einen Bruchteil der Eindrücke und Episoden vermitteln. Welche soll man also bevorzugen? Ich verbringe die Nacht mit Yo und Ulf auf dem Wohnplatz, wo sich das letzte Kapitel im Fawcett-Drama abspielte, und dennoch nimmt etwas ganz anderes meine Aufmerksamkeit gefangen.

Ein kleines Mädchen, sechs, sieben Jahre alt, läuft torkelnd zwischen den Hängematten hin und her, die den meisten Platz der Maloca einnehmen. Die Kleine hat offenbar hohes Fieber und kann ihre Bewegungen nicht beherrschen. Da und dort greift eine Hand von den Hängematten nach ihr, um zu verhindern, daß sie in eines der vielen Feuer tritt oder fällt, die die Moskitos fernhalten sollen. Das ist aber auch die einzige Hilfe, die ihr zuteil wird. Im übrigen amüsiert man sich in den schaukelnden Hängematten köstlich über ihre hilflosen Bewegungen und das Gestammel ihrer Fieberphantasien. Das scheint in dieser Indianergemeinde eine ganz übliche Form von Abendunterhaltung zu sein, und ich erwähne das hier vor allem, um einen der vielen Unterschiede in unserer und ihrer Lebensart zu zeigen.

Ich will damit aber keineswegs den Eindruck erwecken, die Indianer wären Kindern gegenüber gefühlskalt oder böse. Das ist keineswegs der Fall. Sie lieben ihre Kinder ebensosehr wie wir die unseren, und wenn ich über den Wald von Hängematten hinschaue, kann ich mindestens ein Dutzend Männer und Frauen sehen, die mit einem Kind in den Armen daliegen. Aber wenn ein Kind krank ist, dann glauben sie, ein böser Geist stecke in ihm, und ehe dieser nicht wieder ausgefahren ist, ist der kleine Patient nicht so recht ihr Kind, sondern gehört dem Gott des Bösen. In unserer Gesellschaft versündigt sich ein junger Mensch bisweilen wohl auch derart gegen die Moralgesetze, daß die Eltern ihn oder sie nur ungern als ihren Sprößling anerkennen – bis vor wenigen Jahren konnte man jedenfalls noch Mütter zu ihren Töchtern sagen hören: «Wenn's dir schiefgeht, dann erwarte nicht, daß Vater oder ich dir helfen!» Ein Indianer würde sein Kind niemals verstoßen, was immer es getan haben mochte; ein indianischer Vater würde sich nie, außer auf kurzen Jagden oder bei Überfällen auf einen anderen Wohnplatz, weit von seinem Kind entfernen, aber er kann sich über dasselbe Kind halb totlachen, wenn es vom bösen Krankheitsgeist besessen ist. Die Furcht vor dem Geist ist stärker als die Liebe zum Kind, und ist der Geist erst einmal ins Kind gefahren, dann ist es ratsam, sich mit ihm gut zu stellen und über seine witzigen Einfälle zu lachen.

Jede Familie verfügt in der Maloca über ihre eigene Abteilung und hat ihre eigene Feuerstelle, die – wie bei uns in alten Zeiten der Herd – der Mittelpunkt des Familienlebens ist. Neben den Feuerstellen stehen die Tongefäße, die zur Zubereitung der Mandioka-Grütze, der hauptsächlichen Nahrung der Indianer, notwendig sind. Und ringsumher sind die Hängematten in Reihen ausgespannt, und zwar so, daß das Familienoberhaupt und seine bevorzugten Frauen der Glut – wo es die wenigsten Moskitos gibt – am nächsten schlafen, während die jüngeren und weniger bedeutenden Mitglieder des Geschlechtes mit den Hängematten am Rand der Familienabteilung vorliebnehmen müssen.

Wenn zwei junge Menschen heiraten, schläft jeder auch weiterhin an der ursprünglichen Schlafstelle bei seiner Familie; ist aber das erste Kind geboren, dann übersiedelt die junge Frau zur Familienfeuerstelle des Mannes; beide schlafen jedoch auch weiterhin getrennt in ihren Hängematten, bis der Mann so alt ist, daß er Enkel hat; erst dann bekommt er – falls er nicht vorher schon Häuptling geworden ist – seine eigene Feuerstelle und wird damit ein hochgeachtetes Mitglied seiner Gemeinschaft.

Es wäre auch eine unverzeihliche Verletzung des Anstandes, wenn die Neuvermählten innerhalb der Maloca auch nur die geringste sexuelle Zuneigung erkennen ließen. Das Sexualleben spielt sich außerhalb der Hütten im Dschungel ab. Später erzählte mir ein Kalapálo, es sei für einen normalen Mann unmöglich, innerhalb der Wände der Maloca sexuell erregt zu werden, was zwar unwahrscheinlich klingt, aber, wie ich gestehen muß, in einer Gesellschaft, in der alle Männer nackt umherspazieren, ja verständlich ist.

Keiner von uns Gästen der Maloca kommt richtig zum Schlafen. Wir befürchten nicht, überfallen zu werden, denn die Bewohner der Maloca scheinen uns freundlich gesinnt zu sein, aber viele andere Umstände machen es unmöglich, daß sich der Schlaf einstellt. In einer Indianermaloca ist der Lärmquotient unvergleichlich höher als in einem europäischen Hotelzimmer, dessen Fenster auf eine Hauptverkehrsader hinausgehen. In den Hütten wird die ganze Nacht hindurch unerträglich viel und unerträglich laut gesprochen, denn hier befindet man sich, unter dem schützenden Dach der Maloca, fern von allen Baumgeistern. Immer sind die Bewohner zweier oder mehrerer Hängematten darauf versessen, einander Geschichten, offenbar ergötzliche Geschichten, zu erzählen, denn ab und zu brüllen sie vor Lachen laut los. Es wäre jedoch ein unvorstellbares Vergehen gegen die Indianerdemokratie, wollte sich einer der Hüttenbewohner Nachtruhe ausbitten. Die Hähne krähen hier – anders als bei uns in Europa – die ganze Nacht, und Federvieh der verschiedensten Art scheint unaufhörlich von Hängematte zu Hängematte zu flattern und den Schlafenden – oder auch Nichtschlafenden – mit seinen Flügeln übers Gesicht zu fahren. Außerdem gibt es die Moskitos. Möglicherweise werden die Höchstgeachteten dieser Hüttengemeinschaft, die nahe an den glosenden und qualmenden Feuern liegen, von ihnen weniger heimgesucht – dafür brennt ihnen der Rauch in den Augen –, während wir Gäste von ganzen Schwärmen von Moskitos, die so klein sind, daß sie mit Leichtigkeit durch die Maschen des Schutznetzes schlüpfen, unsäglich geplagt werden.

Die Morgendämmerung kommt nicht als Erlösung. Die eifrigsten

Diskuteure sind jetzt zwar endlich eingeschlafen, dafür fangen nun die Affen an, und ihr Morgenkonzert hat's auch in sich. Und dann setzt draußen eine ganze Symphonie mit *tutti* und *fortissimi* ein: Zu dem Gebell der Affen und dem Gekreisch der Papageien gesellt sich jetzt das durchdringende Gequake der Riesenfrösche, die in dem Wasserloch durch die Morgentoilette einiger Frühaufsteher geweckt wurden. Und da spricht man von der Lärmplage der Zivilisation!

Fawcett und seine Zeit liegen so weit zurück, daß sich nur noch ein alter Mann an die Ereignisse von damals erinnert. Er erscheint am frühen Morgen bei unseren Hamacas, und wir füllen seine vorgestreckten Hände mit Karamellen, die er mitsamt dem Papier, in das sie eingepackt sind, in den Mund steckt. Ich liege schaukelnd in der Hamaca und warte darauf, daß er das Papier wieder ausspuckt, aber er verspeist es zusammen mit den Bonbons mit lautem Geschmatze. Von mir aus! Ich habe keine Lust, den Besserwissenden zu spielen und ihm zu erzählen, wie man in unserem Teil der Erde in Papier verpackte süße Sachen ißt.

Er kann uns nur herzlich wenig und nichts Neues über die Ermordung der drei Weißen erzählen, über die uns ja Orlando und der Sohn des einen am Mord Beteiligten berichtet haben, aber mir fällt auf, daß der Alte betont, die Fawcett-Gesellschaft hätte keine Geschenke mitgebracht.

«Es ist immer verkehrt, keine Geschenke mitzubringen, wenn man die Kalapálos besucht», wiederholt er mehrmals.

«Diesen Vorwurf kannst du uns jedenfalls nicht machen», lasse ich ihm durch die Dolmetscherin antworten, «du tust ja nichts anderes, als unsere Karamellen zu verspeisen.»

«Ich habe mir aber ganz andere Geschenke vorgestellt», antwortet der alte Filou.

«Was denn zum Beispiel?»

Er deutet auf Yolanda und sagt dem Kalapálo-Dolmetscher etwas, der es an Yolanda weitergibt. Sie teilt uns lakonisch seinen Wunsch mit: «Er will mich als Geschenk...»

«Der ist ja, das muß ich schon sagen, ein Gentleman von Weltformat, der Sinn für die wahren Werte des Lebens hat... aber du mußt ihm wohl trotzdem erzählen, daß das kaum gehen wird.»

«Würdest du mich nicht herschenken, wenn du eine neue und bessere Version der Fawcett-Geschichte bekämest? Bist du so wenig Journalist?»

«Wenn es eine solche Version gäbe, hätte er sie wohl schon für Patronen und Angelhaken zum besten gegeben. Das Feine an dem Mann ist, daß er dir solchen Wert beimißt. Er ist ein gebildeter, höflicher Herr der alten Schule. Er versteht es, wo er einsetzen muß, um das, was er will, zu erreichen.»

Nun folgt ein langes Palaver; schließlich meint der Kalapálo, daß meine – immerhin schon abgenutzte – KLM-Reisetasche ebenso erstrebenswert sei wie Yo. Von dieser Gleichsetzung der Werte scheint das weibliche Mitglied der Machetebrüderschaft nicht gerade entzückt zu sein. Aber der Alte erhält die Tasche... und wir erhalten keine weiteren Aufschlüsse über Fawcetts letzte Stunden, bloß den nochmaligen Rat, daß man nie vergessen soll, den Kalapálos Geschenke mitzubringen!

Wäscha-kwonnesin

Das Reich der Schatten

Dicht neben dem modernen Kanada liegen die letzten Schlachtfelder eines langen, erbitterten Kampfes zwischen Zivilisation und Urwald. Ich meine nicht jene malerischen Gebiete, die auf erschlossenen Verkehrswegen leicht zu erreichen sind und auf denen der Jägersmann von einem schweigsamen, weichbeschuhten Indianer oder einem ebenso schweigsamen weißen Führer begleitet in das Land hineinwandert, um zu jagen oder zu fischen.

Dort, wo an unzugänglichen Schroffen einsame Kiefern – einst die Könige des Waldes – stehen und schwermütig über das Land blicken, das einmal ihnen, ihnen ganz allein gehört hat, sind die Wasserwege genau verzeichnet. Über die gutgehaltenen Tragestrecken lassen sich die den Bequemlichkeiten der Zivilisation dienenden Dinge ohne große Schwierigkeit heranschaffen.

Wer aber vom magischen Ruf ferner Horizonte in Bann geschlagen ist, vermißt die Lockung jener bekannten weißen Flecken auf der Landkarte. Weit hinter den verbrannten, abgeholzten, bis zur Eisenbahnlinie reichenden Strecken liegt das andere, das *unbekannte* Kanada. Nur wer sich der Einsamkeit und der Mühsal weiter Reisen unterwerfen will, sucht es auf; denn dort hat die Zivilisation noch nicht Fuß gefaßt, noch keine Pfade erschlossen; dort hängt man ganz von der Natur ab und lebt von dem, was sie sich abringen läßt. Weite Ländereien sind vollkommen wildlos, und das muß der Abenteurer vorher wohl bedenken. Der größere Teil des Landes jedoch ist ein wahres Paradies. Unberührt ruht dort die Welt. Hin und wieder streift ein Jäger oder ein Forscher durch die jungfräuliche Wildnis, kühne Geister, denen keine Entbehrung zu schwer, keine Arbeit zu groß ist, um das Fernweh zu stillen, das sie in die unendlichen Weiten treibt und dort hinzwingt, wo die Axt ihr böses Werk noch nicht begonnen hat: über die «Große Scheide».

Dieses sogenannte «Rückgrat Kanadas», auch «Haute Terre» genannt, erstreckt sich von Ost nach West, über die ganze Breite des Festlandes und teilt die Wasser, die nach Norden ins Eismeer strömen, von denen, die nach Süden fließen. Und nicht nur das, nein – dieses «Rückgrat» ist zugleich auch die Grenzlinie zwischen dem Alltag eines Landes und dem verzauberten Reich des Abenteuers. Unerobert, fast unbekannt und – von wenigen, verstreut lebenden Indianerstämmen und wandernden Fallenstellern abgesehen – fast unbewohnt, bildet es eine Welt für sich, eine unberührte, mehr als den halben Kontinent beherrschende Wildnis, ein dunkles, abwehrbereites, unendliches Waldland, in das hier und dort ein glitzernder See wie ein Tropfen Quecksilber eingesetzt ist. Strenger, härter ist's als der lächelnde Süden, ein Land, das Mut und Erfahrung auf die äußerste Probe stellt. Ein Reich unbegrenzter Fernen, verborgener Seen und Flüsse und unbekannter Tragödien! So atmet es unverändert seit den Tagen, da der weiße Mann Amerika entdeckte, eingehüllt in das Geheimnis des Unbekannten, dem Verstand nicht mehr faßbar, in ungebrochenes, allgegenwärtiges Schweigen gehüllt, das durch das Flüstern der vom Wind berührten Wipfel nur noch verstärkt wird.

Wenn der Wanderer einen jener hohen, dem Gebiet eigenen Granitfelsen erklimmt und Umschau hält, dann schweift sein Blick nicht über die vertrauten Laubbäume des Südens, sondern über unendlichen, düsteren Nadelwald. Wie Dome ragen die Wälder empor, und ein grünliches Dämmerlicht erfüllt die Kreuzgänge darunter. Wohin er auch schauen mag, über Hügel und Täler, Felsen und Kuppen – alle ruhen unter dem unermeßlichen, dunkelgrünen Teppich. Der Wald hat sich aufgemacht und ist angetreten, kerzengerade und doch anmutig – ein fast unüberwindlicher Wall gegen neue Übergriffe der Zivilisation. *Fast* unüberwindlich, denn eines Tages wird auch an ihn die Axt gelegt werden, und er wird fallen – ein neues Brandopfer auf dem Altar des Mammons.

Zuweilen teilt sich dieses dichtgedrängte Heer und säumt in ungeheurem, wellenförmigem Schwung die Ränder großer Binnenseen, deren ferne Ufer im flimmernden Sonnenglast nur als dünne, dunkle Striche sich abheben. Diese großen Seen sind meist sehr flach und für den Kanufahrer gefährlich; sie bergen aber auch tiefe Löcher und Stellen, wo die Felsen oft Hunderte von Fuß senkrecht bis an den Wasserrand und tief darunter stürzen. Vom Frost der Jahrhunderte abgesprengte Felstrümmer liegen wie abgebröckeltes Mauerwerk auf den Gesteinssimsen tief unter dem klaren Wasser. Aus finsteren Spalten und schattigen Löchern gleiten die langen, grauen Gestalten der hier heimischen großen Seeforellen, die bis zu achtzehn Kilogramm schwer werden.

Zuweilen ragt eine flache Felsplatte aus dem Wasser und führt sanft ansteigend in den Wald. Auf der glatten Fläche wachsen Krüppelkiefern. Ihr breitausladendes Astwerk bietet dem vom langen Paddeln auf der glutglitzernden Seefläche müden Reisenden willkommenen Schatten. An solchen Stellen pflegen die Kanuwanderer zu rasten. Solange der eine die Fische angelt, macht der andere Feuer.

In geschützten Buchten liegen im Frühjahr Hechte von ungewöhnlicher Größe. Raubgierig, hungrig stehen sie wie angeschwemmte Baumstämme in der Sonne. Die Jagd auf sie ist aufregend, da sich um diese Zeit nur die ganz großen Tiere zeigen. Dort, wo den düsteren, immergrünen Teppich helle Bänder durchziehen, tosen mächtige Flüsse zur Hudsonbai. Rechts und links steht der Wald wie eine Mauer; seine hohen Wipfel fangen das Donnern und Brausen der Wasserfälle auf und geben es weiter.

Tief unter den Baumkronen, tief unter dem grünen Gewölbe verflochtenen Astwerkes, das nie ein Sonnenstrahl durchdringt, liegt das Reich der Schatten. Halbdunkle Gänge führen ins Nirgendwo. Glatte, graue Säulen, rechts und links und überall, verdämmern in der Ferne, die der Blick nicht mehr durchdringt. Eine Mauer ragt abweisend empor und verwehrt dem Eindringling den Weg. Weiter zieht der Wanderer, und die Mauer öffnet sich; doch hinter seinem Rücken schließt sie sich wieder, als wolle sie ihm nur den Weg nach vorn freigeben. Der Wald umklammert ihn, begleitet ihn als stumme, ewige Wache. Dieser Irrgarten in den Hallen des Schweigens ist zeitlos; Entfernungen und Himmelsrichtungen sind nicht vorhanden. Hier herrscht das Unwirkliche! Widerstände, Hindernisse versperren dem Herankommenden den Weg und lösen sich in ein Nichts auf. Gestaltlose, unerkennbare Dinge scheinen lauernd zu warten und sind plötzlich nicht mehr vorhanden. Scheue, leichtfüßige Geschöpfe huschen wie Gespenster geräuschlos vorüber, verhoffen, beobachten und verschwimmen mit den Schatten.

Und überall, wohin man blickt, wächst das Moos. Moos dämpft den Schritt, Moos gibt unter den Sohlen nach und hemmt den Fuß. Hüfthohe Moosklumpen müssen umgangen werden. Moosgirlanden hängen von abgestorbenen Ästen wie Wandteppiche in einem alten verlassenen Tempel. Denn ein Tempel ist es, dem Gott der Stille und des Schweigens geweiht. O dieses Schweigen, das das Bewußtsein des Wanderers so sehr beherrscht, daß er behutsam auftritt, damit er die urewige Stille nicht unziemlich störe.

Nicht die ganze Wildnis dämmert im Schatten dahin. Es gibt unglaublich schöne Ausblicke über Baumriesen und sonnentrunkene Täler hinweg, über weite, von Beeren blauschimmernde Ebenen hin; Wiesengründe – Oasen in dem Einerlei der sonnenlosen Felsenwelt ringsumher – lachen heiter herauf und erfrischen Auge und Herz.

Mächtige Brandnarben – sie sind alt und niemand kennt ihre Ursache – reißen die Landschaft auf. Hier liegt das sonst so eifersüchtig verhüllte Antlitz der Erde nackt und bloß. Weiche, runde Bergkuppen ohne Pflanzenwuchs erheben sich über die dürren Öden. Sie sind die Zeugen eines mächtigen Aufruhrs, der sie einst aus dem Erdinnern stieß. Zerfetzte Klippen und jäh abfallende Felsen aus rotem Granit säumen die von Geröll erfüllten Auswaschungen und ausgetrockneten Flußbetten. Kein Lebewesen, kein Vogellaut löst die Starre. So muß die Welt nach der Eiszeit ausgesehen haben.

Noch gibt es Bergrücken mit Birken und Pappeln, sie werden aber, je weiter man nach Norden kommt, immer seltener. Zwischen den hellen Stämmen und dem von Sonnenlicht erfüllten Laubdach hausen Singvögel und Rebhühner. Im Sommer ziehen Elch und Bär behaglich äsend dahin. Ihre Spuren sind so gut wie jeder getretene Pfad und ein untrüglicher Wegweiser zum nächsten See oder Wasserlauf. Das immerwährende Rascheln der vom leisesten Luftzug bewegten Pappelblätter – ein Gegensatz zum reglosen, alles beherrschenden Nadelwald – hat der Gegend ihren Namen verschafft: Die Indianer nannten sie «Hügel der Flüsternden Blätter».

An solchen Plätzen, in der Nähe eines freundlichen Sees oder an den Ufern eines heiteren Baches verbringt das rote Volk die Tage des kurzen Nordlandsommers. Hier ruht es aus vom langen, harten Winter. Es ruht und ist doch nicht müßig; denn nun bereitet es sich schon wieder auf den nächsten Winter vor. Häute für die Kleidung werden gegerbt, Schneereifen und Toboggans gebaut und nachgesehen, alles für die Zeit, wenn die Jagdwinde wieder herrschen. Und während des langen Nachglühens, das in jenen hohen Breitengraden der Dunkelheit vorangeht, sitzen die roten Menschen an den Lagerfeuern und lauschen einem weißhaarigen Geschichtenerzähler. Von längst vergangenen Tagen berichtet er, da man mit einer einzigen Fallenreihe eine halbe Kanulast Biber fangen, in einer einzigen Nacht Störe für den ganzen Winter speeren konnte ...

Manchmal verschwindet der Wald, bis auf einige kleine Bäume, die dann ihrerseits Moos und Salbeibüschen Platz machen. Das Land öffnet sich und enthüllt einen der großen Sümpfe, die im Sommer weite Strecken vollständig ungangbar machen. Sie bestehen meist aus tiefem, dünnem, von schleimigem Mooswuchs überdecktem Schlamm, aus dem da und dort ein verkümmerter Baum wächst. Leuchtendgrüne, einladende Felder locken den Unerfahrenen auf scheinbar sicheren Grund. In Wirklichkeit aber sind sie grundlos und eine wirkliche Gefahr für Mensch und Tier. Nur der Elch ist imstande, gefahrlos darüber hinzuwandern oder hindurchzuschwimmen. In übermannstiefen Löchern steht widerliches, fauliges Wasser. Das Ganze ist eigentlich ein fließender Morast, und doch findet man das einzige gute Wasser gerade an solchen Stellen, nämlich in den dichtwuchernden Kannenpflanzen (Nepenthes), deren jede ungefähr einen Eierbecher voll Wasser enthält.

Doch der Hauptteil des Landes hüllt sich in das dunkelgrüne Kleid des Nadelwaldes. Hohe Kiefern umschließen die Seen, säumen die Ufer der Wasserläufe und verdunkeln sie mit ihren Schatten ...

Kniehoch wuchert dichtes, zäh verfilztes Salbeigebüsch und bedeckt weite Strecken. Unzählige Mückenschwärme aller Art machen den Wald drei von den vier Sommermonaten nahezu unbewohnbar. Die großen, seichten Binnenseen werden urplötzlich von fürchterlichen Stürmen heimgesucht, die in diesen nördlichen Breitengraden mit unglaublicher Wut daherbrausen. Von Zeit zu Zeit fegen alles vernichtende Waldbrände mit Schnellzugsgeschwindigkeit durch die dichten, harzgetränkten Wälder und lassen nackte Felsen und rauchende Baumstümpfe zurück. Wahrhaft verzweifelt ist die Lage des Menschen, der fern von jedem Gewässer auf diese Weise vom Schicksal ereilt wird.

Immer wieder müssen kilometerlange Stromschnellenstrecken überwunden werden. Dazu gehören größte Erfahrung, Mut und tagelange, härteste Arbeit. Im Winter liegt der Schnee oft zwei Meter hoch in den Wäldern und an der Eisenbahn. Dreißig Grad Celsius unter Null sind gar nicht selten. Ein Ansteigen der Temperatur kündet oft genug einen Schneesturm an. Diese Winterstürme brausen so mächtig einher, daß sie ganze Waldstrecken durch ihr bloßes Gewicht erdrücken. Der einsame Fallensteller auf dem Pfad oder auf einem zugefrorenen See schwebt in tödlicher Gefahr. Seine von windgepeitschten Schneemassen geblendeten und halberstickten Schlittenhunde können nicht mehr an gegen die brausende Gewalt. Er selbst ist nicht mehr imstande, einen Pfad durch die sich auftürmenden Schneemassen zu bahnen; weiße Mauern schließen ihn ein, und er muß – falls er sich noch weit vom Land befindet – elend zugrunde gehen.

Wenn er klug ist, verläßt er sich auf den Instinkt seiner Schlittenhunde. Vielleicht hat er Glück und findet etwas Holz und einen notdürftig geschützten Ort. Unter solchen Umständen kann ein abgebrochener Axtstiel ein großes Unglück, ein böses Ende bedeuten. Mit der Schlittendecke als Windschutz und einem hastig zusammengescharrten Lager, einem mühsam gesammelten Häufchen Holz versucht er, den Sturm zu überleben.

Heulend fegt er daher und erfüllt das «Zelt» mit beißendem Rauch. Das Feuerchen wärmt kaum, sondern taut nur den Schnee auf Decke, Nahrung und Kleidung, so daß die kalte Nässe alles durchdringt. An ein richtiges Abkochen ist nicht zu denken. Zufrieden mit einer Kanne Tee und einem steifgefrorenen und wieder aufgetauten Fisch – wie ihn die Hunde bekommen – kriecht er mit seinen zitternden Vierbeinern dicht ans Feuer, die ganze Nacht hindurch. Gar oft bricht der kalte Morgen über einem von Treibschnee erfüllten Zelt und einem längst erloschenen Feuer an. Eine Meute winselnder Wolfshunde wartet vergeblich aufs Angeschirrtwerden ... und streift später mit den Wölfen.

Die unzähligen Wasserwege, die wie ein Netzwerk das Land durchziehen, dienen nicht nur dem Menschen, sonden auch Nerz, Otter und anderem Getier, das seine Rundreisen genauso regelmäßig macht wie der Mensch. Tief in den Bergen streifen Marder und Wölfe, immer auf der Jagd, um den ewig nagenden Hunger zu stillen. An geschützten Stellen, zwischen uralten Bäumen leben die kleinen Herden des Riesenelchs. Seine Schulterhöhe beträgt fast zwei Meter, und doch sind selbst diese Riesengestalten nicht imstande, den tiefen Schnee zu durchbrechen. Sie bewegen sich täglich nur ein paar Meter voran und schlafen und äsen abwechselnd. Beim Vordringen pflügen sie einen meterbreiten und eineinhalb Meter tiefen Graben durch den Schnee – böse Fallen für den nächtlichen Wanderer. Hier halten sich die Tiere auf, bis im Frühling das Tauwetter einsetzt und den Weg in ihre geliebten Sümpfe und Suhlen freigibt.

Zwischen Juni und September sprossen die mächtigen, 75 Zentimeter bis 1,50 Meter oder gar 1,75 Meter breiten, ausladenden Geweihschaufeln, die im Januar wieder abgeworfen werden. Während der Brunft im

Herbst liefern sich die Bullen schwere Kämpfe. Es geht hart auf hart, und tote Elche sind zu dieser Zeit kein seltener Anblick. Meistens treibt sich mindestens *ein* Bär in der Nähe herum und mästet sich für den kommenden Winterschlaf.

An abseits gelegenen Teichen und Seen, an kleinen, eingedämmten Bachläufen arbeiten den Sommer über die Biber. Sie rüsten für den Winter, damit sie ihn als Lohn für ihr ungeheures Sommerwerk in Ruhe und Behaglichkeit und Wärme verbringen können. Seeufer, Sumpf- und Moorränder sind die Jagdgründe von Luchs und Fuchs; denn dort haust zahlreich ihre Hauptbeute: das Schneeschuhkaninchen.

In der scheinbar von allen lebenden Geschöpfen entblößten Wildnis befindet sich eine zahlreiche Bevölkerung dauernd in Bewegung. Sie sind da, die Geschöpfe des Waldes, auch wenn der Mensch tagelang durch die Gegend streift und nur Bäume und wieder Bäume und Unterholz gewahr wird und kein anderes Geräusch als das von ihm selbst verursachte vernimmt. Denn hier ist der Mensch ein Fremdkörper, der *einzige* Fremdkörper, der Erzfeind, den die Geschöpfe der Wildnis fliehen wie die Pest. Von seinem Kommen durch Sinne gewarnt, die den leisesten Mißton in der vollkommenen Harmonie ihrer Umgebung erkennen, sind sie, noch ehe er in ihre Nähe kommt, schon längst verschwunden. Und so bleibt es während der ganzen Reise. Fast niemals ist es dem Menschen vergönnt, eines der Geschöpfe zu sehen und zu hören, die ihn doch überall umgeben.

Den Tieren scheint die Gabe zu eigen zu sein, jedes, aber auch jedes vom Menschen hervorgerufene Geräusch von allen andern ihrer Umwelt zu unterscheiden und – als vom Erzfeind stammend zu erkennen. Das grobe, kackelnde Schreigelächter der Lacheule, der Alarm, den der Biber mit seiner Schwanzkelle auf das Wasser knallt und der vom Echo aufgenommen und weitergegeben wird, ein zur Erde krachender Baum, ein Elch, der sorglos und unbekümmert durchs Unterholz trampelt – alle diese Laute rufen kaum mehr als ein flüchtiges Aufhorchen, eine leise Schwanzbewegung hervor. Knackt aber der *Mensch* einen Zweig, raschelt er ganz leise im dürren Gras – schon sind alle Geschöpfe in Hörweite auf der Hut! Sie verschwinden. Der Biber sinkt wie ein Stein unter die Wasseroberfläche, ohne sie zu kräuseln, andere Tiere lassen sich lautlos von den Waldesschatten «aufsaugen», setzen in langen, federnden Fluchten ins Innere oder erstarren zu Bildsäulen, sofern ihre Farbe mit der unmittelbaren Umgebung übereinstimmt. Jedes Geschöpf schützt sich auf seine Art.

Nur zwei bilden eine allerdings bemerkenswerte Ausnahme: der Skunk – mit anderen Worten das Stinktier – und das Stachelschwein, ein Vetter des Bibers, dem es bis auf Schwanz und Stachelkleid im Körperbau sehr ähnlich sieht. Als der Schöpfer aller Dinge den Verstand verteilte, war das Stachelschwein offenbar gerade abwesend, denn es hat nichts, der Biber aber alles bekommen. Dem Stachelträger ist seine persönliche Sicherheit völlig gleichgültig; Speisendüfte und fremdartige, unbekannte Geräusche wirken auf ihn wie Nektar und Ambrosia. Kaum steht ein Lager (vorausgesetzt, daß es sich gerade in einem mit Stachelschweinen gesegneten Gebiet befindet), und schon erscheint es auf der Bildfläche und beginnt seine Untersuchungen. Sofern man von seiner grenzenlosen Vorliebe für Kanuhaut, Paddel, Lederzeug, Lebensmittel, Holzgerät, Zeltleinwand, Papier, mit einem Wort, für alles, was nicht aus Stahl und Eisen ist, absieht und seine schlechte Gewohnheit, überall abgeworfene Stacheln herumliegen zu lassen, nicht weiter übelnimmt, ist er ein ganz harmloser Bursche. Auch der Skunk ist ein zutraulicher Geselle und – wenn man ihn nicht reizt – so gutmütig wie eine Katze. Er liebt Gesellschaft und sucht gern Anschluß, was zwar ganz nett ist, unter Umständen aber doch zu weit führen kann. So fand ich eines Morgens beim Aufwachen einen besonders stattlichen Skunk auf meiner Decke zusammengerollt in friedlichem Schlaf. Einige schüchterne Versuche, mich vom Pfühl zu erheben, waren erfolglos, denn mein Gast ward darob so ungehalten und verärgert, daß ich vorzog, still liegenzubleiben und zu warten, bis der ungebetene Besucher sich von selbst entfernte.

Der zivilisierte Mensch betrachtet die Geschöpfe der Wildnis mehr oder weniger als wildes, ziel- und zwecklos dahinlebendes Tierzeug, das nur seinen Hunger stillen will. Wer sie aber genauer beobachtet, merkt bald, daß fast alle diese «dummen» Geschöpfe mehr angeborenen Verstand besitzen als die seit Generationen vom Menschen abhängigen und betreuten Tiere. Wild und böse mögen sie sein, sie sind auch grausam, wenn es die Beute gilt, aber alle haben auch ihre guten Seiten, und ihr Leben ist fast genauso geregelt und geordnet wie bei den unter denselben Verhältnissen lebenden Menschen.

Art hält zu Art: Die Biber arbeiten schichtweise, halten ihre Behausungen sauber und pflegen eine lebhafte Unterhaltung miteinander. Der Waschbär reinigt seine Nahrung, ehe er sich darüber hermacht. Fast alle Geschöpfe legen «Straßen» und «Wege» an, besonders die Biber. Hirsch- und Rehwild benutzen bestimmte Wechsel; die Bären stecken die Grenzen ihres Streifgebiets ab, indem sie die Rinde der Bäume anbeißen oder herunterfetzen, und man weiß auch, daß sie das Revier des Nachbars achten. Mit Vorliebe erklettern sie Bäume und rutschen daran hinunter, nicht nur einmal, zweimal, nein, dreimal und noch öfter, nur weil es ihnen Spaß macht. Die Otter spielen miteinander, schlittern unter hellem, vergnügtem Gekläff steile Uferbänke zum Wasser hinab; auch sie wandern in abgegrenzten Gebieten und benutzen alle acht oder neun Tage bestimmte Wechsel. Adler, Möwen und Krähen haben sich den Sturm zum Spielgesellen erkoren, sie lassen sich von ihm tragen und fortreißen. Jagende Wölfe zeigen eine Zusammenarbeit, die jeder Fußballmannschaft zur Ehre gereichen würde; sie schicken Kundschafter aus, gehorchen einem Anführer, spielen und tummeln sich auf dem Eis wie Rassehunde auf gepflegtem Rasen.

Der Mensch ist bei weitem nicht der einzige Fallensteller. Es gibt Fanggruben anlegende Insekten; Wasserspinnen legen Netze aus, deren eines, weit offenes Ende gegen den Strom gerichtet ist. Am schmalen, gekrümmten Ende lauert die Spinne. Um den Hirsch zu fangen, teilen sich die jagenden Wölfe die Arbeit, sie spielen das Opfer einander zu. Einmal beobachtete ich, wie einer der Grauen einen Hirsch über den zugefrorenen Fluß zum anderen Ufer hinübertrieb, wo im Unterholz der Spießgeselle schon bereitstand, die Beute zu empfangen. Ein anderes Mal hetzten drei Wolfgenossen ein Karibu über die Eisfläche eines mittelgroßen Sees. Der Schnee im Wald lag hoch und war so locker, daß weder das Karibu noch die Wölfe recht vorankommen konnten. April war's, und das Eis war schneefrei und glatt wie Glas. Der hohle, scharfgeränderte Huf des Karibus findet guten Fußhalt auf dem Eis, während Wolfspfoten sehr im Nachteil sind. Das gehetzte Tier rannte rund um den See, immer wieder und wieder. Zweifellos wollte es die Wölfe ermüden. Die aber waren schlau, sie merkten die Absicht und änderten ihre Taktik. Zwei ruhten sich aus, und der dritte hetzte die Beute. So wechselten sie einander ab, bis das gejagte Tier erschöpft zusammenbrach.

Die wenigsten Waldgeschöpfe sind ausgesprochene Raubtiere. Das geweihtragende Wild, die Nager und die Kleinvögel sind weitaus in der Mehrzahl.

Die Widerstände, die das Land während der kurzen Sommermonate dem Wanderer in den Weg legt, sind groß, sobald aber der Winter kommt und Eis und Schnee die Erde einhüllen, haben alle Schwierigkeiten ein Ende. Wenn der Wald unter der harten Faust des Winters seufzt, kommen die Schneeschuhe zu ihrem Recht. Auf ihnen wandert man unbehindert überall hin; Moos, Salbeigestrüpp und Muskeg haben nichts mehr zu sagen.

Der vor einigen Wochen noch so düstere Wald wirkt in seinem leuchtenden Schneemantel fast heiter. Schwer drückt die weiße Last auf Äste und Zweige, durch die das Sonnenlicht nun ungehindert strömen kann, und die einst dämmrigen Hallen werden zu hellen Lichtstraßen. Wo im Sommer der Mensch sich nur mühsam einen Weg bahnt und auf unsicheren, schwierigen Wegen mit einer Stundengeschwindigkeit von vielleicht eineinhalb Kilometer vorankommt, rennen flinke Hundegespanne auf breiten Schneepfaden dahin. Sobald der Schneefall einsetzt, kann sich kein Tier fortbewegen, ohne Spuren zu hinterlassen. Sein Kommen und Gehen, alle die Freuden und Leiden seines Daseins liest der Kundige wie in einem Buch. Nichts befeuert die Einbildungskraft des Jägers so sehr wie der Anblick einer frischen Fährte. Oft erzählt der Schnee eine ganze Geschichte. Der Eingeweihte weiß sofort, um welches Tier es sich handelt. Hier: drei, vier Sprünge – eine Gleitspur, wieder drei, vier Sprünge – eine Gleitspur; sie stammt von einem Otter. Der Luchs hinterläßt eine Fährte, die sich, was ihre Größe betrifft, ruhig mit der eines kleinen Löwen messen könnte. Und überall findet sich Wapuuses Spur. Seinen übertrieben großen Hinterläufen verdankt es den Namen «Schneeschuhkaninchen». Die teilweise mit Schwimmhäuten versehenen Zehen haben eine große Spannweite, so daß das Tierchen selbst über die flaumigste Schneefläche wandern kann, ohne einzusinken. Sehr häufig sind die paarweise angeordneten, zierlichen Spuren des Hermelins. Ganz ähnlich, nur entsprechend größer und nicht so zahlreich finden sich die Fährten von Fischer und Marder. Recht oft stößt man auch auf die hübsche, man ist versucht zu sagen «gezierte» Fährte von Meister Reineke. Dort hat eine Eule Jagd auf ein fliehendes Kaninchen gemacht. Deutlich hebt sich die Stelle ab, wo der Raubvogel herabstieß und die Beute verfehlte, weil das Kaninchen einen Haken schlug und schrill aufquiekend weiterfloh, unerbittlich verfolgt von dem lockerbeschwingten Räuber mit den feurigen Glotzaugen. Dort und dort zeigt die Schleifspur einer Schwinge, der Kratzer einer langen, spitzen Kralle deutlich den Ablauf des ungleichen Kampfes. Und am Ende der oft fünfzig Meter langen Strecke liegen einige Hautfetzen, ein paar größere Knöchelchen, das Eingeweide und künden, wie der Jagdzug endete. Die Eule ist heikel und zieht ihrer Beute erst die Haut ab – bei lebendigem Leib – und nimmt nur das beste Fleisch.

Mit solchen und anderen beredten Spuren als Führer beginnt der Pelzjäger, Schlingen und Fallen zu legen. Wege und Wechsel der Pelzträger liegen offen vor ihm.

Bald naht die Zeit der «Stillen Tage», die Welt scheint tot. Nicht länger mehr flüstert der Wind in den Wipfeln, die nun tiefgebeugt unter der Schneelast stumm und schwer verharren, und die Stille drückt noch gewaltiger als sonst auf das Land. Durch die gepolsterten Wandelgänge dringt kein Laut. Es ist, als wandere man durch ein unendliches, aus Schweigen gemauertes Gewölbe. Ohne es zu wollen, wartet man auf einen Laut, einen Ton, der zu hören sein *muß* und nimmer aufklingt. Die Natur scheint den Atem anzuhalten, auf ein schon lange drohendes Verhängnis zu warten. Das Zischen der gleitenden Schneeschuhe, das leichte Rascheln der Kleider dringt nur dünn, fast tonlos ans Ohr; selbst ein Gewehrschuß reißt kurz ab, ohne das Echo zu wecken.

Sturm auf Sturm häuft immer höhere Schneemassen auf Ast- und Zweigwerk; neue Stürme glätten die Unebenheiten, füllen Lücken aus, und anstelle der Bäume ragen spitz zulaufende, weiße Schneesäulen in die Luft.

So schön diese nordische Welt am Tag ist, ihren wirklichen, wahrhaft unbeschreiblichen Zauber entfaltet sie erst bei Mondschein. In geisterhaftes Licht getaucht recken sich die weißen Säulen längs des Pfades empor und starren hochmütig auf den eilenden Wanderer. Aus den tiefschwarzen Schatten huschen lautlose Gestalten mit bösartigen Augen, gleiten wie ein Spuk am einsamen Wegfahrer vorbei und verschwinden; der kanadische Luchs, der weiße Labradorwolf, Schneeschuhkarnickel, Hermelin, das silbrige Schneehuhn – blasse Schemen des weißen Schweigens, einer abgestorbenen Welt.

Auch im Mondlicht lauert der Tod. Bei Vollmond rast die Kälte durch die Wildnis und heischt ihren Zoll ein. Mancher von der Mühsal des Tages erschöpfte Mann taumelt halbschlafend auf eine trügerische Schneewehe zu, um ein klein wenig zu ruhen, und sieht den neuen Tag nicht mehr. Muji-Manitu, der kalte, unbarmherzige, böse Geist des Nordlands hat seinem grausigen Kerbholz einen neuen Einschnitt hinzugefügt.

Später, wenn der Mond hinabgetaucht ist, in jener tiefstillen Stunde zwischen Nacht und Morgendämmerung, wirft der Schnee des Nordlichts fahle Totenlampen zurück. Und bei dieser unirdischen Beleuchtung schreiten die Geister der Verstorbenen ihren feierlichen Tanz ...

Durch die lastende Stille dringt plötzlich der Gesang der Wölfe. Ihre unbeirrbaren Sinne ahnen ein Verhängnis. Zuerst ist's nur ein tiefes Stöhnen in der dünnen, spröden Luft, dann gewinnt es an Umfang und Stärke und erstirbt in einem schluchzenden Winseln, schwebt als Echo von Berg zu Berg, von Hügel zu Hügel, bis es in der unermeßlichen Weite endlich verhallt. Wenn der letzte Hall verklungen ist, legt sich Schicht um Schicht das Schweigen wieder über das Land; die Wölfe ziehen ihrem wüsten Mahl entgegen, und die kältestarre Weite nimmt das endlose Warten wieder auf.

So sieht das unbekannte, das unzivilisierte Kanada aus, dieses wilde, grausame Land unsagbarer Beschwerden und Verzweiflungskämpfe. Dort herrscht noch die Romantik, das Abenteuer, wie einst, als ganz Kanada ein einziger großer Jagdgrund war. Dort erheben sich die letzten Bollwerke der Roten Götter. In jenem herben, strengen Reich werden Menschen zerbrochen oder vor der Zeit alt und verbraucht. Wer sich aber anpaßt, wer sein Leben harmonisch einfügt, wer die Lehren der Wildnis annimmt und zu seinem Gesetz macht, dem schenkt es Schönheit und Abenteuer in Fülle.

Weit hinter den letzten Ausläufern der Zivilisation, der Grenze, wie wir sagen, atmet nicht nur eine Welt der Bäume, Felsen und Gewässer. Nein, ein reiches Schatzhaus öffnet seine Tore jedem, der sich den harten Proben unterwerfen will, und die Zauberkraft des Unendlichen verwandelt die Wildnis in ein magisches Reich spukhafter Seen und Waldblößen voll ungehobener Schätze, und Sonnenuntergangsträume werden Wirklichkeit.

Unverändert, zeitlos, so wie sie des Schöpfers Hand verließ, lebt und webt die große Wildnis, ein lautloser, unendlicher Strom im ewigen Kreislauf des Alls.

Der Wald wird die Brandung des Fortschritts nicht mehr lange abwehren können. Überall macht sich ein Wandel breit. Jedes Jahr sehen wir, die wir der weichenden Grenze folgen, wie ein Glied der Kette nach dem anderen zerbrochen wird, wie der Fortschritt seine Fühler immer tiefer ins Herz der Wildnis streckt. Wir Grenzer sehen traurig zu und können nichts tun, wir müssen uns den neuen Verhältnissen entweder anpassen oder – was besser ist – der weichenden Wildnis ins Reich der Schatten folgen, wie viele Tiere es bereits getan haben.

Adolf Hungry Wolf

Die Geschichte von Ishi, dem letzten wilden Indianer

Es wird dich vielleicht überraschen, daß der letzte wilde Indianer Nordamerikas sein vollkommen naturverbundenes Leben erst 1911 aufgab. Er war der letzte amerikanische «Steinzeitmensch». Als er vierzig war, hielt er die Einsamkeit nicht mehr aus und ging in eine große Stadt in Kalifornien. Er ließ die Pfade seiner Vorfahren hinter sich, lernte Schuhe zu tragen und mit Messer und Gabel zu essen. Er erzählte alles, was er wußte, damit es aufgezeichnet werden konnte. Leider verkraftete sein Körper das neue Leben nicht, und er starb schon wenige Jahre später.

«Er betrachtete uns alle als große Kinder – schlau, aber nicht weise.» Das war der Eindruck, den der letzte wilde Indianer von seinen Freunden und Nachbarn gewonnen hatte, nachdem er eine Weile unter ihnen gelebt hatte. Unter seinen Freunden war ein Anthropologe, der sich jahrelang bemühte, Ishi in ein Leben einzuführen, von dem er nichts wußte. Zugleich notierte er die Reaktionen des wilden Mannes und schrieb die Geschichten auf, die er zu erzählen wußte.

Jahre bevor Ishi die Wildnis verließ, um das Jahr 1900, war eine abgelegene Gegend in Nordkalifornien seine Heimat. Er war einer von fünf Überlebenden eines Stammes, der viele Jahre lang erbarmungslos von den neuen Einwanderern gehetzt wurde und zudem in blutige Fehden mit einem anderen Stamm verwickelt war.

Außer Ishi überlebten nur seine alte Mutter, seine jüngere Schwester und zwei andere Männer, ein alter und ein junger. Zusammen lebten sie auf einem unzugänglichen Sims in einem abgelegenen Canyon. Hier, so hofften sie, würde das übrige, schnell wachsende Kalifornien keine Notiz von ihnen nehmen. Der Canyon lag in einer ganz unwegsamen Gegend am Deer Creek. Hier fanden sie frisches Wasser und genügend Fische. Im Canyon gab es Hirsche und Kaninchen, die sie jagten oder in Fallen fingen. Verschiedene Pflanzen versorgten sie mit Wurzeln und

Beeren, mit Heilmitteln und anderen nützlichen Dingen. Ihre Grundnahrung waren Eicheln, die es dort überreichlich gab.

Sie waren nicht die ersten, die auf diesem versteckten Felsensims lebten. Es gab dort eine Höhle, in der einmal ein großer Grizzlybär gewohnt hatte. Auch der Grizzly wurde von der Woge der Einwanderer fortgespült. Ishi und seine Leute nannten ihre Heimat nach dem früheren Monarchen: «Wowonupo Mu Tetna» oder «Versteck des Grizzlybären».

Um die Jahrhundertwende wurden selbst abgelegene Gebiete wie Deer Creek schon von Prospektoren, Ranchern und anderen nach erschließbaren Rohstoffquellen abgesucht. Dennoch gelang es der kleinen Gruppe, zehn Jahre lang praktisch unbemerkt zu bleiben.

Das Felsensims, auf dem sie wohnten, lag über 150 Meter hoch in der fast senkrechten Felswand über dem Deer Creek. Sie benutzten den alten Bärenpfad, um herauf- und hinunterzusteigen. Unten mündete der Weg in eine Furt, an der man das Wasser leicht durchqueren konnte. Am anderen Ufer hatte Ishi eine Stelle, wo er gern saß, um mit seiner selbstgemachten Harpune Lachse und Forellen zu fangen. Ishi versteckte sein Fischgerät gleich da unten, um es nicht immer hin- und hertragen zu müssen.

Auf ihrem Sims wuchsen hohe Bäume. Dahinter erhob sich die Felswand noch einmal sechzig Meter bis zum oberen Rand des Canyon. Das kleine Dorf war von dichtem Gestrüpp umwuchert. Es hieß, man hätte wenige Meter am Dorf vorbeigehen können, ohne irgend etwas zu bemerken. Diese Menschen waren aufgewachsen in dem Wissen, daß sie sich lautlos bewegen mußten – Kinder eines gejagten Volkes. Ihre wenigen Pfade waren schmal und wurden nur barfüßig begangen.

Wenn man vom Creek heraufkam, ging man zwischen zwei hohen Fichten hindurch, bevor man ins Dorf kam. Im Schatten eines dieser Bäume hatten sie ein Loch von gut einem Meter Tiefe und einem Meter Breite gegraben. Im Winter füllten sie es mit Schnee als Wasserspeicher, damit sie nicht so oft den gefährlichen Weg zum Creek machen mußten.

An diesem Wasserspeicher gabelte sich der Weg. Von hier aus führte ein kurzer Weg zu einer Blockhütte mit A-förmigem Grundriß, die so mit Ästen und Zweigen bedeckt war, daß man sie von weitem für einen Baum halten konnte. Der größte Teil dieser Hütte wurde benutzt, um Nahrungsmittel zu lagern und Geräte aufzubewahren.

Der längere Weg führte zu drei weiteren Hütten. Die erste war aus Treibholz gebaut und mit alter Zeltleinwand bedeckt, die die Indianer bei einer Siedlung der Weißen stibitzt hatten. Hier wurden Hirschfleisch und Forellen gedörrt und geräuchert. Das Tuchdach war dunkelbraun vom Rauch. Daneben stand die Kochhütte, in deren Boden sie ein Loch für die Feuerstelle gegraben hatten. Diese Hütte war mit Zweigen gedeckt, die den Rauch von der Feuerstelle so verteilten, daß er von weitem nicht gesehen werden konnte. Die Feuerstelle in der Mitte des Raumes war von Kochsteinen, Mahlsteinen, Körben und verschiedenen Kochlöffeln umgeben.

Von hier aus führte der Weg zur rückwärtigen Wand des Felsensimses und endete bei der alten Bärenhöhle. In den Höhleneingang hatten die Indianer eine Blockhütte mit A-förmigem Grundriß hineingebaut. Die Balken waren sauber verfugt und das Ganze dicht mit Zweigen abgedeckt. Innen blieb es immer warm und trocken, auch wenn es draußen stürmte. Hier hatten sie ihre Decken aus Kaninchen- und Hirschfellen und ihre Umhänge aus Waschbären- und Bärenfell.

In der Nähe dieser Schlafhütte hatte Ishi einen geschützten, schattigen Platz, an dem er gern arbeitete. Hier schlug er Pfeil- und Speerspitzen zurecht. Die Steinsplitter, die man von seiner Arbeit in zehn Jahren dort fand, füllten einen großen Korb. Ein Stück weit flußabwärts war die Stelle, die sie als Toilette benutzten.

Man sollte annehmen, daß ein solches Versteck in der Wildnis in jenen Pioniertagen unbemerkt blieb – vielleicht sogar heute unbemerkt bleiben würde. Aber eines Tages fanden die Siedler die Wilden doch.

Einige Farmer und Rancher, die ein paar Kilometer flußabwärts wohnten, kamen irgendwann auf die Idee, einen Damm über den Deer Creek zu bauen, um das Wasser zu regulieren. Eine Gruppe von Landvermessern sollte sich zunächst den Canyon ansehen. Eines Morgens marschierte diese Gruppe unversehens mitten in das kleine Dorf. Die Landvermesser waren weit mehr überrascht als die Wilden, die ihr Kommen natürlich gehört hatten. Sie verschwanden im dichten Gestrüpp wie eine Handvoll Moorhühner, kaum daß man ihrer ansichtig geworden war. Die Vorräte und kümmerlichen Besitztümer der Indianer wurden davongeschleppt wie Trophäen.

Ishi und seine Leute verloren praktisch alle Gerätschaften, die sie brauchten, um in der Wildnis überleben zu können. Aber was das schlimmste war, sie verloren einander. Ishis Schwester verschwand mit dem alten Mann, und niemand hat je wieder etwas von ihnen gehört. Der junge Mann war schon einige Zeit zuvor gestorben. Ishi ging zurück zu seinem Dorf und brachte seine alte Mutter in Sicherheit, doch sie hielt dieses Leben in völliger Schutzlosigkeit nicht mehr lange aus und starb bald. Ishi war allein, der letzte Wilde.

In den nächsten beiden Jahren sah ihn niemand, und niemand wußte, ob er noch lebte. Er mied sein Dorf, als sei es vergiftet. Allerdings fand er sein Fischgerät und einige andere Dinge unten am Creek wieder. Er holte sich das Tuchdach von der Räucherhütte und machte sich einen Mantel daraus. Er war nicht sehr warm, aber der Rauch hatte ihn wenigstens wasserdicht gemacht. Er schlug sich weiterhin ganz gut durch, aber er konnte sein Leben mit niemandem mehr teilen, und das überstieg seine Kräfte.

Seine innere Stimme sagte ihm schließlich, er müsse seine Heimat verlassen, um der modernen Welt zu begegnen – anstatt darauf zu warten, daß sie ihn da draußen fand. Etwas trieb ihn, den Geist seines wilden Lebens und sein Wissen weiterzugeben.

Ishi wanderte im Sommer des Jahres 1911 in die Stadt Oroville in Kalifornien. Der Sheriff wußte nicht, was er mit diesem wildaussehenden Mann anfangen sollte, der keine der Sprachen, mit denen man ihn anzureden versuchte, sprach oder verstand. Ishi stand nur da und zitterte in Erwartung des Schlimmsten. In der Stadt wohnten Weiße, Mexikaner und Indianer, und alle drängten sich neugierig um Ishi. Aus Sicherheitsgründen sperrte der Sheriff Ishi ein.

Ishi machte bald auf der ganzen Welt Schlagzeilen. Von weither kamen die Menschen nach Oroville, um den wilden Mann zu sehen. Manche waren nur neugierig, andere wollten sehen, ob sich Ishi irgendwie kommerziell verwerten ließ. Einige Zoos und Zirkusse wollten ihn als Hauptattraktion.

Schließlich kam ein Anthropologe namens Waterman, der die Lebensweise der Ureinwohner von Ishis Land erforschte. Waterman las ein paar Worte von einem Stück Papier ab, und Ishi verstand sie. Sie freundeten sich sehr schnell an.

Waterman hatte einen alten Indianer namens Batwi mitgebracht. Er sollte versuchen, mit Ishi zu sprechen, und es stellte sich heraus, daß die Sprachen der beiden sich so ähnlich waren, daß man sich verständigen konnte. Batwi sprach auch gut englisch und war fortan der Dolmetscher. Waterman trug ihm auf, Ishi zu fragen, was er am liebsten möchte: in sein eigenes Land zurückgehen; sich einem Nachbarstamm im Reservat anschließen; oder mit seinem neuen Freund Waterman in die große Stadt gehen.

Ishi konnte kaum glauben, daß er tatsächlich selbst wählen durfte. Eher hatte er damit gerechnet, daß die Leute ihn umbringen würden. Er sagte, in seinem eigenen Land sei nichts mehr, wohin er zurückkehren könne. Er fürchtete die Cleverneß der Weißen, aber sie faszinierte ihn auch. Er verabscheute die Reservatsindianer, weil sie ein Nichts waren – sie hatten ihr wahres Leben in der Natur aufgegeben, aber kaum etwas von den neuen Menschen gelernt. Wenn er schon sein wahres Leben in der Natur aufgab, so sagte er, dann wollte er auch bis zum Gegenteil gehen und sich die Cleverneß aneignen, die er immer gefürchtet hatte. Er ging mit Waterman nach San Francisco.

Die Geschichte von Ishi ist sehr bewegend. Ich habe seinen Canyon nie gesehen, war aber nahe genug, um ihn mir vorstellen zu können. Manche sind hingegangen, um seinen Geist zu finden. Andere gehen zu seiner letzten Heimat, die er auf dem Campus der Universität von Berkeley, Kalifornien, bekam. Hier gibt es eine «Ishi-Sammlung», in der sich auch viele der Gegenstände finden, die damals aus seinem kleinen Dorf im Canyon geschleppt wurden.

In der Geschichte seines Lebens wird erzählt, wie er sich dem Leben an einer Universität anpaßte. Zum Entzücken seiner vielen Freunde und Besucher zeigte er immer wieder, wie er Bogen und Pfeile und primitive Werkzeuge herstellte. Und sie zeigten ihm wiederum, wie man Anzug und Krawatte trägt, auf einem Herd kocht und einkauft. Schließlich trug er sogar Schuhe und lernte mit dem Bus und der Bahn zu fahren.

Dann ließ er sich eines Tages überreden, seine Anthropologenfreunde in seine Heimat zu führen und ihnen zu zeigen, wo und wie er gelebt hatte. Er zögerte lange, und als er dann im Canyon stand, überwältigten ihn seine Gefühle. Er war sehr erleichtert, als man sich wieder auf den Rückweg in die Stadt machte. Der Anthropologe A. L. Kroeber, der Ishi gut kannte, sagte über ihn:

«Er war der geduldigste Mensch, den ich je kennenlernte. Er lebte die Philosophie der Geduld, ohne daß eine Spur von Selbstmitleid oder Bitterkeit seine fröhliche Unbeirrbarkeit hätte trüben können.»

Grau-Eule

Ne-ganik-abos Abschied

Es war im Herbst, eine Zeit, da fast jeder Mensch mehr oder weniger zur Nachdenklichkeit neigt. Ich hatte, auf der Suche nach neuen Jagdgründen, einen anstrengenden Sommer hinter mir, war furchtbar müde und legte eine Ruhepause ein, ehe ich die große Herbstwanderung begann. Ich verbrachte die friedvoll müßigen Tage des Indianersommers, ohne zu arbeiten, und sammelte neue Kräfte für die kommenden Mühen. Meistens hockte ich vor dem Zelt, rauchte und hing meinen Gedanken nach, wie wir's gewohnt sind, wenn wir nichts anderes zu tun haben. Mein Geist beschäftigte sich fast ausschließlich mit Bildern aus früheren Tagen. Immer wieder kam mir ein bestimmter See in den Sinn. Ich kam nicht mehr los davon, nicht einmal in meinen Träumen. Erinnerungen stürzten über mich herein; aus der Vielfalt der Bilder trat plötzlich die Gestalt meines weisen, alten Weggenossen von damals hervor, der schon lange tot sein mußte. An jenen Ufern hatte es begonnen – mein ruheloses Wanderleben als Fallensteller. Ein Gefühl erwachte in mir, es war wie Heimweh. Es wuchs und wuchs, so daß ich mich seiner nicht mehr erwehren konnte und den Platz aufzusuchen beschloß, obwohl ich wußte, daß jene Menschen schon lange fortgegangen waren. Eine eintägige Kanufahrt brachte mich an den letzten Übergang.

Plötzlich wurde ich einer seltsamen Stille gewahr; ich wußte nicht, woran es lag, ich fühlte sie nur. Als mein Kanu ans Ufer glitt und ich das leise, zischende Geräusch nicht mehr im Ohr hatte, wußte ich, daß es das abgemessene, beharrliche Pochen einer Indianertrommel gewesen war. Solange die Ferne dazwischen lag, ließ sich die Richtung nicht feststellen. Die Laute beschworen Erinnerungen an längst verflossene Tage herauf, die ich unter den einfachen, guten Menschen meiner Wahl verbracht hatte.

Hier unter diesen Bäumen hatte ich Feste gefeiert und Spiele gespielt, hatte getanzt mit denen, die nun zum Teil unter den kleinen Hütten aus Birkenrinde ruhten.

Verwitterte Tipi- und Zeltpfähle, leichte, moosüberwachsene Vertiefungen der Feuerstellen verrieten, daß früher ein freundliches Indianerdorf hier gestanden hatte. Und wie ich so auf das vertraute Bild starrte, gab ich mich der Stimmung des Platzes hin und verfiel in brütende Schwermut. Wie geschah es doch damals?

Die Gewässer waren an eine Fischereigenossenschaft verpachtet worden, die Indianer litten Hunger. Die neue Eisenbahnlinie führte in nächster Nähe vorüber und brachte hordenweise Gelegenheitstrapper mit, die sich über die Gegend verstreuten. Wo sie hintraten, ließen sie ausgeplündertes, vergiftetes Land und zerstörte Biberdämme zurück. Ich gedachte meines alten Kameraden und der Gefühle, die ihn beim Anblick dieser Zerstörung überkommen haben mußten, wenn er noch am Leben gewesen sein sollte. Er, dessen starres Festhalten an den Gewohnheiten seines Volkes lange, lange die Stammesgenossen abhielt, bei der Zerstörung der Wildnis zu helfen. Und ich wünschte plötzlich, ich wäre nicht gekommen.

Etwas Unerklärliches hatte mich zu dieser Wanderung gezwungen, und da ich nun einmal da war, versuchte ich mich der Lage anzupassen. Bald brannte das Feuer, und ich bereitete das Nachtlager. Still und emsig tat ich meine Arbeit, da – horch – wieder zwang sich eintöniger Trommelschlag ins Bewußtsein, war da und nicht da, wie das Ticken einer Uhr in einem stillen Zimmer. Doch er *war* da und blieb da, drängte sich den Sinnen auf, wob einen Zauber, so daß ich mich dabei ertappte, wie ich die Arbeit im Takt des Trommelschlags verrichtete. Unablässig klopfte die Trommel, bald laut, bald leise, beherrschte mein Bewußtsein im Schlafen, im Wachen, und selbst die halbgeformten Traumbilder tanzten und schwankten im Takt.

Mit meiner Ruhe war es aus. Ich stand auf und setzte mich ans Ufer. Die Trommel fuhr fort – ich konnte und konnte ihr nicht entfliehen. Alte Zeiten erstanden wieder vor meinem inneren Auge, und die dunklen Berge rings um den See schienen einen Akkord anzustimmen, der die Luft erzittern ließ und die Wildnis bis in ihre Grundfesten erschütterte. Ich war wie hypnotisiert. Erziehung und die Einflüsse der Zivilisation fielen von mir ab wie ein altes Gewand. Der urtümliche Pulsschlag ging mir durch Mark und Bein. Halbvergessene Triebe erwachten wieder und erregten das Blut. Erinnerungen stürmten auf mich ein und wischten den Firnis der Halbkultur weg. Aus den Schächten meines Gedächtnisses tauchten wilde Nächte auf. Halbnackte Männergestalten tanzten zwischen den flammenden Feuern die Figuren des Wabeno, drehten und wendeten sich, stampften den Takt zu wilden Gesängen. Die Trommeln dröhnten, die Rohrflöten wimmerten dünn und durchdringend über dem tieferen Chor, und dazwischen rasselten getrocknete Hirschschalen. Scharfes Gellen, wildes Geschrei peitschte hart gegen die Walddecke. Langgezogene Kriegsrufe tönten gegen die Bergwände, wurden zurückgeworfen. Hin und her wogte das ekstatische Geschrei, schwang durch den Raum über Täler und Hügel, verebbte im Wind, der durch das rauhe Sumpfgras strich, stieg, schwoll in einem mächtigen Aufruhr, ohne Pause zwei Nächte und noch einen Tag lang. – Meine Gedanken schweiften zurück zu dem Tag des «Elchkopffestes».

Spät am nächsten Tag verstummte das gespenstische Pochen, und als die Abendschatten fielen, glitt ein Kanu ans Ufer. Ein kehliger Gruß schallte mir entgegen, und da stand *er*, mein gütiger Freund; der alte Ne-ganik-abo.

Ich sah ihm mit gemischten Gefühlen entgegen, hatte ich ihn doch schon seit langem zu seinen Vätern versammelt geglaubt. Viele Jahre waren vergangen, seit wir zusammen die Paddel eingetaucht und unter dem Sternenhimmel geschlafen hatten. Ne-ganik-abo war alt, seit ich ihn kannte, aber nun sah er erst recht aus wie ein Zeuge der Vergangenheit und so verändert.

Er trug einen alten, verschossenen Overall und ein dünnes, verblaßtes Hemd, aber seine Füße steckten in schönen, perlenbestickten Mokassins, und ein mit Stachelschweinborsten verzierter Medizinbeutel hing am Gürtel. Schneeweißes Haar umrahmte sein mahagonifarbenes, fast fleischloses Gesicht; nur die Augen verliehen dem maskengleichen, von tausend Fältchen durchzogenen Antlitz Leben. Er setzte sich ans Feuer, rauchte, schwieg und ruhte sich aus, denn er war sehr gebrechlich.

Ich bot ihm zu essen an, aber er lehnte ab. Ich sagte kein Wort und wartete, denn es ziemt sich nicht, daß der Jüngere die Unterhaltung beginnt. Schweigsam rauchte er zu Ende, stand auf, sprach und unterstrich seine Worte mit den dem Indianer eigenen sparsamen Gesten: «Wäscha-kwonnesin, ich sehe – du hast nicht vergessen. Ich rief und siehe, von allen, die ich rief – du allein bist gekommen.»

Bis zu diesem Augenblick hatte ich nicht an derartiges gedacht, aber nun erinnerte ich mich verschiedener Berichte. Erklärte dies den unwiderstehlichen Zwang, der mich zu dem See getrieben hatte? Ich hätte das Gewässer im Lauf der Zeit oft genug aufsuchen können, wenn mich die Lust angekommen wäre. Zufall? Plötzlich wurde ich sehr unruhig.

Ne-ganik-abo fuhr fort: «Drei Tage lang rief ich, und niemand kam. Heute ist der letzte Tag, der Tag der beiden Sonnenuntergänge. – Heute nacht gehe ich von hier, morgen hättest du mich nicht mehr getroffen. – Mein Sohn, ich sah viele Winter kommen und gehen. Du bist für mich ein junger Mann, und das meiste, was ich sage, wird an deinen Ohren vorüberklingen wie das Geschrei der Frösche oder das Hämmern des Spechts. Von allen meinen Leuten bist du noch der einzige, der sich der Art unseres Volkes erinnert. Ich war einmal ein Krieger und kämpfte gegen die Blauen Röcke. An jenem Tag war der Fluß rot von Blut, und keiner entkam. Seither sind viele Jahre vergangen. Drei von uns kehrten an diesen See hier zurück, drei... Wir schlossen Blutsbrüderschaft, die Brüderschaft der Biber, zum Gedächtnis an den tapfersten Krieger, der in jener Schlacht fiel. Und nun bin ich ganz allein. Als wir dir deinen Namen gaben, machte ich auch dich zum Blutsbruder. – Vergiß es nicht!»

Forschend blickte er mir in die Augen. So, das also war der Grund, weshalb er sich den Bibern gegenüber so sonderbar verhielt. Ich wußte, wenn ich dem Gelübde der Toten treu bliebe, dürfte ich nie mehr eine Biberfalle aufstellen... Der alte Mann war sehr müde und hinfällig. Nicht er, sondern ich würde der letzte der Biber sein.

Er sagte einige Worte in einer fremden Sprache, die ich nicht verstand. Dann nahm er den Faden wieder auf: «Seither ist vieles anders geworden. Die Ledertipis sind Häusern gewichen, der Schneeschuhpfad hat der Eisenbahn Platz machen müssen, und das geflügelte Kanu der Weißen fliegt mit den Wildgänsen durch die Wolken. Nun bin ich sehr, sehr alt. Im Alter soll man ruhen und nachdenken, aber mich umgeben Veränderungen, die mich nicht zur Ruhe kommen lassen, sondern mich umhertreiben wie ein Blatt im Wind. Nirgends kann ich ruhen und friedlich der Vergangenheit gedenken. Vor langer Zeit verließ mein Volk diesen See, an dem ich geboren wurde. An diesem Ufer spielte ich als Kind, und in diesen Wäldern lernte ich die Weisheit der Alten Männer. Hier will ich meine Gebeine lassen, damit die Geister sie sehen und sprechen: Hier liegt einer, der nie vergaß, daß er ein roter Mann war.»

Er schwieg und schien zu lauschen.

Da kam ein Laut, ein Murmeln aus der Ferne, ein leichter Wind, der sanft die Wipfel rührte: Der schlafende Wald erwachte halb, seufzte und schlief wieder ein. Und ringsumher strahlten die gelben und roten Blätter von Birke und Ahorn, goldene Sonnenflecken lagen auf dem Waldboden, und in die Luft stieg die dünne, blaue Rauchfahne des erlöschenden Feuers. Hoch über unseren Köpfen spielte der unsichtbare Musiker eine wechselnde Melodie. Er griff in die vielsaitige Harfe der hohen Wipfel, ließ sie summen und schwingen. In ihrem sanften Laut, in das leise «Lapp-lapp» der kleinen, am Ufer verebbenden Wellen mischte sich die Stimme des Uralten. Er sang ein leises Lied und schmückte es mit den köstlichsten Worten, die seine Sprache kannte: «Einen Laut höre ich – der Wind spricht zu den Blättern – nein, der Geist eines roten Mannes ist's, er sucht einen Ort, wo er ruhen kann, und siehe, er findet ihn nicht. Der Himmel flammt rot in den Nächten – die Wälder brennen. Die Biber sind dahingegangen, und kein Vogel singt mehr in den Zweigen. Sie können nicht singen, wo dürres Astwerk an toten Bäumen hängt. Und der rote Mann kann nicht leben in einem Land, das nur tote Bäume birgt. Die untergehende Sonne wirft einen roten Pfad über das Wasser: das ist der Weg ins Land der Geister. Bald muß ich ihn beschreiten, bald muß ich denen folgen, die vor mir gegangen sind. Wenn der große Schnee kommt, werde ich tanzen – den ‹Tanz der toten Männer› am nördlichen Himmel.»

Der letzte Teil seines Sprechgesangs schien nicht für mich bestimmt zu sein. Ne-ganik-abo dachte laut. Er sprach von seinen jungen Jahren, seinen alten Freunden, von Tagen, die die meisten von uns nicht mehr erlebt hatten. Er gedachte der Zeit, als seine Gemeinschaft fünfzig Familien zählte, und sprach von der Arbeit, die es ihn gekostet hatte, um die Seinen standhaft zu erhalten. Seine Gedanken wanderten, so daß ich ihnen nicht gleich folgen konnte. Plötzlich aber ging mir ihr Inhalt auf: Er zeichnete das Bild eines sterbenden Volkes. Ne-ganik-abo schien seine Umgebung vergessen zu haben. Ich konnte mir nicht helfen, aber es sah aus, als spräche er zu einer unsichtbaren Zuhörerschaft, zu einer Schar, der ich nicht angehöre. In seiner Stimme lag ein Ausdruck, der unwillkürlich gefangennahm, so daß selbst die Bäume zu lauschen schienen. Meine Vertraulichkeit fiel ab von mir; der Alte war nicht mehr ein Mensch wie ich, sondern ein Seher, der Herrscher eines verschwundenen Volkes, der wiedergeborene sagenhafte Hayowentha.

Seine Worte beschworen die alten Zeiten. Hinter ihm zogen sie herauf, die mächtigen Führer, deren Taten er wieder erstehen ließ.

Wieder stürmte das Geisterheer berittener Krieger dahin. Ihre Federkronen wogten und wehten zu den Klängen einer unirdischen Musik. Dort erhob sich eine in Hirschleder gekleidete Gestalt, ein Mann mit langen, gelben Haaren. Er stand allein inmitten vieler toter Blauröcke. Er stand allein in einer entfesselten Hölle brüllender Krieger, bemalter Pferde und wirbelnder Staubwolken. In seinen Ohren tobte der fürchterliche Chor des Todes-Hulloo.

Der Uralte senkte die Stimme, sie verlor den kriegerischen Klang; das Feuer in den alten Augen erlosch. Er beschwor ein anderes Bild: Unendliche Wälder stiegen dunkel und schwer herauf. Sie schienen zu wandern, vorwärts, immer vorwärts. Ihre Wipfel schwankten und wogten zum Lied des Jagdwindes. Gelbe Birkenrindenkanus ohne Zahl glitten mit Pelzen schwer beladen zwischen granitenen Felsmauern auf schnell dahinschäumenden Flüssen in die Ferne. Vierfüßige Geschöpfe Gottes – wie selten sind sie geworden – zogen vorüber. Dort erhoben sich die ruhigen Heime eines guten Volkes, und vor den Behausungen standen die Gerüste für Fisch und Fleisch. Dann kam die Eisenbahn. Zahlreich waren die Stämme, groß die herrlichen Wälder, die dem Feuermeer zum Opfer fielen. Niedergeschlagene, verwirrte Menschen trieben dahin und dorthin wie Spreu im Wind, und dann – das Heute!

Ne-ganik-abo schwieg, die Bilder verblaßten, die Gestalten verschwanden, und er war wieder allein, ein verlassener, einsamer, alter Mann.

Während ich vergeblich nach Worten suchte, um meine Gedanken und Gefühle auszudrücken, wandte er sich langsam um und tat die wenigen Schritte zum Seeufer hinunter. Dann blieb er stehen und schaute auf das glühende Band, das die untergehende Sonne über den Wasserspiegel warf. Die brennendrote Glut strahlte auf sein altes, viel geflicktes Kanu, so daß es wieder schön wurde, und die verwitterte Männergestalt in den schäbigen Kleidern hob sich dunkel von dem Glanz ab, schien sich zu recken, schien zu wachsen und die wilde Freiheit ihrer Jugend zurückzugewinnen. Mit der einfachen Würde eines Häuptlings der alten Zeit hob Ne-ganik-abo die rechte Hand. Handfläche nach außen, neigte er das Haupt, als segne er das Bild vor ihm. Er grüßte den westlichen Himmel mit dem Gruß, den der Indianer dem ersten Weißen bot, mit dem uralten, fast vergessenen Zeichen des Friedens. Wie er so dastand und mit einer einzigen Gebärde den friedlichen See, den dunklen Wald, die stillen Berge umarmte, erhob er noch einmal seine Stimme. Laut und klar schwang sie dahin: «Ich stehe auf dem ‹Pfad der beiden Sonnenuntergänge›. Heute abend versinkt die Sonne dem Weißen für eine Nacht. Bald naht dem roten Mann ein anderer Sonnenuntergang – für immer. Eine Wolke zieht über den Himmel, und sie beschattet unseren Pfad zum Ende.»

Noch einmal senkte er grüßend das Haupt und setzte sich neben sein Kanu, in Träume verloren. Die Sonne sank tiefer, nur ihr oberster Rand lugte noch über den fernen Hügelkamm. Dann verschwand auch dieses Stück des Feuerballs und mit ihm die rote Glut auf dem See.

Ich wartete ehrfürchtig, daß es dem alten Häuptling gefallen möge, mich wieder anzureden. Plötzlich durchzuckte mich eine Furcht, ich fror; ein eisiges Gefühl, an dem nicht das Wetter schuld war, kroch mir über den Rücken, und ich rannte zu ihm und legte leise die Hand auf seine Schulter. Sein Arm glitt langsam vom Bootsrand herab, auf den er ihn aufgestützt hatte – Ne-ganik-abo war tot.

Am nächsten Morgen bettete ich ihn in sein Kanu, legte den alten Vorderlader, die altmodische Axt und den perlenbestickten Medizinbeutel dazu und begrub ihn unter den Birken am Seeufer, damit er an den traurigen Tagen im Monat der Fallenden Blätter das Abendlicht der Vögel hören möge, damit die Nordwestwinde ihm Botschaft zutragen, Botschaft aus der großen Einsamkeit dort drüben.

Dort an jenem See ruht er nun, sein Antlitz schaut nach Westen und sucht die Strahlen der untergehenden Sonne, des goldenen Himmelsauges, das er in seinen letzten Augenblicken so nachdenklich gegrüßt hat.

Die Ältesten sagen

Die Ältesten sagen: Es gibt eine Zeit, um geboren zu werden; eine Zeit, um zu lernen; eine Zeit, um geliebt zu werden.

Und dann, sagen die Ältesten: Es gibt eine Zeit, um sich zu verheiraten; eine Zeit, um Kinder zu haben; eine Zeit, um die Kinder zu erziehen und sich an ihnen zu erfreuen.

Und dann, sagen die Ältesten: Es gibt eine Zeit, um ein erfülltes Leben zu leben; eine Zeit, um alt zu sein; eine Zeit, um umsorgt zu werden; eine Zeit, um sich an den Enkelkindern zu erfreuen – nämlich dann, wenn man seinen Teil zum Leben beigetragen hat.

Und dann, sagen die Ältesten, gibt es eine Zeit, um zu sterben.

Und dies sind die vier Lebenspfade. Jeder von uns wird sie gehen.

Dies sind die Pläne für das Leben hier auf dieser Erde.

Und diese Dinge sind heilig.

Hopi

Quellennachweis

Aleek-chea-ahoosh, «Die Botschaft der Weidenmeise», aus: *Bevor die Büffel starben,* herausgegeben von Käthe Recheis, 3. Auflage, Herder Verlag, Freiburg, Basel und Wien 1993.

Sebastião Bastos, «Am Amazonas», aus: *Mein Wald am Ufer des Flusses,*

List Verlag, München 1982.

Joseph Bruchac, «Sterntänzer und Windadler», aus: *Der Windadler,* herausgegeben von Käthe Recheis, Herder Verlag, Freiburg, Basel und Wien 1987.

Häuptling Büffelkind, «Das Freudenfest des Friedens», aus: *Langspeer erzählt sein Leben,* List Verlag, München.

Chief Dan George, «Meine Kultur ist wie ein verwundetes Reh», aus: *Die Erde ist uns heilig,* herausgegeben von Rudolf Kaiser, 3. Auflage, Herder Verlag, Freiburg, Basel und Wien 1993.

Florinda Donner, «Das Festmahl bei den Mocototeri», aus: *Shabono,* Zsolnay Verlag, Wien 1983.

Werner J. Egli, «Mangas Coloradas», aus: *Die Nacht als der Coyote schwieg,* Scherz Verlag, Bern und München 1986.

Arne Falk-Rønne, «Der Zauberer Monara», aus: *Massenmord im Mato Grosse,* Bertelsmann Verlag Gmbh, München 1970. (Die Rechte liegen beim Autor.)

Grau-Eule, «Ne-ganik-abos Abschied», aus: *Ihre Mokassins hinterließen keine Spuren,* Frank'sche Verlagsbuchhandlung, Stuttgart 1954.

Jan Hudson, «Am Fluß», aus: *Süßes Gras,* Elefanten Press, Berlin 1984.

Christopher Kolumbus (nach Bartolomé de las Casas), «Die Entdeckung einer neuen Welt», aus: *Die Indianer,* herausgegeben von Werner Arens und Hans-Martin Braun, Beck Verlag, München 1993.

Barry H. Lopez, «Geschichten vom listigen Coyote»,aus: *Hört die Geschichte vom listigen Coyote,* Scherz Verlag, Bern und München 1982.

N. Scott Momaday, «Der Freudengesang des Tsoai-talee», aus: *Die Indianer,* herausgegeben von Werner Arens und Hans-Martin Braun, Beck Verlag, München 1993.

Red Jacket, «Wir wollen eure Religion nicht zerstören», aus: *Die Indianer,* herausgegeben von Werner Arens und Hans-Martin Braun, Beck Verlag, München 1993.

J. W. Schultz, «O Sonne, banne die böse Kraft des Bärengeistes», aus: *Sucht mich in der Prärie,* Scherz Verlag, Bern und München 1983.

Chief Seattle, «Die Nacht der Indianer verspricht finster zu werden», aus: *Die Indianer,* herausgegeben von Werner Arens und Hans-Martin Braun, Beck Verlag, München 1993.

Brian Swann, «Der rote Schwan», aus: *Der rote Schwan,* herausgegeben von Käthe Recheis, Herder Verlag, Freiburg, Basel und Wien 1989.

Wäscha-kwonnesin, «Das Reich der Schatten», aus: *Ihre Mokassins hinterließen keine Spuren,* Frank'sche Verlagsbuchhandlung, Stuttgart 1954.

Adolf Hungry Wolf, «Die zwei Welten des Ben Calf Robes» und «Die Geschichte von Ishi, dem letzten wilden Indianer», aus: *Vater Sonne, Mutter, Erde,* Scherz Verlag, Bern und München 1984.

Beverly Hungry Wolf, «Was meine Blackfoot-Großmütter mir erzählten», aus: *Das Tipi am Rande der Wälder,* Scherz Verlag, Bern und München 1981.

Yukioma, «Die Wanderung des Hopi-Volkes», aus: Adolf Hungry Wolf, *Vater Sonne, Mutter Erde,* Scherz Verlag, Bern und München 1984.

«Der Schöpfungsmythos des Walum Olum» und «Brief eines Vaters an seinen Sohn», aus: *Die Indianer,* herausgegeben von Werner Arens und Hans-Martin Braun, Beck Verlag, München 1993.

«Die Abenteuer des Wisakedjak», aus: *Indianermärchen aus Kanada,* herausgegeben und übersetzt von Frederik Hetmann, Fischer Taschenbuch Verlag GmbH, Frankfurt am Main 1978.

«Nemen» und «Die Geschichten um Saynday», aus: *Indianermärchen Nordamerika,* herausgegeben und übersetzt von Frederik Hetmann, Fischer Taschenbuch Verlag GmbH, Frankfurt am Main 1970.

«Wie die Hopi die Grenzlinie zwischen ihrem Land und dem Land der Navajo bezeichneten» und «Die heiligen Zwillinge», aus: *Indianermärchen der Pueblo, Hopi & Navajo,* herausgegeben und übersetzt von Frederik Hetmann, Fischer Taschenbuch Verlag GmbH, Frankfurt am Main 1985.

«Die Legende vom Teufelssee», aus: *Indianermärchen der Sioux und Cheyenne,* herausgegeben und übersetzt von Frederik Hetmann, Fischer Taschenbuch Verlag GmbH, Frankfurt am Main 1982.

«Wie der Tod in die Welt kam», «Vor langer Zeit», «Wie dem Menschen das Geschenk seliger Freude verliehen wurde» und «Das indianische Aschenputtel», aus: *Was zwischen Sonne und Mond geschah,* herausgegeben und übersetzt von Michaela Kaiser, Gütersloher Verlagshaus Gerd Mohn, Gütersloh 1988.

«Schwarzer Hirsch erzählt», aus: *Ich rufe mein Volk,* Walter Verlag, Solothurn.

«Wakan-Tanka spricht mit mir», aus: Kenneth Meadows *Die Weisheit der Naturvölker,* Scherz Verlag, Bern und München 1992.

«Die Ältesten sagen», aus: *Die Erde ist uns heilig,* herausgegeben von Rudolf Kaiser, 3. Auflage, Herder Verlag, Freiburg, Basel und Wien 1993.

Wir danken den genannten Rechtsinhabern für die Genehmigung zum Abdruck der Auszüge aus den obengenannten Werken. In jenen Fällen, in denen es nicht möglich war, den Rechtsinhaber resp. Rechtsnachfolger zu eruieren, konnte ausnahmsweise keine Nachdruckerlaubnis eingeholt werden. Honoraransprüche der Autoren oder ihrer Erben bleiben gewahrt.